Siddhartha.
Eine indische
Dichtung

Hermann
Hesse

悉〉达〉多

[德] 赫尔曼·黑塞 / 著   张佩芬 / 译

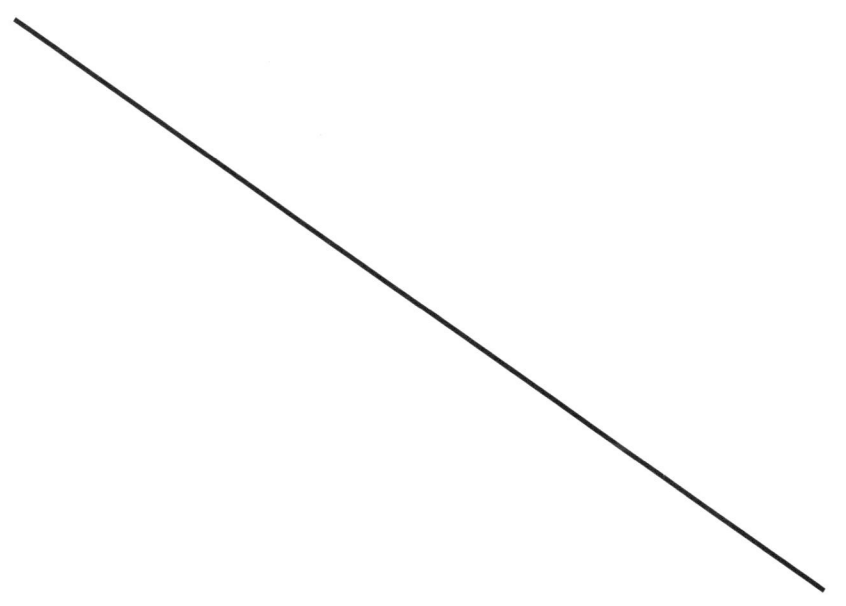

江苏凤凰文艺出版社
JIANGSU PHOENIX LITERATURE AND
ART PUBLISHING

图书在版编目（CIP）数据

悉达多 /（德）赫尔曼·黑塞著；张佩芬译.
南京：江苏凤凰文艺出版社，2025.4. --（黑塞作品集）. -- ISBN 978-7-5594-9424-5

Ⅰ. I516.45
中国国家版本馆CIP数据核字第2025385W6F号

悉达多

（德）赫尔曼·黑塞 著　张佩芬 译

责任编辑	白　涵
特约编辑	陈　曦
装帧设计	蔡佳豪
责任印制	杨　丹
出版发行	江苏凤凰文艺出版社
	南京市中央路165号，邮编：210009
网　　址	http://www.jswenyi.com
印　　刷	天津中印联印刷有限公司
开　　本	787毫米×1092毫米　1/32
印　　张	5.25
字　　数	90千字
版　　次	2025年4月第1版
印　　次	2025年4月第1次印刷
书　　号	ISBN 978-7-5594-9424-5
定　　价	128.00元（全三册）

江苏凤凰文艺版图书凡印刷、装订错误，可向出版社调换，联系电话：025-83280257

目录

第一部

婆罗门的儿子
2

和沙门在一起
14

加泰玛
28

觉醒
41

第二部

卡玛拉
48

和儿童似的人在一起
66

僧娑洛
78

河边
90

渡船夫
105

儿子
121

唵
133

戈文达
143

悉达多

一首印度诗

第一部

婆罗门的儿子

悉达多,这个婆罗门人的漂亮男孩,是在楼房的阴影里,在阳光下河滩边的小船里,在沙尔瓦德树和无花果树的浓荫下长大的,这只年轻的鹰是和他的好朋友戈文达,另一个婆罗门的儿子,在一起长大的。当他在河岸边沐浴、做神圣的洗礼、做神圣的献祭的时候,阳光晒黑了他光滑的肩膀。当他在杧果树丛里玩儿童游戏时,在倾听母亲唱歌时,在做神圣的献祭时,在聆听自己父亲和教师的教诲时,在和智慧的长者谈话时,他那双乌黑的眼睛里常常会流露出一抹阴影。悉达多早已参加智慧长者们的谈话,他和戈文达一起练习雄辩,练习欣赏艺术,练习沉思潜修。他早已懂得如何无声地念诵"唵"[1],这是个意义深刻的字,他不出声地吸一

---

[1] 唵(Om),印度婆罗门教祈祷时的一个音节,这个本身并无意义的音节,却是婆罗门教神秘学说的象征。

口气,说出这个字,又不出声地呼一口气,说出这个字,他是集中了自己全部精神念诵的,额头上闪烁着体现灵魂纯净的光辉。他早已懂得,如何在自己生命内部掌握阿特曼[1],使自己不可摧毁,使自己和宇宙完全一致。

因为有这么个儿子,父亲内心充满了欢乐,他眼巴巴地望着他成长,把他视为一个有教养的人,一个渴求知识的人,一个伟大的哲人和僧侣,总而言之,是婆罗门人中的一个贵族。

当母亲看见自己儿子的时候,看着他走路、坐下、站立的时候,她的胸膛里就会跃动着狂喜的情感,悉达多,这个双腿修长,以无懈可击的仪态向她致意的年轻人,是一个最强壮、最美丽的孩子。

年轻的婆罗门姑娘的心为爱情所搅动扰乱,因为她们看见了悉达多走过城里的大街小巷,看见了他那闪光的额头、帝王似的眼睛和狭窄的髋部。

但是他的朋友戈文达,这个婆罗门的儿子,却比所有一切人都更爱他。他爱悉达多的眼睛和温柔的声音,他爱他的步态和完美无缺的仪容举止,他爱悉达多的一切言行,而他最爱的是他的灵魂,他的高贵的、火一般的思想,他

---

[1] 阿特曼(Atman),印度婆罗门教中一种宗教意境的称呼,也可译为"自我"或"灵魂"。

那些炽热的愿望以及他的崇高使命。戈文达明白，这个人将来不会是一个普通的婆罗门教徒，不会是一个腐败的小官员，不会是一个只会念咒语的贪心商人，不会是一个自命不凡、空话连篇的演说家，不会是一个诡计多端的坏僧侣，当然更不会是畜群里一只善良而愚蠢的绵羊。不会的，就连他戈文达，也不愿意成为上述这类人，即或有成千上万个这样的婆罗门人。他愿意追随悉达多，这个最可爱的、最美妙的人。当悉达多有朝一日成为一个神道，终于到达光辉灿烂的境界时，戈文达也将自愿追随他而去，做他的朋友，他的伴侣，他的仆人，他的持枪随从，他的影子。

他热爱悉达多的一切。他乐意为他干一切事，一切都令他兴趣盎然。

但是悉达多却不快活，内心很不满足。他在无花果园的玫瑰色小径上漫步，在小树林的蓝色阴影下小憩，眺望四周，按日对自己的四肢做例行的赎罪洗涤，在杧果树的浓荫下进行献祭，他的举止、体态优美无比，他为所有的人所爱，给所有的人欢乐，然而他自己内心却没有丝毫欢乐。他做了许多梦，不知疲倦地思索了又思索，从那流逝不停的河水、熠熠闪光的星星、一束束太阳光芒中，获得了许多许多梦；从献祭仪式、《梨俱吠陀》[1]的诗句、婆罗门老人的教诲中，获得了永不平静的灵魂。

悉达多已经开始以不满足来滋养自己。他开始感觉到，自己父亲的爱，母亲的爱，甚至好朋友戈文达的爱，并非永远，也并非任何时候都能使他幸福，使他平静，使他满足和满意。他开始预感到，自己可尊敬的父亲和其他教师，这些聪明的婆罗门人已把他们最好的、大量的才智都传给了他，他们已把他们的知识统统注入了他那期待着的容器之内，但是这个容器并没有盛满，这个精神并没有满足，这个灵魂并不安宁，这颗心也并没有获得平静。洗礼当然很好，但它们终究是水，它们不可能洗去罪孽，不可能治愈精神上的渴求，不可能解救心灵的恐惧。献祭仪式和神灵召唤当然是极好的事，但是这能代替一切吗？献祭能不能带来幸福？而神灵又能有什么作为呢？世界果真是生主[2]所创造的吗？阿特曼，它果真是独一无二的吗？真是宇宙之总和吗？难道塑造神灵的形象和塑造你我的形象完全不同，并不受时间的约束，并非暂时的吗？向神灵做祭献是好事、是正确的事、是一种充满意义而至高无上的行

---

[1] 婆罗门教、印度教最古老的经典。约公元前二千至前一千年成书。用古梵文写成，主要是对神的赞歌、祭词、咒词等，流传于印度西北部。最古老的《吠陀本集》有四部，《梨俱吠陀》是其中的一部，其他三部是《娑摩吠陀》《夜柔吠陀》《阿阀婆吠陀》。这四本合称为《吠陀》。
[2] 印度神话中对创造之神的一种称谓。

动吗？除去他，除去独一无二的至上的阿特曼，还可以向别的什么做祭献，向别的什么表示崇敬吗？何处可以找到阿特曼呢，他住在哪里，他那永恒的心在何处搏动，在最内在的、最不可摧毁的自我中，还可能存在其他什么，是每个人都具备的吗？但是在何处可以找到这个自我，这个最内在、最后的自我呢？它不是肉和腿，也不是思想或者意识，这就是那些最富有智慧的长者所开导他的。但是智慧在何处，究竟在何处呢？它如何才能渗入自我、渗入阿特曼之中呢？——是否存在于另一条道路，值得去探索追寻呢？天哪，没有人可以指点这条道路，没有人能够开导他，不论是父亲、教师、智慧长者，还是祭献时的赞美歌曲！他们什么都知道，这些婆罗门人和他们的神圣书籍，他们知道一切，以便自己能照管一切，甚至还远远超过这些，他们还知道世界的创造过程，知道如何演讲、进餐、吸入空气和呼出空气，知道思想意识的规律以及神道们的事迹——他们所知道的东西简直是无穷无尽。但是如果人们唯独不知道那独一无二的、那仅有的重要东西，那么知道世界所有一切又有什么价值呢？

的确，许多圣书中记载着无数诗句，尤其是在《娑摩吠陀》里，讲到了这些最内在的、最后的东西，真是些美丽

---

1 见上页注1。

的诗句。里面写着:"你的灵魂便是整个世界。"其中还写着,人们睡觉时,在深深入眠时,便进入自己最深的内在,便居留于阿特曼之中。在这些诗句中记载着惊人的智慧,世界上最聪明的人的一切知识都被收集汇总在这里,成为有魔力的语言,纯粹得好似蜜蜂所收集的蜂蜜。不能小看低估这一代接一代无数聪明的婆罗门人所收集和保存在这里的巨大的知识财富,绝不能小看低估。——但是有没有哪个婆罗门人,哪个僧侣,哪个智者或忏悔者达到了如下目的:不仅懂得这些最深刻的知识,而且是靠它生存?有没有哪个专家精于将沉湎于阿特曼的人从入魔似的睡眠中呼唤出来,让他清醒,进入生活,举步前进,说话干事?悉达多认识许多可尊敬的婆罗门人,首先是他的父亲,一个最纯粹、有学问、值得高度尊敬的长者。父亲是令人钦佩的,他的举止沉稳而高贵,他的生活纯洁,他的语言优美,他的头脑里有着无数明智、高贵的思想。——但是即使是他,这位知识如此丰富的人,生活在幸福中的人,他是满足的吗?难道他不也是一个探索者,一个渴求者吗?他不也是要一再重新返回到神圣的源泉边,像一个饥渴已久的人使劲痛饮,从祭献礼中,从书籍中,从婆罗门人那些变化多端的演说中使劲吸取养料?为什么他这个无可非议的人必须每天忏悔,必须每天净身,必须每天让自己成为新人?难道阿特曼不在他身上,难道古老的源泉没有流过他自己的心？人们必须找到它，在自我身上找到古老的源泉，人们必须让它变为自己所有！其他的一切便只是探寻、弯路和歧途而已。

悉达多如此思索不已，这些就是他的渴求，就是他的烦恼。

他常常高声朗读《韵律学·吠陀支》[1]里的名言："毫无疑问，婆罗门这个名字便是萨蒂耶——真理，谁懂得这些，谁就会每天进入一个极美妙的世界。"悉达多常常觉得自己已接近这个极美妙的世界，却从不曾真正达到，从未能解决自己的最后渴望。所有的聪明人以及那些最聪明的长者，凡是悉达多所熟识并从他们身上吸取教诲的人，他认为他们中间并无一人完全达到了这个极美妙的境界，这个能彻底解决他们永恒渴望的美妙世界。

"戈文达，"悉达多对他的朋友说，"戈文达，亲爱的，和我一起到榕树下去，我们要好好沉思一下。"

他们一起来到榕树下，坐下，悉达多在这边，戈文达距离他二十步远。当他们坐停当，一切都准备就绪时，便开始念"唵"，悉达多喃喃地重复念着几行诗句：

---

[1] 婆罗门教的附属经典。从属于《吠陀》的六类书，多半是经体，即便于记诵的歌诀。这六类书包括：（1）劫波经，祭祀、礼仪；（2）式叉（语音学）；（3）语法；（4）尼禄多（语源学）；（5）韵律学；（6）天文学。

唵是弓，灵魂是箭，
婆罗门便是箭矢之的，
人们为达目的不折不挠。

当正常的沉思潜修时刻已过时，戈文达站起了身子。黄昏已经降临，正是进行傍晚沐浴的时刻。他呼唤悉达多的名字。悉达多却没有回答。悉达多坐着出了神，他的双目呆呆地凝视着某个非常遥远的目标，他的舌尖略略伸出在两排牙齿的中间，似乎已经停止了呼吸。他坐着，被沉思所笼罩，默诵着"唵"，他的灵魂已成为箭矢射向婆罗门。

从前曾经有几个沙门途经悉达多所住的城市，他们是去朝拜圣地的苦行僧，一共三个人，他们干枯憔悴，既不老也不年轻，风尘仆仆，肩头流着血，身上几近赤裸，皮肤都被太阳晒得焦黑，他们生活在孤独之中，对世界既陌生又敌视，他们是人类王国中的陌生人和瘦骨嶙峋的豺狼。从他们身后吹来一阵炽热的气味，是由沉默的痛苦、受毁的工作、冷酷的自我虐待所形成的气味。

黄昏时，在做过自我审察之后，悉达多对戈文达说："我的朋友，明天一清早，悉达多便要走上苦行僧的道路。他要成为一个沙门。"

戈文达顿时脸色苍白，他听见了悉达多的话，同时在自己朋友不动声色的脸上看出了一种决心，一种离弦的飞矢似的不可偏转的决心。戈文达一眼就看清：事情开始了，如今悉达多将要走他自己的路，如今悉达多的命运萌发了新芽，而自己却把命运和他联系在一起。于是戈文达的脸色黄得像一只干枯的香蕉皮。

"噢，悉达多，"他叫道，"你父亲会允许吗？"

悉达多如梦初醒似的朝朋友望望。他也一眼便看透了戈文达的灵魂，看出了他的恐惧和懦弱。

"噢，戈文达，"他轻轻说道，"我们不要白费唇舌了。明儿天一亮我就要开始自己的苦行僧生活。请不必再说什么了。"

悉达多走进屋子，他父亲正坐在一张麻织的席子上。他走到父亲身后，站了好一会儿，直到父亲感到有一个人站在背后。这个婆罗门人问道："是你吗，悉达多？请说吧，你想和我说什么。"

悉达多说道："我要得到你的允许，我的父亲。我是来告诉你，我想明天早晨离开家，去过苦行僧生活。我要去当一个沙门，这就是我的请求。但愿我的父亲不反对我这么做。"

这个婆罗门人一声不吭，沉默了很久很久，直到小小的玻璃窗上出现了不断变化着的星星，房间里的沉默才告终结。儿子交叉着胳膊一动不动地默默站在那里，而父亲也一动不动地默默坐在席子上，只有星星在天空中移动着位置。这时父亲说道："婆罗门人是不善于讲那些愤怒激烈的话的。但是我的心很不满意。我不愿意第二次从你嘴里听见这个请求。"

婆罗门人慢慢站起身来，悉达多仍然交叉着胳膊不声不响地站着。

"你还在等什么？"父亲问。

悉达多回答："你知道我在等什么。"

父亲怒气冲冲地走出房间，愤愤地摸到自己的床前躺下了。

一个钟点过去了，这个婆罗门人的眼睛仍睁得老大，毫无睡意，他从床上爬起来，在房间里踱来踱去，后来又走出了房子。他透过小房间的小窗户往里看，看见悉达多仍然交叉双臂站在那里，一副不可动摇的模样；浅色的上衣闪烁着苍白的光。父亲心里很不平静，又回到自己的卧室。

又一个钟点过去了，婆罗门人仍是一点睡意都没有，他又从床上爬起来，在房间里来回踱步，然后又走出了房子，仰望了一下升起的月亮。他重又透过小房间的窗户朝里看，见悉达多还是双臂交叉地站在那里，月亮照亮了他赤裸的脚胫骨。父亲心里忧虑重重，又摸索着回到自己的卧室。

一个钟点后他又这么重复了一遍，再过了一个钟点又重复一遍。他透过小小的窗户，看见悉达多仍然站着，在月光下,在星光下,在黝黯的夜色里。一个钟点又一个钟点过去了,他沉默无言,望着房间里面,望着那不可动摇地站着的人,心里充满了愤怒,充满了不安,充满了惧怕和痛苦。

在天亮前的最后一小时里,他重又走进房间,看着站在自己面前的年轻人,觉得儿子长高了,变得陌生了。

"悉达多,"他说,"你还在等什么?"

"你知道我在等什么。"

"你想一直站着等到天亮,等到中午,等到晚上?"

"我要一直站着,一直等着。"

"你会累坏的,悉达多。"

"我是会累坏的。"

"你得去睡觉,悉达多。"

"我不去睡觉。"

"你会死的,悉达多。"

"我是会死的。"

"你宁愿去死,也不愿听从父亲的话?"

"悉达多永远是听从父亲的话的。"

"那么你还不想放弃自己的打算吗?"

"悉达多将要按照他父亲告诉他的话去做。"

熹微的晨光照进了房间。婆罗门人看到,悉达多的膝盖在微微颤抖。而悉达多的脸色仍显得那样坚毅,一双眼睛注视着远方。这时父亲意识到悉达多已经不在自己身边，已经不在家乡的土地上，他已经离开父亲和家乡了。

父亲抚摸着悉达多的肩膀。

他说："你要到树林里去，你想成为一个沙门。如果你在树林里找到了极乐，那么你就回来把极乐传授给我。如果你只是找到了失望，那么你就回转家来，让我们再一起向神道献祭。你现在走吧，去和母亲吻别，告诉她，你将到何处去。现在正是我去河边的时候，我要去做今天的第一次沐浴。"

他抽回搁在儿子肩上的手，向外面走去。悉达多身子摇晃了一下，似乎他也要往外走。但是他强忍着不去追随父亲，而是按照父亲的吩咐去向母亲告别。

当他在初照的阳光下，迈动麻木僵硬的双腿慢慢离开这座仍然静寂的城市时，在城外一所茅屋边，有一个蹲着的人影朝他直起身来，他认出这个朝圣者——正是戈文达。

"你来啦。"悉达多说，同时微微一笑。

"我来了。"戈文达回答。

和沙门在一起

当天傍晚时分,他们赶上了那些苦行僧,那些枯瘦的沙门。他们请求允许同行并表示愿意听从沙门的教导。他们被接纳了。

悉达多把自己的漂亮衣服送给了路边一个穷苦的婆罗门人。他只用一条带子遮住自己的羞处,身披一件没有缝边的暗褐色大斗篷。他每天只进餐一次,而且是未经烹调的食物。他斋戒十五天。他斋戒二十八天。他脸上和大腿上的肉逐渐瘦下去。从他那双越来越大的眼睛里闪烁出炽热的幻想,从他那些干枯的手指上生长出长长的指甲,下巴上的胡子也显得干枯和蓬乱了。当他遇见女人的时候,他的目光变得冷冰冰的;当他穿过一个市区,看见那些衣着华丽的人时,他的嘴唇轻蔑地一撇。他看见商人们做买卖,贵族们出外狩猎,服丧者为死人大声号哭,妓女奉献色相,医生照看病人,僧侣们为播种选定吉日良辰,情人们相亲相爱，母亲们抚拍自己的小宝贝——然而所有这一切在他眼里都毫无价值，一切都是欺骗，它们臭气熏天，散发出欺骗的恶臭，一切都是假象，而装得却似乎有思想、很幸福、很美好的样子，实际上全都在无可奈何地腐烂变质。世界的味道很苦涩。生活是痛苦的。

悉达多眼前只有一个目的，也是唯一的目的：摆脱一切，摆脱渴望，摆脱追求，摆脱梦想，摆脱欢乐和痛苦。听任自己死亡，心里不再有自我，在摆脱了一切的心里找到宁静，在自我消失了的思想里听任奇迹出现，这便是悉达多的目的。倘若自我在一切中消失不见，倘若自我业已死去，倘若每一种追索和探寻的欲望在心中俱已沉寂，那么这最后的、最内在的本质便会觉醒，这也就不再是自我，而是那个神圣秘密了。

悉达多默默地站在直射的烈日下，忍受着痛苦和干渴的煎熬。他就这样站着，直至自己不再感觉痛苦和干渴。雨季时，他默默站在雨下，任凭雨水从他的头发上往下滴落到冻僵的肩头，滴落到冻僵的髋部和双腿，但是那个悔罪者却站着不动，直至肩膀和双腿不再感到寒冷，直至它们都变得麻木，直至它们都不再动弹。悉达多默默地蹲在荆棘藤蔓间，灼痛的皮肤里流出了鲜血，溃疡的伤口上流出了脓水，而他神情木然地蹲着，纹丝不动地蹲在原地，直至鲜血不再淌流，直至没有刺伤感，直至没有灼痛感。

悉达多直挺挺地坐着，学习如何节省呼吸，学习如何稍稍呼吸便可维持生命，学习如何停止呼吸。他还学习如何让自己一开始呼吸就使心跳逐渐平息，学习如何尽量减少心跳的次数，减少到极少的程度，直至几乎完全没有声息。

悉达多从这批沙门中的年长者的身上学习如何自我解脱，如何沉思潜修，如何遵循新的沙门法规。一只苍鹭飞过竹林上空，刹那间，悉达多把自己的灵魂和苍鹭合为了一体，他高高飞翔在树林和群山之上，他变成了一只苍鹭，吞食鲜鱼，他具有苍鹭的饥饿感，他发出苍鹭般的叫声，他像苍鹭一样地死去。一只已经死了的豺狼躺在沙滩上，悉达多让自己的灵魂潜入了这具尸体之中，于是他成为一只死豺狼，躺卧在沙滩上，逐渐膨胀、发臭、腐烂，被鬣狗撕得粉碎，被兀鹫剥去了外皮，逐渐化为残骸，化为尘土，被风吹散到四处各地。悉达多的灵魂经过死亡、经过腐烂、经过化为尘土后，又转回来了，他已品尝了轮回循环的阴郁滋味，像一个猎手似的怀着新的渴望期待着冲出缺口，以逃脱这种轮回循环，找到事由的结局，开始无痛苦的永恒境界。他杀死自己的意识，他扼死自己的回忆，他让自我潜入上千种陌生的躯体之中，例如动物、尸体、石块、木头、流水，但是每一回他总是又惊醒过来，时而在阳光下，时而在月光下，仍然还是他自己，在轮回循环中摇摇摆摆，感觉渴望，制服渴望，又重新感觉新的渴望。

悉达多从这些沙门那里学到了很多东西，他学习到如何从自我启程迈步走向无数条道路。他经历了痛苦，经历了自愿受罪，制服了苦恼、饥饿和渴望之后，走上了一条摆脱自我的道路。他通过沉思冥想，通过对一切概念的空洞思维走上了一条摆脱自我的道路。他学会了走这一条道路和另一条道路，他成百上千次脱离了自我，他让自己在非我中停留几个钟点，甚至几天之久。尽管这条道路启程时离开自我，但道路的终点却终究是回到自我。尽管悉达多成千次逃开自我，逗留在虚无之中，逗留在野兽和石块之中，回归仍然是不可避免的，他无法挣脱这一重新寻获自己的时刻，不论是在日光下还是在月光下，不论在树荫里还是在大雨中，他终于仍然是自我，是悉达多，他重又感觉到承受轮回循环的痛苦。

戈文达生活在他身边，是他的影子，和他走着同一条道路，经受着同样的磨难。他们除了谈论自己的责任和实践问题，很少交谈其他事情。两个人有时候为自己也为他们的教师，一起走街串巷去乞讨食物。

"戈文达，你有什么想法，"有一次他们在乞讨途中，悉达多问他的朋友道，"你是否认为我们已经走得够远了？我们达到了目的吗？"

戈文达回答说："我们学习了很多，我们还要继续学习。你会成为一个伟大的沙门的，悉达多。你迅速学会了每一种苦修实践,使那位年长的沙门常常惊讶万分。你总有一天会成为一个圣人的,噢,悉达多。"

悉达多回答道:"我并不这么认为,我的朋友。这些日子和众沙门待在一起,我是学到了一点东西,噢,戈文达,这是因为我有能力学习得如此迅速而利落。如果我待在妓女云集的小酒店里,我的朋友,生活在马车夫和赌棍中间,我也能够学习到很多很多。"

戈文达说:"悉达多在和我开玩笑。你是如何沉思潜修的,你是如何屏住呼吸的,你对饥饿和痛苦又是如何无所感觉的,难道能够从这些可怜人那里学会这些?"

悉达多却好像是在说给自己听似的轻声说道:"什么是沉思潜修?什么是脱离躯壳?什么是斋戒?什么是屏住呼吸?这是想要逃离自我,这是短暂地摆脱自我存在的苦恼,这是一种对抗痛苦和生活的无意义的短暂麻醉。一个牧牛人可以在小客栈里找到同样的摆脱,同样的短暂麻醉,只要他喝上几碗米酒或者发过酵的椰子牛奶,他便不再有自我存在的感觉,不再感觉生活的苦恼,会找到短暂的麻醉。那个牧牛人喝过几碗米酒后在微睡状态中所寻得的东西,正是悉达多和戈文达所找到的,而他们则是通过长期地摆脱自己的躯壳的苦修实践,通过逗留在非我状况中才取得的。事实便是如此,噢,戈文达。"

戈文达接着说道:"这是你的说法,噢,朋友,但是要知道,悉达多并不是牧牛人,而一个沙门也并不是一个酒鬼。喝醉酒的人可以找到麻醉,可以得到短暂的摆脱和休息,但是当他从幻觉中醒来时,会发觉一切都是老样子,他并没有变得更聪明些,并没有积累什么知识,也并没有让自己提高一个等级。"

悉达多微笑着说:"我不知道你说的对不对,因为我没有喝醉过。但是我,悉达多,从自己苦行实践和沉思潜修中找到的那些仅仅极短暂的麻醉中知道,自己距离智慧,距离获得拯救也同样十分遥远,就像一个尚未脱离母体的婴儿,我知道的,噢,戈文达,我知道的。"

后来又有一次,悉达多和戈文达一起离开树林走进村子,为他们的兄弟和教师乞讨食物时,悉达多又开始谈到这个问题,说道:"怎么样,戈文达,我们的道路是否正确?我们也许已经更接近智慧了?我们也许已经更接近解脱了?或者我们只是在兜圈子——而我们,还自认为正在脱离这种循环?"

戈文达说道:"我们已经学到了很多,悉达多,还有很多正等待我们去学习。我们并没有兜圈子,我们正在往上走,这圆圈是螺旋形的,我们已经上升了好几级。"

悉达多回答说:"你可知道,我们那位最年长的沙门,我们尊敬的教师,现在高寿多少?"

戈文达说:"我们这位老人大概是六十岁吧。"

悉达多说:"他已经六十高龄,但还不曾达到涅槃境界。他会活到七十岁,活到八十岁,而你和我,我们也会活到这么老,我们将要不断磨炼,不断斋戒,不断反省。但是我们还远远达不到涅槃境界,他不行,我们也不行。噢,戈文达,我相信,我们这里所有这些沙门中,也许没有一个人,没有一个人会达到涅槃境界。我们探寻慰藉,我们探寻麻醉,我们学习种种修行技巧以求得自我迷醉。然而最根本的是,我们没有找到那条路中之路。"

"请别这样说,"戈文达表示了不同意见,"请别说这种可怕的话语!悉达多!难道在如此众多有学问的长者中,在许许多多婆罗门人中,在这么多严格律己的可敬的沙门中,在许许多多探索者、许许多多努力勤勉的人、许许多多圣洁的人中,就没有一个人会找到这条路中之路?"

但是悉达多只是用一种含有悲哀和嘲讽的声调,轻轻地说道:"过不了多久,戈文达,你的朋友就要离开这条和你一起走了很久的沙门的狭路了。我受着渴望的煎熬,噢,戈文达,而在这条漫长的沙门的道路上,我的渴望之感丝毫也没有减少。我始终渴求着新的知识,我心里始终充满了疑问。年复一年,我向婆罗门人求教。年复一年,我向神圣的《吠陀》求教。噢,戈文达,也许我向犀鸟求教,或者向黑猩猩求教,也会获得同样的智慧,同样的教益。噢,戈文达,为了学习,我已经耗费了很多很多时间,却没能到达终点：没能到达无物可学的终点！于是我认为，事实上并不存在那个我们称之为'学习'的东西。噢，我的朋友，事实上只存在一种知识，它是普遍存在的，它就是阿特曼，它存在于我身上，存在于你身上，存在于一切生物之中。于是我便开始相信：求知欲望和学习愿望恰恰是这种知识的可恨的仇敌。"

戈文达在半路上呆住了，他高高举起双手，说道："悉达多，请千万别用这种言论使你的朋友惊恐万状！真的，你这番话在我心里引起了恐惧。只要想一想：倘若一切正如你所说的，倘若学习并无意义，那么还谈什么祈祷的神圣性，什么婆罗门人的德高望重，什么沙门僧的虔诚呢？有什么东西，噢，悉达多，世上万物有什么可算是神圣的、有价值的、可尊敬的呢？！"

这时戈文达喃喃地念了一首诗，这是《奥义书》[1]里的一首诗：

> 谁潜心于阿特曼之中，
> 沉思默想，灵魂净化。
> 他的心便神圣高洁，

---

[1]《奥义书》：印度最古老文献《吠陀》经典的最后一部分，其中多数是宗教、哲学著作。

不需要任何言语形容。

悉达多沉默不语。他思考着戈文达对他说的话，从头到尾琢磨着这些话。

是的，他想，他耷拉着脑袋站着，世上万物中有哪些可称之为圣洁的呢？究竟有哪些呢？有哪些是经得住考验的呢？他摇了摇头。

后来，当这两个年轻人和这批沙门僧共同生活并且分担苦修实践将近三年的时候，他们从各种不同的途径和渠道听见一个消息、一个谣言、一个传闻，说什么：出现了一个名叫加泰玛的超人，一个佛陀，他战胜了世上的一切苦恼，他能使复活的车轮停止转动。他到处讲学，受到青年人的拥戴，他漫游在全国各地，没有财产，没有妻子，没有家乡，他身披苦行主义者的黄色僧衣，但是他的额头是开朗的，他是一个圣人，许许多多婆罗门人和贵族在他面前弯下身子，他们愿意充当他的弟子。

这个传闻、消息、童话到处流传，传到这里，又传到那里。在城市里，婆罗门人互相交谈，在森林里，众沙门议论纷纷，到处回响着加泰玛的名字，到处在谈着这个佛陀，传进这两个青年耳朵里的，有好话也有坏话，有赞美也有诽谤。

就像某个国家瘟疫横行那样，这个消息迅速传播，消息说，有这么一个人物，一个智者，一个有学问的人，在全国各地走动，他的话语和他嘘出的气息足以治愈每一个被瘟疫所侵袭的遭难者。当这个消息传遍全国的时候，人人都谈论它，有许多人深信不疑，也有许多人十分怀疑，还有许多人则立即启程去探访这位智者、这位圣人。于是整个国家都传遍了关于加泰玛这位佛陀，这位出身于释迦牟尼家族的智者的种种逸事，种种香气馥郁的趣闻。他的信徒们说，他掌握着那些最高级的知识，他记得自己前生的事，他已达到涅槃境界，可以不再回到轮回中来，他永远不会沉没在造化的污浊波涛之中。人们报道了他的许多惊人的、简直是不可思议的事迹，说他创造了奇迹，说他战败过魔鬼，说他曾经和诸神对话。而他的反对者和敌人则说，这个加泰玛不过是一个自吹自擂的引诱者，他追求奢侈的生活，他蔑视祭献，他并无渊博的学问，甚至不懂得如何清苦修行。

关于佛陀的传闻听着真使人着魔，这些报道都散发出迷人的香味。是的，如今的世界是出了毛病，生活简直难以忍受——因而，瞧吧，这里涌出了一股甘泉，这里鸣响着使者的声音，温和的、抚慰的，充满了高贵的许诺。到处传播着这位圣者的消息，印度各地的年轻人都悉心倾听着他的声音，感觉到渴求，感觉到希望。不论城里还是村庄里，年轻的婆罗门人都热烈欢迎每一个朝圣者，每一个外来人，只要他们带来他——那位卓越人物、那位佛陀的消息。

这些传闻逐渐也渗进了树林里，传进了这些沙门的耳中，同样也传进了悉达多和戈文达耳中，缓慢地、一点一滴地渗了进来，每一点都难以相信，每一点也都难以怀疑。他们很少谈论这件事，因为那位最年长的沙门很厌恶这些传闻。他曾听说，那位所谓的佛陀从前也当过苦行僧，在森林里苦修过，但是后来又回转到世俗生活里过起了舒适生活，因此他很瞧不起这个加泰玛。

"噢，悉达多，"有一回戈文达对他的朋友说，"我今天在村子里的时候，有一个婆罗门人邀请我去他家中，屋里有一个从麦加特哈来的婆罗门青年，这个年轻人曾亲眼见到加泰玛，聆听他的教诲。说真的，我呼吸时都觉得胸膛作痛，我一直在想：我自己，我们两人，悉达多和我不是也可以去经历经历这种时光，我们应该去听听那位完人的亲口教诲！说话吧，我的朋友，我们要不要也到那里去，也去听听佛陀的亲口讲学？"

悉达多回答说："噢，戈文达，我一直在想，我一直认为戈文达会和沙门僧们始终待在一起，我一直相信这便是他的目的，一直待到六十岁、七十岁，始终不断地锻炼着苦修技艺，这是一个沙门所必须具备的。但是瞧吧，我对戈文达认识得还不够，我对他的心了解得太少了。那么现在你，尊敬的朋友，想要另择道路了，你要去聆听佛陀的教诲了。"

戈文达说："你在开玩笑吧。悉达多，你总是好嘲讽讥笑！这难道不也是你的期望吗，你难道没有兴趣去听听他的布道？你从前不是告诉过我，这条沙门的道路你不会长久走下去的吗？"

这时悉达多便以自己的方式微微一笑，说话的声调里却带着一重悲哀的情感，一种嘲讽的意味，他说："是的，戈文达，你说得很对，你记性真好。不过你还得再回忆回忆别的，也是我曾经和你说起的，我对学问确实产生了怀疑和厌倦，也懒得进行学习，我对老师们灌输给我们的那些话语，已经缺乏信仰。不过，亲爱的，我已做好准备，去聆听那个人的教导——虽然我深信，那个人的学说中最优秀的成果，我们早就品尝过了。"

戈文达回答说："你已准备和我同行，真叫我满心喜欢。但是请你告诉我，你方才的话有何根据？为什么在我们聆听加泰玛的学说之前，就可以推论我们业已品尝过其中最优秀的成果呢？"

悉达多说："噢，戈文达，还是让我们去品尝品尝这些果实，并且耐心等候今后的发展吧！我们目前就应该向加泰玛表示感谢，因为就是这些果实召唤我们脱离沙门僧的道路！我们不必管加泰玛会不会给我们提供什么意外的、较好的东西，噢，朋友，我们只需要心境宁静地等待着就行。"

同一天，悉达多便向那位最年长的沙门说出了自己的决定，他将要离开他们。他态度极为谦逊有礼，这也是一个后辈和弟子应该有的态度。那个老沙门竟暴跳如雷，因为这两位年轻人居然要离开他们，他高声大叫，还骂了一些粗话。

戈文达十分惊恐，犹豫起来。悉达多却把嘴巴凑到戈文达耳边，小声告诉他说："现在我正好可以向老人显示显示，我从他那里学到了什么。"

这时他已站在老沙门僧面前，挨得很近，集中全部精神瞪眼对视着老人的目光，悉达多的目光蛊惑了他，使他变得呆滞，变得没有主意，让他屈从了自己的意志，并命令他，让他不声不响去做自己要求他做的事情。这个老人已变得呆滞麻木，两眼发直，意志瘫痪，胳膊往下垂落，在悉达多所施的魔力前完全无能为力。悉达多的思想已经攫住了这个老沙门，他必须完满地执行悉达多的命令。于是老人好几次俯下身子，摆出祈祷的姿势，喃喃说着一些为旅行祝福的虔诚的话语。而两位年轻人也鞠躬致谢，他们回应了他的祝福后，有礼貌地告辞而去。

半路上戈文达说道："噢，悉达多，你从老沙门处所学到的东西远比我所了解的要多得多。要对一个老沙门僧施加魔力是不容易的，是一件非常难的事情。说真的，如果你还待在那里,我肯定你很快便可学会如何潜入水中的。"

"我并不渴望学会潜入水中,"悉达多说,"但愿这个老沙门自己能如愿以偿实现这种技艺吧。"

加泰玛

在沙瓦梯城,每一个孩子都知道这位不平凡高僧的名字,每一幢住宅都时刻准备着接待拥戴加泰玛的年轻人,接待默默无语的朝圣者,为每一只乞讨的饭碗盛满食物。城市附近坐落着一座叫作哈恩·耶塔华那的别墅,是加泰玛最喜欢住的地方。那是有钱的商人阿那塔比迪卡,加泰玛的忠实崇拜者,赠送给他和他的追随者的礼物。

两个年轻的苦修者根据种种传说的指引追寻着加泰玛的住地,终于来到了圣人居住的地区。他们一到达沙瓦梯城就在第一幢住房大门前站停了,他们乞讨食物,立即得到了食物,悉达多询问赠予他们食物的妇女:

"感谢你,仁慈的人,我们很想知道佛陀住在哪里,就是那位最尊贵的圣人。我们是两个从森林里来的沙门僧,我们来探访他,我们想见见这位完美的人,我们要亲耳聆听他的布道。"

那位妇女回答说:"两位来自森林的沙门啊,你们远道而来,真是找对了地方。你们听好,在耶塔华那,在阿那塔比迪卡的花园里,正住着那位卓越的人。你们二位朝圣者可以到那里去过夜,那里有的是房间,可以容纳许许多多潮水一般涌来聆听圣人讲道的人。"

戈文达大为欢喜,兴奋地大声叫道:"多美啊!我们算是到了目的地,走到头了。朝圣者们的母亲啊,请告诉我们,你认识圣人吗,你亲眼看见过他吗?"

那妇女又说:"我见过他许多许多次,那位杰出的人。我很多次看见他穿着黄外套默默地走过街道,看见他默默地站在一些住宅前伸出乞讨的碗,然后又拿走盛满了食物的饭碗。"

戈文达听得十分兴奋,还想再询问、打听其他许多情况。但是悉达多提醒他继续上路。他们道谢后继续朝前行走,几乎不需要再询问路途,因为沿途有不少来自崇拜加泰玛团体的朝圣者和僧侣正往耶塔华那走去。当他们晚上到达别墅时,听见一批批连续不断的光临者的喊叫声、谈话声,喧哗着请求留宿,并且得到了安顿。这两个过惯了森林生活的沙门很快便找到了栖身之处,不声不响地躺了下来,一直睡到次日清晨。

日出时他们环顾四周大吃一惊,昨夜在此地过夜的信徒和崇拜者简直可称是成群结队。美丽的小树丛间的每一条小道上都有披着黄色长袍的僧侣走来走去，他们还东一堆西一堆地坐在大树底下，有的在潜心修行，有的在相互切磋宗教上的问题，他们看见这座树荫覆盖的花园就像是一座城市，挤满了聚集在一起的蜜蜂般喧嚣的人。大多数僧侣这时正端着讨饭碗往外走，他们要进城去乞讨中午饭，这是他们一天的唯一一顿饭食。就连佛陀本人，这位照亮别人的人，每天早晨也总是走这条乞食之路。

悉达多看见了他，并且立即就辨认出了他，好像有一个神道在指点似的。他注视着他，这是一个穿着一身黄色僧衣的普通人，手里端着乞食碗，悄没声儿地在往前走。

"快看！"悉达多轻轻地对戈文达说，"这个人就是佛陀。"

戈文达仔细注视着这个穿黄色僧衣的僧侣，觉得他和其他几百个僧侣毫无区别。但是戈文达也很快辨认出此人正是他。他们便跟在这个人身后，并且细细观察着他。

佛陀谦逊地自顾自地走着，正沉溺于思索中，他那宁静的面容既不快活，也不悲哀，内心深处似乎在轻轻地发出微笑。他就带着这种隐蔽的笑容，又平静，又安稳，简直像一个健康的儿童。这个佛陀就这么走着，穿一身黄僧衣，迈着和其他僧侣同样的步伐往前走着。但是他的脸容和他的脚步，他那平静地低垂着的目光，他那不动的耷拉着的双手，甚至还有静静地垂着的双手上的每一根手指都表露出他心神安宁，表露出他完美无缺。他并不探寻什么，也并不注视什么，只是温和地呼吸着，沉浸在一种永不凋谢的宁静的气氛中，一种永不凋谢的光芒中，一种不可触动的和平的光景中。

加泰玛就这么朝城里漫步走去，去乞求布施。而那两个沙门通过他那独一无二的宁静平和仪态的完美性，认出了他，他的仪态里没有丝毫欲望、追求、仿效和烦恼，只有光明与安宁。

戈文达说："我们今天可以听到他亲口讲道了。"

悉达多没有回答。他对布道并不怎么好奇，他不相信会学到什么新东西。和戈文达一样，他已经一遍又一遍地听说过这位佛陀布道时所讲的内容，尽管是通过第二者或者是第三者的口。但是当他细细凝视着加泰玛的头，他的肩膀，他的双脚，他那静静地垂着的双手时，他觉得，这双手的每一个指头的关节都有学问，会说话，会呼吸，散发着香气，闪烁着真理的光彩。这个人，这个佛陀全身直至最小的指头的姿势都是诚挚的。这个人是圣洁的。悉达多还从来不曾像尊敬这个人似的尊敬过一个人，像爱这个人似的爱过一个人。

两位年轻人追随佛陀一直到了城外，又默默无言地回转宿营地，因为他们已经考虑好这天进行节食。他们看见加泰玛回转住地，看见他在一群年轻人的包围下用午餐——他吃得很少，少得连一只小鸟也喂不饱——他们看见他又回到了杧果树的树荫下。

黄昏时分,炎热已经消退,宿营地里,人人都变得活跃起来,大家聚集在一起,开始听佛陀布道。他们听着佛陀的声音,觉得连这声音也是完美无缺的,充满了优美的平静,充满了和平。加泰玛讲授的是关于苦恼的学问,讲到了苦恼的来源,讲到了解除苦恼的方法。他的话平和流畅,清晰明朗。生活是苦恼的,世界上充满了苦恼,但是可以找到解决苦恼的办法:谁若追随佛陀,就会得到拯救。

这位圣人用一种柔和的,然而却是非常坚定的声音讲述着,他讲授了四个主要句子,讲授了八个方面的途径,他按照一般的教学方法耐心地讲述着,反复举例,反复讲授,他的话语清亮而平静地朝听众袭来,就好似一道光芒,也好似一片繁星晶亮的夜空照亮了人们的心田。

当佛陀结束演说时,已是深夜了,有一些朝圣者当即走上前去,请求接纳他们加入团体,允许他们从学习中寻求庇护。加泰玛接纳了他们,并说道:"你们学习得很好,你们的声明也很好。你们来吧,走进圣洁之中,准备好结束一切苦恼。"

瞧,连戈文达这个最腼腆的人也走上前去,说道:"我也要求得到佛陀和他的学问的庇护。"戈文达请求加入年轻人的团体,他也被接受了。

正当佛陀转身准备去就寝时,戈文达急忙朝悉达多说道:"悉达多,我并不是责怪你。我们俩一起听了佛陀的演讲,我们俩一起接受了他的教导。戈文达已经属于这种学说,他已经要求得到佛陀的庇护。可是你呢,可尊敬的人,你不想走这条获得拯救的新路吗?你还犹豫什么,你还想等待吗?"

悉达多听了戈文达这番话,便好似从梦中猛然醒来一般。他久久凝视着戈文达的脸,随后轻声答复道,语气中毫无嘲弄的意味:"戈文达,我的朋友,你终于迈出了第一步,你终于选定了自己的道路。噢,戈文达,你永远是我的朋友,你一直是跟随着我的。我常常想,戈文达会不会有朝一日自己单独向前迈出一步呢,不依靠我,完全根据他自己的灵魂而向前迈出一步呢?瞧,你现在已是一个堂堂男子汉,你选择了自己要走的道路。但愿你沿着这条路走到底,噢,我的朋友!但愿你得到拯救!"

戈文达还没有完全明白他的意思,又用不耐烦的口气催促说:"你说啊,我求求你,我亲爱的朋友!请告诉我,为什么你,我亲爱的朋友不和我一样请求我们可敬的佛陀的庇护,为什么会有别的情况呢!"

悉达多把手放在戈文达的肩上说:"你没有听清我的祝愿,噢,戈文达。我再重复一遍:我祝愿你沿着这条道路走到底!我祝愿你获得拯救!"

一瞬间戈文达明白了,他的朋友就要离开他了,于是便哭了起来。

"悉达多！"他责怪地叫道。

悉达多温和地回答道："请别忘记，戈文达，你现在已经是佛陀的弟子了！你已经抛弃了祖国和双亲，抛弃了出身和财产，抛弃了你自己的志愿，抛弃了友谊。这是学习的要求，这是那位佛陀的要求。这也是你自己的愿望。明天，噢，戈文达，我明天就要离开你了。"

这一对朋友又在小树林里游荡了很久很久，后来他们躺下休息，还是久久不能入眠。戈文达一再逼问自己的朋友，要他解释清楚，为什么他不愿意求得加泰玛学说的庇护，他究竟在这一学说里发现了什么缺陷。可是悉达多一再回答说："你应该满足才是！戈文达！这位佛陀的学说十分卓越，为什么非要我从中找出缺陷呢。"

第二天一清早，佛陀的一位门徒，那批最年长僧侣中的一个，跑遍了花园各处，通知每一个参加学习的新人集合到自己身边，让他们穿上黄僧衣，并且向他们传授学说的启蒙知识以及弟子的职责。这时戈文达不得不离开自己的朋友，他再一次拥抱了自己青年时代的朋友，然后便加入新信徒的行列了。

悉达多却沉思着在稀疏的小树丛间漫步。

他迎面遇见了加泰玛，那个佛陀，当他满怀敬畏地向对方行礼时，他看见佛陀的目光里充满了安详和善意的神色，使年轻人顿时勇气倍增，敢于请求这位尊贵的人允许和他作一次谈话。佛陀默默地点头表示许可。

悉达多开言道："噢，尊敬的长者，昨天我有幸聆听了你的惊人演讲。我和我的朋友一起专门从远方来聆听你的教诲。如今我的朋友已留在你身边，他在你这里得到了庇护。而我则要开始自己新的朝圣事业。"

"你最喜欢哪些内容？"那位可尊敬的人谦逊地问。

"我的话也许过于狂妄，"悉达多接着说，"但是在我向尊敬的佛陀坦率地诉说我的思想之前，我不愿意离开此地。尊敬的长者肯不肯再赠予我片刻光阴呢？"

佛陀默默地点头表示许可。

悉达多便又说道："首先，噢，最尊敬的长者，你的学说使我十分震惊。你的学说中的一切都清清楚楚、十分完美，一切都有根有据；你把世界作为一个完美的整体，作为一条没有任何断裂的链条介绍给大家，把世界当作一条永恒的链条，一条由动机和效果连接成的长链。我觉得一切从来不曾呈现得如此清晰，也从来不曾得到过如此无可争辩的表现；每一个婆罗门的心肯定会更为崇高，只要他通过你的学说学会把世界作为一个互相关联的、没有缝隙的整体来加以观察，看到世界澄清得好似一块水晶，并不依赖任何偶然事件，不依赖任何神道。不管人们是好是坏，生活是痛苦还是欢乐，一切都是悬而未决的，还都是未定的，因为这些都不是本质的东西——但是世界的和谐统一，一切现象的相互关联，一切伟大和渺小事物的相互依赖关系，根据自身的潮流，根据一切事物产生、发展和死亡的自身规律所形成的关系，都被你的卓越学说照得通明，噢，完美无缺的圣人。但是有一处地方，我根据你的学说，认为在一切事物的统一性和连贯性上恰巧存在着断裂之处，由于这小小的缝隙，和谐统一的世界里便汹涌流进了若干陌生的东西，若干新奇的东西，若干过去没有的东西以及若干既没有被指明过，也不可能予以证实的东西：这就是你的学说中关于战胜世界，获得拯救的部分。由于这小小的缝隙，这小小的断裂，整个永恒而统一的世界规律又重新破裂和解体。请你务必原谅我讲出这番异议来。"

加泰玛静静地倾听着，一动也不动。随后，这位完美无缺的圣人用他那善良、谦逊，又十分清朗的声音说道："噢，婆罗门人的儿子，你听课很用心，因而你进行了如此深刻的思考。你从中找出了一道裂缝，一个缺陷。你还应继续深思下去。让我向你，好学的青年人，奉劝一言，面对树丛要使用头脑，面对争论要使用语言。一个人的思想怎样都是合宜的，不论这种思想是美是丑，是聪明还是愚蠢，每个人都能够对它们加以追随，或者予以摈弃。但是你所听见的我的学说，并不是我的见解，这一学说的宗旨也并非为好学的求知者阐释世界。它的宗旨是另一种东西。它的宗旨是从痛苦中解脱。这就是加泰玛所讲的内容，而不是其他任何东西。"

"噢，尊敬的圣人，请不要生我的气，"年轻人说，"我的用意并不是和你争论，像你方才对我说的，用语言进行争论。你讲得很有道理，值得商榷的地方很少。不过还请你允许我再说明一点：我就是一分一秒也不曾对你产生怀疑。我连一刹那也没有怀疑过你是一个佛陀，你已经达到了目标，达到了成千上万众多的婆罗门人和婆罗门的儿子正为此而不懈奋斗的最高的目标。你已经找到了摆脱死亡的方法。你按照你自己的探索方法，通过思想、通过潜修、通过认识、通过领悟，寻求到了你自己的道路，佛陀就是你自己。而学习是你成为佛陀的唯一途径！噢——尊敬的圣者，这些便是我的想法——没有人可以通过配给学问而获得拯救。没有人能这样，噢，尊敬的圣人，你能不能用话语，或者通过演讲告诉我，你在领悟时期究竟发生了什么情况！领悟佛陀的学问包括许多内容，你已经讲授了很多，要生活得诚实正直，要避免做坏事。而在你这番极其清晰明白、极其可贵的讲演中却没有某一项内容，就是没有包括可尊敬的圣人自己亲身生活经历的秘密，他曾如何作为一个个人生活在数以万计的人中间。这便是我在倾听讲演时所想到的和认识到的。这也便是我还要继续流浪的原因——并非去寻求另一种更为美好的学问，因为我明白，不存在这种学问，我只是要遗弃一切学问和老师，我要自己独自一人去朝我的目标攀登，或者去死亡。噢，尊敬的圣者，我会常常想到今天的，想到目前这一时刻的，因为我亲眼看见了一位圣贤。"

佛陀默默地俯视着土地，他那高深莫测的脸容平静地流露出无可指责的镇定沉着。

"但愿你的思想并无差错，"那位可尊敬的人慢悠悠地说道，"但愿你达到目的！但是请你告诉我：你可曾看见我那一大群弟子，我的无数兄弟，他们要从我所讲的学说中求得庇护？你是否相信，陌生的沙门僧，你是否认为所有这些人如果放弃学习而走向世界，或者回归到欲望中去，其后果会更好些？"

"这离我的想法太远了，"悉达多大声叫道，"但愿他们人人都留下来学习，但愿他们个个能到达自己的目的地！我绝无权利对其他任何人的生活做出判决！我只能对自己，对我个人做出判决，我必须自己选择道路，我必须自己决定取舍。噢，尊敬的圣者，我们沙门僧寻找如何自我解脱的道路。倘若我成为你的一名年轻追随者，噢，圣人啊，我害怕自己会发生这种情况：我只是表面地、虚假地让自己达到平静和获得解脱，而实际上却依然如故，因为我爱戴这一学说，是你的追随者，还因为我爱你，要把这一僧侣集体看成为就是我自己！"

加泰玛微微笑着，用一种十分坚定而友好的目光凝视着陌生青年的眼睛，然后做出一个几乎难以觉察的手势和对方告别。

"噢，沙门僧，你很聪明，"可敬的圣者说，"你懂得如何讲聪明话，我的朋友。你的巨大智慧会保佑你的！"

佛陀转身走了，但是他的目光和那微微而笑的容貌已深深铭刻在悉达多的脑海里了。

他心中暗自思忖，我还从来不曾见过有这般目光和笑容的人，不曾见过如此走路和打坐的长者，我真切希望自己也能具有这种目光和笑容，也能如此走路和打坐，也能像佛陀一样，具有自由自在、可尊可敬、内在含蓄、开朗坦率、和蔼慈祥，同时又充满了神秘气息的仪态。然而，唯有一种人才能够切实具备这种目光和笑容，也就是已进入自己内心最深之处的人。是的，我也要努力追求，进入我自己内心的最深处。

悉达多暗自思忖，我算是见到了一个唯一一个我必须在他面前垂下眼睛的人。我以后不会再在任何别人面前垂下眼睛，不会再有第二个人了。绝不会有任何学说再吸引我，因为就连这个人的学说也没能吸引我。

这位佛陀夺走了我的心，悉达多想，他是夺走了我的心，然而也馈赠了我很多很多。他夺走了我的朋友，这个朋友原来崇拜我,如今却改而崇拜他,这个朋友原来是我的影子,如今却成了加泰玛的影子。而他馈赠予我的是悉达多,是我自己。

觉醒

当悉达多离开树丛,将那位佛陀、那位完美无缺的圣人留在后边,将自己的朋友戈文达留在后边时,他才感到,他也已将自己迄今为止的生活遗留在身后的树丛之中,自己也已和它们相脱离。这一感觉充溢于他全身,他沉思着慢慢向前走去。他沉入深深的潜思之中,仿佛自己已经潜过一条深深的小河,到达了这一感觉的基点,到达了根源的地方,而认识这一根源正是他所寻求的思想,唯有通过思想才可能给感觉以理性认识,而不至于迷失道路,并且还能掌握感觉的本质,开始让自己内在的东西放射光彩。

悉达多一面沉思,一面缓慢地朝前走。他发觉自己不再是年轻人,而已是一个成年男子了。他确信无疑,有一个人真的离开了他,让他感到自己好似一条蜕了一层皮的蛇,那个人如今不再在他身边,而过去,整个青少年时期,总是陪伴着他,而且是属于他的。那个人的愿望是找寻老师，聆听教诲。那位出现在他前进道路上的最后一位老师，那位最高贵、最聪明的长者，最神圣的佛陀，他也离弃了，他不得不离开，否则便不能继续自己的学业。

这位思索着的人越走越慢，不断给自己提出问题："你不断学习，不断从老师处学得知识，有什么用呢？你学得很多很多，然而却不可能学完一切，这又该怎么办呢？"于是他得出结论："我就是这样一个人，我愿意学习一切的意义和本质。我就是这样一个人，一个愿意制服一切，从而得到解脱的人。但是我没有能力战胜一切，我只能够自己欺骗自己，我只能够远远逃开，我只能够隐蔽躲藏。事实上，世上万物中我头脑里考虑得最多的只有这个自我，这个不解之谜。我活着，我是单独一个人，我远远离开了所有一切人，我是和大家隔绝的，我就是悉达多！而世上万物中，我了解得最少的莫过于我自己，这个悉达多！"

当这个想法攫住了他时，这个缓缓朝前边走边想的思索者完全停住了步子。他脑子里倏地又冒出了另一个想法，一个全新的想法，这就是："我对自己一无所知，悉达多对于我如此陌生，完全缺乏了解，其原因只有一个，这个独一无二的原因便是我自己害怕自己，我是想从自己中脱逃出去！我寻求阿特曼，我寻求婆罗门教，我是自愿地将自己分割解体、剥去皮壳，以便脱尽外皮后找到那最不为人了解的最内在的核心，找到阿特曼，找到生命，找到神道，找到最后的一切。而我自己本人却在这一过程中消失不见了。"

悉达多睁开眼睛环顾四周,脸上露出了笑容,一种极深刻的感觉把他从漫长的睡梦中唤醒,它流经他的全身,从头顶直至脚趾。于是他便重新上路,飞快地跑了起来,好像一个很清楚自己要去干什么的成年男子汉。

"噢,"他一面深呼吸一面想,"如今我要做一个不再逃脱的悉达多了!我已不愿再将我的生活和我的思想每天开始于阿特曼和世上的烦恼。我不愿意再杀戮自己、分割自己,以便从废墟堆里找出一个大秘密来。我再也不学《瑜伽吠陀》,再也不学《阿闼婆吠陀》[1]了,我也不再当苦行僧,从事任何一种苦修了。我要从我自身学起,要当一个小学生,要认识我自己,认识悉达多的秘密。"

他环顾四周,好似他生平第一回看见世界。世界多美丽,世界多绚烂,世界真是奇妙而又迷人!这里是蓝色的,那边是黄色的,还有绿色的,天空在流动,河水在流逝,树林和山峰停滞不动,一切都美丽,一切都谜一般充满魅力,在一切之中是他,是悉达多,是这个觉醒的人,他正走在认识自己的道路上。所有这一切,所有这些黄色和蓝色,河流和森林,都是第一次进入悉达多的眼帘,如今在

---

1 见P5注1。

他身上已经不再存在魔罗[1]之类的魔力，不再存在诳[2]的蒙翳，不再存在毫无意义而又极为偶然的多种情况，对于这位正在进行深刻思考的婆罗门人来说，这些都不值分文，他蔑视多样性，探索统一性。蓝色就是蓝色，河流就是河流，在悉达多眼里，即或统一性和完美性存在于蓝色和河流之中，但这恰恰是形式和内容的完美性，这边是黄色，这边是蓝色，那边是天空，那边是树林，而悉达多就在这里。内容和实质并非总是隐藏在事物后面，它们就在其中，在一切之中。

"我真是愚蠢之至！"这位急匆匆向前行走的人暗自思忖，"倘若一个人阅读一篇文章，试图探索其中的意义，那么他便不会轻视文章的标点和字体，不会说它们都是谎言、偶然事件和毫无价值的表皮，而是细细阅读，从中学习东西，爱这篇文章，每一个字母都爱。而我自己呢，我读一本世界的书，读一本了解我自己本质的书，然而我读一本书的时候，首先偏爱进行一种推测性的思考，我蔑视标点和字体，我称世界的种种现象为欺骗，我称自己的眼睛和舌头为偶然的、毫无价值的幻象。不，如今这一切均已成为过去，我已经觉醒，我确确实实觉醒了，今天便是我的

---

1 佛教名词，意译"扰乱""破坏""障碍"等。
2 佛教名词，指矫揉造作掩饰自己过错的思想与活动。

新生。"

悉达多想到这里，又一次打住了脚步，好似有一条毒蛇突然横在他前面的道路上。

正因为他猛然觉醒，所以，他，一个真正的觉醒者或者说一个新生者，必须重新生活，彻底从头开始。当他在那天清晨离开耶塔华那别墅的树丛，离开那个圣人的同时，就已开始觉醒，就已经走上了寻找自己的道路，这一条道路已成为他追求的目的，于是他，在经历了多年苦修生活后，要回转故乡去，要回转父亲身边去，这似乎已经是自然而然、不言而喻的事情了。但是，就在这一瞬间，就在他呆呆站着的时候，就在他感到好似一条毒蛇横在他前进道路上的时候，觉醒的他也产生了这种认识："我已经不再是过去的我，我已经不再是苦行者，我已经不再是祈求者，我已经不再是婆罗门。那么我回到家里和父亲待在一起可以做什么呢？学习？祭祀？沉思潜修？这一切早都已成为过去，所有这些都不会再存在于我的道路上。"

悉达多呆呆地站着一动也不动，在一个短暂的刹那间，他感觉自己的心跳似乎停止了整整有一次深呼吸那么长的时间。他感觉这颗心在自己胸膛深处像一只小兽，一只小鸟，或者一只小兔子似的凝固了，因为他发现自己是完全孤独的。多年来他无家无室，漫游四方，却从未有这种感受。而眼下他却有这种感觉了。长期以来，甚至在最遥远年代的潜修时刻，他都是父亲的儿子，是婆罗门人，地位高贵，是一个僧侣。而如今呢，他只是悉达多，一个觉醒的人，此外便什么也不是。他深深吸了一口气，转瞬间觉得浑身发冷，打了一个寒战。没有一个人像他这样孤孤单单。世上并无任何一个高贵的人不属于高贵者集团，没有一个手工匠不属于手工匠集团，每个人总是从集团中寻求庇护，参与他们的生活，说他们的语言。没有一个婆罗门人不把自己视为婆罗门人，和自己同种姓的人生活在一起，没有一个僧人不从自己的沙门阶层中寻求庇护，甚至那些与世隔绝的、生活在森林里的隐居者也并非完全孤单的，他们也总是互相归属，每一个人都属于自己的阶层，这个阶层便是他的故乡。戈文达现在当了僧侣，那上千个僧侣便是他的兄弟，和他穿同样的衣服，有同样的信仰，讲同样的语言。可是他，悉达多，如今属于什么呢？他将参加何种人的生活呢？他将讲什么人的语言呢？

在这一刹那，周围的世界溶解消失了，他像一颗高挂在天空中的孤零零的星星，就在这一瞬间，有一股寒冷和气馁沮丧的感觉在悉达多的心里油然而生，自我存在的感觉胜过以往，他不禁缩成了一团。他意识到这将是觉醒以来的最后一次震颤，是获得新生以来的最后一次痉挛。他很快便又重新上路，迫不及待地急匆匆往前走去，不回老家，不回到父亲身边，不走回头路。

第二部

卡玛拉

悉达多在自己新生的道路上每走一步就学习到许多新的东西，周围的世界起了变化，他的心被这世界迷住了。他凝望着太阳从密布树林的山峰上冉冉升起，又从遥远的棕榈树林的边缘缓缓下沉。他凝望着夜空中星星的队列，凝望着镰刀般的皎月像一艘小船在寥廓的蓝天中飘游。他凝望着树木、星星、动物、云儿、彩虹、岩石、野草、花朵、泉水和河流，凝望着晨光中灌木丛上的露水的闪烁，凝望着远处高山上的蓝色和白色，倾听着鸟儿和蜜蜂的鸣唱，倾听着风儿有节奏地掠过稻田的呼啸。世上万物千变万化、多彩多姿，自古以来从来如此，太阳和月亮每日按时上升，河水永远潺潺流动，蜜蜂永远嗡嗡嗡地喧闹，但是对悉达多说来，从前这一切都是不存在的，在他的眼睛前面好似有一道虚无缥缈的面纱，他用怀疑的目光观察一切，这一切又都由他头脑里的思想确定取舍，因为世上万物都并非本质，因为本质的东西显然只在那边。而如今他那解放了的眼光停留在这边了，他看见并认出了一切清晰可见的东西，他在这世界上找到了家乡，他不再寻找本质，他的目标不再是那边。只要人们不是带着深究的目光，而是带着孩子般单纯的目光去观察世界，那么世界就是极其美丽的。月亮和星辰是美丽的，泉水和河岸是美丽的，树林和岩石、山羊和金龟子、花朵和蝴蝶都是美丽的。如果随意漫游世界，无忧无虑、清醒开朗、毫无戒心地浏览着大千世界的景色，那是极其称心惬意的。有时候让太阳晒烤着头顶，有时候在树荫下纳凉，有时候品尝泉水和雨水，有时候又吞吃南瓜和香蕉。白天都显得短促，黑夜也显得短促，每一个钟点都飞速流逝，好似大海里的一张风帆，帆下的船只里满载着珍宝，满载着欢乐。悉达多凝视着一只猴子在高高的树林拱顶上戏耍，在枝干之间跳跃，倾听那动物唱着一支粗野的、充满渴望的歌曲。悉达多目睹一只公羊追逐一只母羊，最后终于跑到了一块儿。他在一片芦苇荡里看见梭子鱼因为饥饿而互相追逐，成群的小梭子鱼惊恐万分地跳出水面，水面翻腾着，粼粼闪光，它们在水里拼命地窜来窜去，激起一圈圈水涡，以逃避那迅猛的追捕。

所有这一切从古至今一贯如此，不过他过去不曾看见；他从未来过这里。如今他身临其境，他属于这一切。亮光和阴影从他眼前掠过，星星和月亮从他心里流过。

悉达多在途中还不时回忆起自己在耶塔华那的花园别墅里所经历的一切，他想起自己在那里聆听到神圣佛陀的演说，想起和好朋友戈文达的告别，想起同佛陀的那场谈话。他想起了自己对佛陀讲的那番话，便再度回忆这番话，回忆着每一个句子，他越想越惊讶，因为对于自己所讲到的东西，当时确实是一无所知的。他对加泰玛所说的一切——他的生活，佛陀的生活，财富和人的秘密等——其实并不是学问，而是一些不可言传和无法讲授的东西，仅只是自己在以往某些时刻所体会到的某种启示而已，而这些东西也正是他目前正在竭力汲取并开始体验的东西。现在他必须获得自己亲身经历得来的体会。正如他很久以来就明白，他得亲身体会阿特曼，亲自获得一个婆罗门人的永恒自我。可是他迄今还未能真正找到这个自我，因为他是想用思想这一张罗网加以捕捉。可以肯定自我不是肉体，同时也不是头脑里的游戏，更不是思想，不是理智，不是已经学得的知识，不是已经学得的技艺，不是从它们那里获得的结论，不是从已经思考过的念头中编织出新的思想世界。不是的，因为连这整个思想世界也都是属于这一边的，如果人们扼杀了头脑中这个非常偶然的自我，而正是这个偶然出现的自我丰富了人的思想和学说，那么人们也就不可能达到目的。思想和头脑，两者都是可爱的事物，在两者后面潜藏着人的最终的意识，两者都值得倾听，可以和两者嬉戏，两者都不能予以轻视，也不可过高估价，人们可以从两者中窃听到人类内心最深处的秘密声音。没有这个声音的命令，他不愿意致力于任何事情，没有这个声音的建议，他不愿意逗留于任何地方。那时候，当加泰玛坐在芭蕉树下讲学的时候，究竟是什么打动了自己，照亮了自己？他听见了一种声音，一种出自自己内心的声音，这个声音命令他，要在这棵树下寻找安息，于是他便不进行苦修，不做祭祀，不沐浴或者祈祷，不吃不喝，不睡觉不做梦，他服从了这个声音。并没有任何人发出命令，只有这个声音，他便驯服地听从了，随时随地准备着听从这个声音，这是对的，这是必需的，除去必须之外，别的什么都不存在。

当天夜晚，他在河边一个渡船夫的茅屋里宿夜，睡着后做了一个梦：他看见戈文达穿着黄僧衣站在他面前。戈文达的模样很悲哀，他凄惨地责问道：你为什么离开我？于是他便去拥抱戈文达，伸出胳膊将戈文达拉进自己怀里，亲吻他，这时那人竟不再是戈文达，而是一个女人，这个女人解开衣裳，从衣裳里露出一对丰满的乳房，乳房里流出了汩汩乳汁，悉达多仰卧着，吮着乳汁，这个乳房里的乳汁又甜又浓。这乳汁有女人和男人，有太阳和森林，有野兽和花朵，有每一种果实和每一种乐趣的味道。他放怀痛饮,醉得不省人事。——当他从梦中醒来时,透过茅屋的门,看到泛白的河水在黑夜中闪闪发亮,从树林里传来一只黑色猫头鹰深沉而响亮的叫声。

天亮以后,悉达多请房东,那位船夫,把他渡过河去。船夫和他一起登上泊在河面上的竹筏子,广阔的水面上闪烁着红色的晨光。

"这是一条美丽的河流。"他对陪伴自己的人说。

"是的,"船夫回答说,"是一条美极了的河流。我爱它胜过世上的一切。我常常倾听它的声音,我常常望着它的眼睛,我常常从它那里学习东西。人们可以从这条河流学习很多很多东西。"

"感谢你,行善的好人,"悉达多说,一面登上对面的河岸。"我没有任何礼物可赠送给你,亲爱的,我也付不出任何报酬。我是一个无家可归的人,一个婆罗门的儿子,一个沙门僧。"

"我已经看出来了,"船夫回答说,"我并没有期待你付给我报酬,也不想要你的礼物。以后有机会你会给我礼物的。"

"你相信我会还礼?"悉达多饶有兴趣地问。

"当然。连这一点我也是向河流学会的:世上万物都会回来的!你也不例外,沙门,你也会回来的。好了,再见吧!但愿你的友谊就是我的报酬。但愿你向神道祭献时想到我。"

他们微笑着告别分手。悉达多由于船夫的友谊和款待而高兴地微笑着。"他多么像戈文达,"他微笑着想道,"所有我在路上遇见的人,都像戈文达。大家都向别人表示谢意,虽然他们自己有权向别人要求感谢。人人都谦虚顺从,表示出善意友好,乐于听从,很少思想。人类全都是孩童。"

中午时分他经过一座村庄。小胡同里有许多孩子在泥土砌的小屋前打滚戏耍,玩着南瓜子和贝壳,他们叫嚷着、扭打着,一看见这个陌生的僧人便都吓得四散逃走了。村庄尽头处有一条穿过一道小溪的路,一个年轻女子正跪在溪水边洗衣服。悉达多向她问好,她抬起头来微微含笑地看了他一眼,这时他看到她眼白在闪光。他按游方僧人惯常的方式对她祝福后问道:到大城市去的路程远不远。她站起身子,走近他身边,她那张年轻的脸上湿润的嘴唇非常美丽。她向他投去一连串玩笑话,向他打听游方僧人吃不吃饭,传闻沙门夜晚都是一个人孤零零独宿在树林里,并且不允许女人在身边,是否都是实情。她边说边把自己的左脚搁在他的右脚上,同时还做了一个动作,这是一个女人通常向自己中意的男人要求他表示抚爱的姿态,那本名为《攀登高树》的教科书中便是这么说的。悉达多感到自己的血液里流过一股暖流,一瞬间,他那场梦境又降临了,他略略朝那个女子弯下身子,吻着她棕色胸部的高耸处。他看见那张对着他的脸庞满怀期待地微笑着,眯缝的眼睛也流露出炽热的欲念。

连悉达多自己也感到了欲望，觉得有一股性欲的泉流在体内翻滚。但是由于他还从来不曾接触过女人，所以便迟疑了片刻，尽管他的双手已做好准备去拥抱她。就在这一瞬间，他毛骨悚然地听见了自己内心的一个声音，这声音说"不"。于是这个青年女子微笑的脸庞上的一切魅力全消退了，他眼中所见的不过是一只发情雌兽的水汪汪的目光而已。他温和地拍拍她的脸颊，转过身去，脚步轻快地走入竹林，从这个失望的女人眼前消失了。

就在这天傍晚他到达了一座大城市，他非常高兴自己又和人群在一起。他很长一段时间一直住在树林里，或者住在船夫的茅屋里，这些便是他的宿营地，这些年来他第一次住宿在有屋顶的房子里。

在城外一座围着篱笆的美丽花园旁，这个流浪汉碰见了一小群男女仆人，手里都提着盛满物品的篮子。他们中间有一乘装饰华丽的四人抬的轿子，轿里坐着一位女子，一位贵夫人，只见她端坐在彩色缤纷的遮阳顶篷下的红色坐垫上。悉达多站在花园别墅的入口处，目送着这队人员通过，他逐个儿看着仆从、婢女、篮筐、轿子，最后看见了轿子里的贵夫人。在高高盘起的乌黑头发下的脸十分明朗、十分细致、十分聪明，鲜红的嘴唇好似一枚新采摘的无花果，修饰过的眉毛画得高高的，呈一道弧形，乌黑的眼睛也显得聪慧而又机警，细长光滑的颈项高耸在绿金两色相间的外衣上，一双光洁的手又细又长，戴着宽宽的金手镯，静静地放在膝盖上。

悉达多觉得她美极了，心里十分欣喜。当轿子来到跟前时，他深深地弯腰行礼，他直起身子时，重又注视着这张开朗可爱的脸，他朝那双流露出聪明深邃的眼睛看了片刻，呼吸时闻到了一股他过去从未闻到过的香气。美丽的贵夫人微笑着点点头，转瞬间便消失在树丛之间，身后是她的一群仆从。

悉达多想，我总算进城了，一进城就见到了美丽的象征。他正想立即走进树丛时，却沉吟着站停了，这时他忽地想起，在篱笆入口处，那些男仆和婢女打量他的目光中，似乎都带有一种轻蔑、怀疑，又拒人于千里之外的神色。

我至今还是一个沙门僧人，他暗自思忖，我还仍是一个游方僧和乞丐。我不能再这么下去了，不能再这样走进树丛里去。想到这里他笑了。

路上又过来一个行人，他便向来人打听这座花园和这位贵夫人的名字。他得知这里是卡玛拉的产业，卡玛拉是城里的名妓，她除了这座花园别墅，在城里还有一幢住宅。

他往城里走去。如今他心里已经有了一个目标。

他要去追踪自己的目标，他吮吸着城里大大小小街巷逸出的气息，他默默地伫立在广场上，他在河边的石台阶上略事休憩。将近黄昏时,他和一个在教堂拱顶的阴影里干活的理发店的帮手闲聊了一会儿,后来他去护持神[1]庙祈祷时又遇见了这个人,这人向他讲述了护持神和吉祥天女[2]的故事。当天夜里他在河边的一条空船上睡了一宵,第二天清晨,在第一批顾客尚未光临之际,他让理发店的那个帮手替他刮去胡子,修剪了头发,头发梳理后又抹了香膏。随后他就下河去沐浴。

当天下午美丽的卡玛拉坐着轿子回别墅时,悉达多正伫立在篱笆门前,他向她鞠躬行礼,同时也接受了那个高级妓女对他的问候。他向走在队列末尾的男仆招手示意,请求他报告女主人,有一个年轻的婆罗门人渴望同她谈话。片刻之后,那个仆人转回来告诉这位等候者,请他随自己进去,他默默跟随仆人走进了一座园亭。卡玛拉躺在一张睡椅上,仆人留下他后便走开了。

"你就是昨天站在门口和我打招呼的人吧?"卡玛拉问。

"是的,我就是昨天见过你,并向你行礼的人。"

"可是你昨天是蓄着大胡子,留着长头发,而且头发上积满尘土的呀?"

"你观察得很仔细,什么都看见了。你看见的人叫悉达

---

[1] 印度教三大神之一;又称"毗湿奴"。
[2] 系护持神"毗湿奴"的妻子,被称为"爱神之母",也是婆罗门教、印度教的命运、财富、婚姻和美丽女神。

多，一个婆罗门人的儿子，他离开自己的家乡，想成为一个游方僧，当了三年的沙门。如今他已离弃这条狭径，他来到了这座城市，而你，你是他踏进城里之前所遇到的第一个人。噢，卡玛拉，我来你这里就为了告诉你这一点：你是使悉达多垂下眼皮说话的第一个女人。今后当我再遇见漂亮女人的时候，不会再低垂下眼睛了。"

卡玛拉微微一笑，手里玩弄着一柄孔雀毛扇子。随即问道："悉达多来见我，就为了对我说这些话吗？"

"为了向你说这些话，也为了感谢你，因为你长得如此美丽。倘若你不嫌弃，卡玛拉，我想请你当我的朋友和教师，因为我对你熟谙的艺术还一无所知。"

卡玛拉放声大笑起来。

"我做梦也没有想到，朋友，竟会有一个从森林里来的苦行僧来我这儿，还愿意跟我学习！我做梦也没有想到，竟会有一个留长发、围一块破破烂烂的遮羞布的游方僧来我这儿！无数年轻人来到我这里，其中也有婆罗门人的子弟，不过他们个个穿着华丽，脚上是精制的鞋子，头上香气四散，口袋里全是金钱。就这样，沙门，年轻人都获得了他们所求的东西，你想从我这里得到什么呢？"

悉达多回答道："我已经开始跟你学习了。从昨天就已经开始学习。我已经刮去胡子，梳理过头发，还抹了香膏。你，绝色的人啊，我所缺少的就是漂亮衣服、漂亮鞋子和成袋的金币，你知道吧，悉达多从事于艰巨的苦修，却把这种苦修看得易如反掌，并且达到了目的。我还有什么达不到的呢，我昨天晚上也已考虑过，也下了决心：我要成为你的朋友，跟你学习爱情的欢乐！你会看到我如何勤奋好学的，卡玛拉，我曾学习过十分艰巨的东西，比起你将来要教我的要艰巨得多。嗯，现在怎么样，今天这副模样的悉达多——头发上抹着香膏，却没有好衣裳、好鞋子，口袋里也没有钱，他能让你满意吗？"

卡玛拉笑着回答："不，尊敬的人，他现在还不能让我满意。他必须有衣服，漂亮的衣服，有鞋子，漂亮的鞋子，他口袋里得有许多许多的钱，并且不断赠送礼物给卡玛拉。现在你懂了吧，来自森林的沙门？你牢牢记住这些话没有？"

"我牢牢记住了，"悉达多叫道，"从这一张嘴里说出的话，我怎能不牢牢记住呢！你的嘴唇多么像一枚刚刚采摘下来的无花果，卡玛拉。我的嘴唇也很红、很新鲜，它们一定很相配，你等着瞧吧。——不过我还得请你告诉我，美丽的卡玛拉，你在这个游方僧人，在这个从森林里来向你学习爱情的沙门面前，丝毫不感到害怕吗？"

"为什么我要在一个沙门面前感到害怕？对一个来自森林的愚蠢僧人，对一个长期生活在豺狼群中，完全不懂得女人的沙门，我为什么要害怕？"

"噢，他是强壮的，这个沙门僧人，而且他毫无所惧。

他会伤害你的，美丽的姑娘。他可能会抢劫你。他可能会弄痛你。"

"不，沙门，我不害怕。难道会有一个沙门或者一个婆罗门人会害怕，害怕可能有人会抓住他不放，会抢劫他的渊博学问、他的虔诚以及他的深刻思想吗？不，他不会害怕的，因为这些东西只属于他本人，而他只愿意把它们授予自己想授予的人。事情便是这样，卡玛拉也正是这种情况，卡玛拉最擅长爱情的欢乐。卡玛拉的嘴唇鲜艳美丽，但是请来试试吧，如果你违背卡玛拉的意愿去亲吻它，那么你便不可能从它那里尝到一丝甜味，而它是懂得如何赐予别人许多许多甜味的！你是有学问的悉达多，你也学学这门学问吧：爱情可以祈求，可以收买，可以赠送，可以轻易到手，但是抢劫不到。你的思想是误入歧途了。是的，真令人遗憾，像你这么一个漂亮小伙子会有这么错误的念头。"

悉达多笑着鞠躬道谢："这也许是遗憾的，卡玛拉，你说得太好了！这也许是非常令人遗憾的事。不过，我还是不愿意失去你嘴唇上哪怕一点一滴的甜味，这也是远远超过你所想象的！情况就是如此：当悉达多取得了他所缺乏的东西，当他有了衣服、鞋子和金钱之后，他会回来的。不过，可爱的卡玛拉，你能不能再给我提供一个小小的忠告呢？"

"一个忠告?为什么不能呢?难道会有人不愿意向一个来自森林豺狼群中的无知而又可怜的沙门提供忠告吗?"

"那么,亲爱的卡玛拉,请你告诉我,我应该到何处去,才能够尽快获得这三样东西?"

"朋友,这就需要懂得很多东西。你必须会做你学过的事情,人家愿意为此付出金钱、衣服和鞋子。除此以外,一个穷苦人不可能得到金钱的。你究竟会做什么呢?"

"我会思索。我会等待。我会斋戒。"

"不会别的了?"

"是的。噢,我还会作诗。你肯不肯为我的一首诗付出一个亲吻作为报酬?"

"我会愿意的,如果你的诗中我的意。这是首什么诗呢?"

悉达多沉思片刻后,吟诵道:

> 美丽的卡玛拉走进自己树木成荫的花园,
> 褐色的沙门正站立在篱笆的门边,
> 当他望见那一朵盛开的荷花,
> 不由深深鞠躬,她报以微微一笑。
> 青年人想道,向上天献祭多么美妙,
> 向美丽的卡玛拉献祭,也同样美妙。

卡玛拉大声鼓掌,臂上的金手镯叮当作响。

"你的诗很美,褐色的沙门,说真话,给你一个亲吻,于我毫无损失。"

她用目示意他走近自己,他弯身把脸对着她的脸,把嘴唇覆在她那好似新摘的无花果般的红唇上。卡玛拉久久地吻着他,悉达多怀着深深的惊异觉察到她正在开导自己,觉察到她何等聪明,觉察到她控制了他,又拒绝了他,引诱了他,并且感觉到在这一初吻之后还有长长一大串安排得巧妙妥帖的、可供试验的亲吻在等待着他,每一种亲吻都和另一种有所不同,都是他所期待的。他深深吸着气,一动也不动地站着,在这一短暂的时刻!他像一个为知识和学习内容之丰富深深震惊的孩童,大大地开阔了眼界。

"你的诗十分美丽,"卡玛拉大声说,"倘若我很富有,我会付你一个金币。但是你想靠诗歌去挣很多钱,挣够你所需要的钱,那是很难的。因为你如果想当卡玛拉的朋友,你得有许多许多钱。"

"你多么善于亲吻哪,卡玛拉!"悉达多结结巴巴地说。

"是的,我擅长于此,因而我从不短缺衣裳、鞋子、手镯以及一切漂亮的玩意儿。可是你会什么呢?除了思索、斋戒和吟诗,你便什么都不会了吗?"

"我还会唱祭祀的圣歌,"悉达多回答说,"不过我今后不想再唱了。我会念咒语,不过今后也不想再念了。我还会读经文……"

"够了，"卡玛拉打断他说，"你会阅读？会书写？"

"这些我当然会。有些人擅长于此道。"

"大多数人却不会。连我也不会。非常好，你会阅读和书写，好极了。就是念咒语的本事也会有用处的。"

这时有一个侍女飞跑进来，在女主人耳边悄悄述说着什么事情。

"有客人来看我了，"卡玛拉大声说，"快，快走开，悉达多，你记住，别让任何人看见你在这里！我明天再见你。"

同时她又吩咐侍女拿一件白上衣给这个虔诚的婆罗门青年。悉达多还未弄清自己的处境，便被那个侍女带出门外，弯弯曲曲绕道走进一座花园凉亭，拿到白衣服后，又被带进了灌木林中，侍女还紧紧叮嘱他务必不要让任何人瞧见，立即离开花园。

他心情舒畅地完成了吩咐他做的事情。他在树林里早已惯于此道，他不声不响溜出树丛，又翻过了篱笆。他心满意足地回到城里，臂下挟着那件卷好的白衣裳。在一家旅游者经常光顾的小客栈门口，他停住了，默默地乞讨食物，又默默地接受了一个饭团。他暗暗思忖，也许可以维持到明天了，那么这一天中他可以不再乞讨。

他突然昂首挺胸，打起精神来。他已经不是沙门了，他将不再站着向人乞讨。他把饭团扔给一条狗，宁可不进餐。

"人们在这个世界上所过的生活是极其简单的，"悉达多沉思着,"我要过这种生活毫无难处。如果我还当沙门僧人,一切便会困难得多,而结局也定然是又困厄又绝望。而目前一切都很轻松容易,轻松得就像卡玛拉教我的那堂亲吻课。我现在只需要衣服和金钱,此外便别无所求,而这一切全都渺不足道,它们不会搅扰我的睡梦。"

他早已打听到卡玛拉在城里的住所,第二天便找到那里去了。

"好极啦,"她见到他高兴地叫了起来,"卡马斯瓦密是这座城市里最富有的商人,他正等着你去见他。倘若你能使他中意,他就会给你安排工作。要做得聪明些,褐色的沙门。我通过别人向他讲述了你的情况。你要对他友好敬重,他是有很大势力的。但是千万不可低声下气!我不愿意你当他的奴仆,你得和他平等相处,否则我会对你不满意的。卡马斯瓦密已开始迈入老境,希望得到宁静悠闲。他如果喜欢你,他会非常信赖你的。"

悉达多微笑着,并向她道了谢。当她听说他昨天和今天均未进食时,就吩咐人送来面包和水果款待他。

"你运气很好,"他们告别时她对他说,"一扇又一扇大门接连向你敞开。怎么会如此顺利?你是一个魔术师吧?"

悉达多回答说:"昨天我就已经告诉你,我懂得思索、等待和斋戒,而你却认为这一切毫无用处。卡玛拉,你以后将会看到这一切都是极有用处的。你将会看到这个来自森林的愚蠢沙门能够超乎人们想象地学会和擅长许多美丽的事情。前天我还是一个蓬头垢面的乞丐，昨天我便已亲吻过卡玛拉，不久我便会成为一个商人，非常富有，并且会学会一切在你眼中很了不起的事情。"

"嗯，会的，"她表示同意，"但是没有我的话，你处境如何呢？如果卡玛拉不帮助你，你现在又能如何呢？"

"亲爱的卡玛拉，"悉达多说话时挺直了身子，"我走进别墅来到你身边，便是我迈出的第一步。我已下定决心要从这位最美丽的夫人处学习爱情。从我做出这一决定的瞬间起，我就知道自己会完成它的。我知道你会帮助我。在篱笆入口处你看我第一眼时，我就知道你会帮助我。"

"倘若我不愿意帮助你呢？"

"你会愿意的。瞧，卡玛拉，如果你把一块石子投入水中，它便会按它可能下沉的速度飞快沉入水底。如果悉达多有了目标，下了决心，情况也是这样。悉达多过去无所事事，他只是等待、思索和斋戒，但是他会穿透世上万物达到目的，好似石子穿越水流沉入水底，他不做别的事，什么也不能打动他，他随波逐流，听任自己往下坠落。他的目标牵引着他自己，因为他不允许任何违背他目的的思想存在于自己的灵魂里。这就是悉达多跟随沙门云游四方时学会的本事。这便是愚人们称为魔术的东西，因为他们认为是魔鬼在其中起作用。事实上魔鬼并不起任何作用，压根儿就不存在魔鬼。每个人都可能施展魔术,达到自己的目的,只要他会思索,会等待,会斋戒。"

卡玛拉默默倾听着。她喜欢他的声音,她喜欢他眼睛里的目光。

"事实也许如此,"她轻轻地回答说,"事实也许正如你所说的,朋友。事实也许还是由于悉达多是一个漂亮男子,他的目光让妇女们喜欢,因此他总碰到好运气。"

悉达多用一个亲吻作为告别:"但愿如此,我的女教师。但愿我的目光永远讨你喜欢,但愿我从你这里永远得到好运气!"

和儿童似的人在一起

悉达多去拜访商人卡马斯瓦密,别人指点他一座富丽堂皇的房子,侍从带他走过无数昂贵的地毯进入一间居室,他便在那里等候主人。

卡马斯瓦密走进房间,这是一个行动敏捷、机智灵活的男子,头发业已花白,眼睛十分聪明机警,有一张性感的嘴巴。主人和客人亲切地互致问候。

"人家告诉我,"商人先开始说道,"你是一个婆罗门,一个学者,可是你又想从一个商人那里找一份工作。你是否正遭逢经济上的困难,婆罗门人,所以想找工作?"

"不是的,"悉达多说,"我现在并没有什么困难,从来也没有过困难。你知道,我刚刚离开那些游方沙门,我曾跟随他们生活了很长时间。"

"如果你来自游方沙门,怎么能说你没有遭逢困难?游方僧人不都是一无所有的吗?"

"我是一无所有，"悉达多回答说，"按照你的看法，我是这样。我确实一无所有。然而我是自愿如此，因而我并不是遭逢困难。"

"你一无所有，那又靠什么生活呢？"

"我从没有想到这个问题，先生。我一无所有地生活已三年有余，还从不曾考虑到这个问题：我依靠什么生活。"

"于是你想过一下另一种有产者的生活。"

"大概是这样。商人除了发财也会想过另一种生活的。"

"说得很好。然而他从不无代价地接受任何人，他要另一人为此付出商品。"

"世上的现实便是这样。人人接受，人人付出，这便是生活。"

"请允许我询问：如果你一无所有，你要给人什么呢？"

"人人都给人以自己拥有的东西。战士付出力量，商人付出货物，学者付出学问，农民付出稻米，渔人付出鲜鱼。"

"说得好。现在的问题是，你付出什么呢？你过去学习了什么，你擅长什么？"

"我会思索。我会等待。我会斋戒。"

"就这些？"

"我想，就这些了！"

"这些有什么用处呢？例如斋戒——它有什么好处呢？"

"它极有好处，先生。如果一个人无物可吃，斋戒便是他可干的最明智的事情。举例来说吧，如果悉达多没有学会斋戒，那么他在今天之前早就该找一份差事来做了，不管在你这里，或是在其他地方，因为饥饿将迫使他这样做。但是悉达多却能够静静地等待，他从未不耐烦过，从未感到困难，很久以来他就不知道饥饿为何物，他可以嘲笑饥饿。先生，这就是斋戒的好处。"

"你说得有道理，沙门。请稍候片刻。"

卡马斯瓦密走出房间，拿着一卷纸又走了回来，他把那卷纸递给客人，一面问道："你能看这个文件吗？"

悉达多凝视着纸卷，纸上记载着一份商业合同，于是便开始大声朗读合同的内容。

"读得很好，"卡马斯瓦密称赞说，"你愿不愿在纸上写些什么给我看看？"

他递给悉达多一张纸和一支笔，悉达多一挥而就，把纸递还主人。

卡马斯瓦密朗读着："书写有益，思索更佳。智慧有益，容忍更佳。"

"你写得真漂亮，"商人赞美说，"我们以后还会再共同切磋一些问题的。今天我邀请你做我的客人，请你留宿在这里。"

悉达多表示感谢后，接受了邀请，从此便居住在商人的家里。有人替他送来了衣服和鞋子，还有一个仆人每日侍候他沐浴。每天都有人端给他两顿丰美的饭菜，但是悉达多每天只进一餐，并且既不吃肉也不饮酒。卡马斯瓦密向他讲述自己买卖上的事，让他去看货物和仓库，指点他如何计算。悉达多认识了许多许多新东西，他注意倾听，很少说话。他牢记卡玛拉的嘱咐，从来不向那个商人低声下气，迫使他和自己平等相处，是的，甚至还超过了平等相处的关系。卡马斯瓦密细心谨慎地经营自己的买卖，常常怀着极大的热情，悉达多却把这一切视同儿戏，他只是努力学习如何精确掌握商业规律，而它们的内容却丝毫不能触动他的内心。

他在卡马斯瓦密家没有住很久就已参与主人的商业事务。但是他每天都按照美丽的卡玛拉指定的时刻去拜访她。他穿着漂亮衣裳、漂亮鞋子，而且不久也开始赠送礼品给她。她那殷红、聪明的嘴教了他许多许多事。她那双细巧、灵活的手也教了他许多许多东西。他在爱情方面还只是一个儿童，盲目而不知餍足地一头跌进了那深不可测的娱乐之中，她指点他一切教育的根本，告诉他，人不能光接受欢娱而不付出欢娱，告诉他，她的每一种姿态，每一次抚摸，每一回接触，每一道目光，她躯体上每一个最细微处的秘密，都是为了唤醒他的求知的幸福。她教导他，一对情人在一次爱情的欢乐后彼此不应当立即分开，如果他们还没有彼此让对方惊叹，还没有像应有的那样互相征服，否则两个情人就会产生腻味和无聊的感觉，也会出现自己滥用感情或者被别人滥用感情的恶劣情绪。他在美丽聪明的女艺术家身边度过了许多极美妙的时刻，他是她的学生，她的情人，她的朋友。如今，他在这里，在卡玛拉身边获得了生活的价值和意义，却不是在卡马斯瓦密的商业事务中获得。

那位商人委托他起草最重要的信件和贸易合同，并且渐渐习惯同他商量一切重要的商业事务。他很快发现，悉达多对于谷物和棉花，对于航海和贸易懂得很少，但是他的手很有运气，而且悉达多在平静沉着上胜过了作为商人的自己，还有他默默倾听的本事，以及深入到外国人中去的本领。"这个婆罗门人，"他对自己的一个朋友说，"不是一个地道的商人，将来也永远不会是，他的灵魂对于商业事务毫无热情。但是他具有某种人所具备的秘密本领，他会让成果自动落到他身上，他生来福星高照，好像是一个魔术师，有某种特殊本领，这大概是从游方僧人那里学来的。他从事商业买卖永远好像是在做游戏，它们从来不曾完全进入他的内心，它们根本不能控制他，他从不害怕会失败，从不顾虑会遭受亏损。"

那个朋友向商人建议说："你把买卖交给他，让他当你的代理人，给他三分之一的红利，如果亏损了，那么他也得付出这同样的份额。这样的话，他一定会勤奋起来的。"

卡马斯瓦密接纳了这个建议。悉达多却仍然漫不经心。买卖赢利了,他平心静气地收下自己的份额;买卖亏损了,他便笑笑说:"啊,你看,这回干得很糟糕呢!"

事实上他对商业事务是漠不关心的。有一次他旅行到某个村庄去,打算购进那里新收获的大批稻谷。当他到达该地时,谷物已被另一个商人收购一空。然而悉达多仍旧在这个村庄里待了一些日子,他款待了该地的农民,送给他们的孩子许多小铜钱,还参加了一个婚礼,最后才心满意足地回去了。由于他没有立即返回,卡马斯瓦密责怪他浪费时间和金钱。悉达多却回答说:"请不要责备吧,亲爱的朋友!我还从来没有见到用责备能办成任何事情的先例。亏损既然已是事实,就让我来承担损失吧。我个人十分满意这次旅行。我认识了很多很多人,有一个婆罗门人还成了我的朋友,儿童们骑在我的膝上嬉戏,农民们带领我观光他们的田地,没有一个人把我当作一个商人看待。"

"你说的这些情况很有趣,"卡马斯瓦密恼怒地大声说:"不过我以为,你事实上只是一个商人!难道你单单是为了消遣娱乐才去那里旅游的吗?"

"当然,"悉达多笑着回答说,"我当然是为了消遣才去那里的。这又怎么样呢?我认识了许多人,熟悉了该地区的情况,我享受到了友谊和信任,我找到了朋友。瞧,亲爱的,倘若我是你卡马斯瓦密,当我看到买卖已遭挫败时,就会立即忧心忡忡地急忙赶回来，但是事实上时间和金钱已经丧失了。至于我，却度过了一些好日子，我学到了很多东西，享受到了快乐，我没有因情绪恶劣、办事匆忙而伤害自己和伤害别人。如果我以后某个时候又重去该地，也许就是去采购下一次收获的稻谷，或者是为了其他诸如此类的目的，那么我就会受到友好人们的热情款待，那时我将称赞自己幸而当时没有流露出匆忙和不快。别生气了，朋友，不要由于呵斥而损伤了你自己！如果果真有那么一天，你可以说：这个悉达多给我带来了损害。你就只需要说一个字，悉达多就会马上离开。在那一天来临之前，你我还是互相满意地相处吧。"

不论卡马斯瓦密如何千方百计要悉达多相信，他吃的是卡马斯瓦密的面包，然而，统统徒劳无益。悉达多认为他吃的是自己的面包，更确切地说，他们两人吃的是其他人的面包，一切人的面包。悉达多从来听不进卡马斯瓦密在他耳边诉说的种种忧虑，而卡马斯瓦密却一直是忧心忡忡的。一桩在进行的买卖正受到失败的威胁，一批寄送的货物可能失落，一个债务人可能付不出欠款，卡马斯瓦密从来没能说服自己的合伙人相信这一切考虑都是有益的。一切忧伤和愤怒的话语全属多费唇舌，只是白白地增添了额头上的皱纹和让自己在夜晚失眠而已。后来有一次卡马斯瓦密当面指着他说，悉达多已把他所懂得的一切统统学去了,得到的回答却是:"请不要和我开这样的玩笑!我从你那里学到的只是一满筐鱼价值若干,一笔贷款能够收取多少利息。这些是你的学识。我的思索本领却不是跟你学会的,尊敬的卡马斯瓦密,你最好还是找一找,你从我这里学去了什么吧。"

他的灵魂确实不在商业上。做买卖是有好处的,他可以源源不断把钱存放在卡玛拉处,而她储存的远远不止他带去的数目。此外,悉达多有兴趣的只是参与人们的生活,了解他们的事业、手艺、忧虑、娱乐和蠢事,过去这一切对于他完全陌生,就像遥远的月亮。他轻易地达到了可以和一切人交谈,和一切人生活在一起,向一切人学习的目的,如今他深切地感到,究竟是什么东西把他和人们隔离的,那便是他的沙门苦行主义。他看到人们以一种儿童似的或者动物似的方式生活着,他既爱这种生活,却又蔑视这种生活。他看着他们努力奋斗,看着他们因为某些事情而痛苦和烦恼,而这些东西在他眼中毫无价值,不过是为了金钱,为了一点点快乐,为了一些微不足道的荣誉而已。他看着他们互相辱骂、互相责备,看着他们互相痛殴,这一切都为沙门所耻笑,因为一个沙门僧不会有感觉物质匮乏的痛苦。

对于人们给予他的一切,他都坦然处之。商人们都热诚欢迎他,因为他购买他们提供的亚麻布;负债者欢迎他,因为可以向他求得贷款；乞丐们欢迎他，因为他能整小时地耐心倾听他们叙述自己的苦难经历，其实和一个沙门相比，乞丐们的穷困只抵得上一半。他对待那些富有的外国商人和对待一个为他理发的仆人以及那些沿街叫卖的小贩毫无二致，他购买香蕉时总听任他们多要几文小钱。当卡马斯瓦密来看望他，向他诉说自己的苦恼，或者为了一桩买卖上的事来责怪他时，悉达多总是好奇而满面笑容地静静倾听着，对他的话表示惊讶，试图去了解他，尽量让他觉得自己有点道理，觉得自己不可或缺，然后便转身离开他，转向另一个人，一个渴望见他的人。每天都有许多人来拜访他，有些人是来和他做买卖的，有些人是来诈骗他的钱财的，有些人是来聆听他教诲的，有些人是来求得他的同情的，还有许多人是来听取忠告的。他向他们提出忠告、建议，他向他们表示同情，他慷慨解囊，他让自己稍稍受些欺骗，他认为这一切纯属儿戏，而世上人人都是满怀热情从事这一游戏的，他也热衷于思索，和他少时热衷于信仰神佛和婆罗门一样。

偶尔他感觉在自己胸膛深处有一种微弱的、死亡的声音，这声音轻轻警告着他，轻轻责备着他，轻微得几乎难以听清。后来，在某些时刻，他感到自己过的是一种奇怪的生活，因为他在这里所做的一切诚实的工作，其实只是一种游戏而已，虽然这都是自己乐于去做，并且不时让自己觉得愉快的事情，而真正的生活却从自己身边流逝消失了，他丝毫也没有触及。就像一个打球的人，他把自己的活动视作游戏，把自己周围的人只看作是在一起游戏，他观察着他们，从他们身上找到乐趣，而他的心，他的生命的源泉却不和他们在一起。这股源泉离他远去，越来越远，渐渐消失不见，和他自己的生活不再有任何关系。某些时候，他很为自己的这种思想吃惊，希望自己能够摆脱这种思想，希望自己也能够满怀热情、全心全意地做一切每日必做的幼稚的事情，希望自己也能够真实地生活，真实地工作，真实地享受，真实地活着，而不是作为一个旁观者只站在生活一边。

他始终不间断地去拜访美丽的卡玛拉，去学习爱情的艺术，去进行爱的祭礼的操练，给予和接受这两者在爱的祭礼中合而为一，这是其他任何地方都没有的。他和她随意闲聊，他向她学习，向她提出忠告，同时也接受她的忠告。她了解他，胜于从前戈文达对他的了解，她是一个和他相似的人。

有一回他对她说："你是和我一样的人，你和大多数人大不相同。你就是卡玛拉而不是其他任何人，在你内心深处有一块僻静的避难处，某些时刻你就进去避难，让自己觉得像到了家里一般，我也会这样。但是其他人很少有人会这样，虽然人人都能学会的。"

"并非人人都是聪明的。"卡玛拉说。

"不对,"悉达多回答说,"事情并不决定于聪明不聪明。卡马斯瓦密和我一样聪明,然而他内心并没有一个避难处。他会的是另一套,而心智上只是一个幼童而已。大多数普通人,卡玛拉,都像一片片落叶,随风飘舞、旋转、摇摇晃晃,最后掉在地上。另外还有一些人,这些人为数很少,他们好似天上的星星,按照固定的轨道运行,没有任何风能够到达他们身边,他们有自己的生活规律和自己的生活轨道。我认识许多学者和沙门,在所有这些学者和沙门中,我认为有一个人便是这种类型的完人,我永远也不能够忘记他。他就是加泰玛,他宣讲自己的学说。成千上万的年轻人每天聆听他授课,每时每刻都依循他的规范行事,可是他们个个都只是飘落的树叶,在他们自己内心里并没有学问和规律。"

卡玛拉脸露笑容注视着他。"你又谈到他了,"她说,"你又回到沙门思想上去了。"

悉达多沉默不语。接着他们又开始爱情游戏,是三十或四十种不同游戏中的一种,全是卡玛拉所熟谙的。她的肉体像一只美洲豹和一张猎人的弓似的柔韧有弹性;不论谁向她学习爱情,都会熟习各式各样的乐趣和许许多多秘密。她长时间地逗弄着悉达多,引诱他,又推开他,压迫他,又紧紧拥抱他,欣慰于他的纯熟技巧,直至他被征服,精疲力竭地躺在她身边为止。

那个艺妓俯身向着他,久久地凝视着他的脸,望着他那双变得疲倦的眼睛。

"你是我最好的爱人,"她沉思地说,"是我见到的最好的爱人。你比其他人更为强壮,富有韧性,更为顺从。你对我的艺术学得很到家,悉达多。到一定的时期,在我年纪再大点的时候,我要为你生一个孩子。可是,亲爱的,你仍旧是一个沙门,你仍旧不会爱我,你任何人都不爱的。难道不是这样吗?"

"大概是这样,"悉达多疲倦地说,"我和你一模一样。你也不爱任何人——否则你怎么能够把爱情作为一门艺术来经营呢?像我们这种类型的人也许不会爱人的。儿童似的人们却会爱,这是他们的秘密之处。"

僧娑洛[1]

悉达多度过了很长时间的世俗生活，品尝到了种种乐趣，却仍然无所归依。他的官能感觉在那些火热的沙门生活年代中曾经遭受扼杀，如今又觉醒了，他享用了财富和权势，淫欲也得到了满足；但是在这段很长的时间中，他的内心深处依旧是一个沙门，卡玛拉，这个聪明的女人一眼就看清了这一点。指引他生活道路的始终是那些思索的本领、等待的本领和斋戒的本领，世界上的人，那些儿童似的人，对于他始终只是陌生人，正如他在他们眼中是陌生人一样。

一年年安适快乐的日子飞快地流逝，悉达多简直没有感觉到年华的消逝。他已经非常富有，他早已有了一幢自

---

[1] 僧娑洛（Sansara），印度婆罗门教中对轮回循环观点的专门称呼，意谓人必须历尽沧桑才能获得新生。

己的住宅，有了自己的事业，在城外的河边还拥有一座花园。人们都很喜欢他，当他们需要金钱或者忠告的时候就跑去找他，但是没有一个人能够接近他，除了卡玛拉。

他成长年代经历过的每一个光辉灿烂的阶段，例如聆听加泰玛传教后的那些日子，和戈文达分别后的那些日子，那一次非常紧张的等待，那种既无理论指点又没有教师传授的令人自豪的独立生存，那种让自己在内心深处听到神道声音的待命状态都逐渐地变成了回忆，成为过去。如今，那过去曾一度在他面前流动，甚至还在他体内流动的圣泉，已变得遥远，它的流动声也变得轻微了。然而有许多他从游方僧人处学得的，从加泰玛处学得的，从自己的父亲、这位高贵的婆罗门人处学得的东西，在经过了漫长的岁月以后却仍实实在在地留存在他心里：有节制的生活，乐于思索的习惯，潜修的方法，有关于既不属于肉体也不属于意识的永恒自我的秘密知识。它们中的某些部分仍保留在他身上，某些部分则一个接一个地沉没了，被尘土所淹没了。好似陶工的圆盘，一度开动得很好，转动到一定的程度之后，便逐渐开始受到磨损，减慢速度，逐渐停止摆动，在悉达多的灵魂中转动着苦行主义者的轮子、思索的轮子、辨别的轮子，它们连续转动了很长时间，始终还在不断转动，但是它们的转动速度逐渐减慢，变得迟疑不定，已渐渐接近静止状态。如同湿气缓缓渗入一棵渐渐枯死的树木残干，逐渐使它膨胀腐烂一样，悉达多的灵魂里渗入了世俗气和懒散习气，这些习气渐渐充塞了他全部灵魂，使他的灵魂变得沉重、疲倦、麻木僵化。与此同时，他的感官却活跃了，学到了很多东西，经历了很多事情。

悉达多学会了做买卖，学会了对人们行使权力，学会了和女人寻欢作乐，也学会了穿着华丽的衣服，使唤奴仆，在香喷喷的热水里沐浴。同时他还学会了享用细致精美的饭食，吃鱼、吃肉、吃禽类、吃调味品和种种甜食，还学会了喝酒，让酒把他带入迟钝迷失的境界。此外他还学会了下棋，掷骰子，坐轿子，观看舞女表演，在柔软的床上睡觉。然而他还是和其他人不同，他感觉自己比他们优越，他永远微带讥笑地冷眼旁观世人，对他们总是带有一点嘲讽意味的轻蔑感，这种轻蔑感和他当沙门僧时经常对世人所怀有的那种感觉一模一样。每逢卡马斯瓦密有了病痛，发怒生气，或者自以为受人伤害，或者因为买卖上的烦恼受折磨时，悉达多总是带着讥笑的神色在一旁袖手旁观。随着时间的流逝，随着一个个收获季节和雨季的消逝，悉达多这种讽刺的锋芒渐渐地、不知不觉地变得软弱无力了，他的优越感也渐渐平息静止了。悉达多随着财富的增长，渐渐地接受了人们儿童似的生活方式的若干东西，他自己也有了若干儿童气和怯懦心情。而且，他还开始羡慕他们，随着时间的推移，他和他们越是相似，这种羡慕心也就越发强烈。他羡慕他们具有自己所缺乏,而他们却具备的东西,那种他们可以把自己的生命寄托其上的东西,那种对于欢乐和恐惧的热情,那种对永恒爱情的又担忧又甜蜜幸福的追求。这些人始终不停地迷恋他们自己,迷恋妇女、儿童、荣誉或者金钱,迷恋种种规划或者理想。但是他并没有向他们学习这些,恰恰没有向他们学习这种儿童似的欢乐和愚蠢。他向他们学习的只是那些令人不快,他自己也蔑视的东西。后来日益频繁地出现了下列情况:每度过一个社交晚会后,悉达多第二天便睡到很晚才起床,感觉自己又迟钝又疲乏。还出现了这种情况:每当卡马斯瓦密用自己的烦恼来消磨他的时间时,他便生气发怒,变得急躁不安。还出现了如此情况:每逢他掷骰子输了的时候,便过分地高声大笑。他的脸容依然显得比其他人更聪明、更有精神,但是他笑得越来越少,他的脸上接连不断地出现了人们经常在富豪们脸上见到的种种特征,那种不知餍足的、病态的、阴郁的、懒散的、冷酷无情的特征。渐渐地,富豪们的病态灵魂攫住了整个悉达多。

疲乏像一道纱幕,一阵薄薄的烟雾降临在悉达多身上,它们慢慢地变厚,并且一天天,一月月,一年年地变得又浓又沉,好似一件新衣服随着时间的流逝逐渐破旧,它的美丽光彩随着时间消失不见,出现了斑点,出现了皱纹,边缘也开始破损,这里那里都显露出磨损和破绽的样子。

悉达多的新生活也是如此，他和戈文达分手后的新生活也已经变得破旧，脸上业已丧失当年的颜色和光彩，斑点和皱纹逐渐集积，原来隐藏在内心的丑恶，如今一一露了出来，得到的只是失望和厌恶。悉达多对此毫无觉察。他只是觉察到自己内心深处那种响亮而坚定，一度使他觉醒并且在他光辉灿烂的成功年代总是起指导作用的声音，如今却变得沉默了。

世俗世界已经俘虏了他，娱乐、欲望、懒散以及那个他一贯认为愚蠢透顶，同时又极其蔑视、讥讽的东西——贪婪，最后也压倒了他。连财产、产业和财富也把他俘虏了，它们对他已经不再是游戏和玩具，而成了锁链和重负。通过掷骰子游戏，悉达多终于从一条奇怪而奸诈的道路滑进了他自己最后的、最可鄙的歧途。也就是说，他已有相当长的时间忘了自己是一个沙门，悉达多开始参加攫取金钱和珍宝的赌博，以往他是一贯嘲笑此道，而且把它当作儿戏随随便便参加的，如今却越来越成了他的癖好并津津乐道了。他是一个令人生畏的赌徒，很少有人敢和他抗衡，敢投入过高的赌注。为缓和心理危机，他从事赌博，挥霍和输光那些可怜的金钱，让自己得到一种发泄怒气的欢乐，他找不出其他任何办法能够更为清楚明了并讽刺挖苦地表明自己对于财富——商人们奉为偶像的财富——的轻蔑藐视了。于是他无情地投入极高的赌注，他自己憎恨自己，自己嘲讽自己，他捞进成千上万，又抛出成千上万，输掉了金钱，输掉了首饰，还输掉了一座别墅，后来又赢了回来，接着又输掉了。那种恐惧，那种令人担心和令人窒息的恐惧，每当他玩这种游戏时就化为乌有了，他心惊胆战地投下极高的赌注时，就觉得快活，他试图使这种游戏不断得以更新，不断予以提升，他赌瘾越来越大，因为唯有在这些游戏中他才多少感到有点儿幸福，有点儿陶醉，觉得在自己那饱和餍足、犹豫不决、单调乏味的生活中多少增加了一些内容。每一次输了大钱后，他便设法积累新的财富，他更热心于买卖，更严厉地强迫自己的负债人偿付欠款，因为他要继续参加这种游戏，他要继续挥霍浪费，他要继续向大家显示自己如何蔑视财富。悉达多在赌输时已不再冷静镇定，他不允许欠债人拖延付款，对乞丐失去了同情心，对馈赠早已兴趣索然，不再借款给那些苦苦哀求者。他，这个在掷骰子的游戏中挥金如土的豪赌者，在输光后可以付之一笑的人，做起买卖来却越发厉害，越发小气，偶尔夜里做梦还梦到金钱！他常常从这种丑恶的着魔状况中睡醒过来，常常在自己卧室墙上的镜子中照见自己的脸容日益衰老和丑陋。羞愧和恶心之感也常常向他袭来，于是他便继续设法逃避，去追求新的幸福的游戏，逃入肉欲的麻醉之中，沉溺于酒的麻醉之中，随后又回过头来忙于积累财富和赢利。他在这毫无意义的反复循环中奔波，使自己精疲力竭，日益衰老，身患疾病。

有一天一个梦警告了他。那天黄昏时分他和卡玛拉待在一起，在她那美丽的花园里。他们两人坐在树下聊天，卡玛拉讲了一些忧虑重重的话，这些话语后面隐藏着某种悲伤和倦意。她请求他讲述加泰玛的事，并且老是听不够他讲加泰玛的眼睛如何纯洁，他的嘴唇如何平静美丽，他的笑容如何善良，他行走时的步态如何平稳端庄。他不得不把这位高贵佛陀的事迹向她描述了很长时间，接着卡玛拉叹了一口气，说道："到了一定时候，也许不久，我就要去追随这位佛陀。我要把我的花园赠送给他，我要从他的学说中寻求庇护。"可是说完这话之后，她又开始挑逗他，在爱情的嬉戏中带着痛苦的热情把他紧紧搂在怀中，唇对着唇，眼中含着泪水，好似她要再度从这种短暂的淫欲中挤出最后一滴甜蜜。悉达多觉得奇怪，他从来不曾意识到，这种淫欲和死亡的距离是何等接近。然后他躺在她的身边，卡玛拉的脸紧挨着他。这时，他比过去任何时候都更清楚地看到，在她眼睛底下和嘴角边上所显出的可怕字迹，一种由细细线条、淡淡纹路所堆成的字迹，一种令人想起秋天和老年的字迹，于是他想到，就连他悉达多本人也已过了四十岁，他那一头黑发里已经到处出现了白发。卡玛拉美丽的脸上明显地记载着劳碌的痕迹，记载着她走过了一条长长的路途，而这条路并没有愉快的终点，因而她开始憔悴和枯萎。她私下里还从没有说起过：她害怕衰老，害怕秋天，害怕必然来临的死亡。也许她还没有不安地意识到这些。他叹着气和她告别，脑子里充满了不愉快，充满了隐秘的恐惧。

晚上，悉达多在自己寓所里和一些女舞蹈家饮酒消磨时光，向那些和他地位相等的人开着玩笑，却已经失去了优越感。他喝了大量的酒，午夜之后才摸索着上了床。他疲倦了，却依然很激动，几乎绝望得想大哭一场。他久久地毫无效果地追寻着睡眠，心里充满了一种他自己也认为难以继续忍受的悲苦，充满了恶心，这味道就像是从胃里泛出的酒气，就像是令人觉得甜腻而迷茫的音乐，就像是那些舞女过分娇柔的笑声，也像是从她们头发上和胸脯上散发出来的刺鼻的香气。而比这一切更令他恶心的是他本人，是他自己头发里的香气，是他自己嘴巴里的臭味，是他自己躯壳里的疲乏和不快。好似某个人吃得太多或者喝得太多而感到难受，希望能通过呕吐来解除痛苦，于是这个失眠的人也是这样，希望自己经历这阵巨大的恶心浪潮后能够获得这种满足，能够摆脱这种日常习俗，摆脱全部毫无意义的生活，摆脱他自己。直至晨曦微露，住宅前面的马路上开始喧闹时，他才有点瞌睡懵懂，他迷迷糊糊地打了个盹。就在这片刻中，他做了一个梦：

卡玛拉有一只金色的鸟笼，里面养着一只奇异的鸣鸟。

他梦见了这只小鸟。他梦见这只小鸟变哑了,而从前它每天清晨时分总是啁啾鸣啭。他很奇怪,便走近鸟笼,这才发现这小鸟已经死了,直挺挺地躺在笼底。他取出这只死鸟,在自己手里握了一会儿,然后把它扔了出去,丢在马路上,就在这扔出去的一瞬间,他感到很害怕,觉得心里有一阵刺痛,似乎他在扔死鸟时把一切有价值的和美好的东西也一起扔了出去。

醒来后,他觉得自己被一种深深的悲哀所笼罩了。他看到自己以往的生活是无聊的,既无价值又无意义;没有给他留下任何生气勃勃的东西,也没有任何珍贵或者值得保留的东西。他是孤单的,心里很空虚,好似河滩上一艘遭难搁浅的破船。

悉达多情绪阴沉地来到那座属于他自己的花园,关闭好小门后,在一棵杧果树下坐下来,感觉死神已进入他心中,感觉满怀恐惧,他坐着,思索着,觉得有什么在自己体内死亡了,枯萎了,正在走向尽头。他慢慢集中起自己的思绪,一生所走过的全部道路再度在脑海中浮现。首先是最早年的日子,那时他已能够沉思潜修。他是否经历过幸福、自己认为是真正欢乐的日子呢?噢,有的,他曾经有过好多次这样的经历。少年时代的他就品味过这种欢乐,当他赢得婆罗门人赞扬的时候,当他在背诵圣诗,在和学者们辩论,在担任祭祀仪式的助手时都有过这种感觉,他显得出类拔萃，远远超过自己的长辈们。那时他心里有过这样的感觉：你面前有一条路，你正受到它的召唤，神在期待着你。接着又到了青年时代，他努力赶超一大群和他同样不断追求更高思想目标的青年，他为婆罗门的思想而痛苦过，每一次达到新的知识领域的同时，心里新的求知欲又被点燃了。于是他总又听见同一个声音在呼唤："向前！向前！你正受着召唤！"他接受了这个声音，选择了沙门生活，离开了自己的故乡，并又一次听从这个声音离开那批沙门来到那个完人身边，后来也是这个声音让他离开那个完人走向了捉摸不定。他已有多少时间没有听见这个声音了，他已有多长时间不再攀登高峰了，他这些年走过的道路何等平坦、何等荒芜，许多许多长长的年代里，他没有高尚目的，没有心灵欲求，没有任何提高，他满足于小小的娱乐，然而事实上从来不曾满足过！连他自己也并未意识到，他在这些长长的年代中努力、渴望成为所有许多人中的一个，成为儿童似的人，但是这些年他的生活较之其他人的生活却远为悲惨和困难，因为他们的目标和他的大不相同，还有他们的忧虑，卡马斯瓦密这类人的整个世界对他也仅只是一场游戏而已，只是一场供人观赏的舞蹈、一幕喜剧而已。唯独卡玛拉是他真心所爱的，是他十分看重的——但是她现在怎么样了呢？他还需要她吗？或者她还需要他吗？难道他们要玩一场没有尽头的游戏？

为这场游戏而活着是必要的吗？不，这是不必要的！这场游戏的名字叫僧娑洛，一场儿童玩的游戏，这场游戏也许玩起来很迷人，一次，两次，十次——但是可以永远、永远一再地玩下去吗？

悉达多顿时明白，这场游戏已经到达终点，他不能再继续玩下去。一阵寒流朝他身上袭来，侵入了他的内心，于是他觉得自己身上有些东西业已死亡。

那一天他整日坐在杧果树下，思念着父亲，思念着戈文达，思念着加泰玛，为了成为一个卡马斯瓦密式的人而离弃他们是应该的吗？夜幕降临时，他依然坐着不动。他一面抬头仰视着天上的星星，一面想："我现在还坐在自己的杧果树下，还在自己的花园里。"他微微一笑——他本人拥有这么一座花园，拥有这么一棵杧果树是正确的吗？是必要的吗？难道不是一场愚蠢的游戏？

连这一切他也决定做个了结，在他眼中这些东西也已经死去。他站起身来向杧果树告别，向花园告别。由于他整日没有进食，感觉有一阵剧烈的饥饿，他想起了自己在市区里的住宅，想起了自己的卧室和床铺，想起了摆满食物的餐桌。他疲倦地笑着，摇了摇头，也向这一切告了别。

就在这天夜晚，悉达多离开了自己的花园，离开了这座城市，之后永远也没有回去。卡马斯瓦密找寻他很长时间，认为他一定是落入强盗手中遭了殃。卡玛拉没有找过他。当她听到悉达多失踪的消息时,丝毫也不惊讶。她不是始终等着这一天的吗?难道他不是一个沙门,一个流浪者,一个苦行僧吗?她想得最多的是他们最后一次相聚时所得的感受,他们从失败的痛楚中寻取欢乐,在这最后一次会面中她还紧紧把他拉近自己的胸怀,并且再一次感受到自己完全为他所占有和征服。

当她第一次听见悉达多失踪的消息时,她走到窗前,走到关着那只奇异鸣鸟的金色鸟笼前,她取出小鸟,让它飞向空中。她久久地目送着那只飞走的鸟儿。从这天开始她不再接待客人,她关闭了自己的住宅。过了一段时间她发现自己和悉达多最后一次相聚时怀了孕。

河边

悉达多在树林里游荡,离开那座城市已经很远很远,他只有一个想法:决不再回那个城市,以往许多年的生活早已成为过去,他已经尝够了,业已到了憎恶的地步。那只鸣鸟已经死去,这是他梦中所见。事实上是那只小鸟已经在他的心里死去。

他深深沉浸于僧娑洛之中,他已经从一切方面尝够了憎恶和死亡的滋味,好似一块海绵汲够了水,业已到达饱和程度。他对一切都已经厌倦,心里充满了痛苦,充满了死亡之感,世界上没有任何东西再能够吸引他,让他高兴,让他得到安慰。

他热切地渴望忘记自己,渴望得到安静,渴望死亡。但愿有一道闪电击毙他!但愿有一只猛虎吃掉他!但愿有人给他一杯酒,一杯毒药,这药将他麻醉,使他忘却和沉睡,永远不再觉醒!难道还有哪一种污秽是他自己所不曾沾染过，哪一种罪孽和蠢事是他所不曾做过，哪一种灵魂上的荒芜空虚是他所不曾承受过的？难道他还可能生存吗？难道他还可能一次又一次重新呼吸，感到饥饿，重新进食，重新去睡觉，重新去躺在女人身边吗？这种不间断的循环往复对他来说难道还不该结束和中断吗？

悉达多来到森林里一条大河边，这条河正是当年他还是一个青年时，从加泰玛的城里出来后要求一位船夫为他摆渡的河流。他走到河边站住了，犹豫不定地停留在河岸上。疲劳和饥饿已经使他十分虚弱，他为什么还要继续往前走，要往何处去，要达到什么目的呢？不，他已经不再有任何目的，除了这些充满深深痛苦的渴望，除了那场震撼了自己的荒唐梦境，除了呕出自己饮下的这杯苦酒，除了结束这一可怕而又可耻的生活，他已经什么也没有了。

有一棵椰子树弯曲着伸向河面，悉达多将肩膀靠在树干上，伸出一条胳膊搂住树干，往下俯视着碧绿的河水，河水在他身下潺潺流动，他俯视着河水，心头涌起一个坚定的愿望，解脱自己，让自己沉没在河水中。倏地，他身下的河水仿佛出现了一片可怕的空白，这仿佛正是对他灵魂里那种可怖的空白所作的答复。是的，他是完结了。留给他的道路只有自己消灭自己，只有彻底摧毁自己那毫无作为的一生，把它抛弃，不理会神道的嘲笑。这些正是他所热烈向往的巨大突破：死亡，彻底破坏他所憎恨的躯壳！但愿鱼儿把他吞食干净，他悉达多这条狗，这个狂人，这个腐烂败坏的躯体，这个毁坏了的灵魂！但愿鱼儿和鳄鱼将他吞食，但愿恶魔把他撕得粉碎！

他凝视着水中自己那歪曲的脸庞，那脸容时隐时现。他浑身疲软，松开了搂着树干的胳膊，稍稍旋转身子以便让自己垂直地落进水里，最终葬身水底。他要紧闭双眼沉下去，迎接死亡。

这时从他灵魂的一个偏僻角落，从他疲倦一生的遥远的过去传来了一个声音。这是一个字，一个音节，他不费思索便喃喃地念出了声，这是所有婆罗门祈祷书里最初的一个字和最后的一个字，这就是神圣的"唵"，它和"功德圆满"或者"完美无缺"具有同样丰富的意义。就在"唵"的声音传进他耳内的一瞬间，他那已经死去的灵魂猛然苏醒，使他一下子认清了自己行为的愚蠢。

悉达多深感震惊。如今他竟处于这等境地，如此孤独，竟背弃一切知识误入歧途，以致想自寻短见，以致这个死的愿望，这个幼稚的愿望会在他身上变得如此巨大：为寻求平静，竟不惜消灭自己的肉体！所有一切痛苦，一切醒悟，一切失望，在最近这段时间里都不能影响他，而眼前这一瞬间，这个"唵"却深深进入他的意识，并对他起了影响：促使他认识到了自己的不幸和迷乱。

"唵！"他出声念着，"唵！"于是他想起了婆罗门，想起了不可摧毁的生活,想起了他已经忘却的一切神圣东西。

虽然这一切只有一刹那,犹如一道闪电,而悉达多已经倒在椰子树下,他的头枕在树的根部,沉入了深深的梦乡。

他睡得很熟,一个梦也没有做,他有很长时间都没有睡得这样的香甜了。几个钟点后,当他醒来时,感觉好似已经过了十年之久,他听见轻轻的流水声,不明白自己身在何处,是什么人把他搬到了这里,他睁开眼睛,吃惊地看到头上是树木和蓝天,他回想自己在什么地方,为什么会来到此地。然而他还是迷糊了很长一段时间,过去像被一层纱幕所笼罩着,无比遥远,无限宽广,又完全无关紧要。他只知道自己过去的生活(这种生活在他开始沉思的一瞬间重又在他脑海中浮现,它们就像是一个早已消逝的、往日的化身,像是他本人的幼年)——而他业已离弃了这种过去的生活,他满怀厌恶和不幸,宁愿抛弃生命,他在一条河边,在一棵椰子树下,想要回归自我,嘴里念诵着"唵"这个圣字,进入了一个安然死去的境界,此刻醒来却成为一个新人,观望着周围世界。他轻轻地念出"唵",他曾在默诵这个圣字中入睡,如今他觉得自己那整个过去的年代不过是一次悠长深沉的"唵"的念诵,一次"唵"的思索,一次深入沉思和彻底到达"唵"的境界,到达无可名状的完善境界。

这又是一次何等奇妙的睡眠啊!有生以来还从没有哪

次睡眠竟能使他像今天这样：头脑清醒、精神抖擞，也仿佛年轻了许多！也许他真的已经死去，已经消亡，而现在托生在一个新的躯体里？但是事实并非如此，他认识自己，认识这双手和这双脚，认识他所躺的地方，认识这个胸膛里的自我，认识这个悉达多、这个固执而奇怪的人，然而这个悉达多也已经有了变化，他获得了新生，他令人奇怪地沉沉入睡，又奇异地觉醒过来，他心情愉快而好奇。

悉达多坐起身子，看见自己对面坐着一个人，一个陌生人，一个穿黄袈裟的已经剃度的僧人，他正在打坐静修。他凝视着那个既无头发也无胡子的陌生人，片刻后他认出面前这个僧人就是戈文达，他儿时的朋友，那个向可敬的佛陀寻求庇护的戈文达。戈文达老了，一如他也老了，但脸上的神色却依然如故，仍表现出热切、忠实、探求和慎重的神色。此刻戈文达感觉到了他的目光，便张开眼睛望着他，悉达多看出戈文达并没有认出自己。戈文达见他苏醒过来十分高兴，显然他已在这里坐了很久，期待他苏醒，尽管他并没有认出悉达多。

"我睡着了，"悉达多说，"你到这里来做什么？"

"你是睡着了，"戈文达回答说，"在这种地方睡觉很不好，这里毒蛇成群，又是林中野兽出入的要道。噢，先生，我是尊敬的加泰玛的一个弟子，就是那个佛陀、那个释迦牟尼的弟子，我和一群与我同样的弟子去参拜圣地，路过这里看见你躺在水边,正睡在一个危及生命的地方。因此我试图唤醒你,噢,先生,我见你睡得很香,便决定留下来守护你。但是,你瞧,连我自己也睡着了,而我本意是要守护熟睡的你。我玩忽职守,疲倦制服了我,行啦,你现在已经苏醒,我可以去追赶自己的弟兄们了。"

"我感谢你,沙门,你在我熟睡时看护了我,"悉达多道谢说,"你们佛门弟子都待人厚道。你现在可以继续赶路了。"

"我去了,先生,祝愿先生永远健康。"

"谢谢,沙门。"

戈文达行了一个礼,说道:"再见。"

"再见,戈文达。"悉达多回答。

僧人呆住了。

"请允许我动问,先生,你怎么会知道我的名字的?"

悉达多微微笑着。

"我认识你,噢,戈文达,从你还住在父亲小屋里的时候,从我们在婆罗门学校里的时候,从我们参加祭祀仪式和共同走上沙门道路的时候,也从你在耶塔华那的树丛里请求佛陀收为弟子的时候就认识你了。"

"你是悉达多!"戈文达大声叫道,"现在我认出你了,我真弄不明白自己怎么会没有立刻认出你。欢迎你,悉达多,能够再见到你,我非常高兴。"

"我也很高兴再见到你。你是我熟睡时的守护者,我得再次表示道谢,虽然我并不需要任何守护者。噢,我的朋友,你要到何处去?"

"不去何处。我们僧人常年云游四方,只要不是雨季,我们总是从一地赶到另一地,按照我们自己的规律生活,向人们宣讲教义,接受布施,然后又动身上路。永远如此。你呢,悉达多,你要到哪里去?"

悉达多说:"我的情况和你同样,朋友,我也不到哪里去。我只是不停地赶路,去参拜圣地。"

戈文达说:"你说你也去参拜圣地,这我相信。但是很遗憾,悉达多,你看上去不像一个朝山进香者。你穿的是有钱人的衣服,脚上是最上等的鞋子,你头发上的香水味儿芬芳宜人,这可不是一个朝山进香者的头发,不是一个沙门的头发。"

"好,亲爱的,你观察得很精确,你那尖锐的目光看清了一切。然而我并没有对你说,我是一个沙门游方僧。我只是说:我要去参拜圣地。事实便是这样:我正要去参拜圣地。"

"你去朝拜圣地,"戈文达说,"可是很少有朝圣者穿戴这样的衣服、鞋子,有这样的头发。我年年朝圣,还从没有遇到过像你这样的朝拜圣地者。"

"我相信你所说的,亲爱的戈文达。但是现在,今天,你恰巧碰见了一个这般模样的朝圣者,衣服华丽,鞋子高贵。请记住，亲爱的：造化世界是短暂多变的，是暂时性的，而最为不能持久的是我们的外表，我们头发的款式，以及我们的头发和躯体本身。我身上穿着富人的衣服，你清楚地看到了这一点。我如此穿戴，因为我曾经是富人，而我的头发修饰得像一般世人和沉湎于酒色的人，因为我曾经是他们中间的一员。"

"那么现在呢，悉达多，你现在怎么样呢？"

"我不知道，我知道得和你同样少。我正走在半途中。我曾是富人，如今不再是了；而我明天将会怎样，我自己也不知道。"

"你失去了你的财产？"

"我失去了财产，或者说是它失去了我。对于我来说，是丢了它。造化的车轮转动何其迅速，戈文达。婆罗门人悉达多于今何在？沙门悉达多于今何在？富商悉达多于今何在？一切暂时之物都是过眼烟云，戈文达，你懂得的吧。"

戈文达久久注视着自己的朋友，眼睛里满是疑虑神情。他还是向他祝福问好，如同人们对待上等人那样，然后就动身上路了。

悉达多微笑着目送他远去。他一直爱着戈文达，这个为人忠实、行为谨慎的人。在当前这个时刻，在经历了为"唵"所渗透的奇异睡眠之后的这一美妙时刻，他怎能不爱任何人，不爱任何事物呢！通过睡眠和"唵"在他身上所发生的情况恰恰就是魔力之所在，使他热爱一切，首先是对自己看见的东西全都充满了欢乐的爱情。对于悉达多，魔力正在于此，过去他曾病得如此严重，以致不能够爱任何东西和任何人。

悉达多含笑目送着逐渐远去的游方僧人的身影。睡眠使他精神倍增，但是饥饿也在剧烈地折磨着他，因为他已有两天不曾进食，而他顽强地对抗饥饿也已有相当长的时候了。他忧伤地，同时又含着微笑回想着那些年代。他清楚地记得，当年曾向卡玛拉夸耀自己的三大高贵而不可制胜的本领：斋戒——等待——思索。这些曾经是他所拥有的财富，他的权力和力量，他的坚固的司令部，在他那一系列勤奋而艰苦的青春年代中，他所学习的就是这三大本领，并没有其他任何东西。但是他遗弃了它们，如今这些本领已荡然无存，他已经不再斋戒、等待和思索了。他把自己奉献给了那些最最可鄙的东西，那些昙花一现的东西，那些感官的娱乐、奢侈的生活以及金钱财富！事实上他的境遇何等稀奇古怪。看来，如今他已切切实实成为一个儿童似的世俗人了。

悉达多思考着自己的处境。他对思索曾经毫无兴趣，现在更觉得思索困难了，然而他却强迫自己进行思索。

眼下，他想，我总算又摆脱了所有这一切过眼烟云的短暂事物，我又自由自在地站立在阳光下，就像我过去还是个幼儿时那样，没有任何东西属于我所有，我什么也不会，什么事都做不到，什么东西都没有学习过。这种情况是多么的惊人啊！现在，当我已不再年轻，头发已花白，精力也减退衰弱的时候，我却又要从头，像孩子似的从头做一切事！于是他又无奈地笑了笑。是啊，他的命运是何等的奇怪呀！命运还要伴随他继续往前走，因此如今又变得一片空白，赤裸裸而愚蠢地独自站在世界上。但是他对此毫不忧虑，相反，感到有一种巨大的刺激，引得他想大笑，笑自己，也笑这个奇怪而愚蠢的世界。

"它将一直陪伴我往下走！"他自言自语，并且为此而发笑，他一边自言自语，一边把目光投向脚下的河水，他看着河水，河水也是往下流淌的，永远不停地往下流，而且一边流一边欢乐地唱着歌。这情况使他很高兴，他亲切地朝河水发出微笑："这不正是那条他曾一度想淹死自己的河流吗，是在一百年以前，或者是在他的一场梦中？"

事实上我的生活很奇怪，他这么想着，我走着奇怪的弯路。在儿时，我只同神道打交道，做着祭祀的事。青年时代的我只是奉行禁欲主义，进行思索和潜修，我探索婆罗门的道路，我崇敬永恒的阿特曼。作为一个婆罗门青年，我追随忏悔者，我生活在树林里，忍受着暑热和酷寒，我学习忍受饥饿，学习让自己的躯体萎缩。随后，那位伟大佛陀的学说又奇妙地启迪了我，我感到关于世界和谐统一的知识就像是我自己的血液似的在环绕我循环不已。可是即使是面对佛陀和他的伟大知识,我也不得不离开。我走了,我跟随卡玛拉学习爱情,跟随卡马斯瓦密学习做买卖,我积累金钱,又浪费金钱,我学习娇宠自己的肠胃,学习逢迎自己的感官。我为此花费了许多年,我丧失了灵魂,荒疏了思索,我忘却了统一和谐。事实不正是如此吗,我慢慢地,绕了一个巨大的弯路后从一个男子汉变成了儿童,从一个思索者变成了一个儿童似的人?然而这条道路也曾经有过极好的时期,而那只鸟还没有在我心中死去。但是这又是一条怎样的道路呢!我不得不经历如此众多的蠢事、罪恶、谬误、丑恶、绝望和不幸,仅仅是重新变成一个儿童,仅仅是能够从头开始。然而这是正确的,我的心认为它是对的,我的眼睛为它而欢笑。我必须经历种种失望,必须让自己的思想下降到一切最愚蠢的思想中去,直至想到自杀,为了能够体会神的恩典,为了重新听见"唵",为了能够得到真正的睡眠和真正的觉醒。我必须为自己建造一个大门,以便在自己心中重新找到阿特曼。为了能够重新生活,我不得不犯下罪孽。我还有什么道路可走呢?这条道路是滑稽可笑的,它弯弯曲曲,也许还在绕圈子。然而只要是路,我就愿意随之前行。

他感到自己胸膛里翻腾着奇异的喜悦感情。

他询问自己的心:这种喜悦来自何处?你为什么如此

愉快？它大概来源于这次长长的、美好的睡眠，难道是它促成我如此幸福的吗？或者来源自我所念诵的"唵"字？或者来源于我的逃遁，因为我偏爱逃遁，是它终于让我再度自由自在，好似天空下的一个儿童？噢，这种逃遁何等美好，这种自由何等美好！这里的空气又纯净又新鲜，多么令人舒畅！而那边，我离开的那个地方，那里的一切东西闻着都有一股子油膏味、香料味和酒气，都有一种过分富裕和懒惰闲散的味道。我多么憎恨这个富人的世界，这个饕餮者、赌博者的世界啊！我多么憎恨自己，因为我居然在这个可怕的世界上逗留了如此长久！我竟然这样惩罚自己、毁坏自己、毒害自己、折磨自己，让自己变得又老又坏！不，我将来绝不会再做自己曾一度非常乐意去做的事了，我可以想象其结果的，因为悉达多要变聪明了！聪明会使我善良、愉快，如今我终于结束了那种自己反对自己的可憎生活，那种愚蠢而荒芜的生活，我必须对此表示赞美！我赞美你，悉达多，经过那么多年的愚昧之后，你又取得了突破，做出了一点行动，你听见了自己胸膛里那只小鸟唱歌的声音，你正随歌声高高飞翔！

他沾沾自喜地自我赞美着，又好奇地倾听着胃肠里因饥饿而发出的咕噜声。于是他感觉有点儿痛苦和悲哀，因为最后一段时期的日子纯然是虚度浪费，直至自己完全被绝望和死亡所吞食。然而这样也是好的。倘若他没有在卡马斯瓦密身边停留如此长久,赚取金钱,又浪费金钱,填饱肚子,却让灵魂枯竭,倘若他没有在这个舒适的、软绵绵的地狱里居住如此长久,他便不可能达到这种完全无法安慰的绝望境界,也就是这个他站在汩汩流动的河水上下定决心消灭自己的非常时刻。由于他尚能感觉这种绝望和深恶痛绝的感情,由于自己并没有向它们屈服,由于那只鸟儿,那欢乐的泉源和声音还生动地活在自己的心里,他为此而深感快乐,为此而放声欢笑,灰白头发下的脸庞因而容光焕发。

"这样很好,"他想道,"把人们认为必须知道的一切都亲自去品尝品尝。世俗的欢娱和财富并不是什么好东西,我从小就已经学过。我知道这一点由来已久,而亲身经历却是最近的事。如今我算是真正知道了这些,不仅是在记忆中,而且是目睹,而且用自己的心和自己的胃进行了体会。我很高兴我懂得了这一切!"

他久久地思索着自己这种转变,悉心倾听那只鸟儿和他一样欢乐地歌唱。他不是曾经感到这只鸟儿已在他胸膛里死去吗?不,在他身体内死去的是一些别的东西,是一些早已渴望死去的东西。它们不正是他从前在自己激情满怀的忏悔年代所企图扑灭的那些东西吗?它们不正是那个自我,那个渺小、不安而骄傲的自我,那个他与之战斗了许多年,总是一再把他征服的自我吗?它们经过许多年代的灭绝之后又一再重新出现，它们不总是禁止欢乐，接受恐惧吗？它们不正是促使他在眼前这条可爱的河水里自寻死路的那些东西吗？它们不也正是通过这场死亡使他变为一个儿童，变得充满信心、无所畏惧、兴高采烈的东西吗？

悉达多直到此刻才知道：当年作为一个青年婆罗门，一个忏悔者，在这场和自我进行的斗争中为什么会徒劳无益。由于它们的阻挡，我少学了许多知识，许多诗句，许多祭祀规则，许多清苦修行的本领，少做了许多事，少做了许多努力。他曾经多么傲慢自大，总是自以为最聪明、最勤奋，永远比别人先行一步，永远是最有学问和最高尚的人，永远是僧侣或者是智者。他的自我一直悄悄潜藏在这种傲慢自大、高贵风尚和教士精神里，坚固地在那里生根，成长，而他还自以为在自己斋戒和忏悔时便已将它们消灭干净。现在他看得很清楚，自己胸膛里那秘密的声音是正确的，没有任何教师能够解救他。因而他不得不进入世俗世界，让自己迷失在情欲、权力、女人和金钱中，不得不充当一个商人、掷骰子的赌徒、酒鬼和饕餮家，直至自己身上的僧侣和沙门被杀死为止。因而他不得不继续忍受这种丑恶生活，忍受恶心，忍受一种毫无意义的荒芜迷茫生活的指导，直至完结，直至陷于极度绝望，直至连寻欢作乐的悉达多、贪得无厌的悉达多也灭亡为止。他已经死了，一个全新的悉达多已从睡梦中觉醒。总有一天这个新的悉达多也会衰老的，也会死去的，悉达多是短暂的，世上任何形象都是短暂的。但是他今天是年轻的，是一个儿童，这个新的悉达多，内心里充满了欢乐。

他思索着这些问题，含笑倾听着胃里的响声，感激地倾听着一种蜜蜂似的嗡嗡嗡的声响。他愉快地望着眼前汩汩流动的河水，没有哪一条河比这条河流更让他满心喜欢，他从没有听见有哪一条流动的河水带有如此强烈而美妙的音响和含义。他觉得河水仿佛在向他述说什么特别的东西，述说某些正在期待着他去领略，而如今他还不懂得的东西。悉达多曾经想在这条河里溺死自己，今天，那个衰老、疲倦、失望的悉达多已经在这里淹死了。新生的悉达多对这条汹涌向前的河流有着深深的爱，他决定不马上离开这条河流。

渡船夫

我要留在这河边,悉达多暗自思忖,当年我走向世俗生活道路时所经过的正是这条河流,当时有一个待人亲切的渡船夫把我渡过河,我要去找他,我曾经一度从他的茅屋里开始自己一种新的生活道路,现在这种生活业已衰老死去——但愿我目前的道路,我目前的新生活能够在那里得到一个好收场!

他温柔地望着翻滚的河水,这一片清澈的碧水,勾画出了富有神秘气息的水晶般透明的线条。他望见从水底深处升起一串串闪闪发光的珍珠,望见一个个安详的气泡在明镜似的水面上游动嬉戏,望见湛蓝色的天空映在水面上。这条河流正以自己千万双眼睛望着他,有绿眼睛,也有白色的、天蓝色的眼睛,还有水晶般的眼睛。河水使他心旷神怡,他多么爱这条河,多么感谢它啊!他听见自己心里有个声音在说话,这个新觉醒的声音对他说:爱这条河流吧！留在它身边吧！向它学习吧！噢，是的，他愿意向它学习，愿意倾听它的声音。谁若懂得这条河流以及它的秘密，在他看来，那个人肯定也会懂得许多别的东西，懂得许多许多秘密，懂得一切秘密的。

而他今天只看见了河水的一个秘密，就立即被抓住了灵魂。他看到：河水滚滚奔流，永不停息地流逝，然而却又像总是停留在原地，不管怎样，河水永远是相同的水，而在每时每刻又都是全新的水！噢，有谁了解它们，懂得它们的感情呢！他并不懂得和了解它们的感情，他只觉得心里正升起一种预感，那遥远的回忆和神道的声音在他脑海中萦绕。

悉达多挺直身体，腹内强烈的饥饿感使他难以忍受。他继续朝前漫步走去，沿着岸边小道，沿着汩汩流水，一面倾听着波涛的拍打声，一面倾听着自己体内饥肠辘辘的咕咕声。

他来到渡口，看见渡船正停泊在原处，而渡船夫也依旧是当年摆渡一个青年沙门过河的那个船夫，这船夫正站在船里，悉达多认出了他，那个人也老了很多。

"你愿意渡我过河吗？"他问。

渡船夫看见一位衣着华丽的绅士孤身一人，又是自己徒步走到河边，感到很吃惊，他请客人登船后，便把船撑开了。

"你选择了一种美丽的生活,"客人对他说,"每天生活在这条河流上,又天天行驶在水面上,肯定是非常美妙的。"

渡船夫一面摇橹一面微笑着回答道:"这种生活是很美,先生,正如你所说的。难道不是每一种生活、每一种工作都很美吗?"

"但愿如此。可我还是很羡慕你和你的工作。"

"啊,你很快便会失去兴趣的。它可不是一桩适合服饰华丽的人干的工作。"

悉达多哈哈大笑:"由于这身衣服,我今天已经被人考察过一次了,而且是以不信任的目光进行考察的。你愿不愿意,艄公,接受我这身已成为我累赘的衣服?因为应该让你知道,我身无分文,付不出渡船费。"

"先生在开玩笑。"渡船夫笑着回答。

"我没有开玩笑,朋友。你瞧,我过去曾白白搭你的船渡过一次河,愿上天保佑你。我今天同样也身无分文,因此就请收下我的衣服吧。"

"那么先生不就要光着身子赶路了吗?"

"嗨,我但愿不再继续登程。艄公,如果你能够给我一条旧围裙,接受我充当你的助手,更确切地说,是当你的学徒,那真是再好不过的了,因为我首先得学会如何驾驭船只。"

渡船夫久久地注视着陌生人,思索着。

"现在我认出你了,"他终于说道,"你曾在我的茅屋里睡过一夜,打那以后直到今天,总有二十多年了吧,当年我把你渡过河去后,我们就像好朋友一样分的手。记得你那时是一个沙门?你的名字我可想不起来了。"

"我叫悉达多,你上次看见我时我是一个沙门。"

"那么我欢迎你,悉达多。我叫华苏德瓦。我希望你今天依然做我的客人,睡在我的茅屋里,并且告诉我,你从何处来,为什么这身华丽衣服使你感到沉重。"

他们已来到河心,华苏德瓦加紧划着桨,迎着逆流朝对岸前进。他用有力的双臂镇静自若地划着桨,目光直视着船头。悉达多坐着,看着渡船夫,回忆起自己沙门时代的最后一天,当年自己心里也曾激起过对这人的热爱之情。他感激地接受了华苏德瓦的邀请。当他们抵达河岸后,他帮助渡船夫把船固定在木桩上,渡船夫把他让进茅屋,用面包和水款待他,悉达多津津有味地吃着,还津津有味地吃着华苏德瓦端给他的杧果。

太阳落山时分,他们两人一起坐在河岸边一棵大树的树干上,悉达多便开始向渡船夫叙述自己的出身和生平,描述自己在今天,在那些绝望的时刻,眼中所见到的景象。他一直讲到深夜。

华苏德瓦全神贯注地听着。他一字不漏倾听着悉达多的出身,童年时代,所学习的一切,所探寻的一切以及他的一切欢乐和灾难。这正是渡船夫的伟大德性之一：很少有人能够懂得像他这般倾听。用不着华苏德瓦说一个字，讲述者就觉得渡船夫已经把他的话全都记在心上了，他如此宁静、坦率、耐心地听着，不错过一句话，没有丝毫不耐烦的神色，也不插嘴表示任何赞美或者责备，只是静静倾听着。悉达多感到自己有幸结识这么一位乐于听他讲述的人，真是交了好运，可以把自己的一生，自己的追求和苦恼都深深埋藏在他的心里。

当悉达多的叙述将近尾声时，当他讲述到河边的那棵大树，讲到自己的堕落，讲到神圣"唵"的作用，讲到自己在那次睡眠之后对河水所具有的深厚的感情时，渡船夫比方才更加注意地倾听着，他双目紧闭，全神贯注地倾听着。

后来悉达多沉默了，两人很长一段时间都没有说话，过后华苏德瓦终于说道："情况正如我所想的。河水和你说了话。你也是它的朋友，所以它也和你讲话。这很好，好极了。和我待在一起吧，悉达多，我的朋友。从前我有一个妻子，她的床铺就在我旁边，她已经去世很久很久，我已经单身生活了很长时间。你现在就和我一起生活吧，这里的房子和食物足够我们两人享用。"

"谢谢你，"悉达多说，"我谢谢你，我接受你的邀请。我还应该谢谢你，华苏德瓦，你如此善意地倾听我说话！很少有人懂得倾听，我没有碰见过像你这么懂得倾听的人。

就这方面我也要向你学习。"

"你是要学习这个本领的,"华苏德瓦回答说,"不过不是跟我学习。是河水教会我倾听的,你也将向它学习这一本领。它懂得一切,这条河流,人们能够向它学习一切。你瞧,你已经在向它学习了,这样学习很好,你要不断地努力,沉下去,往深处探索。富裕而高贵的悉达多要当一个船夫的助手,有教养的婆罗门人悉达多要成为一个渡船上的船夫:这也是河水向你说的。你将来也会从它那里学到其他许多东西。"

又过了一段长长的间隙之后,悉达多问道:"还有其他的话吗,华苏德瓦?"

华苏德瓦站起身来。"夜深了,"他说,"让我们去睡觉吧。我不能再跟你说'其他的话'了,噢,朋友。你以后会学习到的,也许你现在就已经懂得了。瞧,我不是一个学者,我不善于讲话,我也不擅长思索。我只懂得倾听和待人诚恳,此外便一无所长。倘若我能言善辩,会开导人,我大概已成为一个圣人,然而我只是一个渡船夫,我的任务只是渡行人过河。我已经为许多人摆渡,成千上万的人,我这儿的河流在所有这些人眼中都只是他们旅途中的一个障碍而已,并无其他任何意义。他们为了金钱和买卖外出,也有人是去参加婚礼,或者去朝山进香,这条河流是他们途中必须经过的,而渡船的船夫正是为他们得以迅速越过障碍而存在于此地的。成千上万人中有个别人，很少几个人，四个或者五个吧，他们听见了这河水的声音，他们倾听着，于是它对他们也像对我一样变得神圣起来，这河流在他们眼中也不再是一重障碍。让我们去休息吧，悉达多。"

悉达多和船夫住在一起，向他学习驾驭渡船，无人摆渡时，他就和华苏德瓦一起下稻田干活，收集柴火或者采摘芭蕉果。他学习制作船桨，学习修补船只，学习编篮子，他对自己所学的一切都兴致勃勃，一天天、一月月就这样飞快地流逝。正如华苏德瓦所说的，河水教导他学得了更多的东西。他不停地向河水学习着。首先向它学习倾听，学习它以宁静的心境、有所期待和敞开的心灵，没有痛苦、欲望、评论和见解，静静地倾听的本领。

他和华苏德瓦一起友好和睦地生活着，话语很少，偶尔才互相交换一些话语，而且都是经过长久思索的。华苏德瓦不喜欢多话，悉达多也难得能激起他的谈兴。

"你有没有，"他某一次问华苏德瓦，"你有没有从河水处学到那个秘密：时间究竟存在不存在？"

华苏德瓦的脸上露出开朗的笑容。

"是的，悉达多，"他说，"你的看法正是事实：河水不论流到何处都是同一时间，不论在源头或者在河口，还是在大瀑布、在渡口、在急流中、在海洋里、在群山间，到处都一样，都是同一时间，因为对于河水说来只存在当前，既没有过去的阴影，也没有将来的阴影。"

"是这样的，"悉达多回答说，"当我向河水学习这些的时候，我看见了自己的一生，它也是一条长河，儿童的悉达多成了男子汉的悉达多，又成了老头儿的悉达多，分成各个阶段的只是过去的阴影，而并非真实生活。因而悉达多早年的出生并不是过去，而他的死亡以及他的返回婆罗门也并非将来。万物无过去，也无将来；世上万物只存在本质和当前。"

悉达多兴奋地说着，为自己这种大彻大悟而深感幸福。噢，某个人有朝一日能够战胜时间，能够把时间置之度外，他岂非就已经克服和扫清了时间所留下的一切痛苦，一切自我折磨和恐惧，克服和扫清了世界上的一切困难和仇恨？悉达多越说越兴奋。华苏德瓦却只是微微含笑，容光焕发地看着他，一边赞许地点着头，一声不吭，随后便轻轻地拍了拍悉达多的肩头，转过身子去做自己的事了。

又有一次，正值河水猛涨、水流急湍的雨季时节，这时悉达多又问道："噢，朋友，河水是不是有很多声音，许多许多种声音？难道它没有一种帝王的声音，一种战士的声音，一种公牛、一种夜鸟、产妇和叹息者的声音，以及成千上万种其他声音吗？"

"事实如此，"华苏德瓦点头承认，"造化的一切声响都存在于它的声音中。"

"你可知道,"悉达多继续问道,"它说的是什么语言,能够让你一下子同时听见它那成千上万种声音?"

华苏德瓦的脸上展现出幸福的笑容,他低头凑近悉达多,在他耳朵边念出了神圣的"唵"。而这恰恰也是悉达多从河水那里听见的声音。

年复一年,悉达多脸上的笑容渐渐地和老渡船夫的有点相似了,几乎同样的容光焕发,同样的辉耀着幸福感,脸上那千百条细细的皱纹也同样闪闪发亮,脸上也同样有那种孩子气,也同样地老态龙钟。许多过路人看见这两个船夫都认为他们是一对弟兄。黄昏时分他们常常一起坐在河岸边的树干上,静静地谛听河水的流动声,水声对于他们两人已不是水流的声音,而是生活的声音,是神圣的声音,是永恒的未来的声音。于是偶尔便出现这种情况:他们两人在谛听河水时想到了同一件事情,想到了前一天的一场谈话,想到了某个过路人,并极力回想这人的脸容和遭遇,他们还同时想到了死亡,想到了他们的童年,每逢河水告诉他们一些美好的事物时,他们的目光就会在瞬息之间不约而同地相遇,两个人思考的恰巧是同一件事,两个人又同时为同一问题的同一答复而感到幸福。

过往行人中有一些人觉察到这条渡船和这对渡船夫有点儿特别。于是偶尔就出现了下列情况:某个行人在凝视两个渡船夫之一的脸容后便开始向他叙述自己的生平、自己的苦恼，忏悔自己的劣迹，恳求安慰和忠告。偶尔还出现下列情况：某个旅客请求和他们共度一个夜晚，以便共同谛听河水。甚至还出现了这等事：某些好奇的人听说这条渡船上生活着两个智慧长者，或者魔术师，或者圣人，就纷纷来到他们身边。这些好奇者向他们提出许多问题，但都没有获得答复，这些人同时发现，他们既不是魔术师，也不是圣贤，只是一对和蔼可亲的小老头儿，他们沉默寡言，看上去有点儿特别，有点儿痴呆。于是好奇者哈哈大笑，互相谈论着传播这一无稽谣言的人是何等愚蠢和易于上当。

许多年过去了，没有人再谈论他们。有一天来了一个朝圣的僧侣，他是加泰玛的一名弟子，请他们把他渡过河去，船夫们从他嘴里知道，到处正流传着佛陀病危的消息，说佛陀为了拯救世人，将要进行最后的涅槃，因此他要十万火急地赶到自己伟大恩师身边去。隔不多久，拥来了一大群朝圣的僧侣，接着又来了一大批，于是不仅是僧侣，就连大多数过路人和其他游客的话题也离不开加泰玛和他濒临死亡的事情，谁也不谈论其他事情。于是就像去参观军队出征或者皇帝加冕，人群从四面八方蜂拥而来，简直是人山人海，他们汹涌集中，简直像蚂蚁聚集一般，他们好似被一种魔力所吸引，纷纷来到伟大佛陀将要涅槃的地方，来到将要出现大事的地方，来到一个时代的伟大完人将要达到壮丽境界的地方。

在这段时期里悉达多常常想着这位濒危的圣贤,这位伟大的师长,他曾用他的声音警告他的人民,并且唤醒了几十万的人民,自己也一度聆听过他的声音,也曾满怀敬畏地凝望过他那圣洁的容颜。悉达多愉快地想着他的一切,眼前似乎出现了他走向完善的道路的情景。悉达多含笑回忆起当年年轻的自己向尊敬的长者所陈述的那番言论。那番话现在回想起来都是些既傲慢又少年老成的傻话,他想起它们就不禁发笑。很久以来他就知道自己和加泰玛不会分开太久,虽然自己并没有接受他的学说。不可能的,一个真诚的探索者——一个真诚探索真实的人,不可能接受任何学说的。他却是个过来人,他已找到了一切,他熟谙一切,熟谙每一种学说、每一条道路、每一个目标,世界上不会再有任何东西可以分隔他和其他千百万人,人人都生活在永恒之中,呼吸着神的气息。

这些日子中的某一天,在络绎不绝前往朝拜临死佛陀的人群中,也有那位曾经是全城最美丽的高等妓女卡玛拉。她早已退出往日的繁华生活,她把自己的花园馈赠给了加泰玛的弟子们,她接受了加泰玛的学说,她早已成为一切朝圣者的女施主和好朋友。她一听说加泰玛病危的消息后便带着自己的孩子,悉达多的儿子上了路,身上穿着简陋的衣服,步行朝圣。途中她和自己的小乖乖到了这条河边;

那男孩早就疲乏不堪了，急着要回家，急着休息，急着吃饭，变得执拗起来，又是哭又是闹。卡玛拉只好不断地让他休息，他已经养成违抗她的意志的习惯，卡玛拉必须经常给他喂食，安慰他，呵斥他。他不明白，他和他母亲为什么必须走上这条又艰苦又劳累的朝圣路途，到一个不熟悉的地方去探望是圣贤但同时又是快要死的一个陌生男人。他死他的，和小孩又有什么相干呢？

这一对朝圣者已经走到离华苏德瓦渡船不远的地方，这时小悉达多再次请求母亲让他休息。卡玛拉自己也已累乏，趁孩子吃香蕉之际，她也蹲在地上，闭起眼来稍稍休息片刻。突然间，她痛苦地大叫一声，男孩惊慌地看着母亲，她的脸由于惊惧而变得苍白，再往下一看，只见一条小黑蛇正从母亲身下往外游走。蛇已经咬伤卡玛拉。

他们两人赶紧往前跑，想跑到有人居住的地方。当他们来到渡船附近时，卡玛拉倒下了，她已无力继续行走了。那男孩尖声喊叫起来，同时不断亲吻和拥抱母亲，她也随着他的大声呼救一起喊叫着，直至这声音传到华苏德瓦耳中，他正站在渡船上。他飞也似的跑了去，抱起妇人，放到船里，那孩子紧紧跟随着，不一会儿他们进了茅屋，悉达多正站在炉灶边生火，他抬起眼睛，首先看见的是男孩的脸，这张脸令人惊讶地提醒他回忆起某些已遗忘的东西。然后他望了望卡玛拉，一眼便认出了她，虽然她正毫无知觉地躺在船夫的胳膊里。这时他明白,那男孩正是他的亲生儿子,孩子的脸强烈地提醒他想起自己的脸,于是他的心开始在胸膛里剧烈跳动。

卡玛拉的伤口已经清洗干净,但却发黑了,身体也肿胀起来,他们给她服了一剂汤药。她渐渐地恢复了知觉,躺在茅屋里悉达多的床铺上,她过去曾十分热爱的悉达多正弯腰俯身向着她。这一切竟像一场梦境,她微微含笑望着他亲切的脸容,慢慢地才意识到自己目前的情况,想起自己是被蛇咬了一口,接着便惊恐地大声呼唤男孩的名字。

"请不要担心,他就在你身边。"悉达多对她说。

卡玛拉望着他的眼睛。由于毒性的麻痹,她说话已口齿不清了。"亲爱的,你老了,"她说,"你的头发已经灰白。不过你仍然是那个年轻的沙门,那个满脚尘土、不穿衣服到我花园里来的游方僧人。你比当年你离开我和卡马斯瓦密出走的时候更像沙门了。你的眼睛和那时一样,悉达多。啊,我也老了,衰老了——你还能认出我来吗?"

悉达多笑笑回答说:"我一眼就认出了你,卡玛拉,亲爱的。"

卡玛拉指指她的男孩说:"你也认出了他吧?他是你的儿子。"

她的眼睛变得呆滞了,又失去了知觉。男孩啼哭起来,悉达多把他揽到自己的膝盖上,听任他哭泣,一边抚摸着

117

他的头发，他注视男孩的脸容，脑子里闪过一段婆罗门的祈祷文，那还是他小时候学会的。他用一种歌唱似的声调开始缓慢地大声念诵，这些来自过去年代和童年时代的词句飞速地在他眼前浮现。在他的歌声抚慰下，孩子逐渐安静下来，偶尔还抽泣一两声，最后便睡着了。悉达多把他放在华苏德瓦的床铺上。华苏德瓦正站在炉灶边烧饭。悉达多望了他一眼，他便报之以一个微笑。

"她快要死了。"悉达多轻声说。

华苏德瓦点点头，炉灶里的火光在他慈祥的脸上闪烁不定。

卡玛拉又恢复了知觉。痛苦扭歪了她的脸容，悉达多的眼睛从她的嘴上，从她苍白失色的脸颊上看到了这种痛苦。他默默无言地读着它们，专注而又耐心地沉浸于她的痛苦之中。卡玛拉也感觉到了这一点，她的目光寻找着他的眼睛。

她望见了他，说道："现在我看到你的眼睛也有了变化。它们和从前已经完全不同了。我怎么还能够辨认出你就是悉达多呢？你是悉达多，又好像不是悉达多。"

悉达多默默不语，他的眼睛平静地望着她的眼睛。

"你已经到达了目的地？"她问，"你已经找到了宁静？"

他笑了一笑，把手放在她的手上。

"我看见了，"她说，"我看见了。我也会找到宁静的。"

"你已经找到它了。"悉达多轻声告诉她。

卡玛拉目不转睛地望着他的眼睛。她想起自己原本是想去朝拜加泰玛的,她要见一见这位完人的脸,要呼吸一下他身边的宁静的空气,如今却是悉达多替代了他。这样也好,较之她能够见到那个佛陀,应该说是同样的好。她想把自己的想法告诉他,但是她的舌头已不再服从她的意志。她默默地凝视着他,他从她的眼睛里看到生命之火正在逐渐熄灭。当她的眼睛里最后一次满含痛苦,当她的四肢做了最后一次震颤之后,他用手指合上了她的眼睑。

他坐了很长很长的时间,眼睛望着她长眠不醒的脸容。他久久地注视着她的嘴,那张衰老、疲倦的嘴,嘴唇因死亡而变得狭小了。他回忆起自己在往日青春年少时曾把这张嘴比喻为一枚新摘下的无花果。他久久地坐着,看着眼前这张苍白的脸庞,这张布满了疲倦的皱纹的脸庞,他看着看着,仿佛觉得自己的脸也躺在那床上了,而且同样苍白,同样毫无生气,与此同时他仿佛还看见了自己和她的年轻脸庞,嘴唇红艳艳的,眼睛也闪闪发亮,当前和昔日的两种感情在他身上并存,充盈了他整个心灵,这是永恒的感情。此刻他深深感到,比以往任何时候都更为深刻地感到,每一种生命都是不可摧毁的,每一瞬间都是永恒的。

华苏德瓦为他盛了饭,这时他才站起身来。然而悉达多并没有吃饭。在他们的羊厩里,两位老人为自己铺好稻草后，华苏德瓦便躺下睡觉。悉达多却走到门外在茅屋前坐了整整一夜，他谛听着河水的声音，回忆着自己的过去，生平每个时期的光景同时触动并包围了他。他偶尔站起身子，走到茅屋大门边倾听男孩是否还在熟睡。

次日清早，太阳还不曾露出时，华苏德瓦便已走出羊厩来到自己朋友的身边。

"你整夜没有睡觉？"他问。

"没有，华苏德瓦。我坐在这里听河水的声音。他给我讲了很多很多，他用许多神圣的思想，用和谐统一的思想充实了我，给了我深刻的影响。"

"你经受了痛苦，悉达多，但是我看到，你心里并没有任何悲哀。"

"没有，亲爱的。我为什么要悲哀呢？我，我过去曾经富有和幸福，我现在已更为富有和幸福了。我的儿子已来到我身边。"

"我也欢迎你的儿子。不过现在，悉达多，让我们开始工作吧，有许多事正等待我们去做呢。卡玛拉去世时睡的床铺正是我妻子病故时睡的那张床铺。我们要在从前为我妻子筑过柴堆[1]的小山上同样为卡玛拉垛起一座柴堆。"

当男孩还在熟睡时，他们垛起了一座柴堆。

---

[1] 印度有些地方，人死后放在柴堆上火化。

儿子

那孩子哭泣着心惊胆战地参加了母亲的葬礼，当他听说悉达多要把他认作儿子，还欢迎他定居在华苏德瓦的茅屋里时，心里十分忧虑和恐惧。他整日脸色苍白地坐在埋葬着母亲的小山上，他拒绝饮食，紧闭双眼，也紧锁着他的心扉，苦苦地抗拒着自己的命运。

悉达多很爱护他、体贴他，并且尊重他的悲哀。悉达多懂得自己的儿子并不了解他，因而不可能像爱父亲般爱自己。他也慢慢地看到并且明白这个十一岁的男孩是一个娇生惯养的孩子，是受母亲溺爱的娇子，他在富裕的环境里长大，吃惯了精美食物，睡惯了柔软的床铺，还习惯于对仆人发号施令。悉达多明白，一个娇惯坏的悲伤的孩子是不可能一下子心甘情愿地对陌生而贫穷的环境表示满意的。他不去强迫孩子，千方百计为他设想，把最好吃的东西留给他。他期望用友善和耐心慢慢地赢得孩子的心。

在孩子来临之前，他一直认为自己很幸福和富足。如今随着时光一天天流逝，那孩子却始终对他们很疏远、很冷淡，摆出一副高傲而执拗的姿势，什么活儿都不愿意干，也丝毫不尊敬两位老人，还偷吃华苏德瓦果树上的果子。于是悉达多开始明白，他的儿子并不能给他带来幸福和安宁，带来的只有忧虑和烦恼。但是他爱这孩子，宁愿为他忍受痛苦和烦恼，也不愿意失去孩子而重享往日的幸福和快乐。

自从小悉达多住进茅屋后，两位老人分了工。华苏德瓦又单独一人挑起了摆渡船的担子，而悉达多为了同孩子在一起便负担屋里和田地里的事。

长长的几个月中，悉达多期待着儿子会理解自己，会接受他的爱，也许甚至会有所回报。长长的几个月中，华苏德瓦也一直在旁边观望着、期待着，缄默无语。有一天，当小悉达多又大发脾气折磨他父亲，还摔破了两只饭碗时，华苏德瓦便在当天黄昏时分把自己的朋友拉到一边，对他说出了自己的意见。

"请原谅我，"他说，"我对你说的话完全出于一片好心。我看到你在折磨自己，我也看到你有苦恼。亲爱的，你的儿子苦了你，也让我感到苦恼。这只年轻的小鸟过惯了另一种生活，住惯了另一种窠。他和你不同，你当初出于厌倦和腻味而脱离城市和富裕生活，而让他脱离这一切却完全违背了他的意愿。我已经问过我们的河水,噢,我的朋友,我已经问过它许多遍啦。可河水只是大笑,他笑我,也笑你,它为我们的愚蠢而直摇头。水愿意找水为伴,年轻人愿意找年轻人,因此你儿子不愿意待在这个不适于他生长的地方。你也来问问河水,你也听听他的意见!"

悉达多忧心忡忡地望着那张亲切的脸,这张脸上牢固地刻着许多愉快的皱纹。

"我怎能和他分开呢?"他轻轻地问,很感惭愧,"再给我一点时间吧,亲爱的!你瞧,我正在为他而奋斗,我要争取他的心,用我的爱心和忍耐心去捕捉他的心。总有一天,河水也会和他说话的,他也是河水召唤来的啊。"

华苏德瓦笑得更温和了:"哦,是的,他也是河水召唤来的,连他也属于永恒的生命。可是我们,你和我,是否知道他为什么被召唤?要去哪里?要干什么?有什么痛苦?他的痛苦并不轻微,因为他的心又骄傲又坚硬,这样的心会忍受许多痛苦,犯许多错误,做出许多错事,会承担许多罪孽。请告诉我,亲爱的朋友,你会教育你的孩子吗?你会强他所难吗?你会不会打他?你会不会惩罚他?"

"不会的,华苏德瓦,这一切我都不会去做。"

"我明白。你不会让他为难,不会打他,不会命令他,因为你懂得温柔比生硬更强更有力,水比岩石更强大,爱胜过暴力。很好,我得赞扬你。但是我又想到,你既不逼迫他，又不惩罚他，会不会犯错误？你不是把你的爱当作绳索捆绑着他吗？你不是每日每时以你的仁慈和忍耐使他蒙受越来越沉重的耻辱吗？你难道没有强迫这个高傲自大而又娇生惯养的孩子和两个食香蕉为生的老人共住一间茅屋吗？这两个老头把米饭也看成珍馐美味，他们的思想无法和他合拍，他们的心已衰老而又平静，他们的道路也和他截然不同。难道这一切不是对他的逼迫和惩罚吗？"

悉达多惊惶失措地望着地。他轻声询问道："你认为我该怎么办呢？"

华苏德瓦回答说："你把他带回城市去，带到他母亲的住宅里去，仆人们总还在那里，你就把他交给他们。倘若已经没有人，你就替他找一位老师，不是为了受教育，而是得让他同其他孩子们，同男孩和女孩在一起，那里是他应该在的世界。你竟然丝毫没有从这方面加以考虑？"

"你看透了我的心，"悉达多悲哀地说，"我常常想到这方面的问题。可是你看，我怎能把这个心肠如此硬的孩子送到世界上去呢？他会不会变得骄矜自大，会不会在欢娱和权势中忘乎所以，他会不会重复他生身父亲曾经犯过的一切过失，他也许会完全彻底地沉沦于僧娑洛之中呢？"

船夫的脸上闪出笑容；他轻轻抚摸着悉达多的胳膊，说道："朋友，问一问河水吧！听，它正在嘲笑你呢！难道你真的看不出你为了让儿子避免犯错误，自己正在干蠢事吗？你能保护你儿子不陷于僧娑洛之中去吗？你怎么做呢？通过开导、通过祈祷，还是通过告诫的方式？亲爱的朋友，你难道完全忘记了关于婆罗门人的儿子悉达多的有教育意义的故事啦？这个故事就是你坐在这里亲口告诉我的。当时有谁能够保护他不坠入僧娑洛，不坠入罪恶、贪欲和愚昧之中？难道他父亲的虔诚，他老师的教诲，他自己的知识以及他个人的探索精神能够保护他吗？有哪一位父亲、哪一位教师能够保护自己的儿子，让他不去经历自己的生活，让他免受生活的玷污，让他避免承担罪恶，让他免于饮啜生活的苦酒，让他不去探寻自己的道路呢？亲爱的朋友，难道你相信也许有什么人可以避免这条道路？也许你的儿子因为你爱他，因为你愿意他避开一切痛苦、烦恼和失望而可以避免走这条道路？但是你即使为他死去十回，你也不可能丝毫改变他的命运。"

华苏德瓦还从来没有说过这么多话。悉达多客气地向他道谢后，满怀忧虑地回到茅屋里，久久不能入眠。华苏德瓦向他说的这些话，其实他自己早就考虑过，心里早就十分清楚了。可是这仅仅是一种认识，他却做不到，他对于孩子的爱，对于孩子的一片柔情，以及生怕失掉这个孩子的心情都远远胜过这种认识。他过去曾对什么人如此倾心相待过吗？他曾经对哪一个人爱得如此盲目、痛苦、绝望却又如此幸福吗？

悉达多不能遵循朋友的忠告去做，他不能放弃自己的儿子。他听任孩子向他发号施令，忍受他对自己的轻蔑。他沉默着，期待着，开始每日以亲切友好的方式做沉默的斗争，以忍耐的方式进行无声的战争。而华苏德瓦也默默无语地期待着，十分亲切，以谅解和耐心期待着。他们两人都是忍耐的大师。

有一回，那孩子的脸容让他极其确切地回忆起了卡玛拉，使他不禁突然想起一句话，那是很多年前他们俩都还年轻时，卡玛拉对他说的。

"你不能够爱别人。"她当时这么对他说。他表示赞同，还把自己比作天上的一颗星星，却把别人比作枯落的黄叶，然而他后来还是觉察到她这句话里包含着责备的意思。事实上他从来没有由于爱别人而干下蠢事。他认为自己不可能这么做，而且他当时觉得这就是他和其他一般幼稚人的巨大区别所在。如今呢，自从儿子来到这里，连他悉达多也完全变成了一个幼稚的人，一个受痛苦折磨的人，一个爱得丧失了理智的人，一个由于爱而变成了傻子的人。终于在他一生的晚年，连他也有了这种最强烈、最罕见的感情，这种感情引导着他，让他痛苦，然而也使他觉得幸福，觉得内心有所更新，更丰富了。

他确实认为对儿子的这份爱，这份盲目的爱是一种狂热，是十分世俗人性的，它就是僧娑洛，一道暗淡的泉水，一股阴暗的水流。尽管如此,他也感觉到,这种感情并非毫无价值,而且是必然的,因为它产生于他的天性。他不得不遍尝一切,乐趣也好,痛苦也好,甚而还有愚蠢。

在这段时期里,儿子尽让他干蠢事,反复为难他,并且整日用发脾气来折磨他。在儿子眼中,这个父亲没有任何吸引力,也没有任何让他害怕的东西。他是一个好人,好父亲,一个温和善良的人,也许是一个极其虔诚的人,甚至是一个圣人——但是所有这一切品德全都不是能够赢得一颗孩子的心的特性。对于孩子来说,这个父亲硬把他留在这座贫困的茅屋里简直是太无聊了,他讨厌这个父亲,因为他对自己的一切顽皮无礼总是报以微笑,对一切辱骂报以亲切,对一切粗暴报以和蔼,他认为这正是一个老伪善者的最可憎恨的狡诈伎俩。这个孩子宁愿受父亲威吓,宁愿受父亲虐待。

小悉达多这种思想有一天终于大爆发,他公然反抗自己的父亲了。这天老人分配给他一点工作,吩咐他去拾些柴火。这孩子却不离开茅屋,他直挺挺地站着,满脸怒火,使劲用脚蹬着土地,一边还挥舞着拳头尖声喊叫着,朝他父亲脸上投去憎恨和轻蔑的目光。

"你自己去捡树枝吧!"他口喷白沫,大声叫道,"我不是你的仆人。我知道你不打我,你根本就不敢;你就只会用你的虔诚和宽容来惩罚我,让我觉得自己渺小。你想让我变成像你一样的人，也是那么虔诚，那么温和，那么明智！可我呢，听着，我决不让你称心，我宁愿变成强盗、杀人犯，去进十八层地狱，也不当你这样的人！我恨你，你不是我的父亲，即使你曾经十次当过我母亲的情人！"

他满腔怒火和悲伤，猛然向他父亲倾泻出一连串狂暴而恶毒的话语。然后那孩子便跑开了，直到夜里很晚的时候才回来睡觉。

第二天早晨孩子不知去向，一只用两种颜色的树皮编织的小篮子也失踪了，篮里盛着两位船夫仅有的一些铜币和银币，都是别人付给他们的摆渡报酬。而且连渡船也失踪了，悉达多遥遥望见船只正停泊在河对岸。那孩子逃走了。

"我要把他追回来，"悉达多说，昨天听了孩子那一番无情无义的话后，他悲痛得心里发颤，"一个小孩子单独一人是穿不过森林的。他会遭逢不幸。我们赶紧扎一只木筏子，华苏德瓦，否则过不了河。"

"我们是该造一只木筏，"华苏德瓦回答说，"才能把孩子弄走的渡船重新划回来。至于那个孩子就让他走吧，朋友，他已经不是小小孩，他懂得如何卫护自己的。他会找到回城里去的路的，请你记住，他有权这么做。他现在所做的事恰巧是你自己曾逃避的事。他要自己照顾自己，他要走自己的路。啊，悉达多，我看到你现在很痛苦，可是人们对你的这种痛苦只能报以耻笑，不久之后你自己本人也会为此感到可笑的。"

悉达多不回答。他已经拿起斧子开始建造竹筏。华苏德瓦上前帮忙，使劲用草绳把竹竿捆扎在一起。接着他们上了筏子向对岸划去，湍急的河水把他们冲了回来，但他们奋力逆流而进。

"你为什么带着斧子？"悉达多问。

华苏德瓦答道："我们渡船上的桨可能已经丢失。"

悉达多明白他朋友的心里想的是什么。他考虑到那孩子会扔掉船桨或者干脆把它折断，为了复仇，也为了阻碍他们追踪他。事实上船桨果真失踪了。

华苏德瓦指指渡船底部，望着他朋友微微一笑，好像在说："你难道没有看见你儿子想向你说什么话吗？你难道没有看见他不愿意被别人追踪吗？"当然，这些话他并没有说出口。他沉默地动手制造新桨。悉达多还是同他道了别，起身去追寻那失踪的人了，华苏德瓦却也未予劝止。

悉达多在树林里搜寻了很久之后才想到自己这么做完全无济于事。他想，这个孩子说不定早已走出树林回到城里，或者他还在半路上，但一看到有人追赶肯定会躲藏起来。悉达多再继续往下想，他发现自己并没有为儿子担心，因为他内心深处感到孩子既没有在林中遭逢不幸，也没有遇到危险。尽管如此，悉达多仍然不停歇地继续往前走去，不再是去拯救他的儿子，而是由于本能的要求，想到也许可以再看一眼他的孩子。他一直朝城市方向走去。

当他来到城外那条宽阔的大路上时,他站住了,望着那座漂亮的花园别墅的入口,这地方从前属于卡玛拉,他就是在这里第一次看见坐在轿子里的她。于是往日的情景又浮现在他脑海中,他看见自己站在那边,一个年轻的、满脸胡子的、赤裸裸的沙门,头发上沾满尘土。悉达多久久伫立不动,从开着的大门口向花园深处望去,他看见穿黄色僧衣的僧侣们在浓绿的树荫下走来走去。

他久久伫立着,沉思着,似乎看见了自己往日的生活景象,听见了飘逝的历史的声音。他久久伫立着,望着那些和尚,仿佛觉得,他们变成了那个年轻的悉达多,变成了那个年轻的卡玛拉,他们俩正并肩漫步在大树下。他清晰地看到自己如何接受卡玛拉的款待,接受她的第一次亲吻,她和他如何轻蔑地回顾他的婆罗门生涯,如何自豪而又满怀渴望地开始了他的世俗生活。他又看见了卡马斯瓦密,看见了仆人们,看见了那些盛大的宴会,那些赌徒,那些音乐师,他又看见了笼子里卡玛拉那只会唱歌的小鸟,过去的一切又重新经历了一遍,僧娑洛又呼吸了一次,于是他又重新感到衰老和疲倦,重又感到恶心,重又感到那种企求解脱自己的愿望,重又体味到那神圣的"唵"。

在久久伫立于花园大门口之际,悉达多领悟到,驱使自己来到此处的热望是绝对愚蠢的,因为他不可能帮助自己的儿子，也不可能让儿子依附于他。他深深感到对那个逃走的孩子的衷心热爱，同时却也觉得这份爱的伤口并不会在他内心骚动，而必然很快开花结果，放出光彩。

但是在目前这个时刻，这个伤口尚不能开花结果，也不能放出光彩，只是让他十分悲哀。驱使他赶到此地追寻逃走的儿子的愿望既已消失，他心中便只剩下一片空虚。他悲伤地坐下来，只觉得内心有什么东西正在死去，只觉得一片空虚，他看不到任何欢乐，任何目标。他十分颓丧地坐着，期待着。这是他向河水学会的本领：等待、忍耐、倾听。于是他就坐着，倾听着，在这条尘土飞扬的大路上，倾听自己的心脏如何疲惫而悲哀地跳动，他期待着一个声音。

他蹲在那里倾听着，许多钟点过去了，往日的情景也不见了，他已潜入空虚，他听任自己潜没，不再寻求任何道路。当他感到伤口灼痛时，他就无声地念着"唵"，用"唵"来充实自己。花园里的僧侣们看见了他，因为他已在那里蹲了许多钟点，灰白的头发上积满了尘土，于是有一个僧侣走过来在他身前放下两只香蕉。老人没有抬头望他。

有一只手碰了碰他的肩头，把他惊醒了。他当即认出对自己做这一温柔羞怯一触的是谁了。他抬起身子，向来寻找他的华苏德瓦问好。他望望华苏德瓦那张善良的脸，望着脸上那些充满了纯真笑容的一条条细小的皱纹，望着那一对开朗的眼睛，于是他自己也禁不住笑了。他的目光望见了面前的两只香蕉，便拿起来，递了一只给船夫，自己吃着另外一只。他默默无言地跟着华苏德瓦走进树林，走向渡口的茅屋。他们两人谁也不说话，都不提今天发生的事，谁也没有提到那个孩子的名字，没有人讲到他的逃走，谁也不去碰那个伤口。

悉达多回到茅屋就躺倒在自己的床铺上，片刻后，华苏德瓦走到他身边，想送一杯椰子汁给他喝时，发现他已睡着了。

唵

伤口很久也不愈合。悉达多有时不得不摆渡一些携带儿子或女儿的旅客过河,没有人发现他羡慕这些人,没有人发现他在想:"千千万万的人都拥有这种最温馨的幸福——为什么我却没有?就连那些坏人、窃贼、强盗都有自己的孩子,可以爱他们,同时也为他们所爱,只有我没有。"他就这么简单而毫无理性地想了又想,使自己变得和那种儿童似的人们一模一样。

现在他对别人的态度已经和从前大不相同,不再那样高傲自大和盛气凌人,而较为热情、关切和好奇。当他像往常一样渡行人过河时,形形色色儿童似的人们,买卖人,士兵们,妇女们看来都不像从前那样使他觉得陌生。他理解他们,他并非由于思想和观点与他们相同而理解他们,而是因为在指导生活的动力和愿望上和他们相一致,他觉得自己和他们一样。虽然他已接近完美境界,而且正在承受他的最后一个伤口,但他仍然感到这些儿童似的人都是他的兄弟,他们的种种虚荣、贪心和可笑之处在他眼中已不再可笑,而是可以理解的、可爱的,甚至是值得尊敬的。一个母亲对自己孩子的盲目的爱,一个有教养的父亲对自己独生子的愚蠢而盲目的自豪感,一个爱虚荣的青年妇女疯狂地追求装饰品和男人们的欣赏目光,所有这一切欲望,所有这些孩子气,所有这些单纯而愚蠢,然而却极其强大、极富有生命力并掺杂着强烈欲望和贪心的感情,如今在悉达多眼中已不再是儿童行径,他看出人们为它们而活着,看出人们为它们而无休止地忙碌,进行旅游,发动战争,忍受无穷尽的烦恼,他因此而爱他们,他看到了他们的生活,那种活生生的、不可摧毁的生活,那种婆罗门人在他们所有感情、所有行动中所表现的生活。这些人所表现的盲目忠诚、盲目强壮和坚韧也是可爱的,令人钦佩的。他们什么也不欠缺,学者和思想家对他们无可指摘,除了一件微不足道的小事:对人类生活和谐统一的觉悟意识。有些时候,悉达多甚至还怀疑,自己是否对学问、对思想估价过高,自己是否也可能是一个儿童气十足的思索者,一个有思想的儿童似的人。总之,凡夫俗子的能力和智者贤人的能力是相等的,甚至还常常超过智者贤人,正如野兽一样,它们为了生存,在某些时刻也会不受迷惑地顽强搏斗,似乎能够超过人类。

有一种认识在悉达多的头脑里逐渐酝酿成熟,那就是,他一生为之长期探索的,究竟是些什么样的智慧。这个智慧归根结底无非就是一种灵魂形成的准备,一种能力,一种神秘的艺术;它能够在生活中的每一瞬间进行和谐统一的思索,既能够感受到和谐统一,也能够吸入这种和谐统一。渐渐地,这一思想在悉达多的脑子里日益滋长发展,又在华苏德瓦衰老的孩子似的脸庞上体现出来,这就是和谐,就是对世界、微笑和统一的永恒完美性的认识。

然而悉达多的伤口依旧在燃烧,他苦苦思念着自己的儿子,他卫护着自己对儿子的爱和心里的柔情,听任痛苦咬嚼自己的心,干出了一切爱的蠢事。他绝不愿意自己扑灭这场火焰。

有一天,这个伤口灼痛得特别厉害,悉达多匆匆上了渡船,心里只有一个念头,赶紧离船,赶快进城去寻找自己的儿子。河水温和地流着,轻轻地潺潺流着,当时正是旱季,但是他觉得河水的声音响得有点特别:她在笑!清清楚楚地在笑。河水在笑,在清脆而明朗地尽情嘲笑着这个年老的船夫。悉达多停住不动了,朝河水弯下身躯,以便听得更清楚些,他看见了在静静流逝的水面上倒映出来的自己的脸,这张倒映在水面上的脸使他回忆起了某些东西,某些业已忘却的东西,于是他便沉思起来,并且找到了它:这张脸和过去自己一度熟识、热爱,又害怕过的另一张脸完全一样。那就是他父亲——婆罗门人的脸。他还回忆起许多许多年前,他,一个年轻人,如何强逼父亲答允他出门苦修,自己如何同父亲告别,如何远走高飞,并且从此没有再回过家乡。难道他父亲没有忍受过他儿子目前忍受的同样的痛苦吗?难道他父亲不是没有再见自己的儿子一面就一个人孤零零地离开人世了吗?难道他就不应该预期有这同样的命运?这种循环重复,这种环绕着人类关系转圈子的循环,是否是某种喜剧,某种奇怪而愚蠢的事情?

河水在微笑。是的,事实正是如此,世界上的人,只要还没有熬到头,没有得到解脱,那么一切都会重复,重复忍受这同样的痛苦。悉达多想到这些便重又坐到了船里,重新回茅屋去了。他怀念父亲,怀念儿子,他为河水所嘲笑,他内心进行着斗争,他要绝望了,然而更想要向自己和整个世界放声大笑。啊,伤口还没有愈合,他的心还在为卫护自己而同命运抗争着,他从痛苦中还没有看见愉快和胜利的光芒。然而他已觉察到了希望,因此他要回转茅屋去,他感觉有一种不可制服的愿望,要向华苏德瓦敞开自己的心扉,要向他袒露自己的胸怀,向他这位倾听大师诉说自己的一切。

华苏德瓦正坐在茅屋里编着一只篮子。他已经不再为人摆渡,因为他的视力业已衰退,不仅是眼睛,他的胳膊和手也不行了。永远不变、永远存的只有他脸上那欢乐而又开朗的善良表情。

悉达多坐到老人身边，慢慢开始述说。他现在讲的是过去没有说过的事，讲到他当年是如何进城的，讲到那灼痛的伤口，讲到他看见那些幸福的父亲时的妒忌心情，讲到自己的理智如何认识自己的愚蠢，却又徒劳无益地为此而斗争。他把凡是能够讲的一切统统都讲了，连那些最最羞愧难言的事情都没有漏掉，他什么都说，什么都暴露无遗，能讲的全都讲了。他向华苏德瓦展示自己的伤口，他也坦白了今天的脱逃，讲述自己如何渡河，说这完全是儿童式的脱逃，他只是打算进城去溜一转，又讲到河水如何嘲笑了他。

当他讲述着，慢慢地讲述着，而华苏德瓦带着平静的神情默默倾听着的时候，悉达多觉得，华苏德瓦的倾听本领较之当年他所感到的更为强大了。他发现，他向他灌输的种种痛苦、焦虑，还有他那些秘密的希望，全都被对方所接纳了。向这位倾听者披露自己的伤口，完全如同在河水里沐浴，使自己浑身凉快，仿佛和河水融为一体了。当他滔滔不绝地讲述着，不断供认、忏悔着的时候，悉达多越来越强烈地感到，对面已经不再是华苏德瓦，已经不再是一个凡人，这个倾听他说话的人，这个一动不动的倾听者倾听他的忏悔就像一棵大树汲取雨水一般，这个一动不动的人本人就是河流，就是神道，就是永恒。当悉达多停止说话，思考着自己，并抚摸自己的伤口时，华苏德瓦业已改变特征的这一认识便占据了他，他对这一点的感觉越是深刻，也就越加不惊奇，就越加清楚地看到，一切都很正常，很自然，因为华苏德瓦很久以来，几乎可以说始终如此，只是他自己过去没有完全认识到而已，是的，他自己过去确实没有认识到这一点。他感觉自己现在看待老华苏德瓦就像普通人看待神道一样，他知道这种情况不可能维持长久；他开始在自己内心向华苏德瓦告别。同时，他仍然不间断地往下述说着。

他讲述完毕之后，华苏德瓦便用他那亲切的、略略显得暗淡的目光望着他，华苏德瓦没有说话，只是默默向他投射着爱和欢乐，理解和知识。他携起悉达多的手，带他走到河边的老地方，同他一起坐了下来，然后含笑微微地望着河流。

"你已听见河水的笑声，"他说，"但是你并没有听见一切声音。让我们一起倾听吧，你会听见更多声音的。"

他们倾听着。河水温柔地奏出许多声部的合唱声。悉达多望着河水，在流动的水流上映现出一系列图像：他的父亲出现了，孤孤单单，因思念儿子而满脸悲伤；他自己出现了，孤孤单单，他也被思念远方儿子的感情锁链紧紧捆绑着；他儿子出现了，也是孤孤单单的，那孩子也为自己汹涌翻腾的青春欲望的炽热绳索所约束,每个人都建树起自己的目标,每个人都被自己的目标所控制,每个人都痛苦万分。河水吟唱着一种痛苦的声音,它吟唱着一种渴念之情,它怀着渴念之情朝自己的目标流逝而去,它鸣响着一种悲伤的声音。

"你听见了吗?"华苏德瓦缄默的目光在询问他。悉达多点点头。

"请更用心倾听!"华苏德瓦喃喃地说。

悉达多努力地更加用心倾听。他父亲的形象,他自己的形象,他儿子的形象,交错流到了一起,连卡玛拉的形象也出现了,但又都破碎消失了,接着是戈文达的形象,还有其他人的形象,统统交错在一起,又统统随着河水流逝,大家都把河流看成自己的目标,渴望着、祈求着、苦恼着,而河水吟唱的声音里也充满了渴望,充满了火焚似的痛苦,充满了无法餍足的渴求。河水正奋力朝自己的目标奔驰。悉达多朝匆匆流逝的河水瞥了一眼,他目前所见的河流不属于他或其他任何人,而是属于它自己,所有这些浪花和流水急匆匆地、痛苦地流向自己的目标,流向无数的目标,流向瀑布,流向湖泊,流向急流,流向海洋,它们到达了所有的目标,随即又有新的目标接踵而来,于是水变成蒸气上升到天空,变成雨水又从天空倾泻而下,成为泉水,成为小溪,成为河流,又努力寻求新的目标,又急匆匆流向新的目标。但是河水的声音已经改变。它仍然探索地、充满痛苦地鸣响着,但是已经有另一种声音掺入其中,那是既欢乐又痛苦,既美好又丑陋的声音,那声音既喜笑颜开又低沉悲哀,是上百种声音,上千种声音的混合。

悉达多倾听着。他已完全沉浸于倾听之中,已成为一个全神贯注的倾听者,他心中一片空白,只是向河水吮吸不已,他觉得自己此刻已把倾听的本领学到了。河水中这千万种声音,他过去也常常听见,今天听来显得格外新奇。他已不能再区别这无数种声音,区别不出哭泣声中的欢笑声,成人身上的孩子味儿,它们全都紧密联结在一起,渴求者的责骂声,智慧者的嬉笑声,愤怒的尖叫,濒死者的悲叹,一切都浑然一体,一切都在互相交织,互相联系着,千百次地互相交错结合在一起。客观世界已把一切都统统集合在一起,一切声音、一切目标、一切欲望、一切苦恼、一切娱乐、一切善良和恶毒统统集合在一起。河流上发生的事情集中了一切,这就是生活的音乐。当悉达多全神贯注地谛听河水所唱出的千百种声部的歌曲时,当他既不带烦恼,也不带欢笑地倾听时,当他的灵魂并不同任何一种声音相关联,却让自我融入其中时,他所听见的是一切,是整体,是统一,因为这首由千万种声音组成的伟大歌曲已凝聚成一个独一无二、无比出众的字,它叫"唵",它就是完美无缺。

"你听见了吗?"华苏德瓦的目光再度提出询问。

华苏德瓦的笑容光辉灿烂,照亮了他那衰老脸庞上的每一道皱纹,正像"唵"字响彻于河水的一切声音之上。他带着光辉灿烂的笑容凝视着自己的朋友,此时悉达多脸上也展现了同样光辉灿烂的笑容。他的伤口开出了花朵,他的痛苦放出了光芒,他的自我已经融入和谐统一之中。

在这个时刻,悉达多停止了和命运搏斗,也停止了烦恼。他的脸上盛开着知识的欢乐之花,他再也不同任何欲望作对,他已认识完美无缺,他赞同河流上发生的一切情况,他赞同那充满了哀伤和欢乐的生活的滚滚河水,他委身于水流,他属于和谐统一。

当华苏德瓦从岸边自己的座位上站起身子,望望悉达多的眼睛,看见其中辉耀着欢乐的知识之光时,便以自己特有的温柔和谨慎的方式,用手轻轻触一触他的肩膀说道:"我一直在等待这个时刻,亲爱的。这个时刻终于来临了,让我走开吧。我等待这个时刻已经很久很久,如同我很久以来一直是渡船的船夫华苏德瓦一样。现在一切均已足够。再见吧,茅屋,再见吧,河流,再见吧,悉达多。"

悉达多向辞行者深深鞠躬告别。

"我早已知道,"他低声说,"你要到森林里去吗?"

"我进森林去,我进入和谐统一中去。"华苏德瓦容光焕发地回答。

他容光焕发地走了；悉达多目送他远去。悉达多怀着深深的愉快、深深的诚意目送他远去，望见他的步伐充满宁静，望见他的头上光辉灿烂，望见他的整个身躯光芒四射。

戈文达

有一次，戈文达趁休息之际和另外几个游方僧到一座花园别墅逗留过片刻，这正是高等妓女卡玛拉赠送给加泰玛信徒们的那座花园别墅。他听人说起一个年老的渡船船夫，居住在离该地约莫一天路程的河流边，很多人都认为那人是一个圣贤。当戈文达重新启程时，他选择了去渡口的道路，他渴望见到这个船夫。因为他虽则在自己一生中按照法规生活了很长时间，在那批较为年轻的僧侣中，也以他的年老和谦逊而为他们所尊重，然而他内心里那种骚动和探求的渴望依旧没有平息、熄灭。

他来到河边，他请老人为他摆渡，当他们抵达对岸，他要离船时，便对老人说："你为我们僧侣和朝圣者做了许多好事，你为我们许多人渡过河。请问，船公，你是否也是一个寻找得道之路的探索者？"

悉达多的老眼含着笑意回答说："你称自己为一个探索

者,噢,尊敬的人,但是你不是年事已高了吗,而且又穿着加泰玛派的僧衣?"

"我确实已经年老,"戈文达说,"但是我并没有中止探寻。我永远也不会停止探索,这看来已成为我的决定。而你呢,看来也曾探寻过。你愿意对我说说吗,尊敬的人?"

悉达多回答:"老人家,我能够对你说什么呢?还是说说你探索很久的东西?说说你为什么探索不已而无所得?"

"什么意思?"戈文达问。

"当某个人探索的时候,"悉达多回答说,"事情看来很容易,因为他眼睛里只看见这件他所追寻的东西,但是他什么也找不到,什么也都不能够进入他的内心,因为他脑子里永远只是想着这件东西,因为他只见到一个目标,因为他被自己的目标所支配了。探索应该称为:我有一个目标。寻找则应该称为:自由自在,独立存在,漫无目的。你,可尊敬的人,也许事实上是一个探索者,因此你努力追求你的目标,而当它就在你近旁时,你瞧着它却又觉得不入眼了。"

"我还不十分明白,"戈文达请求似的问道,"你说的是什么意思?"

悉达多回答:"从前有一次,噢,可尊敬的人,好多年以前你曾来过这里,你在河边找到一个沉睡的人,你就坐在他身边,守卫着这个入眠者。可是你没有认出他,噢,戈文达，你没有认出这个沉睡的人。"

那游方僧惊讶得好似着了魔，瞪目望着船夫的眼睛。

"你是悉达多？"他胆怯地问，"这一次我也没有认出你！我衷心向你问好，悉达多，又能见到你，我真是高兴！你有了很大改变，朋友。——这么说，你现在真是一个渡船的船夫？"

悉达多亲切地笑笑："一个渡船夫，是的。戈文达，一些人必须大大改变自己，一些人必须穿上形形色色的僧衣，我也是你们中的一个，亲爱的。欢迎你，戈文达，今儿晚上就在我这茅屋里住下吧。"

戈文达当晚便住在茅屋里了，他睡在过去华苏德瓦睡的床铺上。他向青年时代的朋友提出了许多问题，悉达多不得不把自己的许多经历讲给他听。

待到第二天破晓，新的一天即将开始之际，戈文达不无犹豫地开言道："在我继续登程之前，悉达多，请允许我再提一个问题。你有没有自己的学说？有没有一种你追随它，它指点你生活和正直地行动的信仰或者理论？"

悉达多回答说："你知道，亲爱的，当我还是一个年轻人，当我们两人还在森林里和那些悔罪者共同生活时，我就已经对种种学说和它们的宣扬者产生怀疑，而且终于离弃了它们。我现在仍然如此。虽然我后来又有过许多指导者。很长一段时期内，一位美丽的高等妓女曾是我的老师，一个富有的商人和几个掷骰子赌徒也是我的老师。有一次一位年轻的游方僧也当过我的老师；他在朝圣途中看见我熟睡在树林里，就坐在我身边守候卫护。我也从他身上学到了东西，我也非常感谢他，非常的感谢。而使我学到最多的是这条河流，还有我的先行者，那位渡船船夫华苏德瓦。他是一个非常普通的人，这位华苏德瓦并非思想家，但是他懂得一切必要性，他理解得和加泰玛一样好，他是一个完人，一个圣贤。"

戈文达说："你还是老样子，噢，悉达多，我觉得你还是爱开点儿玩笑。我相信你，我知道你并没有追随任何老师。但是如果你没有自己的学说——尽管还谈不上是学说，那么难道就不去找一种思想或者一种认识，用以为你所用并且指点你的生活？如果你就这一方面给我稍作点拨，我要向你衷心道谢。"

悉达多回答说："我曾经有过思想，是的，有时也有过认识。我常常一个钟点或者整整一天，觉得脑子里充满了某种认识，这感觉就像是一个人生活在自己的内心世界里一样。某些思想便是这样，但是我又很难向你表达。你瞧，戈文达，下面就是我所找到的思想之一：智慧是无法表达的。当某个智者试图向人表达智慧时，那智慧听起来总像是愚蠢。"

"你在开玩笑吧？"戈文达问。

"我没有开玩笑。我说的是我所找到的东西。人们能够传授知识，却不能传授智慧。人们能够找到它，能够生活于其中，能够享受它，能够因它而造成创伤，但是人们却不能够叙述和讲授它。这便是我早在青年时代有时候就已隐约感到，后来又继续向许多老师学到的东西。我找到了一种思想，戈文达，你一定又会说它是笑话或者是愚蠢，而它却是我最好的思想。它就是：每一种真理其对立面也同样真实！也就是说，一种真理如果是片面的，那么就会让人们挂在嘴边说个不停。人们头脑能够想到的思想，嘴巴能够说出的话语，都是片面的，一切都是片面的，一切都只是不完整的一半，一切都是整体、圆形、统一体中的残缺部分。当加泰玛讲述关于世界的学说时，他便不得不把自己的学说分解为僧娑洛和涅槃，错觉和真实，痛苦和解脱。除此而外，人们别无办法，对于一个愿意学习的人，不存在任何别的道路。但是世界本身，不论是我们周围的客观世界，还是我们内心世界，全都不是片面的。一个人，或者一件事，绝不可能纯粹属于僧娑洛或者属于涅槃，而一个人也绝不可能绝对圣洁或者绝对邪恶。在我看来，因为我们受到一种错觉的支配，认为时间大概就是现实。其实时间并不是一个真实的东西，戈文达，我对此已有过许多次经验。如果时间确是非真实的，那么，看来存在于自然世界和永恒之间、痛苦和幸福之间、善与恶之间的差距，似乎也只是一种错觉了。"

"什么？"戈文达恐惧地问。

"好好听，亲爱的，好好听着！有罪孽的人，我是，你也是，都是有罪孽的人，但是他将来总有一天又要重新成为婆罗门，他将来总有一天会到达涅槃境界，会成为佛陀的——现在你看：这个'总有一天'是一种错觉，仅仅是一种譬喻而已！这个有罪孽的人并没有走在通向成为佛陀的半途中，他没能够掌握自己的发展，尽管我们的思想除此之外并不知道想象其他任何东西。错了，在有罪孽的人身上，现在和目前就已存在未来的佛陀的影子，他未来的一切已全部具备在他身上，你会崇敬他，崇敬你自己，崇敬每一个未来可能会变成佛陀，眼下却隐蔽着的人。亲爱的戈文达，世界是不完善的，或者可以理解为正走在一条通向完善的漫长道路上：不，它在每一瞬间都是完善的，一切罪孽本身便包含着宽宥赦免，所有儿童身上都具备老年的东西，一切婴儿身上带着死亡，而一切死亡者却有永恒的生命。没有一个人能够预测另一个人的道路会有多么长，强盗和掷骰子的赌徒会发展成佛陀，而婆罗门会发展成强盗。在深邃的冥思中人们有可能使时间中断，使一切过去的、现存的和未来的生活同时呈现，使一切都美好，一切都完善，一切都属于婆罗门。因此在我眼中什么都是好的，死亡和生存一样，罪孽和圣洁一样，智慧和愚蠢一样，万物原本如此，一切都只需要得到我的认可，我的允诺，我的亲切承认就行，因而它们于我总是美好的，绝不会有任何损害。我从自己肉体和灵魂的经验中知道我十分需要罪恶，需要肉欲欢乐，我追求财富，爱虚荣，需要最卑劣的悲观失望，以便学会放弃抗拒，学会爱世俗世界，不再使任何人对我寄以希望，拿我和假想的世界相比较，把我想象成某种完人，而我自己则对世俗世界只是听其自然，还它的本来面目，我愿意爱这个世界，愿意隶属于它。——这些东西，噢，戈文达，就是进入我意识中的一部分思想。"

悉达多弯下身子，从地上捡起一块石头，放在手中掂量着。

"我捏在手里的，"他像玩耍似的说，"是一块石头，它过了一定的时间也许会变成土地，从这块土地上会生长出植物、动物或者人类。而我从前大概会说：'这块石头不过是一块石头而已，它毫无价值，它是属于玛雅[1]世界的：但是它经历轮回变化之后也许能够成为人类或者鬼神，所以我也赋予它价值。'我从前大概会如此考虑的。而我今天想的却是，这块石头是一块石头，它同时也是动物，也是神道，也是佛陀，就这一点来说我并不尊敬它也不爱它，因

---

[1] 印度教中一种幻想中的宇宙。

为它总有一天会成为这个或者那个,而事实上它不论多长时间将永恒如此——恰恰由于这一点,由于它是一块石头,由于它今天和现在以石头面目出现在我眼前,我便爱它,并且看到它的价值和意义,这些价值和意义存在于它的每一道纹路和疤痕里,存在于它的黄色中,存在于它的灰色中,存在于它的硬度中,也存在于我叩击时它所发出的声响中,存在于它表面所呈现的干燥或者潮湿中。有许多石头摸着像油或者肥皂,也有些像树叶,像沙子,每一块都和另一块有所差异,每一块都以自己独特的方式祈祷'唵',每一块都是婆罗门,却都同时恰如其分地是石头,是滑溜溜或者油腻腻的石头,而我恰恰欢喜这一点,让我惊奇不已,让我顶礼膜拜。——不过我再也不可能说得更多了。话语对于隐秘的思想没有好处,每当人们说出什么的时候,那东西立即就会稍稍走样,稍稍被歪曲,稍稍显得愚蠢——是的,就连这一点也极好,也极令我欢喜,我也极表同意:某一个人视作珍宝和智慧的东西,在另一个人听来却往往是很愚蠢的。"

戈文达默默倾听着。

"你为什么给我讲这些关于石头的话?"他迟疑片刻后问道。

"没有什么目的。或者也许由于我们刚刚看见了这石块、这河流以及所有这些东西,使我产生联想,想到我们可能会向它们学习，会爱它们。我会爱一块石头，戈文达，我也会爱一棵树或者一块树皮。这些都是东西，而人是能够爱东西的。我却不能够爱话语。因而种种学说对我毫无作用，它们没有硬度，没有温暖，没有色彩，没有棱角，没有香气，没有味道，它们除去话语外便一无所有。也许它们便是阻碍你找到和平的东西，也许就是那无数的话语。连道德和拯救，连僧娑洛和涅槃也仅仅是话语而已，戈文达。世上不存在叫作涅槃的东西；只存在涅槃这个话语。"

戈文达说道："朋友，涅槃不仅是一个话语。它是一种思想。"

悉达多接着说："一种思想，可以这么说。我必须向你承认，亲爱的：对思想和话语我区别得并不十分严格。坦率说吧，我也不是很看重思想的。我最看重的是物体。举一个例子，在这条渡船上，从前有一个人是我的前辈和教师，一个圣洁的人，许多年他单纯地信仰这条河流，此外便什么也不想。他发觉，河水的声音是在同他说话，他便向它学习，河水教导他，指点他，河水在他眼中成了一位神道。许多年他不知道，每一阵风，每一朵云，每一只鸟，每一只甲虫都完全一样神圣，它们懂得的也同样多，也能像这条可敬的河流一样教导他。但是当这位贤人进入森林之后，他立即就会懂得这一切，比你和我懂得更多，不需要教师，不需要书籍，只因为他过去曾经信仰过河水。"

戈文达说："你称之为'物'的，是一些真实和客观实在的东西吧？会不会只是一种玛雅的幻觉，只是一种概念和托词？你的石头、你的树木、你的河流——它们都是真实的东西吗？"

悉达多却回答说："就连这些我也不十分在意。不管这些东西是不是托词，其实我自己也属于托词，因此它们永远是我的同类。这便是我如此爱它们，如此尊敬它们的原因：它们都是我的同类。我因而能够爱它们。这些话现在已是你将加以嘲笑的一种学说，也即是爱的学说，噢，戈文达，爱如今在我眼中是一切事物中最主要的事物。看透世界、阐释世界、蔑视世界，这是一个伟大思想家的事。对于我，唯一可做的事情是能够爱这个世界，不蔑视它，不去憎恨它和我自己，能够怀着爱、惊叹和敬畏的感情去观察它、我以及其他一切生物。"

"你讲的我都懂，"戈文达说，"但是佛陀恰恰指出这些都是欺骗。他教导我们善良、宽容、同情和忍耐，却没有教我们爱；他禁止我们让尘世的爱束缚住我们的心。"

"我理解的，"悉达多说，脸上的笑容闪烁出金光，"我理解的，戈文达。你瞧，当年我们在丛林里就曾有过口角之争。我不能否认，我这些关于爱的言论存在矛盾，在表面上同加泰玛的言论有矛盾。我正因为对话语言论十分怀疑，所以我懂得，这种矛盾是假象。我懂得，我和加泰玛是一致的。他怎能不承认爱呢。他，认识人类生存中的一切暂时性和虚无性，却仍然如此热爱人类，因而在他独特的漫长而艰难的一生中始终致力于帮助人类，教导他们！就在你伟大的导师身上，在他的身上，我所看重的也是他的事迹远胜于他的话语，他的行为和生活远比他的言论更为重要，他双手的举动也较他的思想更为重要。我看到他的伟大之处，并非他的言论，他的思想，而是在他的行动上，他的生活里。"

两位老人沉默了很长时间。后来戈文达一面向对方鞠躬辞行，一面说道："我感谢你，悉达多，你向我讲述了你的一些思想。这全都属于一种罕见的奇想，我一下子并不能全部理解。它们很可能都是合乎实际的，我感谢你，我祝愿你生活安宁。"

（他私下里却暗暗想道：这个悉达多可真是一个怪人，说的都是一些古怪的想法，他的学说听着很愚蠢。佛陀加泰玛的纯洁学说听着就完全不同，明朗透彻，容易为人理解，丝毫也不包含任何奇怪、愚蠢或者可笑的东西。但是我觉得悉达多除去他的思想，还另有特别之处，他的双手和双脚，他的眼睛，他的额头，他的呼吸，他的微笑，他的问候，还有他的步态，莫不如此。自从我们的佛陀加泰玛涅槃而去之后，我从来没有，从来也不曾再碰见任何一个人，在他面前让我感到：这是一个圣人！唯独他，这个悉达多，使我有这种感觉。他的学说可能很奇怪，他的言论可能听着很愚蠢，但是他的目光、他的双手、他的皮肤和他的头发，统统都闪耀着纯洁，闪耀着宁静，闪耀着开朗、宽容和圣洁的光芒，这些，除了曾在我们尊敬的佛陀弥留之际见过，我就没有从其他任何人身上看见过。）

戈文达如此思索着，心里却很矛盾，出于一种爱慕之情，他又朝悉达多鞠了一躬，他向那静静坐着的人深深鞠了一躬。

"悉达多，"他说，"我们都已经是老人。我们两人恐怕很难再看见另一个人活着的躯体了。我看出，亲爱的，你已经寻找到宁静。我承认我自己未能找到它。请告诉我，可敬的人，请再告诉我一句话，告诉我一些我能够掌握，我能够懂得的话！赠给我一些话，让我带着上路吧。悉达多，我的道路常常很艰难，常常很昏暗。"

悉达多沉默无语，只是含着那永远平静的微笑望着他。戈文达怀着恐惧，怀着渴望瞪目凝视着悉达多的脸。他的目光里明显地露出痛苦和永恒的寻觅，永恒的无所收获。

悉达多看到了这一点，于是微微笑了。

"你朝我弯下身来！"他轻轻地在戈文达耳边低语，"你朝我弯下身子！对，再靠近些！再近些！请吻我的额头，戈文达！"

戈文达十分吃惊，然而一种巨大的爱慕之情吸引他听从悉达多的吩咐，他朝悉达多弯下身去，用嘴唇触了触他的额头，于是他发现自己身上有了一些不可思议的感觉。当他的脑子里还在考虑着悉达多那些奇谈怪论，还在徒劳无益地和这些言论进行着斗争，努力抛开时间观念，努力把涅槃和僧娑洛想象为一体的时候，当他甚而还对自己朋友的言论抱一定的轻蔑感，同自己对朋友的爱和尊敬之情剧烈斗争的时候，便发生了下列情况：

他不再看见自己朋友悉达多的脸，却代之以其他的脸庞，许许多多、长长一大串的脸，像一条汹涌大河似的脸庞，成百张脸，成千张脸，一张张来了又去了，又一下子同时出现在眼前，所有这些脸都不停地变化着，不断更新，然而统统都是悉达多的脸。他看见的是一条鱼的脸，一条鲤鱼的脸，永远痛苦地大张着嘴，是一条死鱼，眼球也已碎裂。他看见一个新生婴儿的脸——红红的，满是皱纹，因啼哭而歪扭着。他看见一张杀人凶手的脸，看见那人将一把刀子插进另一人的身躯内——就在这同一瞬间，他看见这个犯人被捆绑着跪在地上，一个刽子手猛然一下砍掉了他的脑袋。他看见男男女女的赤裸裸的躯体，正做着爱情的剧烈姿势。他看见直挺挺的尸首，它们安宁，冰冷，脸色苍白。他看见无数动物的头，有公猪的，有鳄鱼的，有大象的，有公牛的，也有鸟类的。他看见许多神道的像，看见了克利什那神[1]和阿耆尼[2]神。他看见所有这些躯体和脸庞以千万种方式互相联系在一起，每一个都声援着另一个，他们爱着，他们恨着，他们消亡了，他们又获得了新生，每一个都抱有死的愿望，有一种对于短暂人世的痛苦而热烈的忏悔感，然而却没有一个得以死去，每一个只是自我转化着，连续不断地新生，又连续不断地获得一个新的脸庞，而在这一张脸和另一张脸之间并不存在时代的区别——所有这些躯体和脸庞都静息着，流动着，生产着，漂浮着，又互相汇集在一起，而恒久地在一切之上的仍是某种薄薄的、无实质的，却是实际存在的东西，好似铺上了一层薄薄的玻璃或者冰层，好似一大片透明的皮肤，好似一个由水所形成的薄壳、模型或者面具，这个面具微微含笑，这个面具正是悉达多含笑的脸庞，这脸庞正是他，正是戈文达在同一瞬间用嘴唇轻轻接触过的。此刻戈文达看到，这个面具，这个和谐统一的面具是高高超越于一切流动的躯体之上的，这个永恒存在的面具是超越于千百万生者和死者之上的，而悉达多脸上的笑容也完全同它一样，同时也和加泰玛脸上的笑容完全一样，佛陀的笑容他从前曾满怀崇敬地凝望过上百次，都是同样的平静，细致，不

---

1 婆罗门教和印度教三大神之一"毗湿奴"的第八化身。
2 婆罗门教火神。

可捉摸，也许还带点儿亲切，带点儿嘲讽和聪慧的神情，是千百种变化多端的笑容的总和。这时候戈文达才明白，这是一个完人的笑容。

戈文达不再知道有时间，不再知道这一展现持续了一秒钟还是整整一百年，不再知道对面有一个悉达多还是有一个加泰玛，不再知道自己和他人的存在，好似有一支箭穿透了他的内心最深处，伤口的味道却是甜蜜的，让他内心深处受到迷惑，获得解脱。戈文达又站立了片刻，然后朝刚才他亲吻过的悉达多的平静脸庞躬身致意，这张脸刚才曾经是世上一切形象、一切未来、一切现实活动的舞台。这张脸毫无变化，它表面上的那种深邃的千变万化已重新消失，它平静地微笑着，轻轻地、温柔地微笑着，也许是一种十分亲切的微笑，也许是一种挖苦味十足的微笑，和那位佛陀的笑一模一样。

戈文达深深鞠躬行礼，泪水情不自禁地淌满了他那衰老的脸庞，好似一把火点燃了他内心最深处的爱和最恭顺的尊敬的感情。他深深地弯下身去，几乎要触到了地上，向坐在面前的这个一动不动的人敬礼，这人的笑容让他回忆起所有的一切，回忆起自己一生中当年曾经爱过的一切，回忆起自己一生中当年曾经认为有价值和神圣的一切。

Der Steppenwolf

Hermann Hesse

荒⟩野⟩之⟩狼

[德] 赫尔曼·黑塞 / 著　阙旭玲 / 译

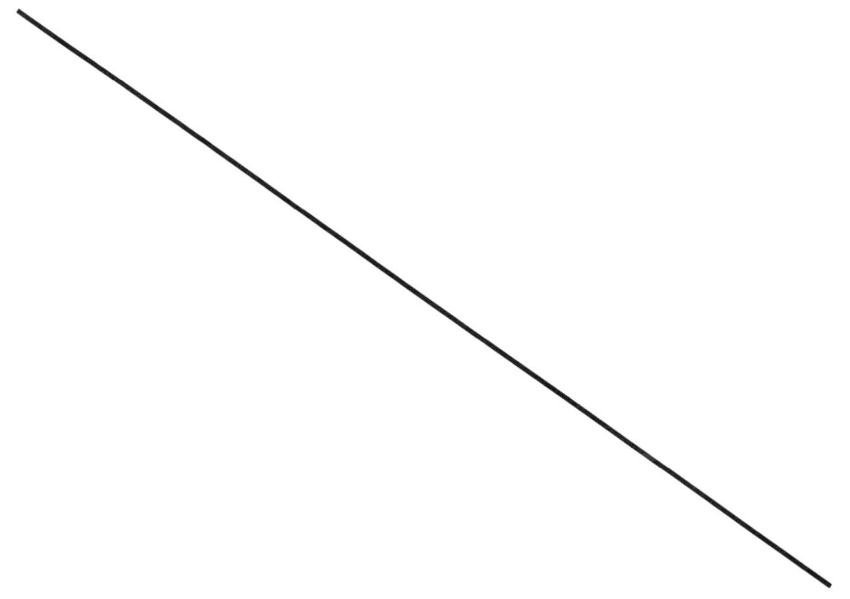

江苏凤凰文艺出版社
JIANGSU PHOENIX LITERATURE AND ART PUBLISHING

图书在版编目（CIP）数据

荒野之狼 /（德）赫尔曼·黑塞著；阙旭玲译. --南京：江苏凤凰文艺出版社，2025.4. --（黑塞作品集）. -- ISBN 978-7-5594-9424-5

Ⅰ. I516.45

中国国家版本馆CIP数据核字第2025SU3105号

荒野之狼

（德）赫尔曼·黑塞 著　　阙旭玲 译

责任编辑	白　涵
特约编辑	陈　曦
装帧设计	蔡佳豪
责任印制	杨　丹
出版发行	江苏凤凰文艺出版社
	南京市中央路165号，邮编：210009
网　　址	http://www.jswenyi.com
印　　刷	天津中印联印刷有限公司
开　　本	787毫米×1092毫米　1/32
印　　张	9.75
字　　数	167千字
版　　次	2025年4月第1版
印　　次	2025年4月第1次印刷
书　　号	ISBN 978-7-5594-9424-5
定　　价	128.00元（全三册）

江苏凤凰文艺版图书凡印刷、装订错误，可向出版社调换，联系电话：025-83280257

目录

出版者序
1
哈利·哈勒的手稿
29

出版者序

这本书的内容是一份留在我们这里的手稿。留下这份手稿的人我们称他为"荒野之狼",这称呼他自己也用过好几次。姑且不论这份手稿是否需要一篇具导读功能的序,但至少,对我个人而言,确实有这样的需要:对荒野之狼的文稿做些补充,并借此勾勒出我对他的记忆。关于他,我知道的其实很少,对于他的过往和出身背景更是一无所悉。但他的人格特质却给我留下了既强烈又——无论如何不得不说——充满好感的印象。

荒野之狼是名年近五十的男子,几年前的某一天他来到姑妈家,表明想租一个附家具的房间。后来他租了阁楼和阁楼旁边的卧室。几天后他带着两个行李箱和一大箱书再度出现,就这样和我们生活了九到十个月。

他总是安安静静地做自己的事,如果不是因为我们的卧室相邻,在楼梯间或走道上总会偶遇,很可能根本没有机会认识彼此。他是个非常不爱社交的人,其不爱社交的程度，就我的朋友圈而言真是前所未见。就像他自己偶尔自称的那样，他真的是一匹荒野之狼，是个陌生、充满野性，又害羞，甚至可以说非常害羞的生物，他仿佛来自一个与我的世界截然不同的陌生世界。至于他因自身禀赋及命运到底活得有多孤独，他对此孤独命运到底有多深的自觉，这些我都是看了他的手稿后才明白的。但在看这份手稿之前，我跟他毕竟有过多次短暂的相遇和交谈，所以我对他也算有一定程度的了解，我认为，经由这份手稿，我所获得的有关他的印象，跟我通过与他的实际接触所获得的，二者基本上是一致的，不过后者的确比较笼统又不够完整。

荒野之狼第一次造访我们住的地方，并向姑妈探询租屋的可能性时，我正好在场。那天，他中午来访，桌上的餐盘都还没收，且距离我午休结束，得回办公室的时间大约还有半小时。我一直忘不了他给我的第一印象，那种既特殊又矛盾的印象。他打开玻璃门走进来，当然，进门前他有先拉门外的铃。姑妈走向昏暗的楼梯间，探头询问他有什么事。这位先生，我们的荒野之狼，竟只是扬起他头发剪得很短的头，伸长了鼻子嗅闻。他的鼻子神经兮兮地四下探闻，没回答姑妈的问题，也没先报上姓名，只是自顾自地说："啊，这里的气味真好闻！"他边说边拉开笑容，我和蔼的姑妈也报以微笑。但我觉得这样的打招呼方式非常古怪，因此对他有些反感。

"哦，对了，"他说，"我是为了房子来的，您不是有房间要出租？"

我陪同姑妈和他，三人一起上阁楼看房间，这让我刚好有机会仔细打量他。

他个子不很高，走路的方式和昂首的模样却像极了一个魁梧的男人。他身上的大衣时髦而舒适，整体而言穿得体面大方，不过却透着一股随性。胡子刮得很干净，剪得很短的头发看得到夹杂白丝。刚认识时，我其实不喜欢他走路的模样，有点累，有点犹豫，这跟他鲜明利落的外形和充满活力的说话方式及音调一点也不相称。后来我才注意到，并且知道：原来他有隐疾，走路对他而言相当吃力。

他看着楼梯、墙壁、窗户，和摆在楼梯间的一个又高又旧的柜子，再度露出他独特的笑容。那笑容在当时同样令我不太舒服。他似乎对屋里的每样东西都很满意，却又像带着一抹若有似无的嘲讽。总之，这男人给我的印象是，他仿佛来自另一个陌生的世界，来自某个得远渡重洋才能抵达的国度。因此，他到了我们这里，虽然觉得一切都很棒，却又难以适应。他这个人，我实在不得不说，真的很有礼貌，没错，他很亲切友善，对我们的房子，对他要租的房间、房租、早餐，和其他所有的一切，都毫无异议地欣然接受了。即便如此，他整个人还是散发出一种让我觉得很陌生、不好，或者说具有敌意的气息。

他不仅租下了原本要租的阁楼，连旁边的小卧室也一起租了。他默默地听着姑妈说明有关暖气、用水、房东提供的各项服务等的事宜，和住进这里后要遵守的种种规矩，他听得诚恳而专注，听完后立刻全盘接受，还主动预付了房租。不过，他在做这些事的同时，却又不经意流露出一种心不在焉。那种心不在焉就像他对自己现在的行为感到可笑，感到无法认同，就像他来这里租房间，开口跟人说德文，对他而言都是奇怪又新鲜的事，而他心里真正关心的其实另有其事。这就是他给我的第一印象，倘若他脸上没有那些耐人寻味的细微表情来为他这个人增色和加分，坦白讲，他真的没有给我留下什么好印象。从一开始，他最令我有好感的就是那张脸。虽然那是一张充满了陌生感的脸，但我对它就是有好感。那张脸虽然有点独树一格，有点忧郁，却显得格外清醒、充满思想、饱经历练，且极富精神性。除此之外，他的彬彬有礼和亲切友善也增添了我对他的好感。虽然要他表现出亲切有礼似乎有点辛苦，但这并不表示他这个人傲慢自大——刚好相反，隐藏在那行为下的几乎是一种诚心诚意，甚至惶恐乞怜。后来我才知道原因，知道后对他的好感更是立刻大增。

两间房都还没参观完，有关租房的细节也尚未谈妥，我的午休时间已经结束了，我必须回店里工作。于是我先行告辞，并且把他单独留给姑妈。晚上回来时，姑妈告诉我，那个陌生人当下就决定要租，还说这几天就会搬来，他唯一的要求是不要向当地的警察局报到和登记。他说他生病了，实在经不起到警察局跟着大家大排长龙，遵循那些制式规定办理烦琐手续。我还记得很清楚，正是这一点让我深觉自己对他的看法得到了印证，我一再警告姑妈不可以答应他的要求。他身上具有的那种令人无法信赖的感觉和那股没来由的陌生感，跟他怕到警察局去登记，刚好不谋而合，他肯定有什么不可告人之处，怕被人发现。我分析给姑妈听，他提出来的这个要求，无论如何都是个奇怪的要求，如果答应了，很可能会为姑妈招来不好的后果，我请姑妈绝对不可以为了一个不认识的陌生人，去招惹这种麻烦。但我随即得到的答案是姑妈已经答应他了。她显然决心接受那个陌生人的笼络，并让他对她施展魅力。姑妈每次选房客，无一例外，都会选择那种能让她展现人性光辉面、和蔼可亲、好姑妈特质，或更贴切的说法，强烈母爱的人。过去不乏房客大肆利用她这些特质。

这次，新房客住进来后，头几个礼拜我总爱借机刁难，姑妈见状也总是特意维护，并赶紧送上温暖。他不愿去警察局登记这件事让我很反感，我问姑妈，对这个陌生人，对他的背景和来历，以及他来我们这里的目的到底知道多少。姑妈立刻把她知道的全盘托出。

那天中午我离开后,其实他只多待了一会儿,但姑妈却已经知道了不少事。陌生人告诉她,他打算来我们这里待几个月,他想利用这里的图书馆,想参观城里那些历史悠久的古楼。姑妈原本不打算把房间租给短期房客,但他显然已成功地虏获了她的心,虽然他一开始表现得有点异于常人,但算了,房间已经租出去,我现在要反对也已经太迟。

"他为什么会说我们这里的气味很好闻?"我问。

姑妈有时很爱摆出一副内行人的模样:"这点我完全可以理解。我们这里闻起来确实干净又井然有序。一闻就知道我们的生活和谐又高雅,他闻了当然会喜欢得不得了!但他看起来像是已经不习惯这样的气氛了,像是已经很久没有过过这样的生活了。"

我心想:好吧,随便你怎么讲。"但是,"我说,"如果他不习惯过这种井然有序又高雅的生活,那他怎么能跟我们一起住?如果他没有办法保持干净,老把环境弄得乱七八糟、脏兮兮的,如果他晚上总喝得烂醉如泥地回来,那该怎么办?"

"那我们就等着瞧吧!"姑妈一脸促狭地说。木已成舟,我也只能算了。

事实上我的担心是没有道理的。新房客的生活虽然称不上井然有序或中规中矩,但并没有带给我们任何麻烦和妨碍，直到今天我们都还很怀念他。虽然他在生活上没有给我们造成困扰，但对于我们的内心，我和我姑妈皆然，他对我们的灵魂，却产生了极大的冲击与干扰，坦白讲，直到今天我还深深地受到他的影响。有时我在夜里还会梦到他，并且觉得自己因为他，因为他的存在方式，而深感困扰，而惶惶不安，虽然我是真心地喜欢他。

两天后，车夫搬来了新房客的所有东西，原来这个陌生房客名叫哈利·哈勒。其中有个真皮的皮箱非常漂亮，它给了我很好的印象。另外还有一个很大的行李箱，看起来像经历过多次长途旅行，因为上面贴满了泛黄的饭店标签和航运公司的贴纸，而且来自不同的国家，有的地方甚至极为遥远。

不久新房客人也到了。接下来便进入了我和这个奇特房客慢慢互相认识的阶段。一开始我完全不愿意采取主动，虽然从见到哈勒的第一眼开始，我就对他充满好奇，但他搬进来的头几个礼拜，我完全不愿意主动接近他，也不愿意跟他交谈。不过，我得承认，我确实打从一开始就在暗地里观察他，有时候甚至会趁他不在时偷偷溜进他房里，当然，纯粹是出于好奇，想偷窥一下他的生活。

关于荒野之狼的外表我已经做了不少描述。他给人的第一印象是他应该是个重要人物，是个罕见又极具天分的人。他的脸充满灵性，脸上那些极为细腻又灵活的表情正好反映出其内在灵魂必也丰富而有趣，具高度灵活性，且无比细致和敏锐。和他交谈时，一旦他跳脱成规，跳脱既有框架——可惜他不是每次都这样——并且把他的不自在和疏离感摆到一旁，开始侃侃而谈他个人的真正看法，像我们这样的人一定会立刻被他所折服。他比一般人想得多，想得深刻，尤其是讨论到精神层面的问题时，他总能展现出充满了冷静理智的高度客观性，他所说出的那些无比笃定的想法和认知，真的只有具高度精神性的人才说得出来。不仅如此，他说那些话丝毫不带任何虚荣、炫耀的目的，也没有想过要说服任何人，更没有要坚持己见的意思。他的那些至理名言，当然不是援引自什么既有的名言，而是他每次即席说出来的真知灼见，其中之一我记得很清楚，那段话出自他住在我们这里的最后一段时间。

那次，有个名气很大的历史哲学家兼文化评论家来城里的大礼堂演讲。那个人从名字上看起来应该是欧洲人。荒野之狼原本没有兴趣去听，但终究拗不过我的一再游说。当天我们俩一起出发，抵达礼堂后并肩坐在讲台下。讲者上台后没说两句，某些听众已经大失所望了；这些听众看着他登台时的仪表堂堂与气宇非凡，原本以为他会是个有先见之明的预言家。结果他一开口就先对听众送上阿谀谄媚的奉承话，并大肆感谢大家的热烈出席。这时，荒野之狼看了我一眼，就这么匆匆一眼，但那眼神却充满了批判，不仅批判讲者所说的话，也批判了讲者这个人。

哦，那眼神真是可怕又难忘，它所具有的深意，甚至能写成专书来探讨！那眼神不只批判了那位演讲者，它简直能借由它轻描淡写却强悍的讽刺意味杀死那位知名讲者。但这还是它最微不足道的作用。其实，与其说那眼神充满了讽刺意味，还不如说它充满悲伤，而且是一种既深奥又绝望的悲伤。那眼神蕴含了一种平静的、一定程度已经稳定了的，且变成了习惯和既定形式的绝望。带着这份因绝望而产生的透彻，这眼神不仅看穿了讲者的虚有其表，还对眼前的情况，对观众的期待和心情，对讲者今天所定的狂妄讲题，极尽嘲讽和不屑之能事——不，不只这样，荒野之狼的眼神看穿的根本是我们的整个时代，我们所有的装腔作势、汲汲营营，和傲慢虚荣，那眼神看穿的是我们那既自负又肤浅的精神性所勤力呈现的表面功夫——啊，要是只是这样就好了，可惜不是，那眼神不只看穿了这个时代的种种匮乏和绝望，看穿了我们精神上和文化上的种种匮乏与绝望，它还继续往里挖，往旁掘，终至人类文明的核心，那眼神在一瞬间强而有力地表达了一个思想者，或者说一名智者，对尊严的质疑，甚至是对人类之生命意义的根本质疑。那眼神在说："瞧，我们就是这样的猴子！瞧，这就是人类！"于是，人类精神所赢得的所有美名，所展现出的一切睿智与成就，连同人类所追求的所有崇高、伟大、亘古长存，全都在瞬间崩溃了，全成了一场可笑的猴戏！

说到这里，我觉得自己已经透露太多，远超过我原本的计划和设想。我已经把哈勒最重要的部分给说出来了。按照我原本的想法，我是想借描述我和他之间逐渐熟识与交往的过程来慢慢勾勒出他这个人的形象。但既然已经透露这么多了，若再回头去探讨哈勒所表现出来的那种令人费解的"陌生感"，并深入地去描述我如何慢慢地挖掘出和了解到此陌生感和他身上那种可怕而巨大的孤独感，和其所形成的原因和具有的意义，那就太多余了。不过这样也好，因为我本来就希望自己可以尽量地隐身幕后。我无意把重点摆在阐述我个人的见解上，也不想写小说或做心理分析，不，我只想成为一名见证者，我想告诉世人我亲眼见证过那名奇特的男子，那个留下这份《荒野之狼》手稿的人。

在他推开姑妈家的玻璃门走进来，在他像鸟一样伸长了脖子嗅闻，并盛赞屋里的气味真好闻时，那一刻其实我已经注意到这男子与众不同，可惜我当时竟然只是幼稚地觉得反感。我可以感觉到（不止我，连我姑妈，一个跟我完全不同，且跟知识分子完全沾不上边的人，也感觉到了）：这个人有病，若非精神上，就是心理上，再不然就是性格上有病，出于一个健康者的本能我对这种人感到排斥。

但渐渐地我对他的好感瓦解了我对他的排斥。这份好感奠基于同情，我对这个长期承受巨大痛苦的人感到无比同情，我可以说是亲眼见证了他的孤独和他内在的持续死亡。那段日子的相处让我越来越清楚：这个痛苦的人之所以病了，并不是因为他先天上有什么缺乏，不，恰恰相反，他之所以生病是因为他拥有极丰富的天分与能力，但这些天分与能力却无法达到和谐。

我觉得哈勒是一个承受痛苦的天才，哈勒，一如尼采曾精辟阐述过的那样，将自己锻炼成了一个极能忍受痛苦的人，他所具有的是一种超凡的、没有极限，且可怕的承受痛苦的能力。同时我还发现，导致哈勒那么悲观的主要原因并非他对这世界的不屑，而是他对自己的鄙夷。不管他在评论各种机关、单位，或某些个人时，有多毫不留情与严厉，其实他从来都没有觉得自己与那些事无关。事实上首当其冲，被他批评得最严厉的永远是他自己。他的箭瞄准的永远是他自己，他最憎恶的和最不认同的正是他自己……针对这一点，我想我必须做一点心理学方面的补充。虽然我对荒野之狼的生平知道得不多，却有充分的理由认为，他肯定是由充满爱心，但严格又虔诚的父母及师长教育长大的，这些人所秉持的教育原则是"阻止孩子本身的意愿"。可惜他们终究摧毁不了这个学生的个性，扭转不了这个学生的意愿，因为这个孩子实在太顽固也太强悍了，太骄傲又太充满灵性了。师长们虽摧毁不了他的个性，却导致了他学会自我厌恶。终其一生，他都把自己杰出的想象力和强大的思考能力用在对抗自己上面，用在对抗这个其实既纯真又高贵的自我上面。身在这样的环境里，不管他原本如何，他都渐渐、渐渐地变成了一名基督徒，变成了一名烈士，他将自己所有的尖锐，所有的批判、恶毒，和恨意，换言之所有这方面的能力，全都用在自己的身上了。至于别人，至于周遭环境，他总是以极为勇敢的方式，以极为严谨的态度去努力地爱他们、公平地对待他们，并尽可能地不要去伤害他们。因为"爱你身边的人！"这句话就像他对自己的厌恶一样，都深植在他的心底。可惜这样的荒野之狼，其人生却只能沦为印证此一事实的悲惨例子：不爱自己的人也绝不可能爱别人，自我厌恶者亦复如是，最终必定只能陷入悲惨的孤独和绝望，换言之，他的下场跟可鄙的自私者其实一样。

说到这里，是时候将我个人的看法暂搁一边，开始来聊聊他的实际生活状况了。一开始，我对哈勒的了解，部分来自我对他的偷窥，部分来自姑妈的转述，所以我对他的理解主要围绕着他的生活方式。他搬进来没多久我就发现：他是个喜欢思考、喜欢读书的人，而且没有真的从事什么工作。他留在床上的时间很长，总是快到中午才起床，起床后就穿着睡衣从卧室信步走到起居室。那间起居室其实是间有两扇窗、又大又舒适的阁楼，但他搬进去之后没几天，那里就完全变了样，跟其他房客居住在里面时完全不同。

他把那里塞满了东西，而且是越塞越多。他在墙上挂了很多图片，也粘了很多画，有时候是从杂志上剪下来的照片，并且常常更换。其中一张是非洲的风景照，另一些是德国某个小镇的照片，这个小镇很可能是哈勒的故乡。在这两者之间则挂了一些色彩鲜艳、明亮的水彩画，后来我们才知道，那些水彩画是他自己画的。除此之外还有几张年轻女士，或者应该说年轻女孩的照片。有段时间他甚至在墙上挂了尊暹罗佛像，那尊佛像后来被米开朗基罗的女性雕像复制品《夜》给取代了，后来他又取下了《夜》，换上圣雄甘地的画像。至于书籍，不仅偌大的书柜上全摆满了，所有的桌面，包括那个漂亮的古董写字台，还有沙发式躺椅，和其他椅子、地板上，全都摆满了书。书里还常常夹满了纸条和标签，并且常常更换。即便如此，书籍的数量仍持续增加，他不仅会从图书馆带回一摞摞的书，还经常收到一箱箱用包裹寄来的书。搬进阁楼里的这个男人很可能是个学者，满屋子的烟味也呼应了这一点。他房里到处是抽剩的半截烟，随处可见烟灰缸。但那些书绝大部分不是学术用书，而是文学作品，并且各年代和各民族的都有。有段时间，在那张他常常一躺就是一整天的沙发躺椅上放了一整套书,厚厚六册,书名为《苏菲的旅行,从默默尔到萨克森》,是18世纪末的作品。另外,像《歌德全集》,或《让·保罗全集》似乎也都被他阅读得很频繁,此外还有诺瓦利斯,甚至莱辛、雅各比和利希滕贝格的作品,至于那几册陀思妥耶夫斯基则夹满了一张张笔记。

在这一大堆书籍包围下的,是一张很大的桌子,桌子上常插着一束鲜花,鲜花旁边则随手搁着一盒水彩,但水彩盒上积满了灰,然后旁边又是烟灰缸,不可不提的还有一大堆酒瓶。一个以干草编织物包覆起来的瓶子时常装着他在附近小杂货店里打回来的意大利红酒,偶尔也能见到一瓶法国勃艮第葡萄酒,或西班牙马拉加葡萄酒。我还记得有很大一瓶樱桃蒸馏酒,才见到没几天就已经被他喝到快见底了——但下次再见到那瓶酒时,已经被他扔到房间的角落,剩下的酒则碰都没再碰过,就这么任其蒙尘。我不想为我的偷窥和私自闯入找借口,但我实在不得不说,这男人刚搬来的那段时间,他给我的印象是,虽然精神层面上很有趣,但生活上却一塌糊涂,不但游手好闲,还不务正业,这让我对他既排斥又不信任。我这个人不但是个生活规律的好公民,工作上更是勤奋又守时,还很懂得自我约束和克制,更重要的是我不抽烟。我对哈勒印象最糟的地方并非他那画家般杂乱无章的生活方式,而是他的爱喝酒。

这个陌生房客不仅睡觉和工作不定时,连饮食也不规律又随兴。某些日子他可以整天不出门，除上早上那杯咖啡，什么东西也不吃。姑妈说有时她进他房里看见的唯一厨余就是一根香蕉皮。但某些日子，他又会去餐厅大快朵颐，有时是去很棒的高级餐厅，有时则是去郊外的小酒吧。他的身体看起来不怎么健康，除了脚有些不良于行，并导致上楼常显得吃力外，其他地方好像也有病痛。他曾不经意地提及自己已经好些年受消化不良和失眠所扰。我觉得罪魁祸首是他的爱喝酒。后来在我们熟了之后，有几次我陪他到他常去的酒吧喝酒，亲眼见证过他喝得又快又猛又任性，但关于喝醉——不但我没见过，其他人也未曾见过。

我永远不会忘记我们之间的第一次私人接触。在那之前我们对彼此的认识仅止于出租公寓里隔壁邻居的寒暄。那天晚上，我下班回家，很惊讶地在二楼通往三楼的楼梯间看见了哈勒先生。他坐在那段楼梯的最上面一格，为了让我方便通过，他往旁挪了挪身体。我问他是不是人不舒服，并自告奋勇要扶他上楼。哈勒望着我。我发现他像大梦初醒，像被我唤醒似的。

他缓缓地拉开笑容，那是一种帅气却忧郁的笑容，每当我看见他这么笑时，总会心头一揪。他招呼我坐到他身边去。我说了声谢谢，婉拒道："我不习惯坐在别人家门口的楼梯上。"

"啊，是啊，"他说，笑意更浓了，"您说得没错。不过，请等一下,让我告诉您,为什么我非在这里逗留不可。"

他指了指二楼人家的门前,那里面住着一位寡妇。楼梯、窗户和玻璃门之间围出了一隅铺着木板的空间。一座高高的桃花心木柜倚墙而立,柜面上嵌的金属锡已经陈旧,柜子前面摆着两只低矮花架,架上立着两盆大大的植物,一盆是杜鹃,一盆是南洋杉。这两盆植物相当漂亮,整理得一尘不染,简直完美无瑕。这份惬意其实我也早注意到。

"您瞧,"哈勒继续说,"有南洋杉的这一隅楼梯间,闻起来棒透了,我经过时总忍不住要驻足。您姑妈那儿的气味也很好闻,洋溢着井然有秩与高度干净。但摆着南洋杉的这一小片天地却洋溢着一种纯净,不只是一尘不染,还光亮到、干净到犹如不可侵犯,这里散发出的是一种神圣的气息。所以每当我经过时总要饱饱地吸一口——您闻到没?地板蜡的气味和松节油的余韵,再加上桃花心木,以及仔细擦拭过的叶片,这所有的气味融合成一种最高境界的市民阶级[1]式的洁净、仔细,和精确,以及对所有细节的负责和讲究。我不知道那里面住的是谁,但那扇玻璃门后肯定是一座由洁净和一尘不染之市民阶级生活所形成的天堂,是啊,那屋里一定既有条不紊又井然有序,而且肯定

---

[1] "Burgertum"(市民阶级)也被经常翻译成或用来指称"中产阶级"和"资产阶级"。作者在本书中偶尔也会直接用法文"Bourgeoisie"(布尔乔亚)来替换这个词。——译者注(若无特殊说明,本书注释均为译者注。)

有人用极戒慎恐惧的虔诚态度在全心全意地对待各种细微的习惯和义务。"

看我不搭腔,他立刻又说:"请千万不要误会,我这么说绝没有任何讽刺的意味!亲爱的先生,这世上我最不愿意的就是嘲笑市民阶级式的生活与秩序。没错,我确实生活在另一个世界里,而非这个世界。要我待在这个有南洋杉的屋子里一天我可能都受不了。但即便我是匹又老又有点粗鲁的荒野之狼,我也是某个母亲的儿子呀。我的母亲也是个典型的市民阶级妇女,也种花,也悉心照料家里的每个房间、楼梯、家具,和窗帘,并尽可能地将自己的家、自己的生活维持得一尘不染,干干净净、井然有序,而非可以过就行了。松节油的气味,还有这株南洋杉,它们再次唤起我的回忆,所以我偶尔会坐在这里,静静地看着这座宁静的小花园,看着它的井然有序,并欣慰地想:原来这种生活依旧存在。"

说完他想站起,却显得非常吃力,我伸手扶他,他没拒绝。我虽一语不发,其实心底很清楚,我已经中了他的魔法,一如姑妈先前那样。这个奇怪的男人有时就是具有一种魔力。

我们一起慢慢地往上走,走到他房门前,他掏出钥匙都要进去了,突然转头看我,直视我的眼睛并一脸诚恳地问:"您刚下班?啊,我对这方面的事完全不清楚,我过得有点离群索居，嗯，怎么说呢，您也知道的，像活在社会边缘。不过我相信，您对阅读应该很感兴趣。您姑妈跟我提过，您是高级中学毕业的，您的希腊文学得非常好。今天早上我刚好读到诺瓦利斯的一句名言，我拿给您看，好吗？我想您一定会非常喜欢。"

他请我进屋，冲鼻而来的是满屋子的烟草味。他从书堆里抽出一本书，开始翻找——

"您看，这一句也好棒，写得真好，"他说，"我念给您听：'我们应该为痛苦而感到骄傲，任何一种痛苦都能让我们忆起自己的高人一等。'写得真好！比尼采整整早了八十年呢！不过这句不是我原本要念给您听的那句——等等——哦，找到了。您听：'绝大多数的人在学会游泳前不愿意游泳。'真是好笑，对不对？哈，人们当然不愿意游泳！因为他们天生就是陆地生物，而非水中动物。就像人当然不愿意思考，因为他们的存在是为了生活，而非为了思考！是啊，乐于思考的人，把思考当作头等大事的人，虽然可以因此获益良多，却也可能因此而错把水域当陆地，所以总有一天会溺毙。"他的这番话立刻虏获了我的心，并诱发我极大的兴趣。我在他房里又多待了好一会儿。

从那天起，无论我们在楼梯间相遇，或在街上巧遇，都会或多或少地聊聊天。其实一开始，不管我们聊什么，我都会像那天聊南洋杉一样，总有一种他是在嘲笑和揶揄我的感觉。但这当然不是事实。事实是他对我，一如对那株南洋杉，都心存敬意，因为他是那么地有自知之明，那么地清楚自己的孤独，清楚自己正游在水中，正漂浮无根。正因为这样，所以每当他偶见市井小民的日常生活时，例如，我的准时上班，或那些帮佣者、列车人员的敬业乐群及严守纪律，便会丝毫不带讽刺意味地，自觉深受鼓舞和真心感动。对于他这样的反应，我一开始觉得既好笑又夸张，觉得那根本是一种高高在上者和不食人间烟火者的浪漫情怀，是一种矫揉造作的多愁善感。但日子一久我越来越发现，他是真的喜欢并羡慕我们这种小市民的生活，因为他的世界是如此的令人窒息，他的生活是如此的充满疏离感，他总是自困于他荒野之狼的状态中，他视我们这种小市民阶级的生活为确定而安全的，为遥不可及的，是无路可抵的故乡，和平静的归处。他每次见到帮我们打扫的清洁妇，一名忠厚老实的妇人，总会一脸尊敬地脱帽致意。偶尔姑妈跟他聊天，或帮他缝补衣物，或提醒他大衣的某颗扣子快要掉了时，他听姑妈跟他说这些话时，总是听得无比专心和慎重，那模样就像：他正绝望地，却义无反顾地，拼命想借此机会，从某个缝隙里钻进我们这个市井小民的平静世界里，然后把这里当作自己的家，即便只待一小时都好。

在我们第一次聊天时，就是聊南洋杉的那次，他就自称为荒野之狼,这称呼当时让我觉得有点奇怪又困扰。天啊,这是哪门子的称法?可是后来连我自己都这么称呼他。不仅仅是因为习惯,还因为我在心里确实一下子就认同了这样的称呼,除了荒野之狼,至今我想不出其他更符合他形象的说法。一匹误闯我们家、误入城市、误入群体生活的荒野之狼——就他的形象而言,这名称真是再贴切不过:他那略带羞涩的孤独模样,他的野性,他的不安,他的乡愁,他那无所依归、没有故乡的模样。后来,一次偶然的机会里,我有整晚的时间观察他。

那是一场交响乐演奏会,我惊讶地发现他坐在离我不远的地方,并且完全没有注意到我。一开始演奏的是亨德尔[1]的音乐,曲风高雅而优美。但荒野之狼却陷入了沉思,一副与外界失去了联系的模样,仿佛既听不见音乐也感觉不到周遭。他充耳不闻、孤独,且疏离地坐在那里,目光低垂,露出理智却满怀忧思的表情。曲目更换,接着演奏的是弗里德曼·巴赫[2]的小交响曲。乐曲才刚开始没几小节,我就惊讶地看见陌生房客开始微笑了,他听得一脸陶醉,整个人沉浸其中。有长达十分钟的时间他看起来是那

---

[1] 格奥尔格·弗里德里希·亨德尔(Georg Friedrich Handel, 1685—1759),巴洛克音乐作曲家,创作作品类型有歌剧、清唱剧、颂歌及管风琴协奏曲。——编者注
[2] 弗里德曼·巴赫(1710—1784),德国音乐家和管风琴家。乃伟大音乐家约翰·塞巴斯蒂安·巴赫的长子。

么的幸福与快乐，仿佛做着浑然忘我的美梦。而我自己则因为看他看到忘记要听音乐。那首曲子结束后他像大梦初醒，挺直腰杆坐正，一副打算要站起来并离开的模样，但终究还是继续坐着，并听完了最后一首曲子。那是雷格[1]的变奏曲，许多人觉得这首曲子又臭又长。荒野之狼应该也这么认为吧，一开始他还企图专心地听，但没多久就像泄了气的皮球，并且把手插在口袋里，再次陷入沉思。但是这次在他的脸上看不到快乐和陶醉，只有一脸的阴郁，继而转为愤怒。他的表情再次变得深邃、灰暗，且消沉，他整个人看起来又老又病态又愤世嫉俗。

演奏会结束，我又在街上看见了他，我决定跟在他后面。他整个身体缩在大衣里，疲惫而悻悻然地朝我们住的那区走。走到一家陈旧的小酒馆前停下，略显犹豫地看了看表，终究还是进去了。我一时兴起决定跟进去。他在一张再寻常不过的酒桌前坐下。从女老板和伙计招呼他的方式看起来，他应该是熟客。我朝他走去，简短寒暄后在他身旁坐下。我们在小酒馆里待了一小时，其间我喝了两杯矿泉水，他则是先点了半公升红酒，喝完后又点了四分之一公升。我告诉他刚才的演奏会我也在场，他没搭话，只

---

[1] 马克西米连·雷格（Maximilian Reger, 1873—1916），德国音乐家，一般简称为马克斯·雷格（Max Reger）。

是望着我的矿泉水瓶,一边读标签一边问:"您不喝酒吗?我请您喝一杯吧?"他听到我滴酒不沾,随即露出一脸懊恼与无助:"没错,这是对的。我有好多年也过着很节制的生活,甚至还力行了很长一段时间的断食。可惜现在我又走到了水瓶座的状态,晦暗而潮湿的状态。"针对他的比喻,我半开玩笑且意有所指地说:我不认为他这样的人会相信星象学。听我这么说,他立刻用他那太过客气且彬彬有礼的语气——这语气常令我感觉受伤——回答道:"您说的没错,是啊,这门科学我同样不信。"我站起来,先行告辞。他则很晚才回到家。他发出熟悉的脚步声,并且没有一回来就上床睡觉(我在隔壁听得一清二楚),而是点着灯,在起居室里又整整待了一小时。

另外一晚也令我印象深刻。那天姑妈外出,我独自在家。我听见有人敲门,打开后,发现是个非常漂亮的年轻女子。她说她要找哈勒先生,我定睛一瞧,发现她正是哈勒房里那张照片上的女人。我告诉她哈勒住在哪个房间,说完便回自己的房里了。她先在楼上待了一会儿,后来我听见他们一起下楼,外出。两个人边走边聊,声音显得充满活力与欢笑。我好惊讶,这个遗世独立的隐士竟然也会有情人,而且还这么年轻、漂亮、优雅。突然间我对他这个人的看法,对他的生活的种种揣测全变得毫无把握了。可是短短一小时他竟然又回来了,而且是独自回来。他的脚步声显得沉重而悲伤，疲惫地拾级而上。接下来好几个小时，他都在起居室里走来走去，像透了一匹被禁锢在兽笼里不停徘徊的狼。那晚直到天亮，他屋里的灯都没熄过。

对于他的这段恋情我一无所悉，唯一可以补充的是，有一次我在城里的街上又看见他跟那名女子在一起。他们手挽着手并肩而行，他看起来好快乐。我很惊讶：原来在他那张忧郁、孤独的脸上，偶尔也能绽放出如此兴高采烈或者说孩子般纯真的表情。我突然懂了，懂得那名女子的心情，也懂了姑妈为什么总是对这个男人特别关怀及照顾。

那晚他回来后同样既悲伤又痛苦。我在楼下的大门边遇到他，他就像前几次被我撞见的那样，大衣下夹着瓶意大利红酒。那瓶酒即将陪他回到上面的巢穴，度过悲惨的大半夜。我真是替他感到难过：他过的是什么样的人生啊，真是绝望、迷失又无能为力！

说到这里，也算说得够多了，大概不需要再多说什么了，或多描述什么了，各位应该就能了解：荒野之狼过的其实就是一种自杀者的人生。即便如此，我还是不相信他会自杀。虽然他在付完所有的账单和赊欠后，没有跟我们道别，就这么突然离开了这座城，并从此渺无音讯，但我还是不认为他会自杀。在那之后我们完全没有他的消息，至今还替他保留着他离开后人家寄给他的信。他在这里唯一留下的东西是一份住这里时写的手稿。他在上面留下了几行字给我，交代我这份手稿可任凭我处置。

这份手稿里提到的种种经历，我无从核对它们的真实性。但不排除有这样的可能：手稿绝大部分的内容是文学创作。但这里所指的文学创作并非那种随意虚构的幻想，而是一种企图借具体事件来呈现深刻的心灵状态与经历的尝试。哈勒文稿中的那些天马行空的精彩内容，很可能撰写于他住在这里的最后那段日子，我甚至有理由认为：那些内容有好大一部分是奠基于他当时的实际经历。因为那段时间我们这位房客，不管是行为或外表，都显得很反常。他外出的频率变得很高，有时甚至彻夜不归，连他最爱看的书也常常碰都没碰。我有几次遇到他，都诧异于他的神采奕奕和变年轻了，另外有几次他甚至显得极其开心。但紧跟在这种情绪高昂后的总是一波更严重的意志消沉。他可以整天窝在床上，完全不吃东西，雪上加霜的是这时他的情人总会过来，并且跟他发生严重、激烈的争执。他们常吵得房子都快掀了。哈勒隔天总要为此专程向姑妈道歉。

不，我真的坚信哈勒不会自杀。我相信他还活着，相信他依旧举步维艰地在某栋异地的房子里吃力地上下楼梯，依旧静静地凝视着某一隅铺着木板的楼梯间，和擦拭得一尘不染的南洋杉，依旧白天待在图书馆，夜里钻进酒吧，或睡在租屋内的躺椅上，隔着窗户静静聆听世间的种种声响和人们的生活，并了然于心：自己不属于那里，自己被排除在外。但自杀，不，他不会，因为他仅存的信念告诉他：此痛苦，此根植于他内心的邪恶痛苦，他必须品尝到底；此痛苦正是他的人生目标，是他必须为之生为之死的目标。我时常想起哈勒，虽然他并没有让我的人生变得比较轻松，也没有裨益或促进了我的天赋、优点，抑或为我带来快乐——唉，其实刚好相反！但我毕竟不是他，过的也不是他那种生活，我过的是我的小市民阶级的生活，虽微不足道，却踏实安稳又认真负责。总之，我和姑妈，我们总是这么默默地、心存善意地想着有关他的事。其实姑妈对他的了解比我多，只是姑妈惯于把一切埋藏在她那颗善良的心里。

针对哈勒的这份手稿，这份极为奇特，部分显得病态，部分又显得非常美好，且充满思想性的奇想之作，我必须说：倘若我是无意间拿到这份手稿，并且不认识原作者，我看了之后一定会愤而将它丢弃。但正因为我认识哈勒，所以我能够一定程度地理解这份手稿的内容，是呀，甚至认同它。而且，假如我只是把这份手稿当作某个人——某个患有精神疾病的可怜人——写出来的充满病态的幻想之作，我就不会像现在这样，以此角度与各位分享这份手稿。我看出了这份手稿不仅仅是它表面上看起来的那样，它还是这个时代的一份记录。因为哈勒所罹患的心灵疾病——如今我已明了——并非单个人的精神失常，而是整个时代的病，是哈勒所属的这一整个世代所罹患的精神官能症，而且首当其冲的并非这时代中特别脆弱和糟糕的那些人，刚好相反，受害最烈的是那些强悍、最富精神性，且禀赋最高的人。这份手稿——不管它有多少是奠基于作者的实际经验——至少它都是一种尝试，试着不用迂回和美化的方式来面对这个时代所罹患的重症，而是直接把这种病当作对象赤裸裸地呈现出来。但这么做其实无异于地狱里走一遭，这不是形容，而是真的像字面意思那样：时而惊恐万分，时而得鼓起勇气走向黑暗的心灵世界，投身纷扰，并决心横越地狱，正面迎向混乱，且一路忍受痛苦、邪恶直到最后。

哈勒跟我说过一段话，这段话对于我理解这份手稿至关重要。有一次我们聊到中世纪的种种残酷，聊完后他有感而发地说："我们所谓的残酷，实际上未必像我们想的那样。中世纪的人也许还瞧不起我们现在的生活方式呢。对他们而言，我们今天的生活或许才叫残酷，才叫可怕和野蛮！每个时代，每种文化，每种风俗习惯和传统，都有它自己的风格，都存在着当时人认可的温柔、严格、美好，和残酷；他们认为忍受某些痛苦乃天经地义，某些困顿本就该耐着性子挺过去。真的令人感到痛苦且像地狱一样的生活，其实只发生在两个时代、两种文化和两种宗教彼此交会时。古希腊罗马人如果被放到中世纪去生活，大概也会痛苦得要死。同样的，如果把一个野蛮人放进我们的文明社会，他肯定也会窒息。可是到了某个时间点，就是会有一整个世代的人被夹在两个时代、两种生活风格之间，并因此无所适从，失去所有的理所当然、风俗习惯、安全感，和天真无邪。当然，不是每个人都能感受得这么深刻和强烈。但是像尼采这样天资聪颖的人却能早一个世代，甚至不止早一个世代地感受到我们今天所面临的悲惨——尼采曾饱尝孤独与不被理解，时至今日，仍有成千上万的人正承受着同样的苦楚。"

在阅读这份手稿时，我常会想起哈勒的这段话。哈勒正是那种被夹在两个时代中间的人，因而失去了他所有的安全感与天真无邪。这种人的命运是，原本是全人类的生命困惑，一旦降临到他们身上，就会被凸显和强调得像是专属于他们个人的痛苦与地狱。就我看来，这就是这份手稿所能带给我们的意义与启发，也是让我下定决心公开这份手稿的原因。另外，我想顺便一提：对于这份手稿，我既没有维护之意，也不想批评它，这件事就留给各位读者自己去存乎一心地判断吧！

哈利·哈勒的手稿
仅供疯子阅读

这一天就这么过去了，就像普通的日子那样过去了。我就这么把这一天给消磨掉了，温柔地把这一天给扼杀了，借由我粗鄙又叫人羞愧的生活艺术。今天我工作了几小时，翻阅了几本旧书，像个小老头一样身体痛了足足两个小时，服了药粉，窃喜疼痛就这么被我蒙混过关了，然后又泡了个热水澡，深深地吸吮着美好的暖意，接着收了三次信，连那些没用的信和印刷品也都仔细阅读过，再做一下呼吸练习，但冥想练习——由于今天感觉全身舒畅，所以就不做了。之后又去散了一小时的步，抬头时意外发现天空竟有美好、温柔，又难得一见的羽毛状云絮。好美，一如阅读旧书，一如慵懒地躺在温暖的澡盆里，但即便如此，今天也并非一个特别令人振奋，特别璀璨，或特别幸福、快乐的日子，而是一个再正常不过，再平凡无奇不过的日子，这样的日子我已经过了好一阵子：一种属于不知足老先生的庸俗日子，称得上舒适惬意，完全可以接受，并且还不赖，就是再普通不过的寻常日子；这种日子里没有严重的病痛，没有很大的烦恼，没有解不开的忧愁，没有绝望。

这种日子里连思考自杀的问题——是时候该自杀了吧？该不该效法十九世纪的奥地利作家施蒂弗特，在刮胡子时顺便了结掉自己的生命？——都能心平气和、不激动、不害怕地做出客观、冷静的评估。

　　任何人只要尝过那种悲惨的日子，那种痛风发作，或剧烈头痛的日子（这种头痛根植于眼球后方，只要眼睛或耳朵稍微动一下就足以让所有的快乐瞬间化为折磨，一种像被恶魔诅咒般的头痛），或尝过那种灵魂像死掉了一样的日子，或尝过内心整个被掏空，且绝望至极的可怕日子——在那种悲惨的日子里我们只能无奈地置身于几乎要被上市公司榨干的残破地球上，任凭人类的世界和所谓的文化不停地对我们散发出如年货市集般哗众取宠的虚伪、苍白的光芒，并且让它们如影随形地跟在我们身边冲着我们狞笑，发挥如催吐剂般的效果，让人想吐，甚至对我们原本就病恹恹的自我集中火力猛攻，终至把一切的无法忍受推向巅峰——任何人只要尝过那种地狱般的日子，就会对今天这种普普通通、马马虎虎的日子感到心满意足，并心存感激地坐在温暖的火炉旁，心存感激地读着早报，安心地确认：今天，世界上同样没有战争爆发，同样没有新的独裁政权产生，政治上和经济上的那些极明显的狗屁倒灶、贪赃枉法通通同样没被揭发。然后再心存感激地帮那把早已生锈的七弦琴调音，再开心地，甚至说得上兴高采烈地，唱一首普普通通的感恩诗歌，并借此让那个他所歌颂的、沉默又温和的，随随便便就能——犹如被施了溴麻醉一般——迷迷糊糊地感到心满意足的神，在无聊的日子里有点无聊事可享。这种无聊的心满意足，这种令人心生感激的无病无痛，在如此昏聩、迷糊的氛围下，两位当事者：只知一味点头的神，和头发有点花白、圣歌唱得马马虎虎的这个普普通通的人，他们俩真是像极了，简直就是双胞胎。

心满意足是件美事，无病无痛是件美事，能够这样得过且过地生活是件很美的好事，在这种日子里不管是疼痛或欲望都不敢嚣张：所有的一切都只敢默默潜行，只敢蹑手蹑脚地悄悄通过。可惜这样的生活不适合我，我完全受不了这种心满意足，一小段时间后我便会无法忍受地对它感到厌恶和痛恨，就会绝望地想要逃进别的氛围里，或许是逃进欲望里，或许是——必要时——不惜逃进痛苦里。我只要一小段日子无欲无痛，呼吸着所谓的美好生活的平淡氛围，我赤子般的灵魂就会开始隐隐作痛，默默悲伤，逼得我愤愤不平地只想将那把锈迹斑斑、用来歌颂神的七弦琴直接砸向一脸睡意、迷迷糊糊，又心满意足的神脸上。我宁愿让恶魔般的痛苦焚烧我，也不愿在舒适的居家氛围中闷死。一股压抑不住的狂野欲望在我胸中燃烧，我只想追求强烈的感觉，只想做出惊世骇俗之举，心中油然而生的是一股愤怒，对于温和、平庸，正常，对于彻底阉割的生活感到愤怒。一股按捺不住的强烈欲望，想破坏，想砸毁商店、教堂，或狠狠地自残，想做些鲁莽的蠢事，想把受人崇拜的圣像头上的假发扯掉，想送给叛逆的男学生他们一心想要的前往汉堡的车票，想诱拐小女孩，想扭断某些代表市民阶级秩序的大人物的脖子。因为在我内心深处，最厌恶、最不屑、最常破口大骂的其实就是市民阶级的这种心满意足、身体健康，和舒适惬意，市民阶级所刻意营造和维护的这种乐观，这种对中庸、对正常、对普通的大肆鼓吹与豢养。

天色渐暗，我也在这样的心情下结束了这普普通通的一天。但我结束掉这一天的方式，并非一般痛苦的男人会采取的那种正常又舒服的方式。我没有让自己躺进业已铺得舒舒服服的床里，也没有接受床上那个诱饵般的热水袋的引诱，而是对自己今天的微不足道的表现感到心有不甘又懊恼，于是怒气冲冲地套上鞋，穿上大衣，顶着黑夜与薄雾进城，打算到城里那家名为"钢盔"的小酒馆，像那些喜好杯中物的男人说的那样"小酌一杯"。

我离开阁楼，逐级而下，走下这道陌生人家里的难爬的阶梯，这道刷得干干净净、彻彻底底的小市民楼梯。这栋体面的出租公寓内一共住了三户人家，阁楼是我此刻的栖身之处。我不知道为什么会这样，但我这匹没有故乡的荒野之狼，我这个最讨厌市民阶级世界的人，竟然总是寄居在最典型的小市民阶级家庭中，可见这一定是一份难以割舍的往日情怀。我选择的住处从来不是皇宫般的豪宅，也不是寒酸的无产阶级房舍。我选的永远都是井然有序、体面，却非常无趣，且维持得一尘不染的小市民阶级家庭，这种地方总是满室萦绕着松节油气味和肥皂香味。住在这种地方，倘若你关门时不小心太用力，或进屋时鞋子实在太脏，你都会被自己的不当行为狠狠吓一跳。不可讳言，我之所以喜欢这种气氛乃导因于儿时的记忆，就像是一份深藏在心底的对故乡的渴望，这份渴望一再地——令人绝望地——引我踏上这条愚蠢的老路。说实在的，我确实喜欢活在这种矛盾与冲突中，亦即我喜欢将我的生活，我那种孤独、缺乏爱、慌慌张张，且越来越混乱失序的生活，安顿在这种充满家庭气氛与市民阶级气氛的环境中。我喜欢嗅闻洋溢在楼梯间的那股安静、井然有序、干净、彬彬有礼和温和的气息。我虽讨厌市民阶级的一切，但这股气息却总能触动我心底的某种情怀。

此外我也喜欢跨过房间的门槛后，外面的一切就被挡在门外了。里头只有一大堆书，一大堆烟蒂，一大堆酒瓶，和满屋子的乱七八糟、一塌糊涂，以及无人整理。这屋里的所有一切，不管是有形的书、稿子，或无形的思绪，都在标记着、彰显着寂寞所带来的危害，和生而为人所面临的困境，以及一份深切的渴望，渴望为这个了无意义的人生寻得一份崭新的意义。

我行经南洋杉，也就是在二楼住户门前的那隅小小楼梯间。毫无疑问，这里比其他地方更一尘不染、更干净，刷洗得更彻底。二楼门前的这一片天地呈现出的是一种超凡绝俗的悉心照料，简直像座散发出光芒的秩序殿堂。这里铺着令人羞于践踏的木地板。木板上立着两个小小的花架，每个花架上都有株大大的盆栽：一盆是杜鹃花，一盆是长得非常茂盛的南洋杉，尤其是南洋杉，这株健康又结实的小树。树虽小却体现了极大的完美，它的每片针叶，即便是最枝微末节处也擦拭得无比干净清新。偶尔四下无人时，我会把这里当作一座神圣的庙宇，坐在可以居高临下观赏南洋杉的阶梯上，静下心来，十指交握，虔诚地望着这座井然有序的小花园，它那令人感动的状态和孤寂到简直可笑的氛围总能触动我心灵深处的某个角落。我常猜想，楼梯间的旁边、那扇门的后面，在南洋杉神圣树荫的庇护下的，肯定是间充满桃花心木气味的公寓，过的肯定是一种非常体面、非常健康、每日早起、认真负责，家人定期聚会，且一起开心过年过节，星期天固定上教堂，每晚早早上床睡觉的日子。

巷弄中，我踩在潮湿的柏油路面上，刻意装出轻松愉快的模样。泪眼汪汪的街灯在又湿又冷的朦胧雾气中绽放着光芒，同时吸吮着潮湿地面反射回来的微光。我突然忆起少不更事时——当时我最爱像这样的、漆黑又朦胧的晚秋夜晚，或冬季夜晚——每当我大半夜，裹着大衣，顶着狂风骤雨，疾步穿过粗暴又狂扫落叶的大自然时，我总是无比贪心又陶醉地、大口呼吸着兴致高昂的孤寂感与多愁善感。当时的我也是孤独的，却孤独得非常享受，且文思泉涌。稍后回到房里，我总要坐在床沿，就着烛光，赶紧把泉涌的诗句写下来！可惜那一切已经过去，我俨然饮尽的空杯，再也无法盈满。遗憾吗？不，一点也不。凡事过去了，就已经过去了，没有什么好遗憾的。真正能造成遗憾的只有此时此刻与今时今日，只有那些不计其数的被我虚度了的时刻与日子，以及那些我只能无奈忍受，既无惊喜也无惊吓的苍白日子。感谢上帝，幸好也有例外的时刻，在极偶尔、极罕见的某些时刻，生活中还是会出现惊吓，出现惊喜，并突破藩篱，将我这迷失的人重新带回充满生命力的世界中心。我悲伤而充满内在悸动地尝试回想：上次出现这种感觉是什么时候？

那次是去听一场演奏会，他们演奏了一首好美的老曲子，在木管乐手奏出两个轻音之间，我突然跨过了天堂之门，翱翔于天际，并亲眼见证了上帝正勤勉地忙于工作。这样的喜悦与盈满令我泫然欲泣，世间再没有我想对抗之物，再没有能令我恐惧之事，我愿接纳并认同万事万物，愿毫无保留地献出我的赤诚之心。那份感动前后不到十五分钟，但当晚它就又回来找我，回到了我的梦中，从此以后，总是默默地在苍白、荒芜的日子里为我绽放光芒。偶尔我会短暂而清晰地看见它金碧辉煌的神圣身影再度行经我的人生；它总是仿佛已被俗世的尘埃深埋，然后又突然光芒万丈地出现在眼前，状似再也不会消失，不一会儿却又消失得无影无踪。某个夜里，我躺在床上，依旧清醒，突然文思泉涌，但那些诗句美得、妙得我简直不敢妄想可以把它们记下来。隔天一早我也确实完全想不起来了。但那些诗句仍深埋在我心里，就像一颗坚硬的果仁深藏在又破又旧的外壳下。还有一次是发生在阅读某位诗人的作品时，另一次是在思考笛卡尔的一项洞见时，还有一次是阅读帕斯卡的思想时，另一次则是我和情人在一起时，那道耀眼的金色光芒再度出现并引领我进入喜乐盈满的天堂。

啊，要在人世寻获神的踪迹何其困难啊！尤其身处这个如此知足、如此充满小市民阶级氛围，和如此缺乏精神性的时代里，而且还得面对眼前的这些建筑、这样的商业、这样的政治，和这样的人们！这样的一个世界，它所有的目标都不是我所追求的，它所有的快乐都不是我所想要的，所以我怎能不成为一匹荒野之狼，怎能不成为一个孤僻而粗鄙的遁世者？不管是进剧院或者去看电影，我都坐不住，报纸我也看不下去，当代书籍我鲜少有满意的，我无法理解大家为什么要一窝蜂地去挤人满为患的铁路和饭店，去挤播放着沉闷、刺耳音乐的咖啡厅，为什么要一窝蜂地挤到奢华都市的酒吧和歌舞厅里去，为什么要赶集似的去参观世界博览会，加入游行行列，或赶一场又一场专为求知若渴者举办的演讲，或聚集在偌大的运动场上观看赛事，做这些事究竟能获得什么样的趣味和快乐？对我而言，这些唾手可得的快乐，这些总有成千上万人不辞辛劳赶着要去做的事，我不懂它们的乐趣何在，遑论参与了。相反地，在我极少数的欢乐时光里，那些被我视为幸福，视为珍贵经验，令我欣喜若狂或振奋的事，世人往往只愿意在文学作品里接触、寻找，或喜爱；一旦这些事出现在现实生活中，大家只会觉得疯了。是啊，假如世人是对的，假如咖啡厅里的音乐是迷人的，假如大众娱乐和不知足的美式群众行为是对的，那么我的行为当然是错的，我这个人当然是疯了，我肯定是匹——就像我自己常自称的那样——货真价实的荒野之狼，一匹迷失在一个对他而言既陌生又无法理解之世界的荒野之狼，一只找不到故乡，无法自在呼吸，无法畅快吃喝的迷途动物。

怀抱着这份挥之不去的想法，我疾步走在湿答答的街道上，来到城里最安静且最古老的一区。我停下脚步，往对面看，在小巷的那边，黑暗中有一堵老旧的灰色石墙。

我很喜欢望着那堵墙，看着它如此苍老、如此不问世事地伫立在小教堂和老旅馆的中间。白天经过，光看着它粗糙的墙面，我的眼睛就宛如得到了歇息。如此安静、美好、又沉默的地方在市中心已经很罕见了。城里的其他地方，每半平方米就会有间商店，只见律师、发明家、医生、理发师，或鸡眼治疗师，为了招揽生意全在殷勤地对路人自我介绍和推销。此刻我再度望向那堵古老的墙，见它沉默而安详地伫立在那儿。不，不对，似乎有什么地方变了。我发现墙中央竟然有扇美丽的、小小的尖顶拱门。我感到困惑，无法确定那扇门是否一直都在那儿，或者是最近才刚装修的。但那扇门看起来非常旧，极为古老。以深色木头做成的、紧闭着的这扇小门，或许百年前曾是通往寂静修道院的通道，或者现在也还是——纵使修道院不存在了。也许这扇门我早就看过千百回，只是从未察觉。也许它最近又刚上过漆，所以我才会注意到。无论如何，我一个劲地站在对面盯着它看，就是没有走过去。横在我们中间的路面看起来软得像一踩下去就会不断地往下陷，而且湿答答的。我就这么站在人行道上，久久地望着对面。漆黑的夜色笼罩着万物，突然间我觉得那扇门的上方似乎有花环装饰，或者有什么色彩斑斓的东西。我拼命地瞧，终于看到那扇门的上方好像有块浅色的牌子，牌子上似乎写了字。我眯起眼更加认真地看，最后决定走过去，虽然路面又脏又有积水。到了对面,我看见灰绿色的墙面上,小门的上方有块被灯光打亮的浅色区块,一些彩色的字母不断地出现在这堵反白的墙面上,旋即消失,然后又出现,又消失。我心想:灯光广告。这堵美好的老墙终究还是沦为他们打广告的地方了!我的眼睛捕捉到几个快速闪过的字母。但这些字太难看懂,我几乎是半看半猜。除了每个字母间隔不一外,这些字母的颜色也都太淡太微弱,并且一下子就消失了。在这里打广告的这个生意人也未免太过外行,他肯定也是匹荒野之狼,也是个可怜的家伙!为什么他会选在老城的这条暗巷中的这片老墙上打广告?而且还选在这个时间点,选在这样的下雨天——这时候根本不会有人经过这里。而且,广告字幕为什么要跑得这么快,并且消失得这么快?加上又这么随兴和难以阅读?但是,等等,我终于跟上了它的速度,一口气捕捉到了好几个字:

魔法剧场
非人人皆可入场……
——非人人皆可……

我试着要打开那扇门。但不管我怎么用力,怎么压,那柄又旧又沉的门把始终纹丝不动。这些字跑完后,字幕突然消失,仿佛它悲伤地察觉到自己的徒劳无功。我往后退了几步,脚整个踩脏了,但不管我怎么等,都没有再看见任何字母,广告字幕就这么结束了。我站在肮脏的路面上,好一会儿移不开脚,只是等,白费力气地等。

我终于放弃,开始朝人行道的方向往回走,突然一连串的彩色光影映在积水的柏油路面上。我赶紧阅读:

仅——供——疯——子——观——赏!

现在我的脚全湿了,并且冷得发抖。但我还是继续站在那里等。又过了好一会儿,什么也没有。我站在那里等,并且忍不住想:这些像鬼火一样,突然出现在潮湿墙面上和黑亮柏油路面上的朦胧的彩色字母还真是漂亮啊!突然我又想道:真是有异曲同工之妙啊!先前我不是还在想有关金碧辉煌的神圣身影突然出现眼前,旋即远去,然后消失得无影无踪的事。啊,此二者真是有异曲同工之妙啊!

我冷得发抖,却仍继续往前走。我忍不住缅怀神圣身影,忍不住满心向往:要是能穿过那扇门,走进仅供疯子观赏的魔法剧场该有多好!不知不觉我已来到闹区,入夜后这里什么样的娱乐都有,到处是海报悬挂和招牌林立:女子乐队、杂技表演、电影、舞厅。但这些都不是我要的,这些是"任何人"都可以观赏或从事的娱乐,是正常人的娱乐。我也确实看到了那些表演的入口处挤满了一群群正常的人。即便那些娱乐不是我要的，我的满怀悲伤还是得到了些许宽慰，因为我毕竟见到了来自另一个世界的问候，那些跳跃的、五彩缤纷的字母，它们撩动了我的灵魂，甚至深深地触动了我的心弦。金色的神圣身影再次以微光闪现的方式出现在我面前。

我决定再次造访那家充满老爹气息的温馨酒馆。这家酒馆，从我二十五年前第一次造访这里一直到现在，都没有变。老板娘还是当初的那位，不少客人当时也坐在这里，甚至坐在相同的位置上，面前也摆着相同的酒。我走进这家朴实的小酒馆，这儿就像我的一处避难所。跟有南洋杉的那隅楼梯间一样，这个避难所虽然无法提供我家乡般的归属感，虽然充其量只能给我一个可以安静旁观的位置，让我看着舞台上这些陌生人根据陌生剧本演一场陌生的戏，但即便如此，这个安静的位置仍有其难能可贵之处：这里没有拥挤的人群，没有喧哗，没有音乐，这里只有一些安静的小老百姓，就着没铺桌巾的木头桌子（非大理石桌面，非搪瓷桌面、丝绒桌面，或黄铜桌面！），面前摆着一杯酒，一杯扎扎实实的好酒。但也许这些看起来很眼熟的酒客只是堆庸俗之辈，在他们庸俗的家中枯燥的神龛上供奉的也是那种随随便便就能心满意足的神。但也有可能他们就像我一样，是孤独而迷失的少年，是满脑子无用理想的沉默酒鬼，是荒野之狼，是可怜的恶魔，唉，谁晓得。

他们每个人各有各的乡愁，各有各的失落，他们来这里各有所需吧。已婚的来追寻自己的少年情怀，老公务人员来缅怀学生时代的意气风发，所以大家才会这么沉默，才会只是静静地喝着酒，而且都像我一样，宁愿与半公升的阿尔萨斯葡萄酒为伴，也不要去挤在女子乐团的舞台前。我可以在此下锚，要我在这里待上一个小时，甚至两个小时，都不成问题。阿尔萨斯葡萄酒刚要入口，我忽然想到，除了早餐的那块面包，我这一整天什么也没吃。

真不可思议，人竟然可以什么东西都吞下肚！我先看了十分钟报纸，透过眼睛将某个不负责任的家伙之精神产物给吞下了肚；那家伙囫囵吞枣地将别人的话就这么吞下去，然后又完全未经消化地吐出来，我竟然也跟着把它们吞下肚，并且还足足吞了一整个专栏。接着我又吃了一大块牛肝，一块从被打死的小牛身上割下来的肝。真是不可思议！但最棒的还是阿尔萨斯的葡萄酒。我一向不喜欢又浓又烈的酒，那种酒不适合日常小酌，它们的作用通常太强，并且常以具某种特殊风味而闻名。我最喜欢的还是这种纯净、清淡、朴实，没有特殊名称的乡下酒，喝多了也不会感到不舒服，它喝起来就是这么地美味，这么地顺口，这么地充满了乡村、大地、天空和森林的气息。一杯阿尔萨斯的葡萄酒配上一块美味的面包，绝对是最棒的一餐！但我却先吃了一盘牛肝，平时我很少吃肉的，可是今天这盘牛肝竟让我觉得很享受，而且我面前的这杯酒也已经是第二杯了。这真是不可思议！同样不可思议的还有：在某个地方的绿色山谷里，因为有一群健康、殷实的农人不辞辛劳地种植葡萄，并且榨汁酿酒，所以在世上的某些角落，甚至是离他们很遥远的角落，满怀失望、默默喝着酒的小老百姓或迷失的荒野之狼，才能有机会因为这些酒而重新汲取到些许勇气与悸动。

姑且让我称之为不可思议吧！的确很棒，它让我们得以再次感受到悸动。一杯薄酒下肚，一切都释怀了，连报上那堆烂文字，都能轻松笑看。突然，早已被我抛诸脑后的木管轻音再次奏起，犹如一颗能映照出周遭景象的肥皂泡在我心中冉冉升起，晶莹剔透，就这么五彩缤纷地把整个世界映照在、缩小在其表面，旋即轻轻破灭。倘若那天堂般的美妙旋律真的已悄悄深植于我的灵魂中，并且偶尔会在我心底绽放出五彩缤纷的美丽花朵，那么我又怎么能说自己全然迷失了呢？即便我确实是一只迷途的动物，一头无法理解周遭环境的野兽，但我这可鄙的生命还是有意义的，因为答案已然在我心中，我的心总能接收到那来自遥远的、更高世界的召唤，无数美好的影像早已深植在我的脑海中：

意大利文艺复兴大师乔托[1]在帕多瓦城小教堂蓝色拱顶上绘制的天使群像；哈姆雷特和头戴花冠的奥菲莉亚[2]，他们的遭遇无疑是世间所有悲伤与误解的最佳例证；站在火焰熊熊燃烧之热气球上，慷慨激昂大发议论的飞行员贾诺左[3]（Gianozzo）；举起头上的新帽子向众人致意的随军牧师阿提拉·施梅茨勒（Attila Schmelzle）；还有宛如一座山那样高耸入云霄的佛塔婆罗浮屠[4]。

即便这些美好的影像也同时存在于成千上万其他人的心目中，即便还有其他不计其数的美好影像与音乐，但唯有我的心是它们最终的归处，唯有我的心能看懂、听懂它们。

修道院那堵古老、斑驳、饱经风霜的灰绿石墙，那堵借无数裂缝与侵蚀雕刻出壁画的墙——是谁在由衷地与之回应？是谁用灵魂赤诚地拥抱它？是谁恋之爱之？是谁看懂了它所施的魔法——那五彩缤纷却稍纵即逝的魔法字母？除此之外，僧侣们所撰写的古书，和古书上熠熠生辉的彩饰画，还有那些早就被同胞们所遗忘，百年前，甚至两百年前德国诗人所写的书籍，所有这些陈旧不堪、霉迹

---

[1] 乔托·迪·邦多纳（Giotto di Bondone，1267—1337），意大利文艺复兴时期的画家与建筑师。
[2] 典出英国文豪莎士比亚的悲剧《哈姆雷特》。
[3] 典出德国作家让·保罗的《热气球飞行员贾诺左的航行日志》（*Des Luftschiffers Giannozzo Seebuch*，1801）。
[4] 位于印尼爪哇，约建于公元九世纪，被吉尼斯世界纪录认证为世上最大佛寺，并且被联合国教科文组织列为世界文化遗产。

斑斑的扉页，还有古代音乐家所留下的手稿或印刷品，那些尘封在清晰却泛黄乐谱上的音乐梦——是谁听懂了它们那极富精神性、不羁却充满了向往的心声？是谁把他们的精神与他们所施的魔法满满地装在心里，让他们在另一个与他们大相径庭的时代里依旧长存？是谁不曾或忘意大利古比奥城山丘上那株矮小、脆弱的柏树，那株即便因被落石砸中而折断，仍努力展现强悍之生命力，且再度萌发娇嫩新芽的柏树？是谁懂得对二楼那位辛勤的主妇和她悉心照料下的一尘不染的南洋杉真心地发出赞叹？是谁在深夜的莱茵河畔看懂了雾气蒸腾中缥缈笔画所传达出的寓意？是荒野之狼！还有，是谁努力地在为自己荒芜的生活寻找些许残破的意义？是谁为此不惜忍受外在的了无意义，不惜活得像个疯子，并且只能在心里偷偷地盼望：也许在这令人迷惘的一片混乱中仍能见到启示，仍能临近于神？

老板娘想为我斟上第二杯酒，但我握住了杯子，并且起身。我不需要酒了。金色的身影再次闪现，我又忆起了永恒，忆起了莫扎特，忆起了星辰。顷刻间我又能畅快地呼吸，畅快地活着，畅快地存在于人世间，无须忍受痛苦折磨，无须恐惧，无须自觉可耻。

我走出酒馆，寂静的街道上冷风狂扫着细雨，细雨敲打着路灯，朦胧的灯光幽微而闪烁。现在要去哪儿？倘若我此刻得许一魔法心愿，我希望面前立刻出现一间路易十六风格的美丽雅室，并由里头的一流乐手为我演奏两三首亨德尔和莫扎特的音乐。啊，那我的心情会有多么舒畅啊！我将畅饮冰凉、优雅的乐声，犹如诸神畅饮琼浆玉液。啊，假如此刻我能有个知交，一个住在阁楼里，就着烛光沉思，身边还放了把小提琴的知交，该有多好呀！我一定要蹑手蹑脚地闯进去破坏他的宁静夜晚——静悄悄地沿着楼梯的转角层层向上，突然出现在他的面前吓他一大跳，接着两人秉烛夜谈，纵情音乐，畅快地享受几小时远离俗世的夜晚时光！曾经，我享受过那样的快乐，就在几年前，但随着时间过去，那份快乐也离我远去，并彻底消失无踪了；在此刻与彼时之间剩下的唯有岁月凋零。

我满心踌躇地踏上归途，竖起领子，手杖敲打在湿答答的柏油路。不管我再怎么放慢脚步，回到阁楼的速度还是太快。我不喜欢我那个小小的临时归处，但对我而言它又是如此地不可或缺，毕竟随着时间过去，那个在冬夜里顶着狂风骤雨，在旷野中奔跑的我，早已一去不复返了。但上帝为证，无论如何我都不想扫了自己今晚的好兴致，下雨也罢，痛风也罢，都影响不了我，遑论那株南洋杉了，即便听不到室内乐的演奏，即便无处可寻身边放着一把小提琴的孤单挚友，我心中美好的乐章依旧奏起，我依旧会在规律的吐纳间轻哼着旋律，煞有其事地为自己演奏。我边走边想。没错，没有乐队、没有朋友根本无所谓，向往那种无济于事的温情，并因此而自苦，真是太可笑了！孤独其实是一种独立，是我由衷盼望的，是我经年累月自我锻炼后得到的。但孤独却也是冰冷的，是啊，没错，孤独同时也带来了寂静，美好的寂静，并形成一种巨大，大得像群星运转于其中的冷冽又寂静的太空。

我行经一处舞厅，强悍的爵士乐迎面袭来，燥热而野蛮，像从一堆生肉上扩散而出的气息。我忍不住驻足。无论我多么讨厌这种音乐，它都悄悄地对我产生了一股吸引力。我讨厌爵士乐，但比起现今的学院派音乐，我喜欢它远超过学院派音乐十倍。爵士乐所展现出来的那种既欢乐又粗犷的野性总能引领我进入本能的世界，并且直接呼吸到单纯而鲜红的感官欲望。我停下脚步，嗅闻：闻着充满血腥味的靡靡之音，愤怒而贪婪地嗅闻着舞厅内飘出的气息。其实这种音乐:部分充满了诗意，既多愁善感又甜蜜，可谓非常感性，但另一部分却无比狂野、放肆和强烈。两个天差地别的部分却可以在爵士乐中单纯而和谐地结合在一起，并形成一个整体。这是一种属于末日的音乐吧！罗马最后一任皇帝命人演奏的想必就是这种音乐。当然，跟巴赫或莫扎特那种真正的音乐相比，这种音乐简直像垃圾——但我们的艺术、我们的思想，本来就是这样，这就是我们的表象文化呀，一旦把它拿来跟真正的文化相比当然会沦为垃圾。但这种爵士乐也有它的优点，就是非常的真挚，能自然而然地露出黑人的那种可爱、不虚伪的特质，以及稚子般的快乐情怀。这种音乐具有黑人和美国人的某些特质，这种特质对我们这些性格坚毅且强悍的欧洲人而言，既像少年般新鲜又显得稚气。会不会欧洲也将变成这样？或者欧洲其实早就朝这个方向在改变了？会不会我们只不过是一群对过往欧洲，对过往音乐、文学仍有所坚持与崇拜的人，换言之，我们只不过是一群硕果仅存的、患有复杂精神官能症的愚人，我们这种人或许明天就会被众人所遗忘？所嘲笑？会不会我们所谓的"文化"，所谓的精神，所谓的灵魂，所谓的美，以及所有被我们称为神圣的东西，其实都只是个鬼影子，它们早就死了，只是我们这群傻瓜仍视之为真，仍视之为活生生？也许它们从来就没有真的存在过，没有真的活过？会不会我们这群傻瓜所致力追求的东西，从头到尾都只是个幻影罢了？

我又重新回到了老城区，小教堂模糊而不真切地伫立在一片灰蒙蒙之中。我突然想起了今晚稍早之前的经历，那扇谜一样的小拱门，拱门上方那隅谜一样的反光区域，和玩笑似的、忽隐忽现的光影字母。那些字母写的什么？"非人人皆可入场"，"仅供疯子观赏"。我将目光投向那堵古老的石墙，仔细地瞧，暗自期盼神奇魔法能再次启动，那扇小小的拱门能为我正式开启，并邀请我这个疯子走进去。会不会那里头真的有我所向往的东西？真的有属于我的音乐正在演奏?

那堵黝黑的石墙,在夜幕低垂中冷眼旁观着我,它全然封闭,深深地沉睡在自己的梦中。上面根本没有门,没有尖尖的拱门,那里只是一堵黝黑、沉静,连个洞也没有的墙。我哑然失笑地继续往前走,彬彬有礼地对着石墙点头致意:"晚安了,石墙,我不吵你。总有一天,等时间到了,你就会崩塌,或者就会被贪婪的企业招牌给覆盖。现在你依旧在这儿,这么美丽,这么安静地伫立在这儿,这已经够让我满心欢喜的了。"

突然黝黑的巷口冒出来一个人,就这么莽莽撞撞地站在我面前,我吓了好大一跳。又是一个寂寞的夜归人,他步履蹒跚,头戴便帽,身穿蓝色衬衫,肩上扛着一根海报旗,脖子上绕着一根皮带,皮带一路延伸到腹前的箱子上。箱子是打开的,年货市集上沿街兜售的小贩都是这副打扮。他疲惫地走在我前面,没回头瞧我一眼,否则我一定会跟他问好,并请他抽根雪茄。凭借路灯,我想看清楚他旗帜上——其实那只是一根杆子上粘着一张海报——的内容。但海报晃来晃去,我怎么也看不清楚,于是我开口喊他,希望他停下来让我看清楚。他闻言停住,并将旗杆扶正,我终于可以仔细阅读那仍在轻轻晃动,微微飘荡的文字:

无政府主义者的夜间娱乐

魔法剧场！

非人人皆可入场……

"啊，我正想找的就是您，"我欣喜地叫住他，"请问所谓的夜间娱乐是什么？在哪儿演出啊？什么时候开始？"

但他径自往前。

"不是人人皆可入场。"他一副事不关己的模样，声音里透着浓浓的睡意，继续往前。

他已经累了，想回家了。

"请留步，"我拉开嗓门喊，疾步朝他跑去，"您箱子里放的是什么？我想跟您买！"

男子步伐没停，机械式地把手伸进箱子里，抽出一本小册子，往我面前一摆。我赶紧接过来，收进口袋。我解开大衣纽扣，正想掏钱给他，他却一个转弯，往旁边的一扇门走去。门在他身后阖上，他就这么消失在眼前。门后，他沉重的脚步声在庭院里响起，先是踩在石板路上，接着是一段木阶，再下去我就听不清楚了。突然，我也觉得好累，油然一股已经很晚了，得赶紧回家的感觉。我加快脚步，迅速地穿过市郊的巷弄，回到我居住的、有城墙环绕的那一区。此区有无数窗明几净的出租公寓，在草坪和常春藤后面经常住着公务员和一些退休的人。行经常春藤、草坪、和杉树，我回到家门口，对准钥匙孔开门，找到开灯的按钮，进到玻璃门内，经过光可鉴人的木柜、盆栽，开启阁楼的门，进到我临时的窝，我暂时的家，里头有靠背椅、火炉、墨水瓶、水彩颜料盒、诺瓦利斯，和陀思妥耶夫斯基，它们正在等着我，一如其他人，那些正常的人，回到家，家里总有母亲，或妻子、孩子、女仆、狗和猫在等着他们。

我把湿答答的外套脱下，立刻想到那本小册子。我将它抽出来，一本印刷得很差、纸张也用得很差的薄册子，就是那种年货市集上常有人发送的小册子，标题通常是《剖析一月出生的你》或《怎么在八天内看起来年轻二十岁？》。

我好整以暇地坐进那张有扶手、有靠背的椅子里，戴上眼镜，下一秒却心头一凛，油然一股被命运锁定的感觉。这本小册子的封面竟然印着这样的标题:《荒野之狼。非人人皆可阅读。》

以下是这本小册子的内容。翻开后我一口气将它读完，并且越读越迫不及待，越读越激动莫名。

宣传小手册

荒野之狼
仅供疯子阅读

从前有个人名为哈利，大家管他叫荒野之狼。他以两脚行走，身穿衣服，是个人，但骨子里却是匹不折不扣的荒野之狼。他学会了很多事——一个拥有良好智能者所能学会的那些事，并且成了一个相当有智慧的人。但有件事他没学会，那就是对自己和自己的人生感到满意。这件事他做不到，他是个无法知足的人。原因可能是在其内心深处，他无时无刻不意识到（或自认为意识到），自己其实不是人，而是匹来自荒野的狼。针对这一点，有识之士或许要争辩不休：他现在真的还能算是一匹狼吗？会不会他曾被施了魔法，甚至出生前就被施了魔法，所以原本是狼的他才会变成了人？又或者，他虽生而为人，却拥有荒野之狼的灵魂，并且被此灵魂所控制？或者，自认为骨子里是匹狼的这种信念，根本只是他自己的一种幻想或病态，例如，情况有可能是这个人小时候性情很野，不受约束又不守规矩，于是管教他的人竭尽所能地想除掉他体内的那头野兽，并因此导致他产生了这样的幻觉和信念：自己骨子里其实是头野兽，不过是披了层薄薄的人皮与教化的外衣罢了。

这件事要聊可以聊很久，甚至可以写成专书来探讨。但说得再多也无助于荒野之狼，因为不管那匹狼的存在是因为巫术，或因人为塑造，或只是他自己对灵魂的一种幻想，总之，对他而言结果通通一样。无论别人怎么想，也不管他自己怎么想，都毫无意义，因为这些都无助于把那匹狼从他身上铲除掉。

总归一句话：荒野之狼拥有双重天性，一是人性，一是狼性，这是他的命运。但说实在的，这样的命运既不特别也不罕见。这种情况在许多人身上都看得到：他们有的很像狗，有的很像狐狸，像鱼，或像蛇，但他们并没有因此而特别感到困扰。人和狐狸、人和鱼并存在这些人身上，不但不互相妨碍，还能互相裨益，尤有甚者，有的人达到的状态令人羡慕——在这种人身上狐狸或猴的性格远大于人，他们却能过得幸福又快乐。这种例子屡见不鲜。不过哈利的情况却刚好相反，他体内的人和狼无法和平共存，遑论相辅相成；他体内的人和狼永远处于敌对状态，彼此的存在只会给对方带来痛苦；两个容不下彼此的死敌既同在一具躯体与灵魂中，这注定要是个悲惨的生命。但话说回来，每个人都有他自己的命运，没有谁是真的轻松的。

至于我们这匹荒野之狼，他的情况是他一下子觉得自己是狼，一下子又觉得自己是人，就像所有的杂种动物一样。只不过当他是匹狼时，他体内的人就会用批判和审视的眼光不断地窥探他——当他自觉是人时，体内的那匹狼同样也会这么做。举例来说，当自觉是人的哈利突然有个很棒的想法，或油然一股细腻、高尚的感觉，或想从事某些所谓的善行时，他体内的狼就会露出利齿，冷冷地笑，并残酷无情地讥讽他：那些他自觉高尚的行为在狼的眼里其实很可笑；狼一向清楚自己要什么，狼要的是独自奔跑在草原上，舔吮鲜血，追逐母狼，所以，就狼的眼光来看，人类所有的行为都极其可笑又可鄙，愚蠢又虚伪。反之亦然，当哈利自觉是狼，且做出像狼一样的行为时，当哈利对其他人龇牙咧嘴时，当哈利憎恶所有的人，与所有人为敌，觉得人类的礼仪与风俗真是虚假又低能时，他体内的人同样在监看着他，在冷眼旁观着这匹狼，同样会冷言冷语地奚落他是畜生，是野兽，并狠狠地破坏和扫他的兴，让他无法尽情享受当一匹简单、健康、狂野之狼的乐趣。

这就是荒野之狼的处境，所以你完全可以想象：哈利拥有的是一个不怎么愉快和幸福的人生。但请注意，我们的意思并非：比起一般人他过得特别不幸（虽然他自己的确这么想，毕竟每个人都认为自己所遭遇的痛苦乃世上最大的痛苦）。其实谁都不应该被说成是过得特别不幸。即便体内无狼蛰伏，这样的人也未必就一定幸福。而且，即便是世上最不幸的人生也有阳光璀璨的时刻，也有见到小小的幸福花朵绽放在贫瘠的沙土与岩石间的时候。荒野之狼的人生也是如此。但不可否认，他绝大多数的时间过得并不快乐，同时也让别人很不快乐。这种情况常发生在当他爱上某些人，而且那些人也爱他时。因为所有爱他的人看见的永远都只是他的某一面。有些人爱他是因为认为他是个高尚、聪明，又独特的人，所以一旦发现他身上的狼性就会既震惊又失望。但他们一定会发现，因为就像所有的人一样，哈利也想要得到完整的爱，所以在那些他真正在乎的人面前（他真正在乎他们的爱），哈利特别不肯说谎，不肯遮掩自己的狼性。相反的，有些人正是冲着他的狼性而爱他，他们爱他的自由、狂野、无法驯服、危险，和强悍，因此一旦这些人在这匹充满野性、凶狠的狼身上看见了人，看见了哈利也向往善良与美德，也向往温柔，也听莫扎特，也读诗，甚至怀抱着人类的理念时，他们的失望和难过也就特别强烈。正因为这些人会特别失望和愤怒，所以荒野之狼的双重性和矛盾性格才会如此深刻地影响这些与他交会者的命运。

那些自以为了解荒野之狼，且完全可以体会其生命之悲惨与撕裂的人，其实错了。他们不知道的事情还多着呢。他们不知道，哈利的人生也有例外的情况和幸福的时刻（就像常规之中必有例外，就像上帝有时会特别欣赏那唯一一个犯罪的人，而非另外那九十九个正直的人），哈利虽然一下子自觉是狼，一下子自觉是人，却也有单纯而不受干扰，能平静呼吸、思考和感受的时刻。是的，他体内的人和狼有时候，在极罕见的某些时刻，也能和平共处，也能相亲相爱，所以他们不一定是一方苏醒，另一方必沉睡，而是有时也能相辅相成，互相强化，甚至能让对方获得双倍的力量。一如世上到处可见的那样，哈利人生中的所有习以为常，所有日复一日，所有熟悉的、规律的事物，有时似乎全为了一个目标而存在：为了体验某个突然出现的瞬间，为了某个意想不到的中断，为了让不同凡响、奇迹，或恩宠有机会清楚地呈现。但这种短暂又稀罕的幸福时刻是否真能平衡和纾解荒野之狼大多时候的悲惨命运？并让他的快乐与痛苦保持平衡？或甚至，这些短暂而强烈的快乐时光不仅能消弭所有痛苦，还能战胜痛苦？唉，这同样又是个闲得发慌者才会热衷探讨，但实则根本莫衷一是的问题。荒野之狼也常在那些闲来没事、得过且过的无用日子里苦思这个问题。

此外还有一点必须说明：类似哈利这样的人其实为数不少，尤其是艺术家，许多艺术家都属于这种人。这种人有两个灵魂，有两种本质，他们身上既富神性又具魔性，流着母亲的血也流着父亲的血，快乐的能力和痛苦的能力既冲突又交织，时而并行不悖，时而互为表里，就像哈利体内的人和狼。这种人的生命是如此地不平静，在罕见的快乐时刻里，他们体验到的强烈情感是如此巨大，感受到的美好是如此地无以名之；此瞬间幸福所激起的浪花是如此之高，如此之耀眼，以至全然凌驾于痛苦海洋之上；此短暂而璀璨的快乐甚至万丈光芒到让旁人也备受感动，也为之着迷。于是艺术杰作的诞生便犹如激荡在痛苦海洋上那股既珍贵又稍纵即逝的幸福浪花：痛苦的个人在这些杰作中短暂地摆脱了自己的宿命，他所展现出的高度生命力甚至能让他的幸福璀璨得宛如星辰，能让所有亲谒者仿佛见证永恒，仿佛一同实现了自己的幸福梦想。

但这些像哈利一样的人，他们每一个，不管他们如何称呼自己的表现和作品，其实都不曾拥有所谓的世俗人生，换言之，他们的人生并非既定，且完全没有既成的形态与模样，这些个英雄、艺术家，或思想家，他们并不像法官、医生、鞋匠，或老师那样。不，他们的人生是一场永不结束且充满痛苦的动荡与汹涌，是一种悲惨又凄苦的撕裂，而那些在此混乱人生之上绽放出光芒的，既稀少又珍贵的经验、行为、思想和创作，一旦它们的意义没被看见，一切终将沦为泡沫，沦为毫无意义。所以在这类人当中便出现了这样的一种既危险又可怕的想法：也许整个人类的存在就只是一场可怕的错误，是始祖母亲诞下的一个严重失败的畸形儿，是大自然所做的一次既混乱又失误到可怕的尝试。不过，除了这想法之外，他们之中还产生了另一种想法：也许人类不仅仅是一种具半调子理性的动物，而是诸神之子，且注定要成为不朽者。

每一种人都有自己的特征，自己的标记，有自己的美德和缺陷，也有自己的致命罪孽与弊病。荒野之狼的特征之一是他是个夜型人。对他而言，早晨是一天当中最糟糕的时段；他最怕早晨，这段时间他总是诸事不顺。他这辈子从没有一天的早晨是开心的，中午以前他没有真的做成过什么事，想出过什么好点子，或让自己和别人快乐过。总要等到下午，他才会开始慢慢地暖起来，活过来，快到夜晚时——在那些情况很好的日子里——他才会开始显得精神饱满，活力充沛，有时甚至还能神采奕奕，兴高采烈。这其实跟他渴望独处，渴望独立自主有关系。他渴望独立自主，其渴望之深、之热切堪称无人能及。即便是年少时，亦即当他还很穷，还得费尽千辛万苦才能挣得温饱时，为了捍卫自己的独立自主，他宁愿挨饿、衣衫褴褛，也从不肯为了钱，为了安逸的生活，为了女人，或为了权势而出卖自己。他舍弃过、拒绝过不下上百次那些全世界都欣羡的大好机会或天大幸运，只为保有自己的自由。他能想象的最厌恶和最残忍的事莫过于：他得从事某项职务，从此日复一日，年复一年，得时时听命于人。他厌恶被关在办公室、官署，或公家机关里，对他而言，这比死还难过。他做过的最恐怖的梦是自己被禁锢在部队的军营里。所以他很有自知之明地避开了所有相关的工作，但也因此常得付出很大的代价。不过，这一点正好彰显出他的坚毅与美德；他在这一点上所展现出来的正是不屈不挠与坚定不移，他的性格在此表现得明确又率真。然而这样的美德也与他的痛苦及命运息息相关。就跟所有人的情况一样，荒野之狼当然也不例外：那个他——因内在本质最深刻的渴望——而矢志追求、勠力奋斗的目标，终将成为他的使命，只可惜这并非什么好事。一开始这确实是他的梦想与快乐，但后来却成了他悲惨的命运。有权之人死于权，有钱之人死于钱，逢迎献媚者自毁于屈从，耽溺逸乐者自毁于逸乐。所以，荒野之狼的致命伤也在于他所追求的独立自主。他专心致志地朝他的目标迈进，变得越来越独立自主，再也没有人能命令得了他；他再也不需要在乎任何人的看法；他终于可以自由地独自一人决定和取舍他所有的所作所为。每个坚毅强悍的人都会听从自己真正的欲望，并朝那个方向去追寻和达成目标。但获得自由后，哈利忽然惊觉，他的自由其实是一种死亡；他变得遗世孤立。世界以一种极可怕的方式不再干扰他，人们再也与他无涉，是啊，连他都快跟自己无涉了：他快要在因为疏离感和孤独感而变得越来越稀薄的空气中窒息而亡。情况于是变成：独处与独立自主再也不是他的愿望和目标，而是他的命运，是他所受到的惩罚。他许下了魔法心愿，一个不容反悔、无法撤销的心愿。什么都于事无补了，纵使他现在由衷向往且诚心诚意地敞开双臂想要与人接触，想要融入人群，大家也只会任由他独自一人。大家这样对他并不是因为讨厌他或嫌弃他。刚好相反，他其实有许多朋友。很多人喜欢他，但他能获得的永远只有大家的好感与友善。人们邀请他出席聚会，送他礼物，写文情并茂的信给他，但从没有人真的想亲近他，要与他结为至交；既没有人想要也没有人有能力参与他的生活。于是笼罩着他的是孤独的空气，是寂静的氛围，周遭环境只能与他擦肩而过，他再也没有能力与之缔结关系，再强大的意愿和渴望都帮不了他，都无济于事了。这便是他很重要的生命特征之一。

另一项特征是他属于那种会自杀的人。但有一点必须说明：如果我们仅称那些真的把自己给杀了的人为自杀者，那我们就错了。自杀的人当中有许多是因为意外而自杀成功的，但就本质上来讲这些人并不真的属于自杀者。在那些没有鲜明个性，没有强烈特征，没有严峻命运的普罗大众中，在成千上万、成群结队的人们中，有些人确实自杀身亡了，但就他们的表现和特征来看，其实不能因为他们自杀身亡就将他们划归为自杀者。相反的，那些本质上属于自杀者的人，有很多，甚至可以说绝大多数，是不会真的动手把自己给杀掉的。真正的"自杀者"——哈利就是个典型的例子——他们的生活方式其实跟死亡不一定有紧密的关系——况且要跟死亡关系紧密，无须自杀也能离死亡很近。真正的自杀者具有这样的特质：他总是一味地，不管有没有道理，觉得他的自我是大自然里特别危险、极其绝望，且深受危害的一株幼苗；总觉得自己毫无遮蔽，正严重地暴露在危险之中，仿佛正巍巍颤颤地立于悬崖边最狭窄的那块突岩上，只要轻轻一点外力，或只要内心稍微有点软弱，就足以让他跌落无底深渊。看手相的话，这种人的命运线有个明显的特征：自杀是他最有可能的死亡方式，至少他自己这么笃信。他之所以会产生这样的情怀（此情怀通常在青少年时期就会出现，然后一辈子挥之不去），先决条件并非他的生命力特别弱，刚好相反，你会发现这些"自杀者"的天性其实都特别坚毅强韧、具野心，勇敢而大胆。但就像有些人天生的体质是生点小病就会发高烧，被我们称为"自杀者"的这种人总是非常敏感又神经质，他们天生的性格就是遇到一点小波折就会满脑子强烈的自杀念头。如果我们能有一门够勇敢、够负责任，敢直接研究人，而非只研究生命表象之运作机制的学科，如果我们也能像建立人类学和心理学那样，建立一门直接研究人的学科，那么就能让所有人看清此一事实。

我们在此针对自杀者所做的一切描述，不言自喻全是些很表面、很肤浅的东西，此乃心理学，换言之，是物理学的一部分。如果以形而上学的角度来看，事情就不是这样了，一切会变得清楚许多，因为就形而上学的观点，"自杀者"其实是那些因个体化而产生罪恶感的人，是那些再也无法把自我圆满和自我成就当作人生目标的灵魂。相反的，这些灵魂矢志追求的是瓦解与消融，是重回母亲的怀抱，是重回神的怀抱，是回归宇宙。许多具有此天性的人根本无法真的把自己杀死，因为他们很清楚自杀的罪有多深重。即便如此，我们还是称他们为自杀者，因为唯有在死亡中，而非在生命中，他们才能见到自己所追寻的救赎。他们已下定决心要摆脱自己，要献出自己，他们渴望灰飞烟灭，渴望回归原初。一如优势可能变成弱点（某些情况下甚至必须变成弱点），同样的，典型的自杀者也常能反过来化表面上的弱点为力量和支持，没错，典型的自杀者经常这么做。哈利，亦即荒野之狼也是这样。就像他成千上万的同类一样，对他而言，想死随时都能死的想法并不只是少不更事时的一种多愁善感的幻想和游戏，它还是哈利打造慰藉与支持的依据。虽然就像他的同类一样，哈利无论遇到什么波折，什么痛苦，什么不愉快的生活状况都会立刻想到要用死来逃避。但渐渐地，从这种企图自杀的倾向中，他为自己开创出一种有助于生活的哲学。他相信紧急出口的大门永远为他敞开，因此自杀的想法反而为他带来了力量，并让他对品尝痛苦和不如意产生了好奇心；有时，在他情况非常糟时，他甚至还能在心中暗自窃喜，亦即幸灾乐祸："我倒是很好奇，想看看一个人到底可以承受痛苦到什么样的程度！一旦我的承受力达到极限，我只需推开那扇死亡之门，就能立刻获得解脱。"这样的想法让许多自杀者获得了无与伦比的强大力量。

另一方面，自杀者都很懂得怎么跟自杀的念头对抗。他们每个人，在其心灵深处的某个角落，都再清楚不过：自杀虽然是个解脱的办法，却是个无耻又不符规定的紧急措施。相反的，不自己动手，让人生将自己打败，将自己击垮，这才是较高贵、较美好的死法。这份自知之明，这份良心不安——就像所谓的手淫者总会产生罪恶感——让绝大多数的"自杀者"选择跟自己的自杀念头长期对抗。他们对抗自杀就像偷窃狂对抗自己忍不住想偷的瘾头一样。荒野之狼当然也很熟悉这种对抗，也运用过、换过无数方法和手段来对抗自杀的念头。最后，在他四十七岁时，他想到了一个令人开心又不失幽默的好办法，这办法常常让他感到快乐。他把自己五十岁生日那天定为自杀日，到了那天如果他还想自杀就可以自杀。

换言之，他跟自己约定：五十岁生日那天他可以根据当天的心情，自己决定要不要动用自杀这项紧急措施。所以，现在即便发生了什么让他想死的事，即便他恶疾缠身，一贫如洗，痛苦万分且悲伤不已——这一切都将变成是有期限的，再怎么严重的事顶多也只能再折磨他为数不长的几年，几个月，或几天而已，随着日子一天天过去，他忍受折磨的时间也将变得越来越短！这想法让他在面对某些痛苦与不幸时变得轻松许多。换作从前，这些痛苦与不幸肯定会折磨得他又深又久，是啊，甚至可能彻底动摇他。但现在，无论他基于什么原因过得不好，无论他在原本枯槁、孤寂和混乱的人生上又遇到什么重大的痛苦与挫败，他都能对着这些磨难说："你们给我等着瞧,再两年,两年后看看谁是老大！"他越来越爱沉浸在这样的想象中：五十岁生日那天,一大早他就接获无数信件和祝贺,但他却万般笃定地拿起刮胡刀,正式向所有的痛苦道别,最后再把死亡之门于身后掩上。等着瞧吧,到那时,看关节上的痛风、郁闷的心情、头痛和胃痛还能在哪儿继续嚣张。

除了以上的说明之外,接下来我们还得对荒野之狼所表现出来的单一现象,尤其是他和市民阶级之间的独特关系,作出说明。为求清楚解释,我们将追根究底地探讨存在于这些现象背后的基本法则。作为出发点,理所当然且不言自喻的,我们将从他和"市民阶级"之间的关系开始探讨起！

荒野之狼,就他自己的看法,他是完全生活在市民阶级世界之外的遗世独立者；因为他既没有家庭生活,也不追求社会成就与虚荣。他完全以一个单一个体自居,以特立独行者自居；他一下子视自己为病态的隐居者,一下子又觉得自己是超凡脱俗、凌驾于一般人之上的个人,且拥有天才般的禀赋,是远远超越平庸生命之卑微格局的崇高个人。他充满自觉地瞧不起市民阶级,且为自己不属于市民阶级而自豪。但在某些方面他又活得非常市民阶级：他在银行里有存款,有能力资助穷苦潦倒的亲戚；他虽不特别注重穿着打扮，却一向穿得得体而不张扬；他努力地让自己与警察、税务机关，或类似的权责单位、政府机关维持相安无事的良好关系。尤有甚者，他在心里一向暗暗地、热切地向往着市民阶级温馨的小世界，向往他们住的那种宁静的、体面的，有个干净小花园，有明亮楼梯间的宅第，向往屋内那种因井然有序和舒适惬意而洋溢着的简约、知足的气氛。虽然他喜欢保有自己的各种小小的坏习惯和奢侈行径，喜欢自外于市民阶级，喜欢以特立独行者或天才自居，却又完全无法居住和生活在，姑且让我们这么说吧，市民阶级式生活全然不存在的乡村。在野蛮粗暴者和例外者聚集的地方他安居不了，在作奸犯科者或褫夺公权者出没的地方他生活不下去，他永远只能在市民阶级聚集地的郊区定居，并与市民阶级的各种习惯、标准和氛围保持接触，即便他与这一切的关系是对立的，即便这一切一直是他所要对抗的。成长过程中他所受的是小市民阶级的教育，因此他从中吸取了不少市民阶级的观念与成规。理论上他虽完全尊重且不排斥从事卖淫工作的妓女，但若实际遇到活生生的妓女，面对面时他应该完全无法以礼相待，无法视她为与己无异的同类。至于那些不见容于国家和社会的政治犯、革命分子，或思想煽动者，荒野之狼又能爱他们如手足，但是面对宵小、强盗和奸淫者，他又只能用非常市民阶级式的态度看待他们的行为，并深感遗憾。

荒野之狼就是以这样的方式在一边赞同和认可自己的一半本质和行为，一边否定和对抗自己的另一半本质和行为。他在一个充满文化气息的市民阶级家庭中长大，换言之，在有非常固定的生活形态与风俗习惯的环境中成长，因此他有部分的灵魂总是脱离不了且依附着俗世规范，即便他个体化的程度早已超过市民阶级所能企及，即便他早已从市民阶级式的理念和信仰中挣脱出来了。

作为一种持续存在的人类现象，所谓的"市民阶级式"其实就是一种对平衡的追求，亦即企图在人类无数的极端行为与对立行为中寻得一个平衡的中间点。让我们就对立行为先随便举个例子，例如圣人和纵欲者，借由这个例子大家应该一下子就能了解其中含义。人可以全心全意地追求精神上的成长，追求近乎神，换言之，可以将毕生精力奉献在成圣的理念上。相反的，人也可以全然追求本能生活，亦即彻底听从感官要求，将毕生精力奉献给眼前逸乐所带来的暂时性满足。前者是一条成圣之路，成就的是精神上的殉道者，是将自己彻底地奉献给神。后者是一条纵欲之路，成就的是欲望的殉道者，是将自己彻底地交付给沉沦与腐朽。而市民阶级要的就是在这两种极端对立中寻得一个恰当的中间点。市民阶级绝不会将自己彻底地交付出去，绝不会义无反顾，既不会为了纵欲也不会为了苦行而奋不顾身，他永远不会是烈士，不会是殉道者，他绝不会以自我毁灭为代价——刚好相反，他所遵循的理念不是义无反顾，而是努力地确保住自我；他奋斗的目标既非成圣，也不是要反其道而行，因为他根本无法容忍绝对；他虽想服侍上帝，却也想服膺欲望；虽愿意当个有美德的人，却也不反对享受一下俗世的美好与惬意。总之，他追求的是在极端中寻得一个中间点来安居，在没有剧烈风暴与动荡的区域内寻得一个平庸而舒适的环境来生活，而且他也确实办到了。不过他得付出代价，代价就是失去充满强度的生命力与感情。但唯有在剧烈的生命强度与感情强度中才能获得既绝对又极端的人生。人要活得强烈就得舍弃自我。但市民阶级最看重的无非就是这个自我（而且还是那种肤浅而不成熟的自我）。在市民阶级舍弃强烈的生命后，他便得以固守既有且获得安稳；不再对上帝充满信仰狂热后，便得以获得良知上的平静；不再追求欲望后，现成的收获便是满足；舍弃自由后迎来的是安逸；虽感受不到致命的炙热却能享受到舒适的温暖。所以，就本质上来讲，市民阶级是一种生命动能很弱的产物，胆小怯懦又害怕放弃任何自我，且易于治理。因此市民阶级选择了以多数决取代集权，以法律取代武力，以投票表决取代肩负起责任。

不言自喻，这是一种既软弱又胆小的本质。此本质仍存在于许多人身上，让人遇事无法坚持；市民阶级基于本身的特质在这世上只能扮演羔羊群的角色，置身一匹匹自由驰骋的狼当中。话虽如此，但我们也看见了：在强权统治的时代，市民阶级虽迅速地被排挤到社会边缘，却从来不曾消失，有时候甚至看起来像主宰着世界。这是怎么办到的？无论就其族群的数量、奉行的美德、秉持的常识，或其组织来看，市民阶级都没有强悍到足以让自己免于沦亡。毕竟其生命强度从一开始就非常之弱，弱到世上没有任何一帖药能确保其生命。话虽如此，但市民阶级毕竟还是活了下来，甚至活得坚韧且绵延不绝。——为什么会这样？

答案是关键就在荒野之狼。的确，市民阶级的源源活力并非来自其一般成员的那些特质，而是来自一群为数庞大的外围者，这群外围者由于本身的理念既模糊又具弹性，所以依附着市民阶级生活。换言之，总有一大群生性坚毅且充满野性的人一直跟着市民阶级一起生活。我们的荒野之狼哈利就是一个典型的例子。

哈利，其个体发展的程度远超过市民阶级所能企及；他不但了解冥想所能带来的喜乐，也清楚怨恨和自我厌恶所能带来的那种阴郁的快乐；他瞧不起法律，瞧不起美德和常识，却又自缚于市民阶级之中，根本无法脱离。于是乎，在真正的市民阶级此一主体的外围始终环绕着各式各样、各种属性的人，环绕着千百种不同生活形态与聪明才智的人，即便这些人很可能每一个都比市民阶级优秀，且认为自己的使命是活在绝对之中，但基于孩童般的孺慕之情他们依旧依附着市民阶级，并一点一滴、潜移默化地受着市民阶级软弱的生命本质的影响；渐渐地他们习于留在市民阶级之中，隶属于它，并自觉对它有义务，得效力于它。殊不知，这其实是因为市民阶级遵循的乃多数决惯用的反推论原则：只要不反对我，就是支持我！

检视荒野之狼的灵魂就会发现，他其实是一个高度个体化的人。光是他的高度个体化就注定了他无法成为市民阶级——因为所有高度个体化的人终究会与自我对抗，会有毁灭自我的倾向。诚如我们所见，荒野之狼想成为圣人和想成为纵欲者的动机同样强烈，但囿于软弱与惰性导致他无法服膺那份渴望，那份投身自由、投身狂野之宇宙的渴望，只能浑浑噩噩地持续依附在市民阶级这颗沉重的、母体般的星球上。但这是他在这世间的位置，是他的依归与束缚。大多数的知识分子和大部分的艺术家都属于这类人。他们当中只有最强悍的人得以冲破包覆着市民阶级地表的大气，去到无垠的宇宙。至于其他的人不是彻底屈服，就是选择妥协让步；虽然他们看不起市民阶级，却又只能沦为其中一员，并成为强化市民阶级，颂扬市民阶级的力量；为了让自己活下去，他们终究不得不认同市民阶级。这样的遭遇对这批为数众多的人而言虽称不上悲剧，却绝对是重大的挫败与厄运，所幸他们的天赋得以在此地狱中淬炼成熟并开花结果。反观那些真的挣脱束缚冲出去的人，那些得以投身绝对之中的人，他们虽能用令人赞叹的方式陨灭，却发挥不了什么作用，只能成为真正的悲剧人物，毕竟他们的人数实在太少。相反的，选择依附市民阶级且留下来的这些人，他们的天赋常能为市民阶级所推崇，并获得极大的荣耀。于是在这批人的面前开展出了第三个国度（市民阶级世界和无垠宇宙之外的第三个王国），一个仅存在于想象中，却具有至高无上之统治权的世界，这个世界就是幽默。

心灵上不得安宁，精神上持续承受巨大痛苦的荒野之狼，因缺乏强大的勇气无法献身悲剧，无法冲向星空，虽自觉追求绝对乃其使命，却又根本没有能力活在那样的绝对之中；于是当他们的精神在痛苦煎熬中变得坚强而具弹性后，他们为自己找到了另一条出路，另一条和解之道，那就是幽默。真正的市民阶级虽不具备理解幽默的能力，幽默却总是一定程度地具有市民阶级色彩。在幽默这个想象出来的国度里，荒野之狼的那些复杂的、破碎的理念得以全然实现：在这里，圣人和纵欲者得以同时受到认同，位于极端的两边终于得以向彼此弯曲和靠近。在幽默的国度里，最虔诚的信徒也能毫无困难地认同作恶多端的匪徒，反之亦然。但在这里不可能发生的是，让位于极端的这两种人，或其他的绝对者，去认同那些不好不坏、全然中性又位于中间的人，换言之，去认同市民阶级。幽默是那些无能成就伟大天职之挫败者、差点成为悲剧人物者、拥有极高天分的不幸者的美好发明；唯有幽默（它也许是人类最独特且最聪明的成就）能化不可能为可能，能整合和统一位于各区域、各光谱的人。能让人活在这世上却又活得不像在这世上，能尊重法律却又超越于法律之上，能拥有却又拥有得"像并未拥有"，能放弃却又放弃得像并非放弃——以上这些是大家常提到且喜欢当作人生智慧来阐述的话，但唯有借幽默，这些人生智慧才得以达到。

倘若既不缺天分也不缺行动力的荒野之狼在宛如

地狱的痛苦混乱中，还能煎熬出、淬炼出幽默这帖魔法汤药，那么或许他还能得救。可惜现在他还差得远，还办不到。不过，机会，或者说希望总是存在的。爱他的人，参与他人生的人，一定会希望他获得拯救。所以，也许他看起来仍像持续困在市民阶级中，但其实他的痛苦已经变得可以忍受，变得收获丰硕。他跟市民阶级世界的关系，那种又爱又恨的关系，终将摆脱情绪性的多愁善感，他与这个世界的依附关系终将不再被他视为耻辱，不再因此而折磨他。

但要有这样的结果，或甚至最后要能鼓起勇气跃入宇宙，荒野之狼必须先面对自己，先深入审视自己内在灵魂的混乱状态，从而对自己本身充满自觉。如此一来，他那满是困惑且看似全然无法改变的存在状态，才有可能在他面前清晰地呈现出来，让他从今以后再也不能为了要逃出欲望的深渊而一再躲进多愁善感的哲学慰藉中，或一再盲目地耽溺于自己的狼性中。人和狼必须彼此卸下虚伪的情感面具，赤裸裸地正视对方。后果有可能是玉石俱焚，人性和狼性就此分道扬镳，荒野之狼就此消失，或刚好相反，在幽默的光辉中，人性和狼性反而有机会理性地紧密结合。

也许有一天，哈利会被引导至这最后的机会面前。也许有一天，哈利终将学会如何认清自己，无论他是因为拿到了一面我们的小镜子，或遇到了那些不朽者，或进了我们的某间魔法剧场，并在那里遇见了那个能拯救其堕落灵魂的人，总之，哈利终有一天将学会认清自己。成千上万的机会正等着他，不可抗拒的命运将吸引这些机会前来。依附着市民阶级的这些外围者，他们每一个其实都正置身于魔法机缘的情境中。而且什么都不需要，光是一记无中生有的闪光便足以成事。

对于以上这一切，即便荒野之狼永远没有拿到这份描述其内在状态的传记式概要，他还是能完全了然于胸。因为他本来就有能力感知自己在这座世界里的位置，感知且明了那些不朽者的意义；他虽能感知到自己将与自己相遇，却对这种相遇的可能性深感害怕；他知道那面镜子的存在，知道自己一定得面对那面镜子，一定得往里头看，却又连看一眼都怕得要死。

探讨至此，最后我们还有一项最终的假设得交代清楚，换言之，还得去除一项最根本的假象（虚构）。所有的"解释"，包括各式各样的心理学，各种理解的方法与尝试都需要辅助工具，换言之，需要理论，需要神话，甚至需要谎言。因此负责任的作者最后都不该忘记，应该尽可能地把这些谎言交代清楚或破除掉。例如，当我说"上"或"下"时，这其实只是我个人的主张，这样的主张需要被解释，因为上跟下只存在于思想中，只存在于抽象概念里。真实世界里根本没有所谓的上跟下。

简而言之，"荒野之狼"也是这样，也是一种假设。哈利自觉是狼人，并认为自己是由人和狼这两种敌对的、相反的本质所构成，但这说法其实只是种严重简化的神话。哈利绝非狼人，纵使我们做得像一时不察接受了哈利编出来的这个他自己深信不疑的谎言，做得像我们真的视他为一种双重性格的生物，视他为荒野之狼，并试图借此概念去解释他、描述他，但其实我们的目的也只是希望借此假象让读者更方便了解而已。接下来我们应该试着把这样的假象交代清楚并予以更正。

把自己一分为二，划分成狼和人，划分成本能和精神，哈利试图借由这样的二分法来理解自己的命运，但这种二分法其实是一种非常粗糙的简化，是一种对事实的强暴，目的只在轻松地获得一个乍看之下清楚明白，事实上却根本错误的解释，解释的对象是哈利在自己身上发现的那些冲突。他自觉这些冲突就是他诸多痛苦的来源。哈利在自己的身上看见了"人"，换言之，看见了一个由思想，由情感，由文化，由被驯化及被雕琢过的本能所形成的世界。但在这个"人"的旁边，哈利同时看见了一匹"狼"，换言之，一个由欲望，由野性，由残酷，由未经升华之原始本能所形成的黑暗世界。虽然这种把自己一分为二，划分成两个敌对领域的做法看似清楚明白，但哈利却也不得不一再地体会到、经历到：狼和人有时候，亦即在某些幸福时刻，其实是能互相包容的。每当哈利试图在生活的某个当下，某个单一行为，某个单一感受中去尝试厘清现在这部分到底是隶属于人或隶属于狼时，就会立刻陷入困境，他那美妙的狼人的理论就会立刻瓦解。原因就在世上没有任何一个人是如此简单的，即便是未开化的黑人，即便是白痴，都没有这么简单，简单到只需把自己当作两大部分或三大部分的加总即可、即能解释清楚。尤有甚者，企图用"狼加人"这种天真的二分法来解释哈利这么复杂的人，这根本是毫无希望的幼稚尝试。哈利并非由两种本质所构成，而是由上百种甚至上千种本质所构成。他的生命不只摆荡（就像所有人的生命一样）在两个极端之间——例如本能和精神，例如圣徒和纵欲者——而是摆荡在成千上万个一对对的极端中，摆荡在数不尽的两相对立中。

像哈利这样一个受过高等教育又聪明的人，竟会认为自己是匹"荒野之狼"，竟然会相信可以把自己如此丰富而复杂的生命状态用如此简单、如此糟糕，如此粗糙的形式来概括。对此我们其实无须惊讶，毕竟人本来就不具备从事高难度思考的能力，即便是最富精神性且最有知识的人也都是戴着一副眼镜，一副由极天真、极简化，且充满欺骗性之既定形式所构成的眼镜，在观看世界和观看自己——尤其是观看自己！因为这是人类的一种，至少看起来如此，与生俱来且充满强迫性的需求：把自己想象成一个具统一性的完整个体。

不管这样的幻想有多常被撼动，而且是被严重地撼动，却还是总能再度复原如初。一名法官在杀人犯面前坐下，凝视对方的眼睛，突然有那么一瞬间他从犯人口里听到的是自己（法官）的声音，并在自己的内心深处看见了对方的种种情绪激动、能力，和潜在可能；即便如此，下一秒他又会恢复成一个具统一性的完整个体，又恢复成法官，又迅速地撤回到自己幻想出来的那个"我"的躯壳里，继续他的职责，判定那个杀人犯死罪。即便真有某些特别具天分、构造特别细腻的人类灵魂真能感知到自己的多重分裂，即便真有这样的人，比方说天才，他们真的能摆脱那种人格完整性的幻想，接受自己的多重性，视自己为许多个"我"的集合体；即便如此，一旦他们把这件事说出来，就会立刻被多数、被主流给拘禁，那些人会求助科学，将他们确诊为精神分裂症患者，借此保护人类免于从这些不幸者的口中听到事实与真相。所以，干吗要浪费唇舌？干吗要把那些每个会思考的人其实都心知肚明，可一旦说出来就会抵触世俗规范的真相说出来？——其实，敢把幻想出来的那个完整的我一分为二，敢这样做的人已经是近乎天才了，纵使不是天才也绝对是个罕见又有趣的例外者。

事实上，没有任何"我"是一个具统一性的完整个体，即便是那种最单纯的"我"也不例外。"我"其实是个极为多彩多姿、多样化的世界，是一片小小的星空，是由各种形式、各种层级和状态、各种继承之物和可能性所构成的一片混乱。由于我们每个人都致力于把这一片混乱看作一个具统一性的完整个体，所以才会谈论着自己的"我"，总好像这个"我"是再简单不过、有固定形式，且轮廓清晰的现象：但这样的假象，对我们每个人而言，又似乎是必要的，就像呼吸和进食一样，想活就不可或缺。

这种假象其实源自一项非常简单的援引，亦即就外在身体来看，我们每个人确实都是一个单一个体，即便如此，作为灵魂的我们却从来不是这样。可是传统上，即便是文学，就连最上乘的文学，其剖析的对象也一直是表面上看起来像具统一性的完整个人。从古至今的文学类别，最受专家和内行人推崇的就是戏剧，这真是太正确了，因为戏剧是最有（或最可能有）机会把"我"的多样性呈现出来的一种文学类别——倘若简陋的眼见为凭没有把戏剧的内容给抹杀掉，毕竟"眼见为凭"会让我们把戏剧里的每一个人都误认为是完整而单一的，因为这些角色确实都藏身在一个叫人无法反驳的、独一无二，且完整又封闭的躯体里。最推崇这种肤浅美学的当属所谓的"性格戏剧"。在这种戏剧里，每个角色都性格鲜明且具独特性，都被视为具统一性的完整个体。唯有拉开距离从远处看，或许才有机会让某些人逐渐领悟：这一切只是导因于一种肤浅的、表面化的美学；倘若我们把古希腊罗马的美学概念套用到我们伟大的剧作家身上，那我们就错了。这些古希腊罗马的美学概念虽棒，却不是人类与生俱来的，而是我们被教导、被说服后接受的，这些美学概念总是从眼睛看到的外在形体出发，创造出来的其实只是一种对自我、对个人的虚构与假象。古印度文学就完全没有这样的概念；印度史诗里的英雄就没有被塑造成一个个的个人，而是诸多人格的合体，是一连串的化身。除此之外，现今出现的许多文学作品，在角色表演和性格表演这层外表下，企图呈现的其实也是灵魂的多样性，虽然作者本身未必意识到这一点。一个人若想看清这一点，就必须下定决心，不要一开始就把这些文学里的角色当作一个单一的完整个体，而是要视之为某个更高整体的一部分、一些面向，或一些不同观点的呈现（此更高整体让我姑且称之为文学家的灵魂）。

倘若我们用这样的方式来重新看待歌德的《浮士德》，那么浮士德、梅菲斯特、浮士德的仆人瓦格纳，以及书中所有的角色将一起形成一个整体，一个超越人格的整体。唯有在此更高的整体中，而非单一角色里，我们才有机会得窥灵魂的真正本质。浮士德有一句老师们很爱引用，但市井小民听了会吓得发抖的名言："我胸膛里，唉，住着两个灵魂！"浮士德这么说恐怕是忘了住在他胸膛里的还有梅菲斯特以及其他为数不少的灵魂。我们的荒野之狼也自认为胸膛里装了两个灵魂（狼和人），并因此自觉胸膛快被挤爆。

人的胸膛，人的躯体本来就只有一个，但住在里面的灵魂绝非两个或五个，而是数不清多少个。人就像一个由上百层葱瓣组成的洋葱，也像一块由无数条丝线编织而成的布。古代的亚洲人看出了这一点，甚至深知这一点，比方说佛教的瑜伽就有一项修炼是教人认清对性格的执着乃一种妄念。但人世间的戏码还真是有趣又多样：印度人花了几千年辛辛苦苦要破除的妄念，却是西方人耗费无数心力企图巩固和强化的对象。

有了上述观点，我们再回来看荒野之狼，就能立刻明白为什么他会被自己的双重性折磨得这么凄惨。因为他就像浮士德，都认为一个胸膛里装两个灵魂太多了，那个胸膛注定要被挤爆。实则刚好相反，两个灵魂根本太少；哈利企图用这种无比简陋的想象来解释自己的灵魂，但这根本是在欺负他可怜的灵魂。哈利虽受过高等教育，但在这件事情上却表现得像个顶多会数到二的山野村夫。他把自己的一部分称为人，另一部分称为狼，然后便自觉大功告成，自觉惮精竭虑了。他把在自己身上发现的所有精神性、具崇高意义的，或隶属文化的全划归为"人"，然后把所有本能的、野性的，或混乱失序的全划归为狼。

只可惜，不管我们的思想有多简陋，我们贫瘠的白痴语言有多粗糙，我们的生命都无法像我们的思想和语言一样简陋粗糙。只要哈利把这套粗鄙的狼的理论应用在自己身上，他就无异于是在自欺，而且还是种双重的自我欺骗。哈利，恐怕真像我们所担心的那样，把灵魂辖下的所有区域全划归为"人"了，虽然那些全加起来也还称不上是人，并且把隶属于本性的那些部分全划归为狼了，即便那些本性其实远远地超过狼性。

就跟所有的人一样，哈利也深信自己知道什么是人，却又同时自觉对人一无所悉，虽然在梦里或其他难以操控的意识状态下，他其实还蛮常感知到什么是人的。但愿他没有忘记那些感知，但愿他有尽可能地将那些感知内化为自己的一部分！人其实没有固定和持续的状态（虽然这曾是古希腊罗马时期对理想之人的看法，但即便在那个时代也有许多智者对此提出过相反的见解），人其实更像是一种尝试与过程，是一座连接自然与精神的危险窄桥。人的内在使命驱使他依循精神，朝神而去；人的最深渴望却又牵引着他依循自然，重回母亲的怀抱。人的生命，就在这两股力量的拉扯中，充满恐惧地剧烈摆荡着。人们在"人"这个概念里所理解到的，永远只是一个在一定时间内有效，仅具暂时性，隶属于市民阶级的一种共识。此共识，此约定俗成，会排斥和禁止某些极为原始的本能，并要求人得一定程度地有自觉、有文化、有教养，得摒除自己的野蛮兽性，稍具精神性则不仅被允许，还是必须的。此约定俗成下的"人"，就像所有的市民阶级的理念一样，都是一种妥协，一种既怯懦又自以为聪明的尝试：试图两边讨好，两边哄骗，既要哄骗对自己有诸多强烈要求的坏脾气女祖宗"自然"，又要哄骗同样对自己要求严苛的暴躁男祖宗"精神",并试图在这两者之间寻得一个最不偏不倚的中间点来立足。就是因为这样,市民阶级才会允许并容忍那种被他们称为"人物"的家伙存在,并将这种个性鲜明且突出的人物献祭给"国家"这尊神。市民阶级一直就很懂得利用这种个性鲜明之人物与国家之间的冲突矛盾。就是因为这样,今天被市民阶级当异教徒烧死,当罪犯吊死的人,才会后天又被他们当作英雄立碑颂扬。

"人"并非什么已完工的成品,而是一种对灵魂的持续要求,一种遥远的可能性,一种既令人向往又叫人害怕的可能性,在朝目标前进的道路上,永远只能一小段一小段地迈进,过程中还得承受可怕的狂悲与狂喜,并被少数的单一个人这样对待:今天送你上断头台,明天又给你建英雄纪念碑——对此荒野之狼其实心知肚明。即便如此,他还是宁愿不当"狼",而自称为"人",而且他所说的人指的主要是市民阶级约定俗成下的那种平庸之"人"。至于,如何成为一个真正的人,如何成为不朽者,哈利虽然也很清楚,有时甚至还朝那个方向走了小小的、犹豫的一小段路,并因此承受了巨大的痛苦,承受了沉重的孤独,但最终,对于这真正至高无上的目标,对于遵循和努力踏上灵魂真正追寻的成人之道,对于朝着成为不朽者的这条独一无二的窄路迈进，哈利却是裹足不前的，换言之，在其内心深处对此是畏缩而退却的。即便他明明感觉到：畏缩和退却所带来的其实是更大的痛苦、羞辱，和最终的放弃，甚至是命丧断头台，但他还是不愿意干脆承担起所有该承担的痛苦，干脆慷慨赴死，不管死多少次都在所不惜。

对于"成为真正的人"，对此目标，哈利虽然比市民阶级更具自觉，却选择闭上眼，不去想也不去知道：但拼了命地紧抓住自我，拼了命地不想死，才是绝对必死无疑且永无生机的一条路；相反的，敢慷慨赴死，敢破茧而出，敢把自我彻底、永远地奉献出去，才是真正能成就不朽的蜕变之道。在面对他所崇拜的、心仪的不朽者，例如莫扎特，他看待他们的方式始终是以一种市民阶级的眼光，所以才会总喜欢像个学校老师一样，光会借"具极高的特殊天赋"来解释莫扎特的完美，却绝口不提莫扎特的义无反顾，不提他的决心受苦，不提他的不理会市民阶级各种理念和理想，不提他所承受的莫大孤寂——那种能助人忍受痛苦，助人成为真正的人，能把市民阶级大气层整个稀释掉，助人奔向冷冰宇宙的孤寂，那是一种宛如耶稣在客西马尼园里所承受到的莫大孤寂。

但我们的荒野之狼至少在自己身上发掘到了浮士

德般的双重性,他发现:住在他单一完整躯体内的并非一个单一完整的灵魂;他顶多正朝着这个目标在迈进,在漫长的朝圣之路上,期盼自己终能掌握住"和谐"此一理念。他希望自己要么就去除掉身上的狼性,彻底成为一个人,要么就放弃当人,至少当匹狼,并活出完整、不被撕裂的生命。可惜他似乎从没有好好地观察过真正的狼——如果他看过真正的狼或许就有机会目睹:即便是动物也没有单一完整的灵魂,在其美丽、矫健的外在形体下,同样住着繁多、各式各样的企图与状态,即便是狼也有它的绝境与深渊,即便是狼也有它的痛苦。"回归自然(本性)!"错,真的错了,走上这条路的人始终是误入歧途,是踏上一条既令人痛苦万分又毫无希望的歧途。哈利永远不可能完全变成一匹狼,倘若他真有机会变成一匹狼,那么他将见识到:即便是狼也绝非简单而原始,而是非常多重又复杂。即便是狼,在狼的胸膛里也装了两个,或甚至多于两个的灵魂。渴望成为狼的人,就像高唱"多么幸福啊,还能当个孩子!"[1]这首歌的人一样,都忘了一件事。那个歌颂幸福儿童、多愁善感而讨喜的人,虽然也希望回归自然,回归天真无邪,回归最初,

---

1 这首歌出自十九世纪的德国歌剧《沙皇与木匠》(*Zar und Zimmermann*)。

却完全忘了：孩子何曾是幸福的，孩子其实也得面对无数冲突、无数分裂对立，也得承担所有的痛苦。

"回归"这条路是绝对行不通的，它既不能让人变回狼，也不能带人重返孩提。况且物之始从来就不是无辜而单纯的；万物，就连看起来最简单之物，在它被创造出来的那一刻也已经是有所欠缺、有所过失的了，也已经是斑斑裂痕了，也已经被卷入了肮脏污秽的"生成"之旋涡与风暴中了，并且再也不能，真的再也不能奋勇逆流了。追求重返纯真，重返尚未形成之前的状态，这条路绝无法引领我们回到神的怀抱；这条路虽会带着我们前进，但就只是往前，既成不了狼也当不成孩子，只会让我们继续身陷罪恶，继续更无法自拔地陷溺在追求成为人的过程中。自杀也帮不了你，可怜的荒野之狼，你终将踏上追求成为人的那条漫长的、充满艰辛的困苦之路，你的双重性势必被你自己弄得更加分裂与多重，你的复杂性势必被你自己搞得更加复杂。你的世界将无法限缩，你的灵魂将无法简化；你的世界势必会越来越大，而你终究得接受这整个偌大的世界，并且把它塞进你被严重撑大的苦楚的灵魂里，只为最后或许还能得到平静。这条路佛陀走过，这条路每个伟大的人都走过，有的走得充满自觉，有的走得浑然不察，但只要具备敢于冒险的勇气就行了。所有的诞生都代表着与宇宙分离，代表着划定范围与局限，代表了脱离神，是一种充满痛苦的、全新的"成为"的历程。回归宇宙，放弃充满痛苦的个体化，并且成为神，这代表的是要把灵魂不断地扩充和撑大到能够再次环抱整个宇宙。

我们这里谈的"人"不是那种我们在学校里见到的人，不是国家经济或统计学上所指的人，不是走在马路上的那些成千上万人，不是那种如海滩上的沙，如大火燎原后之灰烬的人：这种人无足轻重到多个几百万或少个几百万都无关紧要，他们只是堆物质，此外无他。

不，我们指的不是这种人，我们要谈的是更高意义上的人，是愿意踏上成人之漫长道路，愿意把成人当作目标的人，是具备王者气概的人，是不朽者。天才其实不像我们以为的那么罕见，当然也不像文学史、世界史，或报上讲的那么多。荒野之狼哈利，他给我们的印象是他大有资格成为天才，大有资格具备勇气踏上成人的道路，大可不必一遇到困难就自怜自艾地把可笑的荒野之狼搬出来当借口。

有潜能、有机会踏上成人之路，却总是用荒野之狼和"唉，两个灵魂！"来故步自封和自圆其说的人，其实跟那些总懦弱地依恋着市民阶级的人是一样的，他们都既不可思议又可悲。一个有能力掌握成佛之道的人，一个知晓人类各种美好天空与可怕深渊的人，不该生活在一个由常识、民主，和市民阶级教育所主宰的世界。他之所以生活在这样的一个世界里，全然是因为懦弱，但每当体内的各种面向、各种特质开始对他产生强烈作用、煎熬他，且狭窄的市民阶级斗室对他而言变得充满压迫感时，他就会把一切归咎于"狼"，且故意不去知道：此刻他身上最美好的部分其实正是狼。相反的，他会称自己身上所有狂野的部分为狼，并视之为邪恶，视之为危险，视之为惊世骇俗——亏他还自认为是个艺术家，自认为拥有细腻的观察力，竟然无法看见：他体内，除了狼，在狼的背后，其实还有其他许多动物；作势要咬的并非只有狼，他体内其实还住着狐狸，住着龙，住着豹、猴，和天堂鸟。只是这整个世界，这整个充满了对立物，充满可爱与可怕，巨大与渺小，坚硬与柔软之物的天堂乐园，竟被狼人童话给掩盖了，给局限了；就像哈利身上那个真正的人也被假象之人、被市民阶级，给掩盖了，给局限了。

我们不妨想象有座花园，花园里有上千种树，上千种花，有上百种水果，上百种香草。可惜这座花园的园丁只懂得把植物区分为"可以吃的"和"杂草"

两大类，换言之，面对园里十分之九的植物他都不晓得该怎么办。于是，他把最娇艳的花朵给拔了，把最珍贵的树给砍了，不然就是用充满厌恶和嫌弃的眼光鄙夷它们。荒野之狼也是这么对待他灵魂中的千百种花。只要无法归类为"人"或"狼"，他就视而不见。尤有甚者，他简直什么都能划归为"人"！只要不完全符合狼性的，不管是懦弱、猴子般的行为、笨还是自私小气，他全都划归为"人"。同样的，不管是强悍还是高贵，只要他还无法驾驭，他就将它划归为"狼"。

让我们就此跟哈利道别吧，让他独自踏上他的道路，继续前行吧。倘若有一天，他真的加入了那些不朽者的行列，真的抵达了其艰辛路程的最终目标，回顾这一切，他将惊讶于自己的踌躇反复、自己的混乱与无法下定决心，惊讶于这整段历程的迂回曲折，并终能带着嘉许、责备、不舍，又自觉莞尔的笑容，心平气和地看待荒野之狼！

读完之后，我忽然想起几星期前的一个晚上我也写了首很特别的诗，那首诗描述的同样是荒野之狼。我开始在满是东西的书桌上一堆堆杂乱无章的纸片中翻找。终于我找到了，并再次阅读：

> 我荒野之狼，跑呀跑的，跑呀跑
> 世界覆满了白雪，
> 桦树上的乌鸦振翅高飞，
> 却不见一只兔，一只鹿！
> 鹿系着我深深的爱恋，
> 倘若能寻获一只！
> 我要将它紧紧地咬在齿间，攫在爪中，
> 再没比这更美好的事了。
> 我将以无比的赤诚待我心爱的鹿；
> 大口咬进它柔软的腿，
> 尽情畅饮它鲜红的血，
> 之后得以孤独地彻夜长嚎。

即便是兔也能令我心满意足，
它温暖的肉在夜里格外甜美——
但是啊，一切皆已离我远去，
还有什么能带来一丝生之乐趣？
我尾巴上的毛已花白，
眼睛也看不清了，
亲爱的妻子数年前已离世。
此刻唯有我独自跑呀跑地梦想着鹿，
跑呀跑地梦想着兔，
听风在冬夜里呼啸，
灼热的咽喉痛饮着风雪，
将我可怜的灵魂交付予魔鬼。

现在我手里有两份关于我自己的描述，一份以诗歌写成，就像我本人，悲伤且忧思满怀，另一份则冷静理智，显得具高度客观性，乃由旁观者所撰，由某个从外围、从高处，居高临下观察我的人所写，撰写者对我的了解似乎比我自己还多，却又好像比我自己少。两份有关我的描述——我那首悲伤，念起来佶屈聱牙的诗，和这份出自陌生人手笔的睿智论述——它们勾勒出的形象都令我悲从中来。二者都没错，都赤裸裸地呈现出我悲惨的存在方式，都直指我令人无法忍受又难以掌握的生命状态。是啊，荒野之狼必须死，他必须亲手了结自己那令人厌恶的存在方式——或者必须在重新自我审视的死亡之火中彻底消融后蜕变，他必须卸下面具，必须朝成就新我的道路迈进。啊，这条路，这样的历程，对我而言既不新鲜也不陌生，我真的懂，因为我经历过无数次，每一次都是令人绝望的时光。在这些艰难的体验里，每一次我的自我都被彻底撕裂成碎片，都被最深沉的力量唤醒并摧毁。每一次我都被我生命中的某个我所珍惜和特别钟爱的部分所背弃，并经历失去。其中一次我失去了我的市民阶级荣誉，连同我的财产，还被迫学会放弃别人对我的尊敬，那些人以往一见到我总是脱帽致敬。

另一次是我的家庭生活在一夕间崩毁。我罹患精神疾病的妻子把我赶出家门，让我失去了原本舒适的生活环境。爱与信任瞬间变成了恨与死命对抗，过程中我饱受邻居充满怜悯与轻蔑的异样眼光。我的孤独感便是那时开始萌芽的。又过了几年，那真是既艰辛又痛苦的几年，我好不容易在严峻的孤独感和艰辛的自我锻炼中重新建立起苦行的精神生活与理念，并获得一定的生活水平与平静；我让自己全然投入抽象的思考活动中，严格且规律地执行冥想练习，但就在此时，我好不容易建立起的生活形态又再度崩溃，此生活形态所具有的崇高意义也一并沦丧；我就这么一次次地在混乱且严峻的人生旅途中被撕裂、被摧毁，然后再以全新的面貌投入世界,继续累积新的痛苦、新的罪恶。每一次在面具被扯下后,在秉持的理念彻底崩溃后,首先袭来的总是残酷无比的空虚与死寂,那是致命的束缚感、孤独感,和无依无靠,那是由冷酷无情与绝望所形成的既荒芜又空虚的地狱,此刻的我又正在经历。

每次在生活被彻底摧毁后,最终我的确都能有所收获,这一点无可否认,我的确有收获,比方说我变得更自由了,在精神上或内心深处变得更茁壮了,但我同时也得面对孤寂、不被理解,与心寒。就市民阶级的观点来看,我的生活一次次的崩毁,无异于持续的堕落,并代表着我越来越偏离正常的、众人认可的、健康的生活方式。这些年我变成了一个没有工作,没有家庭,没有故乡的人,我被所有的社会团体摒除在外,孤孤单单的,没有人喜欢我,许多人对我这个人心存疑虑,我也确实一再地跟社会的主流意见与道德观发生严重冲突。虽然我仍生活在市民阶级的范围内,但我所有的感觉和想法却告诉我,我只是这个世界里的一个陌生人。对我而言,宗教、祖国、家庭、政府全都失去了价值,全都与我无关,学界、业界、艺术界的自以为了不起只让我感到厌恶;我的各种直观与洞见,我的品位,我的整个思想——我曾因此思想而被公认为才华横溢,且备受推崇与爱戴,但现在这份思想业已凋零,荒芜,甚至被众人质疑。即便这些痛苦的蜕变过程让我得到了某些无形的、无法衡量的收获——但我也因此付出了极昂贵的代价，过程中我的人生一次比一次艰辛、困苦、孤单，且危厄。说真的，我实在没有理由继续坚持走这条路，它不断引我朝空气稀薄处迈进，就像尼采在他那首秋之歌[1]里所描述的轻烟归处。

是啊，我真的很有经验了，我很清楚那些转变的历程。这些转变是命运特别为它所眷顾的、难缠的孩子量身打造的，那样的历程我再清楚不过。那些历程就像自负却一无所获的猎人在狩猎时必经的一个个阶段，就像年迈的股市老手必经的一个个投机阶段：获利、不安、动摇，和破产。难道我又得重新经历一遍？又得再次面对那些痛苦和折磨，又得经历混乱的困境与危机，又得再次眼睁睁看着自己变得卑微，变得毫无价值，又得因为害怕毁灭而万分恐惧，天啊，难道我又要重新面对这所有的胆战心惊？干脆别让这些痛苦有机会卷土重来，干脆逃走算了，这会不会是比

---

[1] 一般认为这里指的是尼采一八八七年所写的诗《孤独》(*Vereinsamt*)。这首诗的第四段描述"如一缕轻烟，总要朝着冷冽的天空向上追寻"。全诗内容如下：群鸦鼓噪，朝城里振翅疾飞：快下雪了，幸福啊，仍有故乡之人！／而你只是静静地伫立，回头望，啊！到底过了多久！怎样的愚人啊你，临冬前竟要浪迹天涯？／世界，一扇通往千百种荒芜的门，静默而冰冷！一如你所失去的，任谁都要无依无靠。／而你只是苍白地伫立，注定要在寒冬中流浪的人儿，如一缕轻烟，总是朝着冷冽的天空向上追寻。／飞吧，鸟儿，嘎鸣，以荒漠之鸟的凄厉叫声高歌，你这愚人啊，且在冰冷与嘲讽中藏好你淌血的心！／群鸦鼓噪，朝城里振翅疾飞：快下雪了，可怜啊，没有故乡的人！

较聪明又简单的做法？肯定是，这样的做法肯定比较简单又聪明。

不管那本讲述荒野之狼的小册子里对"自杀者"的描述为何，不管荒野之狼最后选择的做法是这样或那样，总之，为避免再次经历那些可怕的事，没有人能阻止我用煤气，用刮胡刀，或用手枪来结束自己的生命。那些痛苦与悲伤我真的尝够了，尝得既频繁又深刻。没错，即便要我下地狱，世上也没有任何力量能要求我再次去经历那种叫人胆战心惊的面对自我、重塑自我，和化身为另一个全新的自我，这样的历程通往的目的地和换得的结果从来就不是和平与宁静，而是下一次的自我毁灭，和下一次的自我重塑！即便自杀是愚蠢的、懦弱的、无耻的，即便自杀是一项不光彩的、卑鄙的紧急措施，但在每个人的内心深处，都希望自己别再承受痛苦石磨的碾压，谁都想干脆从那个最不要脸的紧急出口逃出去算了。

现在我无须再假装情操高尚，无须再表演英雄主义，我需要的只是做出简单的决定：到底是要选择痛一下子就会过去的自杀，还是要选择继续承受激烈到难以想象、没完没了的无尽痛苦。在我艰难又疯狂的人生里，我已经扮演够了具高尚情操的堂吉诃德，已经太常把荣誉置于欢愉之前，把英雄主义置于理性思考之上。够了，真的该结束了！

晨光迷蒙地从窗外透进来,一个下着雨、沉重又该死的冬日清晨,天亮了我才刚要上床。我躺在床上,心里已经有了决定。突然间,就在我的意识即将跨越最后界线完全消失时,就在我快要睡着的那一瞬间,《荒野之狼》那本册子里的某个地方,一个很特别的地方,突然发光似的浮现眼前——就是那段讲"不朽者"的文字,这段文字顿时与我某个印象深刻的记忆有了联结:我有时候觉得自己离不朽者好近,其实不久前,在欣赏一段古典音乐时,为了融入及享受不朽者的那种冷静、清晰、带着坚毅笑容的智慧,我又全心投入且浑然忘我到自觉离他们好近。总之,有关不朽者的想法就这么突然冒出来,鲜明无比,旋即消失,接着睡意像一座山,沉甸甸地朝我的额头压下。

中午醒来,我立刻意识到心里已经有了决定的那件事。那本小册子和我的那首诗静静地搁在床头柜上,我的决定从日常生活的一片混乱中冒出来,亲切又理智地看着我。过了一夜,一觉醒来,我的决心更加茁壮、更加坚定。仓促不一定就会犯错,我决定自杀绝非一时冲动。这决定就像一颗成熟且经得起考验的果实,其实是慢慢长大、慢慢变得沉甸甸的,只要命运的风刮起,轻轻一推便足以让它瓜熟落地。

在我常备的旅游药箱里有一种治疗疼痛非常有效的药,一种药效强大的鸦片制剂,但我很少拿出来享用,甚至常常一整个月用不到一次。我只有在身体真的痛到受不了时，才会动用这种会让人严重地神志不清的药。可惜这种药没办法用来自杀，多年前我曾经试过一次。那次我再度被绝望彻底笼罩，于是我拿出那种药，并且一口气吞下了极大的量。那样的量绝对足以杀死六个人，但就是杀不死我。我虽然昏了过去，且数小时彻底失去意识。但令人失望的是，在经历猛烈的胃痉挛后，我竟然又有点清醒了，并且在迷迷糊糊的状况下将鸦片全数吐出，接着又昏沉沉地睡去。隔天中午我真的醒了，醒得很凄惨，不但头痛欲裂，还脑袋一面空白，完全想不起任何事情。吞那些鸦片，除了让我好一阵子无法入眠且胃痛得要死，根本没有任何作用。所以吃鸦片自杀不在考虑之列。我决定用另一种方式来实现我的决定：下次只要我再难受到想要服用鸦片时，我就要彻底解决自己的痛苦，不要再只求暂时解脱，换言之，我将自杀，而且这次我会用最可靠且万无一失的方法，也就是用枪或刮胡刀自杀。这件事就这么决定了——至于《荒野之狼》那本小册子里提到的可笑方法——等到五十岁生日那天再自杀，对我而言太久了，我还得等上两年。不管是一年或一个月，甚至只需等到明天，我都不愿再等了——因为那扇门本就是敞开的。

做了这个"决定"后，我的人生有没有受到什么巨大的影响？这一点我不敢说。但它确实让我在面对责难时变得比较不在乎，在享用鸦片和饮酒时变得比较没顾忌。另外我开始对自己的承受力能达到什么样的极限感到好奇——以上大概就是所有的影响了。相较于这个决定，那晚的其他经历其实对我影响更大。偶尔我还是会拿起那本《荒野之狼》来阅读。有时候看得浑然忘我并心存感激，仿佛它让我知道了有个看不见的魔法师正在睿智地引导着我的命运。但有时我又会对那本小册子的自以为是和客观愤愤不平，甚至嗤之以鼻，自觉那本小册子根本不懂我的生命所具有的特殊情调与张力。不过，书中有关荒野之狼和自杀者的描述却又非常地棒与睿智，那些人的确可以被这样归为一类或一型，这种归类确实是一种既高明又富精神性的抽象掌握。不过我同时又不免觉得我个人，我的灵魂本质，我那与众不同又独一无二的命运，并非那张粗糙的网可以网罗。

比起其他事，我真正无法释怀的其实是出现在教堂墙上的那些幻影，或者说幻觉，那些闪烁的字母像在预告着什么，而且预告的内容跟那本宣传小册子上提到的事相互呼应。我仿佛被告知了很多事。来自另一个陌生世界的声音激起了我强烈的好奇心，我常陷入长思，而且一想就是好几个钟头。那两句标语盘旋脑中，而且越来越响亮："非人人皆可入场！""仅供疯子观赏！"

既然我听懂了来自另一个世界的声音,既然那个世界挑选了我,并且跟我说话了,那表示我一定就是它所指的那种疯子,一定跟"人人"大异其趣。天啊,我的生活方式确实早就跟大家不同,我的存在方式和思考方式也早就异于常人,我确实早就是个特立独行的疯子,不是吗?所以,我的心才能听懂那份召唤,才能知道它在邀请我们发疯,邀请我们抛下理智和阻碍,抛下小市民阶级的种种想法,全心全意地投入灵魂和想象所在的那个没有成规、畅通无阻的世界。

有一天,为了找那个背着海报旗帜的男子,我又到城里的大街小巷乱逛,并且一再刻意行经那堵有扇看不见拱门的老墙,可惜徒劳无功。后来我在城郊的马丁区遇到一支送葬队伍。我看着走在灵车后面的那些人,看着他们一脸悲戚,突然想道:在这座城里,在这个世界上,有没有哪个人死了我会怅然若失?如果我死了呢?有没有谁会真心地在乎我死了?虽然我有艾莉卡,她是我的情人,但我们俩的关系长久以来相当疏远,我们很少见面,也不吵架了,我甚至不知道她此刻人在哪里。她偶尔会来找我,或我去找她,那是因为我们俩都很寂寞,而且跟大家都合不来。由于我们在心灵上,甚至在精神困扰上颇有类似之处,所以我们之间虽问题重重,但还是一直维持着男女朋友的关系,并偶有联络。接获我的死讯,她会不会大大地松了一口气,仅觉如释重负?

我不知道，我甚至不知道自己的这些感觉是不是正确，是不是可靠。一个人若想具备确知事情的能力，就得让自己生活在正常且充满确定性的环境里。

我听从了自己的心意，任性地加入了他们的送葬行列。我跟在那些悲伤的人后面，一路走到墓园，那是一座私人经营的现代化水泥墓园，不但设有火葬场，丧礼所需的一切也都一应俱全。这名死者的家属没有选择将他火化，而是直接把棺材放进一个简单的墓穴里。我冷眼旁观牧师和那群赚死人钱的秃鹰——其实就是葬仪社的工作人员——主持和引导丧礼进行。他们努力地要让丧礼看起来庄严隆重又哀戚，却反而因此让自己显得无比做作、尴尬，和虚伪，甚至可笑。只见那群穿着黑色制服的殡葬业者在家属身旁犹如一道人墙，不仅竭尽所能地想引导出席宾客悲伤，还强迫宾客得向伟大的死者致上最高敬意。但这一切根本是白费力气，因为没有一个人落泪；这个人的死仿佛没有人在乎。没有人按照指示乖乖地表现出悲伤。尤有甚者，每当牧师称大家为"亲爱的基督教友"时，出席丧礼的宾客，无论是商人、面包师傅，或他们的妻子，那一张张生意人的脸全都表情僵硬且严肃，不仅一语不发，还不敢抬起眼睛。所有人都显得尴尬又心虚，此时他们心里只有一个愿望：希望这场令人不舒服的葬礼赶紧结束！终于，葬礼结束了。为首的两名教友跟致辞的牧师握完手之后，随即在旁边的草地上用力地摩擦脚底，试图把沾在鞋上的潮湿泥巴搓掉，但这泥巴正是他们安葬死者的土。只见大家的脸终于再度恢复成自然与正常。突然，他们当中有个人我觉得很面熟——是他，我觉得眼前的这个人就是那天扛着海报旗帜，交给我那本小册子的男人。在我认出他的那一瞬间，他突然转身，蹲下，大费周章地把裤管卷起来，卷到鞋子上方，接着腋下夹着雨伞，拔腿就跑。我赶紧追上去。追到他之后，我朝他点头致意，但他看起来像是不认得我了。

"今晚没有表演吗？"我边问边用力地跟他挤眉弄眼，就像秘密共享着彼此间的那种心照不宣。但我实在太久没做这种细腻的表情了——其实就我目前的生活方式而言，我连要怎么讲话都快忘记了，遑论挤眉弄眼——所以我觉得自己简直像在扮鬼脸。

"今晚？表演？"男子粗鲁地回问，并且一副不认识我的模样，"你这家伙，如果有需要就去黑鹰！"

突然我再也不确定他是不是那名男子了。我失望地往前走，不知道自己该去哪里，没有目标，没有斗志，甚至没有必须承担的责任。生活里只剩下该死的苦涩，我突然觉得长期以来累积的厌恶感终于达到了顶点，我终于被人生彻底地驱逐和抛弃了。我愤怒而激动地穿过灰色的城市，仅觉所有的一切闻起来都像潮湿的泥巴，像坟场。不，我的葬礼不要见到任何一位殡葬业秃鹰，不要见到那件牧师袍，不要听到任何一句呼唤教友的滥情语言！但不管我往哪个方向看，不管我再怎么想，我都找不到一个翘首盼望我的朋友，听不到一声真挚的呼唤，也感觉不到任何一点吸引与向往，所有的一切都在隐隐发臭，因腐朽而发臭，因随随便便就能满足而发臭，所有的一切都是那么的陈腐、枯槁、晦暗、虚弱，与精疲力竭。亲爱的主啊，怎么会这样？我怎么会变成这样？我这个原本满怀壮志的青年和诗人，甚至是缪斯女神的好友，我这个人间漫游者，热情洋溢的理想主义者，怎么会变成这样？这一切到底是怎么慢慢地、悄悄地发生在我身上的？这所有的无能为力，和对自己、对一切的反感与厌恶，天啊，我所有的感情与感受仿佛都已经阻塞了，剩下的只有满腔厌恶与愤恨，只有满心的空虚和绝望所带来的地狱煎熬，这一切到底是怎么形成的？

我行经图书馆，巧遇一位年轻教授。几年前我曾在城里待过一阵子，那次我跟这位教授经常聊天，甚至多次受邀到他家里畅谈东方神学，当时我正在从事这方面的研究。教授朝我迎面走来，姿态拘谨，似乎有点近视。原本我打算就这么走过去，但他却一眼就认出了我，不仅对我们的重逢喜出望外，还表现得非常热络。对于正愁思满怀的我而言，他的盛情多少让我有点感动。他既兴奋又激动地提到了我们过去讨论过的一些内容，并信誓旦旦地说，他真的很感谢我曾经带给他那些启发，并常常想起我，他说他跟同事之间鲜少有像我们那样激励人心且热烈的讨论。他问我什么时候来城里的，（我谎称自己刚来没几天。）为什么没去找他。我望着这个体面的男子，看着他和善又有教养的脸，突然觉得眼前的这一幕可笑至极，同时又像一只饿坏了的狗，即便眼前放着的只是一小片温暖、一小口爱，甚至只是丁点认同，也等同于一顿美味大餐了。荒野之狼哈利忍不住心动和窃喜，干涩的喉咙里口水直冒，情感毕竟战胜了意志。我开始积极地撒谎，我说我来这里只会待个几天，纯粹为了找资料，这两天刚好身体不适，否则早就登门拜访。教授闻言立刻邀我今晚去他家做客，我也马上欣然同意，并请他代为问候夫人。过程中我一直努力地讲话和微笑，最后仅觉脸好酸，因为我的双颊早就不习惯这么勤劳。身为哈利·哈勒的我站在路边，先是因为突然被认出而心惊，接着因备受恭维而窃喜，然后又彬彬有礼且殷勤地跟对方寒暄，过程中还要不时冲着这个有点近视的友善男子挤出笑容。但与此同时，另一个哈利却站在一旁，虽然也在笑，却是一边讪笑一边心想：我这兄弟还真是奇特，性格扭曲又虚伪，两分钟前还在为这可恶的世界咬牙切齿，但仅仅一记招呼，仅仅跟这个看似体面又正直的男子做了次无关紧要的寒暄，就感动成这样，并且不惜唯唯诺诺地一直跟人家说好说是，哈利这家伙不过就享受到别人的丁点善意、尊重，和友情，竟然就激动得像只刚出生的毛躁猪仔。这两个哈利——两个实在令人讨厌的家伙——就这么一同站在彬彬有礼的教授面前，互相嘲讽，互相监视，彼此看不顺眼。但每次遇到像这样的情况，他们最后总要问自己：这样的行为究竟是源于人类的愚蠢和软弱，是人类的普遍命运，还是这种情绪性的利己行为，这种没骨气、无定见和情感上的不连贯与分裂，只是荒野之狼的个人特质？如果这种可鄙的行为是人类的普遍行为，那么哈利就有理由更加瞧不起这个世界了。但如果这样的行径只是荒野之狼的个人缺点，那么哈利将更瞧不起自己。

两个哈利争执不下，让我差点忘了教授的存在。突然间，教授让我感到无比厌烦，我只想赶快摆脱他。我目送他离开，看着他沿着光秃秃的林荫大道往前走，以一种和善却有点可笑的方式走路，一种属于理想主义者、虔诚信徒的走路方式。我心里开始激烈地挣扎，并且不由自主地弯曲和伸展僵硬的手指。痛风蠢蠢欲动，在力抗痛风的同时我不得不承认我上当了，我竟让自己身陷参加七点半受邀晚餐的责任中，并且得善尽义务地表现出礼貌，得陪着主人聊学术话题，得被迫旁观别人的家庭幸福。我既懊恼又愤怒地返回家中，倒了杯白兰地，掺水之后，配着治痛风的药丸吞下。接着我躺进躺椅，试着阅读。我终于可以静下心来看书,并且读了一会儿《苏菲的旅行,从梅莫尔到萨克森》——这是本非常迷人的休闲读物,写于十八世纪——突然我想到今晚的约会,但我的胡子还没刮,衣服也没换。天啊,我为什么要陷自己于这样的境地?无论如何,哈利,快站起来,把书放下,快去帮自己把下巴涂满肥皂,去把胡子刮干净,甚至刮到下巴的旧伤口流出血来,然后换上衣服,去跟人们好好相处!我边往脸上涂肥皂边想到墓园里的那个——人们用绳索将亡者吊下去的——可鄙土坑,还有那些无聊教友脸上的眉头深锁,那一幕让我笑不出来,我觉得,在那可鄙的土坑里,在牧师愚蠢而令人尴尬的致词中,在送葬亲友愚蠢而令人尴尬的表情下,在金属材质或大理石材质的十字架和墓碑的冷眼旁观下,在无数铁丝假花和玻璃假花的陪伴下,人生就此画下句点的并不只有那个不知名的死者,还有我,还有明天或后天将死的我。我们将就此被埋葬,在所有出席丧礼者尴尬又虚伪的表情中被葬在肮脏的泥土里,不,不仅如此,所有的一切将随之画下句点,我们的所有努力,所有文化、所有信仰、所有生之乐趣和生之欲望,不管这一切曾经多么折磨人,都将全部被埋葬掉。人类文化所建构出来的世界其实就是座墓园,在这座墓园里,耶稣基督和苏格拉底,莫扎特和海顿,但丁和歌德都成了锈迹斑斑的金属墓碑上的模糊名字,来悼念他们的人如今只能虚伪而尴尬地站在墓碑旁——其实，只要悼念者还能像从前一样相信这块墓碑对他们而言是神圣的，自然就会产生许多真挚的表现；其实只要还有人愿意诚挚地、由衷地对死者，对陨落的世界说出哀悼之语或悲戚之词，大家自然而然就会有许多真挚的表现——但如今悼念者唯一做得到的竟只是站在墓碑边尴尬、困窘地傻笑。

我一边想一边懊恼地抠着下巴那处永远愈合不了的疤痕，抠着抠着又流血了，刚换过的领子又得再换，我实在不晓得自己在干吗！我根本一点都不想去教授家赴约！但就在此时，某一部分的哈利又开始惺惺作态，他说教授其实是个蛮令人喜欢的家伙，他说自己渴望沾染一点人气，渴望聊天和社交，甚至有点想念教授先生那位美丽的妻子，他说一想到要跟亲切的主人一起共度一个温馨的夜晚就非常振奋，接着他取来贴布帮我包扎下巴的伤口，又协助我更衣和系上体面的领带，并默默地引导我，让我在不知不觉中改变了心意，不再固执地只想留在家中。但是，另一部分的我却又想道：像我现在这样穿戴整齐，准备出门去教授家赴约，去了之后又得或多或少以虚伪客套的态度来跟教授应酬，这一切其实不是我想要的，不是我愿意的，但这却是绝大多数人的生活，他们被迫得这样做，而且是时时刻刻、日复一日地得这样做。这样生活，这样行为，他们其实也不想要，却还是得出门，得去赴约，得去聊天，得枯坐在机关或办公室内，即便这一切是被迫的，是如机械般行尸走肉，是心不甘情不愿的，即便这些事换作机器也会做，或者不发生也无所谓，但他们还是得去做。就是这样的机械惯性，就是这种永无止境的、将人不断向前推的机械惯性在阻碍人们思考，让大家无法跟我一样对自己的生活进行批判，无法认清和察觉自己的愚昧、肤浅，以及自己所面临的种种既可悲又可笑的问题，还有令人绝望的悲伤与枯槁。不过，天啊，或许他们才是对的，而且一直是对的，那些普罗大众，他们这样生活，乖乖地跟着大家一起玩生活中的各种小游戏，认同和遵守存在于当中的种种重要性，这才是对的。不该像我这种离经叛道的人，像我这种只想挺身而出对抗可悲的机械惯性的人，最后只能落得充满绝望地面对空虚。虽然我会在报上发表藐视普罗大众和讽刺他们的文章，但他们当中根本没有人会认为我骂的就是他，我控诉的就是他，我说该为我悲惨人生负责的罪魁祸首就是他！相反的，反而是我，我这个已经向前走了好远，已经走到生活的边缘，再往前便会坠入无底深渊的人，反而是我，我才不得不做坏事，不得不说谎，因为当我偶尔也想自欺欺人，也想装作自己还在遵循那份机械惯性，还在跟大家一起玩那些游戏，还隶属于他们那个可爱、幼稚的世界时，需要做坏事，需要说谎的人反而是我！

不过，既然我会说谎，那么今晚应该可以过得很美好。我来到教授家门口，站在门外，抬头望着他们家的窗户，心想：住在这里面的男人年复一年地做着他的研究，阅读和评论相关文章，致力于找出中东神话和印度神话的关联性，并且乐在其中，这全是因为他相信自己所做的事情是有价值的；因为他相信知识，并自诩为知识的仆人，因为他相信单单是知道，单单是累积知识，就已经充满价值，而且他还相信世界是会进步的，是会继续向前发展的。他其实没有真的打过仗，也没真的经历过爱因斯坦所引爆的学界大地震，爱因斯坦让至今为止的思想基础受到了极大的冲击（他以为爱因斯坦所提出的理论只跟数学家有关），他对于下一场战争的即将到来浑然不觉，他认为犹太人和共产主义者是可恶的，这个男人，这个教授，就只是个善良、不用大脑、开开心心，并自认为很重要的好孩子，像他这样的人的确令人羡慕。

最后我终于鼓起勇气往里头走，穿着白色围裙的女仆出来迎接我，不知何故，我像有预感似的，特别仔细地留意了她把我的帽子和外套收往何处。接着我被带到一个温暖而明亮的房间，女仆请我在此稍候。我没有趁机先做一下祷告，也没有利用时间打个盹，反而是顺从自己的一时兴起，随手拿起身边的东西玩赏。那东西是个不大的画框，摆在硬纸板做成的架子上，斜立在一张圆桌上。里头有幅画，是一幅版画，画中人物是诗人歌德。画像上的老人个性鲜明，素净的脸上干净得没有半点胡楂，这张脸绘制得堪称惟妙惟肖，既把握住了歌德那炯炯有神的目光，又传神地刻画出了内阁大臣脸上那股淡淡的孤独与悲伤。看得出作者在绘制这幅画时着实下了一番功夫。这幅画确实成功地把这个威严的老先生内心深处那种学者般的，或者说演员般的，自持与正直给表现了出来。总之，画家的确非常成功地把歌德绘制成了一个极为英俊的老先生，这样的画很适合放在一般人的家中当摆饰。这幅画其实一点也不比那种常见的、由勤奋工匠打造出来的艺品，例如耶稣肖像、圣徒像、英雄像、思想家肖像，或政治家肖像愚蠢，但或许正因为它的绘制技巧更臻上层，所以反而让我更加反感。其实不管这幅画画得好或不好，它都在大声地提醒我：我已经反感了，我已经受不了了。这幅既优秀又自鸣得意的歌德画像只是在为我敲响警钟，让我更看清：我根本来错了地方！能安稳地端坐于此的只有被画得美美的文学大师，只有位高权重的大人物，而非我荒野之狼。

这时，如果进来招呼我的人是教授先生，那我就有机会找个合适的理由告辞。可惜进来的是教授夫人，我决定把自己交给命运，虽然我有极不好的预感。在我们彼此问候完之后，第二记警钟随即响起，并且更为刺耳。教授夫人极力地恭维了我的外表，但我心知肚明，自上次见面后，这几年我老了很多。刚才跟她握手时，痛风造成的手指疼痛再次明显地提醒我自己已经非常衰老了。"哦，对了，"接着她问，"夫人近来可好？"我被迫告诉她，太太已经离我而去，我们离婚了。这时教授走了进来，我们俩都松了一口气。教授的问候同样热情而真诚，但不妙的预感与荒谬的情况却有越演越烈之势，甚至找到了最佳的着力点：教授手里拿着一份报纸，他长期订阅这份报纸。这是一份隶属于军国主义者和好战分子的报纸。教授和我握完手之后，便指着这份报纸跟我说报上有个和我同样姓氏的人，一个也叫哈勒的时事评论家，这家伙非常可恶，是个背叛了自己祖国的混蛋，哈勒不但嘲讽了自己的皇帝，还公开表示祖国对战争的爆发必须负的责任一点也不亚于敌国。怎么会有这样的人！所幸，这小子已经得到了他应有的教训，编辑部已在第一时间果决地处置了这个害群之马，并严厉地公开谴责他。教授见我对这话题不感兴趣，很快地换了个话题。教授和他的太太，他们竟完全没想到那个混蛋很可能就坐在他们面前，的确，我就是那个混蛋。但何必多嘴？何必不打自招给别人带来困扰？我在心底哑然失笑，并且不再对今晚寄予任何希望——今晚不可能有任何愉快的事发生了。

因为刚才这件事给我的感觉太强烈、印象太深刻，当教授提到背叛祖国的哈勒时，我瞬间被那种既沮丧又绝望的悲惨感层层包围。这感觉从我在墓园时就出现了,并且越来越强烈,终至变成了一股狂乱的压力,一种生理上的严重不舒服感(尤其是下肢),一种令人窒息又恐惧的宿命感。仿佛有什么东西正想悄悄地对我不利,我可以隐隐地感觉到,危险正从背后不断地逼近。幸好这时仆人来报,晚餐已经准备好。我们一同去到用餐的房间。席间我拼命地说些无关紧要的事,或问些无伤大雅的问题,并且吃得比平常都多,我仅觉自己越来越不舒服,越来越痛苦。天啊,我在心里不停地问自己:我们为什么要把自己搞得这么累?此外,我也感觉到,身为主人的教授夫妻同样觉得很不自在,他们的愉快是刻意装出来的。难道是受我的精神萎靡所影响,还是他们家平常的气氛就是这么不和谐?他们陆续问了我许多我根本没办法真心回答的问题,于是我开始满嘴谎言,并且在说出每一句谎话前都得先克制一下那股厌恶感。为了改变话题,最后我只好聊到自己今天旁观了一场葬礼,但不管我怎么努力,语气就是不对,平时的幽默感全然失灵。于是我们越聊越不投机,越来越觉得彼此搭不上话。我体内的荒野之狼开始龇牙咧嘴地对着我狞笑。吃甜点时主客三人已经变得异常沉默。

用完餐,我们回到原先的那个房间去喝咖啡和喝酒,心想或许气氛能有所改善。可惜我又一眼就看见了大诗人歌德,虽然他现在被放到了旁边的五斗柜上。我再也无法漠视他的存在,虽然心中的警钟不断地警告我别轻举妄动。我拿起那幅画,开始大发议论。我像着魔似的,满脑子只有一个想法:我受不了眼前的气氛了,我一定要说些话让主人感受一下我的热忱,让他们重获鼓舞,我一定要说出一番令他们无比赞同的话。只是没想到我丢出的其实是震撼弹。

"但愿真正的歌德,"我率先开口,"不是这副德性!如此虚有其表又傲慢,一心只想讨好身旁的重要人士,这画中的模样真是谄媚,尤有甚者,在其男性外表下竟藏着一个可爱的、多愁善感的内心世界!歌德确实有许多值得批评的地方,我个人也常针对这个自以为了不起的老先生进行批判,但把他画成这副德性,不,不行,这真的太过分了。"

在我说话的同时,教授夫人正在为我们把咖啡加满,闻言脸一沉。倒完咖啡立刻快步离去。这时她丈夫才一脸尴尬且语带责备地告诉我,那幅画像是他太太的,而且一直被她视为心爱之物。"不管客观来讲,您说的话多有道理,我都忍不住要抱怨,您不该表现得这么冒失而鲁莽。"

"您说得没错,"我不得不承认,"但这是我的习惯,是我改不掉的坏毛病,我总是选择莽撞。值得一提的是歌德在他的巅峰时期,行为跟我也如出一辙。当然,画上那位模样俊俏、俗气、宛如沙龙照一般的歌德,当然不会做出如此莽撞、真实，并且直接的行为。我愿意向您和您的夫人表达我最深的歉意——请您转告夫人，其实我是个患有精神分裂症的病人。我想，或许我该告辞了。"

一脸尴尬的教授先生虽然又抱怨了几句，但话锋终究一转开始聊到我们上次的聚会有多么美好且激励人心。他说，上次我的那些针对古波斯光神密特拉和印度三大主神之一黑天的见解让他受益良多，他希望我们今天也能……我向他表达了感谢之意，感谢他对我说出了如此亲切友善的话，可惜我对黑天已经没兴趣，不仅如此，我已经对学术讨论完全不感兴趣了，尤有甚者，今天其实我骗了他好多次，例如，我根本就不是这几天才来到城里，而是已经在这儿住了好几个月，不过我想独处，所以没有意愿参加上流社会的社交活动。原因之一，我的心情一直不好，并深为痛风所苦。原因之二，我经常喝得烂醉如泥。说完这些，为了对他彻底开诚布公，为了不想以一个说谎者的姿态离开，我决定对我所敬重的教授先生全盘托出：今天其实他一开始就严重地冒犯了我。因为在那份反动报批判哈勒这件事情上，他表现出的竟是一个不必上战场之军官那既愚蠢又固执的立场，而非一个学者应有的风范。他口中的那个"小子"，那个背叛了祖国的混蛋哈勒就是我。末了我还对教授说：当今之世倘若还有某些具思考能力的人愿意展现理性，愿意追求和平，而非一味盲目且疯狂地鼓吹下一场战争，那么我们的国家就有救了，不仅如此，全世界都能受益。就这样，告辞了，愿上帝保佑您！

语毕我立刻起身，别了歌德，别了教授，走出房间，来到外面，一把抓起我被挂在衣架上的衣物，疾步离开。幸灾乐祸的狼在我心里大声欢呼，我体内的两个哈利又开始演起激烈的内心戏。一踏出教授家我立刻明白：这个不愉快的夜晚对我的意义远大于那个情绪激动的教授。因为教授只是非常失望和有些生气，但对我而言，今晚代表的却是彻底的失败和逃亡，无异于正式向市民阶级的、谨守道德的、学者的世界告别，无异于荒野之狼彻底赢了。

我告别得像个落荒而逃的人，像个打了败仗的人，我凄惨得像个人格彻底破产的家伙，这是一场没有慰藉，没有骄傲，没有幽默感的告别。我正式地向我过去所属的世界，向祖国，向市民阶级的一切，向道德，向学识教养告别了，并且落得只能当个被猪排搞得几乎要胃溃疡的可怜家伙。我愤愤不平地沿着街灯往下走，仅觉愤怒至极又伤心欲绝。今天真是个悲惨、可耻、又可恶的日子，从早到晚，从墓园到教授家，所有的一切都糟糕透顶！但这一切到底所为何来？到底为了什么？这一切有意义吗？我还要让自己继续过这样的日子吗？还要继续这样囫囵吞枣地生活吗？不，不要了！今晚就让我结束掉这所有的闹剧吧！回家去，哈利，拿出剃刀往自己的喉咙划下去！你等这一刻已经等得够久了!

　　我漫无目标地在街上乱走,痛苦与悲惨不停地驱赶着我。我确实愚蠢至极,竟肆意批评善良百姓家的一件沙龙摆饰,我的行为真是愚蠢又失礼,但我只能这样,忽然之间我就只能这样,因为我再也受不了那种乖巧的、虚伪的、道貌岸然的生活。但我同时也受不了自己的孤寂,受不了我为自己打造出来的生活,我感到说不出的厌恶,真的反感至极。我快要在我那吸不到任何空气的地狱中窒息而亡,我还有出路吗?没有了。啊,亲爱的父母,啊,我曾发光发热,遥远而璀璨的年少,啊,我生命中曾有过的欢乐、工作,与目标!如今什么都没留下,连后悔也没留下,唯一剩下的就是厌恶与悲伤。这一刻我真的觉得必须这样活着好痛苦,我从没有这么痛苦过。我进了市郊一家非常糟糕的酒吧里稍作休息,喝了点水和白兰地,然后又继续漫无目标地疾行,就像后有恶魔追赶。我沿着老城区弯弯曲曲且坡度很陡的巷子往上走,然后又往下,穿过林荫大道,行经车站前的广场。我心底有个声音在呐喊:赶快逃走!逃得远远的!我走进车站,望着墙上的时刻表,又喝了点酒,思忖再三。一幅可怕的景象持续逼近,令我无比恐惧的景象越来越清晰。那就是回家,回到我的斗室里,然后一个人静静地承受绝望!这恐怖的一幕挥之不去,不管我怎么乱绕,不管我绕了多久,不管我再怎么不肯回家,不肯回到那堆满书的桌子前，不肯面对那张前面贴着情人照片的躺椅，不肯面对——我终将拿起刮胡刀往自己的脖子割下去。不管我再怎么不肯面对，这恐怖的一幕就是越来越清楚，越来越挥之不去，我心跳得好快好猛，感受到前所未有的恐惧：对死亡的恐惧！是的，没错，我真的害怕死亡至极。即便我已经完全找不到人生的出路，我已经被厌恶、痛苦和绝望层层包围，即便世上再也没有任何事物可以让我快乐，可以为我带来希望，面对自我了断，面对人生的最后一瞬间，面对冰冷的刀锋割进肉里，我还是恐惧到不行，这是一种无以名之的恐惧！

我找不到摆脱这种恐惧的办法。在这场绝望与懦弱的对抗赛中，今天懦弱显然赢了。倘若如此，明天，甚至是接下来的每一天，我势必又得重新面对绝望，又会更瞧不起自己。我又会再次拿起刮胡刀，久久站立，但最后还是把它扔掉，直到某一天我真的有办法朝脖子割下去。既然这样，既然总有一天要做，那不如今天就做！我理智地跟自己商量，但是就像对一个胆怯的孩子，不管我怎么好说歹说，他就是听不进去，这孩子只想逃走，只想活下去。

我胆战心惊地继续在城里乱逛，刻意远远地避开我住的地方。虽然仍一心惦记着赶快回家，却铁了心似的一再拖延。我不断地流连在各个酒吧，喝一杯酒或两杯酒，然后又继续像被驱赶似的往前走。我故意远远地避开真正的目的地，避开刮胡刀，避开死亡。我疲惫不堪，偶尔会在路边的长凳上，喷水池边，或大石块上坐下，稍事休息，静听自己的心跳，然后抹掉额上的汗珠，站起来继续走，我只知道自己害怕得要命，只知道自己拼了命地想活。

那一晚，就在这样的情况下，我被牵引到一个对我而言有点陌生的偏僻郊区，并走进了一家酒馆。在窗外就能听见酒馆里震耳欲聋的舞曲。入口处，大门的正上方挂着一块老旧的牌子：通往"黑鹰"。里头是热闹无比的夜生活，人声鼎沸，烟雾弥漫，酒气冲天，喧哗声此起彼落。后面的那间大厅供人跳舞，巨大的乐声犹如怒吼。我决定留在前厅，前厅满是穿着比较简单、甚至寒酸的人，相较之下后面的舞池有不少人打扮得光鲜亮丽，衣着体面。我被人群推挤着向前，最后挤到了吧台旁的一张小桌子旁。一个漂亮、白皙的女孩坐在靠墙的木头长凳上。她穿着跳舞的小礼服，领口很低、质料很薄，头上戴着一朵已经枯萎的花。看见我被大家挤了过来，她定睛瞧我，专注而友善，下一秒更拉开了笑容。她往旁边挪了挪位置，让我坐下。

"可以吗？"我礼貌性地询问，并且在她身旁坐下。

"当然可以，"她说，"但你是谁？"

"谢谢，"我一开口便说，"我不能回家，不可以，真的不行，我想留在这儿，倘若您允许，我想留在这儿，跟您在一起。不可以，我真的不能回家。"

她点点头,状似了解。我望着她,目光落在她那从额头上垂下来,散落在耳边的卷发。我发现那朵枯萎的花是山茶花。乐声不断地从另一边传过来,女侍一脸焦急地向吧台嘶吼着客人要的东西。

"那就留下吧,"她的声音让我觉得非常舒服,"不过,你为什么不能回家?"

"我不可以回家。家里有东西在等着我——不可以,我不可以回家,那东西好可怕。"

"那就让那可怕的东西去等吧,你留在这里。过来,先把眼镜擦一擦,你这样子根本看不见。嗯,把你的手帕给我!我们喝点什么呢?勃艮第葡萄酒?"

她帮我把眼镜擦干净。我终于能看清楚她的模样:白皙、紧致的脸庞上点缀着个涂着鲜红唇膏的小嘴,一双浅灰色眼睛,一个光滑而理智的额头,利落的短发及耳。她一脸友善却略显嘲讽地打量着我,我们点的酒来了,她举起酒杯轻轻地碰了一下我的酒杯,顺势往下看,目光落在我的鞋子上。

"天啊,你打哪儿来的呀?看起来竟像是从巴黎一路走过来的。没有人这副德性来跳舞的啦。"

我回答是又说不是,不禁笑了。但接下来我只是静静地听她说话。我对她产生了极大的好感。这让我非常惊讶,因为我一向避免跟这种年轻的女孩打交道,我不信任她们。

这名女子待我的方式却是我此刻最需要的方式——其实此后她每次都是这么跟我相处的。她总是对我体贴入微，一如我所需要；总是对我揶揄打趣，一如我所需要。她点了一份上面铺着火腿的面包，命我吃下。她帮我倒酒，让我喝，又交代我别喝得太急。对于我的言听计从她深表赞许。

"你很听话，"她说，"你让人觉得跟你相处不累。我们来打个赌，你很久不必听命于人了，对吧？"

"没错，您赌赢了。但您是怎么知道的？"

"无须什么高超的技巧。服从就像吃饭或喝水，一旦长时间缺乏，就会无论如何都需要。我说得没错吧？你其实很乐意服从我。"

"乐意之至。您好像什么都知道。"

"跟你相处很简单。朋友，也许我甚至有办法告诉你，在家等着你、让你如此害怕的东西是什么。不过，你自己其实也知道。所以我们不必浪费时间讨论这个，对吧？你这个傻瓜！一个人可以自杀，如果他有自杀的理由，是啊，他就可以结束掉自己的生命。但一个人如果还继续活着，就该好好地致力于生活。没有比这更简单的事了。"

"哈啊，"我大声讪笑，"有这么简单就好了！我是那么努力地在生活，上帝为证，但根本没用。自杀也许很难，我不清楚，但活着真的更加、更加地困难！天晓得活着有多么困难！"

"不,你将见识到活着有多容易!我们已经起了个头,你已经把眼镜擦干净了,也吃了东西、喝了酒。走吧,我们去把你裤子上和鞋子上的灰尘稍微掸掉,这真的有必要。然后你再跟我去跳支西迷舞。"

"您瞧,"我立刻大声反驳,"我说得没错吧!我真的不想违逆您的命令,因为再没比这更叫我难过的事了。但您现在的要求我真的办不到。我根本不会跳西迷舞,另外像华尔兹、波尔卡,不管那些舞的名字叫什么,总之我通通不会,我这辈子从没学过跳舞。瞧,不是所有的一切都像您说的那么简单。"

美丽的女孩拉开她鲜红色的唇露出微笑,并且用力地摇了摇她那梳理得服帖、整齐,像个男孩一样的头。我望着她,突然有种错觉,她是我童年爱上的第一个小女孩罗莎·克莱斯勒,但罗莎的皮肤偏褐,发色又深。不,不对,我不知道这个陌生女孩让我想起了谁,我只知道她让我想起了我的年少时期,亦即当我还是个小男孩的时候。

"慢点,"她提高音量,"慢点!所以你不会跳舞?完全不会?甚至连最简单的一步舞都没跳过?天啊,这样你竟然敢吹嘘你努力地生活过!你真是会说大话,小伙子,像你这样的年纪不该再吹这种牛了。真是的,你这辈子连舞都不想要跳,还敢说自己努力地生活过!"

"我不会跳舞又怎么样!我又没有学过!"

她闻言大笑。

"你学过阅读和写字，不是吗？还有算数，甚至连拉丁文很可能都学过，还有法文，和其他诸如此类的外语，不是吗？我敢打赌，你上学一直上到十或十二岁，很可能还读了大学，甚至修完了博士，并且会说中文或西班牙文，我没说错吧？这就是了。但你竟然抽不出一点时间和金钱去上跳舞课！是这样吧！"

"那是父母的决定，"我极力为自己辩护，"是他们让我学拉丁文、希腊文，和其他所有的东西。但他们没让我学跳舞，我们住的地方不流行跳舞，我父母自己也没跳过舞。"

她冷冷地瞅着我，一脸不屑，这表情让我再次忆起年少的某些时光。

"哦，所以全是你父母的错咯！那么你今晚来黑鹰有没有问过他们，有没有问他们可不可以？你问了吗？你是不是想说，他们早就死了？那，好吧！你说你小时候因为服从，所以没有学过跳舞——好，我接受！虽然我根本不认为你那时候会是个凡事听话的模范生。但那之后呢——之后那么多年，你都在干吗？"

"啊，"我只好坦承，"我自己也不清楚。我读了大学，做过音乐，读了些书，也写了些书，去旅行过——"

"你对人生的看法真是奇特！你做的事总是困难又复杂，简单的事却完全没学过，为什么？没时间？没兴趣？

好吧，我同意。真是感谢上帝，感谢我不是你妈。你把自己说得好像已尝试过生活的各种可能性，最后却一无所获，不行，你这样真的不行！"

"别骂了！"我哀求她，"我知道，我根本是疯了！"

"哈，胡说八道，别把自己说得那么好听！你绝对没疯，教授先生，我甚至觉得你的问题就在你太不够疯！你以一种非常愚蠢的方式在聪明，你给我的感觉就像你真的是个教授。来吧，再吃点面包！吃完后继续讲。"

她又帮我点了一个小面包，面包来了之后她先在上面撒上一点盐，又涂上一层薄薄的黄芥末，然后切下一小块给自己，其余的要我吃下。我乖乖地听话吃下。无论她要我做什么我都会去做，除了跳舞。这感觉真好，好得无与伦比，乖乖地听从某个人的命令，就这么坐在他身边，任由他发问，任由他发号施令，任由他把自己一层层地剥开来。倘若几小时前教授先生和他的妻子也这么对待我，就能省下许多麻烦！不，不对，现在这样比较好，倘若那样我将错过许多事！

"你到底叫什么？"她突然问。

"哈利。"

"哈利？小男孩的名字！你确实是个小男孩，哈利，虽然你已经有几撮白头发了，但你确实是个小男孩，你应该要找个人来照顾你。跳舞的事我就不提了。但你这个头发到底是怎么回事！你没有老婆？没有情人？"

"我没有老婆，我们离婚了。情人有一个，但不住在这里，我们很少见面，我们相处得不怎么融洽。"

她轻轻地吹了声口哨。

"这么说来，你似乎也不太好相处，没有人愿意留在你身边。告诉我，今晚到底发生了什么特别的事，搞得你这么失魂落魄，要到处乱晃？跟人吵架了？赌钱赌输了？"

这件事要讲清楚相当困难。

"其实，"我开始叙述，"只是件微不足道的事。我受邀去朋友家做客，对方真的是个教授——我并不是。其实我根本不该去的，因为我已经不习惯跟人坐下来一起聊天，这样的能力我已经丧失。踏进教授家我已经有预感，情况不会太顺利。我脱下帽子让用人帮我挂起来时，心里已经在想或许不久之后我又得戴上。唉，然后，我进到教授家，看到那里有张桌子，桌上立着一幅画，一幅愚蠢至极的画，那幅画让我看了很生气。"

"什么画啊？为什么会让你这么生气？"她打断我。

"嗯，那是一幅歌德肖像，但根本是想象之作——歌德这个人您应该知道吧，就是那个诗人歌德。画上的歌德根本不是歌德的真实模样。因为我们无法实际知道他长怎么样，他已经去世一百年了。那一定是某个当代画家根据自己的想象画出来的，所以才会把歌德画得那么白净整齐。

那幅画让我很生气，反感至极——我不知道您是否了解我在讲什么。"

"别担心，我非常了解。继续！"

"其实，在这之前我跟那个教授就已经有些意见相左；他像绝大多数的教授那样，是个伟大的爱国者，战争期间也乖乖地配合政府欺骗了民众——但当然是基于自身的崇高信念。然而我却是个反战者。唉，算了，这不重要，言归正传，我根本没有必要去看那幅画。"

"你确实没必要。"

"但我忍不住为歌德抱屈，此其一，因为我个人非常、非常喜欢歌德。其次，我油然而生这样的想法——嗯，或者说感觉：坐在我身边的这些人，我一直认为他们跟我是同一类人。在我的想法里，他们热爱歌德的程度应该跟我一样，他们对歌德的看法也应该和我差不多，但他们竟然在家里摆了一幅那么没有品位、不真实，又过分美化歌德的画像，甚至认为那幅画很美，却丝毫没有察觉：那幅画根本完全违背了歌德的精神。他们觉得那幅画好棒。好吧，我可以同意，他们要这么想也行——但我对他们的所有信任，所有情谊，所有联系感和归属感就这么一下子全没了，全消失了。况且我们之间的友情本来就不够深厚。总之，我感到愤怒又伤心，我突然觉得自己好孤单，没有人了解我。您懂我的意思吗？"

"懂，我完全懂，然后呢？你直接拿起那幅画砸向他们的头？"

"不，没有，我慷慨激昂地说了一番话之后，便怒不可遏地离开了，我想回家，但——"

"家里已经找不到那个会安慰你或责备你的母亲了。真是的，哈利，我忍不住要同情你，没有像你这么孩子气的。"

没错，我很清楚自己是副什么德行。她又帮我倒了杯酒。她待我的方式真像是位母亲。但偶尔我转头瞥见她，又会发现她其实既美丽又年轻。

"所以说，"她再次开口，"整件事就是这样：歌德先生一百年前就死了，但哈利非常喜欢他，所以他对歌德有他自己很棒的想象，因此认定歌德应该是什么样子。哈利确实有权利这样，不是吗？但那个同样醉心歌德的画家，他依照自己的想法画了一幅歌德像，却没有这样的权利，另外你那个教授朋友也没有，任何人都没有这样的权利，因为那不符哈利的想法，会让哈利觉得忍无可忍，会让他破口大骂后愤而离席！其实如果哈利够聪明，他应该要对画家和教授的想法一笑置之，或者如果他够疯，他应该要把那幅画直接砸向主人的脸。可惜，哈利只是个小男孩，他只想赶快回家，只想干脆自杀算了。哈利，我非常了解你的遭遇。但这件事真的很好笑。我忍不住想笑。慢点，别喝得这么猛！勃艮第葡萄酒得慢慢喝，不然会太烈。唉，小男孩,你怎么事事都得人提醒,都要人操心,都要人耳提面命!"

她板起脸,目光严厉、充满训示意味,像个高龄六十的女家教。

"太好了,"我满心欢喜地央求,"尽管对我耳提面命吧!"

"我要对你耳提面命些什么呀?"

"什么都好,您高兴跟我说什么就跟我说什么。"

"那好,首先让我告诉你,这一个小时以来,你听得清清楚楚,我都是用'你'来称呼你,你却总是用'您'来称呼我。你说话老是咬文嚼字得像在讲拉丁文或希腊文,总喜欢把一切搞得很复杂!如果有女孩子亲切地用'你'称呼你,并且明显地表现出不讨厌你,你就应该也用'你'来称呼她。怎么样,又学到东西了吧!第二件事,我知道你叫哈利已经半小时了。我之所以知道你叫哈利是因为我主动问了你。难道你不想知道我的名字?"

"哦,不,我当然想知道!"

"来不及了,小家伙!如果我们还有机会见面,你再问我吧!我今天不想告诉你了。就这样,我现在要去跳舞了。"

她作势要起,我的心情一下子荡到谷底,我好害怕她真的会走,会把我单独留下,那不是一切又要回到先前的状态。就像短暂消失的牙疼突然又卷土重来,也像失火了,所有害怕和恐惧又要瞬间袭来。哦,天啊,我该怎么样才能忘记蛰伏在我身边要我好看的这一切?难道这一切真的无法改变?

"别,"我大声央求,"您——你别走!你要跳舞当然可以,要怎么跳都行,但别离开太久,一定要回来,一定要回来!"

她笑着站起来。原本我以为她站起来会很高。她虽苗条,但个子却不高。她再次让我想起了某人——但,是谁呢?我怎么也想不起来是谁。

"你还会回来吧?"

"会回来,但需要点时间,半小时或一整个小时。听我说,把眼睛闭上,稍微睡一下。你现在最需要的就是睡一下。"

我挪了挪身体,让她过去。她的短裙轻拂过我的膝盖。她边走边掏出一个随身携带的小圆镜,看了看自己,眉一挑,拿出一个小小的粉扑往下巴补了补粉,旋即消失在舞池中。我环顾四周:一张张陌生的脸孔,抽着烟的男人,被啤酒溅湿的大理石桌面,充斥耳边的叫喊声与喧嚣声,还有隔壁厅传来的乐声。她刚才说我应该睡一下。啊,好家伙,她竟能看穿我的睡眠,看穿睡眠阴险狡猾得像只黄鼠狼!所以,我该在这个吵得像年货市集的地方偷睡一下,就在这桌边,在啤酒杯此起彼落的碰撞声中,稍微偷睡一下。我轻啜一口酒,又从口袋里掏出一根雪茄,四下张望着想找火柴。但我心里其实并不想抽烟，我把雪茄放在桌面上。

刚才她对我说："把眼睛闭上。"天啊，这女孩哪来的这种嗓音！略显低沉却无比美好的嗓音，像母亲一样的嗓音。只要照着这声音说的话去做就能感觉到美好，真的，我亲身经历过。我顺从地闭上眼，把头靠在墙壁上，聆听着身边千百种噪音在喧嚣，嘴角忍不住上扬：在这里睡觉？这想法让我不觉莞尔。我决定朝通往隔壁厅的那扇门走去，我想看一眼舞池里的情况——我一定要看那个美丽女孩跳舞的身影。我刚想移动椅子下的脚，却立刻意识到：经过几小时的乱逛，我疲惫已极。我唯一能做的就是继续坐着。不一会儿我已经睡着，像个听母亲话的孩子沉沉酣睡。我满心感激，并且开始做梦，梦境清晰而美好，我好久没有做这么清晰而美好的梦了。我梦见：我坐在一间老式的接待前厅里，正在等候。一开始我只知道我是来拜会某位内阁大臣，接着我才想起：对了，是歌德先生，要接见我的人正是他。可惜我不是以私人身份来见他，而是杂志社的特派记者，这一点让我深感困扰。但不管我怎么绞尽脑汁还是想不明白这到底是怎么回事，是哪个恶魔陷我于如此境地？除此之外，还有一只蝎子也搞得我心神不宁。我刚刚还看到它，它正沿着我的脚试图往上爬。虽然我有尝试要驱赶这只黑压压的虫子，甚至用力地抖了抖脚，但此刻却不知它躲哪里去了，因此我不敢随便往身上乱抓。

此外，我还担心通报的人会不会因为一时疏忽而搞错，我要拜见的是歌德，他们会不会将我通报给马提松[1]。不过，梦境里我自己又把马提松跟毕尔格[2]给搞混了，误以为那首献给莫莉[3]的诗是马提松写的。我的确非常渴望见到莫莉，因为在我的想象中她是个非常美丽、温柔、懂音乐，又充满夜之气息的女人。倘若我不是受该死的编辑部委托就好了！我的不满情绪越来越严重，并且不由自主地把一切都迁怒在歌德身上，甚至把所有猜疑和责难的矛头全指向了歌德。不过这次的拜会也有可能非常美好！那只蝎子，即便它看起来很危险，而且很有可能还藏匿在我周围，但它或许没有那么可怕。我忽然觉得它很有可能代表的是一种善意，它很可能与莫莉有关，是莫莉要向我传达某种信息，也有可能那只蝎子正是代表莫莉的徽章，是一种标志，莫莉想用蝎子这种既美丽又危险的动物来代表女性化与罪恶。但这只蝎子会不会也有可能叫作芙尔琵乌斯[4]。我想到这里，

---

[1] 全名为弗里德里希·冯·马提松（Friedrich von Matthisson, 1761—1831），与歌德同时代的德国诗人。
[2] 全名为戈特弗里德·奥古斯特·毕尔格（Gottfried August Burger, 1747—1794），与歌德同时代的德国诗人。
[3] 毕尔格的第二任妻子。
[4] 歌德的妻子。

仆人突然把门打开，我随即站起，并往内走。

门内站着歌德，苍老、矮小，肢体非常僵硬。这位古典派作家的胸前同样别了一枚沉甸甸的徽章。他看起来像依旧在治理着一切，依旧随时要接见来访的贵宾，他像坐镇在魏玛博物馆内掌控着世界大局。他瞧都还没瞧我一眼，就已经像只老乌鸦般缩起脖子不断点头，并且郑重其事地说："所以，你们这些年轻人，你们对我们和我们曾经做过的种种努力难以苟同？"

"的确如此，"我回答，他那充满威严的首长眼神令我胆怯，"老先生，我们这些年轻人确实无法苟同你们的作为。对我们而言，您太过严肃，太过优越，太自负，太自以为了不起了，而且还不够坦诚。最后这一点尤其重要：真的太不坦诚了。"

我眼前这个苍老、矮小的男人将他那颗严肃的脑袋往前一伸，脸上那张顽固又充满官威的嘴突然舒展成一记浅浅的笑，他整个人顿时显得充满活力。眼前的这一幕令我心头一震，因为我想到《暮色渐渐罩下》这首诗，诗中那些优美的文字全源自眼前这个男人和他的这张嘴。瞬间我在心里已经弃械投降，已经彻底臣服，我简直想立刻跪倒在他面前。但事实上我只是直挺挺地杵在那儿，动也不动地听着那张带着笑容的嘴说："哦，所以你是在指责我不够坦诚？这是什么话！你不进一步做出解释吗？"

我很愿意，甚至乐意之至。

"歌德先生，您就像所有伟大的思想家一样，都明白地看出并感受到人类生命的充满疑问与绝望：比方说刹那的美好和可怕的随即消逝。比方说美妙而激烈的情感高峰总是以被禁锢在沉闷的日常生活中为代价。我们一方面热切地向往着崇高的精神国度，一方面却又同样热切且虔诚地眷恋着逐渐失去的天真本性，并导致二者永远处于你死我活的冲突中。我们在落空与不确定中面对可怕的摇摆，我们命中注定是短暂而易逝的，注定绝不可能臻至完美，注定永远只能处于尝试的阶段，只能是半吊子——总而言之，人类的处境根本是毫无希望，是荒谬至极，是如烈火燃烧般的焦躁、绝望。您看出了这一切，并且随着岁月增长您对这一切的体会更是越来越深刻，即便如此，您一辈子宣扬的却与此相反的道理，您总是满口信仰与乐观，人前人后，对人对己，您总是佯装得好像人类精神上的勠力追求真有其意义，真能长久。对于那些识得痛苦深渊的人和说出绝望真相的声音，您不但不肯承认他们，还压抑他们，您对自己如此，对剧作家克莱斯特和音乐家贝多芬也是如此。数十年来您累积知识与各种收藏，勤于写信与收集信件，还有您晚年在魏玛所缔造的功勋，您把这一切做得就像借此您真能化刹那为永恒——但其实您只是打造了一尊木乃伊，即便您做得就像您真能把本性提升为精神性——

但其实您只是塑造了一张虚有其表的面具。这就是不坦诚，这就是我们想要指责您的地方。"

年迈的枢密大臣若有所思地直视我的眼睛，嘴上一直还挂着微笑。

突然他提出一个令我非常惊讶的问题："这么说，你一定很讨厌莫扎特的《魔笛》咯？"

我正想反驳，他又径自往下说了："《魔笛》呈现出来的生命宛如一首甜美的讴歌。它盛赞我们的各种感受就像盛赞永恒及神性，即便感受是短暂而易逝的。《魔笛》既不认同克莱斯特也不赞成贝多芬。它宣扬的是乐观与信仰。"

"知道，我知道！"我气急败坏地大喊，"天啊，您怎么刚好就提到了《魔笛》，它可是我在这世上最爱的一出歌剧！但莫扎特不像您足足活了八十二岁，在他短暂的人生里他从不追求长久、秩序，与虚伪的荣耀，他不像您！他没有把自己变得位高权重！他虽谱出了无数神圣的乐章，却很穷，而且死得很早，穷又不被理解——"

我说得上气不接下气。千头万绪必须浓缩在十句话里讲清楚，我急得额头冒汗。

歌德跟着开口，语气却异常和善："我整整活了八十二年，这件事我的确难辞其咎。但我因此获得的快乐却远比你想象的少。你说得没错：我确实一直在追求长寿，也一直很害怕死亡，并且一直在对抗死亡。但我相信，对抗死亡，以及一定要活下去的顽固意愿是每个杰出人士愿意行动、愿意投入生活的重要动机。至于，人生终究免不了一死，这件事的意义跟求生刚好相反。年轻人，不管我是活到八十二岁才死，或年纪轻轻是个小学生就死了，我都能万无一失地证明人终将一死。对于我的长寿，倘若容我辩解，我想说：就我的本性而言，我天生就很孩子气，既好奇又好玩，而且很爱浪费时间。所以，我确实需要比较多的时间才能对自己说：好了，现在你终于玩够了。"

说这番话时，歌德脸上的笑容变得有点狡猾，甚至称得上奸诈。突然他整个人开始变得高大，先前的僵硬肢体和傲慢表情也全都不见了。我们周遭开始乐声大作，是典型的歌德名曲。我很清楚地听见了莫扎特谱曲的《紫罗兰》[1]和舒伯特作曲的《再次洒满树丛与山谷》[2]。歌德的脸突然变得白里透红又年轻，他放声大笑，并且一下子变得像莫扎特，一下子变得像舒伯特，跟他们简直就是双胞胎，他胸前的星形徽章突然化成一丛小花，中间那朵黄色的樱草花绽放得尤其欢喜，开得也更大。

这让我非常不满：老先生竟然想用这种嬉皮笑脸、开

---

[1] 原是歌德的诗作，一七八五年经莫扎特谱写为歌曲。
[2] 这首歌正式的名称为《致月亮》《An dem Mond》，"再次洒满树丛与山谷"是这首歌的第一句，连接第二句后完整的意思是"你悄悄地将朦胧的月光再次洒满树丛与山谷"，原是歌德的诗作，一八一五年经舒伯特谱曲后成为歌谣。

玩笑的方式来规避我的问题和指责,我狠狠地怒视他。但他却俯身向前,把业已恢复成孩童般模样的嘴凑近我的耳朵,小声地对我说起悄悄话:"年轻人,你跟歌德老先生说话的态度太严肃,太一本正经了。像他这种业已死亡的老人家,你根本不必严肃看待,如果你太一本正经,对他们很不公平哦。其实,像我们这种不朽者,一点都不喜欢人家严肃地对待我们,我们喜欢开玩笑。年轻人,严肃其实跟时间有关。让我偷偷地告诉你,人之所以会严肃都是因为太过看重和高估时间了。我也曾经以为时间非常重要,大大地高估了它的价值,并因此希望自己长命百岁。但你想,永恒之中根本没有时间;永恒不过是一刹那,刚好够我们享受一下乐趣。"

接下来谁都没办法跟这个男人好好地说话了,因为他开始心花怒放地跳起舞来,他前前后后、上上下下,灵活地扭动身躯,胸前的樱草花更瞬间幻化成火箭,并且从徽章上射了出去,随即变小,接着消失。跳起舞来的他整个人显得容光焕发,此情此景让我不由得感慨:至少这男人学会了跳舞!而且他跳得真好!这时我忽然想起了那只蝎子,或者说莫莉,总之我大声地问:"您能不能告诉我,莫莉在这儿吗?"

歌德闻言大笑,接着走向书桌,拉开抽屉,拿出一只很珍贵,看似皮制,又像绒布做的盒子。他打开盒子,放到我面前。黑丝绒上竟搁着一条迷你版的女腿，小巧精致、无瑕、闪闪发亮，一条令人心荡神驰的女腿，膝盖处略微弯曲，修长的脚向下延伸，结束于秀气的脚趾。

我忍不住伸手，想拿起那条令我深深着迷、娇小细致的腿。就在我的两根手指即将碰到那条女腿时，状似玩具的那东西竟然微微地抽搐了一下，瞬间我忆起：这东西很可能就是那只蝎子。歌德似乎看穿了我的心思，这似乎正是他要的结果，是他精心布下的局。他就是要看我陷入这样的窘境，就是要叫我在渴望与恐惧中进退两难。他把这只充满魅力的蝎子摆在我面前，然后要看我难以自持，看我心怀恐惧，他似乎觉得这样非常有趣。就在他用这只迷人又危险的小东西捉弄我时，突然他又变得好苍老，老到不可思议，像有一千岁那么老，而且满头白发。他那张苍老而枯槁的脸开始无声大笑，完全听不见声音的笑。他张狂而剧烈地往内笑，带着一种老人特有的阴险幽默。

醒来后我随即忘了做梦的内容，不过后来又想起。我整整睡了大概一小时，在嘈杂的乐声和熙来攘往的人群中，我就这么在酒馆的桌面上睡着了，连我自己都不敢相信。我睁开眼，看见美丽的女孩站在我面前，甚至一只手搭在我肩上。

"给我两三马克吧，"她说，"我在前面吃了点东西。"

我掏出钱包,递给她。她拿着钱包离开,不一会儿又回来。

"嗯,我可以跟你再坐一会儿,然后就得离开,因为我还有约。"

我闻言大感震惊,立刻追问:"跟谁?"

"跟一个男的啊,小哈利,那个男的邀我去剧场酒吧。"

"啊,我还以为你不会扔下我。"

"那你得开口约我啊。可惜在你之前已经有人约我了。不过这样也好,你可以省下大把钞票。你去过剧场酒吧吗?那里一过午夜只有香槟,除此之外,那里还有好舒服的俱乐部沙发和黑人乐队,棒透了。"

我没有想到会是这样。

"但是,"我一脸哀求,"你还是答应我吧!当然要答应我的邀请,我们已经是朋友了。请让我邀请你,无论你想去哪儿都行,拜托!"

"谢谢你的好意。但是,说话要算话,我已经答应别人了,所以一定要去。至于你嘛,别浪费唇舌了!来,再喝点酒,这瓶酒还没喝完呢。你把酒喝完,然后乖乖地回家睡觉。答应我!"

"不行啊,我不能回家。"

"天啊,还在想那些老掉牙的事!歌德那件事还没完吗?(这时我突然想起我刚才做的有关歌德的梦)不过,如果你真的不敢回家,那就留在这里吧,这里有客房。需要我帮你跟他们要一间吗?"

我接受了这样的安排,并且问她:以后要上哪儿才能找到她?她住在哪里?可惜她不肯告诉我。但她说,只要我稍微找一下,一定能找到她。

"那以后我可以邀请你吗?"

"你想邀请我去哪儿?"

"都好,你想去哪儿就去哪儿,都好,而且你想什么时候去,我们就什么时候去。"

"好啊。那我们约星期二晚上,在'老方济会修士'餐厅吃晚餐,二楼,就这样咯,再见!"

说完她把手伸向我,我这才注意到她有只跟她的声音非常搭的手。那双手漂亮、饱满、聪明,又亲切。我牵起她的手轻轻一吻,她笑得一脸促狭。

她要走了,却又回头对我说:"关于歌德,其实我有些话想对你说。嗯,你知道吗,就像你对歌德,你无法忍受他的那张画像,同样的情况我也遭遇过,我无法忍受那些圣像。"

"圣像?哇,你很虔诚?"

"不,我不虔诚。但我虔诚过,以后也可能会再次虔诚。但现在真的没有时间虔诚。"

"没时间?虔诚还需要时间?"

"当然咯。虔诚当然需要时间，不仅如此，甚至得摆脱时间！因为当你真的非常虔诚时，你不可能同时生活在现实中，不可能认真地看待现实生活，我所谓的现实生活，比方说：时间、金钱、剧场酒吧，等等，这所有的一切。"

"我懂。但你刚才提到的圣像是怎么一回事？"

"这个嘛，有些圣徒，我个人非常喜欢，比方说：圣史蒂芬，圣方济，还有其他的。有时候我会看到一些他们的画像，或者耶稣和圣母的画像，那些画像愚蠢至极，根本是欺骗，是伪造，我完全受不了那样的画像，就像你受不了那幅歌德画像。我每次看到那种愚蠢而甜美的耶稣像或圣方济像，目睹其他人认为那种画像很美，甚至高谈阔论自己深受启迪，我就会觉得那根本是在侮辱真正的耶稣，并且忍不住想：唉，既然一幅这么愚蠢的画像就能让世人如此心满意足，那耶稣干吗要那样活，要历经和忍受那么多可怕的折磨！不过我也知道：出现在我心里的耶稣形象、圣方济形象，充其量也不过是我根据人类的模样想象出来的，绝非他们真正的样子。是啊，我知道，对耶稣而言，我想象出来的耶稣同样是那么愚蠢，那么地充满缺失，就像我对那些甜美仿作的观感。我跟你说这些并不是要让你自觉有权对那幅歌德画像心生不满或大发脾气，不，不是，你没有权利那么做。我跟你说这些只是想让你知道，我懂你的感受。你们这些学者和艺术家，你们全都一个样，自以为具有独特想法，但事实上，你们也是人，跟别人没有什么两样。我们这些人也有满脑子的想象和剧情。其实刚才我也注意到，学者先生，在跟我描述歌德那件事的时候，你显得有点局促不安——因为你得绞尽脑汁地努力表达，你认为这样或许才有机会让我这个头脑简单的小女生听懂你那充满理想性的遭遇。好啦，现在让我告诉你，其实你根本不必这么大费周章和绞尽脑汁。因为我本来就能听懂。就这样，结束！现在你该好好地睡一觉！"

她离开后，一名上了年纪的侍者领我往上走了二层楼——其实早该问了，但他到了上面才问：行李呢？一听说没有行李，他立刻要求我先付钱，先付——沿用他的说法——"睡觉的钱"。接着他又领我穿过一道又旧又暗的楼梯间，往上去到一个小房间，然后留下我独自一人。房里摆着一张单薄的木板床，又短又硬，墙上挂着一把军刀和一幅意大利民族英雄加里波第的彩色画像，另外还有一个应该是某次社团欢聚时留下的枯萎花环。

倘若我向他要睡衣，肯定又得付好多钱。幸好房里有水和一条小毛巾，我简单梳洗后和衣躺下，没有熄灯，我想利用时间想想事情。歌德的事我已经释怀了。真好，他刚才竟然入梦来！还有那个神奇的女孩——要是知道她的名字就好了！竟然出现了这么一个人，一个活生生的人，轻而易举就击溃了笼罩着我的了无生趣，并且向我伸出了手,一只又善良又美好又温暖的手！突然间,我又有了在乎的事,只要想到这件事我就能高兴,能担心,能怀抱既紧张又期待的心情！一扇门突然为我而开启,生命再次走向了我！也许我又能好好地活着,又能好好地当个人。我那沉睡在冰冷之中,几乎已经结冻的灵魂突然又能呼吸,又开始在蒙眬的睡意中轻轻地振动着它小小的一对翅膀。我不但见到了歌德,还遇见了一个女孩,她命令我吃东西、喝酒、睡觉,待我亲切又友善,懂得取笑我,甚至称我为愚蠢的小男孩。

她,我新认识的这个棒透了的朋友,竟然告诉了我有关圣像的事,她让我知道了我的那些不可思议至极的偏执行为并非特例,并非难以理解,我并不是个有病的异类,相反的,世上有许多我的兄弟姊妹,他们可以理解我。但我还能再见到那个女孩吗？能,一定能,她是个可靠的人,她说过:"说话要算话。"

想到这儿我再次沉沉入睡,并且足足睡了四五个小时。十点过后,脑子里虽然还留有某种属于昨日的厌烦,但整体而言,脑袋又变得充满活力、希望,与种种美好的想法。回家的路上我不再心存恐惧,不像昨天那样了。

上楼时,我在南洋杉上面的楼梯间巧遇"姑妈",也就是我的女房东。我对她的亲切和蔼非常有好感,但我们其实很少真的见到面。这次的巧遇令人尴尬,毕竟我看起来有点邋遢，熬夜让我一脸倦容，加上头没梳，胡子也没刮。我一打完招呼就想赶快离开。女房东平时对我的酷好独处和不喜欢被人关注都非常尊重。但今天，把我和外界隔起来的那层纱似乎消失了，围墙也崩塌了——女房东笑容可掬地站在那儿，驻足不动。

"上街去了吧，哈利先生，整晚没上床，肯定累坏了！"

"是啊，"我边回答边跟着拉开笑容，"昨晚特别精力充沛，因为不想破坏您屋里的气氛，所以留在旅社里小睡了一会儿。我一向珍惜您屋里的宁静与厚重，不想破坏。唉，有时候我真觉得自己体内像是住了一个陌生人。"

"别开玩笑了，哈利先生！"

"哦，我只开我自己的玩笑。"

"正是，您不该这样开自己的玩笑。住在我这儿，千万别觉得自己像个'陌生人'。您高兴怎么过日子就怎么过日子，喜欢做什么就做什么。我有过好几位非常、非常懂得尊重别人的房客，他们真是这世上难得一见的懂得尊重二字的好房客，但他们再怎么懂得尊重，也没有像您这样安静，这样从未打扰过我们。嗯———一起喝杯茶？"

我没有婉拒。我们在她那间美丽的、挂满祖传图画和摆满祖传家具的客厅里坐定，她为我端上茶，我们开始闲聊。女房东，这位亲切和蔼的女士，其实没有直接向我开问，却已经足以让我侃侃而谈，并且一五一十地告诉她我的生活点滴和种种想法。她听得专注,却又懂得像个母亲般不把我的话当真,何其聪明的一位女士啊,她完全理解男人的臭脾气和别扭。我们还聊到了她的侄子,她甚至向我展示了近日来她侄子下班后热衷的休闲活动:放在隔壁的一台收音机。夜里,年轻人总是坐在那儿勤奋地组装着这台收音机,并且醉心于"无线"的概念,他虔诚地祈求科技之神保佑他。可惜这个神在人类存在几千年之后才终于让人发明出某些东西,并且充其量只能不甚完善地把这些东西做出来。但其实,这些东西人类的思想家早就知道了,甚至能应用得更为高明。我们在这个话题上稍微多聊了一下,因为姑妈信仰得还算虔诚,对宗教话题也不无兴趣。

我告诉她,目前大家所使用的各种最新的动力与技术,其实古印度人早就知道了,现今科技借收音机所展现出来的成果,不过是那些古老智慧的极小部分。换言之,现今科技对此,嗯,对音波,能做到的只是让我们制造出效果极差的接收器和发送器。至于古老知识最重要的核心部分——时间的非真实性——科技至今并没有注意到。不过,当然咯,这件事终有一天也会被科技"发现",并成为勤劳工程师们致力的对象。人们将"发现",甚至很快就会"发现",不只有现在的、短暂的影像和事件会不停地在我们身边川流,嗯,比方说身在法兰克福或苏黎世的人此刻可以听见来自巴黎或柏林的音乐演奏,不只如此,而是所有发生过的事通通都会被记录下来，会继续存在。终有一天我们将以有线或无线的方式，在伴随着杂音或毫无杂音的状况下，亲耳听见所罗门王或德国中世纪诗人福格尔魏德的说话声。而这所有的科技，正如目前刚刚问世的收音机一样，对人的作用都仅止于：让我们得以逃避自己真正的目标，让我们越来越严重地陷在一张由精神涣散和无用活动交织成的密密麻麻的网中。不过在跟姑妈聊这些事情的时候，我并没有像平常那样，在否定时间和否定科技时总爱尖酸刻薄和极尽嘲讽之能事。相反的，这次我说得诙谐有趣，尽可能地像在开玩笑。姑妈听得笑逐颜开，我们边喝茶边聊天，坐了整整一个小时才心满意足地起身。

我和那个在黑鹰酒吧认识的女孩约好星期二晚上见面，我要请她吃饭，但要熬到约定时间对我而言真不是件容易的事。星期二终于到来，我也终于震惊地认清：原来我那么在乎和看重自己和那个陌生女孩的关系。我满脑子想的都是她，我对她有太多太多的期待，我义无反顾、满腔赤诚地只想为她付出，只想臣服于她，但又完全不是因为爱上了她。光是想象她可能反悔，或忘了我们的约会，我就彻底明白自己的处境了：世界将再次变得空洞，生活将日复一日地尽是灰暗与毫无价值，我将再度被彻底笼罩在可怕的寂静与槁木死灰中，能助我摆脱这死寂地狱的就只有刮胡刀了。

这几天来最受我眷顾的无疑就是刮胡刀，它依旧令我害怕，威胁性丝毫未减。这也正是最令我深恶痛绝的一点：拿起刮胡刀划过自己的咽喉，这件事竟然还是让我非常恐惧。我害怕死亡，且一心反抗，拼了命地顽强反抗，我倾全力地抗拒死亡到仿佛我是个身体非常健康的人，是个人生快乐到像活在天堂里的人。我非常清楚地意识到自己的处境，我意识到：我因求生不能、求死不得而变得紧张不安，正是这份令人难以忍受的紧张不安让那个陌生女孩，那个我在黑鹰酒吧认识的年轻、美丽的跳舞女郎，变得对我如此重要。她是我所处的恐惧黑洞里的一扇窗，一个能让微光透进来的孔。她是救赎，是我通往自由的管道。她将教导我生，或者教导我死。是她那只坚定而美丽的手再次唤醒了我业已僵化的心，但这颗再次被生命唤醒的心虽有可能就此绽放，却也可能就此灰飞烟灭。她为什么具有这些能力？她何来这样的魔法？到底是哪些神秘的原因让她对我具有如此深刻的意义？这所有的一切我想不明白，不过也无所谓，因为我根本不想知道。现在我最不在乎的就是知识和观点，是啊，我已应喂养了自己过多的知识与理解，就是这些知识与理解带给了我尖锐又讽刺的痛苦及耻辱，它们让我看清了自己的处境，再明白不过地意识到自己的处境。是啊，我看见了那家伙，那匹野蛮的荒野之狼，他出现在我面前，像一只身陷蜘蛛网的苍蝇，我眼睁睁地看着命运迫使他做出决定，我看着他身陷困境，无能为力地挂在蜘蛛网上，眼见蜘蛛就要朝他咬下，一只救援的手却及时出现，现在蜘蛛跟那只手距离他一样近。针对我的痛苦、我的精神疾病、我的犹如被诅咒、我的精神官能症，针对这些我轻而易举就能给出最睿智、最具洞见的解释，并借此说明当中的种种关联性与前因后果。换言之，存在于当中的必然性我自己再清楚不过。但我迫切需要的，义无反顾且满心渴望的并非知识与理解，而是去经历，去抉择，去冲撞，和去跨越。

约定日期来临前的那几天，等待中的我虽未曾怀疑过新朋友会不信守承诺，赴约的前一天我还是非常心浮气躁且不安。我这辈子从没有这样过，为了迎接某个夜晚的来临变得如此没耐性。但就在我紧张和烦躁到自己快受不了时，我发现这种状态所带来的奇妙之处：这真是一种不可思议、美好、又崭新的经验。对我这个极为理智的人而言，世上早已没有什么可以期待，可以欣喜盼望的事了——所以这真是太奇妙了，我竟然又能整天被心浮气躁，被惶惶不安，被满心期待给搞得七上八下，并且不断地幻想着明晚两人见面时的情况：我们会聊什么？见完面会有什么结果？我甚至为了见她特地刮了胡子，特地穿戴整齐（堪称精心打扮：新的衬衫，新的领结，新的鞋带）。不管那个聪颖、神秘的女孩是一个怎么样的人，不管她在我面前想扮演的是什么样的角色，她和我会发展出哪种关系，无论是这种或那种关系，我都不在乎了，唯一重要的是她这个人出现了，奇迹发生了，我又能像个人一样，我又重新找回了对生命的兴趣与关注！现在唯一重要的是我必须让这种情况持续，我得把自己交给这股吸引力，得继续接受这颗明星的指引。

再次见到她的那一刻，令人永生难忘！我坐在一间舒适惬意的老餐馆里，面前是一张不大的餐桌，这间餐厅我甚至不必事前订位。坐定后我开始翻阅菜单，水杯里插着两只我特地为了新朋友而买的美丽兰花。她让我等了好一会儿，但在等待的过程中，我一直坚信她会来，心情笃定到完全不再焦躁不安。她终于来了，一开始只是站在入口处的衣帽间，用她那双浅灰色的眼睛注视着我，她的眼神中透着审视。我则心存疑虑地观察着她和侍者之间的互动。幸好，不是我想象的那样，他们之间并不特别熟，而是保持着一定的分寸。侍者举止合宜，彬彬有礼。但他们显然认识，她直接喊他"埃米尔"。

我把兰花送给她，她高兴地接过，忍不住笑逐颜开："我很感谢你的心意，哈利。见面时你想送我礼物，对吧，却又不知道该送什么。你甚至不太有把握自己这样贸然送我礼物恰不恰当，不晓得我会不会因此感到被冒犯，于是你就买了兰花，虽然只是花，却非常贵。无论如何，很谢谢你。但现在我要当面告诉你：我不需要你送我礼物。我的确靠男人生活，但我不想靠你生活。哇，看看你，你完全变了！我简直快认不出你来了，前不久你还看起来像快没命了一样，现在却光鲜亮丽，人模人样。对了，你有乖乖听我的话吗？"

"听你什么话？"

"这么快就忘了？你学会狐步舞了吗？上次你不是亲口跟我说，你最渴望的就是听从我的命令，你最想要的就是乖乖地听我的话。是你说的啊，不记得了吗？"

"记得，以后也一样！我说那些话是认真的。"

"那你怎么还没有学会跳舞？"

"跳舞——能这么快就学会吗？才几天就学会？"

"当然啊！狐步舞一小时就能学会，华尔兹两个小时。探戈需要比较长的时间，但你用不着学。"

"现在最重要的是，让我先知道你的名字！"

她定睛瞧我，沉默了好一会儿。

"也许，你自己就能猜到。如果你能猜到我的名字，我会非常开心。听我说，现在你仔细看看我！注意到了吗？我有时候看起来简直像个小男孩，比方说现在，不是吗？"

没错，我端详她的脸，不得不承认她说得没错，这的确是一张男孩子的脸。看了足足一分钟后，这张脸开始自己对我说话了：它让我想起了我的童年，以及儿时那个名叫赫尔曼的玩伴。突然间她变成了赫尔曼。

"倘若你是个男孩,"我目瞪口呆地说,"你一定叫赫尔曼。"

"谁晓得,也许我真是个男孩,只是乔装打扮成女孩。"她一脸促狭地说。

"你的名字是赫尔米娜[1]吗?"

她一脸欣喜地猛点头,非常高兴我猜对了。这时汤来了,我们开始用餐,她享用美食的模样活像个小孩。不过,我在她身上看到的最吸引我的一点是——这一点真是棒透了又极为独特——她总能突如其来又迅速地在严肃和嬉笑之间转换,不论是从严肃到嬉笑,或反过来,都行,而且态度完全没变,丝毫不觉得别扭,浑然天成到简直像个天赋异禀的孩子。眼下她正在开玩笑,正在嘲笑我不会跳狐步舞,她甚至踢了我一脚,接着一个劲地夸奖食物好吃,同时不忘发表高见:她认为我这次虽然在穿着打扮上用心了,但我的外表仍有许多有待加强的地方。

谈话空当我趁机问她:"你到底是怎么办到的?你怎么能突然就让自己看起来像个男孩,并借此引导我一下子就猜出你的名字?"

"哦,这其实是你自己的功劳。你还没搞懂吗?博学多

---

[1] "赫尔曼"(Hermann)和"赫尔米娜"(Hermine)是一对同义的德文名,前者是男性名,后者是女性名。

闻的学者先生：你之所以喜欢我，之所以看重我，完全是因为我就像是你的一面镜子，因为在我之中有你想要的答案，你得以被理解。其实，人和人之间彼此都是对方的镜子，所有的人都是，大家都是彼此的答案，都在彼此呼应，只有像你这样的怪人才会对此感到惊讶，并一再轻易地错失经历魔法的机会，才会在别人眼中什么也看不见，什么也不读到，终至魔法在你身上完全没有发挥效果的机会。但是，像你这样的人，一旦有一天被你发现了一张脸，这张脸突如其来地凝视你，让你在它之中看到了答案，让你感觉到了相似性，在这样的情况下，你会比任何人都喜出望外。"

"天啊，你真的什么都懂，赫尔米娜，"我忍不住惊呼，"真的就像你讲的这样。但你跟我是如此的南辕北辙，完全不一样！你和我是彻底相反；你拥有一切我所缺乏的特质。"

"你这样觉得，"她简洁有力地说，"那很好。"

接着她脸色一沉——这张脸对我而言确实犹如一面魔镜——面色凝重犹如罩上一层阴影。她的整张脸突然只剩下严肃，剩下悲伤，她的眼神，犹如面具上的眼睛，空洞得像无底洞。她开始说话却说得非常慢，就像得用力挣扎才能把话逐字逐句地说出来："你别忘了你跟我说过的话！你说我可以命令你，你说服从我的命令会让你感到高兴。别忘了你自己说过的话！你要知道，小哈利，这么说吧，我所带给你的，比方说，你能在我脸上读到答案，我身上的某些特质非常吸引你，我能带给你信赖感——其实我对你也有相同的感觉。上次在黑鹰，我看见你走进来，疲惫不堪，失魂落魄，简直像个不存在于这个世界的游魂，当时我就已经感觉到：这家伙会听我的话，他会由衷渴望我对他发号施令！而我也确实想这么做，所以我才会主动跟你说话，我们俩才会变成朋友。"

她说得无比严肃，仿佛精神承受着极大的压力。我一时没搞清楚状况，还试图安抚她和转移话题。但她眉一挑，完全不为所动，只是眼神强悍地瞪着我，语气更加坚定地往下讲：

"你必须说话算话，小家伙，让我告诉你：否则你一定会后悔。我会对你下达许多命令，你必须服从这些命令，一些很棒的命令，令人愉快的命令，听从我的命令能带给你快乐。但是，哈利，有一天你必须执行我的最后命令。"

"我会的，"我愣愣地回答，"但你的最后命令是什么？"天啊，不知何故，我心底其实已经知道。

她身体突然微微一震，仿佛打了个冷战。瞬间她身上那股沉重感，那种全然沉浸在自我之中的状态，似乎开始消退，她慢慢地清醒了，但她依旧凝视着我，眼神甚至比刚才更可怕。

"不告诉你，或许才是比较明智的做法。但我现在不想明智，哈利，这次我不打算明智。我要彻底改变做法。你仔细听好！我会告诉你，但你会忘记，并且在我告诉你之后，你将为此而笑，为此而哭。仔细听好，小男孩！我要跟你玩一场关乎生死的游戏，我的兄弟，我要在我们的游戏开始前，就对你亮牌，让你看清楚我手中所有的牌。"

她说这番话时，整张脸好美，充满灵性！她的眼睛冷静而明亮，透着一抹因了然于胸而产生的悲伤，那双眼仿佛早已历过一切想象得到的痛苦，是啊，那双眼已然道尽了一切。但真正负责说话的嘴却开不了口，犹如困难重重，就像冰天雪地里整张脸被冻僵了难以开口一样。即便如此，在她双唇间，在她嘴角上，甚至是难得一见的舌尖上，都明显地流露出玩世不恭却甜美的感性，以及心底深深的向往与欲望，但这样的感性与欲望却又与她的眼神、她的声音互相抵触。她光滑而平静的额头上垂下了一绺短短的卷发；从那里，从发丝垂坠的那个额头一角不断地散发出一波波活跃的男孩气息，雌雄同体的魔法正在一波波地发挥作用。我惊心动魄地听着她说话，却又听得如痴如醉，听得出神，听得忘我。

"你喜欢我，"她继续往下说，"基于哪些原因我刚才已经说过。我解除了你的孤单，我在地狱的门前将你救了下来，再次把你唤醒。但我要的不只是这样，我要从你身上得到更多，更多。我要你爱上我。别，别反驳，让我说完！我可以感觉到你非常喜欢我，而且你很感激我，但你并没有爱上我。但我会让你爱上我，这是我的专业，我以此维生，我的本领就是让男人爱上我，我靠这个过活。不过，我希望你能明白，我要你爱上我并不是因为我觉得你很迷人，不，哈利，我同样没有爱上你，完全没有，就像你对我的感觉一样。但我需要你像你需要我。现在你需要我，就在眼前，因为你很绝望，你需要有人推你一把，把你推到水里，让你清醒，让你再次活过来。你需要我，需要我教你跳舞，教你笑，教你怎么活着。但我也需要你，虽然不是今天，是之后，但我需要你帮我做一件非常重要的事，一件极为美好的事。在你爱上我之后，我会向你下达我最后的命令，你必须服从我的命令，那样做对你和对我都好。"

她将插在玻璃杯中的一枝褐紫带绿的兰花略微抽起，俯身向前，把脸凑近，注视着花。

"那件事要做并不容易，但你一定会做。你会照我的命令去做，去完成它。你会杀了我。就是这样，别再多问！"

她不说话了，眼睛依旧盯着兰花，但表情却逐渐舒展，像一朵含苞待放的花正在挣扎着绽放。上一秒她的眼神仍略显空洞和呆滞，下一秒一朵迷人的笑容已经在她的唇边盛开。

她用力地摇了摇她那颗男孩似的头和短卷发，又喝了一口水，突然看见眼前的食物，想起我们正在用餐，又兴高采烈地开始大快朵颐。

她那番令人毛骨悚然的话，我逐字逐句听得仔细，她的"最后命令"都还没说出口，我已经猜到。所以当她说"你会杀了我"时，我丝毫不感讶异。她说的每一句话听在我耳里都不容置疑又俨然命运，所以我只能默默地接受，完全不反抗，即便如此，我还是觉得这一切很不真实，叫人难以认真看待，虽然她说话的态度认真得可怕。我有一部分灵魂吸收了她的话，并且信了这些话；但另一部分灵魂只是很善解人意地站在一旁点头，一副知之甚详的模样：即便聪明、健康、笃定如赫尔米娜，也有产生幻觉和精神恍惚的时候。她最后一句话都还没说完，我已经觉得眼前的这一幕罩上了薄薄的一层不真实感，仿佛根本发挥不了作用。

可惜我不具备赫尔米娜那种高超的走钢丝技巧，无法轻松地在可能性与真实性之间来去自如。

"所以，有一天我会杀了你？"我像刚做完梦那样地喃喃自语，但她早已恢复笑容，认真地在切盘里的鸭肉。

"当然，"她敷衍地点点头，"好了，不说这个了，现在是用餐时间。哈利，拜托你，再帮我点些有绿色蔬菜的色拉！你没胃口吗？你真的什么事都得从头学起，在别人身上理所当然的事你全得从头学，甚至连开心地吃顿饭也得学。小家伙，你瞧，这是块鸭腿肉，有人把这么棒又这么漂亮的鸭肉从骨头上卸下来，这是何等的盛宴呀，绝对令人胃口大开，满心期待且心存感激，就像一个陷入爱河的男孩第一次要帮他心爱的女孩脱掉外套。你懂我的意思吗？不懂？你这只大笨羊！这样吧，让你尝一口我美味的鸭腿，你就会懂。来，把嘴巴张开！——天啊，你这个令人倒胃口的家伙！竟然在偷瞥别人，一副生怕别人看见我用叉子喂你吃东西的模样！别担心，迷失的孩子，我不会害你丢脸的！如果你享乐还得看别人脸色，还得获得别人的允许，那你就真的是个可怜的大傻瓜！"

此刻，刚才的那一幕显得更不真实。但更叫人难以置信的是这双眼睛几分钟前还那么严肃，那么可怕。哦，是啊，赫尔米娜就像是人生：瞬息万变，无法预料。眼下她正在吃东西，正在全心全意地认真对待鸭腿、色拉、蛋糕和甜酒，她因为它们而开心，因它们而大发议论，聊的是这些食物，天马行空编织的幻想也是针对这些食物。可一旦盘子被撤走，想必她又会立刻翻页，重新开启谈话新章。这女人，这个几乎把我看透的女人，这个看起来比任何智者都了解人生的女人，行为举止却像个孩子，却又能技艺高超地在我面前表演人生瞬息万变的小把戏，让我立刻折服于她。这到底是一种上乘的智慧，或仅仅是最单纯的天真：她就只是一个懂得活在每个当下、每个刹那的人，懂得开心地珍视每朵路边小花，珍惜每个看似微不足道、无须认真看待之瞬间的人，这种人——人生绝伤不了她。但是，我眼前这个正在兴高采烈大快朵颐的孩子，正肆无忌惮对美食大发议论的女子，有可能同时是个爱胡思乱想又歇斯底里，渴望被我杀死，向往死亡的女人吗？又或者她就只是个心思缜密的心机女，她是故意的，她其实非常地冷静理智，她正在用尽心机要让我爱上她，要让我成为她的奴隶？不，不可能。她不过是全心全意地沉浸在每个当下，真诚而坦率地在对待每个有趣的想法，在对待每个突然从灵魂深处冒出来、一闪而过、骇人且晦暗的念头，并且把它们活生生地呈现出来。

赫尔米娜，这个我加上今天才见过两次面的女孩，竟对我了如指掌，我在她面前竟赤裸裸得像无法保有任何秘密。不过，对于我的精神生活，或许她就无法全然窥得了。她应该体会不了我跟音乐，跟歌德，跟诺瓦利斯，跟波特莱尔之间的关系——但这一点也很值得怀疑，也许要理解这些对她而言根本轻而易举。倘若真是这样——那我的"精神生活"不就什么都不是了？不就毫无价值了？一切将瞬间崩溃，将顿失意义，不是吗？但好处是，这代表我的其他问题，那些极为私人的问题和愿望，她也能全部理解——其实我真的一点也不怀疑她能够理解。这么一来，我就可以跟她聊荒野之狼，聊那本小册子，可以跟她无所不谈，甚至可以把至今为止所有只有我自己知道，从没告诉过别人的事，通通跟她说。想到这里，我就忍不住立刻告诉她。

"赫尔米娜，"我说，"最近我遇到了一件奇怪的事。我从一个陌生人那里得到了一本印刷品，是一本小册子，就是年货市集上常常可以见到的那种宣传手册，但那本小册子里写的竟然是我的故事，所有发生在我身上的事，而且写得巨细无遗。你说，这是不是很奇怪？"

"那本册子的标题是什么？"她随口问道。

"《荒野之狼》。"

"噢，荒野之狼，很棒啊！但你是荒野之狼吗？你能是荒野之狼吗？"

"是啊，我是荒野之狼。我确实一半是人一半是狼，或者我把自己想象成是那样了。"

她沉默不语，用审视的眼光打量着我，直视我的眼睛，接着又端详我的手。她的眼神和表情再次变得像之前那样严肃又悲伤。我自认为能猜出她的想法：她正在评估我，看我够不够像一匹狼，有没有能力完成她的"最后命令"。

"这当然是你自己在幻想，"突然她又变得开朗，"或者，如果你不反对，也可以说那是你为自己编织的一首诗。总之，它肯定有它的意义。但至少今天你不是狼。那天，当你踏进黑鹰时，一副刚从月亮上掉了下来的模样，走进大厅的你确实有点像头野兽，但正因为那样我才会对你产生好感。"

她话说到一半，突然想到了什么似的，深有所感地说："天啊，'野兽'或'掠食动物'，这种字眼听起来真是愚蠢！实在不该用这种字眼来称呼动物。它们很多时候确实看起很可怕，但它们其实比人真多了。"

"什么叫作'真'？这是什么意思？"

"这个嘛，你想想！不管是猫、狗、小鸟，或动物园里的某只漂亮的大型动物，比方说豹或长颈鹿，它们就像你看到的一样，每一只都很真，没有动物会尴尬不安，或不知道自己该做什么，或不知道该怎么摆弄自己的行为举止。它们不会刻意逢迎你，不会故意在你面前不可一世，不会装模作样，假惺惺。它们总是如其所是，是怎么就怎样，跟石头、跟花一样，或者说跟天上的星星一样。你懂我的意思吗？"

我懂。

"其实动物大多很悲伤，"她继续往下说，"唯有当一个人真的很悲伤时，我指的不是那种因牙痛或丢钱而悲伤，而是那种在某一刻突然对所有一切有所领悟，对整个人生有所领悟，因此感到非常难过的那种悲伤，这时候人看起来就会有点像动物——虽悲伤，却又比平时还要更纯真，更美丽。真的，的确是这样。我第一次看见你的时候，你就是那样——荒野之狼。"

"赫尔米娜,关于那本简直像在描述我的书,你有什么看法?"

"啊,你知道,我不喜欢一直思考。这件事下次再说吧。下次你可以把那本小册子拿来给我看。哦,不,下次我们见面时,如果真要读点东西,不如拿一本你写的书给我看。"

她说她想喝咖啡,并露出一副无法专心又精神不济的模样,可是不一会儿她又显得精神抖擞,整个人容光焕发,像低落的思绪又突然找到了新的方向和目标。

"嘿,"她欢天喜地地说,"我想到了!"

"想到什么?"

"学狐步舞的事啊!我一直惦记着这件事。快告诉我:你的房间可以让我们偶尔在那里跳一小时舞吗?房间小没关系,只要楼下别住那种天花板一震动就会上来骂人且骂得像发生了什么惨案一样的家伙就行。没错,就这样,好极了!这么一来你就可以在家里学跳舞了!"

"是这样,没错,"我略显犹豫地说,"这样的确很好。但学跳舞不是还需要音乐吗?"

"当然需要。你听我说,音乐可以买,你帮自己买,费用顶多跟上跳舞课一样,但我就是你的跳舞老师,跳舞老师的钱你已经省了。买了音乐我们就有音乐啦,而且爱听几遍就听几遍,加上我们又有自己的留声机。"

"留声机？"

"当然咯。你买台小的就可以了，然后再买些唱片。"

"太好了，"我欢呼道，"如果你真能教会我跳舞，留声机就送给你，当作你的酬劳。一言为定？"

我说得兴高采烈，但其实心口不一。我根本无法想象在我那间摆满了书、专门用来做学问的斗室里，摆上一台我根本没什么好感的留声机，加上我实在排斥跳舞。不过，虽然自知又老又硬，简直没有学会跳舞的可能，偶尔我还是会告诉自己"试试吧！"。可是现在，突然接二连三地要我做这做那，对我而言真的太急、太快了，我仅觉自己满心排斥。像我这样一个上了年纪又养尊处优的音乐行家实在受不了留声机、爵士乐，和时髦的舞曲。要我在我的书房里，在诺瓦利斯和让·保罗的著作旁，在我的沉思秘境，在我的避风港内播放美国的流行舞曲，然后跟着跳，这简直是太过分，任何人都不能这样要求我。但这样要求我的不是"任何人"，而是赫尔米娜，她有权对我下令。我必须服从。我当然得要服从。

隔天下午我们约在一家咖啡店见面。我到的时候赫尔米娜已经在里头喝茶了，她笑着要我看一份上头有我名字的报纸。那是一份来自我故乡的报纸，堪称反动派的宣传报，报上的文章总极尽煽动和鼓吹之能事。这份报纸每隔一段时间就会刊出对我严加挞伐的文章。因为我在战争期间曾公开反战，不仅如此，战后我更进一步呼吁大家要冷静，要沉着，要有耐性，要尊重人性，要自我反省，尤有甚者我还挺身而出批评越来越尖锐、越来越愚蠢、越来越失控的国家主义狂热现象。如今报上又出现了一篇这种攻击我的文章，写得很糟，看得出一半是编辑自己写的，一半是抄袭自立场相近之同行的类似文章。不言自喻，除了这批矢志捍卫过时意识形态的反动分子，没有人能写出这么烂的文章；除了他们，没有人能把事情做得这么肮脏龌龊，这么无所不用其极。但赫尔米娜竟然看到了这样的一篇文章，并因此得知：哈利原来是匹害群之马，是个背弃祖国的无耻之徒，倘若继续容忍哈利这种人和这种思想存在，国家就会继续受到危害，年轻人也会被教坏，也会不切实际地耽溺在浪漫的人道思想之中，而非挺身而出投入对抗敌人的复仇之战。

"这是在说你吗？"赫尔米娜指着我的名字问，"哇，哈利，你真是帮自己制造了不少敌人。他们这样写你，你生气吗？"

我稍微读了几行，全是老调重弹。他们骂我的那些话全都是些陈腔滥调，这几年我早就读腻了。

"不，"我回答，"不生气，我早就习惯了。我曾经发表过几次这样的言论：我认为身为一个国家的人民，甚至单单只是身为一个人，我们都该别再自欺欺人地把责任全推给政治上的'究责'，然后便自觉可以高枕无忧了。我们不该这么做，我们应该反躬自省：战争的发生及世上的其他惨事，到底有多少是由我的错误、我的疏忽和种种恶习造成的？这样的自我反省或许才是避免再次发生战争的唯一方法。但这样的言论却冒犯了所有人，他们不肯原谅我，因为他们怎么可能有错？当然没有，完全没错：无论是皇帝、将领、大企业家、政治家，或各大报纸——没有人觉得自己应该受到苛责，没有人觉得自己有错！对呀，他们的确可以说世界其实无比美好，只不过有数百万微不足道的人在地球的某个角落战死罢了。你知道吗，赫尔米娜，在这些极尽诋毁与谩骂之能事的文章再也不能惹怒我之后，它们有时候只让我感到悲伤。我的同胞，全国有三分之二的人，每天早上，每天晚上，都在阅读这种报纸，这种论调，他们天天受这些看法的影响、恐吓、挑拨和煽动，因此心生不满及愤怒，而这一切最终的目的和结果便是再次挑起战争。而且后面的战争总比前一次更丑陋、更可鄙。如此简单明了的事，任何人只要肯花一个钟头的时间便能看清楚其中的道理，便能得出跟我一样的结论。但没有人愿意了解，没有人想要避免战争，没有人想帮自己、帮子孙省掉动辄百万人死伤的战争。其实再没有比这更便宜的方法了，只要花一个小时思考，静下心来想想，扪心自问：这世间的混乱与悲惨，有多少得归咎于我的参与，我得为此负多大的责任?——但你瞧,根本没有人愿意自省!所以,事情当然不会有所改变,情况当然还会继续这样下去。日复一日,依旧有成千上万的人在那里推波助澜,唯恐下一场战争不会赶快到来。在我看清楚这一切之后,我感到无能为力,感到心灰意冷,我再也不认同我的'祖国'了,我再也没有所谓的理想了,因为那全是统治者用来自我粉饰的花言巧语,他们只想借此筹备和发动下一场战争。所以,以人性的角度来思考、来发言、来写作根本是毫无意义,试图用正直的思想来影响其他人同样白费力气——即便有两三个人真的被你所影响,但成千上万的报章杂志,各种发言,公开的、私下的讨论及会议,都在往相反的方向导,往相反的方向鼓吹,而他们也确实达到了他们的目的。"

赫尔米娜感同身受地听着我讲。

"是啊,"她说,"你说得没错。但不需要看报纸也能知道,下一场战争一定会来。这一点确实令人伤心,不过,这其实一点都不值得伤心。因为就像一个人不管怎么努力地对抗死亡,总有一天都会死,这一点确实令人悲伤。但,亲爱的哈利,对抗死亡,这件事本身其实就是一件非常美好、高贵,又棒又了不起的事,对抗战争也一样。不过话说回来,这两件事的确都脱不了堂吉诃德式的徒劳无功。"

"或许是这样吧,"我激动地说,"但如果我们基于'每个人早晚都会死'的事实,就觉得凡事都无所谓了,都可以不在乎了,那我们的人生将变得平庸而愚蠢。好吧,所以我们真该把一切抛诸脑后,放弃所有精神上的追求,不再努力,不再珍惜人性的可贵。我们该任凭野心和金钱继续统治这个世界,我们只需叫杯啤酒,好整以暇地等着下一次的战争和动员,你的意思是这样吗?"

赫尔米娜的眼神异乎寻常;她看着我,眼中满是促狭,满是嘲讽和讥笑,却同时又像个伙伴那样对我充满了同理心。那双眼既心情沉重又对一切了然于心,甚至无比认真严肃!

"没有人叫你这样,"她的语气突然像个母亲一样,"纵使知道自己的努力与对抗终将徒劳无功,你的人生也不会因此沦为平庸和愚蠢。哈利啊,真正的平庸是,那些被你视为善、视为理想的事,你为了它们奋斗,并执意一定要让它们实现,这才叫平庸。理想是用来实现的吗?生而为人,我们活着是为了要对抗死亡的吗?不,不是,我们活着首先是为了要恐惧死亡,然后是为了要懂得爱惜死亡。正因为我们会死,所以我们那微不足道的人生才会在某些时刻绽放出一个小时的璀璨与美好。你不过是个孩子,哈利,乖,听话,跟随我的脚步,今天我们还有好多事要做。现在别再烦恼什么战争或报纸的事了,好吗?"

天啊,太好了,我正想这样。

于是我们去了一家乐器行——这是我们第一次一起进

城，并且开始挑选留声机，我们一连看了好几台，一下子打开一下子合上，并请店员试放音乐给我们听。最后我们终于找到了一台又好又适合，而且物美价廉的留声机。我决定立刻买下，但赫尔米娜不同意这么快就做决定。她阻止我，并要求我跟她再到另一家去逛逛。到了另一家，我们把各类型和各种大小的留声机从最贵的到最便宜的全都看过且试过，然后她终于同意折回第一家，去买刚才看中的那一台。

"你看吧，"我说，"刚才直接买下就好了。"

"你真的这样想？万一明天我们在另一家乐器行的橱窗里看见同样的留声机足足便宜了二十法郎，那怎么办？除此之外，上街购物本来就是很好玩的事，既然是好玩的事就该尽情去享受它。哈利，你真的还有很多事得学。"

在乐器行一名伙计的协助下，我们将留声机带回了我的住处。

赫尔米娜一进我的房间就开始仔细打量每个角落，她赞美了壁炉和躺椅，还试坐了另一把椅子，并且把书拿起来翻阅，然后停留在我情人的照片前好一会儿。我们将堆满书的五斗柜清出了一隅放留声机的空间。我的舞蹈课程正式开始。她放了一段狐步舞的音乐，并示范最基础的舞步给我看。接着她拉起我的手开始引导我移动。我顺从地跟随着她的步伐，不小心撞到椅子，认真听从她的指示，但听了却没有懂，于是踩到了她的脚，我表现得既笨拙又急切。试了两次之后，她倒在躺椅上，笑得像个孩子。

"天啊，你怎么这么僵硬！你必须像散步一样，就这么跨出去！完全不必刻意。我想，你汗流浃背了吧？嗯，我们休息五分钟！你看，对于会跳舞的人而言，跳舞就像你在思考一样简单，其实跳舞比思考简单多了。所以，你现在应该要对大家不愿意思考和不习惯思考，因此把哈利先生说成叛国贼，并且宁愿眼睁睁看着下一场战争爆发等行径，比较能释怀了吧！"

一个小时后她离开了，离开前一再向我保证，下次我的情况绝对会有改善。但我并不这么认为，我对自己的笨手笨脚和迟钝感到失望，我觉得这一小时我什么也没学会，且沮丧地认定下次也不可能改善。不可能，因为我完全不具备学跳舞所必须具有的那些能力：懂得开心，愿意纯真和率性，并充满热情。所以，我早就知道自己不可能学会跳舞。

但是，下一次的情况竟真的改善了，我甚至跳出了乐趣，上完一小时课后，赫尔米娜下了这样的结论：我已经会跳狐步舞了。但她接下来的决定——明天我必须跟她一起去一家餐厅跳舞——令我大吃一惊，并拼命拒绝。但她冷冷地提醒我，我承诺过凡事都会听从她的命令，她表示她已经决定明天要带我去贝伦斯饭店喝茶了。

那晚我枯坐家中，想阅读却完全读不下去。我为明天担心不已。光想到我这个又老又害羞又敏感的异类竟然要踏进那个空洞浮夸，专门供人喝茶和跳舞，并且有爵士乐演奏的时髦地方，我就担心不已。但最令我害怕的还在于我必须在陌生人面前跳舞，但我根本不会跳舞。我承认，夜里当我独自一人在寂静的书房里打开留声机，任由音乐流泻，然后穿着袜子蹑手蹑脚地反复练习我的狐步舞时，我不仅觉得自己可笑，还觉得很可耻。

隔天我们来到贝伦斯饭店，一支小型乐队正在演奏，我们点了茶和威士忌。我试图转移赫尔米娜的注意力，一下子请她吃蛋糕，一下子提议叫瓶好酒来喝，但她完全不为所动。

"你今天不是来大快朵颐的，是来上跳舞课的。"

我被迫跟她跳了两三次舞，中间她还介绍了乐队的萨克斯风手给我认识，那人皮肤黝黑，英俊又年轻，看起来像是西班牙裔或具南美血统。赫尔米娜说他会玩所有的乐器，且精通各国语言。赫尔米娜跟这个人似乎很熟，甚至是朋友。那家伙在自己面前摆着两把不同大小的萨克斯风，不时轮流吹奏。他一边演奏一边用他那对炯炯有神的黑眼珠打量并饶富兴味地观察那些跳舞的人。我惊讶地发现自己对这个无伤大雅且帅气的乐手心存忌妒，不是那种因爱而生的忌妒，毕竟我和赫尔米娜之间并非爱情。我觉得我对他的醋意更像是一种精神层面上的对友情的忌妒。因为我觉得赫尔米娜对他的重视和肯定——或者说推崇，和他本人很不相称。我悻悻然地在心底抱怨：干吗要我认识这种奇怪的人。

不断有人来邀请赫尔米娜跳舞，我独自一人留在座位上喝茶，并聆听音乐——这种音乐以往我一直无法忍受。我忍不住想：亲爱的神啊，所以，现在我必须被引领至此，我必须要熟悉这种环境，熟悉这种我一向感觉陌生又深觉可鄙的地方。这种地方一直以来我都小心翼翼地避免接触，因为我鄙视它，瞧不起它，这是一个属于游手好闲者和耽于逸乐者的世界，一个摆满大理石小桌，充斥着爵士乐，属于荡妇，属于贩夫走卒，既肤浅又庸俗的世界！我一边心不在焉地喝着茶，一边注视着看似优雅的人们。我的目光被两名美丽的女孩所吸引，她们两个都非常会跳舞，我忍不住既羡慕又满心赞叹地盯着她们。她们的舞步不但灵活，而且好美，好开心，又充满自信。

赫尔米娜再度回到座位上，并对我大感不满。她抱怨我根本心不在焉，不然怎么会垮着一张脸，怎么会槁木死灰地坐在这里喝茶。她说我应该鼓起勇气去跳舞。但要怎么跳？我半个人也不认识。赫尔米娜说这根本不重要。她问我，难道我没有看中意任何一个女孩？

我指了指那个站在我们附近，长得相当漂亮，身穿美丽绒布短裙，头发剪得又短又有个性的金发女孩，她的两只臂膀丰满而女性化，非常迷人。赫尔米娜命我过去邀请她跳舞。我惊慌失措地拼命推诿。

"我真的没办法！"我一脸哀求，"是啊，假如我是个年轻英俊的小伙子就好了！可惜我是个又老又硬，完全不会跳舞的笨蛋——我过去邀舞的话一定会被她笑！"

赫尔米娜摆出一脸的不屑。

"那我呢？你就不在乎被我笑？你这个懦夫！任何一个想接近女孩子的男人都得承担被笑的风险。这本来就是一场赌注。哈利，鼓起勇气去冒险，再严重也不过就是被笑———如果你不去试，我就再也不相信你会乖乖地服从我的命令。"

赫尔米娜完全不肯让步。我惴惴不安地站起来，缓缓走向那个美丽的女孩，此时乐声再度响起。

"我其实有舞伴，"女孩用她水汪汪的大眼睛好奇地打量着我并且说，"不过我的舞伴似乎正流连在酒吧那边不想回来。好吧，我跟你跳！"

我挽着她开始移动舞步，但满脑子还在惊讶：她怎么没有拒绝我？她随即发现我不太会跳舞，于是开始主动引导。她跳得好棒，并且一路带领我跳。好一会儿我忘了所有跳舞时该肩负的责任和遵守的规则，只是亦步亦趋地跟着我的舞伴满场飞舞，一心一意感受着她臀部移动的劲道，和灵活的双膝快速变换的方向。我望着她容光焕发的年轻脸庞，向她坦承今天是我这辈子第一次在舞池里跳舞。她对着我拉开微笑，露出一脸的鼓励，甚至完美而灵活地回应着我炙热的眼神和恭维的话语；她不是用语言回答我，而是以轻巧又迷人的肢体动作回应我，那些动作和舞步完美地拉近了我们之间的距离，心旷神怡地将我们结合在一起。

我的右手紧搭在她的腰上，我整个人快乐而迫不及待地追随着她的脚步、她的臂膀、她的肩。我满心诧异地注意到：我竟然一次也没有踩到她的脚。音乐戛然而止，我们停下脚步，跟着大家一起鼓掌。音乐再次响起，我的心也再次急切地，像热恋一般地，极为虔诚地，再一次投入这场仪式。

舞曲结束，我仅觉结束得未免太快。穿着绒布短裙的美丽女孩回到座位。刚才一直在旁边看着我们跳舞的赫尔米娜突然出现在我身边。

"有没有发现什么呀？"她一脸嘉许地笑道："你难道没发现女人的脚跟桌子的脚不一样？太棒了，你跳得真是太棒了！感谢上帝，你终于会狐步舞了，明天开始我们来学华尔兹，三个礼拜后环球舞厅有场面具舞会。"

中场休息，我们回到座位上。年轻、英俊的帕布罗先生，也就是那个吹萨克斯风的，朝我们走来，简短的点头致意后，他在赫尔米娜的身边坐下。他们俩似乎是非常要好的朋友。但第一次和这个人相处，我必须承认，我完全不喜欢他。无可否认，他长得很英俊，身材棒，脸也帅，但除此之外我实在找不出其他什么优点。他所谓的会说多国语言，其实一点也不难，因为他根本什么也没讲，他吐出来的只是些单字或词，比方说"请""谢谢""没错""对""嗨"，或类似的简单字眼，这些字词他确实知道很多个国家的说法。所以，我们这位帕布罗先生，根本什么都没讲。除了言之无物，这位美男子似乎也不太喜欢思考。他的职业是在爵士乐队里演奏萨克斯风，对于自己的工作他显得充满热情与喜爱，但有时候音乐演奏到一半他又会突然暂停，举起手来鼓掌，或者任由自己随性地想怎样就怎样，比方说突然高喊："哦、哦、哦、哦，哈、哈，大家好！"他活在这世上唯一的目的似乎是要帅，为了展现英俊，为了招蜂引蝶，为了迷倒女性，为了穿戴最新流行、最时髦的领子和领结，为了双手戴满戒指。他跟人聊天的方式仅止于：坐在那里望着我们微笑，时不时低头看一下手表，或转动一下手上的香烟，我不得不说他转动香烟的手势和技巧确实纯熟。但在他那双美丽的南美裔深色眼眸中，在他黑色的卷发下，真的没有隐藏什么浪漫情怀，或值得探索的问题和思想——进一步观察你会发现，这个充满异国情调的美男子不过是个懂得表现彬彬有礼，但实则玩世不恭又有点骄纵的毛头小子，除此之外他什么都不会。我试着跟他聊他的乐器，聊爵士乐特有的音色，我想让他知道坐在他面前的可是个真正对音乐有深厚涵养的老乐迷和音乐专家。但他竟然完全不领情，就在我基于礼貌——为了向他，尤其是向赫尔米娜展现善意——而拼命为爵士乐寻找乐理上的依据时，他竟然一副事不关己的模样，只是望着我微笑，任由我辛苦地唱独角戏。我因此严重地怀疑他除了爵士乐，根本不知道世上还有其他音乐。他看起来很和善，和善又有礼貌，他那双空洞的大眼笑起来时确实很帅。

但他跟我似乎完全没有共通点——对他而言重要而神圣的事，对我而言完全无足轻重。我们就像来自彻底相反的两个极端世界，没有任何共通的语言。（但后来赫尔米娜跟我说了一件很奇怪的事。她说：帕布罗在和我聊过天后对她说，她应该要多关心我，因为我是一个非常不快乐的人。赫尔米娜闻言反问他，他是根据什么下此结论的，帕布罗回答："可怜人，他真的是个可怜人。你没看见他的眼睛吗？他甚至不懂得怎么笑。"）

黑眼珠的帕布罗起身致意后离开。不久乐声再次奏起。赫尔米娜也站了起来："哈利，再跟我跳一支舞吧！还是你不想跳了？"

这次，连跟赫尔米娜，我都能跳得比较轻松、欢喜和开心。即便没有像刚才那样,刚才跟那个女孩跳舞确实毫无顾忌又浑然忘我。赫尔米娜把自己交给了我,由我主导,她温柔、轻盈得犹如一片花瓣,傍着我翩翩起舞。这次我在她身上同样发现和感受到那一下子袭来,一下子又消失的美好氛围,她身上同样散发出浓浓的女性气息和爱意,她流畅的舞姿犹如一首隐隐唱起,缓缓流泻,既可爱又迷人的异性之歌——但我却无法敞开心胸,愉悦地呼应她,我无法完全忘掉自己,无法全心全意地投入。因为我跟赫尔米娜太亲,她就像我的同伴,我的亲姊妹,她和我是一样的,她等同于我自己,等同于我儿时的挚友赫尔曼,她同样是个狂热分子,是位诗人,是我所有精神活动与放纵行径最棒的同路人。

"我懂,"跳完舞之后,我跟她聊起我的这些感受,她说,"我完全能理解。虽然我终将让你爱上我,但这件事不急。现在我们先当朋友。我们就是两个彼此渴望成为朋友的人,因为我们互相了解,我们深知对方。我们想要互相学习,想要一起玩。我将让你见识到我的人生小剧场,我的种种表演,我将教你跳舞,教你如何获得些许人生乐趣,如何变得傻一点。如同你将告诉我、让我见识到你的种种想法和各种知识。"

"啊,赫尔米娜,我还有能力告诉你什么呢?我还能让你见识到什么呢?你所知、所懂的远超过我。小女孩,你真是个奇特的人！你完全而彻底地理解我，甚至比我自己更了解我。在这样的情况下，我对你还有什么意义呢？你是不是觉得我很无趣？"

她忽然目光阴郁地望着地板。

"我不喜欢听你讲这样的话。还记得那晚吗？你因为痛苦，因为寂寞，失魂落魄且绝望至极地来到我的面前，我们还因此结成了朋友！为什么会这样？难道你认为我当时就已经看透你了？就已经完全了解你了？"

"对呀，为什么会这样？赫尔米娜，告诉我！"

"因为当时我的情况跟你完全一样。我也觉得自己好孤独，我跟你一样，我也对生活，对周遭的人，对自己全都不再热爱，不再觉得有意思。是啊，世上的确有一些这样的人，他们对生活的要求很高，他们对自己的愚蠢和野蛮完全无法忍受。"

"你看，你看！"我欣喜若狂地惊呼，"我了解你的感受，好友，没有人能像我这样了解你的感受。我虽然了解，但你对我而言还是像谜一样。你的生活方式就像在游戏，你活得非常轻松自在。你珍惜和看重任何微不足道的小东西和小享受，你根本就是个生活艺术家。像你这样的人，生活中哪里会有痛苦？哪里会有绝望？"

"我确实未曾感到绝望，但哈利，我也饱尝了生活中的痛苦——是啊，我有过许多痛苦的经验。你一定觉得奇怪，我既会跳舞，又那么懂得享受肤浅的世俗生活，我怎么还会不快乐？但亲爱的好友，我也同样觉得你很奇怪，你终日与世上最美、最深刻的事情为伍，你整天沉浸在精神领域里，在艺术中，思想里，你怎么还会对人生感到失望？我们俩就是因为这样才互相吸引，才自觉亲如手足。你将从我身上学会如何跳舞，如何玩乐，如何欢笑，但纵使这样你也不会满足。我将从你身上学到如何思考，如何认知，但纵使这样我也不会满足。你知道吗，那是因为我们俩是魔鬼之子。"

"没错，我们俩是魔鬼之子。魔鬼就是精神，我们俩是它不幸的孩子。我们从自然中诞生，却脱离了本性，自甘依附于空洞虚无。不过这就让我想到之前我跟你提到过的《荒野之狼》，那本小册子说，如果哈利认为自己只有一个或两个灵魂，并且只具一种或两种人格，那么他就错了，因为那全是他自己幻想出来的。事实上每个人都有十个、百个，甚至上千个灵魂。"

"我喜欢这种说法。"赫尔米娜欣喜道，"就说你吧，你在精神上具有高度涵养，但所有与生活艺术有关的雕虫小技你却完全不擅长。就此意义下，思想家哈利可说是百岁人瑞，但舞者哈利却是才刚出生半天的婴儿，所以让我们来锻炼这个婴儿吧，还有锻炼他所有嗷嗷待哺的兄弟姊妹，这些兄弟姊妹就跟舞者哈利一样，都还很稚嫩，很笨拙，都是还没长大的幼儿。"

她面带微笑地看着我,突然压低音量并改变语气地问:"你对玛丽亚的印象怎么样?"

"玛丽亚?谁是玛丽亚?"

"就是那个跟你跳舞的女孩呀。很漂亮的一个女孩,甚至称得上极为美丽。我看得出,你有点喜欢她。"

"你们认识?"

"对啊,我们很熟。她让你觉得非常心动,对吧?"

"我确实很喜欢她,而且我好高兴她在跳舞时对我那么细心体贴。"

"既然这样,真是太好了!哈利,你应该主动向她献献殷勤,她又漂亮又会跳舞,而且你又那么喜欢她,我相信你如果追求她一定会成功。"

"哈,这方面的成功我不感兴趣。"

"你这么说就太不诚实了。我知道你有个情人正在世上的某个角落,你每半年和她见一次面,但见面时总是吵架。如果你执意自己必须忠于那个奇怪的女人,我只能说,你真的好了不起。不过请原谅我,我真的没办法认真看待你的这份痴情!说真的,我很怀疑你是不是把爱情看得太严重、太认真了。或许你真是这样吧,你是用非常理想化的方式在谈恋爱。如果你想这样,那是你的事,我不予置评,也与我无关。但与我有关的是,我必须教导你,让你对生活中那些微不足道的、简单的艺术和游戏开始变得比较擅长。这方面我是你的老师，而且是一个比你那位理想情人更优秀、更称职的老师，这一点你大可放心！现在，荒野之狼，你最需要的就是再度跟漂亮的女孩上床。"

"赫尔米娜，"我又窘又急地喊，"你仔细看看，我已经是个老男人了！"

"你只是个小男孩。而且，你一直任由自己过得太舒服、太懒散，以至无法学会跳舞，以至延误至今差点就要学不成跳舞。同样的，你就是因为活得太舒服、太懒散，才会没办法学会恋爱。不过，我亲爱的朋友，那种充满理想性、充满悲剧性的爱情你倒是非常在行，这一点我丝毫不怀疑，哈，你真是太了不起了！但现在你必须开始学习用比较普通、比较一般的方式去爱。我们已经成功地为此拉开了序幕，你已经有资格参加舞会了。不过，在此之前你还得先学会华尔兹，我们明天就开始。明天三点我去找你。对了，你喜欢这里的音乐吗？"

"非常棒。"

"瞧，你已经进步了，已经在用心学习了。以前你完全受不了这些舞曲或爵士乐，你觉得它们不够严谨，不够有深度，但现在你已经懂得不要用这种标准来衡量与看待这些音乐，你瞧，它们即便不够严谨，不够有深度，也无损于它们的好听与迷人。对了，顺便告诉你，帕布罗可是这支乐队的灵魂人物,没有他乐队就什么都不是了。能带领整支乐队的只有他,能鼓舞士气、营造气氛的也是他。"

一如留声机严重地破坏了我书房里的苦行精神与气氛,那些美国舞曲对我一向珍惜与推崇的音乐世界同样带来了陌生的冲击与干扰。是啊,甚至可说造成了毁灭性的入侵。不仅如此,我至今为止界线分明且彻底封闭的生活也面临了全面性的入侵,被新事物、可怕的事物、瓦解性事物全面入侵。那本《荒野之狼》和赫尔米娜,都认为人有上千个灵魂,这样的见解真是没错,现在的我,每天除了原本有的那些灵魂,总能在自己身上见识到其他新的灵魂,它们对我有各式各样的要求,它们喧哗而吵闹,却也让我具体地看清了至今为止我对自己这个人的看法其实只是一种幻想。我的某些能力和尝试,偶然地表现得非常出色,于是我便认定这就是我了,并根据这些特色来勾勒出哈利的形象,然后过起所谓属于哈利的生活。但这个哈利其实只是个在文学上、音乐上和哲学上稍有钻研和特殊长才的人——但我却因此把自己的其他部分,混杂着各种能力、欲望、倾向的其他部分,通通当作缺点,通通归咎于荒野之狼。

不过,改变以往对自己的虚妄幻想,取消自己固有的个性,这绝非一场愉快而有趣的冒险。恰恰相反,此过程经常痛苦万分，甚至令人难以忍受。例如，留声机里流泻出来的音乐常让我觉得惊骇，因为它与周遭的一切是如此格格不入。还有，当我偶尔去到那些时髦餐厅，置身于花花公子与装模作样的人群之中，跟着大家一起跳一步舞时，我就会油然而生一股背叛的感觉，我背叛了所有在以往人生中被我珍惜、景仰，甚至视为神圣的东西。只要和赫尔米娜分开八天，我相信自己一定能迅速摆脱掉这场辛苦的、可笑的，把自己变成一个花花公子的尝试。但赫尔米娜总是在我身边。虽然我们不是每天见面，但我总觉得她一直在看着我，带领我，监督我，评判我——并且面带微笑地把我的焦躁愤怒、我的反抗心态和逃跑念头全看在眼里。

以往被我视为个人特质的东西持续崩溃中，与此同时我却真正开始了解到，何以我会在那么走投无路、绝望至极的情况下依旧怕死怕得要命。原来恐惧死亡这种卑鄙无耻的行为，实属于我过去的市民阶级式虚伪生存方式的一部分。从前那个哈勒先生，那个有才气的作家，那个莫扎特和歌德专家，那个对于艺术形上学，对于天才与悲剧，对于人性，发表过诸多珍贵见解的作者，那个郁郁寡欢，隐居斗室，隐居于书堆中的离群索居者，他即将面对的是一波波的自我批判，他即将彻底地无所适从。这个既有天赋又有趣的哈勒先生虽然一再宣扬理性与人性，虽然反对野蛮的战争，但战争期间却没有言行合一地真正挺身而出，为实践自己的理念死而后已，反而是选择了某种程度的妥协，不过，当然咯，他的妥协是既有分寸又高尚的，但总之他妥协了。除此之外，他也反对权力与剥削，但在为此大声疾呼的同时，却又在银行里持有许多工业集团的有价证券，并且完全不受良心谴责地享受着这些大企业所发放的股利。整体而言他的情况就是这样。哈利·哈勒虽然成功地把自己包装成理想主义者和不屑世俗的独善其身者，包装成悲伤的隐士和发聋振聩的先知，但实际上他只是个不折不扣的小市民阶级。跟赫尔米娜过一样的生活让他觉得有罪恶感，他气自己在时髦餐厅里浪费了无数个夜晚，气自己为此白白浪费了好多钱，他因此良心不安。但纵使这样，他真心向往的也绝非解脱与彻底结束，不，刚好相反，他最渴望的其实是重返美好时光，亦即重返那段他的精神活动和各种把戏还能为他带来快乐与名声的美好时光。就像那些被他瞧不起和嘲讽的报纸读者也渴望重返战前的那段理想时光一样，因为那时候的日子过得比较舒坦，完全不必从痛苦中学习。

呸，去他的，这个哈勒先生，真是个恶心的家伙！但尽管如此，我还是紧抓着他不放，紧抓着他业已开始瓦解的躯壳不放，紧抓着他看似充满精神性的虚有其表不放，并且紧紧地追随他的那种极为市民阶级式的对失序与偶然（包含死亡）的恐惧。相较之下，逐渐成形的新哈利则是个有点害羞，有点可笑的半吊子舞者，他既不屑又羡慕从前那个虚伪却完美的哈利形象，并且在这个形象中清楚地看见了那幅他在教授家见到的歌德版画，看见了那幅画上的种种令人厌恶的庸俗特色。原来他自己，亦即从前的那个哈利，跟市民阶级眼中理想的歌德形象并无二致：一个目光高傲的大思想家，全身散发着崇高的、充满精神性与人性的光辉，亮到简直像头上涂满了发油，而且灵魂还高贵到连自己都快被自己给感动死了！去他的，这个美好的形象早就千疮百孔了！可怜啊，这个理想而完美的哈勒先生眼看就要垮台了！他像透了上街遭遇抢匪的大人物，被打得衣破裤烂，狼狈不堪。但如果他够聪明，就该懂得这其实是他学习扮演落难者的大好时机：即便一身狼狈，也要装得像勋章仍在身，含泪挺胸地继续捍卫业已丢失的尊严。

我经常有机会遇到那个萨克斯风乐手帕布罗，但我个人对他的评价因为赫尔米娜而不得不有所保留，因为赫尔米娜非常喜欢他，总想跟他在一起。在我的想法里，帕布罗不过是个英俊的草包，一个年轻、有点自负的花花公子，一个好玩又不谙世事的孩子，换言之，就是那种会跟朋友一起到年货市集上去吹奏喇叭，只要几句赞美和一点巧克力就足以使唤他的孩子。不过帕布罗一点也不在乎我对他的评价。不管是我对他的评价或我对音乐所抱持的理论，总之他通通不在乎。他总是很有礼貌又友善地听我讲，并且面带微笑，却从来没有真的给过我回应。不过对于我这个人他应该是感兴趣的，我看得出他很努力地想赢得我的好感，总是一再地向我表达善意。有一次我又被这种毫无结果的谈话给惹怒了，甚至差一点要做出无礼举动，这时他惊讶而难过地看着我，继而牵起我的左手，轻轻安抚，并拿出一个金色的小瓶子要我用鼻子吸一下，他说这对我会有好处。我用目光询问了一下赫尔米娜，她朝我点点头。于是我接过瓶子，吸了一下。没错，吸完后我立刻神清气爽，精神抖擞。我猜瓶里的粉末应该掺有古柯碱。赫尔米娜告诉我，帕布罗有不少这种东西，那是他透过特殊渠道取得的，有时候他会拿出来招待朋友。帕布罗是调配这种东西的大师，剂量拿捏尤其精准：有的可纾解疼痛，有的具安眠作用，有的可为人制造美梦，有的能令人快乐，有的能让人产生恋爱的感觉。

有一次我在街上和帕布罗不期而遇，那次是在码头，他不假思索地就与我结伴同行。这让我有机会好好跟他聊天。

"帕布罗先生，"我率先开口，他手里拿着一根细细的、黑色和银色相间的手杖在把玩，"您跟赫尔米娜是朋友，因为这样我才会这么在意您。但是，我实在不得不说，每次跟您聊天都让我很困扰。我试过好几次跟您聊音乐——每次我都很期待听到您的意见、反驳，或批判。但您每次总是选择回避，完全没给我任何回应。"

他一脸诚恳地看着我并拉开笑容,这次他不再回避我的问题,却回答得满不在乎:"其实,要我说的话,我觉得音乐根本就不值得聊。我从来不谈音乐。况且您说出来的话总是那么睿智和正确,我哪还需要再针对您的话给些什么意见?是啊,您说出来的每一句话都非常的正确。不过,正如您所见,我只是个乐手,不是学者,所以就我来讲,音乐正不正确一点也不重要。其实,正确、品位,或学识教养,诸如此类的东西通通跟音乐无关。"

"好吧,请问音乐到底跟什么有关?"

"唯一跟音乐有关的是把它演奏出来。哈勒先生,我们应该要尽可能地把音乐美好地、大量地、频繁地演奏出来!如此而已。哈勒先生。纵使我能把莫扎特和海顿所有的作品都记在脑子里倒背如流,并且针对那些作品发表高论,即便如此,也无法真的让任何人受惠于音乐。但只要我拿起我的吹管,吹奏一首轻快、流畅的西迷舞曲,不管这首舞曲本身好不好,它都能为人带来欢乐,能让人手舞足蹈、热血澎湃。这才是唯一重点。下次去舞厅时,你一定要仔细地观察中场休息后,音乐再度响起时,大家那一瞬间的脸——眼睛瞬间发亮,一双脚完全按捺不住,整张脸顿时笑了开来!就为了这个,我们就是为了这个而演奏。"

"说得真好,帕布罗先生。但音乐关系到的不只是感官逸乐,还有精神层面的东西。世上并非只有正在被我们演奏的音乐才算音乐。有些音乐是不朽的，是会继续流传的，这种音乐即使没有正在我们面前演出也依旧存在。举个例子，比方说有个人独自躺在床上，脑中突然浮现《魔笛》或《马太受难曲》的旋律，乐声开始流泄，根本不需要真的有人在吹笛子或拉小提琴。"

"您说得没错，哈勒先生。但新式的狐步舞曲'渴慕'和充满拉丁情调的西班牙舞曲'瓦伦西亚'，同样每晚都被无数寂寞的、爱幻想的人所哼唱。是啊，即便是贫穷的打字少女，回到工作地点，她们也会一边工作一边回味着最后一支一步舞的旋律，然后意犹未尽地照着舞曲的节奏敲打着键盘。我同意您的看法，我乐见每个寂寞的人默默哼唱他喜欢的音乐，无论他喜欢的是'渴慕'、《魔笛》，或'瓦伦西亚'！不过，请问这些人要从哪里认识这些能帮助他们排遣寂寞的音乐呢？得从我们这些人身上啊，从乐手的身上。这些人得先听过我们演奏，并且把这些音乐听进他们的血液里，回到家中才能在自己的房里回味它们，梦想它们。"

"我同意。"我态度冷冷地说，"但无论如何，把莫扎特和时髦的狐步舞曲看作同等级的东西，并且放在一起讲就是不恰当的。为人演奏神圣的、永恒的乐章和为人演奏没什么价值的流行乐，这完全是两码子事。"

帕布罗注意到我的声音里透着激动，随即露出一脸和善，甚至亲昵地抚摸我的臂膀。再开口时他的语气无比温柔。

"啊，亲爱的哈勒先生，等级这件事您说得一点都没错。您想要怎么划分莫扎特、海顿和'瓦伦西亚'的等级我完全同意！但对我而言它们通通一样，我根本无法分辨它们的等级，而且也没有人会问我这件事。莫扎特的音乐或许会被继续传唱数百年，'瓦伦西亚'也许两年后就销声匿迹了——但这件事就交给亲爱的上帝去决定吧。上帝是公平的，万事万物的寿命都掌握在他手中，不管是华尔兹或狐步舞，能流传多久全由他做主，他肯定会做出最正确的决定。至于我们这些乐手，我们只需要把我们该做的事做好就行了，只需谨守本分与职责，换言之，客人想听什么我们就演奏什么，并且尽我们所能地把它演奏得美好、动听，且扣人心弦。"

我叹了口气决定放弃：这家伙真是无法沟通。

有时候从前与崭新，痛苦与渴望，害怕与快乐会莫名其妙地交织在一起。害得我一下子如置身天堂，一下子又深陷地狱，不过大多时候天堂与地狱是同时存在的。从前的那个哈利和崭新的这个哈利常常一下子水火不容，一下子又相安无事。有时候从前的那个哈利就像彻彻底底地死了，逝去了，被埋葬了一样，但忽然他又会活蹦乱跳地出现，开始发号施令，专制独断，自以为什么都比别人厉害。

此时崭新的、弱小的、年轻的哈利就会深感自卑，不但不敢出声，还任由自己被逼到墙角。但某些时候年轻的哈利又会掐住老哈利的咽喉，用力地压制住他，只见老哈利又开始不停呻吟，又开始奋力跟死亡搏斗，并且满脑子拿起刮胡刀自杀的念头。

但更常发生的是痛苦与快乐一起朝我席卷而来。其中一次发生在我第一次公开跳舞后几天。那天晚上我踏进卧室，随即被眼前的这一幕给震慑住，既惊讶又意外，却也忍不住陶醉：美丽的玛丽亚竟躺在我的床上！

赫尔米娜至今为止为我带来的不可思议真是以此为最。我想都不必想就能确定这是她的杰作。这只天堂鸟一定是她派来的。那一晚我刚好没像平常那样跟赫尔米娜在一起，我去了明斯特，去听一场水平很高的教堂音乐演奏会——那晚堪称是一次美好又感伤的旧地重游。我仿佛回到了我过去的生活，回到了年少，回到了那个完美哈勒所辖的领地。

在高耸的哥特式教堂内，网状结构的美丽拱顶在为数不多的几盏灯光的映照下，光影晃荡得恍如魅影来回穿梭，我聆听了作曲家布克斯特胡德、巴哈贝尔、巴赫和海顿的作品，再次行经我从前最爱穿过的那几条巷弄，并且再一次聆听到那位专攻巴赫的杰出女声乐家天籁般的美声。我跟这名女声乐家曾是很好的朋友，曾一同参加过无数美好的音乐会。古老的教堂音乐，那无比庄严与神圣的旋律听得我激动莫名，如痴如醉，再次唤醒了我年少时的热情与鼓舞。我悲伤而忘我地端坐在教堂前排，这一个钟头里我是这个高贵、幸福世界里的客人，但这里其实曾是我的故乡。在欣赏海顿的一首二重奏时，我突然热泪盈眶，我没有听完整场演奏会，也没有到后台去找那位女声乐家（啊，有多少个璀璨的夜晚，我总是在演奏会结束后，跟着一大群艺术家一同狂欢！），这次我只是落荒而逃，狼狈地逃离了明斯特，我疲惫不堪地在暗夜里的巷弄中疾行，途中偶经餐厅，窗户后面想必有爵士乐团正在演奏，那些乐曲才是我如今的人生主调。哦，天啊，我的生活怎么变得如此混乱不堪！

那晚我边走边思索着自己与音乐之间的奇妙关系，想了很久，并且不得不再一次意识到，我与音乐之间的关系，无论是令人感动或令人厌恶的关系，其实都反映着整个德国知识界的命运。主宰着德国精神的其实是母权，一种借由"以音乐为尊"的方式呈现出来的崇尚自然，这在其他民族的身上从未看到过。面对这样的现象，我们这些知识分子非但没有像个男人一样挺身而出加以反抗，没有肩负起服膺精神、理性及文字的责任，没有致力于把话说出来，反而是同流合污地梦想着一种无须文字的语言，一种据说能把无法用文字表达出来的东西表达出来，能把无法被具体呈现出来的东西具体呈现出来的语言。德国的知识分子非但没有忠于自己的工具，没有把此工具打造成一把可以用话语表达出来的工具，反而加入了反对文字、反对理性的阵营，前仆后继地对着音乐献媚。德国精神就这么白白地浪费在音乐上，浪费在无比令人迷醉的旋律上，浪费在极其美好却又永远无须成为现实的感觉和气氛上，并因此怠忽了自己大部分的责任。我们这些知识分子的确不切实际，我们全都不爱活在现实中，现实对我们而言既陌生又讨厌，职是之故，精神层面的东西才会在德国人的现实生活中，在我们的历史、政治中，在媒体上，变得如此无足轻重和可悲。是啊，这样的想法时常萦绕在我心头，导致我有时候会强烈地渴望投入现实生活去为现实贡献一己之力，不是整天搞美学，搞貌似极富精神性的艺术创作，而是认真地、有责任感地去实际做点事。只可惜，即使我真的去做了，也总是因为遇到困难就放弃、就屈服，而落得无疾而终。就像将军大人或工业家们常说的，唉，他们说得真是没错：我们这些"知识分子"真的什么用处也没有，我们只是一群可有可无、不切实际、没有责任感，却自恃聪明的空谈者。这样的知识分子，我呸，去死吧！拿起刮胡刀去自裁吧！

我就这样满脑子想法、满脑子余音缭绕，既悲伤又满心向往，向往现实生活，向往实际，向往感受，向往一切一去不复返和业已失去的东西。我终于回到了家——上楼后我打开客厅的灯,想读一点书却看不下去,想起明天的约会,想起自己将被迫去到塞西尔酒吧喝酒和跳舞,我越想越懊恼,越想越气自己,也越气赫尔米娜。无论赫尔米娜有多好,有多么真心且充满热诚,不管她是个多棒的可人儿,我都宁愿她那天没有理我,就那么让我走掉,好过把我拉进这个混乱、陌生,又暧昧的游戏世界里让我向下沉沦,并且永远只能当个陌生人,只能眼睁睁地看着自己最珍贵的部分持续凋零和瓦解!

我悲伤地把灯关掉,悲伤地走向卧室,悲伤地开始脱衣服,忽然我被一股不该出现的香味给吓到——像是淡淡的香水味。我四下查看,发现美丽的玛丽亚正躺在我的床上。她面带微笑,蓝色的大眼睛里隐隐闪着不安。

"玛丽亚!"我惊呼,心里第一个想到的却是如果女房东知道玛丽亚在这里一定会事先通知我。

"我没说一声就来,"她喏嚅道,"您会不会不高兴?"

"不,不会。我知道,一定是赫尔米娜给您的钥匙。那,就这样吧。"

"天呀,您真的生气了。那我立刻走。"

"不,玛丽亚,美丽的玛丽亚,请留下!只是我今晚心情非常不好,没办法跟您谈笑风生,明天,也许我明天心情就能好转。"

我朝她低下头去，她立刻用她那双又大又厚实的手捧住我的脸，并且把我拉向她，亲吻我，长长地吻我。我在她身旁坐下，握住她的手，拜托她说话务必小声，因为不能让别人听见她在我这里。我定睛瞧她那张又美又饱满的脸，这张脸犹如一朵花，但这朵花竟突兀、陌生，又美好、奇妙地出现在我的枕头上。她慢慢地将我的手拉向她的唇，拉向被底，放在她温暖又气息沉稳的胸前。

"你不需要跟我谈笑风生，"她说，"赫尔米娜已经跟我说了，她说你心情很不好。这种事谁都能理解。你还一样喜欢我吗？上次跳舞的时候，你似乎很喜欢我。"

我开始亲吻她的眼，她的唇，然后沿着脖子，一路吻到胸前。刚才我还一心埋怨赫尔米娜，现在我却捧着她送来的礼物，满心感激。玛丽亚的温柔抚触根本无损我今晚听到的美妙音乐，不，不仅无损，反而让它更具意义，让它的意义得以具体呈现。我一寸一寸地掀开这美丽女人身上的被子，直到我的吻最后落在她的脚上。当我终于躺到玛丽亚的身边时，她笑靥如花的脸上满是理解与温柔。

这一晚在玛丽亚身边，我睡得断断续续，虽然每次都睡得不长，却睡得又香又甜又沉，像个孩子。中间醒来时，我总是酣畅地呼吸着她身上美好而愉悦的青春气息，并且从我们压低声量的交谈中得知不少极有价值的事，一些关于她，关于赫尔米娜的生活琐事。以往我对她们这种人和她们的生活所知甚少，只有去剧院的时候才有机会遇到像她们这样的人，男女皆有，这些人横跨在现实生活与艺术界之间，半是艺术家，半是浮华世界里的俊男美女。不过这次我却有机会实际一窥这种纯真到难以理解又堕落到不可思议的生活。这些女孩通常出身贫寒，却长得太聪明，太漂亮，所以不甘心只为糊口就把自己的人生全耗在一份薪资微薄又痛苦的工作上。于是她们有时靠打零工维生，有时又靠天生的美貌与迷人的魅力生活。有时候，或许几个月，她们会去当打字女工，但另外一些时候她们却是有钱大爷的情妇，能拿到优渥的零用钱和丰厚的礼物，身穿皮衣，坐名车，出入豪华饭店。相反的，有时她们只能窝在自己寒酸的阁楼里。至于结婚，虽然某些情况下还是有女孩得以用很好的条件把自己风光地嫁出去，但一般而言她们并不奢望结婚。她们当中有些人对爱情完全不向往，不过有时候还是会为了谋个好价钱，违背自己的真实意愿对男人装出一副浓情蜜意的模样。但是，她们当中确实有一些人，例如玛丽亚就是其中之一，却极富恋爱天分，并且离不开爱情，这种人通常有双性恋的倾向。她们堪称为爱而活，所以除了台面上能为她们提供金钱的男友，通常她们还有其他情人。这些女孩虽认真勤奋却也庸庸碌碌，她们心思细腻却又率真冒失，她们聪明绝顶却常常不假思索，这些花蝴蝶一方面活得像个孩子，一方面却又高雅细致。她们独立自主，不是用钱就可以买得到，她们每天盼着快乐，盼着好天气。她们热爱生活，却不像市民阶级那样受制于生活。她们随时想要像在童话故事里一般投入白马王子的怀抱，却又隐隐自知终将面临沉重而悲伤的结局。

玛丽亚教会了我许多事——在那个美妙的夜晚和之后的日子里——不仅让我认识到许多美好的、崭新的感官游戏和享受，还让我获得了无数全新的理解、观点，和爱。比方说，舞厅、游乐场、电影院、酒吧，和饭店里喝茶的大厅，这些场所对我而言，对我这个孤芳自赏的隐士和美学家而言，一直以来都是有点被我瞧不起，甚至被我视为不该去的不良场所，或去了会很丢脸的地方。但是对玛丽亚和赫尔米娜，以及她们那帮姊妹而言，这些地方并没有所谓的好坏，既不值得向往，也无须排斥讨厌，她们在那个世界里尽情地挥洒她们短暂而充满向往的生命，并得以在那里找到归属感，体验人生。她们热爱那些地方的香槟，她们热爱烧烤屋里的某份特餐，就像我们这些人热爱某位作曲家或诗人一样。她们醉心某首全新舞曲或某位爵士歌手演唱的深情且感伤的歌曲，其欢欣鼓舞，其情绪激动，其感动莫名一点也不亚于我们看到哲学家尼采或文学家汉姆生的杰作。玛丽亚还跟我提到了英俊潇洒的萨克斯风乐手帕布罗，以及他唱给她们听的一首美国歌。玛莉亚说得一脸陶醉，一脸崇拜和爱慕，那一刻玛丽亚带给我的感动与冲击，竟远超过任何一个高级知识分子在高谈阔论他发现的某场高尚的艺术飨宴时所带给我的。听完玛丽亚的描述，不管她说的那首歌是什么样的歌，我都已经心驰神往，无比陶醉了。玛莉亚那充满爱意的语言，她那因渴慕而闪闪发亮的眼睛，再再剧烈地撕裂我原有的美学观点。是啊，我原先喜欢的东西的确很美，少数几个甚至美得既珍贵又难为得一见，那种美毫无争议且毋庸置疑，其中首屈一指的当属莫扎特。

不过，美的界线到底何在？我们这些自诩为专家和评论家的人，年轻时不也有过这样的经验：疯狂地迷恋某些艺术作品或艺术家，但如今回顾时却觉得那些作品或艺术家其实大有问题或非常糟糕，不是吗？这样的经验难道没有发生在我们对李斯特、对瓦格纳的看法上，或发生在许多人对贝多芬的看法上？玛丽亚对那首美国歌曲所表现出来的激烈的赤子之情，她因艺术而感受到的那些纯粹、美好与毋庸置疑，与某位中学教师对瓦格纳歌剧里的英雄崔斯坦的心驰神往，或某位指挥家在指挥演奏贝多芬的《第九交响曲》时的热情澎湃有何不同？此外，玛丽亚带给我的这些感受，竟奇妙地呼应着帕布罗之前对音乐的看法，甚至印证了他是对的。

那个帕布罗，那个英俊的小伙子，玛丽亚似乎非常喜欢他！

"帕布罗长得很英俊,"我说,"我也很喜欢他。可是,玛丽亚,请告诉我,你在喜欢他的同时,怎么还有办法喜欢我?我是个无聊的老家伙,长得不帅,又满头白发,加上我又不会吹萨克斯风,又不会唱英文情歌。"

"你怎么把自己说得这么糟!"她语带责备地说,"这一切本来就很自然啊!我喜欢你,因为你也有你的英俊,你的可爱,和你的独到之处。你要是别的模样,那就不是你了!况且这种事真的没办法讲,不是能争斤论两的。当你亲吻我的脖子、我的耳朵时,我就能清楚地感觉到你要我,你喜欢我。加上你亲吻我的方式,怎么说呢,嗯,有点害羞,那样的吻让我知道:这男人是真心喜欢我,他甚至因为我的美丽而对我心存感激。你的这些特质我真的非常、非常喜欢。不过别的男人吸引我、令我着迷的原因很可能正好跟你的特质完全相反:他可能让我觉得自己一无是处,甚至让我觉得他吻我像是对我施了莫大的恩惠。"

不久我们双双入睡。中间每次醒来,我都忍不住紧紧地拥抱她,拥抱住我的美人,我的花朵。

整个情况其实很诡异!——这朵美丽的花其实是赫尔米娜刻意送来给我的礼物!赫尔米娜一直隐身在这朵花的背后,这朵花像面具般严实地遮掩着赫尔米娜!这时我突然想到艾莉卡,我那远在天边的可恶情人,我那个可怜的女友。她虽然不像玛丽亚这般明艳动人,这么令人销魂,也不懂得那些高超的爱情技巧和小手段，但她的美貌其实不输玛丽亚。想到这里，艾莉卡的影像突然出现在我面前，清晰而痛苦，她因为爱而与我的命运深刻地交织在一起。不一会儿她的影像又消失了，消失在我的睡意中，遗忘中，消失在透着淡淡哀愁的远方。

这一晚，这个美丽而温柔的夜晚，存在于我生命中的无数影像就这么突然冒出来，又消失。这一晚不似长久以来的夜那么地空洞、贫乏，从未有任何影像出现过。此刻，在爱神的指引下，影像之泉源源不断地从深处丰沛地冒出，我仅觉心跳暂停，因为我很惊讶，很伤心：原来存在于我生命中的影像是如此丰富，原来可怜的荒野之狼在其灵魂深处存在着如此之多高贵的、隽永的星辰与星辰影像。我看见了自己的儿时，看见了母亲，他们看起来既温柔又美好，犹如一隅遥远的、蓝色的、不断向后绵延的山峦。我听见伙伴、朋友清晰且铿锵有力的说话声，此起彼落得宛如和声，为首的是赫尔米娜灵魂上的孪生兄弟，亦即那个充满传奇色彩的赫尔曼。犹如出水芙蓉，无数女子的影像芬芳而脱俗地环绕在我身边，她们都是我曾经爱过，曾经渴慕过、歌颂过的女子，只有少数几个真的被我追到，或者我曾经尝试追求过。最后，连我的妻子也出现了，我们曾一起生活了好多年，是她教会了我伴侣关系、冲突和放弃。生活上我们虽有许多不合或匮乏，但在那些日子里我还是深深地信任她。但后来，她在又疯又病的情况下，竟突然疯狂地排斥我，并像逃难似的离开了我——她离开时我才知道自己有多爱她，曾对她有多深的信任，正因为如此，所以我对她的背叛才会更感沉痛，我的人生才会受到如此大的冲击。

这些影像——成百上千，有的叫得出名字、有的叫不出名字——全都再次历历在目。在这个充满爱意的夜晚，过去的种种影像竟再次登场，它们显得年轻又鲜明。它们让我再次意识到我在悲惨人生中业已淡忘的一件事，那就是我的这些如星辰般永恒的经历，是它们赋予了我的人生内容与价值，它们将永不毁灭地继续存在。这些事虽会被我遗忘，却不会因此而被毁损或消失。这些事一桩桩、一件件都是我生命中的传说，它们耀眼得宛如星辰，赋予我人生永不毁灭的价值。我的人生虽辛苦、混乱，且不幸，甚至经历过许多最后不得不放弃或被否定的事，但它们体现的却是人类命运万般痛苦的真实滋味，虽痛苦却丰富——光荣而丰富，并且让我在悲惨中依旧拥有如王者般的人生。即便这一小段人生之路，直到最终陨落，我都只能悲惨地虚度，但生命的核心却是高贵的，因为它自有其样貌，自有其血统，这一切无关乎金钱，只关乎永恒与璀璨的星辰。

那一晚就这么过去了，这阵子又发生了好多事，许多情况都已经改变了，我对那晚的记忆逐渐模糊，只记得部分细节，记得我们之间的某些对话，记得某些充满爱意的表情和动作，记得精疲力竭地做完爱之后沉沉睡去，以及中间偶尔醒来的那些如星辰般明亮的时刻。

但那晚却是个转折，自从我人生开始走下坡后，生命第一次用它闪闪发亮的眼睛再次凝视我，并且让我得以再次认清：偶然其实是命定，我人生中的杂沓混乱其实是零星而片段式的神迹。于是我的灵魂又可以呼吸，我的眼睛又可以观看了，刹那间我感到无比欢欣鼓舞：原来我只需把涣散的影像世界聚拢，只需要把哈利·哈勒式荒野之狼的人生整个当作影像来看，只要进入影像的世界我就能不朽！其实，这就是人生的目标了，不是吗？有了这样的目标，我们的人生就有了冲刺与努力的方向，不是吗？

隔天一早，我和玛丽亚一同分享我的早餐。餐毕我偷偷地将玛丽亚送出去，幸好没被任何人看见。当天我随即在同一个城区，亦即在不远的地方，为她和我租了一个小房间。此后这个房间便是我和她幽会的地方。

我的舞蹈老师赫尔米娜依旧尽忠职守地按时现身，现在起我要学的是华尔兹。她既严格又不讲情面，完全不准我缺课，因为她已经决定了，我必须跟她一起出席这次面具舞会。她请我给她购买舞会服装的钱，口风却极紧，完全不肯透露那套服装的任何细节。另外，她也完全不让我去她住的地方，甚至不让我知道她住在哪里。

面具舞会前的这段时间，大约三个星期，日子过得异常甜美。跟我以前所有的情人相比，玛丽亚仿佛是我第一个真正爱上的女人。以前我对自己爱的女人非常挑剔，总是只肯选在智能上和教养上深具素养的女人，完全忽略了：那些为我所爱的女人中，即便是最具智能，行为最端庄的女人，也从来无法真正回应我的内在思想与逻辑，甚至有与之抵触之势。以前我总想让我的女人了解我的问题和想法，我完全无法想象自己会爱上一个几乎没读过书，甚至不知道阅读为何物，且傻傻分不清楚柴可夫斯基和贝多芬的女孩，这样的女孩我绝无法爱她超过一小时。但玛丽亚没受过什么教育，她完全不会那些拐弯抹角的事，也不懂那些代替真实世界的概念，她所有的想法和问题都直接来自感官。她用她与生俱来的各种感官能力，用她独特的身体、颜色、头发、声音、皮肤和活力，在极尽所能地赢得感官快乐与爱情带来的幸福感，她所展现出来的各种能力，各种弧度，她身体的各种细微摆动，都在施展魅力，都在寻求爱人给予回应，给予理解，给予她最热烈与最快乐的互动，这便是她这个人独到的艺术和任务。在我第一次怯生生地和她跳舞时，就已经察觉，已经嗅到这股独特的、迷人的、极具文化涵养的感性所散发出来的芬芳，且深深拜倒在她的魅力下。所以，或许赫尔米娜——这个对我无所不知的女孩——之所以选中玛丽亚,将她送来我身边,并非偶然。玛丽亚,她的芬芳,她整个人所散发出来的讯息是如此地充满夏日氛围,如此地宛若玫瑰。

我无幸成为玛丽亚唯一的或最喜欢的情人,我只是她无数情人中的一个。她经常没有时间见我,她有时候只给我下午的一个钟头时间,或少数情况下会和我共度整晚。她不肯拿我的钱,背后的原因显然是赫尔米娜。幸好她很喜欢收我的礼物,比方说有一次我送了她一个红色的漆皮小钱包,我在里面偷偷放了两三枚金币。不过,因为那个红色的小钱包,我也被她好好地取笑了一顿!那个钱包虽然很漂亮,却已经是卖不出去的旧货,是过时的式样了。其实,这方面的事,一直以来我都很少接触,也不懂,它们对我而言陌生得就像因纽特语,但认识玛丽亚之后我学到了好多。尤其重要的是我学到了:这些小玩意儿,这些时髦的、流行的、奢侈的物品,其实并非只是没价值的或庸俗的东西,并非只是视财如命、贪婪的工厂老板或贸易商的发明,而是真有其必要,是美好,是多彩多姿的,它们其实自成一个由物品所组成的小世界——或者更贴切的说法——大世界。存在于这个世界里的所有东西都只有一个目的,那就是服务爱情,提升感官体验,让死气沉沉的环境变得生机盎然,并且一再用推陈出新的爱情配件,从蜜粉到香水、舞鞋,从戒指到香烟盒,从皮带扣环到手提包，借由这些爱情配件对环境施以魔法，让它变得令人心醉神驰。所以袋子不只是袋子，钱包不只是钱包，花不只是花，扇子也不只是扇子，原来这一切都是塑造爱情、施展魔法，和营造魅力的材料，是讯息，是台面下的运作，是武器，是战场上的先声夺人。

但我常在想，玛丽亚真正爱的到底是谁？我猜最有可能是那个年轻的萨克斯风乐手帕布罗，那家伙一双黑色眼睛目光迷茫，洁白的手十指修长，而且隐隐流露出高贵又忧郁的气质。我原本认为在爱情上，帕布罗应该比较像是被宠坏的小孩，既懒散又被动，但玛丽亚却信誓旦旦地说：帕布罗只是比较慢热而已，一旦热起来，他可是比任何拳击手或赛马选手更加积极，更强悍，更有男子气概的，而且还勇于挑战。我就这样从玛丽亚的口中得知了越来越多的秘密，关于这个爵士乐手的秘密，还有某些演员、某些女人，以及我们身边无数男男女女的秘密。我知道了各式各样的秘密，并且逐渐搞清楚隐藏在外表下的各种错综复杂的牵连，与暗潮汹涌的敌对关系。慢慢地，我（这个原本在世上跟谁都没有关系的陌生人）越来越熟悉这一切，也涉入得越来越深。当然，我同时知道了关于赫尔米娜的许多事。更值得一提的是我变得很常跟帕布罗在一起，毕竟玛丽亚非常迷恋他。加上玛丽亚有时候会需要吸食帕布罗特别调制的神秘粉末，她不仅自己吸，还带着我一起享用，在这件事情上帕布罗似乎对我特别殷勤。有一次他甚至直截了当地跟我说："您看起来非常不快乐，这样不好，人不应该这样。我为您感到难过。我建议您不妨抽一些薄一点的鸦片烟。"帕布罗真是个开心、聪明、孩子气，却又令人觉得高深莫测的人，相处之后我对他的看法持续改变中。经过这段时间的相处我跟他已经成了朋友，现在我也常吸食他调配的神秘粉末。至于我对玛丽亚的迷恋，针对这一点帕布罗总是有点像看好戏似的冷眼旁观。有一次他特地在他家为我们筹办了一场"盛宴"。他把房子租在郊区一间旅馆的阁楼里。由于他房里只有一把椅子，所以不得已的情况下我和玛莉亚只好坐到他的床上去。他先请我们喝酒，把三瓶不同的蒸馏酒加在一起，调配出一种既神秘又风味绝佳的酒。随着美酒持续下肚，我的心情也越来越好，帕布罗见状眼睛发亮地提议：让我们三个来场性爱狂欢吧！我一听立刻拒绝，我不可能做这种事。拒绝的同时我忍不住偷瞥了玛丽亚一眼，我想知道她的态度，想知道她是不是也觉得应该拒绝。但我看见的却是热烈又期盼的目光，对于我的拒绝她显得有些遗憾。帕布罗虽也失望，却不以为意，"可惜了，"他说，"哈利的道德感太强。那只好这样咯，没办法！其实那是很美的，真的，美极了！幸好我还有其他的替代方案！"他为我们各自准备了一管鸦片烟。我们动也不动地静静坐着，睁着眼开始经历帕布罗为我们三人精心策划的迷幻场景，玛丽亚甚至陶醉到、兴奋到微微颤抖。抽完鸦片烟，我感到有些不适，于是在帕布罗的床上合衣躺下，帕布罗见状随即让我服下了几滴药水。我闭目养神正想静静躺个几分钟，没想到两记亲吻飞快地落在我的眼皮上。我假装没事，任由他吻，并且一副错以为是玛丽亚正在吻我的模样。其实我心知肚明，吻我的人是帕布罗。

之后有天晚上，帕布罗的行径更叫我吃惊。他突然来到我的住处，说他需要二十法郎，请我借给他。他还说，作为报偿那天晚上我可以取代他跟玛丽亚过夜。

"帕布罗，"我大为吃惊，"您知不知道自己在讲什么？为了钱把自己的女人让给别人，这对我们德国人而言是最无耻、最要不得的事。帕布罗，我就当作自己没听见。"

结果反而是他一脸同情地看着我："哈勒先生，您不肯，那好吧。您老喜欢把事情想得太复杂。今晚您不肯跟玛丽亚睡，您宁愿这样，那就这样吧。但请您一定要把钱借给我，我会还您的。我现在真的急需这笔钱。"

"为什么？"

"因为阿哥斯提诺——就是那个个子不高的第二小提琴手。他已经病了八天，没钱又没有人照顾他，但我身上的钱现在刚好用完了。"

我半出于好奇半出于自责地跟着帕布罗去探望阿哥斯

提诺。帕布罗买了牛奶和药带去给他。阿哥斯提诺住在一间环境极差的阁楼里，帕布罗一到那里就先把被单抖松，床重新铺好，接着又让房里的空气流通，再整整齐齐地折好冰敷的毛巾，将它平整地搁在病人发烧的额头上。他的动作迅速，又轻巧温柔，专业得简直像个一流的好护士。那一晚我们又碰面了，他在城市酒吧里有演奏，我们在那里一直待到清晨。

我经常和赫尔米娜聊起玛丽亚，聊的内容很广，也聊得很就事论事。我们聊她的手，她的肩，她的腰和臀，聊她笑的方式，聊她接吻的方式，和跳舞的方式。

"你见识过了吗？"有一次赫尔米娜提到玛丽亚接吻时独到的舌上功夫。我立刻要求她亲自为我示范，赫尔米娜严正地拒绝我，"以后再说吧，"她回答，"现在我还不是你的情人。"

我好奇地问她，她怎么知道玛丽亚拥有高超的接吻技巧，怎么知道那些只有玛丽亚的男人才会知道的有关玛丽亚的隐私和癖好。

"哦，"她朗声笑道，"我跟玛丽亚是好朋友啊。难道你以为我跟玛丽亚之间还有秘密？我们经常在一起睡觉，在一起玩耍。说起来你还真是幸运，你遇到的这个美丽女孩，她会的事比其他女孩多很多！"

"不过，赫尔米娜，我相信你们之间还是有秘密的。或者——你跟她讲了所有有关我的事？"

"没有，因为那不一样，你的有些事不是她能懂的。玛丽亚真的很棒，遇到她是你的幸运。但你跟我之间的有些事她无法理解。当然，我跟她说过很多关于你的事，我对你的描述甚至比真实的你还可爱，而且可爱很多——不然的话怎么有办法让她对你产生兴趣！不过，你必须了解，我亲爱的好友，不管是玛丽亚或其他女人，世上没有任何人能像我这样了解你。确实，我的确有从玛丽亚那里又多知道了一些关于你的事，换言之，玛莉亚在你身上体验到的那些事。所以，我对你的了解——尤其是某些方面的了解，就像我已经跟你上过无数次床了一样。"

再次跟玛丽亚见面时，我既惊讶又觉得无比神秘地从她口中得知：她爱赫尔米娜的心就像她爱我一样，而且她也像对我一样会去感受、亲吻、享受和探索赫尔米娜的身体、头发和肌肤。突然间各种全新的、间接的、复杂的关系和联结在我面前展开，各种崭新的爱情和生命的可能性也跟着呈现，这就让我想到了《荒野之狼》那本小册子里提到的人有千百种灵魂。

从认识玛丽亚到参加面具舞会，这段日子其实没有很长，我过得相当快乐，却也清楚地知道，自己并非已经得到救赎，并非已经获得幸福圆满。不，我很明白，这一切不过是前奏，是预演，事情才正要加快脚步地向前发展，真正的重头戏才正要登场。

我已经学会了很多跳舞技巧，也已经自觉有能力参加舞会了，最近我们的聊天话题越来越常绕着舞会打转。赫尔米娜表现得非常神秘，她打定主意不告诉我舞会那天她要穿什么服装和戴什么面具。她说，她相信我一定能认出她，倘若到时候我真的没有认出她，她自会帮我，但现在，舞会前，她什么都不打算让我知道。除此之外，她对于我要做怎么样的打扮也完全不好奇。其实我已经决定以真面目示人，完全不变装。当我邀请玛丽亚和我共赴舞会时，她告诉我已经有位绅士邀请她了，而且她也已经拿到入场券了。听完她的回答我感到有点失望，看来我得自己单独赴会了。这场变装舞会乃本城盛事，每年会在环球舞厅举行，由艺术界的名人负责筹划。

那段日子我跟赫尔米娜见面的机会反而少了。舞会的前一天她来我的住处找我，跟我待了好一会儿——她主要是来取票的，因为舞会的入场券由我负责购买——她心平气和地跟我坐在房间里，但接下来的聊天内容却让我觉得奇特并印象深刻。

"你现在应该过得很不错，"她说，"你已经会跳舞了。你认识的人，假如四个礼拜没见过你，现在大概会认不出你来了。"

"是啊,"我深表同感,"我已经好多年没有过得这么愉快了,这一切都是拜你所赐,赫尔米娜。"

"哦,不是拜你美丽的玛丽亚所赐?"

"不是,连她都是你送给我的。玛丽亚真的好棒。"

"是啊,荒野之狼,她正是你最需要的那种情人。美丽、年轻、脾气好,在爱情上非常聪明,而且不是天天都能在一起。如果你不必跟别人一起分享她,如果她来见你不是一下子就得走,那么你们的关系就不会如此美好。"

是啊,她说得没错,这些我必须承认。

"所以,现在你已经得到你所需要的一切了?"

"不,赫尔米娜,不是这样的。虽然我的确觉得这一切很美好,很迷人,带给我很多快乐,是很甜美的慰藉。我真的觉得自己很幸福。"

"这样不就够了!你还想怎么样?"

"我想要更多。幸福并不能让我满足,我活着并不是为了幸福,那不是我人生的使命。我人生的使命或许刚好相反。"

"那是不幸咯?天啊,你拥有的不幸还不够多吗?想想那时候,你因为刮胡刀吓得不敢回家,你拥有的不幸已经够多了!"

"不,赫尔米娜,不是这样的。我承认,那时候我真的非常不幸,非常地不快乐。但那是一种愚蠢的不幸,一种贫乏的不幸。"

"什么意思?"

"那不是我要的不幸,否则我不会那么害怕死亡;死亡应该是我由衷渴望的才对!我真正需要和渴望的是另一种不幸。那种不幸应该能让我带着满心向往地去痛苦,带着满心狂喜地去赴死。这才是我衷心期盼的不幸,或者说幸福。"

"其实我懂。因为我们俩在心性上是真正的同胞手足。不过,你因为玛丽亚而获得的幸福,对此幸福你还有什么不满意?你怎么会没有因此而感到心满意足?"

"我没有不满意,真的,我好喜欢这份幸福,甚至因此满心感激。这种幸福美得就像是夏日漫长的雨季里突然出现的一个艳阳高照的大晴天。只是我很明白:这样的日子,这样的幸福不会长久。这种幸福其实是贫乏的。这种幸福虽能为人带来满足,但这种满足却不是我要的。这种幸福的确能令荒野之狼陶醉,能令他获得饱足感。但他不可能为了这种幸福慷慨赴死。"

"总之就是非死不可,对吧,荒野之狼?"

"是的,我认为非死不可!我对于目前的幸福非常满意,我相信自己应该还能忍受这种幸福好一阵子。但是,只要这种幸福给我一小时的空当,我就有机会觉醒,就有机会向往,就会发现:原来我满心渴望的并不是持续拥有这种幸福,而是离开它,而是再次陷入痛苦,只不过这次我的痛苦会比以前的更美好,更不贫乏。我真心向往痛苦,唯有痛苦能令我充满决心地慷慨赴死。"

赫尔米娜眼底满是温柔地看着我,但目光却阴郁而晦暗,如此可怕的眼神总能瞬间出现在她眼底。这真是双既美好又可怕的眼睛!她字斟句酌,一字一句慢慢地吐出——但声音却好小,小到我不得不竖起耳朵来听:

"今天我要告诉你一些其实我早就知道,你应该也早就知道,但可能从未告诉过自己的话。我要告诉你的是关于我,关于你,关于我们命运的事。哈利,你曾是个艺术家、思想家,是个拥有满满的快乐与信念的人,你一直在追求伟大与不朽,美好与渺小从来就满足不了你。但生命带给你的觉醒越多,你越回归于己,你所面对的危机就越大,痛苦就越深,焦虑不安与彷徨绝望就越严重,直到你简直受不了,因为曾经被你视为美好与神圣的,曾经为你所爱,为你所崇拜的所有一切,以及曾经为你所相信的,你对人的信念,对人类崇高使命的信念,这所有一切都已经帮不了你了,都已变得毫无价值了,它们业已凋零,业已逝去。你的信念再也呼吸不到空气。窒息是一场艰辛的死亡。是这样对吧,哈利?这就是你一直以来的命运,对吧?"

我一连点了三次头。

"在你心里对人生自有想象,你有信念,有奋斗的目标，你决心要为人生去做，去受苦，去牺牲——可惜你渐渐地发现，这世界根本就不要求你去做，去牺牲，去从事任何诸如此类的事，人生并非一部历史著作，根本不需要英雄或类似的角色，人生不过是凡夫俗子的一处安乐窝，只要有吃有喝，有咖啡，有毛袜，有扑克牌可打，有收音机里的音乐可听就足以令人满意了。若不想这样过活，若心中仍怀有英雄梦，仍渴望美好，仍崇拜大诗人，崇拜圣者，这样的人就是傻瓜，就无异于堂吉诃德。是啊，的确如此，但好友，你知道吗，我自己就是这样的一个傻瓜！我天生就是个资质聪颖的女孩，我天生就想效法崇高的典范，就想挑战自我，想成就人生的光荣使命。我自觉命运不同凡响，自觉终将成为皇后，或成为伟大革命家的情人，或天才的姊妹，或烈士的母亲。岂知人生只允许我成为一名高级妓女，一名痛苦的拥有卓越品位的高级妓女——这曾令我难受至极！这就是我的人生经历。有段时间我曾绝望至极，甚至长时间地自责，我喜欢把问题归咎于自己。我认为人生绝对自有其道理，人生不可能有错，倘若人生辜负了我的美好梦想，一定是因为我的梦想太愚蠢，一定是我的梦想错了。可惜这么想一点帮助也没有。加上我实在太耳聪目明，太有好奇心，所以总能仔细地观察到所谓的人生，观察到亲朋好友或邻居的人生，我彻底见识过的人和命运绝对超过五十个，哈利，我终于看清：我的梦想根本没有错，一如你的梦想，都再正确不过。真正错的，真正没道理的是人生，是现实生活。像我这样的女人根本别无选择，要么只能当个打字员，在赚钱养家的责任中庸庸碌碌地任凭年华老去，人生落得又穷又毫无意义，或者只能为了钱去嫁给一个同样庸庸碌碌只会赚钱养家的男人，或者成为某种类型的妓女，无论如何，像我这样的人，我的生活绝没有比你这种寂寞、胆小、绝望到几乎要拿起刮胡刀自杀的人正确。我所遭遇的悲惨是比较倾向于物质和道德面的，你所面临的悲惨则是倾向于精神面的——即便如此，我们所行经的路其实是一样的。你以为我不了解你学跳狐步舞时的恐惧吗？不懂你对酒吧、舞厅的厌恶吗？不了解你对爵士乐的反感？你以为我无法理解你对最近所发生的这些大大小小的事的感受吗？其实我再清楚不过，就像我完全能体会你对政治的不屑，对政党和媒体的忧心，对他们的空口白话、不负责任和装腔作势感到悲伤，我完全能体会你对战争，对过去，对未来的绝望，对人们如今的思考方式、阅读方式、建筑方式、音乐创作方式、欢祝方式，以及教育方式感到绝望！是啊，你是对的，荒野之狼，而且何其正确呀，即便如此你还是得必须毁灭。因为对当前这个简单、舒适，只要获得丁点成就便能满足的世界而言，你真的要求得太多、太贪心了，所以这个世界容不下你，对这个世界而言你是异类，你硬是比别人多了一个面向，多了一个维度。当今之世，谁要想活得开心，就不能像你我一样。一个人倘若舍靡靡之音而追求真正的音乐，舍享受而追求真正的快乐，舍金钱而追求灵性，舍交易而从事真正有意义的工作，舍游戏人间而投入真正能挥洒热情的活动，那么对这个人而言，这个可爱的世界注定不是他能安居的故乡……"

她望着地板若有所思。

"赫尔米娜，"我温柔地唤她，"我亲爱的姊妹，你的观察力真强！即便洞悉一切，你却还愿意教我跳狐步舞！不过，你当真认为，像我们这种比别人多了一个面向，多了一个维度的人无法安居于现世？这到底是为什么？我们所面临的问题究竟是只发生在我们这个时代，还是从古至今一直就是如此？"

"我也不知道。但为了维护这个世界的尊严与荣誉，我宁愿相信，这问题只发生在我们这个时代，只是我们这个时代的一种病，一种短时间的不幸。国家领袖正意志坚定且成效卓卓著地筹划着下一场战争，至于我们其他人则继续大跳我们的狐步舞，继续赚我们的钱，继续吃我们的巧克力夹心糖——身处这样的一个时代，世界看起来的确极为可鄙。但愿别的时代真的能比较好，或者重新变得比较好，比较富裕，比较辽阔，更具深度。可惜那同样帮助不了我们，同样改变不了我们此刻的处境。但也有可能从古至今世界一直就是这样，不曾也不会有所改变……"

"一直就是这样？跟现在一样？一个完全服膺于政治家、黑心商人、奴才与纨绔子弟的世界？一个几乎要令人窒息的世界？"

"哎呀，我不知道啦，没有人知道。反正无所谓。不过，说到这里，我倒是想起了一个你最心爱的人，你曾经跟我聊过他，甚至念过他的信给我听——我说的是莫扎特。你认为他活着的时候，当时的情况会是怎么样？谁在他那个时代统治着世界？谁真的掌握了优势？谁真的具有发言权？谁真的对当时的世界具有影响力？是莫扎特还是他那个时代的商人？是莫扎特还是那些平凡无奇的普通人？你想想，莫扎特是怎么死的？是怎么被葬的？其实事情就是这样啊，我的意思是，世界一直就是这样，未来也许还是会继续这样。学校里所谓的'世界史'，每个受过教育的人都必须熟背的世界史，里头有无数英雄与天才，记载着无数丰功伟业与慷慨激昂——其实里头写的全是谎言，是老师为了教学，为了让孩子们在规定的修业年限里有东西可学、有事可做杜撰出来的。过去如此，未来还是如此：时代与世界，金钱与权力永远只属于渺小且平庸者，至于其他人——那些真正的人——没有东西是属于他们的，他们唯一拥有的是死亡。"

"除死之外，什么也没有？"

"不，还有一样，那就是永恒。"

"你指的是留名？为后世留下名声的意思吗？"

"不，小狼仔，当然不是名声——名声有价值吗？你当真认为那些真正活过，生命真正饱满的人，他们全都会变得有名？会被后人所记住？"

"不，我当然不这么认为。"

"所以咯，我说的并不是名声。名声只是为了教育所需，是学校老师才会关心和在意的事。我说的不是名声，不，不是！我说的是永恒。虔诚的信徒称之为上帝的国度。我常在想：我们这些人，我们这些对生命有高度要求，有向往，比别人多了一个维度的人，倘若除了人世间的空气，没有别种空气可供我们呼吸，倘若除了有限的时间没有永恒的存在，没有一个真实不灭的国度存在，那我们这种人一定活不下去。莫扎特的音乐，你那些伟大诗人的诗作，全都属于那个真实不灭的国度；那些能为人世展现神迹，能为理想壮烈牺牲，能为人类树立伟大典范的圣徒，也都属于那个国度。但除了他们之外，其实人只要有真挚的作为，有真切的情感，其形象与力量都将长存在那个永恒的国度里，即便未曾被人知晓，被人看见，被人记录，被后世所流传，还是会永远存在。因为在永恒之中并没有后世，只有一个万物共存的世界。"

"你说得没错。"我为之赞叹地说。

"虔诚的信徒，"赫尔米娜若有所思地继续说，"大部分都知道这件事。所以才会推崇圣徒，推崇被他们称为'诸圣相通'的圣徒群像。圣徒是真实不灭的人，是耶稣基督的弟弟们。我们一辈子追求的就是朝他们迈进，借由一次次的行善，一次次的勇敢，和一次次的去爱，得以加入他们的行列。历代画家都曾描绘过圣徒群像，只见圣徒在金碧辉煌的天空中并列，耀眼、美丽，且无比安详平静——圣徒群像就是我所谓的'永恒'。永恒乃超脱了时间与现象的另一个国度。我们其实是属于那里的，那里才是我们的故乡，是吾心向往之处，荒野之狼啊，这就是我们总渴望死亡的原因。在那儿，你将再次见到你的歌德，你的诺瓦利斯和莫扎特，我则能见到我的圣徒，我的圣克里斯多福，我的圣菲利浦·内里，以及其他所有的圣徒。其实，许多圣徒都曾是十恶不赦的堕落者，但罪恶其实是成圣的必经之路，罪行与恶习皆是。你听了可能会觉得好笑，但我经常在想，也许我的朋友帕布罗就是一个潜在的圣徒。啊，哈利，我们都必须经历无数的肮脏污秽与了无意义，都必须在跌跌撞撞与持续摸索中向回家的路迈进！没有人能给我们指引，我们唯一的指引是乡愁。"

说这最后一段话时她的声音变得好小，语毕屋内更是一片沉寂与宁静，太阳已经要下山，一道道金碧辉煌的光芒洒在我的书封上，照得我的书房璀璨闪耀。我双手捧起赫尔米娜的头,亲吻她的额,然后与她脸颊贴着脸颊,就这样亲如手足地静静相拥。我好想今晚就这么跟她待着,不要出门了。但今晚,舞会前的最后一晚,玛丽亚已经答应陪我。

赴约的路上我念兹在兹的却不是玛丽亚,而是赫尔米娜今天说过的话。我仅觉那番话并非出自赫尔米娜的想法,而是我的,是赫尔米娜看穿了我的心思,将它们吸收进去,然后再吐出来给我——于是我原本模糊的想法变成了具体的语言,重新呈现在我面前。我非常感谢她在这个时间点说了出"永恒"。我需要这个想法,少了这个想法我将活也活不下去,死也没有死的勇气。神圣的彼界乃超越时间的一个具有永恒价值的世界,一个在本质上属神的世界。我的挚友,我的舞蹈老师,今天竟将这个想法重新送给了我。这让我想到那天我做的有关歌德的梦,那个充满智慧的老人,梦中他笑得无比夸张,他揭示给我的正是不朽的乐趣。此刻我终于懂了歌德的笑,那种只属于不朽者的笑。那是一种没有对象的笑,那种笑,它只是光,是一种彻底通透的明亮,是一个真正的人在经历了人世间所有的痛苦、堕落、错误、激情与误解后,终于冲破了局限,进入了永恒,进入了宇宙,之后他唯一拥有的便是那光。

"永恒"其实无异于解脱,是从时间之中解脱出来,是重新返璞归真,是再次与无垠空间合而为一。我来到了我跟玛丽亚每次约会时会先用晚餐的地方，她尚未抵达。这是一间气氛沉静的市郊酒吧，我坐在摆好餐具的餐桌前静静等待。此时我满脑子想的仍是我和赫尔米娜的对话，我仅觉对话中的所有想法都异常熟悉，都是我原本就知道的，那些想法其实源自我自己的神话，源自我的幻象世界！生活在没有时间的永恒空间中，不朽者浑然忘我，凝结成画，他们宛如被苍穹包覆，环绕着他们的是如水晶般透明的永恒，是一股源自仙界，冰冷且璀璨如星的愉悦——为什么这一切对我而言是如此熟悉？我忍不住一直想，突然一首首莫扎特的遣兴曲蹿入脑海，接着是巴赫的《平均律钢琴曲集》。乐声萦绕中，我看见的只有冷冽如星的明亮，它通透清澈得犹如太空。没错，就是这样，音乐所揭示的正是冻结成空间的时间，一种超越人世的欢乐正无止境地川流在时间之上，那是永恒的、属神的笑声。啊，这与我梦中的智者歌德正好不谋而合！霎时那种没来由的笑声再度萦绕耳际，我又听见了不朽者在笑。我宛如着魔。着魔般地坐着，着魔般地在西装口袋里找笔，着魔般地拼命找纸。我看见垫在酒杯下的纸卡，赶紧翻面，将我灵光乍现的诗句写在卡片背面。后来我竟忘了这首诗，几天后才又在口袋里发现，诗的内容是——

不朽者

无垠的大地上一次次陷落，深渊
生之急切朝我们蒸腾而上，袭来
狂野的迫切，醺醺然慷慨激昂，
千万次处决，血腥味弥漫，
扭曲的欲望，无止境的野心，
杀人犯的手，放高利贷者的人，祈祷者的手，
被恐惧所驱使、被欲望所驱策的人群，
散发出的气息袱热而腐朽，野生而温暖，
人群呼吸着极乐，狂野地交配出高潮，
吞噬自我后，再次将自己吐出，
酝酿战争和种种讨喜的艺术，
以颠倒妄想妆点欲火熊熊的妓院，
孩提世界里的年货市集，人群纵情逸乐于其中，
流连忘返，吃喝嫖赌，
即便破浪而出，再次昂扬于人潮之上，
每个人终将如浪崩塌，灰飞烟灭。
但我们却寻获了自己
在星光闪耀的冰冷中，于穹苍
不知岁月，不晓时分，
我们既非男亦非女，不年轻也不苍老。
你们的罪恶，你们的恐惧，

你们的杀人行径，你们的纵情逸乐
如周而复始的太阳不断上演，
对我们而言，每一天都是最长的一日。
我们默默地对着你们闪闪发亮的人生点头，
静静地身处不停旋转的星辰中旁观
吸一口宇宙的冬之气息，
与天上的龙为伍，
冷冽，亘古不变的是我们永恒的存在，
冷冽，明亮如星的是我们永恒的笑容。

后来玛丽亚来了，我们愉快地用完餐，然后一起回到专属于我们的房间。那晚她美得、热情得、真心得前所未见，她让我享受到无与伦比的温柔与欢愉。但我竟有种感觉，她义无反顾得就像今晚是我们最后一次缱绻。

"玛丽亚，"我说，"你今天风情万种得宛如女神。但我们不能把自己累坏，明天还有面具舞会！明天你想要什么样的男伴？我亲爱的花朵，我唯恐童话故事里的王子会出现，把你拐跑，你再也不会回到我身边。你今天爱我的方式就像深爱彼此的恋人在道别，在最后一次缱绻。"

她将唇凑到我耳边，轻声道："别说话，哈利！每一次都可能是最后一次。只要赫尔米娜接受了你，你就不会再来找我了。也许明天她就会接受你。"

那段日子所带给我的独特感、奇妙感，以及那种既甜蜜又痛苦的双重滋味，从未像面具舞会前的那一晚一样，让我感受得如此强烈与深刻。那晚我首先感受到的是快乐，亦即玛丽亚的美丽与热情，我享受着、抚摸着、呼吸着千百种细腻、美好的感官经验。可惜这一切我到了后来，亦即很老了之后，才真正了解其中含义。这其实是一种如浪袭来的感官享受，它一波波地涌现，像浪涛拍打，轻柔而和缓，不过这只是表面，内在则充斥着各种意义、张力，与命运。当我充满柔情蜜意地沉浸在情爱的各种甜蜜、动人的细节中，自觉获得了巨大、和煦的幸福感时，我内心真正的感觉其实是命运正在拼了命地伸长脖子向前张望，它瞻前顾后又步步为营，简直像匹胆怯的马，如临深渊，正饱受坠崖的威胁，面对死亡它既恐惧又满心向往，甚至有种义无反顾的感觉。这感觉就像不久前我胆怯又害怕地抗拒着感官之爱，抗拒着它所带来的欢悦放纵，就像不久之前我对玛丽亚的美，对她那充满笑意又决心奉献的美深感恐惧。此刻面对死亡，我竟有同样的感觉——但这种恐惧已经变成了一种了然于胸，因为我知道：恐惧即将变成义无反顾和解脱。

我们沉浸在爱情的例行游戏中，一语不发却比过去的任何一次都更能聆听到对方的心声。与此同时我的灵魂却在向玛丽亚道别，在向她带给我的所有充满意义的事道别。

因为她，我得以在人生结束前再一次学习到如何率真地投入肤浅的世俗游戏，如何追求短暂的快乐，如何像个赤子及动物般纯真地去享受性爱——这样的状态在我过去的人生中极为罕见，因为感官生活和性爱，对我而言，一直具有一种苦涩的罪恶感。禁果的滋味虽甜，却也令人却步，尤其是对我们这种知识分子，我们对禁果总是提防再三。但赫尔米娜和玛丽亚却让我见识到这座花园的纯真美好，我满心感激地入园做客——但现在，是时候了，不久之后我将再次启程，继续前行，因为对我而言这座花园太过美丽，太过温暖。我将继续前行，为求生命的冠冕。我将继续前行，为赎人生无尽的罪。这才是我的使命。如此轻松的一种生活，如此轻松的一种爱情，如此轻松的一种死法，这不是我要的。

经由两位女孩的启发，我决定明天在舞会上，或甚至在舞会后，让自己好好地享受和放纵一下。或许眼前的这一切即将结束，玛丽亚的预感或许是对的，今天将是我们最后一次缠绵，明天也许命运又另有安排，谁晓得？我感觉自己满心期待，热切地向往着，但同时又害怕得要命。我狂野而忘我地和玛丽亚交缠，再一次热切而饥渴地奔跑在她这座乐园中，细细探索着每一条小径和每一处灌木丛，再一次大口咬下伊甸园里的甜美果实。

夜里未曾好眠，一整个白天我都在睡觉。一早我先泡了个澡，然后回家，疲惫已极的我把卧室的窗帘全都拉上，在黝黯的房中宽衣，发现口袋里的诗，但没多想，随即又忘了。我一心一意只想赶快睡觉，躺下后玛丽亚、赫尔米娜和面具舞会全被我忘得一干二净。我睡了一整天，傍晚才醒，刮胡子时惊觉：再过一个小时舞会就要开始，我得赶紧把搭配燕尾服的衬衫找出来。我心情极佳地完成装扮，完成后立刻出发。我打算舞会前先去吃点东西。

这是我第一次真正参与面具舞会。从前，我虽然每隔一段时间就会出席一次这种场合，有段时间甚至觉得它很棒，但我从来没有真正下场跳过舞，永远只是旁观者，每当大家兴高采烈且激动万分地侃侃而谈时，我虽也开心地跟着听，但总有种格格不入的奇怪感觉。但今天不一样，今天的这场舞会对我而言意义重大，我既期待又惴惴不安。由于我没有自备女伴，所以我决定晚点进场，赫尔米娜也觉得这样比较妥当。

小酒馆"钢盔"，这里曾经是我的避难所，是意志消沉的男人们消磨夜晚时光、喝闷酒，和孤芳自赏的好地方。但这阵子我很少来，因为这地方和我现在的生活方式格格不入。

今晚我又不由自主地来到这里。此刻笼罩着我的是由命运和告别交织而成的既苦且甜的心情，这样的心情让我过往人生中所有值得纪念的事和地点再次变得鲜明而耀眼，再次绽放出既悲且美的光辉；这间烟雾弥漫的小酒馆就是这样一个值得纪念的地方。不久前我仍是这里的常客，不久前酒馆里的一瓶在地葡萄酒便是我最佳的麻醉剂，能助我夜里钻进寂寞的被窝，助我隔天继续忍受这千篇一律的人生。但后来我有了其他替代品，享受到了更强烈的刺激，甚至吸食到甜美的毒品。我面带微笑地走进老酒馆，迎接我的是老板娘亲切的问候和其他常客默默的点头致意。老板娘推荐的菜色是香煎嫩鸡，菜上桌，倒进乡下人惯用的厚实玻璃杯中的是清澈的阿尔萨斯新酿葡萄酒。面前一尘不染的白色木桌和老旧泛黄的墙壁也和蔼可亲地对着我行注视礼。我边用餐边喝酒，但心里那股夹杂着感伤逝去和欢庆结束的感觉却越来越强烈，这种又悲又甜的感觉一直还没消失，此刻更是强烈到仿佛我过往人生的所有场景和事物都即将得到解答一样。新派的"现代人"称我此刻的情怀为多愁善感，他们不爱这种情怀，他们不追求神圣，不执着于爱自己的汽车，他们总想着赶快换辆牌子更好的车。这种新派的现代人作风大胆，处世精明，注重健康，冷静理智又积极，这种人非常杰出，他们甚至希望借下一场战争来证明自己的优秀。但他们关心的事我一点都不在乎，我既非新派的现代人，也不是过时的老古板，我是个超脱于时间的人，我追求的是临近死亡，是朝死亡迈进。而且我一点也不反对多愁善感，只要枯槁的心还能有所感，我就又开心又感激了。

我整个人沉浸在对这间酒馆的回忆中,深深地依恋着这些老旧且笨重的椅子,陶醉地呼吸着这里的烟味和酒香,浑然忘我于那种依稀存在的习惯、温暖,和仿佛回到故乡的感觉。这些依稀存在的感觉便是我此刻仅剩的了。告别是美好的,带着一股温柔的情怀。我多么喜欢我屁股底下的这张硬邦邦的椅子,和面前的这个质朴的酒杯,我多么喜欢阿尔萨斯葡萄酒充满果香的沁凉滋味,我喜欢这屋里的每样东西和每个人,和他们所带给我的熟悉感,我喜欢窝在这里的酒客们,喜欢他们那一张张失魂落魄、伤心绝望的脸,我有好长一段时间曾是他们其中的一员。我在这里所感受的其实是一种市民阶级式的多愁善感,一种源自年少时期的氛围,一种淡淡的、老派的酒馆浪漫,这份情怀源自那个烟、酒和酒馆都属于违禁品,还被大家视为陌生、美妙之物的时代。那时候没有荒野之狼会冒出来对着我龇牙咧嘴,没有荒野之狼会把我的多愁善感狠狠咬碎。这一刻,我平静地坐在酒馆里,往事一幕幕浮现,宛如一颗正在陨落的星星绽放出最后的光芒。

一名街头小贩进到酒馆里兜售烤栗子,我向他买了一大把。一位卖花的老妇人来到我跟前,我向她买了几枝丁香花送给酒馆的老板娘。我准备付钱离开时,习惯性地把手伸向西装口袋,这才想起我今天穿的是燕尾服。天啊,面具舞会！赫尔米娜！

　　幸好时间还早，而且我还无法下定决心现在就踏进舞会所在的环球舞厅。想起原本生活的种种安逸，我突然油然而生一股抗拒和排斥，我不想踏进环球舞厅那些宽敞却挤满了人、无比嘈杂的房间。我像个青涩的男学生羞于接触陌生环境，羞于进入花花公子的繁华世界，羞于跳舞。

　　我在街上乱逛，行经一家电影院，看见一道道耀眼的强光和五彩缤纷的巨型广告牌。我从电影院的门前走过，走没几步又折返，我决定进去。我可以在漆黑的电影院里待到十一点。

　　带位的男孩提着小灯在前引导，我摸索着跟着他穿过厚重的布帘，进到漆黑的厅内，找到位置后，瞬间置身《旧约全书》中。这部电影就是那种据说不是为了赚钱，只是为了高尚的、神圣的目标拍摄的电影，大制作大成本且细节考究，这种电影下午时段常会有学校的宗教课老师带着学生前来观赏。电影描述的是摩西和生活在埃及的以色列人的故事，场面非常浩大，动员了无数演员、马匹、骆驼，并搭建了富丽堂皇的宫殿，在炎热的沙漠中只见法老王的身影既伟大又尽显尊贵，但犹太人却生活得极其卑微与艰辛。银幕上的摩西留着类似十九世纪美国诗人华特·惠特曼那样的长胡子，并且装扮得像舞台剧演员般华丽。他手持长杖，以北欧战神奥丁之姿，率领着一群犹太人，一脸焦急和忧虑地疾行于沙漠中。他在红海边向上帝祈求，不久海水分开，一条路渐渐出现——两堵由海水形成的断崖中开展出一条宛如山谷小径的路（幕后人员是怎么搭出这样的场景的？这问题，由神父带来观看电影、年届坚信礼的少年学子们想必有的吵了！）。我看着先知摩西和他诚惶诚恐的族人迅速通过水中道路，不久驾着战车的法老王率兵追来，埃及士兵在红海边看得目瞪口呆，一开始还不敢贸然前进，最后当他们终于鼓起勇气追上去时，身穿华丽金色铠甲的法老王和他所有的战车及士兵瞬间被崩塌的海水击溃。此情此景，我不禁联想到亨德尔波澜壮阔的低音提琴二重奏，那段音乐歌颂的正是此一事迹。接着我看见摩西登上西奈山，一个满脸风霜的英雄置身荒芜的岩石中。我看见摩西在风雨交加、雷电大作的山上领受了耶和华示下的十诫，同时他无知的族人却在山脚下打造金牛，不仅膜拜还纵情狂欢。我觉得稀奇，觉得不可思议，我竟能亲眼见证这些过程，竟能目睹《圣经》上的情节，目睹这些英雄豪杰与神迹。小时候，我们曾因这些故事而懵懵懂懂地意识到另一个世界的存在，那是一个凌驾于凡间的神界，此刻虔诚的观众——这些观众嘴里正静静地嚼着自己带进场的面包——只要买张票就能看着这些情节活生生地在自己面前上演，啊，这不正是我们这个充斥着廉价品和热衷贩卖文化的时代最佳的缩影吗？天啊，倘若知道自己要捍卫的竟是这样一文不值的东西，我想当时在红海边，不止埃及人，应该连犹太人，甚至其他所有的民族都宁愿自己当场就死掉算了——在那样的情况下至少还能死得轰轰烈烈，死得有尊严，不必像我们今天这样，忍受着这种可怕的要死不活，忍受着这种凌迟般的慢慢腐朽。唉，但也只能是这样了！

看完这部电影，受了它的启发，我无法面对舞会的心理障碍，我不肯承认的胆小却步，非但没有改善，反而变得更严重。我要自己想着赫尔米娜，快下定决心搭车前往环球舞厅，并鼓起勇气走进去。时间已经很晚，舞会早就开始，我觉得自己既清醒又胆怯。就在我仍然犹豫不决，不知道自己该不该走进挤满了人的舞会场地时，已经有人热情地推挤着要我进去了：几个要去香槟厅喝酒的女孩邀请我同行，另外还有几个举止轻浮的家伙直接拍着我的肩膀"你啊你"地冲着我喊，冒冒失失地要跟我称兄道弟。但我谁也没跟，只是挤过人群直到衣帽间。拿到寄放衣服的号码牌，我小心翼翼地收进口袋，心想：也许我很快又会用到它，也许等一下我就会受不了这里的混乱和嘈杂了。

今晚这栋建筑里的每个房间都被布置成了狂欢会场。每个厅都有人在跳舞，连地下室，甚至走廊和楼梯间都挤满了戴面具的人、跳舞的人，到处都是乐声、笑声和追逐声。我惴惴不安地穿过人群，行经黑人乐队，继续朝乡村乐曲的方向走，穿过宽敞、巨大、亮晃晃的主厅后，行经走道，楼梯，酒吧，接着是自助餐区，然后来到香槟厅。一路走来，墙上挂的绝大多数是年轻画家们风格狂野、充满情色意味的画作。今晚所有人都聚集到了这里，艺术家、记者、学者、商人，大家都来了，除此之外，本城的花花公子更是全员到齐。我看见帕布罗置身乐队中，他正起劲地吹着他的萨克斯风。他一看见我立刻大声地跟我打招呼。

我在人群的推挤和簇拥下，行经一个又一个房间，我跟着大家上楼，跟着大家下楼。地下室里有段通道被艺术家们布置成地狱，一支打扮成恶魔的乐队正在卖力狂奏。我开始用目光四处搜寻赫尔米娜和玛丽亚的身影，我找得非常认真，甚至好几次试图挤回主厅，但不是动弹不得，就是被迎面而来的人潮又给挤了回来。接近午夜，她们俩我谁也没有找到。我虽然还没有跳舞，却已经大汗淋漓并头晕脑涨了。我就近找了张椅子坐下，旁边挤满喧哗的陌生人，我向侍者要了一杯酒，懊恼地想：像我这样的老男人真不该来参加这种如此吵闹的联欢舞会。我心灰意冷地喝着酒，呆望着女人赤裸的臂膀与美背，目送一堆可笑的肌肉男从我面前走过，忍受别人对我的不小心碰撞，并且沉默不语地打发掉好几个女孩子——她们有的一屁股坐进我怀里，有的想强拉我跳舞。其中一个喊我"糟老头"，喊得好，喊得对。我想借喝酒提高自己的勇气和兴致，但怎么连酒也饮之无味，我连第二杯都不想喝。我觉得荒野之狼仿佛又出现在我背后，对着我吐舌头。其实问题真的不在我，我只是来错了地方。我满心期待地来到这里，抵达后却高兴不起来，因为这里沸腾的欢乐气氛，这里的满室笑语，这里的所有荒诞不经全让我觉得愚蠢又充满压迫感。

半夜一点，失望又懊恼的我悄悄折返衣帽间，我想取回外套，然后离开。我输了，我又缩回荒野之狼里面了，赫尔米娜一定不会原谅我。但我真的办不到。挤过人群折返衣帽间的路上，我拼命地左顾右盼，希望能看到赫尔米娜或玛丽亚。但根本看不到她们。我来到衣帽间的柜台前，负责衣帽间的男子早已彬彬有礼地伸出手来要接我的号码牌了。我摸向口袋，号码牌竟然不见了！该死，怎么会出这种纰漏！之前当我垂头丧气地游走在各厅之间，当我心灰意冷地坐下来喝乏味的酒时，我都伸手去摸过那枚号码牌，当时我犹豫不决，不知道自己该不该离开，但我一直都可以清楚地感觉到那枚又圆又平的号码牌安稳地放在我的口袋里。但现在，它竟然不见了。今天真是诸事不顺。

"号码牌不见了？"站在我身边的一个非常矮小，打扮成恶魔，全身又红又黄的男子用他极为尖锐的声音对我说，"拿去吧，同伴，我的号码牌给你。"话声未落他已经把号码牌举到我面前。我失神地接过来，手指才刚握紧号码牌，那个敏捷、矮小的男子已经不见了。

我将小小的圆形纸牌举到面前,准备看它的号码时,发现上面根本没有号码,只有一堆笔迹潦草的字。我请衣帽间的侍者稍等一下,我拿着号码牌去到灯光下,仔细阅读。上面的字好小好乱,实在很难阅读,但内容大概是——

今夜四点于魔法剧场
——仅供疯子观赏——
入场费为理智。
非人人皆可入场。赫尔米娜在地狱。

宛如人偶的操纵者一时手滑,把线给掉了,导致人偶像死了一样动也不动,毫无反应,但经过短暂的沉寂,线又拉起了,人偶又活了,又开始表演,又会跳舞,又有反应了。我就是这样,在魔法丝线的再度拉扯下,我再次投入杂沓的人群——刚刚我自觉疲惫得,无趣得,苍老得只想赶快逃走——重返喧哗,这次我觉得自己充满活力、年轻、浑身是劲。大概没有任何一个纵情逸乐的堕落者,会像此刻的我一样,如此急于投入地狱。刚才我还觉得那些亮晃晃的皮鞋有压迫感,空气中浓重的香水味令我厌恶,人群散发出的燠热气息令我疲惫,但现在我就像脚底装了弹簧,踩着宛如一步舞的快速节奏,旋风似的跑过一个又一个厅,目标地狱。空气仿佛被施了魔法,我被一波波温暖的气息，一阵阵醉人的音乐，被行经的五光十色、女人香肩、如痴如醉的人们，被欢笑声，被跳舞的节奏，被一双双炙热的眼睛给托衬着，不停地往前推移。突然，一名打扮成西班牙舞者的女郎投入我的怀抱，她说："和我跳舞！"又说"别走！"我回答她："我必须到地狱去。但我愿意带着你的香吻离去。"面具下的红唇凑了上来，四唇交缠时我才认出她是玛丽亚。我紧紧地抱住她，她丰满的嘴唇绽放得宛如盛开的夏日玫瑰。我们边吻边跳舞，舞过帕布罗的身边，只见他无限依恋地吹奏着他的萨克斯风，悠扬的乐声持续温柔流泻。他那双动物般的眼睛闪闪发亮，但眼神却显得迷蒙，他默默地注视着我们。我紧拥着玛丽亚欢舞，但连二十步都还没有跳完，音乐就中断了，我极不情愿地放开玛丽亚的手。

"我好想再跟你跳一支舞，"我陶醉在她的热情之中，"再陪我走一小段路，玛丽亚，我好舍不得离开你美丽的臂膀，让它再多陪我一会儿吧！你听，赫尔米娜在呼唤我，她人在地狱。"

"我想也是。保重了，哈利，我永远爱你。"玛丽亚向我道别。是时候道别了，秋季已临，命运如此，夏日玫瑰盛开，彻底地吐露芬芳后，是时候道别了。

我继续往前走，穿过长长的走廊，轻松地挤过人群，下楼，进到地狱去。我看到漆黑的墙上，邪恶的灯光亮得宛如烈焰焚烧。恶魔乐团演奏得无比狂野。一名俊俏的少年坐在吧台旁的高脚椅上，他身穿燕尾服，没有戴面具。他看了我一眼，眼底满是嘲笑。我被跳舞的人挤到墙边，在这隅狭窄的空间里竟挤了二十对跳舞的男女。我目光热烈且着急地逐一巡礼过这里的每个女人，但她们大多仍戴着面具。有的发现我在看她便冲着我笑，但她们之中没有一个是赫尔米娜。高脚椅上的少年又看了我一眼，表情满是捉弄。我心想，等一下中场休息，赫尔米娜一定会来找我。终于等到这支舞结束，但没有人朝我走来。

我朝吧台走去，吧台位于这狭小又低洼的空间的一个小角落。我在那名少年的身边坐下，并且向酒保要了一杯威士忌。喝酒时，我从侧面瞥见少年的轮廓，啊，竟如此熟悉，如此地吸引我，我仿佛看见了一张多年前的旧照片，仿佛轻轻地穿过了那层静静遮盖着往事的如尘薄纱。天啊，我吓了好大一跳：这少年竟是赫尔曼，是我儿时的好友！

"赫尔曼！"我略显迟疑地叫他。

他报以微笑："哈利？被你找到了？"

是赫尔米娜。她只是换了发型，画了淡妆，但她那张聪慧的脸在时髦立领的烘托下更显精致和苍白。她的两只手从燕尾服宽大的黑色袖子和衬衫白色的蕾丝边延伸而出，显得异常娇小。穿着黑白条纹男袜的双足则从黑色长裤中露出来，同样显得异常娇小。

"赫尔米娜,这就是你要让我爱上你的特殊打扮?"

"从刚才到现在,"她边点头边说,"爱上我的只有女人。现在轮到你了。不过,在此之前先让我们喝杯香槟吧。"

我们并肩坐在高脚椅上喝香槟,旁边的人继续跳着舞,乐团也继续如火如荼地演奏着狂野的弦乐。我觉得赫尔米娜根本不必努力,我很快就会义无反顾地爱上她。她现在打扮成男孩,所以我无法与她共舞,无法感受她的温柔,无法紧紧地拥她入怀。但正是这种距离感与中性,让戴着男性面具的她一举手一投足,每一次回眸,每一句话都对我充满了女性魅力。完全不必实际跟她接触我就已经臣服在她的魅力之下了,而这股魅力实源自她此刻所扮演的角色,亦即雌雄同体。女扮男装的她跟我聊赫尔曼,跟我聊童年的种种,聊我的童年和她的童年,聊青春期之前的岁月,那段日子里少男少女的爱并不只局限于异性之爱,而是万事万物都能爱,既追求感官之爱,也追求精神之爱,并且天生具备爱情的魅力与神奇的蜕变能力。不过,这样的能力只有某些特别受上天眷顾的人或诗人在长大后仍偶尔得以重温。此刻赫尔米娜扮演的正是这样的一位少年,她抽着烟,跟我聊得漫不经心又充满智慧,时不时显得玩世不恭,一脸嘲讽,却又浑身散发着爱情的魅力,并且让周遭的一切都对我充满了感官诱惑。

我原本以为自己非常了解和懂得赫尔米娜,但今晚她让我见识到了截然不同的另一面！她悄悄地、温柔地将我网进了欲望之网，游戏似的、女妖般喂我喝下了甜美的毒药！

我们并肩坐着，一起聊天，一起喝香槟，一起到处闲逛，观察厅里的男男女女，我们像探险一样，锁定某一对情侣后便凑近偷听，听他们的谈情说爱，看他们如何玩这场爱情游戏。她找出特定的对象，要我去向那些女人邀舞，她传授我追求女人的技巧和艺术，教我怎么对付这个女人或讨好那名女子。我们甚至假扮情敌：在同一时间向同一个女人献殷勤，我们争相邀她跳舞，比赛谁能赢得芳心。但这一切其实只是一场面具游戏，只是我们之间的一场游戏，这场游戏让我们的关系变得更加紧密，让我们对彼此更加着迷。这所有的一切不过是童话故事，不过是为了赋予我们更丰富的人生面向，为了让我们的生命更具意义，这一切不过是游戏，不过是比喻和象征。我们发现了一个非常美丽的年轻女子，她看上去一脸悲伤和埋怨，赫尔米娜走过去和她跳舞，并且逗得她心花怒放，不久她们朝香槟厅走去，消失了好一阵子。稍后赫尔米娜告诉我，她顺利地征服了那名女子，但不是以男人的身份，而是以女人的身份，她对她施展了女同性恋者的魔力。我渐渐觉得这栋——每个厅都被舞曲轰炸得震耳欲聋，每个角落都挤满了戴着面具且如痴如醉的人们的——建筑物，简直像座极乐天堂,像座梦想乐园。我嗅闻着一朵又一朵的美丽鲜花,享受她们的芬芳,我雀跃地伸出试探的手把玩一个又一个饱满果实。意图诱惑的蛇从树影摇曳的绿叶中窥看我,一朵朵精神抖擞的莲花在漆黑的沼泽上摇曳,神奇的魔法之鸟正蛰伏于树梢上,眼前的这一切都在指引着我朝那个我向往已久的目标前进,都在召唤我带着全新的渴望朝那个唯一的目标前进。其间我和一个陌生女孩跳了一支舞,我表现得热情如火、万般殷勤,我和她舞得如痴如醉,正当我们跳得浑然忘我时,她突然大笑着说:"你简直像变了一个人。今晚刚见你时,你又呆又笨,无趣极了。"我想起来了,一两个小时前这名女孩曾称我为"糟老头"。想必此刻她已经认为她房获了我,殊不知下一支舞我又会为了另一名女子神魂颠倒。我整整跳了两个钟头的舞,或者更久,总之,我每支舞都跳,连那些我不会跳的舞我也跳。少年赫尔曼不时出现在我身边,面带微笑地跟我点点头,随即又消失在人群中。此刻我所经历的一切,对我过去的五十年而言是陌生的,虽然这些几乎是每个少年、少女,每个大学生都曾经历的事,但我却是今晚,在这场舞会上,第一次体会到:原来大型聚会是这么一回事,原来跟众人欢聚并陶醉其中是这种感觉,原来人可以完全融入人群,浑然忘我到这种地步,这真是一种充满奥秘的人我合一的快乐境界。这种经验过去我常听人提起,几乎每个女仆都有过这样的经验，我常有机会听到人们眼睛发亮地叙述这种大型聚会的事，但我总是既不屑又羡慕地一笑置之。心驰神往者和浑然忘我者的那种如痴如醉的发亮眼神，那种陶醉在集体欢乐中的笑容，和几近疯癫的忘我状态——那种眼神、那种笑容，和那种状态，其实我见识过千百遍，有高贵的例子也有可鄙的例子。我在喝醉酒的新兵和水手身上见到过，在伟大的艺术家身上也见到过（例如，当他们竭尽心力，投注所有热情卖力演出时），另外在许多参战的年轻军人身上我也见到过。其实最近我就时常为这种神采飞扬，这种笑容，和这种因快乐而浑然忘我的状态感到震惊，心生赞叹，这个令我又爱又恨，又羡慕又忌妒的人正是我的朋友帕布罗，每当他浑然忘我地在乐队里吹奏他的萨克斯风，彻底陶醉在音乐中时，他脸上就有这样的神采和笑容。此外乐队里的指挥、鼓手，和那个弹奏班卓琴的男人，我在他们脸上同样看到了这样的陶醉与狂热。这种笑容，这种孩子般纯真的神采飞扬，我曾以为只有在年轻人身上才看得到，或只有在特别没有个性或独特性的人身上才看得到。但今天，在这个充满祝福的夜晚，我，荒野之狼哈利，竟然也笑得神采飞扬，竟然也彻底沉浸在这种既深刻又稚气，简直像童话故事般的快乐中。我呼吸着因群众，因音乐，因节奏，因酒，因爱欲而产生的甜滋滋的梦幻感与陶醉感，从前每当我听到大学生盛赞这种舞会的美妙气氛时，总是一脸嘲讽，甚至可悲地内心充满不屑。但此刻我再也不是从前的我了，我整个人，连同我从前的个性，就像盐溶于水，彻底消融在这醉人的舞会气氛中。

我和一个又一个女人跳舞，但不只有这些被我拥入怀中，被我轻抚秀发，被我吸吮芬芳的女人是属于我的，在场的所有女人，厅里的每一个女人，只要跟我一样正在跳舞，跟我一样正陶醉在同一首乐曲中，或曾从我面前经过——她们那一张张神采飞扬的脸犹如一朵朵曼妙至极的花——这些女人，这所有的女人都属于我，我也都属于她们，我们彼此交织，互相拥有。连男人也一样，我与他们合而为一，他们再也不是陌生人，他们的笑容里有我，我的笑容里有他们，他们的求爱行动中有我，我的求爱行动中有他们。

一款新式的舞曲，其实就是一种新的狐步舞，这个冬天风靡了全世界，大家统称这种舞曲为"渴慕"。这种舞曲一再地被演奏，每个人都想一听再听，大家都听得如痴如醉，并且熟到能跟着哼唱。我不停地跳舞，跟每个我遇到的女人，无论是稚嫩的少女，花样年华的年轻女子，或饱满如盛夏的熟女，甚至是可怜的明日黄花，我为她们每个人而倾倒，

我不停地笑，我好快乐，我感觉自己容光焕发。之前帕布罗总认为我是个令人讨厌的可怜家伙，此刻他看见我

神采飞扬，眼底闪过一抹惊喜，兴高采烈地从演奏椅上站起来，用力地吹奏他手中的萨克斯风，甚至站到了椅子上。他吹得两腮鼓胀，身体和乐器随着舞曲的节奏不停摇摆，摇得狂野，摇得开心。我和我的舞伴也举起手来不断地向他抛送飞吻，并且大声地跟着乐队唱和。啊，我忍不住想，眼前的一切或许是天意吧，我竟然也能如此快乐，如此神采飞扬，我竟然也能摆脱掉自己，变成了帕布罗的兄弟，变成了一个孩子。

我失去了时间感，彻底陶醉在快乐中，不知道时间到底是过了几小时，还是只过了一会儿。另外我也没发现，在舞会气氛越来越热的同时，人其实已经越聚越拢，舞会使用的场地也越来越小，越来越集中了。大部分的人已经离去，走廊上早已静悄悄，许多地方的灯熄了，楼梯间更是空无一人。在上面那些厅演奏的乐队也一团接着一团地结束了表演并离开。只有最大的主厅和位于地下室的地狱仍在喧哗，这两个地方的气氛越来越热烈，多彩多姿的欢庆气氛持续高涨。由于我不能和扮成男孩的赫尔米娜跳舞，所以我们总是趁舞曲之间的空当稍微聚一下，并打个招呼。后来她不见了，彻底消失了，我不仅没有看见她，甚至忘了她的存在，或者说我已经忘记要思考了，我彻彻底底地融化在舞得如痴如醉的人群中，并且被一波波的香味、乐声、叹息声、说话声轻抚过，被一双双陌生的眼睛招呼着，鼓舞着，我被陌生的脸庞、嘴唇、脸颊、手臂、胸膛和膝盖团团包围，乐声如浪，一波波簇拥着我跟着它的节奏来回游荡。

突然，我像醒了一样，在最后留下的这些舞客中——现在只剩下几间较小的厅仍有音乐演奏，并挤满人群——我看见一个身穿黑色小丑服，脸完全涂白的女丑——一个清新洁净的美丽女孩，她是现场唯一一个还戴着面具的人，她绝对是我今晚见到最迷人的一名舞客。由于时间已晚，所以大家早已舞得满脸通红，衣服也皱巴巴，更别提领子（或皱褶领）早已垂头丧气。但一身是黑的女丑却显得光鲜亮丽，面具下的白脸妆容整齐，服装无一丝皱纹，脖子上的那圈皱褶领也坚挺抖擞，蕾丝袖子更是一丝不苟，发型仿佛刚刚才梳整好。我不由自主地走向她，揽住她的腰，开始与她共舞。她脖子上的皱褶领轻搔着我的下巴，秀发轻拂着我的脸庞，她年轻紧致的身躯，比今晚任何一个跟我跳过舞的女孩都温柔，还要懂得如何呼应我的摇摆，她时而回避，时而逼近，她游戏般地诱导着我们之间一次次的身体碰触。突然，我按捺不住地俯身向前，我的唇寻向她的唇，但她的那两片唇突然骄傲地笑了，一股异常熟悉的感觉，是啊，我认得这个紧实的下巴，我欣喜万分地认出了眼前的肩膀、手肘、手掌，啊，赫尔米娜，她不再做赫尔曼的打扮了，她已经换过衣服，她显得清新迷人，全身散发着淡淡的香水味,脸上也扑了粉。我们热烈地四唇交缠,瞬间她整个人,从头到脚,彻彻底底地紧贴着我,她热情如火,浑身是欲望。但下一秒她的唇已经离开我,她开始跟我保持距离,跳舞时肢体动作也充满回避。音乐暂歇,我们仍轻拥着对方,我们旁边一对对迷人的舞客开始鼓噪、拍手、叫嚣、顿足,催促着精疲力竭的乐队继续演奏,他们要听"渴慕"。与此同时,大家却也惊觉清晨已至,透过窗帘已能隐约看见灰扑扑的晨曦,一夜的高昂兴致眼看就要结束,大家仿佛能预见结束后的精疲力竭,于是更想赶紧把握此刻,更想盲目地、大笑地、绝望地再次尽情狂欢,再次沉醉在音乐中与五光十色中,更想继续踩着舞步,一对挨着一对,继续享受一波波如浪袭来的欢愉。乐声再度响起,跳这支舞时,赫尔米娜不再显得高傲,她脸上也见不到半点嘲讽与拒人于千里之外了——她很清楚,我已经爱上她了,她无须再对我故作姿态。我已经完全属于她。她热情地回应着我,用她的舞姿,她的目光,她的吻,和她的笑。所有在这个热情如火的夜晚和我跳过舞的女人,所有令我着迷和为我着迷的女人,所有我曾献上殷勤,曾满心向往且与她紧紧相拥的女人,所有被我投以爱慕眼光,被我久久追寻的女人,此刻全融合成了唯一一个女人,融合成我怀中的这个笑靥如花的女人。

这场婚礼之舞,这场高潮之舞,持续很久。音乐三番两次地接近尾声，吹管乐手放下手中的乐器，钢琴乐手从椅子上站起来，首席小提琴手一脸无奈地猛摇头，每当他们想停止演奏时，留到最后的这群舞客就会苦苦哀求，乐手们终究还是拗不过他们，还是被他们打动，于是又开始演奏，并且演奏得更卖力，速度更快，节奏更狂野了。突然，钢琴盖"嘭"一声重重合上。贪恋最后一支舞的我们跟着停下脚步，虽与舞伴仍彼此相拥，气喘呼呼，但下一秒我们已经像吹管乐手、小提琴手一样，疲惫至极地垂下了手。长笛乐手迅速地把长笛收进匣子里，门开启，冷风灌入，侍者立刻送上外套，酒保迅速把灯熄灭。大伙儿如鬼魅般一哄而散，刚才还热情如火、神采飞扬的舞客纷纷在寒风中瑟缩，套上大衣后立刻竖起衣领。赫尔米娜站在原地，一脸苍白却面带微笑。她慢慢举起手来将头发往后拢，她汗湿的腋窝在灯光下显得闪闪发亮，一道细细长长、淡淡的阴影从她的腋窝一直延伸到被衣服遮住的胸前，不知为什么这道并不明显的阴影，竟像她的笑容一样，对我充满了吸引力，仿佛她美丽躯体的各种表现方式和可能性全汇聚在这一道阴影上。

我们站在原地，彼此凝视。我们是厅中仅剩的两个人，是整栋屋子里的最后两名舞客。我听到下面有关门的声音，还有玻璃摔破的声音，有人在窃笑，除此之外还有愤怒、暴躁的汽车引擎声。接着我听见，远远的，在某个高处，有笑声响起,那笑声无比开朗,无比开心,同时却又令人不寒而栗,令人感到陌生,那种笑仿佛来自晶体,来自冰块,它明亮而闪耀,却也冰冷而无情。但我怎么觉得这奇怪的笑声如此熟悉?我想不起来了。

我们站在原地,彼此凝视。有那么一瞬间我自觉清醒又理智,可怕的疲惫感从背后袭来,我的衣服彻底汗湿,又黏又腻地挂在我身上。沾满了汗、皱巴巴的蕾丝袖口外是我又红又肿的双手。但这份清醒随即被赫尔米娜的眼神给瓦解了。现实世界,连同我对她的最真实的情欲渴望,全消失在赫尔米娜的眼神中。看着我的虽然是她,但我却觉得是我自己的灵魂在凝视我。我们如同被施了魔法互相凝视,我可怜的灵魂正在凝视我。

"你准备好了吗?"赫尔米娜问,她脸上的笑容消失了,胸前的那道诡异的阴影也消失了。远处不知名的房间里持续传来高亢的奇特笑声。

我点点头。是的,没错,我已经准备好了。

这时乐手帕布罗突然出现在门边,他目光炯炯却愉悦地看着我们;那双眼根本是动物的眼。但动物的眼神应该是严肃而认真的,他的眼神却永远带着一抹笑,这抹笑让他那双动物的眼睛变成了人类的眼。帕布罗热情无比地朝我们招手。他穿着一件彩色的睡袍,睡袍艳红的大领子上露出的是他汗湿了的衬衫领,他疲惫已极的脸显得异常枯槁、苍白，幸好炯炯有神的黑眼珠弥补了这一切。不仅如此，那双眼睛甚至把现实世界整个抹去了，那双眼仿佛会施魔法。

服从他的手势，我们乖乖地朝着他走过去。来到门边他轻声地对我说："我的兄弟，哈利，我想邀请你观赏一个小小的节日。只有疯子才能入场，观赏的费用是理智。你愿意吗？"我再次点头。

真是个讨人喜欢的家伙！帕布罗敞开双臂温柔而细心地搭在我们肩上。赫尔米娜在右，我在左，他就这么左拥右抱地揽着我们往上走，爬了一段楼梯后，我们来到一个小小的圆形房间。房间的上方设有蓝色灯光，整个房间显得空荡荡的，里头只有一个圆形小桌子和三张沙发椅，我们三人依序入座。

我们到底在哪儿？我这是在做梦吗？我人在家里？在汽车里，车子正在行驶？不，不对，我正坐在满室蓝光的圆形房间里，这里空气稀薄，现实世界在这里变得非常非常薄弱而不真实。赫尔米娜怎么变得如此苍白？帕布罗怎么一直说个不停？会不会让他说话的人其实是我，是我正在他的身体里对着我自己说话？会不会我的灵魂正借由他的黑色眼珠在看着我——我这只迷失了方向、担惊受怕的鸟——就像之前我借着赫尔米娜的灰色眼珠凝视我自己？

帕布罗对我们展现出极大的友善与热情，但这份热情却同时带着一份仪式意味。帕布罗目不转睛地看着我们，一直讲一直讲，说个不停。我从没听他说得这么有条不紊且头头是道，在我印象中他是个对雄辩，对字斟句酌丝毫不感兴趣的人，是的，我一直不认为他是个擅于思考的人，但此刻从他嘴里吐出来的温暖而美好的声音却是那么地滔滔不绝和辩才无碍。

"我亲爱的朋友，接下来我要邀请你们观赏的节目是哈利期待了好久，梦想了好久的节目。不过现在时间有点晚，加上我们大家都有点累了，所以让我们先在这里休息一下，恢复一下体力。"

语毕帕布罗从壁橱上取下三只酒杯，和一个造型古怪的酒瓶，以及一个充满异国风情的彩色小木盒。他拿起酒瓶为三个酒杯斟满酒，然后再从木盒里拿出三根细细长长的黄色香烟，接着从丝质睡袍里掏出打火机，帮我们每个人把烟点着。我们三个人就这么舒舒服服地靠在沙发椅上慢慢地抽着烟，周身云雾缭绕得仿佛圣坛上的香烟袅袅。我们边抽烟边慢慢地啜饮着帕布罗为我们精心准备的又苦又甜、滋味陌生却奇特的不知名美酒，这酒不仅提神，还令人心旷神怡，充满幸福感，我仅觉自己像充饱了气的气球一样不具重量。我们就这么静静坐着，一小口一小口地抽着烟，边休息边啜饮杯中美酒，感觉自己轻飘飘得无比欢喜。这时帕布罗突然用他异常温暖的嗓音悠悠地说：

"亲爱的哈利，今天可以招待你，真是非常开心。您对自己的人生经常感到厌烦，您想尽办法要离开这里，对吧？您希望能摆脱时间，摆脱这个世界，摆脱眼前的现实，希望去到另一个适合您的现实，一个没有时间的世界，对吧？那么，就这么办，我亲爱的朋友，让我邀请您现在就如您所愿。您很清楚那个适合您的另一个世界藏在哪里，因为您寻找的那个世界正是您自己的灵魂世界。在您心中其实存在着另一个现实，您向往的正是那个现实。我能给您的只是原本就存在于您内心的东西，除此之外我什么也无法给您。我能为您开启的影像之厅，能为您呈现的影像，其实原本就存在于您的灵魂之中，此外无他。我唯一能提供给您的只是机会，只是推您一把，只是钥匙。我唯一能帮您的是让您具体地看见自己的内心世界，如此而已。"

说完他把手伸进自己五彩缤纷的睡袍里，从口袋里掏出一面圆形的小镜子："您看：这就是您目前为止看见的自己！"

他把小镜子举到我面前（我想到一首儿歌："小镜子，小镜子，我手中的小镜子。"）。我看见镜中有个残缺不全、飘移不定、朦胧且可怕的影像正在变化，正在剧烈地作用，正在挣扎形成：那是我，哈利·哈勒，而且在这个哈利的体内住着荒野之狼，一匹有点害羞，美丽却神色慌张、困惑，且害怕的狼，它的眼睛一下子凶恶，一下子悲伤。狼的形象不停地在哈利身上川流移动，就像一条大河旁边有条小河汇入，但小河的颜色不同于大河，于是汇流时便出现了晕染，互相穿插，互相冲击，痛苦万分，彼此吞噬，两条河都想全然地呈现自己。可悲呀，形象飘移不定、样子忽而清楚忽而模糊的狼用它美丽却羞怯的眼睛悲伤地看着我。

"您看见自己的模样了吧。"帕布罗温柔地说完这句话之后，便把镜子重新收进口袋里。我满心感激地闭上眼，又轻啜了一口他特调的美酒。

"好啦，我们也休息够了，"帕布罗说，"补充了满满的活力，又聊了天。现在如果你们不累了，我想带你们进入我的西洋镜，让你们看看我的小剧场。你们同意吗？"

于是我们三个一同起身，帕布罗面带微笑地在前引导，我们来到一扇门前，帕布罗将门打开，再将布帘往旁掀开。我们瞬间置身马蹄形的剧场长廊中。我们的位置刚好落在长廊的正中央，长廊以圆弧状向左右两边延伸出去，廊上立着一扇扇包厢的门，这些门多到令人无法置信。

"这就是我们的剧场，"帕布罗说，"一座充满娱乐效果的剧场，希望你们能因它而获得欢笑。"说完他立刻大笑了几声，才短短几声却已经让我满心震撼，因为这笑声跟我先前听到的从远远的高处传来的笑声如出一辙，一种爽朗却陌生的笑。

"这座小剧场有无数个包厢,它能根据你的愿望出现十个、百个、甚至上千个包厢,等在每一扇门后面的都是你正在寻觅的东西。它就像是间美丽的图片陈列室,我亲爱的朋友,如果您只是一如既往地这么逛过去,您将一无所获。因为那个一向被您称为个性的东西将妨碍您、蒙蔽您,导致您一无所获。我相信您肯定已经猜到,不管您怎么称呼您的愿望,无论您称之为超越时间,或摆脱现实,其实您真正的愿望都是把您所谓的个性卸下。个性就是您困坐其中的牢笼。倘若您以现在的模样踏进剧场,那么您看见的将只是哈利眼中所见到的一切,将只是荒野之狼戴着它那副陈旧的眼镜所看见的一切。我们之所以邀请您来,就是为了让您摘下那副眼镜,并且把您一向看重的个性先妥善地脱掉,寄放在我们的衣帽间,您想取随时可以拿回去。此刻您已经度过了一个美好的舞会夜晚,也已经读过了那本《荒野之狼》,甚至跟我们一起享用了一些兴奋剂,换言之您已经准备就绪。您,哈利,在卸下一向被您珍惜的个性之后,请往剧场的左边走。赫尔米娜请往右边走。到了剧场里面,你们可以根据自己的意愿随时碰面。但现在,赫尔米娜,请先到布帘后面回避一下,容我先引导哈利进入剧场。"

赫尔米娜往右走,行经一面从地板延伸至拱顶、覆盖住整面墙的巨大镜子,然后消失无踪。

"好啦,哈利,现在轮到您了,希望您能保持心情愉快。让您拥有好心情,教会您笑,其实是本次活动最主要的目的——我希望您能让我轻松地达成任务。您感觉还好吗?可以吗?会不会有点害怕?好,就这样,非常好。现在,您将无所畏惧且满心欢喜地进入我们的幻象世界,但进入这个幻象世界之前,依惯例,您必须先在幻象中把自己杀死。"

帕布罗再次把那面小镜子拿出来,放到我面前。我再次看到那个神色慌张、困惑,模样有点朦胧,且有只狼在他体内挣扎、游移的哈利,一个我再熟悉不过却一点也不喜欢的形象,要我杀了他真是一点也不困难。

"现在请您把这个已经是多余了的镜中影像给消灭掉,亲爱的朋友,您唯一要做的就是这件事。方法很简单,您只需让自己产生一种愉快的心情,然后看着镜中的影像好好大笑。这里是一所幽默学园,您要学的就只是笑。其实,所有的高阶幽默皆始于:不再认真、严肃地看待自己。"

我全神贯注地凝视着小镜子,我手中的小镜子,哈利狼孩正在镜中颤抖。瞬间我也跟着颤抖——在内心深处颤抖,轻微却异常悲伤,犹如记忆蹿出,犹如乡愁,犹如懊悔。但这轻微的不舒服感随即变成另一种全新的感觉,那种感觉就像:用古柯碱麻醉牙龈后拔掉一颗蛀牙,轻微的不舒服感之后产生的是一种如释重负,一种终于可以好好喘一口气的感觉,并且暗自惊讶:整个过程竟完全不痛!这种感觉令人不由自主地开心,甚至忍不住想笑,于是我真的开始像得救似的放声大笑。镜中朦胧的影像震动了一下,随即消失。小小的圆镜也突然像被烧焦似的,变灰,变模糊,变得不再透明。帕布罗开心地把镜子一扔,只见它掉到地上后沿着漫无尽头的长廊一路往前滚,终至消失无踪。

"哈利,笑得好!"帕布罗朗声道,"但你还得学习怎么笑得跟不朽者一样。现在你终于杀死了荒野之狼。其实用刮胡刀是杀不死它的。现在起你一定要小心:要一直让它维持在死亡的状态!然后你马上就能脱离愚蠢的现实了。接下来我们就真的能开诚布公地称兄道弟了,亲爱的哈利,我从来没有像今天这样喜欢过你。如果你觉得先前的那些事还很重要,现在我们真的可以一起探讨哲理,一起谈天说地,一起聊音乐,聊莫扎特、格鲁克[1],聊柏拉图、歌德,你想聊多少就聊多少。而且你即将理解到,何以从前我们不能聊。——我真心希望你能成功,至少今天能摆脱掉荒野之狼一天。没错,你刚才虽然把自己给杀了,但那当然不是一劳永逸地把自己给杀死;我们此刻身处魔法剧场,

---

[1] 全名为克里斯托夫·维利巴尔德·里特·冯·格鲁克(Christoph Willibald Ritter von Gluck, 1714—1787)德国古典主义作曲家。

这里的一切都只是幻影，并非事实。帮你自己挑些美好且愉悦的模样吧，让人知道你不再眷恋自己那大有问题的个性！不过，倘若你稍后还是怀念你先前的个性，你只需要往我现在指给你看的那面镜子里瞧，你就能重新拿回你的个性。你肯定听过这句古老的箴言：一镜在手好过两镜在墙。但是，哈——哈——哈！（帕布罗再次笑得既美好又可怕。）——好啦，接下来只差举行一个小小的、好玩的仪式。现在你已经摘下了你那副名叫个性的眼镜，所以，你可以过来看看这面真正的镜子了！你一定会觉得很好玩。"

帕布罗边笑边用奇怪的动作轻轻地摸了摸我，然后要我转身：我顿时面对一面非常大的、挂在墙壁上的镜子。我看见镜中的自己。

我看见我所熟悉的哈利，仅短短一瞬间，这个哈利虽是我熟悉的，脸上却绽放着我不熟悉的好心情和开朗的笑容。我还来不及细看，他却已经一分为二，变成了两个哈利，然后变出第三个，第十个，第二十个，偌大的镜中塞满了哈利，有完整的哈利，有支离破碎的哈利，无数的哈利接连出现在镜子里，但每个都一闪而过，我都只能惊鸿一瞥。当中有几个哈利看起来年纪跟我一样，有的则比我老，有的甚至非常老，但也有很年轻的：有少年，有孩童；有学生时代的我，有淘气的我，有童稚时期的我。五十岁的哈利和二十岁的哈利擦肩而过，三十岁的哈利和五岁的哈利互相交错，不管是严肃的哈利或搞笑的哈利，无论是端庄的哈利或奇怪的哈利，穿着体面的哈利或穿得很寒酸的哈利，甚至裸体的哈利，不管是光头的哈利或长卷发的哈利，他们每一个都是我，每个人都在我面前一闪而过，让我惊鸿一瞥后旋即消失。他们向四面八方消失，有的朝左，有的往右，有的向镜子深处冲去，有的冲出镜外。其中有个看起来特别优雅的年轻哈利满脸笑容地朝帕布罗冲去，然后热络地跟他勾肩搭背，双双离去。另一个俊俏、迷人，年纪看起来只有十六七岁的哈利则特别讨我喜欢，他动作极快地冲向长廊，饥渴地盯着门上的每一道标题细看。我忍不住凑上前去，跟着他。突然他在一扇门前驻足。我随即跟上，一同阅读：

所有的女孩都是你的！
请投一马克

看完，那个俊美的少年竟奋力一跃，头向前，把自己扔进了投币孔，就这么消失在门后。

帕布罗已经不见踪影，大镜子也消失了，连带的所有哈利也跟着全都消失了。我意识到：现在这里只剩下我了，我得自己面对这座剧场了。我好奇地行经一扇又一扇门，看见每扇门上都有一道标题，换言之，一种诱惑，一项承诺。

突然某个标题吸引了我的注意力：

尽情狩猎吧！
猎杀汽车

我开启那道门，走进去。

我瞬间置身一个嘈杂又混乱的世界。马路上有无数的汽车——有些甚至改装得像坦克，它们正在猎杀行人。直截了当地把人碾过去压成肉泥，或逼到墙角活活撞死。我立刻懂了：人类跟机器正在厮杀，这场战争酝酿已久，大家早就料到，也担心会有这么一天到来，现在这一天终于来了，这场战争终于爆发。放眼望去到处是尸体，是支离破碎的人类残骸，但除了人，汽车也一样，到处是残破不堪、扭曲变形，或几乎被焚毁的车子。在这一片狼藉的焦土上有飞机盘旋，只见房子的屋顶上或窗户内不时有长枪或机关枪伸出来，朝天空上的飞机扫射。许多墙上挂着绘制得乱七八糟，极为粗糙，却慷慨激昂的海报，海报上斗大的字——那些字醒目得宛如火炬——全都在呼吁政府赶紧挺身而出，协助人类对抗机器，歼灭那些脑满肠肥、光鲜亮丽、身上喷得香喷喷，只会借机器压榨普罗百姓的有钱人，并且一并歼灭专属于这些有钱人的，会严重排放废气，不断发出可怕轰隆隆声，如恶魔般嚣张的大型汽车。

他们呼吁政府焚毁工厂,重新给予满目疮痍的大地喘息的机会,甚至呼吁迁走居民留下净土,让绿草得以重生,让乌烟瘴气的水泥世界得以重新变回绿意盎然的森林、草地、原野、河岸、沼泽。但另有一些海报则绘制得美轮美奂,风格整齐划一、色泽温馨、不孩子气,措辞睿智而有学问,这些海报旨在提醒资产阶级和深思熟虑者无政府状态可能带来的社会混乱,海报内容不断鼓吹秩序、工作、资产、文化和法律所能带来的社会福祉,并盛赞机器是人类最杰出和最终极的发明,借由机器,人类终将把自己打造为神。我津津有味且满心赞叹地阅读着这些海报,红色的海报和绿色的海报,并深深折服在它们超群的说服力和难以反驳的逻辑下。这些海报每一幅都说得好有道理,我一下子站在这张前面点头如捣蒜,一下子又被另一张给彻底说服,并且不时得受四周激烈的扫射声所惊扰。总之,重点是现在爆发了战争,一场激烈、热血、又令人动容的战争。这场战争捍卫的不是皇权,不是共和,不是国界,坚持的不是旗帜之争,不是颜色之争,不,通通不是,他们争的不是这些既虚伪又矫情的东西,不是这些骨子里根本就寡廉鲜耻的东西。这场战争之所以爆发是因为大家觉得快窒息、快无法呼吸了,是因为生活已经失去了它的滋味,是因为不道出苦恼,不大声疾呼就快来不及了,所以此刻必须呼吁大家奋起,一同为阻止岌岌可危之文明世界继续受到全面性的残害而努力。举目所见,我发现大家的眼睛皆因摧毁的欲望和杀戮的欲望而洋溢着振奋的笑意。我感觉自己心中同样有朵充满野性的红色鲜花正在绽放。我油然而生的快感丝毫不亚于其他人。于是我欢欣鼓舞地加入了战斗的行列。

但这还不是最棒的,最棒的是我儿时的同学古斯塔夫突然出现在我身边,我们已经数十年不见。古斯塔夫,他曾是我儿时玩伴中个性最野、最强壮,对人生最充满企图心的朋友。再次看见他用浅蓝色的眼睛对我眨眼,我由衷地笑了。他示意我跟着他,我立刻开心地追随其后。

"天啊,古斯塔夫,"我欢天喜地地叫,"我竟然还能见到你!你后来做什么去了?"

他闻言大笑,一如儿时,他的笑容总带着一抹叛逆和轻蔑。

"妈的!一见面就非得问得这么多,这么啰唆吗?我后来成了神学教授。好啦,我已经告诉你了,不过,现在没人要听神学了,你这家伙,现在最重要的是战争。快,跟我来!"

一辆小型卡车朝我们呼啸而来,古斯塔夫一枪毙了卡车司机,然后像猴子般敏捷地跳上车,把司机推下车,让我上车。接着我们开着车,速度快得像恶魔般穿梭在枪林弹雨和倾倒的车阵中。车子越开越远,从市中心到城郊,持续远离。

"你站在哪边?工业家那边吗?"我问我的朋友古斯塔夫。

"哈,没这回事。不过,这其实是喜爱问题。等我们离开这里之后我再想想。等等,说起来我应该比较倾向于支持另一个政党——虽然不管我们选哪一党基本上都一样。但我是神学家,我的老前辈马丁·路德曾在他那个时代帮助过领主和富人压迫农民,这个路线现在应该稍微修正一下了。这辆车真烂,希望还能继续开个几公里!"

我们的车开得像风一样快——风是上天的孩子,并且一路呼啸。不久我们已置身绿油油的宁静乡间,开阔的田野一望无际,有好几英里宽。穿过辽阔的平原后,路面渐陡,不久我们已进入巍峨的高山。这条山路平坦而明媚,我们把车停下,只见山路的一边是陡峭的岩壁,另一边是墙面不高的堤防,堤防以极险峻的幅度转了个弯,一路向上蜿蜒至闪闪发亮的蓝色湖泊。

"好美的风景。"我不禁赞叹。

"的确很美。这里应该可以称为主轴干道,既然叫主轴,那么我们就让一堆车轴在这里完蛋吧。哈利小子,你瞧!"

一棵高大的松树耸立路边,树上看似有个用木板搭成的小屋,是瞭望台或岗哨。古斯塔夫开心地望着我笑,蓝色的眼珠子底下闪烁着诡计。我们迅速下车,沿着树干往上爬，到了瞭望台后终于可以好好地喘一口气。我们决定藏身其中，这是一座非常令人满意的瞭望台。

我们发现这上面有步枪、手枪，和一箱箱的子弹。我们才刚休息一下，连最佳狩猎位置都还没找好，就已经听到前面转弯处有车子在按喇叭。是一辆豪华轿车，喇叭声低沉而霸道，这辆车以极快的速度呼啸在明媚的山路上。我们赶紧抓起步枪。气氛紧张却振奋人心。

"瞄准司机！"古斯塔夫喊道。眼看大车就要从我们底下开过去，我立刻瞄准并扣下扳机，目标：戴着蓝色便帽的驾驶。驾驶随即中枪，瘫倒在座位上。车子继续失速地往前冲，撞上山壁又弹回来，接着像只硕大的黄蜂，笨重而愤怒地撞在堤防的矮墙上，车身翻滚，伴随着一记短促的撞击声，越过矮墙，掉到深谷下。

"解决了！"古斯塔夫开心大笑，"下一辆车看我的。"

又来了一辆车，里面有三到四个小小的人影。其中有个女的头戴面纱，面纱紧贴着她的脸向后飘摇，一条天蓝色的面纱，一股遗憾在我心中油然而生，谁晓得，也许面纱下的那张脸非常漂亮，并且正开心地笑着。亲爱的神啊，虽然我们此刻扮演的角色是强盗，但即便如此，也容许我们效法伟大的强盗典范吧，不要把杀戮的欲望延伸至美丽的女人身上，这样的做法才是比较正确和美好的吧！我还在想，古斯塔夫已经开枪了。驾驶抽搐了一下便瘫倒在座位上。车子随即撞上一块巨大的岩石并弹飞起来,落下后撞击并翻覆,最后车轮朝上停在马路上。我们在上面静观其变。一开始车内毫无动静,甚至一点声音也没有,车里的人全被压在车子下,像被困在陷阱里。但车子仍在呜咽哀鸣,轮子也还在持续空转,突然一声可怕巨响,整辆车开始燃烧。

"是辆福特汽车,"古斯塔夫说,"我们得下去,把马路清空。"

我们来到树下,查看起火的车。火势很大,车子很快烧焦了。我们从旁边的树上折下一些枝干,用它们慢慢地将车子往旁边翻动,最后甚至翻过堤防,掉到断崖下。掉下去之后,残骸仍在树丛中噼啪作响了好一阵子。有两具尸体在车子翻覆时被抛出车外,其中一具的衣服部分着火,另一位的外套却完好如初,我走过去检查那具尸体的口袋,希望能知道他们是谁。我发现一只皮夹,里头有名片。我抽出一张,大声念出上面的字:"他即是你[1]。"

"哈,非常好笑。"古斯塔夫说,"其实被我们杀死的人叫什么根本不重要。他们跟我们一样都是可怜鬼,叫什么

---

[1] 即"Tat twam asi"。这句话源自古印度的奥义书,后为吠檀多派的重要思想。"tat"的字面意思是"那"可作祂、梵、上帝、宇宙等意来理解,"twam"的意思是"你","asi"的意思是"是",所以"Tat twam asi"的字面意思是"那即是你""他即是你"或"祂即是你",揭示的是"梵我一如"或"和宇宙合一"的道理。

名字根本无所谓。这个世界就快完蛋了，我们也快完蛋了。把人全扔进水里，让大家在水底待个十分钟，这样或许才是对大家最好且最不痛苦的解脱方式。不过，算了，还是赶紧干活吧！"

我们将尸体朝烧毁的车子扔去。就在此时另一辆车出现了。我们直接站在马路上朝它开枪。车子旋转了一段路之后翻覆，一阵呜咽哀鸣后终于停住。里头的一名乘客默默地留在座位上，另一名漂亮的年轻女孩爬出车子，虽没有受伤却吓得一脸惨白，并且全身发抖。我们谦恭有礼地向她打招呼，并且作势要协助她，但她显然是吓坏了，完全说不出话来，只能一脸惊恐地瞪大了眼睛望着我们。

"现在，让我们先查看一下老先生的状况，"古斯塔夫说完便朝那个一直还挂在司机后面的乘客走去。这名乘客留着灰色短发，浅灰色的眼睛里透着聪慧。看得出他身受重伤，至少血正从他嘴角缓缓淌下，他直挺挺地撑着身子，脖子显得又歪又硬。

"老先生，容我报上自己的名字，我叫古斯塔夫。刚才就是我们射杀了您的司机。有幸请教您贵姓大名？"

老先生抬起小小的灰色眼睛，目光冷静而悲伤。

"我是首席检察官勒林，"他语气缓慢地说，"您射杀的不仅是我的司机，还有我。我可以清楚地感觉到自己大限已至。请问您为什么要射杀我们？"

"因为你们的车速太快。"

"但我们是以正常的速度在行驶。"

"检察官先生,昨天的正常不代表今天就正常。今天,依照我们的标准,那样的速度已经是严重的超速了。我们打算毁掉所有经过这里的车,每一辆,还有其他所有的机器。"

"所以您手上的枪也要毁掉咯?"

"是啊,总会轮到它,倘若之后我们有机会、有时间的话。但也许我们所有的人明天,或后天,就会全部死掉。您也知道,我们居住的地方早已人满为患。所以应该把人清一清,好让空气得以流通。"

"所以,您什么人都射杀,完全不筛选?"

"没错。对某些人来讲的确不公。比方说那位美丽的年轻女孩,如果她死了,其实我会感到非常遗憾——她是您的女儿吧?"

"不,她是我的速记员。"

"哦,那更好。现在请您下车吧,或者要我们把您拖下车。您必须下车,因为我们要销毁这辆车。"

"我宁愿留在车内被你们一起销毁。"

"悉听尊便。但在这之前我有个问题想请教!您是一位检察官,我一直无法理解,人到底要怎么从事检察官的工作?您赖以为生的工作是起诉他人——虽然这些人大多是可怜的恶魔——然后判他们罪,是吧?"

"的确如此。我尽我的责任与义务，那是我分内的工作。一如刽子手分内的工作是处决被我判了死刑的人。您不是也在做同样的工作，您不也在处决他人？"

"没错。不过我们杀人不是为了责任与义务，是为了好玩，或者说得更贴切点：是为了发泄不满情绪，为了表达对这个世界的绝望。杀人能为我们带来一定程度的乐趣。但杀人从没有为您带来任何乐趣吧？"

"跟您谈话真是无聊。行行好，赶快杀了我，赶快做您该做的事！您根本不懂何谓责任与义务……"

话说到一半他突然不说了，首席检察官紧抿双唇，仿佛下一秒就要朝古斯塔夫脸上吐口水。不过，下一秒从他嘴角渗出来的是鲜血。血迹留在下巴上。

"等一下！"古斯塔夫谦恭有礼地回答，"是啊，我的确不懂什么叫责任与义务，我再也不想懂了。过去我在工作上与责任和义务有许多交集，因为我不仅是一位神学教授，还是名军人，我上过战场，打过仗。我见识过的那些责任与义务，以及那些权威者与上司交代给我的责任与义务，在我看来全不是什么好东西，坦白讲我想做的总是跟他们要求的刚好相反。

"现在我虽然再也不懂什么是责任与义务了，却懂得什么是罪了——也许责任与罪过根本就是同一件事。我母亲把我生下来，我便是戴罪的了，我被判活着，被判背负着责任与义务，被判属于某一个国家，被判成为军人，得杀戮，得缴税让政府得以购买军备。现在，换言之，此刻，生命的原罪再次导致我必须杀戮，一如当初在战场上。不过，这次我不再抗拒杀人，我愿意全然臣服于我的罪，愿意让这个愚蠢、淤塞的世界就此毁灭，愿意为它的毁灭贡献一己之力，愿意跟着它一起沦亡。"

检察官努力从自己渗着血的嘴角挤出一丝笑容，虽然笑得没有很灿烂，却看得出面带嘉许。

"非常好，"他说，"所以我们算是志同道合。现在尽你的责任与义务吧，志同道合者。"

在他们交谈时，美丽的女孩已经倒在路边，并且昏了过去。

这时又来了一辆车，全速朝这里前进。我们立刻将女孩往旁边拖，然后自己也闪到一旁紧贴着岩壁。来车直接撞上前一辆出事的车，虽有紧急刹车却已经来不及。只见它前轮翘起，直接卡在前车上面，幸好最后并无大碍地停住。我们迅速拿起枪，指着后面的这辆车。

"下车！"古斯塔夫对着车里的人下达命令，"然后把手举高！"

车内一共有三个人，他们听令下车，并且乖乖地把手举高。

"你们当中有人是医生吗？"古斯塔夫问。

三人皆摇头。

"那就请你们做做好事,先把这位先生小心地移出车,因为他身受重伤。然后用你们的车载他到下一个市中心。动手吧,快!"

不久老先生已经被安置在另一辆车内,在古斯塔夫的指挥下,他们一行人很快开车离去。其间速记员早已经醒来,并目睹了整个过程。能善待这个美丽的俘虏令我感到开心。

"年轻女孩,"古斯塔夫对她说,"你已经失去了你的雇主。希望你跟那位老先生的关系并没有特别亲近。现在起换我雇用你,加入我们的行列,成为我们的好伙伴!不过,接下来我们得动作快,再待下去情况会不利于我们。你会爬树吗?可以吗?动作快,你到我们中间来,我们俩架着你一起爬上去。"

接着我们三人全速往上爬,不久就抵达了上面的小树屋。年轻女孩一到上面便略感不适,我们让她喝下一杯白兰地,休息一会儿之后她又恢复神采奕奕,并且赞美起眼前的湖光山色,还告诉我们她叫朵拉。

不久又来了一辆车,它小心翼翼地从出事的车旁边开过去,没有停,过去之后立刻加速。

"想溜!"古斯塔夫大笑,随即瞄准驾驶开枪。车子蛇行了一小段,撞上堤防,甚至撞出了一个洞,车子就这么腾空挂在悬崖边。

"朵拉,"我开口,"你会用步枪吗?"

她回答不会,于是我们开始教她如何给枪上膛。一开始她显得相当笨拙,手指不但受伤还流血,她痛得号啕大哭,要我们给她贴布。古斯塔夫告诫她:现在是战争期间,她应该要表现得像个勇敢、乖巧的女孩。古斯塔夫的话显然奏效,朵拉不再哭泣。

"但我们会变成怎么样?"她悠悠地问。

"我也不知道,"古斯塔夫说,"我的朋友哈利喜欢漂亮的女人,你可以跟他做朋友。"

"那些人等一下一定会带警察和士兵来,他们会把我们杀死。"

"警察或类似的单位已经不存在了。我们现在有两种选择,朵拉,一是继续留在上面,狙击经过这里的所有车辆。二是自己坐上车,离开这里,让别人有机会射杀我们。这两个选项,不管我们选哪一个,结果其实一样。不过,我选择留在这里。"

又有一辆车经过,响亮的喇叭声从底下不停地传上来。他们很快把这辆车给解决了;车子翻覆,车轮朝上,横躺在路中央。

"真是稀奇,"我说,"原来这么有趣!我以前竟然反战!"

古斯塔夫闻言大笑:"是啊,而且这个世界已经人满为患，以前还不觉得，但现在，人活着除了要呼吸，每个人都还想要一辆车，所以你很难不发现人已经多到真的太多了。当然，我们现在做的事并不理智，甚至可以说非常幼稚，就像战争，战争也非常幼稚。总有一天人类将学会用理性的方法有效节制人口的增加。但此刻，我们的确正在用不理性的方法回应目前这种令人无法忍受的情况，无论如何，我们做的事基本上是正确的：我们正在降低人口数。"

"是啊，"我说，"我们现在做的事看起来很疯狂，但其实有可能既正确又必要。过分要求人类运用理智，凡事都想借助理性来加以规范，其实并非好事，尤其当那些事完全不是理性所擅长时。许多理想，比方说美国人所秉持的理想，或布尔什维克主义者所秉持的理想——这两种人特别推崇理性——其实都在严重地戕害生命，剥夺人生，因为它们总是极其天真地将生命过度简化。人类的形象曾具有高度理想性，但如今那些理想却正在沦为陈腔滥调。或许唯有靠我们这些疯子才能为人类重新赢回高贵的形象。"

古斯塔夫笑着回应："小子，你说得真是好有智慧，有幸聆听这番真知灼见真是不胜欣喜又受益良多。也许吧，你说的也许真有点道理。但拜托你行行好，先把枪上膛，老实讲我觉得你有点太不切实际。我们的猎物随时可能出现，光靠你这些伟大哲理是杀不死他们的，我们枪杆里得有子弹才行啊！"

一辆车出现，随即受到狙击并翻覆，马路已无法通行。一名男性——微胖、红发的幸存者，在事故现场显得气急败坏，他不断地上下左右张望，最后终于发现我们的藏身之处，他冲到树下对着我们咆哮，并且拿出左轮枪对准树上的我们连射好几枪。

"你快滚，否则我要开枪了，"古斯塔夫朝下面喊话。男子趁机瞄准他，再次射击。我们决定把他解决掉，于是连开了两枪。

接着又来了两辆车，也一一被我们摆平。之后整条马路显得安静又空荡荡，应该是新闻大肆报道了这路段的危险性。我们终于有时间好好欣赏眼前美景。湖的另一边，山脚下有座小城，远远的我们看见浓烟飞窜，不久便发现火势蔓延，屋顶一个个地被大火吞噬。此外还陆续传来枪声。朵拉开始啜泣。我轻轻拭去她脸颊上的泪水。

"我们大家都会死吗？"她问。没有人回答她。不久，有个人行经此处，看见出事的车辆。此人先绕到车子旁边探头探脑，接着钻进其中一辆，拿出一把彩色阳伞、一个女性皮包，和一瓶酒。他好整以暇地往堤防上一坐，开始喝酒，然后又把从皮包里找到的一个用锡箔纸包起来的东西拿出来吃。整瓶酒喝完后，他开开心心地把阳伞夹在腋下，继续往前走。看着他心满意足的模样，我忍不住问古斯塔夫："这么可爱的一个人，你有办法对着他开枪？将他的脑袋轰出一个洞？天啊，我做不到！"

"又没有人叫你这么做！"古斯塔夫没好气地回答。显然他心里也不好受。截至目前，我们从没有遇到像他这样毫无威胁性，开开心心，又孩子气的人，他看起来像还活在最初的纯真状态，是那么的天真无邪，他的出现让我们原本沾沾自喜且自觉不得不然的行为，顿时变得愚蠢又可鄙。真是该死，我们已经杀了那么多人！我们突然觉得好惭愧。战场上的将军想必偶尔也会有跟我们相同的感受吧！

"我们不该继续留在这里，"朵拉不满地说，"让我们下去吧，车里一定找得到吃的，你们不饿吗？你们这些武装起义分子，布尔什维克主义者！"

山脚下，大火延烧的小城突然警钟大作，情况看似紧急又严重。我们决定到下面去。我扶着朵拉跨过栏杆，准备爬便梯下去，就在此时我忍不住亲吻了她的膝盖。见我此举她开怀大笑。突然，栏杆崩塌，我们俩就这么悬空摔下……

我瞬间回到了弧形长廊，忆起刚才狩猎的冒险过程，我依旧惊魂未定。放眼望去，长廊上到处是门，每扇门上都有一道非常吸引人的标题：

变身

可任意变身为动物或植物

欲经
修习印度的爱情艺术
专为初学者设计：四十二种练习爱情的方法

有趣至极的自杀方式！
保证你被自己活活笑死

想提升自己的灵性吗？
东方智慧

西方的没落
价格优惠。内容精彩，无与伦比

艺术之真谛
借音乐化时间为空间

笑到飙泪
幽默包厢

隐士专属的各项游戏
能有效取代一切社交活动

一道道标题不断地向前延续，看似没完没了。其中一道门上的标题是

  教您如何打造个性
  保证成功

这道标题吸引了我，我打开门，走了进去。

迎接我的是一个光线朦胧、气氛安静的房间。里头一如某些东方国家没摆椅子，只有一个男人席地而坐。他面前放着一个很像棋盘的东西。乍看之下那男人像极了我的朋友帕布罗，至少他身上那件彩色睡袍和他那双炯炯有神的黑色眼睛像极了帕布罗。

"您是帕布罗吗？"我问。

"我谁都不是，"他彬彬有礼地回答，"在这儿我们既没有名字也不是什么人。我只是一名棋手。您希望学会打造个性？"

"是的，请教我。"

"那么，首先您必须提供我一些棋子。"

"棋子……？"

"是啊，有了棋子才能让您所谓的个性分化于其中。没有那些棋子我就没办法玩了。"

他拿出一面镜子，我再次看到完整的我分裂成无数个我，而且这次分裂出来的数目比上次还多。不过，这次分裂出来的我个子都很小，宛如可以握在手中的棋子。那个自称棋手的人安静又笃定地将其中一些个我从镜中取出，放在棋盘旁边的地上。然后语气单调得像个一再重复说着相同内容或课程的人，他说：

"人具有持续性，是个完整的个体，此一错误百出又带给人不幸的说法相信您早已耳熟能详。但另一种说法相信您也听过：人是由许多个灵魂组成，每个人都拥有许多个我。一个表面上看起来完整而统一的人倘若觉得自己分裂为许多个角色，那么就会被视为发疯。学界甚至为此发明了一个专有名词：精神分裂症。学界的看法确实有其道理，这样的多样性的确需要借引导，并给予一定的秩序及分组来加以管理。但学界的缺失在于：他们认为人终其一生只能用唯一的一种具有约束力的秩序来规范其诸多的次我。学界的错误带来了不少后遗症，唯一的好处是受雇于国家的老师和教育人员能有效地对自己的工作内容进行简化，并且不必那么大费周章地去思考和做实验。在这样的错误下，许多人被评为'正常'，换言之，被评为具有高度的社会价值，但这些人其实才是真正疯到无可救药。相反的，某些被视为发疯的人其实是真正的天才。所以，在此我们想借一个被我们称为'打造之艺术'的概念，来弥补学界在灵魂学上的缺失与不足。我们将让那些经历过自我分裂的人知道，其实他任何时候都可以根据自己所喜欢的秩序来重新组合他所分裂出来的部分，并借此体验到生命这场游戏无穷无尽的可能性与丰富多元。就像文学家借手中的角色创作戏剧，我们也可以利用从'我'之中分裂出来的各种角色持续打造全新组合，以便呈现新的玩法，新的张力，以及永远不断翻新的新状况和新情节。这样您了解了吧！"

说完他开始安静而睿智地抓起一个个我的角色，包括老的、小的、年轻的、女的，包括了快乐的、悲伤的、坚强的、柔弱的、灵巧的和笨拙的，他很快地把他们安顿在棋盘上，形成一场棋局，一场游戏。在此游戏中这些角色组成了团体，组成了家庭，一同玩耍也一同抗争，他们结为朋友或变成敌人，整个棋局俨然一个缩小版的世界。就在我看得目瞪口呆时，他开始让这个仿佛有生命且井然有序的缩小版世界自己去运作，去游戏，去战斗，去结盟，去厮杀，去彼此交织，去结婚，去繁衍后代，啊，这真是一出如假包换、角色众多、高潮迭起、剧情紧凑的戏啊。

接着他举起手来朝棋盘上愉悦而轻快地一挥，所有棋子立刻倒下，并且聚拢为一堆。他开始宛如一个极为讲究的艺术家默默沉思，接着又用同一批棋子重新布局一场全新的游戏；他将棋子重新分组，赋予全新的关系，并交织出全新的情况。第二盘棋和第一盘极为类似，因为所处的是同一个世界，棋手用来打造棋局的材料也是同一批，但是这一局的调性已经变了，节奏也换了，强调的主题也不同了，各种情况更是大异其趣。

棋局建构者睿智地运用各种角色——那里面的每个角色都是我的一部分——打造了一盘又一盘游戏。每一盘棋从远处看都很像，看得出是同一个世界，有相同的缘起，但即便如此，每一盘棋都是全新的。

"这就是生活的艺术，"他用指导者的口吻告诉我，"未来您可以依照自己的喜好去塑造您的人生游戏，随便您怎么活，怎么纠缠，怎么丰富您的人生，一切掌握在您的手中。一如疯狂，以较高层次的意义来看，它其实是所有智慧之始。精神分裂也一样，它其实是所有艺术之始，想象之始。有的学者早已注意到这一点了，比方说在阅读《王子的魔号》[1]（*des Prinzen Wunderhorn*）这本美妙至极的书时，您会发现这本由学者费尽心思、勤奋工作完成的书，其实是集多位疯子和被关在精神病院里的艺术家们通力合作才得以完成的杰作。——拿去吧，请把这些棋子收起来，

---

1 这里指的应该是由德国浪漫派诗人布伦塔诺（Clemens Brentano）和阿尔尼姆（Achim von Arnim）于十九世纪出版的德国民谣词集《少年魔号》（*des Knaben Wunderhorn*），在这本词集里收集了中世纪至十八世纪的许多民谣歌词，包括情歌、军歌、旅游歌谣、童谣等。

这场游戏以后还会带给您许多乐趣。在今天的棋局里显得令人无法忍受，几乎要毁了您整盘棋的烂角色，明天很可能会变成无关紧要的小配角。或者，在这场棋局中被您视为遗憾或祸害的可怜角色，到了下一场游戏可能成了尊贵无比的公主。总之，好好地享受吧，先生。"

我对他深深一鞠躬，我好感谢这位睿智的棋手。接着我把棋子小心翼翼地收进口袋，然后打开包厢的门，准备离开。我原本打算走到门外，直接坐在走廊的地板上，好好地下一小时棋，这一小时应该会漫长得像永远吧。但我人都还没在明亮的弧形长廊上站稳，就已经被突然刮起的一阵阵强风给推着往前行，风的力道远大于我的力气，突然一张海报在我面前剧烈摇晃：

驯兽奇迹：驯服荒野之狼

这标题在我心中激起了无限感慨；源自过往人生，源自脱离现实，所形成的种种恐惧与身不由己顿时涌上心头，我觉得胆战心惊。我用颤抖的手将门打开，瞬间置身年货市集的一个帐篷内。我面前立着一排铁栏杆，我只能隔着栏杆望向简陋的舞台。舞台上站着一名驯兽师，他看起来就是那种喜欢自吹自擂又非常自以为了不起的人。此人留着长长的络腮胡，手臂满是肌肉，非常粗壮，并且穿着夸张的马戏团服装，但纵使这样，他还是——以一种非常阴险又令人讨厌的方式——与我极其相似。这个强壮的男人——天啊，真是悲惨的一幕！——牵着一匹像狗一样被绳子拴起的狼，这只狼很高大、美丽，却瘦得可怕，它眼中闪烁着像奴隶般胆怯的眼神。现场气氛既令人不屑又引人入胜，既卑鄙无耻却又叫人满心期待。观众即将目睹的是残暴的驯兽师引导高贵却听话到不可思议的掠食动物进行一连串特技表演和呈现一连串惊奇场面。

我的那个宛如从哈哈镜里走出来的讨厌分身把那匹狼驯服得出神入化。那匹狼全神贯注地听从他的每一个命令，像小狗一样一个口令一个动作，一记鞭响一项表演。只见它一下子跪下，一下子装死，一下子学人站立，一下子又用嘴巴叼起面包、蛋、一块肉，最后更乖巧又懂事地咬起一个小篮子。接着，驯兽师故意将鞭子掉到地上，狼乖乖地将它叼起，并以无比卑微、屈辱的姿态，一边摇尾乞怜一边将鞭子交还给驯兽师。接着出场的是一只兔子，它被带到狼面前，然后又来了一只白色羔羊。狼虽不自觉地露出利齿，并因强烈的掠食本性而猛流口水，却碰都没去碰一下那两只猎物，而是乖乖听令地从两只缩在地上哀嚎、发抖的猎物身上跳过去，接着极其优雅地，天啊，在兔子和羔羊之间趴下，然后向左右两边伸出前爪，簇拥着两只猎物，形成一幅令人感动的全家福。作为奖赏，它从驯兽师手中得到了一块巧克力。看着这匹狼如此出神入化地违背自己的本性真是莫大的折磨，我看得毛骨悚然。

幸好下半场的表演很快抚慰了所有于心不忍的观众和那匹饱受屈辱的狼。在精彩绝伦的驯兽表演后，亦即在驯兽师带着美好的微笑，成功地呈现了狼羊一家亲的画面并深深一鞠躬后，狼跟人的角色开始对调。那个长得很像哈利的驯兽师突然卑躬屈膝地将鞭子放在狼的脚边，并且露出跟刚才那只可怜的狼一样的胆战心惊又畏畏缩缩的模样。此时换狼露出了笑容，它舔了舔嘴，紧绷的肢体和虚伪的表情一扫而空。狼开始眼睛发亮，抬头挺胸，再度因充满野性而显得英姿焕发。

现在发号施令的是狼，得乖乖服从的是人。人听令下跪，听令扮狼，听令把舌头伸出嘴外挂着，听令用自己补过的牙齿咬掉自己身上的衣物。人开始根据驯人师的命令一下子用两只脚行走，一下子用四只脚爬行，一下子扮侏儒，一下子装死，并任由狼骑在自己身上，或者唯唯诺诺地将鞭子叼过去给狼。人像狗一样，出神入化地表演着各种极尽羞辱和变态的动作。一名美丽的女孩走上舞台，朝那个被狼驯服的人走过去，她先摸了摸人的下巴，又将自己的脸贴上去磨蹭他的脸。只见那个被狼驯服的人依旧像畜生一样以四肢爬行，他先摇了摇头，接着便对美丽的女孩露出了牙齿，他的表情既凶狠又像狼，女孩见状赶紧逃走。狼同样用巧克力奖赏人,但人却不屑一顾并将巧克力踢开。最后白色羔羊和肥美的杂毛兔子重新被带上舞台。训练有素的人即将表演他最后的绝技,亦即像狼一样地展现原始欲望。他手齿并用地攫住哀嚎的猎物,扯掉它们的毛,咬下它们的肉,一脸狰狞地咀嚼生肉,然后闭上眼,畅饮猎物温热的鲜血。

我惊慌失措地夺门而出。原来魔法剧场里不全然是乐园,地狱总是隐藏在美丽的表象下。啊,神啊,难道连在这里也找不到救赎?

我满心恐惧且无所适从,仅觉嘴里满是血腥味和巧克力味,但不管是前者或后者都一样令人作呕。我好想赶快摆脱这种一波波袭来的不舒服感,于是我拼命在脑海中寻找美好与快乐的影像。贝多芬《第九交响曲》的歌声在我脑海中响起:"啊,朋友,别再说这样的话了!"[1]

但同时那幅在战争期间常可以见到的可怕的前线照片同样浮现眼前。我惊骇地忆起照片上那些堆积的尸体,他们脸上的防毒面具看起来像极了恶魔狞笑的鬼脸。当时我自诩为充满人道思想的反战者,所以看到那张照片时我无

---

[1] 这句歌词出自贝多芬《第九交响曲》(合唱)的第四乐章,亦即终曲乐章,歌词主要来自德国诗人席勒的诗《欢乐颂》,不过稍微做了一点增添,例如,头四句"啊,朋友,别再说这样的话了!/让我们说些惬意的事吧,/充满欢乐的事。/欢乐!尽情欢乐吧!"就是贝多芬添加的引辞。

比震惊。但此刻回想起来,那时的我真是愚蠢又幼稚!今天我终于知道:原来所有的驯兽师,所有的部长、将军,所有大家能在脑中孵化出来的疯狂想法和画面,都一样丑陋,都跟住在我脑中的那些想法和画面一样,既野蛮又邪恶,既原始又愚蠢。

我深深地吸一口气,忽然想到之前在我刚进入剧场时看到的一个帅气的少年哈利,当时我还追着他跑了一小段路,并且看见了一道标题:

所有姑娘都是你的

我忽然觉得这才是世上最重要且最值得追求的事。想到这里,我好庆幸自己终于可以摆脱那个该死的狼的世界。于是我打开门,走了进去。

太奇妙了——如此叫人难以置信却又如此叫人感到熟悉,我仅觉毛骨悚然——年少的气息轻轻朝我袭来,童年时期和少年时期的氛围慢慢将我笼罩,当日的热血方刚重新萦绕心头。不管刚才我做了什么,想了什么,正处于怎样的状态,突然间那一切都离我远去了——我重新变得无比年轻。一个小时前,甚至一秒钟前我所认为的爱、欲望、向往,都是一种属于老男人的爱和向往。此刻我突然重返年少,我感觉到体内炙热的火焰在燃烧,感觉一股强烈的欲望在牵引，啊，我满腔的浪漫情怀宛如三月的春风吹拂，我仅觉自己无比年轻、崭新，与真实。啊，犹如被我遗忘已久的烈火重新燃起，犹如当日的种种声调再度饱满、厚实地响起，犹如绽放的热情再次蠢蠢欲动，犹如灵魂正在呐喊，正在高歌！我正值青春，十五六岁，满脑子拉丁文、希腊文，和美丽的诗篇，我有太多想做的事，念兹在兹的是雄心壮志，是满腔抱负，我有太多艺术家的梦想，但比起这把理想之火燃烧得、翻腾得更激烈、更深沉、更可怕的却是那把爱情之火，是对男欢女爱的渴望，是对爱欲懵懵懂懂的焦虑想象。

我站在高岗上，山脚下的小镇是我的故乡。迎面吹来的气息是春风，是那一年绽放的第一朵紫罗兰的香味。从山丘上望下去，城中小河和家中的窗户闪闪发亮，这所有的一切看起来、听起来、闻起来都如此醉人，如此崭新，如此充满了创造力。世界是如此耀眼，如此色彩斑斓，春风吹拂下更显超现实和宛如仙境。是啊，眼前的世界，眼前的这一切，年少时，我曾在某些最美好、最充满诗情画意的时刻见到过。我站在高岗上，春风吹拂着我的长发，我整个人沉浸在对爱情的渴望与幻想中，迷迷糊糊地伸出手，从新绿的灌木丛中摘下一朵半开的嫩叶芽苞，将它举到面前，轻轻嗅闻（这一闻，当时的一切又重新绽放于眼前），像是为了好玩，我将新绿的芽苞咬在唇间，我那两片尚未吻过女孩的红唇间。我开始咀嚼芽苞,舌尖瞬间被酸涩感和呛鼻的苦味给攻占,我忆起了自己曾历过的一切,它们全回来了。

我重新回到童年结束前的那一年,甚至回到了那一刻:初春的某个星期天下午,我独自一人散步,我遇见了罗莎·克莱斯勒,我腼腆地跟她打招呼,并醺醺然坠入爱河。

当时我远远地看见了美丽的罗莎,她也是一个人,正独自沿着山路往上走,有点若有所思,有点心不在焉,她完全没有看到我。能够巧遇她,我既惴惴不安又满心期待。我看见,她的头发虽编成两股粗粗的辫子,但鬓边却散落着一绺绺发丝,风一吹就翩翩起舞。这是我人生第一次发现女孩子好美,微风吹动着发丝,好美,好梦幻。她蓝色薄衫的裙摆覆盖着娇嫩的膝盖,好美,好令人着迷。与此同时,一边咀嚼着芽苞的我在浓烈的苦涩感中彻底地被苦甜参半的欲望及恐惧所淹没。在遇见罗莎的那一刻,我瞬间懂得什么是致命的爱情,什么是女人,甚至胆战心惊地预知到各种可怕的可能性与诺言,以及无以名之的幸福和狂喜,难以言喻的混乱、恐惧与痛苦,还有最深层的救赎与最深刻的罪恶感。天啊,初春的苦涩滋味在我舌尖疯狂地燃烧!天啊,我的心浮躁得宛如游戏人间的风,穿梭在她散落的发梢间,轻抚过她绯红的双颊!突然她已经来到我面前,抬起头,认出我,一抹淡淡的红晕瞬间浮现脸庞,她赶紧撇过头去。我彬彬有礼地脱帽问候，罗莎随即强自镇定，她面带微笑，像个小淑女般回应我的问候。接着她抬起下巴，脚步缓慢却笃定又带着点高傲地继续往前走，我目送她离开，用我满满的爱情愿望、期待，与一颗彻底臣服的心目送她离去。

这件事发生在三十五前的一个星期天，此刻，当时的情景全部又回来了：山岗和小城，三月的和风和芽苞的气味，罗莎和她棕色的秀发，我按捺不住地向往以及甜蜜却令人窒息地胆战心惊。眼前的一切一如当年，我仅觉我对罗莎的爱是我这辈子经历过的最深刻的爱。这次我决定用不同于上次的方式来面对她。我看见她因认出我来而双颊泛红，我看见她努力地想隐藏自己的激动，于是我懂了：她也喜欢我！这场偶遇对她的意义之重大一点也不亚于对我！于是我不再只是脱帽问候，不再只是心情雀跃地站在那里默默目送她离开。这次，我虽然也胆怯，虽然也手足无措，但这次我决定听从内心的热血呼唤，我大声地对她说："罗莎，感谢主！竟然让我在这里遇见你！美丽的女孩，我真的好喜欢、好喜欢你！"如此重要的一刻，也许我该说些更具知性、更充满智慧的话，但正是这样的时刻，它根本不需要知性，不需要智慧，这样的话已经足够。这次罗莎没有再祭出矜持的淑女姿态，也没有随即离开。罗莎站在原地，定睛瞧我，她的脸涨得比上一次更红，她开口对我说："哈利，你好，你真的喜欢我？"她棕色的眼睛在她那张轮廓鲜明的脸上闪闪发亮。我突然觉得，我过去的所有人生和爱情，自我让罗莎从我身边溜走的那一刻起，从那个星期天起，就全部错了，全都一塌糊涂了，全都只能变成愚蠢的不幸了。但此刻所有的错误全都获得了弥补，所有的一切全可以重来，都可以变好。我们向彼此伸出了手，然后手牵着手慢慢地向前走，难以言喻地快乐，却也异常尴尬，因为我们不知道该说什么，该做什么。为了化解这尴尬，我们开始奋力地向前跑，一直跑到我们喘不过气，非停下来不可。过程中我们的手始终紧紧牵着，没有放开过对方。由于我们其实都只是孩子，所以我们并不知道该怎么跟对方互动，那个星期天我们甚至连初吻都没有，但纵使如此，我们所感受到的快乐却是无与伦比的。我们默默地站着，静静地呼吸，我们在草地上坐下，我轻轻触摸她的手，她则羞怯地牵起我的另一只手去抚摸她的秀发。接着我们站起来，开始比谁高，事实上我比她高了大约一指宽，但我故意说没有，并且做出这样的结论：原来我们一模一样高，原来我们是亲爱的上帝专为彼此量身打造的对象，将来长大了我们一定要结婚。罗莎突然说她闻到了紫罗兰的香味，于是我们蹲在初春尚短的草丛中寻找紫罗兰。我们真的找到了一些茎还很短的紫罗兰，我们把自己找到的花送给对方。凉意渐渐袭来，夕阳斜照，阳光洒在岩石上，罗莎说她得回家了。我们依依不舍，非常伤心，因为我不能送她回家。但现在起我们有了只属于我们俩的秘密，这是我们在世上所拥有的最美好的东西。

我继续留在高岗上，无限依恋地嗅闻着罗莎摘下的紫罗兰。我在悬崖边趴下，整个人贴着地面上，脸朝下，望着山脚下的小城，静静聆听。我看见她小小的甜美身影出现在遥远的山下，行经喷泉，越过小桥。我看见她返抵家门，穿过厅堂，我趴在离她好远的山岗上，但我跟她之间系着一条牵挂，连着一股热情，摆荡着一项美好的秘密。

之后我们又相约见面，有时在这里，有时在那里，有时在高岗上，有时在花园的围篱旁，一整个春天我们时常见面，丁香花开时我们终于战战兢兢地迎来了我们的初吻。身为孩子，我们能给予对方的其实不多，我们的吻既不激烈也不彻底，抚触她垂落耳际的发丝我也只敢轻轻拨弄，即便一切是如此生涩，但我们却是在为我们的爱情和快乐竭尽所能地付出，借各种怯生生的肢体接触，借不成熟的爱情傻话，借一次次的焦急等待，我们学到了无数崭新的快乐，我们努力沿着爱情的阶梯一小格一小格地往上爬。

罗莎与紫罗兰为我揭开序幕后，我得以在幸福之星的照耀下，重新经历我人生中所有的爱情。罗莎消失了，换茵嘉特上场，太阳更加炙热，星光更加醉人，但无论是罗莎或茵嘉特，她们终究不是我最终的归宿，我必须一阶一阶地继续往上爬，我还有好多得去经历，得去体会，去学习，失去罗莎后，还得失去茵嘉特，然后再失去安娜。那些我在年少时曾经爱过的女孩，我又重新一个一个地爱了她们一遍，但这次我已经懂得怎么去用爱灌溉她们，怎么去付出，怎么去接受她们给予我的珍贵回应。那些上一次只存在于幻想中的美好愿望、梦想，和种种可能性，这一次全都变成了事实，我全都活生生地体验到了。啊，你们这些美丽的花朵，你们每一个，还有伊达和萝拉，不管我曾经爱过你们一个夏季，一个月，或一天，你们都是我记忆中最无与伦比的美丽花朵！

我懂了，此刻的我就是刚才那个俊美而耀眼的少年，刚才我目睹他朝爱情包厢直接奔去，那就是此刻的我，是一小部分的我，是我整个人、整个生命的十分之一，甚至千分之一，但这一小部分的我正在尽情经历，正在成长茁壮，完全不受我的其他角色所影响，既不受思想家哈利牵绊，也不受荒野之狼哈利打扰，亦不受诗人哈利、梦想家哈利，或道德家哈利所折损。不，现在的我彻彻底底地就只是一个正在恋爱中的人，我呼吸到的幸福，吐纳到的痛苦完完全全只来自爱情。茵嘉特教会了我跳舞，伊达教会了我接吻，长得最漂亮的艾玛则是第一个让我亲吻她棕色乳房，和我一同畅饮情欲这杯醉人美酒的女孩，我还记得那是一个秋季的夜晚，我们在树影摇曳的榆树下。

帕布罗的小剧场让我重新经历了好多事，这些事若用语言来表达，连千分之一都表达不了。所有我爱过的女孩现在都真正地属于我了，她们每一个都给了我只有她才给得了我的东西，并且从我这里得到了只有她才知道怎么从我这里得到的东西。这次我彻底地品尝到了爱情、快乐、情欲、和混乱，当然还有痛苦。人生中所有被我错过的爱情，在梦幻的一刻，全都再次盛开在我的花园中：纯洁而温柔的花朵，热情如火的花朵，阴郁而早凋的花朵，以及种种按捺不住的情欲，私密的美梦，痛彻心扉的悲伤，极致的死亡恐惧，和豁然开朗的重生。

我懂了，有些女人得一开始就火力全开，要迅速且疯狂地追求她们，另一些女人则必须花时间慢慢呵护和照料，才能为彼此赢得幸福。我生命中的每个幽微角落全都再度浮现，甚至只短短发生了一分钟的事，无论是某次异性的呼唤，或某个女子看了我一眼，搞得我心神不宁，或某个女孩闪闪发亮的雪白肌肤让我深受吸引，总之，我曾经错过的一切，此刻都补偿给了我。那些女孩，她们每一个都真的属于我了，以她们独特的方式属于我。那个留着一头亚麻色秀发，有着一双独特的深棕色眼睛的女子再次出现，我跟她曾经在火车的走道上一同倚窗而立了十五分钟，后来她多次出现在我梦中——她从未开口说过话，我却从她身上学到了极不可思议又惊人，甚至称得上致命的爱情艺术。还有马赛港口的那名朴实、恬静,又笑意盈盈的中国女子,她有一头乌黑亮丽的秀发,水汪汪的眼眸更是闪闪动人,她同样深谙如何默默传情。每个女孩都有自己的秘密,并各自散发着孕育着她的那方水土的气息,每个人的亲吻方式和笑的方式都不相同,每个人都有她自己独特的害羞方式,或热情奔放的方式。她们来了又走,爱情的浪潮引领她们来到我身边,也将我冲向她们,或从她们身边冲走,这是一场孩子般纯真的游戏,我们全优游在男欢女爱的大河中,无比刺激,无比危险,并且充满惊喜。

我好惊讶,我的人生竟能如此丰富,原来被我视为贫瘠且缺少爱情的荒野之狼的人生竟有这么多次坠入爱河的经验,和这么多次机会,这么多次心动与诱惑。可惜这所有的一切都被我错过了,或刻意逃避,或在跌跌撞撞中错失了,并随即忘记——但这所有的人事物竟全被保存在这里,而且保存得这么完整,成百上千件,一件不漏。此刻当我再次见到这一切时,我已经懂得敞开心胸,要义无反顾地全心投入了,我已经懂得如何在那座玫瑰色的朦胧地狱中尽情沉沦了。就连上次帕布罗的提议,以及他对我的诱惑也都再次出现了,连同更早的,其他人对我的诱惑,那些我当时没看懂或听懂的诱惑,也都一一重现了,那些无与伦比的美好游戏,三人性爱,四人性爱,只见大家笑意盈盈地迎接我加入他们充满欢愉的轮舞行列。我重新经历了好多事,玩了好多游戏，这一切真不是语言所能形容。

末了我浮出水面，从那条川流着无尽诱惑、堕落，和充斥着各种纠缠的欲望长河中浮出水面，平静、无语、准备就绪，对一切了然于胸。此刻的我有智慧，深刻地体验过，终于成熟到足以面对赫尔米娜了。在我这场角色万千的爱情神话中她是最后一位主角，在我遇见的一连串女人中，她的名字是最后一个出现的，啊，赫尔米娜——这名字一出现我就立刻恢复了自觉，立刻结束了这场爱情童话，因为我不想在这晦暗幽微的魔镜中遇见她，她不该只拥有在棋局中扮演着某个角色的哈利，我要献给她的是一个完整的哈利。啊，我将重新布局这盘棋，我要为她校准所有的一切，让一切都为满足她而设。

浪将我冲上岸，我再次回到安静的剧场长廊。接下来会是什么？我把手伸进口袋里想掏出棋子，但这样的动作竟失效了。瞬间所有的门，所有的标题，所有的魔法镜子开始绕着我不停地转。我被迫读取下一道标题，并且看得胆战心惊。标题上写着：

如何借爱杀人

我脑中立刻浮现那日的情景，那稍纵即逝的画面：赫尔米娜坐在餐厅的桌子边，突然无视眼前的美酒与佳肴，整个人沉浸在阴森的可怕话题中,她的眼神认真且可怕,她对我说,她要让我爱上她,但她这么做的目的只在于要我亲手杀了她。一股强烈的恐惧与不祥迅速袭上心头,发生在现实生活里的一切又全回来了,我的内心再次充满了不安,再次深刻地感受到无法挣脱的命运束缚。我惊慌失措地又想去抓口袋里的棋子,我想赶快再变点魔法,赶快重新布局棋盘。但我的口袋里根本没有棋子了,我拿出来的是一把刀。我吓得惊慌失措,于是我拔腿就跑,长廊上我经过无数道门,突然那面巨大的镜子又立在我面前,我望进去,镜子里站着一匹跟我一样高,又大又美的狼,它静静地站着,不安的眼神中闪烁着胆怯。突然它眼睛发亮地看着我,状似狞笑——狼龇牙咧嘴地露出了里面鲜红的舌头。

帕布罗哪儿去了?赫尔米娜哪儿去了?那个一脸聪明,把如何打造个性讲得天花乱坠的家伙又跑哪儿去了?

我再次望向镜子。我变高了。站在镜子里吐着红舌的狼不见了。此刻镜中的人是我,是哈利,他一脸阴郁,所有的游戏全都离他而去了,他被沉重与罪恶折磨得不成人形,他苍白得可怕,但还看得出是个人,至少还是个可以跟人交谈的人。

"哈利,"我问,"你在这里做什么?"

"什么也不做,"镜中的哈利说,"只是等。我在等死。"

"死亡在哪儿?"我问。

"就快来了,"镜中的哈利说。突然从剧场内部的空房间传来了乐声,美好却可怕的乐声,这音乐出自歌剧《唐璜》,亦即石头客(石像)出场的那一段。冷冰冰的乐声以令人不寒而栗的方式回荡在整栋鬼影幢幢的剧院内,那音乐仿佛来自冥界,来自不朽者。

"是莫扎特!"我心想,同时深藏在我心里的那些最为我所钟爱和推崇的影像突然浮现眼前。

笑声在我背后响起,一种响亮却无情的笑声,一种来自冥界、常人听不见的笑声。只有饱尝过痛苦的人,只有具神一般超然幽默感的人才发得出这种笑声,这笑声让我毛骨悚然又满心欢喜。我回过头去,看见朝我走来的竟是莫扎特。他边笑边从我身边走过,从容地朝一间包厢走去。他打开门,走进去。我紧跟着他进去,他是我少年时期最崇拜的神,是我这辈子最钟爱和景仰的对象。乐声持续。莫扎特倚着包厢内的栏杆而立,我没有看到任何表演。看不到尽头的房间里望进去只有一片漆黑。

"您看,"莫扎特说,"没有萨克斯风也不影响。虽然我无意冒犯萨克斯风这种这么棒的乐器,但实在不得不这么说。"

"我们这是在哪儿?"我问。

"歌剧《唐璜》的最后一幕,唐璜的侍从莱波雷洛已经吓得跪倒在地上。非常精彩的一场戏，从音乐上也可以听得出来，就是这一段。虽然这当中要表现的是极为人性化的东西，但你还是可以感觉到某种来自冥界的力量，比方说笑声——不是吗？"

"这出歌剧是人类谱出的最后一部伟大音乐，"我像个小学教师般说得慷慨激昂，"是啊，虽然后来又出了舒伯特，出了雨果·沃尔夫还有肖邦——我当然不会忘记还有可怜却美好的肖邦。大师，您怎么在皱眉——哦，对了，还有贝多芬，他也非常之棒。但他们创作出来的所有音乐，不管再美，都已经有瑕疵，已经有点松散了。在《唐璜》这出歌剧之后，根本没有人能创作出像它一样，能为人类带来如此极致享受的完美之作。"

"天啊，不必这么严肃和认真吧，"莫扎特嬉皮笑脸地说，一副玩世不恭的模样，"您应该也算是个音乐家，对吧？其实，音乐这行我已经放弃了，我早就退休了。只是，偶尔为了好玩，才会重操旧业、客串一下。"

他举起手来，像要开始指挥。一轮明月，但也有可能是一颗发亮的额头在远方缓缓升起，我从栏杆旁望过去，在房间遥不可及的深处，有雾气和云烟开始飘移，朦胧中山形和海岸渐渐呈现，一片如沙漠般的无垠平原也在我们的脚下延伸。我们看见一位非常威严，蓄着长胡子的长者正一脸悲戚地带着一支为数好几万人的壮观队伍走在平原上。队伍中的男子清一色穿着黑服。这画面看起来既凄凉又绝望。莫扎特说：

"您看，这就是勃拉姆斯。他一直努力地想要得到救赎，但显然还有得等！"

莫扎特告诉我，那些黑衣男是曾经演奏过勃拉姆斯乐曲的人，但那些乐曲，根据神的审判，有许多多余的声音和音符。

"配器太过繁复，素材太过庞大。"莫扎特说得头头是道。

紧接着我们又看见另一支同样壮观的队伍，这次为首的是瓦格纳。这画面让人觉得瓦格纳简直快被后面的庞大队伍给拖垮，给榨干；他疲惫不堪地勉强拖着步伐前进。

"我年轻的时候，"我难过地说，"这二位风格迥异的音乐家堪称是彼此最大的劲敌。"

莫扎特闻言大笑。

"是啊，一直都是这样。拉开距离来看，针锋相对的劲敌经常是最相似的人。其实，配器过于繁复，并非瓦格纳或勃拉姆斯个人的问题，而是他们那个时代的通病。"

"什么？他们为什么得为时代通病付出如此大的代价，受到如此大的惩罚？"我愤愤不平地说。

"话是这么说没错。但这关系到审判程序。他们首先要赎的是属于他们那个时代的罪。受完这部分的审判后，接下来才会看有没有剩下什么专属于他们个人的罪，而且还要看这部分的罪有没有大到值得跟他们算账。"

"可是,时代的罪又不是他们的错!"

"的确不是。但亚当吃了伊甸园的苹果也不是您的错啊,您还是得为此赎罪。"

"真是恶劣。"

"没错,人生本来就充满了恶劣——根本不是我们的错,却必须由我们来负责。人一出生就是有罪的。如果您不知道这一点,那么您上的宗教课肯定非常稀奇。"

我心情恶劣至极。我仿佛看见自己变成了一个疲惫不堪的赎罪者正走在冥界的沙漠上,身上背着许多根本无须写出来的书和文章,以及专栏文字,身后则跟着一堆负责排版的排字工,和一群曾经把那些冗文吞下去的读者。天啊!除此之外还有亚当和苹果,以及所有的原罪。我必须跟大家一起先赎这些罪,先受永无止境的炼狱之苦,然后才能轮到这个问题:除了这些大家必须一起赎的罪,还有没有什么专属于我个人的、独特的罪?或者,其实我个人的所作所为,以及这些作为的结果,都只不过是茫茫人海中的一颗空虚泡沫,只不过是人世长河中的一场无谓游戏!

见我愁眉苦脸,莫扎特忍不住放声大笑。但笑之前他先腾空翻了个筋斗,然后有点吊儿郎当地双脚猛抖,抖得像在画颤音,嘴里不忘对我大喊:"嘿,小男孩,这么难过哟,你是咬到了舌头,还是呛到了肺?还是想到了你的读者？坏人？还是那些可怜的贪心鬼？抑或是你的排字工人？还是那些跟你唱反调的人？可恶的煽动者？磨利军刀的人？真是好笑，你这只天上飞的龙，可笑至极，笑死人了，笑到叫人屁滚尿流！哈，有颗虔诚之心的你，承载着满满的油墨，承受着满满的灵魂痛楚，让我为你点上一根蜡烛哀悼，哈，开玩笑的啦。但你玩过，耍过，叫过，调皮过，翘起尾巴摇过，并且没有真的怎么犹豫过。上帝就要下令，命恶鬼前来捉拿你了，狠狠地打，重重地鞭，为你写的书，为你浪费掉的油墨，谁叫你在这上头干的尽是些偷鸡摸狗的烂事！"

莫扎特觉得好笑，我却觉得过分，我气到没时间继续难过。我一把抓住他的辫子。但莫扎特想逃，辫子越扯越长，越扯越长，最后竟变成了彗星的尾巴，我就这么挂在末梢，被它拖着呼啸过寰宇。该死，这个世界怎么如此冰冷！天啊，不朽者竟然得忍受如此稀薄而冷冽的空气。但它竟让人觉得好舒服，这冰冷的空气，在我失去知觉前，只短暂地体验了一下。

一种既刺骨又尖锐，非常冰冷的快感瞬间流窜周身，我突然一股想笑的冲动：像莫扎特那样，开怀、狂野，且超凡绝俗地大笑。但就在此时，我无法呼吸且失去了意识。

我脑袋一片混乱，精疲力竭地醒来，长廊上的白色灯光映照在光可鉴人的地板上。我没有留在不朽者那里，还没有。我一直还在充满谜团、充满痛苦的这一界，我依旧活在荒野之狼所处的世界里，依旧被纠缠在无尽的痛苦与折磨中。这里不是个好地方，留在这里令人难以忍受。是时候做个了结了。

我面对哈利，哈利站在那面巨大的镜子里。他看起来不怎么好，他此刻的模样跟那晚从教授家出来，进入黑鹰酒吧舞池时如出一辙。但那已经是好久以前的事了，好多年前，甚至好几百年前了。如今哈利已经老了，他早就学会跳舞，早就进过魔法剧场，早就听过莫扎特的笑声了，他对跳舞、对女人、对刀子早就不害怕了。资质再平庸的人，在尘世里翻滚个几百年，也会成熟的。我凝视着镜中的哈利良久：他依旧是我认识的哈利，在他身上我依旧可以看到十五岁哈利的影子，那个在初春三月的星期天，在高岗上巧遇罗莎，并向她脱帽致意的少年哈利。但那件事已经过去好几百年，哈利已经又老了好几百岁，他已经聆听过无数音乐，研读过无数哲学，已经是饱学之士，并且在"钢盔"酒吧里喝过了阿尔萨斯葡萄酒，也跟正直的教授探讨过印度大神黑天的问题了，他爱过艾莉卡，也爱过玛丽亚了，并且跟赫尔米娜结成了朋友，在山路上狙击过汽车，跟有一头亮丽秀发的中国女子上过床，也见过歌德和莫扎特了，他虽然曾在时间和幻影之网中挣扎、拉扯出一些洞，却依旧还是被困在那张网中。尽管他口袋里的美妙棋子再次消失了，但里头却出现了一把刀。加油了，老哈利，又老又疲惫不堪的哈利！

真是该死，人生的滋味为何如此之苦！我气得向镜里的哈利吐口水，我用力地踢他，将他踹成碎片。我慢慢地走在充满回音的长廊上，仔细地看着我经过的每一扇门，那上面曾经有过无数美好的承诺——但现在上面的标题全不见了。我缓缓地走过魔法剧场里的上百扇门，所有的门。但我今天不是来参加面具舞会的吗？原来已经又过了上百年。但应该很快就没有下一年了吧！可是我还有事情没做，赫尔米娜还在等我。好像是一场很特别的婚礼。冥冥中有股浪推着我向前，一股模糊的吸引力，啊，你这个身不由己的奴隶，你这只荒野之狼。真是该死呀！

我停在最后一扇门的前面。是那股模糊的浪将我引领至此。啊，罗莎，啊，我遥远的年少，啊，歌德与莫扎特！

我将门打开。门后，我看见一幅简单而美好的画面。地上有块不大的地毯，上面躺着两个全裸的人，一个是美丽的赫尔米娜，一个是美丽的帕布罗。他们并排躺着，睡得很沉，因热烈的性爱游戏而精疲力竭——这是种怎么玩都无法令人满足，却又能迅速令人获得满足的游戏。眼前的这两个人好美，好美，一幅美妙至极的画，多么完美的躯体啊！赫尔米娜左边的乳房下有个刚刚形成的圆形印记，深色的瘀青，是帕布罗用他那美丽、洁白的牙齿留下的爱情印记。我对准那个印记，将手中的刀子刺进去，我把整截刀锋全刺了进去。赫尔米娜白皙细致的肌肤顿时流满鲜血。如果一切不是如此，如果这一切不是这样发生，我一定会无限爱怜地为她吻掉身上所有的血。但此刻，我没有这么做；我只是看着她身上的血不停地流，看着她微微把眼睁开，满是痛苦，满是惊讶。我心想："她为什么会惊讶？"忽然想到，应该帮她把眼睛合上。但下一秒她已经自己合上。大功告成。她又动了一下身体，并微微侧身。我看见腋窝到胸部的地方有道阴影，细细长长的，这道阴影似乎唤起了我的某个记忆。

唉，算了，别想了！忘记吧！赫尔米娜就这么静静地躺在那儿。

我出神地望着她，过了好久才终于微微一颤，仿佛大梦初醒，并且想到我应该要走了。这时我看见帕布罗翻过身来，睁开眼，接着站起来舒展四肢。我看见他朝美丽的死者弯下腰，露出微笑。我心想：这家伙永远不知道什么叫认真，不管遇到什么事他都能笑。帕布罗小心翼翼地拉起地毯的一角，慢慢地将地毯覆盖在赫尔米娜的身上，直到遮住她的胸部，并且看不见伤口为止。接着帕布罗静静地走出包厢。他要去哪儿？为什么大家全抛下我？我被单独留下了，得独自面对被地毯半掩的死者，这个我深爱且羡慕过的人。她惨白的额头上垂着一绺男孩似的卷发，苍白的脸上嘴微启，鲜红的双唇无比醒目，秀发散发出淡淡的香味，露在外面的半个耳朵显得娇小而饱满。

赫尔米娜的愿望实现了。她都还没有完全成为我的人，我就已经把我心爱的她给杀死了。我做了一件不可思议的事，我跪倒在地，失神地看着这一幕，完全不懂这是怎么一回事，不知道此举的意义何在，不知道我这么做是对还是错，不知道是做得好还是做得不好。

我不知道那个睿智的棋手会说什么，不知道帕布罗会说什么，我真的不知道，我根本无法思考。相较于那张越来越没有生气的脸，那个涂着口红的嘴却越显娇艳。这就是我的人生，我人生中的那一点幸福与爱就像这张虚有其表的嘴：画在死者脸上的最后一抹红。

从死者那张脸上，从死者苍白的肩膀上，苍白手臂上，慢慢地，悄悄地升起了一股寒意，一股如严冬般的萧瑟感与孤寂感，一股慢慢、慢慢不断扩张的冰冷，我仅觉双手、双唇越来越僵硬。难道是我把太阳给灭了？把一切生命之核心给杀死了？导致原本只存在于太空中的死寂与冰冷袭向了这里？

我毛骨悚然地望着赫尔米娜石头般的前额，僵硬的卷发，惨白而透亮的耳朵；从它们的内部流出了寒意，那是致命的冰冷，但是却好美：那股寒意好美，振动的频率也好美，真的好美，啊，是音乐！

曾经，我记得好久以前，我也曾有过同样的战栗感，虽毛骨悚然却又觉得好快乐，不是吗？同样的音乐我真的听过，不是吗？对了，是莫扎特，是不朽者！

我忽然想起了那首诗，好久以前，我不知道在哪儿看过的一首诗：

> 但我们却寻获了自己
> 在星光闪耀的冰冷中，于穹苍
> 不知岁月，不晓时分，
> 我们既非男亦非女，不年轻也不苍老．
> 冷冽，亘古不变的是我们永恒的存在，
> 冷冽，明亮如星的是我们永恒的笑容。

门突然打开，有人走了进来，第一眼我没认出，第二眼才发现那是莫扎特。这次他的辫子没了，穿的也不是及膝的七分裤和正式的皮鞋，而是做现代人的打扮。他在我身旁坐下，近到我简直快碰到他，我甚至想出手阻止他坐下，因为我怕赫尔米娜胸膛里流出来的满地鲜血会弄脏他。他一坐下，就非常认真地拿起突然出现在我们身边的一些器材和工具开始组装，他一副郑重其事的模样，又是敲又是转的。我一脸羡慕地盯着他那十根灵活又敏捷的手指，我好希望看到这双手弹琴！我若有所思地看着他，或者不该说若有所思，而是心不在焉。我失神地望着他那双又美又棒的手，觉得在他身边既温暖又有点害怕。至于他在忙什么，在转什么，在敲什么，我完全不关心。

原来他在组装一台收音机，一组装好就开始收听。莫扎特边按下扩音器边说："在这里就能听到慕尼黑的演奏，亨德尔的《F大调大协奏曲》。"

真的，我无比诧异且惊骇地听着那该死的金属喇叭持续向外吐出——仿佛混合了支气管里的痰和嚼烂了的口香糖般的——黏稠之物，这东西竟被留声机的主人们和广播节目的听众们称为音乐，且慢，隐藏在这浓稠痰音和丑陋噪音的背后，真的，就像尘封在厚厚污垢下的古老画作，你真的能听见神之曲高贵的结构，能听见气势恢宏的王者布局，那冷静、开阔的节奏更换，那悠长、饱满的辽阔弦音。

"天啊，"我气急败坏地说，"您这是在干什么，莫扎特？您真的要用这种下三烂的声音来虐待自己和我吗？您为什么要当着自己和我的面启动如此可鄙的机器，您是想炫耀我们的时代赢了吗？您是在炫耀这台当代用来摧毁艺术的终极利器赢了吗？您真的要这样吗？莫扎特！"

莫扎特，这个可怕的男人开始大笑，他的笑冰冷却充满智慧，他笑得一点声音也没有，却足以摧毁和瓦解所有的一切！他非常享受地旁观着我的痛苦，他伸出手转动按钮，调整喇叭，让声音变得更大。他笑着让那扭曲变形的、足以残害灵魂的、阴险毒辣的音乐持续以更嘹亮的方式攻占整个房间，他满脸笑容地回答我：

"别这么激动，我旁边这位先生！刚才那段渐慢您注意到了吗？真是神来之笔，对吧？敞开心胸让这渐慢的想法进入您的思绪中吧，您这个没有耐性的家伙——您听，听到了吗？低音部的沉稳节奏宛如上帝的步伐——敞开心胸地让亨德尔老先生的灵光乍现之作进入您焦躁的内心，抚慰您的不安吧！敞开心胸地听听看，小家伙，先别激动，别不屑，只要您敞开心胸去听，看似遥远的神之天籁就会跳脱出这可笑机器所带来的令人气馁且愚蠢的表象，慢慢地呈现出来！注意听您就能学到东西！您看，这令人讨厌的金属管子表面上做的是世上最愚蠢、最没用、最不该发生的事，它竟然把在某个地方演奏的音乐扭曲成这副令人不敢领教、愚蠢、粗鲁，又叫人心痛的模样，真是可恶，这些金属管子竟把音乐扔到了那些音乐根本不该去的空间——即便如此，它也无损于音乐的原始精神，它只是让人更看清技术的无能为力和商业行为的麻木不仁！您听我说，小家伙，我接下来要说的话您必须知道！听好咯！其实您从收音机里听到的不只是一首被严重扭曲和戕害的亨德尔乐曲——这首乐曲在这么糟糕的情况下依旧充满神性——您听到的、看到的其实还有某个极为珍贵的重点，这个重点反映的是人世间的一切。换言之，您听的虽是收音机，但您听到的和看见的其实是思想与现象，永恒与时间，神性与人性之间的根本冲突。亲爱的哈利，一如收音机毫无选择性地在这十分钟内把世上最美的音乐送到了它最不该去的地方，送到了市民阶级的沙龙，送到了平民百姓家的阁楼，让音乐白白地流泻在只顾着聊天、吃东西、打哈欠，或睡觉的听众身边。一如收音机剥夺了音乐在感官上的美感，败坏了音乐，伤害了音乐，丑化了音乐，尽管如此，却无法完全抹杀音乐的精神，人生也是这样，人生，亦即所谓的现实生活，和展现于其中的形形色色的人间百态，也是如此。紧接在亨德尔音乐之后的，很可能是一场有关中型企业做假账之技巧的演讲，现实生活确实可以让优美至极的交响乐变成不堪入耳的混浊之音，在理想与现实之间，在乐队与耳朵之间，的确到处被置入了技巧，置入了商业，置入了苍白的不得不然和傲慢虚伪，但这就是人生啊，小家伙，我们只能放手让它是这样。只要我们不是固执、愚蠢的驴子，就该笑看这样的人生。像您这样的人尤其不该批评收音机或人生。您应该学习怎么敞开心胸地去聆听！并且学习只严肃地去看待值得严肃看待的事，除此之外，其他事都可以轻松笑看！或者您有更高明、更高尚、更聪慧、更具品位的做法？可惜您没有，哈利先生，您的做法真的没有更好！您把您的人生活成了一部糟糕透顶的疾病史，您把您的美好天赋变成了天大的不幸。除此之外，我还看到，您竟然不知好好对待眼前这个漂亮又迷人的年轻女孩，您竟然把刀子刺进了她的身体，竟然把她给弄坏了！您觉得您这样做对吗？"

"对吗？当然不对！"我绝望地喊道，"天啊，这一切错得离谱，而且是该死的愚蠢，该死的糟糕！我根本就是个畜生，莫扎特，我是个愚蠢又可恶的畜生！我又病又烂，您对我的批评真是再正确不过！但是，关于这个女孩：是她希望我这么做的，我只是实现了她的愿望罢了。"

莫扎特又开始无声大笑，但这次他做了一件好事，就是先把收音机关掉。

对于我的辩解，前一刻我还深信不疑，但下一刻连我自己都觉得可笑。我突然想起，有一次赫尔米娜跟我聊到时间和永恒，那次她一说完，我就立刻觉得她的那些想法根本是我的想法，她说的话只是在反映我的想法。不过，这一次她要我杀了她，我当时认为这应该全然是赫尔米娜自己的想法和心愿，应该与我无关，所以我理所当然地接受了。但此刻想想，这么可怕又奇怪的想法，我怎么会这么容易就接受，甚至她还没说出口我就已经猜到？所以，或许它其实是我的想法？还有，为什么我会在这个时间点杀了赫尔米娜？会在看见赫尔米娜全身赤裸地躺在另一个男人怀里时杀了她？莫扎特的无声大笑充满讽刺，又仿佛无所不知。

"哈利,"他说,"您真是爱说笑。这么漂亮的一个女孩子会对您没有其他要求,只想您捅她一刀?这说辞拿去骗别人吧!不过,至少您乖乖地捅了她一刀,这可怜的孩子已经彻底地死了。虽然您自觉是遂了这个女孩的心愿,但毕竟您还是对她做了这件事,所以,是时候面对这件事的后果了。或者您想逃避责任?"

"不,"我大叫,"您怎么就不明白?我愿意承担后果!我一心一意只想赎罪,我想赎罪,真的想赎罪,我渴望被斩首,渴望被惩罚,渴望就此毁灭!"

莫扎特一脸嘲讽地看着我。

"您不要老是这么激动!您还得学习幽默,哈利。真正的幽默永远是黑色幽默,所以,必要时的确得在行刑的绞架下学习。您准备好了吗?可以了吗?很好,现在到检察官那里去,让完全没有幽默感的陪审团审问您吧,他们一定能把您审到清晨时分就能将您送上冰冷的断头台。您真的准备好了?"

一道标题突然出现在我面前:

处决哈利

我点头表示准备就绪。这是一座由四面墙围起的光秃秃的院子，墙上开了几个装有铁栏杆的小窗，院子里架设了一座断头台，十二名或穿法官袍，或穿正式大衣的男子端坐其中，我则站在院子的正中央，顶着清晨的刺骨寒风瑟缩着，并且整颗心因担心害怕而揪成一团，不管结果如何我都准备好要接受了。我听令往前跨了一步，接着又听令跪下。检察官脱下帽子，轻咳了一声，清清喉咙。其他人见状全跟着一起清了清喉咙。检察官将一张正式的文件举到自己面前，并摊开，接着开始朗读：

"陪审团的各位先生，站在您面前的是哈利·哈勒，他因蓄意滥用我们的魔法剧场而被起诉。哈勒不仅亵渎了剧场里的崇高艺术，换言之，他把我们美丽的幻影之厅跟所谓的现实生活给混淆了，他用投射出来的刀杀死了投射出来的女孩。除此之外，他还意图用毫不幽默的方式，借我们的剧场来进行自杀。基于这些犯罪事实，本座建议求处哈勒永生不死，并褫夺进入本剧场之权利十二小时。此外，他还必须被大家狠狠地笑一次，此项惩罚不得豁免。陪审团诸公，我数到三，请各位表决：一——二——三！"

"三"一数完，在场所有的人便开始放声大笑，笑声高亢犹如合唱，一种令人恐惧，并且简直无法忍受的冥界之笑。

我回过神来，发现莫扎特又坐到了我的身边，一如刚才。他拍拍我的肩膀说："您听到您的判决了。所以，您得习惯您还要继续聆听属于人生的那种收音机里的扭曲音乐。

这对您其实是有好处的。因为您真的是个特别没有天分的人，亲爱的傻瓜，借由活着您将渐渐明了，人生对您有何要求。您必须学会笑，这就是人生对您的要求。您必须懂得生命的幽默感，懂得生命的黑色幽默。虽然您看似世上的一切都愿意去做，去尝试，却从不愿真的去面对人生对您的要求！您愿意杀死您心爱的女孩，甚至愿意兴高采烈地面对被处决，我猜，您应该也很愿意花一百年去苦行，去接受鞭打，对吧？"

"是这样没错，我打从心里愿意。"我痛苦万分地呐喊。

"您当然愿意了！只要是愚蠢、不具幽默感的活动您都愿意参加，您还真是不挑剔，所有激动又不好笑的事您都愿意做！但我可不是这样，我一点也不欣赏您那种愚蠢又浪漫的赎罪方式。您希望被处死，希望人家把您的头砍下来，您这个有勇无谋的家伙！为了这个愚蠢的愿望，要您再杀十次人，想必您也愿意。您这个懦夫，您想死，您不想活。可恶，但现在您就是得活！像您这种人判您最重的极刑都不为过。"

"哦，最重的极刑是什么？"

"嗯，比方说，我们可以让这个女孩复活，然后让您跟她结婚。"

"不，不要，我还做不到，那样一定会不幸。"

"哦，您制造出来的不幸还不够多吗？不过，现在起所有激情和杀人行径不可以再做了,这一切必须结束。请您开始运用理智!您必须活着,必须学习怎么去笑。您必须学会聆听人生那扭曲、该死的收音机音乐,学会赞叹存在于表象下的精神,学会对存在其中的所有歪七扭八、乱七八糟的东西发笑。就这样,这就是我们对您的所有要求了,此外无他。"

我咬紧牙关,怯懦地问:"如果我不肯呢?莫扎特,如果我不同意让您干涉荒野之狼的人生,不同意您介入他的命运呢?"

"这样的话么,"莫扎特心平气和地说,"我的建议是,再抽一根我那种很棒的香烟吧!"他边说边把手伸向外套口袋要掏烟给我,突然他不再是莫扎特,他的眼神变得温暖,那是一双充满异国风情的深色眼睛,他变成了我的朋友帕布罗,帕布罗跟那个教我下棋的男子简直是双胞胎。

"帕布罗!"我惊呼,"帕布罗,我们这是在哪儿呀?"

帕布罗递给我一根香烟,并且帮我点火。

"我们呀,"他笑着说,"在我的魔法剧场里啊。如果你还想学跳探戈,想变成将军,或者想跟亚历山大大帝聊天,下次都可以进来这里。但我实在不得不说,哈利,你让我有点失望。因为你投入得有点太忘我,你竟破坏了我剧场里的幽默感,做了一件很不应该的事,你竟然真的把刀给刺下去了,竟然让原本只存在于现实生活中的不堪出现在我们美好的幻影世界里，以致亵渎了它。你这样做真是不太好。你看到赫尔米娜和我躺在那里时，我希望你至少是因为忌妒才那么做。好可惜，你真的还不懂得怎么善用你目前的这颗棋子和这个角色——但我相信你已经比较懂得怎么下棋了。所以，让我们重新来过，重新修正吧！"

他把手伸向赫尔米娜，赫尔米娜在他的手中瞬间变小，变成了棋子。帕布罗将赫尔米娜收进他刚才掏烟给我的口袋里。

甜美的烟味弥漫，闻起来好舒服，我仅觉浑身无力，如果现在闭上眼，我肯定能睡上一年。

啊，我懂了，我什么都懂了，我终于懂得帕布罗，懂得莫扎特，我仿佛听见莫扎特又在我背后的某个地方发出那种可怕的笑声，我知道自己的口袋里有无数个，有成千上万个人生棋局的棋子，我不寒而栗地预知到它们的意义了，我愿意重新再下一盘棋，愿意再次品尝那些痛苦与折磨，愿意再为它的荒唐可笑而胆战心惊，我愿意再进一次我内心的地狱，甚至愿意一而再、再而三地进去。

总有一天我将变得比较会下棋。总有一天我将学会笑。帕布罗在等我。莫扎特也在等我。

（全书完）

Demian.
Die Geschichte
einer Jugend

Hermann
Hesse

德米安

[德] 赫尔曼 · 黑塞 / 著　张亦琦 / 译

江苏凤凰文艺出版社
JIANGSU PHOENIX LITERATURE AND
ART PUBLISHING

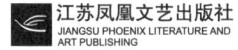

图书在版编目（CIP）数据

德米安 /（德）赫尔曼·黑塞著；张亦琦译. 南京：江苏凤凰文艺出版社，2025.4. --（黑塞作品集）. -- ISBN 978-7-5594-9424-5

Ⅰ. I516.45

中国国家版本馆CIP数据核字第2025XT3660号

德米安

（德）赫尔曼·黑塞 著　　张亦琦 译

责任编辑	白　涵
特约编辑	陈　曦
装帧设计	蔡佳豪
责任印制	杨　丹
出版发行	江苏凤凰文艺出版社
	南京市中央路165号，邮编：210009
网　　址	http://www.jswenyi.com
印　　刷	天津中印联印刷有限公司
开　　本	787毫米×1092毫米　1/32
印　　张	6
字　　数	101千字
版　　次	2025年4月第1版
印　　次	2025年4月第1次印刷
书　　号	ISBN 978-7-5594-9424-5
定　　价	128.00元（全三册）

江苏凤凰文艺版图书凡印刷、装订错误，可向出版社调换，联系电话：025-83280257

目录

德米安
1

两个世界
4

该隐
27

盗贼
51

贝亚特丽切
74

鸟儿奋力破壳而出
99

雅各与天使搏斗
119

夏娃夫人
145

结局的开端
174

埃米尔·辛克莱年少时的故事

德米安

我毕生所求不过是遵照自己的内心而生活。为什么会这样难?

要讲述我的故事,就不得不由从前说起。如果可能,我甚至想从更久远的以前说起,追溯到我最初的孩提时代,甚至越过那段时光,向更久远的过去回溯,从我的本源说起。

作家们写小说时总是习惯从上帝视角出发,仿佛能俯瞰其中的人和事,对其有着绝对透彻的理解,像上帝一样讲述这个故事。作家与故事之间不存在任何隔膜,将事物的本质尽数呈现。在这方面我与作家们恰恰相反,我实在无法做到这样。对我来说,我的故事比作家们笔下的任何故事都更加重要,因为这是我的故事,是关于一个人的故事——不是虚构出来的人、可能存在的人、理想中的人或者某个并不存在的人，而是一个真实存在、独一无二、活生生的人。至于一个真实而鲜活的人意味着什么，如今人们对此的了解甚至不如以往。每个人都是自然创造出的一件宝贵而独特的试验品，而人们正在开枪成批地打死这些宝贵的作品。倘若我们都只是独立存在的个体，只要一颗子弹就能彻底抹去我们留在世间的痕迹，那便也没有讲述故事的必要了。然而，每个人的存在不仅意味着其自身，更是大千世界的交汇点，每个都独一无二、与众不同，往往至关重要又奇特非凡。森罗万象在这个点上交错只此一次，此后永不再相会。正因如此，每个人的故事都是重要的、永恒的、神圣的。同样出于这个原因，每一个人——只要活在世上，只要顺应了自然的意志——就都是奇妙的，都值得关注。每个人都是精神的具象化体现，每个人身上都蕴藏着一个蒙受苦难的生灵，每个人都对应着一个被钉在十字架上的救世者。

如今，只有为数不多的人真正理解人的意义。有些人对此有所感悟，因此在面对死亡时更为豁达些。正如我将这个故事写完后，也会更加豁达地面对死亡。

我无意以智者自居。我曾经是一名探求者，现在依然如是。然而我所探求的不再是星空与书本，而是开始倾听那些伴随着血液在我体内潺潺流动的教诲。我的故事并不美好，它不像虚构的故事那样甜蜜和谐，而是混杂了荒诞、迷惘、疯狂与迷梦的滋味，恰如所有不愿再活在谎言当中的人的生活。

每个人的人生都是一条通向自我的道路，是对路径的尝试，也是路径的映射。从没有人能够成为彻头彻尾的自我，即使每个人都在努力地尝试——或愚钝、或明智，各尽所能。每个生灵都带着降生时的残迹——源自远古的黏液与蛋壳，至死方休。有些生灵永远不会成人，它们变成青蛙，变成蜥蜴，变成蚂蚁。有些上半身变成了人，下半身却是鱼。即便如此，每个生灵都是自然对人类所做的一次尝试。我们都有着相同的起源——我们的母亲。我们都经由同一条通道来到人世，每个人都在努力地不断地尝试，由内心深处向自己的目标靠近。人们彼此理解，但其中的来龙去脉只有每个人自己才能阐释清楚。

两个世界

我的故事要从我的一次经历讲起,当时我十岁,就读于我们那座小城里的拉丁学校[1]。

直到如今,当时记忆中的许多事物散发的气息依然能触动我的内心,有怀旧的痛楚,也有愉悦的快意:幽暗的小巷、明亮的房屋和尖塔、钟声和人们的面孔、气氛温馨又暖和怡人的客厅、令人深深恐惧的神秘房间。那气息是温暖的亲密感,是小兔子,是住家女佣,是家用药剂和水果干。两个世界交织于其中——来自两极的白昼与黑夜。

其中一个世界由我父母居住的房子构成,但实际上这个世界的范围更狭小,它只包括我的父母。总体来说我对这个世界很熟悉,它是我的母亲与父亲,是慈爱与严厉,

---

[1] 拉丁学校是14世纪至19世纪欧洲学制中的一种中学,重点教授拉丁文的语法及其运用,为学生就读大学做准备。其学生多来自贵族家庭或中产阶级的富裕家庭。——译者注

是榜样与学校。这个世界里有柔和的光彩,有清澈与洁净,有温柔而友善的言语,有洗净的手与清新的衣物,有良好的家教。这个世界里有清晨的颂歌与欢乐的圣诞节,有通向未来的笔直的道路。这里有责任也有过错,有愧疚也有坦诚,有谅解也有善意,有爱与尊重,箴言与智慧。人若想过上清晰而纯洁的生活,就应该留在这个世界里。

与之相对的另一个世界也始于我家的房子,却是个迥然不同的世界,散发着别样的气味,说着另一种话语,有着不同的承诺与要求。在这第二个世界里,有住家女佣和工匠学徒,有鬼故事和丑闻流言,有形形色色或夸张、或迷人、或可怖、或神秘的事物。这里有屠宰场和监狱,有醉醺醺的酒鬼和喋喋不休的妻子,有分娩的奶牛和跌倒后死掉的马,有关于入室抢劫、杀人和自杀的传言。种种奇妙而恐怖、荒诞而残忍的事情弥漫在这个世界的各个角落,就在下一条小巷、在隔壁的房子里。警察与流浪汉四处游荡,醉鬼对妻子拳脚相加,年轻的女工在傍晚成群结队地走出工厂,老妇人对人施咒、害人生病,盗贼隐居在密林之中,纵火犯被乡间的治安官捉住……这第二个光怪陆离的世界无处不在;它的气息无孔不入,唯一的例外是我们的房间——母亲和父亲所在的房间,而我认为这好极了。我们的世界里有祥和、秩序和清静,有责任和良知,有宽恕和关爱——多么美妙。而其他事物的存在——喧嚣与尘俗、灰暗与暴力——也同样美妙,因为我只要纵身一跃,就能躲进母亲的怀抱。

真正奇特之处在于这两个世界之间的界限是多么飘忽不定,多么微妙!就拿我们家年轻的女佣莉娜来说。她在晚上参加祷告时坐在起居室门口,用清亮的嗓音跟着唱颂歌,洗净的双手放在浆洗平整的围裙上,这时的她完全属于父亲和母亲的世界,她属于我们,属于光明与正义。一旦夜祷结束,回到厨房或者小木屋,当她对我讲起无头小矮人的故事,或者在肉铺小店里跟邻家妇人吵架时,她又变了一个人。这时的她属于另一个世界,周身萦绕着神秘的气息。一切事物皆是如此,尤其是我自己。诚然,我属于那个光明而正义的世界,我是我父母的孩子,然而我耳闻目见的是另一个世界无处不在。尽管它往往透着陌生与诡谲,时常让我感到良心不安、心怀恐惧,我依然同时生活在这个世界里。有时我甚至更乐意生活在这个充满禁忌的世界里,返回光明世界——尽管这是无可避免的、正确的做法——倒像是回到了一个不甚美妙、枯燥乏味的世界。有时候我对一件事确信无疑:我的人生目标就是成为父亲和母亲那样的人,像他们一样明朗而纯洁,优异而充满秩序感。然而通往这个目标的道路十分漫长,在抵达目标以前,我必须端坐在学校里,学习知识,参加大大小小的测验。不仅如此,还要不断经过,甚至会穿过另一个更加黑暗的世界，停留其中、沉迷其中绝非不可能之事。有些让我如痴如醉的故事讲述的正是一些浪荡子的这种经历。在那些故事里，浪子回头——回归父亲与正义——总被描写成皆大欢喜的盛大场面，以至我坚信这才是唯一的正途，是最好、最值得追求的结局。可是这些故事中更吸引人的往往是有关丑恶与误入歧途的部分，若我完全坦诚地说，有时候浪子回头反而会令人深以为憾。但这种话不能说出口，甚至连想都不该想。这样的想法只是没来由地存在于头脑深处，是一种隐晦的念头，一种可能性。每当我想象魔鬼的形象时，总能毫不费力地想象他出现在楼下的街道上，或身披伪装，或堂而皇之，他可能出现在集市上、酒馆里，却从不会出现在我们家中。

我的姐妹同样属于光明的世界。在我看来，她们的个性更贴近我的父母。她们比我更善良，更有教养，更少犯错。她们也有缺点，也有坏习惯，但在我看来那些东西并没有进入她们内心深处。我则不同，我与丑恶事物的接触往往过于紧密而迫切，那个阴暗的世界与我的距离似乎比她们近得多。她们与我的父母一样，需要去保护与尊重，虽然有时也会与她们争吵，但事后总会自责，总觉得是自己起的头，应该寻求她们的原谅。冒犯她们就像冒犯了父母，冒犯了那些纯善的、理应尊敬的事物。有些秘密，我宁愿与最堕落的小流氓分享，也不会向我的姐妹透露丝毫。在好日子里，万物生光，我的良心不受煎熬，在这种时候与我的姐妹们一起玩是件很快活的事，这时我眼中的自己乖巧懂分寸，沐浴着善良正直的光芒。想必天使的生活就是这样吧！这是我认知中最高尚的事，这天使般的生活：甜蜜而美妙，被澄澈的声音和气息笼罩，仿佛圣诞节，仿佛这就是幸福本身。唉，这样的时光和日子实在稀少！在玩善良、无害、合乎规矩的游戏时，我总会被过度的激情和偏执攫住，使我的姐妹们难以承受，由此引发争吵与不快。一旦燃起怒火，我的行为就会很过分，言行之粗鄙，就连我自己在说那些话、做那些事的同时都深感不齿。随后而来的是被懊悔和愧疚占据的时光，灰暗的煎熬，然后是我乞求她们原谅的心酸瞬间，再后来便是一道光亮，一种平和而知足的幸福感，坦诚赤忱，它也许会持续几个钟头，也许转瞬即逝。

在我就读的拉丁学校，市长的儿子和校长的儿子都在我的班级，偶尔会与我接触。这些孩子乖张顽劣，但依然是那个纯良守序的世界中的一员。除了他们，我也跟一些住在附近的男孩有来往，这些孩子读的是为我们所不齿的公立学校。我要讲述的经历就要从他们当中的一员说起。

有天下午学校没课，当时我刚满十岁，正跟两个住在附近的男孩一起打发时间，这时来了个比我们高大的男孩，他约莫十三岁，比我们有力气，举止也更粗俗。那个男孩读公立学校，是名裁缝的儿子。他父亲是个酒鬼，全家的名声都不好。我知道他叫弗朗茨·克罗默，并且很怕他，因此并不情愿让他加入我们的行列。他举手投足已然有成年男人的样子，还故意模仿工厂里那些年轻工人走路和讲话的姿态。在他的带领下，我们来到河岸边，躲进第一个桥洞底下旁人看不见的地方。桥洞的拱形墙壁和湍急的河水之间只隔着一条狭窄的河岸，上面堆满废品、碎玻璃、垃圾、纠缠不清的生锈铁丝和其他废弃物，在那里偶尔能捡到有用的东西。弗朗茨·克罗默指挥我们沿着河岸搜寻，把捡到的东西拿给他看。他要么把这些东西据为己有，要么扔回河里。他叫我们留意铅、黄铜和锡做的东西，并把这些东西全装进了自己的口袋，还有一把牛角做的梳子。与他为伍使我感到很不自在，这并不是因为我担心父亲知道了会禁止我与他来往，而是因为我害怕弗朗茨。好在他待我与待旁人无异。他发号施令，我们服从，仿佛这样的安排由来已久，尽管这其实是我头一次与他打交道。

找了好一阵，我们席地而坐，弗朗茨往河里吐了口唾沫，看上去活像个成年人。他从牙缝往外吐口水，百发百中。我们闲谈起来，那两个男孩开始吹嘘自己在学校的英雄事迹和恶作剧。我默不作声，暗中担心我的沉默反而会吸引克罗默的注意，招来他的怒气。克罗默刚来，我那两名同伴就与我划清界限，与他打成了一片。与他们相比我是个异类,我的衣着和举止似乎都在挑衅他们。我读拉丁学校,是富裕人家的儿子,弗朗茨不可能与我交好,至于另外那两个男孩,我猜得出来,一旦情势有变他们立刻就会抛弃我,与我反目。

最后,单纯出于害怕,我也开始吹牛。我编造出一场了不起的大劫案,其中的主人公正是我。在磨坊边的果园里,我和一个同伴趁着夜色偷走了一麻袋苹果,我煞有介事地讲道,不是普通的苹果,而是特殊培育的最佳品种。我越是害怕,越顺着这个故事说开去,编故事、讲故事对我来说倒是毫不费力。为了不再次陷入沉默,被牵扯进更糟糕的情况,我使出全身解数来编造这个故事。我们当中总有一个负责望风,我讲到,另一个则爬到树上往下扔苹果,后来麻袋实在太重了,我们只好拿出一半的苹果,不过半小时后我们又返回来,把那些苹果也取走了。

讲完这个故事,我以为能博得几声喝彩。讲到后面,我已然进入了角色,沉浸在编造的故事当中。两个年纪小的男孩迟迟没作声,倒是弗朗茨·克罗默眯缝着眼睛紧盯着我,用带着威胁的语气问:"这是真事吗?"

"当然。"我说。

"千真万确?"

"当然,千真万确。"我说得坚决,心里却紧张得喘不过气来。

"你敢发誓吗?"

我害怕得要命,却还是立刻答应了。

"那你说:'我对上帝发誓!'"

我说道:"我对上帝发誓。"

"好吧。"他说完便转过身去。

他不久便起身往回走,我以为事情到此为止,暗自庆幸。回到桥上后,我吞吞吐吐地说我该回家了。

"你急着走做什么,"弗朗茨笑道,"我们顺路。"

他不慌不忙地继续往前走,我不敢擅自跑开,他竟然真的朝我们家的方向走去。来到门口,我看见自家的大门和厚重的黄铜把手,看见阳光映在窗户上,我母亲的房间拉着窗帘,这才长长地舒了口气。回家的路!美好而熟悉的回家之路,回到光明、宁静的世界去!

我飞快地打开门钻了进去,正要关上身后的房门,弗朗茨·克罗默也跟着钻了进来。铺着瓷砖的门厅幽暗凉爽,唯一的光亮来自院子,他站在我身边,拉住我的胳膊低声说:"别这么急着走嘛!"

我惊诧地望着他,他拉住我胳膊的手仿佛一只铁夹子。我暗自揣测他在盘算什么事,会不会想欺负我。如果我现在大声呼救,放开喉咙拼命地喊,楼上的人来不来得及冲下来救我。但我还是放弃了这个念头。

"怎么了?"我问他,"你要干什么?"

"没什么。只是想问你件事,不想让其他人听见。"

"什么事?我没什么可说的。我该上楼了,你知道的。"

"你知不知道,"弗朗茨低声说,"磨坊旁边的果园是谁家的?"

"不知道。我猜是磨坊主的。"

弗朗茨伸出胳膊把我紧紧揽在他身边,我不得不从很近的地方盯着他的脸。他目露凶光,坏笑几声,脸上写满凶狠与得意。

"没错,小子,我不仅知道谁是那座果园的主人,还知道那里的苹果被人偷了,我还知道果园主人说,谁能抓到偷果子的贼,他就奖励谁两马克。"

"天啊!"我惊呼道,"你不会告诉他吧?"

我感觉跟他谈义气没什么用,他是另一个世界的人,背叛别人在他看来并不是算是罪过。我十分确信,面对这种事,来自"另一个"世界的人跟我们是不一样的。

"不告诉他?"克罗默冷笑一声,"我说朋友,你以为我是造假币的,能凭空变出两马克来?我是个穷光蛋,我可没有你那样的有钱老爸。如果有机会赚到两马克,我是不会错过的。说不定那个人还会多给我一些呢。"

他突然放开了我。我家的门厅不再散发出平和、安全的气息,身边的世界轰然崩塌。他会指认我,我是个罪犯,父亲会知道这件事,甚至连警察都会牵扯进来。种种恐怖的事情让我感到极大的威胁，丑恶与危险联手向我逼近。我并没偷东西，但这已无关紧要。我发过誓承认了。天啊，天啊！

眼泪涌了上来。我明白自己只有贿赂他才能脱身。可是我摸遍全身的口袋也找不到一颗苹果、一把小刀，我什么都没带。这时我想起了自己的手表。这是块有些年岁的银制手表，是我祖母传下来的，已经不走了，我只是随便戴着玩。我连忙扯下手表。

"克罗默，"我说道，"听我说，你不能告发我，那也太不够义气了。我把这块表送给你，你看，我实在没别的东西了。你把这块表收下吧，它是银做的，做工很好，只是有点儿小毛病，得修一修才行。"

他笑笑，伸出一只大手拿过那块表。我望着那只手，在我眼中它是那样粗糙，那样充满敌意，将我平静的生活捏在掌心。

"这是纯银的——"我怯生生地说。

"没人稀罕你的银子和破表！"他轻蔑地说，"要修你自己修去！"

"可是弗朗茨，"我怕他离开，央求道，"等一等！你就把表拿着吧！它真的是纯银的，千真万确。除了它我再没有别的东西了。"

他冷眼看着我，十分不屑。

"你知道我要去找谁。或者我去找警察,我跟巡佐是老熟人。"

他作势要走,我连忙拉住他的衣袖。这样绝对不行。我宁愿自己死了,也不愿面对让他就这样走掉的后果。

"弗朗茨,"我急得嗓子都哑了,哀求道,"别这样!你只是在开玩笑,对不对?"

"没错,是玩笑,但对你来说是个很贵的玩笑。"

"你说嘛,弗朗茨,你要我做什么?要我做什么都行!"

他斜着眼睛打量我,冷笑起来。

"别犯蠢嘛!"他故作亲切地说,"你跟我一样心知肚明。现在我面前有个好机会,能赚两马克。我不是个有钱人,不能不放着这笔钱不赚,这你是知道的。但你就不一样了,你有钱,甚至有块手表。只要你给我两马克,这件事就算了结。"

我明白他的意思,但是两马克!这对我来说跟十马克、一百马克、一千马克一样,都是天文数字。我真的没有钱。我有一只小储蓄罐,放在我母亲那里,里面放着我去叔叔伯伯家串门时长辈们给我的零钱,只是几枚十芬尼、五芬尼的硬币。除此以外我再没有钱了,在那个年纪,父母还没开始给我零花钱。

"我什么都没有,"我伤心地说,"我一点儿钱也没有,不然我全都会给你的。我有一本印第安人的故事书,还有玩具兵，还有一个指南针。我这就去给你拿。"

克罗默火了，刁悍的嘴角一撇，往地上吐了口口水。

"少跟我耍花招！"他蛮横地说，"留着你的破烂吧。指南针！别逼着我跟你来硬的，听见没有，赶快把钱掏出来！"

"可我没有钱，家长不给我钱。这我也没办法啊！"

"那你就明天带两马克来见我。放学后我在集市等你。这事儿就这么定了。不交钱，你就等着瞧吧！"

"我知道，可是我到哪里去搞两马克呢？老天啊，我真的没有钱——"

"你们家里有的是钱。你家的就是你的。反正明天放学见。我警告你：要是你拿不出钱——"他丢给我一个可怕的眼色，又吐了口唾沫，鬼影般消失了。

我再没心情上楼。我的人生全毁了。我考虑过要不要离家出走，再也不回来，或是投河自尽。但只是些不成形的念头。幽暗的门厅里，我在楼梯的最低一级台阶上坐下，紧紧地蜷成一团，任凭自己被痛苦裹挟。这时莉娜提着篮子下楼取柴火，发现了泣不成声的我。

我求她不要把这件事告诉楼上的人，然后走上楼。玻璃房门旁边的衣架上挂着我父亲的帽子和母亲的遮阳伞，这些东西散发出家的气息与温情，向我扑面而来，我见到它们，心中满是哀切与感恩，仿佛离经叛道的浪子再次体会到故里的景致与气息。然而此刻这些东西并不属于我，它们属于父亲与母亲的光明世界,而我已经被内疚感卷入了陌生的旋涡深处,与危险和邪恶纠缠不清。强敌咄咄逼人,险境、恐惧与耻辱在觊觎我。那帽子、阳伞,那坚固的砂岩地面和挂在门厅橱柜上方的大幅挂画,以及客厅里传出的姐妹们的声音,这一切都前所未有地可亲、温柔、怡人,然而它们不再能给我带来慰藉与安全感,倒像一句句不留情面的责备。它们已不再属于我,我置身于它们的欢乐与平和之外。我的双脚沾染了污渍,却无法在擦鞋垫上蹭干净,我所到之处都会蒙上阴影,而家人所在的世界对此一无所知。我曾经有过诸多秘密、诸多担忧,然而与我如今带进家门的忧虑相比,过去的种种仿佛儿戏。命运在我身后穷追不舍,一只只手向我伸来,就连母亲也无法保护我,因为我决不能让她知道这些事。至于我的罪行究竟该算偷盗还是撒谎(我毕竟用假话向上帝发了誓),其实都是一码事。我的罪行并不局限于一件具体的事,而在于与魔鬼打交道。我当时为什么要跟着那些人?为什么要对克罗默言听计从,甚至比对父亲还有过之而无不及?我为什么要撒谎说自己偷了东西?为什么要把犯法之事当作英雄事迹来吹嘘?如今我的手已经被魔鬼牵住,敌人则在我身后步步紧逼。

在那一刻,我害怕的并不是明天,而是我意识到一个可怕的事实——我的人生道路正向着深渊与黑暗延伸。我清楚地感知到新的罪过将紧随这次的罪过而来。我与姐妹们身处一处，亲吻父母向他们问好，这一切都将成为谎言。我背负着一场劫难，心中隐藏着一个秘密。

看见父亲的帽子的瞬间，信任与希望又在我头脑中闪现。我想把真相向他和盘托出，我情愿领受他的批评与责罚，让他成为我的倾诉对象、我的救赎者。我要做的只是赎清我的过错，就像以往那样，挨过沉重而痛苦的一个小时，沉痛而懊悔地乞求他的原谅。

这听起来多么美妙，多么诱人！但这是不行的。我知道自己不会那么做。我已经意识到自己背负着一个秘密、一项过错，我必须独自消解它。也许此刻我正站在道路的分叉口，也许从今往后我将永远属于恶的世界，与恶人共享秘密，依赖他们，听命于他们，成为与他们一样的人。我假扮了不起的英雄人物，现在是时候承担后果了。

进门时，父亲只责备我沾湿了鞋子，我心存侥幸。鞋子转移了他的注意力，他没有注意到更严重的问题，我则在心底把这通责备与另一件事联系了起来。我心中产生了一种全新的奇怪感觉，充满讽刺的罪恶与刻薄：我愚弄了自己的父亲！有一瞬间的工夫，我对他的无知不屑一顾，他关于打湿靴子的责备显得那样无关紧要。"你还不知道另一件事呢！"我这样想着，感觉自己像个罪犯，因为偷面包被捕，而谋杀的罪行却不为人知。那感觉丑陋、有悖常

17

理，却无比强烈，在我内心深处激发了某种愉悦感，将我与我的秘密和罪过紧紧地束缚在一起，比和其他任何东西都更加紧密。我心想，说不定克罗默现在已经去找警察告发我了，乌云与闪电正在我头顶汇集，家里人却还把我当小孩子对待！

在目前讲述到的所有经历当中，这个念头是其中最重要、最持久的一个。这是父亲的神圣形象的第一条裂隙，是支撑起我的童年的橡柱上的第一道裂痕——每个人都必须摧毁这些橡柱，才能真正成为自我。正是这些无人知晓的经历编织成了命运最核心的内在脉络。这些缺口与裂痕会再次闭合，愈合，被人遗忘。然而在内心最隐秘的地方，它们将继续生长，流血。

至于我自己，这种新的感受立刻令我心怀畏惧，我恨不得当即匍匐在地，亲吻父亲的脚来向他道歉。然而人们无法为事物的本质道歉，孩子们对此有着清晰而深刻的感知力，在这方面孩子与智者无异。

我觉得自己有必要好好盘算，为明天想个办法，可是我做不到。整个晚上我都在忙着适应客厅里已经发生了改变的气氛。挂钟和桌子，《圣经》和镜子，书架和墙上的照片都在离我远去，我内心冰冷，望着自己熟悉的世界，望着幸福美好的生活与我断开联系，变成过去的回忆，新生的根系向黑暗与陌生的世界延伸，吸取其中的成分，使我牢牢扎根其中。我第一次品尝到死亡的滋味，那滋味是苦涩的，因为死亡即新生，是面对可怕的新事物的惶恐与畏惧。

待我终于在床上躺下时，心中无比庆幸。早些时候，仿佛是为了最后一次试炼我的灵魂，我不得不忍受晚上的祷告。我们唱了一首颂歌，恰恰是我最喜欢的歌之一。唉，我根本无心跟唱，每个音符在我听来都犹如胆汁、毒药。父亲带头说祷告词时，我也没有跟着祈祷，当他说到结尾"与我们同在！"时，我心头一紧，仿佛脱离了众人所在的群体。上帝的仁慈与他们同在，却不再伴随着我。我心灰意冷，疲惫地走开了。

在床上躺了一会儿，被充满爱意的温暖与安全感包裹着，我的心再次被恐惧所笼罩，为之前发生的事情焦灼地跳动。母亲像往常一样对我道了晚安，她的脚步声还回荡在房间里，她手里的烛光还在门缝外闪烁。就是现在，我心想，现在她会回来的——她感觉到了。她会给我一个吻，然后向我问起，慈爱而关切地问我，然后我会开始抽泣，我喉咙里的石块会消融，我会伸出手臂搂住她，把这件事告诉她，然后一切都恢复如常，我得救了！尽管门缝已经变暗，我依然在倾听，心想这个场景一定、一定会出现的。

随后我又回到了面前的难题上，直面敌人。我眼前清晰地浮现出他的模样：一只眼睛眯缝着，嘴角挂着粗鲁的笑容。我望着他，在劫难逃的感觉吞噬了我，与此同时他的身影变得越发庞大而丑恶，本就充满恶意的眼睛闪现出魔鬼般的邪光。直到入睡的那一刻，他都与我近在咫尺，然而我既没有梦见他，也没有梦见当天发生的事情，而是梦见我与父母和姐妹同在一艘小船上，沐浴在宁静与阳光之中享受假日。夜半时分我忽然醒来，梦中的欢欣尚未完全散尽，我仍能看见我的姐妹身穿白色连衣裙，阳光映在她们身上，然而我已从那个欢乐的世界跌落，坠入现实，与目露凶光的敌人四目相对。

第二天早上，母亲匆匆走进房间唤我起床，说时间不早了，我怎么还躺在床上，又说我的脸色不好。正当她问我是否不舒服的时候，我吐了。

到这里事情似乎有了好转。我最喜欢自己生些小病，这样就可以整个早上都躺在床上，喝着洋甘菊茶，听着母亲在隔壁收拾房间，听着莉娜在外面的门厅里接待肉铺老板。不用上学的早上如童话般美妙，阳光在我房间里嬉戏，仿佛与学校的绿色窗帘遮住的不是同一种阳光。然而这一天，这一切都变了味，错了音调。

唉，我若是死掉就没烦恼了！但我只是跟往常一样略微不舒服，根本无济于事。这能使我免于上学，却无法保护我不受克罗默的威胁，十一点时他还会在集市等我。这一次，母亲和蔼的言语不但无法抚慰我，反而令我不自在，让我心痛。我又试着打盹，心里想着这个办法根本没用，无论如何，我必须在十一点赶到集市去。于是我在十点悄悄地起床，说我感觉好些了。大人们跟往常一样，告诉我要么回到床上养病，要么下午就得上学。我说我愿意去上学。我已经想出了一个办法。

我不能空着手去见克罗默，必须把我那只储蓄罐搞到手。我知道里面的钱远远不够，但是聊胜于无，我隐约感到随便带些什么都比空着手强，至少能暂时安抚住克罗默。

我没穿鞋，只穿着袜子溜进了母亲的房间，取走了放在她写字台上的储蓄罐。我内心十分内疚，但已不如昨天那般强烈。我的心扑通直跳，更令我心跳不止的是，下楼后在楼梯间查看储蓄罐时，我发现它上了锁。撬开那把锁不费吹灰之力，只需要撕破一片单薄的铁片。但是撕开它令我心痛——这是我偷盗的开始。在这以前我只偷吃过糖块和水果，这一次则是真正的偷窃，尽管这些钱本就属于我。我感到自己又向克罗默和他的世界迈近了一步，感到我的生活正一步步地陷入深渊，但我没办法，只能横下心。若是魔鬼要将我带走，便由他去吧，我已经不再有回头路可走。我惶恐地数了数钱。这些钱在储蓄罐里听起来那样多，放在手里却少得可怜，只有六十五芬尼。我把储蓄罐藏在楼下的门厅里，把钱攥在手心，带着一种前所未有的心情走出了家门。楼上似乎有人在呼唤我，我加快脚步走开了。

时间还早，我故意绕路而行，在小巷间穿行。整座小城已然发生了变化，空中悬着前所未见的乌云，路边的房子似乎在盯着我看，行人似乎在怀疑我。半路上，我忽然记起一位同学曾在牲口集市上拾到一枚塔勒银币。我也想向上帝祈祷让奇迹发生，让我也捡到这样的东西，但我已经不再有向上帝祈求的资格。何况即使我捡到银币，储蓄罐也不可能恢复如初。

弗朗茨·克罗默远远便看见了我，但他向我走来的脚步很慢，仿佛对我毫不在意。走到我身边，他傲慢地示意我跟上他，便走开了。一路上他从没回头看过，只是径自往前走，他走过稻草街，又走过小桥，直到来到快出城的几幢房子附近才在一幢新建房外面停了下来。房子里没有施工的工人，墙壁光秃秃地立着，尚未装上门窗。克罗默四下看看，接着穿过门口走进了房子，我紧随其后。他走到一堵墙背后，挥挥手示意我凑过去，然后伸出了手。

"拿来了吗？"他冷冷地问。

我伸出在衣兜里攥紧的手，把那几枚硬币抖落在他摊开的手里。最后一枚五芬尼硬币刚刚落下，他已经数清了钱。

"这只有六十五芬尼。"他看着我说。

"没错，"我怯生生地说，"我只有这么多，我知道这太少了。但只有这么多。我真的没有钱了。"

"我还以为你会更机灵些,"他责备的语气几乎算得上温柔,"作为绅士,我们做事要守规矩。钱数不对,我不会收你的东西,这你是知道的。把你的硬币拿回去吧,给!另一个人可不会跟我讨价还价——你知道我说的是谁。他说话算话。"

"可我真的没有钱了!我攒的钱只有这么多。"

"那不关我的事。但我也不想闹得你不愉快。你还欠我一马克三十五芬尼。什么时候给我?"

"噢,我一定会给你的,克罗默!我现在还不确定——也许我很快就能拿到钱,明天或者后天。你知道的,我不能把这件事告诉我父亲。"

"我不关心这些。我不想伤害你。这点儿钱我不到中午就能搞到手,明白吗?何况我还是个穷人呢。你穿着漂亮衣服,午饭也吃得比我好。不多说了,我可以多等一阵。后天下午我会吹口哨叫你,到时候你把事情解决掉。你认得我的口哨声吗?"

他吹了声口哨,我确实经常听见这个声音。

"嗯,"我说,"我认得。"

他转身走了,仿佛我跟他并无交集。仿佛我们之间只是生意往来,再无其他。

直到今天,倘若我乍然再次听见克罗默的口哨声,只怕依然会被吓得心惊肉跳。在我印象中,自那以后我经常听见那个声音,它仿佛不停地在我耳边响起。无论在什么地方,无论我在玩耍还是劳作,无论我在想什么,这个口哨声无孔不入,我依赖于它而存在,它已然成了我宿命的一部分。那段时间我常去自家的小花园,我非常喜欢那座花园,在秋日的午后,在柔和而缤纷的光影中,我总会不由自主地重温幼年时玩的稚气游戏。从某个角度来说,我是在扮演另一个男孩,他比我更年幼,纯真善良、自由自在,他没有犯过错,内心安宁平静。然而在这时,往往不知从什么地方传来克罗默的口哨声,那声音在我意料之中,却永远攻其不备,令人猛然一惊,思绪戛然中断,想象中的世界当即瓦解。这个声音意味着我必须离开,必须跟着这个冤家到各种丑恶的地方去,向他报账,听他向我索债。这整件事持续了大约几个星期,在我看来却像几年那样漫长,永无止境。我掏得出钱的时候极少,即使有,也不过是我从厨房桌子上偷走的五分钱、十分钱罢了——莉娜有时会把赶集时用的菜篮子放在那里,忘了收走。每一次克罗默都会训斥我,对我极尽挖苦之能。是我诓骗了他,是我想剥夺原本属于他的财物,是我偷了他的钱,是我害得他如此不幸!我此生从未如此深切地体会到痛苦,从未体验过如此庞大的绝望与无助。

  我把游戏币填进储蓄罐,放回原来的位置,没人向我问起这件事，但这随时有可能发生。与克罗默可怕的口哨声相比，我对母亲的担忧甚至有过之而无不及。每当她迈着轻柔的脚步向我走来时，我总在揣测——她会不会是来问我储蓄罐的事？

由于我多次空着手去见债主，他开始用别的方法折磨我、利用我。我得为他当牛做马。他要替他父亲跑腿干活，这些活自然是我来替他干。有时他会要求我做一些难以完成的事，比如连续十分钟不停地单腿跳，把一张纸别在路过的人身上，等等。许多个夜晚，我在梦里依然在做这些苦工，从噩梦中醒来时满身是汗。

我病了一段时间，时常呕吐，打冷战，夜晚却满身是汗，燥热难耐。母亲觉察到事情不太对劲，对我关怀有加，这令我倍感煎熬，因为我无法坦然回应她的关爱。

有天夜里我已经上床了，母亲给我拿来了一块巧克力。这使我想起更年幼的时候，如果我一整天都乖巧听话，睡觉前就会获得这样的小零食。她站在床边，把那一小块巧克力递给我。我心痛不已，只能连连摇头。她摩挲着我的头发，问我出了什么事。我脱口而出的只是："不要！不要！我什么都不想要。"于是她把巧克力放在床头柜，走出了房间。第二天她问起，我便假装自己不记得这回事了。她带我去看过医生，医生为我检查一番，建议我早上洗冷水澡。

那段时间我的处境可谓错乱。在平静有序的家庭生活中，我过得战战兢兢、饱受煎熬。我仿佛一个幽灵，对旁人的事情漠不关心，也极少全身心地投入自己的事情当中。至于我的父亲，他对我说话时总是颇不耐烦，我则闭口不言，冷淡相对。

该隐

最后救我于水火之中的是一件我始料未及的事情，随之而来的还有一些闯进我生活的新鲜事物，时至今日它们依然对我有影响。

在那之前不久，我们的学校来了一名新学生。他母亲是位有钱人的遗孀，那段时间刚搬到我们这座城市，他胳膊上还戴着服丧的黑纱。他比我高一年级，年长我几岁，我跟其他人一样，很快便注意到了他。这个男孩举止有些古怪，内心似乎比他的外表成熟得多，他给人的感觉并不像个少年。在我们这些稚气未脱的顽童中，他举手投足显得既与众不同又老成，像个成年人，或者说像位绅士。他的人缘不算好，他不怎么参与我们的游戏，更不会与人吵闹打斗，唯一让人佩服的是他与老师说话的语气总是不卑不亢，落落大方。他叫马克斯·德米安。

有一天，不知什么缘故，另一个班级被安排进了我们班的大教室，我们学校有时会这样做。那正是德米安所在的班级。我们这些低年级的学生上的是宗教课，高年级的学生则要写作文。老师在讲述该隐与亚伯的故事，我的目光却时常投向德米安。不知为什么，他的面容吸引了我，我望着那张聪颖、白皙、神情坚毅的脸专注而机敏地伏在面前的作文上。他看上去不像个正在写作文的学龄男孩，倒像一位正在攻克难题的学者。我对他并没有过多好感，恰恰相反，他使我感到不大自在。在我看来他过于超然，过于冷静，他的自信透着挑衅的意味，他的眼神像个成年人，淡淡的悲伤中偶尔闪过一丝揶揄的意味——小孩子向来不喜欢那种眼神。赞赏也好，同情也罢，我总是忍不住望向他，然而一旦他把目光投向我，我便立刻惊恐地收回目光。如今回想起他当年在校读书时的样子，我只能说：他在各个方面都与众不同，是个独一无二的存在，他独有的个人特质引人注目，然而与此同时，他却在千方百计地融入人群。他的衣着举止像个乔装出巡的王子极尽所能表现得与旁人无异，与农家少年打成一片。

回家的路上，他走在我后面。其他人陆续离开后，他追上来向我打了个招呼。尽管他模仿着同龄男生的说话方式，但他打招呼的语气依然像个彬彬有礼的成年人。

"我们一起走吧？"他友善地问。对他的邀请我受宠若惊，点了点头，把我的住处告诉了他。

"啊,原来你住在那儿,"他笑着说,"我见过那幢房子。你们家大门上方有个奇特的雕像,我一见到它就被吸引了。"

我一时没明白他指的是什么,他似乎比我更了解我家的房子,这令我很惊讶。也许是大门正上方的拱顶石上雕刻有某种纹章图案,但年深日久,上面的图案已经渐渐磨平,而且被多次重新粉刷过,据我所知,它与我们的家族毫无关系。

"我对它完全不了解,"我难为情地说,"上面的图案好像是只鸟,也可能是别的东西,它应该有不少年头了。那座房子曾经是属于修道院的。"

"很有可能,"他点点头,"你有空可以仔细看看!这些东西往往很有趣。我认为上面雕刻的是只雀鹰。"

我们继续往前走,我很是拘谨。德米安突然咻咻笑起来,似乎想起了好笑的事情。

"对了,我旁听了你们的课,"他兴致勃勃地说,"该隐的故事,他额头上有个印记,对吧?你喜欢那个故事吗?"

我并不喜欢,但凡涉及学习的东西我几乎都不喜欢,但我不好意思说出口,因为与他交谈就像是在跟大人交谈。于是我小声说我很喜欢那个故事。

德米安轻轻拍了拍我的肩膀。

"朋友,你不用糊弄我。这个故事确实有独特之处,依我看，它比课堂上讲到的绝大多数故事都更特别。你们老师没有细说，只讲了平常那些内容，上帝、罪孽之类的。但我认为——"他忽然停下来，笑着问我，"你对这些感兴趣吗？"

"我认为，"他接着说道，"人们可以从截然不同的角度来理解该隐的故事。学校教给我们的知识大多是真实、正确的，这是自然，但我们也可以从跟老师们不一样的角度来看待这些知识，大多数时候它们甚至会变得更有道理。就拿该隐来说，他额头上的印记和相关的解释并不怎么有说服力。你不觉得吗？一个人在争吵中打死自己的兄弟，这种事的确有可能发生，他事后感到害怕并认错，这也是有可能的。可是他因为这种怯懦的行为而受到奖赏，不仅为他提供保护，还能让旁人害怕他，这就太奇怪了。"

"确实，"他的话激发了我的兴趣，我好奇地问，"这个故事还能怎样解释呢？"

他拍了拍我的肩膀。

"其实很简单！整个故事的关键，同时也是它的起因，就是该隐的印记。这个人脸上带有某种印记，使得旁人害怕他。人们不敢与他打交道，因为他令人望而生畏，不仅是他，他的后代也如此。也许，或者说很有可能，他的额头上并没有一个邮戳那样的记号，现实中很少发生这样唐突的事情。也许所谓的印记只是某种说不清道不明的恐惧感,他的目光比普通人多了一分精神和勇气,这才令人不自在。这个人身上有种独特的力量,旁人因此畏惧他。这才是他的'印记'。对此可以有各种各样的解读,而人们往往会选择对自己最有利、说起来最理直气壮的那一个。人们害怕该隐的后代,便说他们也有'印记'。可是人们并不按照真实情况去解读这个印记——也就是一种荣誉,而是把它解读成与之相反的东西。人们说带有这种印记的人令人害怕,这确实有可能。勇气和心性远胜于常人的人总是令普通人心怀畏惧。这种英勇无惧又令人害怕的人存在于我们当中,这对普通人来说很不舒服,于是他们给这类人起了个名号,又为他们编了个故事,既出了自己这口气,又避免了露怯。你明白我的意思吗?"

"明白——也就是说,该隐可能根本不是坏人?《圣经》里的故事其实不是真的?"

"是,也不是。这样悠久、古老的故事往往确有其事,但人们对它们的记录和解释并不总是正确。简而言之,我的意思是,该隐是个卓尔不群的人,而人们仅仅因为害怕他,就为他安上了这样一个故事。这个故事只是个一传十、十传百的传言而已,但该隐和他的后代可能真的有某种异于常人的'记号'。"

我听得瞠目结舌。

"这么说,你认为该隐杀人也不是真的?"我震惊地问。

"哦，是真的！这肯定是真的。强者一定杀死了弱者，至于死者是否真的是他的弟弟，这倒值得质疑。不过这不重要，所有人最终都是兄弟。但一定是强者打死了弱者。也许这其实是一次见义勇为，也许并不是。无论如何，这都让其他的弱者十分害怕，叫苦连天。若你问他们：'既然如此，你们为什么不杀死那个凶手呢？'他们自然不会说：'因为我们是懦夫。'而是会说：'那个人杀不得。他身上有记号，是上帝给他做的标记！'这件事大概就是这么传开的。——哦，我耽误你回家了。再见吧！"

他拐个弯走进了老巷，留下我一个人站在原地，此生从未有过地惊诧。他刚离开，他说过的话在我看来就变得那样难以置信！该隐是个英雄豪杰，而亚伯是个懦夫！该隐的印记竟然是一种嘉奖！这太荒唐了，这是在亵渎神灵，简直十恶不赦。若是这样，博爱的上帝在哪儿？他不是接受了亚伯的献祭，不是爱亚伯吗？——不可能，这种说法太愚蠢了！我怀疑德米安是在戏弄我，想把我绕糊涂。他可真是个精明的家伙，口才又好，但是这件事，不可能……

尽管如此，这个故事依然引发了我前所未有的深入思考，《圣经》故事也好，其他故事也罢。不仅如此，我已经很久没有这样彻底地遗忘弗朗茨·克罗默了，一连几个小时，甚至整个晚上都不曾想起他。回到家后，我把这个故事重读了一遍,根据《圣经》原文,这个故事简短而明晰,若有人能从中找到特殊的秘密含义,那他一定是疯了。倘若真是这样,那么每个杀人凶手都可以自称上帝的宠儿!不可能,这太荒唐了。唯独巧妙的是德米安解释这一切的方式,他的语气那样轻松而流畅,一切仿佛不言自明,再加上他那双眼睛!

诚然,我当时所处的状况欠佳,甚至可以说非常混乱。过去的我生活在光明而洁净的世界,在某种程度上我也曾是一个"亚伯",而现在我却深陷"另一种人"的世界,坠入其中却无力自拔。这让我如何是好?此刻又一段记忆在我头脑中闪现,我霎时屏住了呼吸。在那个煎熬的夜晚,我如今的磨难开始的那一天,在父亲与我之间发生了一件事。我在某个瞬间洞察了他与他所在的那个光明、睿智的世界,并对它嗤之以鼻。没错,在那一刻我就是带着印记的该隐,在我的想象中,那个印记并非耻辱,而是一种荣誉。劣迹与厄运反而使我逾越了父亲的地位,凌驾于善良与虔诚之上。

经历这些事的当下,我的思绪并不这样清晰,但这些想法都包藏其中,复杂的感受与诡异的冲动被一并点燃,使那时的我心痛又自豪。

回想起来,德米安说的那些有关无畏者与懦夫的话实在奇怪!他对该隐头上那个印记的解读多么不寻常!在说这些话时，他的眼睛——那双成年人般与众不同的眼睛亮闪闪的！一个模糊的念头闪现在我头脑中——这个德米安，在某种程度上他不也是"该隐"吗？若不是他对该隐感同身受，为什么要这样为他辩护？他的眼神为什么带有一种特殊的力量？他为什么对"其他人"，对心怀畏惧的人嗤之以鼻？这些人难道不是最虔诚、最让上帝满意的人吗？

我的这些思绪久久没有停息。一颗石头落进井里，那口井便是我年幼的心灵。在那之后相当长的一段时间里，关于该隐、杀人和印记的这件事都是我求知、质疑与批判的出发点。

我注意到其他学生也对德米安很感兴趣。关于该隐的故事我从未向任何人谈起，但他似乎也吸引了其他学生的注意力。至少学校里流传着许多有关这个"新来的家伙"的传言，若我如今还记得那些传言就好了。每一则传言都反映了他某方面的特质，都能用来解读他这个人。如今我只记得起初大家说德米安的母亲非常富有。人们还说她从不去教堂，她的儿子也不去。有个自称知情的人说他们是犹太人，不过也有可能是伊斯兰教徒。后来，人们对德米安的力气议论纷纷。他们年级力气最大的那个男生找碴跟他打架，德米安没有理会，那个男生便说他是懦夫，结果被德米安收拾得颜面扫地，这件事千真万确。在场的人说，德米安只用一只手抓住对方的后脖颈，用力地按住，那个男孩顿时脸色煞白，随后便灰溜溜地走了，之后接连几天他的胳膊都使不上力气。有天晚上，人们甚至传说他死了。那段时间什么样的传言都有，什么样的传言都有人相信，越传越刺激，越传越离奇。再后来，大家议论腻了，平静了一阵。然而没过多久，新的传言又在学生当中传开了，人们说德米安跟女生来往密切，而且"什么都懂"。

与此同时，我和弗朗茨·克罗默之间的事依然在势不可挡地继续。我无法摆脱他。即使他连续几天不来骚扰我，我的思绪也依然拴在他身上。他在我的梦境里也如影随形，即使他在现实中并没对我做什么，我的想象力已然会让梦中的他欺负我。在梦里，我成了他彻头彻尾的奴隶。生活与梦境彼此交织，梦境甚至超越了现实——我向来很会做梦。梦中的阴影吞噬了我的力气和生命力。我经常梦见克罗默欺辱我，朝我吐口水，用膝盖把我压倒在地，不仅如此，他还教唆我犯下更严重的罪行——实际上不是教唆，而是以他的威风强迫我。其中最可怕的一场梦是要谋取我父亲的性命，我惊醒时几乎要疯了。克罗默磨了一把尖刀，放在我手里，我们躲在一棵行道树后等待某个人经过，我并不知道是在等谁。那人经过时，克罗默捏了捏我的胳膊，说我要捅死的就是这个人——来人竟是我的父亲。就在这时我醒了过来。

这些事情有时会使我联想到该隐和亚伯，却很少想起德米安。说来也怪，他再次与我接近，也是在一场梦里。我又一次梦见自己遭受欺负和侵犯，然而这一次跪压在我身上的人不是克罗默，而是德米安。这一次的经历全然不同，给我留下了深刻的印象——我伴着痛苦和委屈忍受着的克罗默的行径，换成由德米安施予，我却心甘情愿，愉悦与惊惧在我心中交杂。这样的梦我做过两次，之后这个位置便由克罗默重新占领了。

梦境与现实经历渐渐变得难以区分。尽管我已经通过多次小偷小摸还清了欠款，但与克罗默的令我厌恨的关系依然在持续。这种关系不可能结束，他每次都会问我钱是从哪里来的，于是这些小偷小摸也成了他手中的把柄，他对我的掌控更胜从前。他经常威胁说要把这一切都告诉我父亲，与其说害怕，不如说我心中更多的是后悔，后悔我没有在一开始就主动向父亲坦诚。尽管那段日子痛苦不堪，但我心中不全是后悔，起码我没有时时感到后悔，有时候我甚至觉得事情本该如此。这是我命中注定的劫难，不必妄想逃脱。

可想而知，在这种情况下我父母的日子也不好过。我像被怪异的幽灵附了身，无法再融入这个曾经亲密无间的家，而想家的情绪又经常无比强烈，像在回忆消失的乐园。母亲总把我当病号看待，而不是当恶人对待，然而我的两个姐妹的态度最能让我认清自己在家中的角色。她们对我格外迁就，而这使我感到无边的痛苦。显然，在她们眼中我仿佛失了魂，尽管我的魂魄是被恶魔摄走的，她们依然觉得应该同情我，而不是责备我。她们比平常更为虔诚地为我祈祷，但我知道这些祈祷毫无用处。我渴望解脱，渴望真正的忏悔，这种渴望不断烧灼着我，而与此同时我又知道自己不可能向父亲和母亲坦白、解释这一切。我知道他们会和蔼地听我讲述，会安慰我，甚至同情我，然而他们无法真正理解我，在他们看来这件事只是我一时糊涂，而非我命中注定。

我知道有些人不肯相信一个不满十一岁的孩子会有这样的感受。我的经历不是讲给那些人听的，而是讲给更了解人性的人。有些大人学会了如何把感受转化成思想，他们发现孩子们没有这种思想，便认定孩子们也没有这种感受。而我这辈子很少有过当年那般深刻而煎熬的感受。

有一天下着雨，我的霸凌者叫我到城堡广场去，我在那里站着等了许久，用脚捻着地上被雨淋湿的栗子树叶。黝黑的栗子树还在往下滴水，叶子接连掉落。我一分钱也没有，但我省下了两块蛋糕带来，这样我起码有东西献给克罗默。到这时我早已习惯了站在墙角等他，往往一等就是很长时间，对这种事我已然逆来顺受。

克罗默终于来了。这天他并未久留。他在我肋间戳了几下，笑了几声，拿走了我的蛋糕，他比平常友善些，甚至还递给我一根淋湿的香烟，我没有接。

"对了，"他离开时说道，"下次把你姐姐带来。她叫什么来着？"

我不明白他的意思，便没有回答，只是疑惑地看着他。

"你明不明白啊？把你姐姐带来。"

"克罗默，我明白，但是这不可能。我不能这么做，何况她也不会来。"

我以为他只是跟往常一样找由头刁难我。他总是这样，对我提出不可能完成的要求，看着我担惊受怕，羞辱我一番，然后再一点点讨价还价。我必须得给他些钱或者别的好处才能脱身。

这一次则不同。他见我拒绝，甚至没有对我发火。

"好吧，"他故作轻松地说，"你好好想想吧。我想认识你姐姐。总会有办法的。你可以带她出门散步，我半路加入你们。明天你等我的口哨，到时候我们再研究这件事。"

他离开后，我突然意识到他的要求还暗藏着别的意思。当时我还是个蒙昧孩童，但也听说过年纪大些的男孩女孩之间会发生一些神秘、粗鄙、不可告人的事情。而现在他要我——我瞬间明白了他的要求多么过分！我当即下定决心，决不能做这样的事。然而后面会发生什么事，克罗默会怎样报复我，是我想都不敢想的。我即将面对新的折磨，以前那些还远远不够。

我双手插在口袋里，万念俱灰地走过空荡荡的广场。新的折磨，新的奴役！

这时，一个清脆、深沉的声音在召唤我。我心里一惊，抬腿想跑。那人在后面追上我，一只手从身后轻轻拉住了我。是马克斯·德米安。

我这才站住。

"原来是你，"我心有余悸地说，"你吓了我一跳！"

他打量着我，眼神比以往更成熟，总览全局，洞察一切。我们已经许久没有说过话了。

"不好意思，"他的语气依然彬彬有礼又坚定，"但其实你不必这么紧张的。"

"这个嘛，有时候这不是我能控制的。"

"看样子确实如此。可是你知道吗，如果别人从没对你做过什么，而你还是表现得很紧张，人们会纳闷儿的。他们会觉得吃惊，然后开始好奇，觉得你会没来由地害怕别人，继而得出结论：这个人就是这样，他总是担惊受怕。懦夫才总是担惊受怕，但我认为你并不是懦夫。我没说错吧？当然了，你不算是个英雄豪杰。有些事情、有些人会让你害怕，但你永远不该这样。你不应该害怕别人。你不会害怕我，对吧？"

"哦不，一点儿也不怕。"

"你看，这就对了。但是你害怕别的人？"

"我也不知道……你别管我了，你找我有什么事？"

他与我并肩往前走——我脚步迈得很快，心里想要躲开他——我知道他在旁边看着我。

"我们假设，"他说道，"我对你没有恶意。你完全不必害怕我。我想跟你做个实验，这个实验很有趣，说不定还会让你收获一些窍门。听我说——有时我会练习一种可以称之为读心术的技巧。其中并没有什么魔法，但如果人们不了解其中的方法，这个本领就显得非常神秘。不知情的人往往会非常震惊。现在我们来试试。好，我对你有好感，或者说我对你很感兴趣，想要了解你的内心。我已经完成了第一步——我把你吓了一跳，这说明你紧张不安。那么一定有某种事物或者人使你害怕。来源会是哪儿呢？正常情况下人们是不必害怕其他人的。既然如此，说明你认同对方的威势要强于你。打个比方，也许你做了一件错事，而那个人知道这件事——这就给了他们凌驾于你的权势。你明白我的意思吗？很清楚，对不对？"

我茫然无助地盯着他的脸，他的表情一如既往：诚恳、机敏，带着善意，却谈不上柔和，反倒有几分严肃。他脸上带着公正，或者某种类似的东西。我不明白自己究竟在经历什么。站在我面前的德米安宛若一名魔法师。

"你明白我的意思吗？"他又问了一遍。

我点点头，却说不出话。

"正如我跟你说的，读心术看起来神秘，其中的道理却很自然。举个例子，我能很确切地说出我上次跟你谈起该隐和亚伯的故事时，你对我是什么看法。不过现在不是聊这个的时候。不仅如此，我还认为你有可能梦到过我一次。先不谈这个了！其实你是个很聪明的人，其他人大多都太笨了！此时此刻我很乐意跟聪明人、跟我信任的人聊聊天。你不介意吧？"

"噢，不介意。我只是不明白——"

"那我们来继续这个有趣的实验！我们已经知道名叫 S 的男孩总是担惊受怕。他害怕某个人，也许是因为那个人掌握着对他不利的秘密。大概是这么回事吧？"

他的声音和举止引导着我，仿佛做梦一般，我能做的只是点头。他的声音何尝不是来自我自己？那个声音知晓一切，甚至知道得比我更清楚，更透彻。

德米安重重地拍了拍我的肩膀。

"看来是真的。我就知道大约是这样。现在只剩最后一个问题：你知不知道刚才离开这里的那个男孩叫什么名字？"

我猛打了个寒战，被他触及的秘密痛苦地钻回我心底，不愿被暴露在阳光下。

"什么男孩？没有别的男孩，只有我。"

他笑了："你说嘛！"他又笑笑说，"他叫什么名字？"

我轻声说："你该不会是在说弗朗茨·克罗默吧？"

他满意地对我点了点头。

"很好！你很机灵，我们一定会成为朋友的。不过现在我有件事要告诉你：这个克罗默——随便他叫什么名字，他不是什么好人。我一看他的面孔就知道他是个无赖！你觉得呢？"

"噢，没错，"我舒了口气，"他是个坏蛋，是个恶魔！但你千万不要告诉他！看在上帝的分儿上，千万不能让他知道！你认识他吗？他认识你吗？"

"冷静点儿！他早就走了，而且他不认识我——至少现在还不认识。不过我倒很想认识他一下。他在公立学校读书，对吗？"

"对。"

"几年级？"

"五年级。——不过你不要告诉他！求你了，千万不要告诉他！"

"冷静，不会牵扯到你的。你有没有兴趣多说一些有关这个克罗默的事情？"

"我不能说！真的不能，你别问我了！"

他沉默了一会儿。

"真可惜，"他又说道，"其实我们还可以把这个实验继续下去，但我不想害得你担心。不过你对他的恐惧其实完全没必要，该你是知道的吧？这样的恐惧感会彻底毁掉一个人，你应该摆脱这种想法。如果你想成为一个真正的男子汉，就必须摆脱这种恐惧感。你明白吗？"

"我明白，你说得很有道理……可是这行不通。你不知道……"

"你刚才也看见了，我知道很多事，比你想象中的更多。你欠他钱吗？"

"欠，这是其中一件事，但不是最重要的事。我不能告诉你，真的不能。"

"这么说，就算我替你把欠的钱还上也没用？——我真的可以把钱给你。"

"不不，不是因为这个。我求你了：别告诉任何人！一个字都不要说！不然你会把我害惨的！"

"相信我，辛克莱。总有一天你会把你们之间的秘密告诉我——"

"不，不可能！"我激动地提高了声音。

"随你的便。我只是说，也许将来你会跟我多说一些。当然是在你自愿的情况下！你该不会认为我会像克罗默那样吧？"

"哦不——你不知道其中的事吧？"

"一点儿也不知道。我只是在想这件事。而且我知道，我绝不会像克罗默那样做，相信我。何况你也不亏欠我任何东西。"

我们沉默了一阵，我渐渐恢复了平静。德米安的洞察力在我眼中变得越发神秘。

"我该回家了，"天上还在下雨，他说着把粗呢大衣裹得更紧些，"既然已经说了这么多，我只想再跟你说一件事——你应该除掉这个家伙！如果实在没别的办法，就干脆把他打死！若你真的这样做，我会对你刮目相看，更有好感。我甚至还会帮你动手。"

我又害怕起来。该隐的故事突然在我脑海中浮现。我不寒而栗，忍不住轻声哭了起来。我周围有太多令人毛骨悚然的事物。

"好啦，"马克斯·德米安笑着说，"快回家吧！我们一定能解决这个难题的！不过把他打死确实是最简单的法子。对于这种事，最简单的办法总是最好的。跟那个叫克罗默的朋友在一起对你没有好处。"

我回到家，感觉自己仿佛离开了一年。家中的一切都变了样。我与克罗默之间的事情有了出头之日，有了希望。我不再是孤身一人！直到此刻我才意识到此前的几个星期里，我是多么孤独，守着自己的秘密。我忽然想起已经考虑过多次的事：向父母坦白这件事能减轻我心中的负担，却无法使我彻底解脱。现在我几乎已经向人坦白了这件事——向另一个人，一个陌生人，解脱的轻松感已触手可及，仿佛馥郁的香气向我扑来！

尽管如此，我的恐惧感还远没有结束，我做好了与敌人长期纠缠不休的心理准备。正因如此，随后而来的宁静显得格外莫名其妙。不知不觉中，这件事悄无声息地结束了。

一天、两天、三天，一个星期过去了，我家附近再没响起过克罗默的口哨声。我不敢信以为真，内心依然保持着警惕，怕他在我最没有防备的时候突然出现。但他从我的生活中消失了，再也没出现！面对突如其来的自由，我依然半信半疑，直到有一天我遇见了弗朗茨·克罗默。他从绳匠小巷走出来，正与我打个照面。见到我，他先是一激灵，接着表情扭曲做了个难看的鬼脸，转身便往回走，对我避之不及。

这样的经历于我还是头一次！敌人见了我竟然落荒而逃！折磨我的魔鬼竟然害怕我！我又惊又喜。

那段日子里我又见过德米安一次。他在学校门口等我。

"你好。"我说。

"早上好，辛克莱。我只是想问问你最近怎么样。那个克罗默没再来招惹你吧？"

"原来是因为你？可你是怎么做到的？怎么回事？我实在不明白，他根本不敢靠近我了。"

"那就好。如果他再敢招惹你——我猜他不会这么做，但他毕竟是个胆大妄为的人——你就告诉他,别忘了德米安。"

"可是这究竟是怎么回事?难道你跟他打架了,把他痛打了一顿?"

"没有,那不是我的风格。我只是找他谈了谈,就像跟你谈话一样。我让他明白,不招惹你对他其实有好处。"

"噢,你没有给他钱吧?"

"没有,我的朋友。这个办法你已经尝试过了。"

我再三追问,他没有回答便离开了,我留在原地,对他不由得又产生了从前那种不大自在的感觉,感激与羞涩、钦佩与惧怕、好感与隐约的抗拒共同交织成的一种奇特的复杂感受。

我下定决心要尽快与他再见一面,到时再跟他谈论这些事,也包括该隐的故事。

这个机会迟迟没有出现。

我对知恩图报这种美德向来不大在乎,在我看来,要求一个孩子知恩图报是不现实的。因此我毫不意外当年的自己对马克斯·德米安完全不知感恩。如今我坚信,若不是他把我从克罗默手里解救出来,只怕我这辈子都会病恹恹的,我的人生会被这件事毁掉。即使在当时我也知道,这场解脱是我年少生命中最美妙的经历。然而解救者刚施展完他的本领,我便再不理会他了。

正如前面说的,我对当时的自己不知感恩并不意外。

唯一令我不解的是我对此竟然毫不好奇。在德米安向我揭示了那样的秘密以后，我怎么可能安于平静的生活，而不去探知其中的秘密？我怎么能按捺得住自己的渴望，不想了解更多有关该隐、克罗默和读心术的事？

这令如今的我感到费解，但在当时事实就是如此。我发现自己突然从黑暗的罗网中逃脱，光明而愉悦的世界重新呈现在我面前，我不再焦虑，不再心惊肉跳。施加在我身上的魔咒被打破了，我不再是愁苦的罪人，而是变回了跟从前一样的学龄小男孩。我的内心渴望尽快恢复从前的稳定与安宁，于是不由自主地尽量避开一切丑恶、危险的事物，忘却它们。这段包含了愧疚与痛苦的漫长经历离开我头脑的速度快得出人意料，而且似乎并未在我心中留下伤痕或印记。

现在我已经明白了为什么我对自己的拯救者遗忘得如此之快。我那伤痕累累的心使出浑身解数想要脱离罪恶感的苦海，想逃离克罗默可怕的奴役，回到我曾经快乐幸福的环境，回到重新向我敞开大门的失乐园，回到父亲与母亲所在的光明世界，回到我的姐妹身边，回到芬芳与纯洁，回到虔诚的亚伯的世界。

早在我与德米安那次短暂交谈后的第二天，我终于确信自己已经重获自由，不再担心噩梦重新开始。然后我做了一件期盼已久的事——我坦白了这件事。我找到母亲，把已经撬坏的储蓄罐拿给她看，里面装的不再是钱，而是游戏币。我告诉她，由于我自身的过错，许久以来我都受到一个恶人的折磨。她并不全然明白，但她看见了储蓄罐，看出我的目光、听见我的声音发生了变化，觉察到我的状况有所好转，她知道我已经重新回到了她的怀抱。

到这时我才开始兴致勃勃地庆贺自己浪子回头，重返家人身边。母亲带我去见父亲，整件事被重新讲述了一遍，提问与惊叹声此起彼落，漫长而压抑的阶段结束了，父母摩挲着我的头，长长地松了口气。一切都美妙至极，正如故事中描述的那样，一切都消融在美妙的和谐气氛中。

我全身心地投入这种和谐的氛围。生活归于平静，重获父母的信任，我心中的喜悦难以抑制，我成了标杆式的乖孩子，花比以往多得多的时间跟姐妹们一起玩，做祷告时跟唱我所喜爱的古老颂歌，心中满是改邪归正后的解脱感。做这些事都发自我的内心，没有半分谎言。

然而还是不对劲！而真正的原因是我对德米安如此健忘——我应该对他坦白这件事！坦白的过程也许会少些掩饰，没那么动情，但对我而言，收获将远胜于现在。我极尽自己所能，紧紧抓住往日的乐土，重返家庭，获得宽恕与接纳。而德米安绝不属于这个世界，他与这个世界格格不入。他与克罗默不同，却又是相同的——他也能蛊惑人心，他也是我与丑恶的第二个世界之间的纽带，而我永远不想再与那个世界有任何瓜葛。既然我已经变回了一个"亚伯"，我便不能，也不愿再背叛亚伯而褒奖该隐。

这是外在因素。内在的因素则是，我虽然摆脱了克罗默魔鬼般的掌控，凭借的却不是我自身的力量与能力。我体验过这另一个世界的路，但那条道路对我来说过于湿滑。一旦有人伸出援手拉我一把，我便头也不回地跑回母亲的怀抱，跑回有人呵护、信仰虔诚、充满安全感的童真世界。我故意表现得更幼稚，更依赖他人，更有童心。我必须用新的依赖来替代对克罗默的依赖，因为我无法独自前行。于是，蒙昧之中我选择了依赖父母，依赖过去那个我所喜爱的"光明世界"，在那里我知道我不会孤身一人。若没有这样做，我便不得不与德米安为伍，把我的信赖寄托在他身上。在当时的我看来，我对他的不信任来自他离经叛道的思想。实际上我只不过是害怕而已。德米安对我的要求远胜于父母的要求，他会对我或鼓励或诱导，或嘲笑或讥讽，竭尽所能让我变成一个更加独立的人。唉，如今我已然明白了这个道理：这世上最让人举步维艰的一条路就是通往自己内心的道路！

尽管如此，大约半年后的一天，我终于按捺不住好奇，在散步时问父亲，有些人宣称该隐比亚伯更加高尚，他对此有什么看法。

他很吃惊，向我解释说这种观点并不新鲜。早在基督教早期就出现过，甚至为某些教派所传授，其中一派就自称"该隐派"。但这种疯狂的教义只不过是魔鬼的又一个阴谋罢了，其目的是摧毁我们的信仰。倘若我们相信该隐才是正义的一方，亚伯是非正义的一方，得出的结论便是上帝犯了错，《圣经》中的上帝不是唯一正当的上帝，而是伪造的神。该隐派的信徒确实接受过类似的说教，但这种邪说早已没落于历史之中，令他感到诧异的是，我的同学竟然听说过这种说法。尽管如此，他还是严肃地告诫我不要执迷于这个念头。

盗贼

我的童年有许多美好、温馨、充满爱意的事物可讲，比如与父亲母亲共处的安全感，比如孩子的爱意，比如在柔和、慈爱、光明的环境中玩耍、成长。然而，我感兴趣的只有我为了寻找自我而迈出的脚步。我并非没有体验过风景秀丽的休憩点、承载着欢乐的岛屿与天堂般的乐园的魔力，但我将它们留在远处的光辉中，并不打算再次踏足。

因此，接下来关于我的少年时代，我将只讲述新出现在我生活中的事物，那些推动我前行，将我从过去的生活中剥离出来的事物。

我依然时常与"另一个世界"不期而遇，它依然使我害怕、紧张、良心有愧，每一次不期而遇都在我生命中引发变革，威胁着我所向往的平静生活。

随着年龄增长，我有了新的发现——在我的内心存在一种原始的本能，每当来到正派的光明世界时，这些本能就必须被掩藏。跟其他人一样，逐渐觉醒的性欲成了我的劲敌和毁灭者，它是禁忌，是诱惑，也是罪孽。我的好奇心所追求的，梦境、冲动与恐惧所造就的——青春期的最大秘密——与我备受呵护的童真世界格格不入。我的做法与旁人无异。我过上了双重生活，成了一个不再是孩子的孩子。我的良心依然生活在熟悉的正派世界，不肯接受新生的世界。与此同时，我也生活在地下世界相关的梦境、冲动与渴望之中。当我内心的童年世界正在土崩瓦解时，我的意识在这些欲念上方架起一座座摇摇欲坠的桥梁。我的父母与几乎所有父母一样，没有帮助我面对这种新出现的、不曾说出口的本能。他们对我的帮助只是用取之不竭的关爱支持我进行无用的抵抗——抵抗真实的世界，在越发虚幻的童年世界里流连不去。我不知道在这方面做父母的能帮上多少忙，也并不因此而责怪我的父母。这是我自己的事，应该由我来解决，找寻属于自己的道路。跟大多数家教良好的人一样，这件事我做得并不好。

每个人都经历过这个难题。对普通人来说，正是在人生的这个节点，我们的内心需求与外界环境产生了最为激烈的碰撞，若要前行，必得经历一番苦战。许多人在其中经历了死去与重生，这是我们的宿命。人生中只有这一次，在童年崩解与腐坏的过程中，我们曾经珍爱的一切都弃我们而去，我们突然体会到置身太空的孤独感与致命的寒冷。

许多人永远被困在了这个僵局之中，终其一生都在痛苦地追忆不可逆转的过去，追忆关于失乐园的美梦——最糟糕、最致命的梦。

该说回故事本身了。这些感受与梦境固然标志着我童年时代的尾声，但它们尚未重要到需要详尽讲述。真正重要的是，那个"黑暗世界""另一个世界"又回来了。弗朗茨·克罗默曾经代表的那些东西现在变成了我的一部分。"另一个世界"从外界又一次掌控了我。

克罗默的事情过去好几年了。在当时的我心里，那段紧张又内疚的时光已经成为遥远的过去，像一个短暂的噩梦，渐渐消逝。弗朗茨·克罗默已经许久没有出现在我生活中，即使曾与他相遇，我也没有留意。然而我这场悲剧中的另一个重要角色——马克斯·德米安却没有从我的交际圈完全消失。诚然，在很长一段时间里他只出现在我生活的边缘，清晰可见但并不显眼。他只是循序渐进地再次走进我的生活，散发出力量与影响力。

我努力回忆当时对德米安的了解。我很可能有一年甚至更长的时间没跟他说过话。我有意避着他，他也不主动找我。有一次我们偶然相遇，他只朝我点了点头。有时我觉得他的友善背后藏着一丝轻蔑，或是带有讽刺意味的责备，但那很可能只是我的想象。他和我似乎都忘了我们共同经历的那件事，以及那时他对我产生的奇怪影响。

我在头脑中搜寻着他的身影，如今回想起来，我发现他其实从未远离，而我也注意到了他。我见过他走在上学的路上，有时独自一人，有时与其他年长的学生一起，在我看来他总是有些不合群，孤僻而沉默，像一颗游走在人群中的小行星，笼罩在独属于他的气场之中，按照自己的法则而活。没人对他有好感，没人与他过从亲密，只有母亲与他为伴，而就连与母亲相处时他的表现也不像个孩子，倒像是个成年人。老师们尽量不去招惹他。他固然是个好学生，但他从不花心思去讨好任何人，偶尔还会传来有关他的风言风语，说他嘲讽或是反驳了某位老师，害得对方很没有面子。

如今我闭上眼睛，头脑中还能浮现出他的模样。那是什么地方来着？没错，我想起来了，是在我家门前的那条小巷。有一天我看见他站在那里，手里拿着一个记事本，正在画画。他画的是我家门拱上方雕有鸟的图案的纹章。我站在窗前，藏在窗帘背后观察着他。他专注、澄澈、冷静的面庞望向纹章，令我深深震撼——那是一张成年人的脸，正如一名学者或者一位艺术家，带着远胜于常人的专注，出奇地澄澈而冷静，眼神洞察万物。

我还见过他一次。那是过了一段时间之后，在街上。我们从学校出来，围站在街上一匹跌倒的马旁边。那匹马躺在地上，还套在农车的车辕里，大张着鼻孔哀求般喷着鼻息，神色悲伤，虽看不见伤口，血却源源不断地往外流，渐渐将它所在的那一侧街道上灰白色的尘土染成了暗红色。我看得有些反胃，移开了目光，忽然看见了德米安的脸。他没有往前挤，而是站在人群最外圈，神态自若，可谓优雅，正是他一贯的样子。他的目光盯着马头，神情依然平静而难以捉摸，带着狂热又冷漠的专注。我忍不住盯着他看了许久，不由自主地萌生了一种诡异的感受。我眼前固然是德米安的面孔，但那不是一张少年的脸，而是一张男人的脸，我看见的似乎比那更多，我依稀看见，或者感觉到，那也不是一张男人的脸，而是某种别的东西。其中似乎混杂了某种女性化的特质，有一瞬间，那张脸在我看来既非成年男性也非孩童，既不苍老也不年轻，而是历经千年，超脱于时间，带着不同于我们所在的时代的印记。有时动物会流露出这种神态，或者树木，或者星辰——当时的我对此尚不清楚，当时的感受亦不像如今成年后的叙述这般清晰，但总归是相似的。也许他容貌俊美，也许我对他有好感，也许我厌恶他，就连这些也难以明确。我只看到：他与我们不同，他更像一只动物，一个幽灵，或者一幅画像，我不清楚他是怎么回事，但他与我们所有人都不同，是我无法想象的不同。

  我对他的记忆只有这么多，就连这些记忆可能也或多或少受到了他后来给我留下的印象的影响。

年纪又长了几岁以后，我才再次与他有了来往。德米安没有按常例与同龄人一起接受教会的坚信礼[1]，流言随之而起。各种说法又一次在学校里流传开：他其实是犹太人，不，他其实是异教徒，还有人说他和他母亲什么宗教都不信，而是某个神秘而邪恶的邪教的信徒。我还听说过一种与此相关的猜测，说他的母亲其实是他的情人。也许他只是从小到大没有按照宗教习俗生活罢了，但人们已然断定这会对他的未来造成不好的影响。因此他母亲决定还是让他参加坚信礼，只是比同龄人晚了两年。于是接下来的几个月里，他成了我在坚信礼预备课上的同学。

起初我有意与他保持着距离，我不想跟他扯上关系，在我看来他身边总是围绕着各种流言和秘密。但真正困扰我的是自克罗默的事情以后，我对他总抱有几分歉疚。可当时我正为自己的秘密焦头烂额。坚信礼预备课刚好撞上我性意识启蒙的决定性时刻，尽管内心向善，我对宗教信条的兴趣还是受到了极大的干扰。神职人员讲授的那些事飘浮在遥远的虚幻世界里，宁静而圣洁，也许它们美好而宝贵，却无关当下，完全不能激发我的兴趣，我头脑中的其他事物则恰恰相反。

---

[1] 坚信礼是一种基督教仪式，字面意思为"确认"（Konfirmation）。婴儿在襁褓中接受洗礼，之后再接受坚信礼，以示其对信仰的确认，也带有成人礼的意味。不同教派接受坚信礼的年龄不同，德国通常为13岁。——译者注

抱着这种心态，我对课程越是漠不关心，对马克斯·德米安的兴趣就变得越浓厚。似乎有某种无形的东西将我们维系在一起，而我打算认真追随这条线索。在我记忆中，这开始于某天早上，教室里的蜡烛还燃着。我们的神职教师正好讲到亚伯与该隐的故事。我睡意沉沉，几乎没听进他说的话，更没用心去听。这时牧师忽然提高声调，义正词严地讲起了该隐的印记。就在那一瞬间，我仿佛受到了触动或提示，我抬起头，看见坐在前面几排开外的德米安朝我回过头，目光灼灼，仿佛有话要说，表情似在嘲讽，又十分严肃。他望向我只有片刻的工夫，而我忽然全神贯注地听进了牧师的话，我听见他讲述该隐和他的印记，内心深处却知道事情并不全然是他讲述的那样，还有另一种看法，批判性的观点也有存在的可能！

自那一刻起，德米安和我之间重新建立起了某种联系。说来也怪，这种精神上的联系刚刚建立不久，我便见证它奇迹般在空间中得到了体现。我不知是他一手安排了这一切，抑或这只是个巧合——当时的我依然对巧合深信不疑——几天后德米安突然调换了他在宗教课上的座位，坐在了我的正前方（我至今还记得清晨的教室挤得密不透风，弥漫着救济所一样难闻的气味，在其中嗅到德米安后颈散发出清新的肥皂味是多么令人欣慰！），又过了几天，他再次调换位置，坐在了我旁边，接下来的整个冬天和春天里他都坐在了那个位置。

自那以后,学校的早晨发生了翻天覆地的改变,不再令人昏昏欲睡、百无聊赖。我开始期待早晨的到来。有时我们都全神贯注地听着牧师讲课,只要同桌的一个眼神,就足以让我注意到某个故事不同寻常,或者某句话透着古怪。再一个眼神,一个独特的眼神,足以警醒我,唤醒我内心的批判与质疑。

不过大多数时候我们都是不合格的学生,并不认真听讲。德米安对待老师和同学向来彬彬有礼,我从没见过他调皮捣蛋,也没听过他上课哄笑或交头接耳,他也从没遭到过老师的批评。然而只要一句轻声低语——与其说是靠语言,不如说是靠动作和眼神——他就能让我参与他的内心世界。而这个世界有时甚是怪异。

比如他会告诉我哪个同学激起了他的兴趣,他又是如何观察对方的。对于其中的一部分人,他了如指掌。上课前他会对我说:"如果我用大拇指对你做个手势,那个人,还有那个人就会回头看我们,或者挠自己的脖子。"诸如此类。上课时,就在我几乎忘了这件事的时候,马克斯会突然转过身,伸出拇指对我做个明显的手势,我立刻望向他之前指出的那个男生,对方每次都会按照他说的去做,仿佛一只牵线木偶。我多次央求马克斯拿老师做试验,但他不肯。不过有一次,我来到教室里,告诉他我没有做功课,但愿牧师今天不要叫我回答问题,那一次他帮了我。牧师要找一名学生背诵教义问答的选段,他的目光扫过教室,在我心虚愧疚的脸上停留片刻。他缓步向我走近,朝我伸出一根手指,我的名字已经到了他嘴边——这时他突然乱了思绪,变得心神不宁,扯扯自己的衣领,转而向德米安走去,德米安淡定地与他四目相对,似乎有话要问他。牧师接着出人意料地转过了身,咳嗽几声,转去提问另一个男生了。

渐渐地我意识到,尽管这些小玩笑为我带来了不少乐趣,但这位朋友其实也经常对我开这样的玩笑。有时候,我走在上学的路上,突然感到德米安就走在我身后不远的地方,我转过身,他果然在。

"你真的能让别人按照你的想法思考吗?"我问他。

他的回答毫不犹豫,语气一如既往地冷静而客观,像个大人。

"不能,"他说,"这没人能做到。人其实是没有自由意志的——虽然牧师总有另一种说法。人无法遵从自己的意志来思考,我也无法让别人遵从我的意志来思考。但你可以好好地观察一个人,通常就能比较准确地说出他们的想法和感受,然后通常就可以预测他们接下来要做什么。这其实很简单,人们只是不了解而已。当然,这需要经过练习。就拿昆虫来举个例子,有一种飞蛾,它们的雌性比雄性稀少很多。这种飞蛾的繁衍方式跟其他动物没什么两样，雄蛾为雌蛾授精，然后雌蛾产卵。如果你能捉到一只这种雌蛾——自然学家经常尝试这样做——那么到了夜晚，附近的雄蛾会飞行好几个小时来寻找这只雌蛾。好几个小时，你想想！所有这些雄蛾都能从几公里外捕捉到这只唯一的雌蛾的气息！人们试图解释这种现象，但是很难做到。这一定与它们的嗅觉或者类似的感官有关系，就像优秀的猎犬能发现难以察觉的气息并且追踪下去。你明白我的意思吗？就是这么一码事，大自然中有许多例子，没人能解释清楚。但我敢说：假如那种雌蛾跟雄蛾同样常见，它们肯定不会长出那样灵敏的鼻子！它们之所以有这种能力，是因为它们进行了这方面的锻炼。无论动物还是人类，只要把全部注意力和意志都集中在一件事上，就一定能达成那个目标。就是这么回事。你想知道的就是这个。只要你对一个人的观察足够细致，你就能比他本人更加了解他。"

"读心术"这个词几乎要脱口而出，我想对他说起克罗默，但那已经是许久以前的事情。奇怪的是，这成了我们之间心照不宣的约定：无论他还是我，都从未提起过那件事，闭口不提几年前他曾那样深入地介入过我的生活。我们表现得仿佛我们此前从未有过交情，又或许是我们都坚信对方已经忘记了那件事。甚至有一两次我们走在街上，弗朗茨·克罗默迎面走来，我们也从未交换过眼神，也从没谈起过他。

"那自由意志又是怎么回事？"我问，"你起先说人没有自由意志，可后来你又说，只要把意志集中在一件事情上，就能实现自己的目标。这不对啊！如果我不是自己意志的主人，那我就没法按照我的喜好来引导它了。"

他拍拍我的肩膀。每当我逗得他开心时，他总是会这样做。

"问得好！"他笑吟吟地说，"人就应该勇于提问，勇于质疑。不过这其实非常简单。就拿飞蛾来举个例子，假如它集中自己的意志，想飞到星星上或者其他类似的地方，它是不可能做到的。但飞蛾根本不会想要实现那样的目标。它追寻的只是对它而言有意义、有价值的事物，它生活所需、不可或缺的事物。只有在这时，它才能完成难以置信的成就——它会演变出其他动物所没有的第六感！我们的发展空间比动物大，兴趣也比动物广泛，这是自然，但我们依然受到一个相对狭小的范围的约束，无法超越它。我当然可以想象各种各样的事物，可以想象我无论如何都要抵达北极点，或者其他类似的目标，但要真正实现这个目标，我对它的向往必须足够强烈，那么这个想法必须发自我的内心，充斥我的全身心。只有在这种情况下，只有当你追求目标的动力发自内心时，目标才能实现，你才能像驾驭良马一样控制自己的意志。打个比方，假如我想让我们的牧师将来不再戴眼镜，这是行不通的，这只是在闹着玩儿罢了。然而去年秋天我下定决心从前排的座位换走，这个目标就实现得很顺利。姓氏排在我前面的一个学生原先一直在生病，他突然回到学校，那么必得有人给他让出位置，那个人自然是我，因为我的意志已经为此做好了准备，当机立断抓住了这个机会。"

"没错，"我说道，"当时我也觉得很神奇。自从我们交往变得密切以后，你慢慢挪得离我越来越近。可是这究竟是怎么回事？起初你没有直接坐在我旁边，而是在我前排的座位坐了几堂课，不是吗？这又是怎么做到的？"

"是这样的：离开第一个座位时，我自己也不知道我想坐到哪里去，我只知道我想坐在更靠后的位置。我的内心其实想坐在你旁边，但当时我并没意识到。与此同时，你的意志也触动了我，帮助了我。直到坐在你前排的位置上，我才意识到我的目标只实现了一半——我发现我真正的目标是跟你同桌。"

"但当时并没有新生插班啊。"

"确实没有，不过到那时我便按照自己的想法行动，直接坐在你旁边了。跟我换座的男生感到很莫名其妙，但他同意了。牧师也发现我换了座位，每次跟我打交道，他总隐约觉得哪里不太对劲，他知道我姓德米安，既然我的姓氏是D开头，就不应该出现在后排，跟S开头的人坐在一起！但是这没有引起他的注意，因为我的意志不许他这样做，我总是想办法阻止他。他总觉得我的座位不对劲，盯着我开始琢磨，真是难为他了。不过对于这种情况我有个简单的应对办法。我每次都会与他对视，非常、非常认真地盯着他的眼睛。几乎所有人都受不了这样的对视，都会变得不安。如果你想从某个人那里得到某些东西，就乘其不备与他对视，若他不为所动，那你就趁早放弃吧！在他那里你不会有任何收获！但这种情况非常少见，我只见过一个人，这个办法对他完全不起作用。"

"是谁？"我立刻问道。

他微微眯缝起眼睛看着我，若有所思。接着他移开了目光，没有回答，虽然我依然好奇，但没有再追问下去。

我认为他当时说的人是他的母亲。——他们的关系似乎非常紧密，但他从未向我说起过她，也从不邀请我去他家里。我甚至不清楚他母亲长什么样。

有时我也按照他的办法，试着将自己的意志力全部集中在一个目标上。当时的我有许多亟待实现的目标，但这些尝试都未见成效，我也不好意思对德米安说起这些尝试。我不想把自己的愿望告诉他，他也从没问起过。

在这段时间，我的宗教信仰出现了裂隙。尽管如此，我依然坚信自己与那些自称完全不信教的同学有所不同，我的这种想法必定受到了德米安的影响。有几个同学偶尔会发表诸如"相信上帝是可笑的、不人道的"之类的言论,他们认为三位一体和圣母无染原罪受胎之类的故事荒唐可笑,在当今社会人们竟然还在宣扬这些故事,简直丢人。我并不认同他们的观点。尽管我也对此心存疑虑,但是整个童年的经历使我明白,我父母那种信仰虔诚的生活方式是真实存在的,它既不丢人也不虚伪。恰恰相反,我对宗教依然抱有深深的敬畏,但是德米安教会了我以另一种方式去审视与解读宗教,这种方式更开放、更人性化、更有趣、更富有想象力。至少我在听取他的建议时总是心甘情愿,并且乐在其中。诚然,其中有些观点在我看来依然十分生硬,比如有关该隐的事。还有一次,在坚信礼预备课上,老师在讲述各各他山[1],他的另一番更为出格的言论令我大为震惊。早在孩提时代,《圣经》中的受难故事与救世主之死就给我留下了深刻的印象。年幼时,每逢耶稣受难日,父亲总会为我们朗读耶稣受难的故事,那个痛苦而美好、光明而诡谲、宏大而充满生机的世界总会触动我的内心,客西马尼园与各各他山都深深吸引着我。每当听见巴赫的《马太受难曲》,受难者散发出阴郁而悲怆的光辉充斥

---

[1] 各各他山(Golgatha,亦作Golgota)是耶路撒冷城郊的一座山,耶稣正是在此地被钉上十字架。——译者注

着这个神秘的世界时，我总是不由自主地为之战栗。时至今日，在我心中这段乐曲和《神的时刻是最好的时刻》依然是诗意与艺术表达的最佳典范。

那堂课下课后，德米安若有所思地对我说："辛克莱，我不大喜欢这个故事，你重新品读一下这个故事，其中有些东西好像变了味。主要跟那两名盗贼有关。三个十字架在山上并肩而立，场面多么壮观！然而这时却插进来一段关于那两名盗贼的悲天悯人的小故事。那个人原本是个罪犯，天知道他犯下了怎样伤天害理的罪行，这会儿他却换了个人，痛哭流涕，要洗心革面。他已经是将死之人，这样的悔改有什么用？你说呢？这只不过是神职人员编出来的故事罢了，甜蜜动人，但并不真实，添加了老掉牙的感人片段和激动人心的故事背景。放在今天，若要你从那两名盗贼当中选一个做朋友，或者决定这两个人当中谁更值得信任，显然不能选那个哭哭啼啼悔过的人。不是他，而是另一个人，那才是硬气有个性的人。他不屑于改邪归正，因为到了他所在的境地，皈依不过是漂亮的空话罢了，他索性坚持到底，而不是在最后关头像个懦夫那样背弃了此前一直在扶持他的魔鬼。他是个有个性的人，而有个性的人在《圣经》故事里的名声总是不太好。也许他正是该隐的后代之一。你怎么看？"

我深为震撼。我总以为自己对耶稣受难的故事了如指掌,直到现在我才发现自己对它的理解是多么不用心,多么缺乏想象力。尽管如此,德米安的新观点在我听来依然是毁灭性的,它势要推翻我认为自己必须坚守的一些信念。不行,人不能不分青红皂白地质疑所有人和事,起码不能对最神圣的事物出言不逊。

跟往常一样,没等我开口,他已经立刻觉察到了我的抵触。

"我就知道,"他无奈地说,"这是老生常谈了。别当真!但我还有句话想告诉你:正是在这种地方,人们才能清晰地看见这种宗教的短处。有关上帝的一切——《旧约》也好《新约》也罢——固然描绘出了一个杰出的形象,但这些东西描绘的并不是上帝本该代表的品质。他善良圣洁,他是慈父,他代表着美好与高尚,他慈爱——这些都很好!但这个世界还有其他组成部分,而这些都被一股脑归到了魔鬼名下,世界的这部分——这半个世界都受到压制,秘而不宣。人们宣扬上帝是一切生灵之父,然而关于性生活,关于生命的起源,人们却讳莫如深,说它是奸邪而罪恶的。我并不反对人们敬奉上帝耶和华,一点儿也不。但我认为我们应该用纯洁的心看待一切事物,敬仰完整的世界,而不是将它人为地分成两半,然后只敬仰冠冕堂皇的那一半!也就是说,既然我们举办了拜神仪式,就应该同样举办拜鬼仪式。我认为这样才公平。或者我们应该塑造一个同时包含魔鬼的上帝,面对这个上帝,当世上最自然不过的事情发生时,人们不必把眼睛紧紧地闭上。"

他一反常态,言辞神态颇为激烈,但随即又笑了笑,没再对我不依不饶。

然而这番话击中了贯穿我整个少年时代的疑惑,这个疑惑无时无刻不在我心底,却从未对任何人说起过。德米安说的那番关于上帝与魔鬼的话——关于冠冕堂皇的上帝的世界和讳莫如深的魔鬼世界,恰好是我的想法,我心中的谜团,恰好产生于我思绪中的两个世界,抑或是世界的两半——光明与黑暗。一想到我的疑问其实事关全人类,事关所有生灵与思想,我忽然仿佛被一道圣洁的阴影所笼罩,我看清、体会到我个人的生命与思想其实是永恒的思想长河的一部分,敬畏之情不由得充斥了我的内心。这种感悟谈不上令人欣喜,却使我的内心踏实而满足。这感悟有些坚硬沉重,因为它敲响了责任感的钟,我不再是孩子,我将独立于世。

于是我此生第一次向好友坦白了内心最深处的秘密,也就是我孩提时代便有的对于"两个世界"的看法,他立刻明白我内心深处的想法与他的观点一致,也证实了他的观点。但是以他的个性,并不会对我的这种心理加以利用。他听我说话时的专注程度更胜于以往,紧盯着我的眼睛,以至我不得不移开自己的目光,因为我在他的眼睛里又看见了那种少见的、动物般的永恒感,眼神中蕴藏着无尽的岁月。

"我们下次再接着谈,"他语气柔和地说,"我看得出来,你的想法比话语更丰富。不过既然如此,想必你也知道,你其实从未真正将这些想法付诸过实践,这样不太好。只有被付诸实践的想法才是有价值的。你知道那个循规蹈矩的世界只是世界的一半,可你依然在尽力否认世界的另一半,就像牧师和老师们那样。没用的!一旦你开始思考,你做这一切都是徒劳。"

这段话深深击中了我。

"可是,"我几乎喊着说道,"确实有些事情非常丑恶,真的不能做,这你总不能否认吧!这些事情不能做,我们无论如何都应该避免。这世界上有谋杀,还有其他伤天害理的事,难道仅仅因为这些事情存在,我就应该成为罪犯吗?"

"今天我们是讨论不完了,"马克斯安慰道,"你当然不应该杀人或者对女生施暴,这当然不行。但你还没走到那一步,还没到达对'许可'和'禁忌'真实含义的真正理解。你才刚刚窥见真相的一部分,余下的部分也会浮现的,相信我!举个例子,在最近大约一年的时间里,你一直在与内心的冲动做斗争,这种冲动比其他任何冲动都更加强烈,而它也属于'禁忌'的世界。然而古希腊人和其他一些族群的人恰恰相反,他们把这种冲动视为神性的体现,甚至会举办盛大的庆典来膜拜它。因此世上没有永恒的'禁忌',它也会发生改变。在现代,只要一个人跟一个女子共同去见牧师,跟她结了婚,就可以与她同床共枕。其他族群则不是这样做的,即使在现代也不是。正是由于这个原因,我们必须各自探索适用于自己的'许可'和'禁忌'。即使一个人从没做过违法乱纪的事,他依然有可能是个恶人,反过来也一样。人其实只是为了省事!人如果懒得主动思考,懒得判断自己的行为是否正当,就索性按照约定俗成的禁令行事。这种人活得很简单。另一些人心里有自己的准则,正派人每天都在做的事情在他们眼里或许是禁忌,旁人所不齿的事情他们也许反倒觉得合理。每个人有各自的判断标准。"

他似乎后悔自己说得太多,停了下来。当时我已能依稀理解他的感受。他在表达自己的想法时总是既轻松又有亲和力,但他曾对我说过,他受不了"为了闲谈而闲谈"。在与我交谈时,除了真挚的兴趣以外,他还感受到太多贪玩的心态,太多抖机灵带给我的欢乐,换句话说,我缺乏真正的严肃感。

写下最后几个字"真正的严肃感"时,我忽然回忆起另一个场景,在童年与少年交界的时光里,那是我和德米安共同经历过的印象最为深刻的一件事。

坚信礼的日期越来越近，最后几堂宗教课讲的是圣餐礼。牧师十分重视这部分内容，讲得格外认真，庄严的气氛充斥着课堂。然而在最后这几节课上，我的思绪却在别处——在我好友这个人身上。老师已经解释过，坚信礼象征着我们正式被教会所接纳，是一场神圣的仪式。尽管我对此很期待，却不由自主地产生了一个想法：对我来说，过去这半年的宗教课的价值不在于学到了什么，而在于我与德米安的接触以及他对我产生的影响。现在我已经做好了准备，但不是为了加入教会，而是为了加入某种别的东西，加入某种思想与人格所构成的集体。这个集体必然存在于世界的某处，而我的好友就是它的代言人与信使。

我试着抑制这个念头，尽管经历过此前种种，我依然真心想参加坚信礼，想郑重地体验这次仪式，然而这个决心似乎与我新产生的想法格格不入。诚然，我可以按照自己的意愿行事，但这个念头挥之不去，并且逐渐与日渐临近的教会庆典联系起来，我做好了心理准备，带着与旁人不同的心态参加仪式，对我而言，这场仪式意味着我被一个思想的世界接纳，我对这个世界的了解则来自德米安。

正是在那段日子里，我再次与他展开了一场热烈的讨论。那是某天上课前，好友对我的论述并不赞同，也许我说的话太早熟，太自以为是了。

"我们的空话谈得太多了，"他一反常态地严肃，"这些花哨的交谈毫无价值，一丁点儿都没有。这样下去人只会迷失自我，而迷失自我是一种罪过。人应该像乌龟一样，能够彻底躲进自己的内心世界。"

这时我们走进教室，开始上课了。我努力集中注意力听课，德米安也没有打扰我。过了一阵，旁边传来一种奇怪的感觉，正是来自德米安所在的那一侧，是某种类似空虚、冷漠的感觉，仿佛我身边的位置突然变得空无一人。这种感觉渐渐令我感到不自在，于是我转过了脸。

只见我的好友端坐在座位上，坐姿一如既往地挺拔，然而他的神情全然不是平常的样子，而是散发出某种我难以辨认的气场围绕在他周围。我一度以为他闭上了眼睛，但我看见他其实睁着眼睛。可是他眼里没有光，那是双视而不见的眼睛，目光凝滞，似乎注视着自己的内心，抑或是远方。他坐着一动不动，仿佛也没有呼吸，他的嘴仿佛是木头或石头雕刻而成的。他面色苍白，整张脸都是白的，像一块石头，唯一带有生机的是他满头的棕发。他的手放在面前的课桌上，像一件物品般毫无生气，像石头，像水果，苍白而静止，却并不松弛，倒像是一个鲜活有力的生命被装进了结实的套子里。

这景象看得我不寒而栗。他死了！我心想，险些惊叫出声。然而我心里知道他并没有死。我的目光紧盯着他的脸，盯着那个石头般苍白的面具，我明白：这就是德米安！这是他平常的样子——与我结伴同行、谈天说地的那个人只是半个德米安,是他时常扮演的一个角色,他表现得平易近人,为了合群而学着旁人行事。然而真正的德米安其实是我眼前这样,如磐石般苍老,像动物,像石雕,俊美而冷酷,死寂之中蕴藏着空前的生命力。在他周围萦绕着一团寂静的虚无——是苍穹与繁星,是孤独的冥茫!

此时的他已经彻底沉浸在自己的世界里,我不禁打了个冷战。我从未感到如此孤独。我在他心中不占据分毫,我无法触及他,他离我无比遥远,仿佛在世界上最偏远的小岛上。

我难以相信除了我竟然没有其他人看到!人人都应该投来目光,看到这个场景!然而并没有人留意他。他端坐在位子上如同一幅画像,我不由得觉得他像一尊僵硬的神像。一只苍蝇落在他额头上,慢慢爬过他的鼻尖和嘴唇——他纹丝不动。

他此刻置身何处?在想什么,有怎样的感受?他在天堂吗,还是地狱?

我无法开口问他。下课之后,当我再次看见他恢复了生气与呼吸,当他的眼神与我相接时,他看起来似乎与平常无异。他从哪里来?刚去了哪里?他看上去有些疲惫,脸上重新有了血色,双手又活动起来,而他棕色的头发却失去了光彩,似乎疲惫不堪。

接下来的几天，我开始在自己的卧室里反复尝试一种新的训练：我笔直地坐在椅子上，眼神凝视着一处，控制自己纹丝不动，想看看能坚持多长时间，会有怎样的感受。然而数次尝试下来我只觉得疲惫，而且眼皮痒得厉害。

在那之后不久我参加了坚信礼，那场仪式并没给我留下任何深刻的印象。

之后一切都发生了变化。童年在我眼前土崩瓦解。父母望向我的眼神带着些许尴尬，姐妹们与我形同陌路。幻想破灭，我曾经习以为常的情感与喜悦开始扭曲变形，花园不再芬芳四溢，树林不再具有吸引力，呈现在我面前的世界如同一座旧货摊，暗淡无神，毫无吸引力，书籍不过是一堆废纸，音乐不过是噪声——秋天里的一棵树大抵如此，叶片纷纷飘落，而它漠然置之，雨水顺着它流下，阳光或冰霜落在它身上，生命力在它体内慢慢收拢，蜷缩在最狭窄幽深的地方。它没有死。它在等待。

父母决定假期结束后送我去另一所学校上学，这将是我第一次离家生活。有时母亲对我格外温柔，似乎在提前向我告别，努力想要唤醒我心中的爱意与乡情，不让我遗忘。那段时间德米安不在。我孤身一人。

贝亚特丽切

我没再与好友见面,假期结束后便直接去了 St. 城。父母一同送我入学,对我关怀有加,把我托付给文理中学的一名老师开设的男生寄宿公寓。倘若他们知道把我送去的地方日后会发生怎样的事情,只怕会震惊得瞠目结舌。

摆在我面前的问题依然是我究竟会成为一个孝顺的儿子、一个对社会有用的人,还是会顺应自己的本性而走上另一条道路。我在父母的宅子里、在他们的影响下对快乐的最后一次追求持续了很长时间,其间几近成功,但最终还是以失败告终。

坚信礼之后的假期里我首次感受到的那种奇怪的空虚、孤独感(后来的日子里我对这种空虚感、窒息感无比熟悉)持续了好一段时间。与故居告别的过程出乎意料地轻松,这种毫不痛苦的心态其实令我暗自羞愧。我的姐妹们能够没缘由地流下眼泪,我却做不到。我对自己暗感惊讶。我童年时一向情感丰富，总体来说算是个好孩子，现在却彻底变了一个人。我对周遭的世界一概漠不关心，整天沉浸于倾听自己的内心世界，禁忌而黑暗的湍流在我内心深处奔涌，我聆听着它的声音。半年的时间里，我的个子长得飞快，一个细长、纤瘦的人类半成品打量着这个世界。惹人喜爱的孩子气在我身上消失得无影无踪。我深知旁人不会再喜爱这样的我，就连我自己也不再喜爱自己。我时常渴望与马克斯·德米安为伴，有时却又怨恨他，把我日渐贫瘠的生活归咎于他。在我看来，这样的生活宛如某种丑陋的疾病。

在我居住的寄宿公寓里，起初我既不讨人喜欢也不受重视，我先是受到几次调笑，后来就干脆没人搭理我了，人们觉得我胆小怕事，是个不合群的怪人。我倒很喜欢这个身份，故意迎合这种印象，独处时却又自怨自艾。对外表现得很有男子汉气概，对世界夷然不屑，暗中却备受忧郁与绝望的煎熬。在学校里，以前在学校积累的知识经常用得上，这里的课程比我此前的学校简单些，我不禁有些瞧不起现在的同学们，觉得他们不过是幼稚的小孩。

这样的情况持续了一年多，就连最初的几次放假回家也没有带来任何改观，再次离家时我依然心情愉悦。

那是十一月初的事情。当时我养成了一个习惯，无论天气如何我都要短暂地出去散散步，做些思考。散步时我总会感到一种快慰，其中掺杂着忧郁、玩世不恭与自怨自艾。一天晚上，我在雾气弥漫的潮湿夜色中漫步，在城市中穿行，公园里空无人迹的宽阔林荫道吸引了我。路面被厚厚的落叶覆盖，我心中泛起一种阴暗的快感，拖沓着脚步漫步其中，落叶散发出潮湿苦涩的气息，远处的树木在迷雾中影影绰绰，显得格外高大。

走到林荫道的尽头，我停下脚步，望着黑沉沉的树叶，贪婪地呼吸着潮湿的气息。那枯萎与死亡的气息唤起了我内心的某种情绪，我欣然接纳。啊，生命的气息是多么乏味！

旁边的小路上走来一个身穿翻领大衣的人，衣角随着他的脚步而摆动，我正要走开，他忽然叫住了我。

"你好啊，辛克莱！"

他走近，原来是阿尔方斯·贝克，我们宿舍楼最年长的学生。我对他印象不错，只是他与我和其他年纪小的学生打交道时总带着些讽刺的口吻，仿佛以我们的长辈自居。人们说他力气大得像头熊，连我们的宿管员都不敢奈何他，他是学校里许多男生心目中的英雄人物。

"你在这儿干什么呢？"他大声说，用的语气是高年级学生偶尔屈尊跟我们说话时常用的那种语气，"喂，我敢打赌，你是在作诗吧？"

"作不出来。"话不投机，我的语气颇为生硬。

他笑笑，与我并肩而行，打开了话匣子。我对这种事已经不大习惯了。

"辛克莱,你不用担心我不理解。走在这样雾气弥漫的夜晚,带着秋天的思绪,确实会让人诗兴大发,我也理解。描绘死去的大自然,当然还有同样一去不复返的青春。你瞧海因里希·海涅便是个例子。"

"我没那么多愁善感。"我反驳道。

"好吧,那就算了!不过在我看来,这样的天气很适合找个安静的地方坐下来喝杯红酒什么的。你要跟我坐一会儿吗?我现在反正是一个人。还是你不愿意?小家伙,如果你是个乖孩子,我可不想成为那个带你学坏的人。"

没过多久,我们便坐在城郊的一家小酒馆里,喝着两杯品质不怎么样的葡萄酒,拿起厚重玻璃杯碰杯。起初我不太喜欢那酒,它对我来说是全新事物。很快,由于不习惯喝酒,我打开了话匣子。我心里仿佛打开了一扇窗子,世界映了进来——有多久,我究竟有多久没向人敞开过心扉了?我的话题天马行空,其中的亮点则是该隐和亚伯的故事!

贝克颇有兴致地听着我讲话——我的倾诉终于有了听众!他拍拍我的肩膀,说我是个不得了的小伙子。我憋在心里的话语终于一吐为快,并获得了年长者的认可,我喜不自胜,心里胀鼓鼓的。他说我是个聪明的混蛋,这字眼流进我心里,仿佛甘甜浓郁的葡萄酒。世界迸发出全新的色彩。百无禁忌的思绪从四面八方涌入我的头脑，精神之火在我内心熊熊燃烧。我们谈到老师和同学，我感到我们完全理解对方的想法。我们谈到古希腊人和异教徒，贝克想尽办法让我坦承自己的恋爱经历，然而在这方面我接不上话。我没有经历过，自然没什么可说的。至于我内心体会到、构建出、幻想出的东西依然在我内心燃烧，即使是在酒精的帮助下，依然无法纾解吐露。贝克对女孩的了解远胜于我，我如饥似渴地听着他的讲述。从他那里我得知了一些难以置信的事情，一些我以为不可能的事情变成了现实，而且竟然是理所应当的。阿尔方斯·贝克约莫十八岁，已经有过性经历。他说到有关女孩的许多事情，其中之一是年轻女孩只想谈情说爱，这固然很好，但她们并不会跟你动真格的。在这方面成年女人的可能性更大。成年女人懂得更多。就拿开文具店的雅格特太太来说吧，她会与你谈天说地，至于她柜台后面发生的事情，是断不能摆到台面上说的。

我坐在桌边，听得深深入迷、头晕目眩。诚然，我并不会就此爱上雅格特太太，但这些风流事依然是我闻所未闻的。看来这世上存在的一些事情——至少对年长于我的人来说存在——是我做梦也没想到的。这些事情在我听来有点儿不真实，而且远比我心目中爱情的滋味贫瘠、平庸，但其实这才是真实的，是现实的生活与冒险，在我身边就坐着一个体验过这种事情的人,而他似乎觉得这理所应当。

我们的谈话渐渐冷却,失去了一些活力。我不再是个天才毛头小伙,此刻我只是个听成年男人讲话的小男孩。然而即便如此,与过去几个月的生活相比,此时此刻依然令我愉悦幸福,仿佛置身天堂。不仅如此,我逐渐意识到此刻的经历是禁忌,彻底的禁忌,我既不应该坐在酒馆里,也不应该谈论这些事情。总之我从中尝到了精神与反叛的滋味。

我对那天晚上记忆犹新。刚下过雨的清冷深夜,我们走过一盏盏幽暗的煤气路灯往回走,那是我第一次喝醉。那感觉并不好受,甚至可以说极其痛苦,然而,其中依然蕴藏着某种魅力,叛逆与狂欢的甜蜜滋味——那便是生命力与精神。贝克很讲义气地照顾我,嘴上却毫不留情地训斥我酒量太差,他半拖半抬把我带回宿舍,从一扇半开的落地窗把我塞进屋里。

我睡死过去,但不久便头疼醒了,我清醒过来,巨大的痛苦笼罩了我。我坐在床上,身上还穿着白天的衬衫,衣物和鞋子扔得满地都是,散发着烟草和呕吐物的气味。我头痛欲裂,伴着恶心和强烈的口渴,一个许久未见的场景浮现在我的脑海。我看见我的家乡、家里的房子、父亲和母亲、我的姐妹和家里的花园,我看见自己坐在宁静舒适的卧室里,看见学校和集市广场,看见德米安和坚信礼预备课——这一切都是光明的，一切都被光辉笼罩，一切都无比美妙、神圣、纯洁，而所有这些事物——现在我明白了——直到昨天，直到几个小时前，都还属于我，它们在等待着我，而此刻，这个受了诅咒的沉沦的时刻，它们已不再属于我，它们摒弃了我，审视着我，充满鄙夷！我在遥远的金色童年从父母那里接受的一切关爱与亲密感——来自母亲的每个吻、每年的圣诞节、每个与家人相伴的虔诚而光明的星期天早上、花园里的每一朵花……都被摧毁，一切都被我践踏在脚下！哪怕此刻巡捕过来将我五花大绑，当作罪犯、渎神者送上绞刑架，我也不会反抗，而是欣然前往，认为这是正义、善良的行为。

所以这就是我当时的心理活动！曾经傲世轻物的我！曾经与德米安意气相投的我！现在的我，是一团渣滓，一头肮脏的猪，酒气熏天满身秽物，令人作呕、不齿。一头丑恶的野兽，被邪恶的冲动所摆布！这便是我的模样——来自纯洁、光辉、柔美的花园的我，喜爱巴赫的音乐与优美诗歌的我！我耳畔还回响着自己的笑声，醉醺醺败德辱行，不时爆发出愚蠢的笑声，令人作呕又愤怒。这便是我！

尽管满心厌弃，承受这种痛苦反而令我愉悦。我已盲目、麻木地匍匐了太长时间，我的心灵在贫瘠的角落沉默了太长时间，就连这样的自我控诉，这样恐怖、可怕的感觉也让我的灵魂感到舒服。毕竟它使我不再麻木，使我心中腾起火焰，让我的心在其中揪紧！带着些许疑惑，我在痛苦之中产生了一种春天来临的解脱感。

与此同时，在外部世界里，一切都在走下坡路。最严重的一次醉酒很快便不再是最严重的一次。我所在的学校有许多人喝酒胡闹，我是其中最年轻的学生之一。我很快便不再是那个乖巧听话的小家伙，而是其中的领头人和明星，一个在酒馆里以胆大妄为而出名的人。我再次完全属于黑暗的世界，属于魔鬼，并在这个世界里风头正盛。

这令我痛苦不堪。我活在自我毁灭的旋涡之中。同伴们把我看作领头人、狠角色，看成胆识过人又幽默风趣的小伙子，然而我的内心依然患得患失、恐慌不安。还记得有一次我痛哭流涕，那是在星期天早晨，我走出酒馆时看见几个孩子在街上玩耍，他们看上去那样明亮欢快，头发梳得整整齐齐，穿着去教堂穿的漂亮衣服。而我在逼仄的酒馆里肮脏的酒桌旁握着啤酒嘻笑，狂放的言论时而引得同伴们发笑，时而吓得他们大惊失色，然而在我内心最隐秘的地方，我对自己嘲讽的一切满怀敬畏。在我的心底，我匍匐在地痛哭流涕，臣服于我的灵魂，我的过去，我的母亲，臣服于上帝。

可我从未与同伴们真正打成一片，我与他们为伍时内心依然孤独，甚至更加痛苦。这一切都有原因。诚然，我是酒馆里的英雄人物，开着最粗鲁的玩笑，对老师、学校、父母和教会出言不逊，想法和言论都惊世骇俗；我听过许多下流笑话，有时自己也会讲上一段——然而当同伴们去找女孩子鬼混时，我从不与他们同去。我吹嘘自己是个久经情场的花花公子，而实际上我总是孤身一人，对爱情充满了炽热而无望的渴求。没有人比我更内心脆弱，没有人比我更为自己羞愧。每次看见正派的女孩子走在我面前，秀丽纯洁、明艳端庄，我都感到她是那样美好，像梦一样纯净，她的善良与纯洁要胜过我一千倍。有段时间我根本不敢走进雅格特太太的文具店，因为一看见她我就会想起阿尔方斯·贝克说的关于她的那些事，不禁羞得满脸通红。

这些新同伴越是让我感到孤独不合群，我越是无法离开他们。说实话，我已然分不清喝酒吹牛究竟有没有为我带来过快乐，而且我自始至终也没能习惯喝酒，每次喝醉后我总感到羞愧难堪。这更像是一种偏执行为，不得已而为之，因为若不这样，我实在不知道该如何自洽。在相当长的时间里，我害怕独处，害怕自己时常体会到的种种温柔、羞耻、亲密的感觉，害怕时常在我心中荡漾的那些有关爱情的柔和思绪。

我最缺少的是朋友。我对两三个同学颇有好感，他们是那种行为规矩的学生，而我的劣迹早已名声在外，他们都对我避之不及。人人都觉得我是个无可救药的混世魔王，随时可能彻底堕落。老师们也知道我的名声，我受到过几次极其严厉的责罚，所有人都认为我被学校开除是迟早的事。我也很清楚自己早已不是好学生，却还是努力蒙混过关，心中知道这样的局面维持不了多长时间。

上帝有许多种方式让我们体会孤独，引导我们找到自我。当时他指引我走上的便是这条道路。这仿佛一场可怕的梦境。透过污秽与黏稠，透过破碎的啤酒杯，和充斥着愤世嫉俗言论的夜晚，我看见自己——一个着了魔的空想家，在丑陋污糟的道路上焦躁不安、满心痛苦地爬行。在有些梦境中，主人公在解救公主的路上被泥潭困住，囿于恶臭脏污的暗巷。这便是我的经历。我注定以这种不文雅的方式感受孤独，在如今的我与童年的伊甸园之间竖起紧锁的大门，由铠甲锃亮的铁面护卫把守。这是个开端，是对从前的自己的思念之情的觉醒。

由于宿管员多次写信告状，父亲没提前知会我便出现在St.城，把我吓得不轻，浑身直哆嗦。那年冬末他再次来到St.城时，我已变得无动于衷，任由他责骂我，哀求我，搬出母亲来打动我。到最后他怒不可遏，说如果我再不悔改，他就丝毫颜面都不留，让学校把我开除，然后把我送进少管所。随他去吧！他离开时我为他感到难过，但他此行并未见效，他的管教再也无法触及我的内心，甚至有一瞬间的工夫，我觉得这是他应得的下场。

至于我的下场如何，我丝毫不在乎。我整日泡在酒馆里夸夸其谈，虽然这行为异于常人且毫不讨喜，但在我看来，我在与世界为敌，这正是我反抗的方式。在这个过程中我毁掉了自己，有时我的想法是，如果这个世界容不下我这样的人，不能为我们提供合适的定位、高尚的责任，那么我这种人就会毁灭。这个损失理应由世界来承担。

那年的圣诞假期过得非常不愉快。母亲再次见到我时大为震惊。我长高了许多，灰暗的脸色十分憔悴，五官松弛，眼眶红肿。刚长出的唇髭和新近戴上的眼镜使我看上去更显陌生。姐妹们扭捏地躲着我，暗中偷笑。一切都令人浑身不自在——父亲书房里那番苦涩的谈话令人浑身不自在，几位亲戚的来访也令人浑身不自在，最令人浑身不自在的要数圣诞夜。自我出生以来这天就是我们家的大日子，是充满节日气息与亲情的日子，是感恩的日子，是我与父母重新建立情感纽带的日子。这一年家里却充斥着压抑与尴尬的气氛。跟往年一样，父亲朗读了福音书中关于牧羊人的选段，"他们夜间按更次看守羊群"，姐妹们跟往年一样容光焕发地站在礼品桌前，然而父亲的声音听起来并不喜悦，面容苍老而压抑，母亲也很悲伤。礼物与祝福，福音和点亮的圣诞树，这一切都令我痛苦、不自在。姜饼香甜的气息勾起甜蜜的回忆，弥漫成浓厚的云雾。圣诞树散发着芬芳，诉说着一去不复返的往事。我期盼着圣诞夜快点结束,假期快点结束。

整个冬天都是这样度过的。不久前我受到教务部门的严重警告,并威胁说要开除我。这一天恐怕就快到了。算了,随它去吧。

我对马克斯·德米安抱有一种特别的怨恨。我一直没再见过他。刚来St.城时,我曾给他写过两封信,却没有收到回信。因此我在假期里从没去拜访过他。

在我秋天偶遇阿尔方斯·贝克的那个公园里发生了一件事,当时正是初春,荆棘树丛刚萌生绿意,一个女孩吸引了我的注意力。我正独自漫步,头脑中尽是令人厌恶的想法和烦恼,因为我的健康状况每况愈下。不仅如此,我在经济方面也总是十分拮据,欠了同学们的钱,不得不编造出各种理由向家里要钱。我在几家商店里也因为雪茄之类的东西欠了账,账单日渐增长。这些烦恼给我造成的困扰并不深——毕竟我留在这里的时日已经不多了,要么投水自尽,要么被送进少管所,到时候这些都成了无关紧要的琐事。但眼下我依然要面对这些不愉快的事情,受其折磨。

在那个春日,我在公园里遇见了令我一见倾心的年轻女子。她身材高挑苗条,衣着雅致,聪慧的面容带有几分男孩子气。我当即喜欢上了她,她正是我心仪的类型,从此以后我的幻想都被她占据。她的年纪比我大不了多少,却更加成熟优雅，举止从容，几乎算得上一位风华正茂的淑女，脸上却残留着一丝少年的任性，令我尤为心动。

我从未能成功地接近自己爱慕的女孩，这个女孩也不例外。她给我留下的印象比以前所有女孩都更加深刻，对她的爱慕也给我的人生带来了巨大的影响。

我眼前突然再次浮现出一个形象，那是个高尚而庄严的形象——啊，我从未有过如此深刻而强烈的需求和冲动去敬畏、去崇拜某个对象。我为她取名贝亚特丽切[1]。虽然没有读过但丁，但我看过一幅来自英国的画作，并收藏了它的复制品，因此对她有所了解。那是一幅英国前拉斐尔派的画作，画中的少女四肢尤为修长，身材清瘦，头型细长，双手和五官都反映出丰富的内心世界。我面前的美丽少女虽不全然与画中人相似，却也有着我喜欢的那种带着男孩子气的修长体态，以及气质超凡、充满活力的面容。

我从未与贝亚特丽切说过一句话。尽管如此，她在当时依然对我造成了极为深刻的影响。她的形象展现在我面前，仿佛一座圣殿向我敞开，将我变成了圣殿中的祈祷者。一夜之间，我摒弃了酗酒与深夜游荡的恶习。我再次安于独处，并重新喜欢上了阅读与散步。

---

[1] 这个名字来自意大利女子贝亚特丽切·波蒂纳里（Beatrice di Folco Portinari, 1265—1290），她是诗人但丁爱慕的对象，也是他创作《新生》与《神曲》的重要灵感来源。——译者注

这突如其来的转变为我招来了不少嘲笑。但现在我已经有了值得爱慕、值得崇拜的对象，重新有了理想，生活再次充满意义与丰富多彩的神秘，因此我并不为那些嘲笑而伤神。我重新得以自治，尽管只是作为自己所崇拜的形象的奴仆。

每当回想起那段时光时，我无法不为之动情。我穷尽最大的努力，在已经土崩瓦解的生活废墟之上重新建造起一个"光明世界"，又一次全身心地专注于一个愿望——彻底摒弃我内心的黑暗与丑恶，完全投身于光明，匍匐在神明面前。尽管这时的"光明世界"是我自己创造出来的，但它不再意味着躲进母亲的怀抱，逃避责任而享受彻底的安全感，而是由我自己制定并执行的新的要求，其中有责任感，也有自我约束。我饱尝其苦并一直在逃避的性欲，现在要经受这神圣火焰的净化，转化为才智与热忱。我的内心将不再有黑暗，不再有丑恶，不再有自怨自艾的夜晚，不再有色情图片带来的心动，不再偷听房门之后的禁忌，不再有淫欲。取而代之的，是我为自己设立的祭坛，上面供奉着贝亚特丽切的画像。我把自己奉献给她，奉献给精神与神明。从黑暗力量手中夺回的生命，我将尽数奉献给光明。我的目标并非情欲，而是纯净，并非幸福，而是美和灵性。

对贝亚特丽切的崇拜彻底改变了我的生活态度。昨天我还只是个心智早熟、愤世嫉俗的少年,今天便成了圣殿中的膜拜者,一心想成为圣洁的人。我不仅摒弃了过去那种罪恶的生活,还试图改变身边的环境,努力把纯洁、高尚与尊严融入生活中的各种事物,比如饮食、言谈和衣着。我开始在早上用冷水洗漱——起初颇费了一番努力才强迫自己做到。我的举止变得严肃庄重,体态挺拔,走路时放慢步伐以显得稳重。在旁观者看来这种行为或许很怪异,但在我内心,这是我礼拜神明的方式。

我表达自己新思想的方式多种多样,其中一种对我格外重要——我开始画画。这件事的起因是我收藏的那幅英国的贝亚特丽切画像跟我所爱慕的女孩不够相像。于是我想试着亲自动手画她。我心中抱着全新的喜悦与希望搜集了精美的画纸、颜料和画笔,放在自己的房间里——我最近刚刚有了自己的房间——又准备了调色板、玻璃杯、瓷碟和铅笔。新买的丹培拉颜料细腻雅致,我十分喜欢。其中有一款浓艳的铬绿色,至今我眼前仍浮现出它第一次放进白色的小瓷碟里时是多么光彩夺目。

刚动笔时我小心翼翼。描绘人脸并不容易,因此我想先画些别的东西练手。我画了装饰图案、花卉,根据自己的想象绘制了小幅风景画:小教堂边的一棵树、旁边栽有柏树的古罗马桥梁。有时我全身心地沉浸在绘画游戏当中,竟像拿着颜料盒的小孩子一样快乐。后来,我终于开始画贝亚特丽切。

画了几幅,都失败得很彻底,被我扔掉了。我越是努力回忆在街上遇见的那个女孩的面容,反倒越画不好。最终我干脆放弃了这个目标,只是单纯地画一张脸,跟随想象力的引导,让颜料和画笔自然地表达。得到的结果是一张梦中的面孔,我对此还算满意。但我随即开始了新的尝试,每一幅新的画像都变得更清晰,更接近原型,却依然与现实存在差距。

我逐渐习惯于梦游般用画笔绘制线条、填充色彩,不遵照任何先例,而是无意识地、游戏般探索。终于有一天,我几乎是无意识地画出了一张脸,它比此前的所有画像都更打动我。它并不是那个女孩的脸,何况我早已不再期望画出那张脸。那是另一种东西,是某种虚幻的东西,但它的价值却并未因此削减。它不像是女孩的脸,倒像是个少年的面孔,头发不是我爱慕的女孩那样的浅金色,而是泛着红色的棕发,下颌坚毅有力,嘴唇却红润娇艳。整体看来显得有些僵硬,像一张面具,却令人过目难忘,充满神秘的生命力。

我坐在完成的画像前,它给我带来一种怪异的感受。在我看来它仿佛一幅神像或一张神圣的面具,似男似女,无关年龄,坚毅而梦幻,凝滞而鲜活。这张脸似乎有话要对我说,它属于我,又有求于我。它似乎与某个人有几分相似，但我说不清像谁。

　　有段时间里，这幅画伴我体验过所有思绪，分享我的生活。我把它藏在抽屉里，不希望任何人发现它并借此嘲笑我。然而一旦我在自己的小房间里独处，我就会拿出这幅画，与它为伴。入夜，我用一根针把它别在床对面的墙纸上，望着它直到入睡。早晨醒来，我第一眼就会望向它。

　　也是在那段时间，我又开始像小时候一样频繁地做梦。我感到自己已经几年没有做过梦。现在我的梦又回来了，并且呈现出各种全新的景象，我画的那幅肖像越发频繁地出现在梦中，栩栩如生地对我说话，时而和颜悦色，时而怒目横眉，有时扭曲变形，有时却无比美丽、和谐、高雅。

　　一天早晨，我从这样的梦境中醒来，突然认出了那张脸。它望着我，看上去无比熟悉，似乎随时会呼唤我的名字。它仿佛认识我，就像母亲认识自己的孩子，它自许久以来就在关注我。我的心怦怦直跳，盯着那张画纸，那浓密的棕色头发，那略带女性气质的嘴，那带着神秘光芒的坚毅的额头（这道光是画纸干了之后自动出现的），领悟、重逢、豁然开朗的感觉离我越来越近。

　　我从床上一跃而起，站在那张脸前，几乎是紧贴着它观察，凝视着那双圆睁着眼神凝滞的绿眼睛，右眼比左眼略高一些。那只右眼突然抽动了一下，动作微妙却很清晰，它这一动，我立刻认出了画中的人……

我怎么会过了这么长时间才认出来呢！这是德米安的脸啊。

后来我反复把这幅画与记忆中德米安的真实面容进行对比。二者尽管相似，却不完全相同。但那无疑是德米安。

初夏的某天傍晚，火红的夕阳斜斜地照进我那扇朝西的窗户。房间被暮色浸染。我忽发奇想，把贝亚特丽切，抑或德米安的肖像用针别在窗棂上，看着夕阳怎样从背后将它映亮。那张脸的轮廓渐渐模糊，然而泛红的眼眶、前额的光芒和鲜红的嘴唇都迸发出深沉而狂野的光亮，在画纸上呼之欲出。我面对着它坐了良久，直到光芒已消失许久。渐渐地，我产生了一种感受，那不是贝亚特丽切，也不是德米安，那是我自己。画中的人并不像我——我也不认为它应该像我——但它反映了我的生活、我的精神世界、我的宿命或者我的心魔。我此生若能再遇到一位挚友，他便是这副模样。若我遇到此生挚爱，她亦会是这副模样。这便是我的生活与死亡，我命运的旋律与节奏。

那几个星期我正在读一本书，那本书对我的影响比以前读过的任何书都更深刻。自那以后我也鲜少再读过那样的书，或许只有尼采的作品能与之相较。那是诺瓦利斯[1]的一

---

[1] 诺瓦利斯（Novalis，1772—1801），德国浪漫主义诗人、作家、哲学家。著有诗歌《夜之赞歌》《圣歌》，小说《海因里希·冯·奥弗特丁根》等。——译者注

部作品，书中收录了书信与格言，其中的许多内容我都一知半解，却对我有着难以名状的吸引力。其中一句话忽然浮现在脑海，我便提笔把它写在那幅肖像下方："命运与心绪是同一事物的不同名字。"那一刻我终于明白了这句话。

我后来时常偶遇那个我称之为贝亚特丽切的女孩。我已不再为她心动，但对她总感到有种温和的默契，一种感性的直觉：与我结合的不是你，而是你的形象；你是我宿命的一部分。

我对马克斯·德米安的渴望重新变得强烈起来。我已经多年没有他的消息，唯一的接触是我在假期里偶遇过他一次。现在我才意识到我没有提到过这次短暂的相遇，我明白背后的原因有羞愧，也有虚荣心。我必须补述这次相遇。

有一次假期，我在故乡的街巷间漫步，脸上带着泡在酒馆里时常有的那种自命不凡又疲惫不堪的神情，提在手里的手杖摇摇晃晃，望着路上那些庸人的面孔，只觉得他们过时、守旧、令人厌烦。这时我的故交忽然迎面走来。我看到他不由得心中一震，思绪闪电般飘向了弗朗茨·克罗默。我多么希望德米安已经忘了那件事！为这件事欠他的人情实在令人难堪。虽然那只是童年时的一场闹剧，但我毕竟欠了他的人情……

他看上去有些犹豫，像是在观察我是否愿意跟他打招呼，我尽力表现得很平静，向他伸出手。他握手的方式一点儿也没变！坚定、温暖而冷静，很有男子气概！他端详着我的脸说："辛克莱，你长大了。"依我看他倒是完全没变，一如既往地苍老又年轻。

他与我同行，我们边散步边聊着无关紧要的事情，闭口不提过去的事。我想起我曾给他写过好几封信，却没有得到回复。唉，我多么希望他把那些傻里傻气的信也忘掉！他对那些信只字未提！

当时还没有贝亚特丽切和肖像的事，我仍处在狂放不羁的人生阶段。快走到老城时，我邀他和我同去酒馆，他答应了。我大张旗鼓地点了一瓶葡萄酒，倒进杯里，与他碰了杯，然后为了炫耀我熟知学生们喝酒的惯例，我将第一杯酒一饮而尽。

"你经常去酒馆吗？"他问我。

"是啊，"我故作懒散地说，"不然还能做什么呢？到头来，只有这件事最有趣。"

"你这么想吗？也许吧。其中确实有些美好的东西——醉意、狂欢！可我觉得，对于大多数经常去酒馆的人来说，这些吸引力已经消失殆尽。在我看来，频繁地去酒馆是种很庸俗的行为。没错，偶尔在夜里伴着烛火享受微醺带来的恍惚，这确实很美妙！但若频繁如此，一杯接一杯地喝酒，便是另一码事了，不是吗？你能想象浮士德夜复一夜地坐在酒桌旁会是什么样子吗？"

93

我喝了口酒，抵触地打量着他。

"这个嘛，不是人人都是浮士德。"我干脆地说。

他看着我，有些困惑。

然后他笑了，与从前一样轻松而超脱。

"好啦，何必为这个吵架呢？归根结底，酒鬼和浪荡子的生活方式可比墨守成规的人精彩多了。而且我曾经读到过，浪荡子的生活方式是成为神秘主义者的最佳准备之一。成为先知的往往是这样的人，比如圣奥古斯丁，他也曾是一名享乐至上的风流人物。"

我对他半信半疑，并且不想受他左右，便淡淡地说："是啊，各有所好！至于我，坦白地说，我一丁点儿也不想成为什么先知。"

德米安微微眯起眼睛，意味深长地望着我。

"亲爱的辛克莱，"他不慌不忙地说，"我并不是有意要说些让你不开心的话。顺便说一句——至于你现在为什么要这样喝酒，你我对此都不清楚。只有你的内在、塑造你生活的那些东西才知道答案。你只要记住这一点就好：我们的内心都有一个人，他无所不知、无所不愿，无论什么事情，他都比我们自己做得更好。——请见谅，我该回家了。"

我们简短地道了别。之后我依然闷闷不乐地坐在桌边，直到喝光瓶中酒，准备离开时我才发现德米安已经付了钱。这让我更加窝火。

此刻我的思绪再次停留在这件小事上。德米安占据了我的思绪。他在城外那家小酒馆里对我说的那番话重新浮现在我的记忆中，出奇地清晰，言犹在耳——"只要记住这一点就好：我们的内心都有一个人，他无所不知！"

我望着挂在窗前的画，背后的光线已经完全暗淡下去，但在我眼中，那双眼睛仍在发光。那是德米安的目光。或是我内心那个无所不知的人的目光。

我对德米安的思念无比强烈！我对他一无所知，他对我遥不可及。我只知道他可能在某地上大学，以及他中学毕业之后，他母亲离开了我们那座城镇。

我在头脑中搜寻一切有关马克斯·德米安的记忆，一直回溯到我与克罗默之间的纠葛。他曾对我说的许多话重新在我脑海中响起，许多话放在今天依然有道理，依然适用，依然能触动我！上次不甚愉快的会面中他所说的关于浪荡子和圣徒的那番话，此刻也突然清晰地浮现在我心中。这不正是我的经历吗？我不也曾经沉迷于买醉和污秽，我不也曾经麻木不仁、自甘堕落吗？后来不也有种新的动力在我内心激发了与之相反的东西，激起了我对纯洁与神圣的渴望吗？

我继续沉浸在回忆中，窗外夜色已深，雨不停地落下。我的回忆中也响着雨声，那是栗子树下的那一幕，他向我问起弗朗茨·克罗默的事，并第一次猜中了我的秘密。往事一幕接一幕地浮现：上学路上的对话，坚信礼预备课。最后我又想起与马克斯·德米安的第一次相遇。究竟是怎么回事来着？我一时想不起来，花了些时间，潜入记忆深处。现在那些记忆终于浮出了水面。我们站在我家大门外，他与我分享了他对该隐的看法。他还提到我家大门上方那枚饱经风霜的古老纹章，就刻在下窄上宽的拱顶石上。他说他对那枚纹章很感兴趣，还说人们应该多留意这样的东西。

那天夜里，我梦见了德米安和那枚纹章。它的外观变幻莫测，德米安把它拿在手里，有时是个灰暗的小物件，有时又是个五彩缤纷的庞然大物，然而德米安解释说这都是同一件东西。最后他强迫我吃掉那枚纹章。吞下它的那一刻，我惊骇万分，发现纹章上那只被我吞下的鸟竟然还活着，在体内填满了我，并开始从内而外地吞噬我。我心中满是对死亡的畏惧，惊醒了过来。

醒来时已是午夜，我听见雨溅进房间里，起身去关窗户时，踩到了地上一件浅颜色的东西。到了早上，我发现踩到的是我的画。它湿漉漉地躺在地上，皱了起来。我把它放在两张吸水纸之间，夹在一本厚书里晾干。第二天再去看时，画纸已经干了，但画像变了模样。鲜红的嘴唇褪了色，变得更薄。现在它完全是德米安的嘴了。

我拿出一张新画纸开始作画，画的是纹章上的那只鸟。它确切的模样我已记不清楚，而且我知道有些细节即使在近处也难以辨认，因为那纹章本就古老，又时常被重新粉刷。那只鸟或站或坐在某个东西上，也许是一朵花、一只提篮或鸟窝，又或许是一棵树的树冠。我并不在意这些，而是开始绘制我想象中较为清晰的部分。一种模糊的冲动驱使着我在刚开始就采用了浓烈的颜色，在我的画纸上，那只鸟的头部是金黄色的。我随着自己的心情继续绘画，在几天后完成了那幅画。

画中是一只猛禽，长着雀鹰那样犀利、轮廓分明的头。鸟的身体半嵌在黑暗的地球中，仿佛正从一颗巨大的鸟蛋中破壳而出，画面的背景是蓝色的天空。端详这幅画的时间越长，我越觉得它就是出现在我梦中的那枚五彩缤纷的纹章。

要我给德米安写信是绝不可能的，即便知道他的地址我也不会写。那段时间我总好像身处梦境之中，借着这种恍惚的直觉，我决定把那幅雀鹰的画寄给他，不管他能否收到。我什么都没写，甚至连名字也没署，只小心地给画裁了边，买了一只大信封，把我朋友从前的地址写在上面，之后便把画寄了出去。

考试临近，我不得不比以往更加努力地做功课。自从我突然改变顽劣的态度以后，老师们原谅了我。尽管这时的我依旧算不上好学生，但无论我自己还是其他人，都不再像半年前那样认为我会被学校处分而劝退了。

父亲写来的信又恢复了从前的语气，不再带着责备和威胁。然而父亲也好，其他人也罢，我并不打算向他们解释我究竟为什么转变了心性。至于这种转变恰好符合父母和老师们的期望，这只是个巧合。它并没有使我与旁人更亲近，拉近我与旁人的距离，而是使我更加孤独。它指向未知的方向，指向德米安，指向遥远的宿命。我还在转变之中，并不知道最终会如何。这一切始于贝亚特丽切，然而一段时间以来我都与自己的画作和关于德米安的思绪一起生活在某个虚幻的世界里，她已经彻底消失在我的眼中和思绪中。我不会向任何人说起我的梦境、我的期望和我内心的转变，即使我想，也无法用言语表达出来。

但我怎么会想要那样做呢？

鸟儿奋力破壳而出

我画的梦中鸟已经在路上,去寻找我的朋友。而我以一种奇特无比的方式收到了回复。

一次课间休息时,我在座位上发现我的书里夹了一张纸条。那张纸恰好折成了我们在课堂上偷偷传的纸条的样子。我不禁纳闷儿谁会给我传这样的纸条,因为我从未与任何同学有这样的交情。我以为这是在邀我跟其他学生一起胡闹开玩笑,而我不想参加,便把纸条留在书里没有打开。直到上课时,那张纸条偶然掉在了我手里。

我摆弄着那张纸,漫不经心地拆开,发现上面写了几句话。我瞥了一眼,目光停留在一个词上,不由得一惊,继续读了下去,这时我的心感知到宿命的召唤,战栗不已,仿佛处在严寒之中:

"鸟儿奋力破壳而出。蛋壳即世界。若要出生,必先摧毁一个世界。鸟飞向神。神的名字叫阿布拉克萨斯。"

把这几句话反复读了几遍后,我陷入了深深的沉思。毫无疑问,这是来自德米安的回复。除了他和我,再没有旁人知道那只鸟。他收到了我的画,明白了我的意思,并帮助我解读它。可是这一切究竟是怎么联系起来的?而且最令我困惑的是,阿布拉克萨斯是什么?我从没听过或者读到过这个词。"神的名字叫阿布拉克萨斯!"

那节课过去了,我什么也没听进。下一节课开始了,这是上午的最后一节课,上课的是位年轻的助教,刚从大学毕业不久,我们都很喜欢他;他很年轻,跟我们在一起时从不摆老师的架子。

福伦博士带着我们阅读希罗多德。这是我为数不多的几门感兴趣的课程之一。然而这天我的心思并不在课堂上。我机械地翻开书本,没有跟上翻译的进程,而是沉浸在自己的思绪当中。值得一提的是,我已经对德米安在宗教课上告诉我的那句话的正确性有过多次亲身体会:只要你对一件事的渴望足够强烈,就能成功。如果我在课堂上非常专注于自己的思绪,便不用担心被打扰,老师会让我静静坐着。诚然,如果我开小差或者犯困,老师便会突然出现在面前——对此我也有过亲身体会。不过当一个人真正沉浸在思考当中时,他会在冥冥中受到保护。我也试过目光坚定地注视别人的办法,发现它确实有效。与德米安一起上学时我没成功过,而现在,我时常体会到人的目光和思绪的效力有多么强大。

我就这样坐在课桌前，思绪飘向远离希罗多德和学校的地方。然而这时，老师的声音如闪电般出其不意地击中了我的意识，我顿时惊醒。我听见老师的声音，他就站在我身边，我还以为他叫了我的名字。但是他并没有看我。我松了口气。

这时我又听见了他的声音。他声音洪亮地说出了一个词："阿布拉克萨斯。"

福伦博士正在讲课，开头的部分我没听见，只听他继续说道："我们不该站在理性主义的角度，想当然地认为古代教派和神秘组织的观点是天真幼稚的。古代人并不了解我们眼中的科学。当时的人们热衷于研究哲学神秘理论，这方面的理论在古代高度发达。由其中一些理论衍生出了魔术与戏法，这固然经常引发欺诈和犯罪行为，但魔法的起源实际上很高贵，其中蕴藏着深刻的思想。正如我之前用来举例的阿布拉克萨斯教派。人们经常把这个名字与古希腊的巫术联系起来，认为它是某个魔鬼的名字，一些原始部落至今还相信这种说法。但阿布拉克萨斯似乎还有更深层的含义。我们可以把它看作某种灵性的名字，其作用在于它的象征意义，也就是神性与邪恶其实是一体的。"

这位身形瘦小的饱学之士情绪高涨地继续进行细致的讲解，但学生们听得并不怎么认真，由于阿布拉克萨斯的名字没有再次出现，我的注意力也很快回到了自己身上。

"神性与邪恶其实是一体的"，这句话在我脑海中回荡，使我回忆起发生在我与德米安友谊的最后阶段的一次谈话。当时德米安说，我们崇拜的神确实存在，但世界被武断地分成两半，而这个神只能代表其中一半（也就是那个公开的、正派的"光明世界"）。然而人们应该崇拜完整的世界，也就是说，要么存在一个既具备神性又具备魔性的神，要么人们在崇拜神的同时也应该崇拜魔鬼。——现在，阿布拉克萨斯就是那个既具备神性又具备魔性的神。

有段时间我满怀热情地搜寻线索，却毫无进展。我翻遍整座图书馆，寻找有关阿布拉克萨斯的信息，依然没有收获。不过我的天性从来就不适合这种直接、有意识的寻找，因为这样找到的只有确凿无疑的信息。

我曾经深切迷恋的贝亚特丽切的形象如今也日渐退却，或者说是她渐渐离我而去，走向地平线，变得越来越朦胧、遥远、苍白。她已不再能满足我的灵魂。

这段时间，在我奇特的、梦游般的内心世界里，某种新的东西正渐渐成形。对生命的渴望在我心中萌发，抑或是对爱的渴望、对性的追求——这些欲念曾经被我融入对贝亚特丽切的爱慕之中，而现在它们需要新的形象与目标。然而我依然没有得到满足，甚至比从前更难以欺瞒自己的渴望。我的伙伴们靠追求女生来获得快乐，我对此并不抱期望。我又开始频繁地做梦，白日梦甚至更多于夜梦。各种想法、景象和愿望在我心中萌生，将我引离外在世界，我与内心的景象、梦境、暗影之间的互动反而比我与真实的外界环境的更加真切生动。

一个特殊的梦，或者说一种反复出现的幻想，渐渐变得对我意义重大。这是我一生中最重要、影响最深远的梦，它大概是这样的：我回到父母的宅第——纹章上的鸟依然嵌在大门上方，在蓝色的背景上散发着黄色的光芒——走进房子后，母亲向我迎面走来，然而当我迎上去想拥抱她的时候，忽然发现那不是我的母亲，而是一个我从未见过的形象，高大而强壮，与马克斯·德米安以及我画中的人物有几分相似，却又不尽相同，而且那身影虽然健壮，却是全然女性化的。那个身影将我揽到身边，用深沉的、令人战栗、充满爱意的拥抱将我裹挟。欢乐与恐惧彼此交织，这拥抱是礼拜仪式也是罪孽。无数关于母亲的记忆、关于我的朋友德米安的记忆萦绕在拥抱我的这个身形周围。她的拥抱违背了所有敬畏，却蕴藏着无尽的喜悦。我经常从这个梦境中惊醒，感到发自心底的幸福，却也时常伴随着极度的恐惧和良心的折磨，仿佛刚刚从罪恶中醒来。

渐渐地、不自觉地，内心的这个身影与外部世界里我所寻找的神明给我的启示之间产生了联系。这种联系随后变得越发紧密深切，我渐渐感到我正是在这个带有启示性的梦境中呼唤了阿布拉克萨斯。欢乐与恐惧、男人与女人彼此混杂，最神圣与最恐怖的事物盘根错节，最深重的罪恶与最纯洁的天真交织纠缠——这便是我关于爱的梦境，这便是阿布拉克萨斯。爱不再是我起初满心恐惧地感受到的那种阴暗的动物本能，也不再是我献给贝亚特丽切画像的那种虔诚的灵性崇拜。它二者皆有，又超越了这二者。它是天使的形象，也是撒旦，是男与女、是人与兽、是至善与至恶。我似乎注定要生活其中，品尝它的滋味是我宿命所归。我渴望它，又畏惧它，然而它永远存在，无时无刻不悬在我头顶。

第二年春天，我从文理中学毕业，该上大学了，但我还不知道应该去哪里上学、学些什么。我蓄起了唇髭，已然是个成年人，内心却茫然无助，没有生活的目标。只有一件事是确定的：我内心的声音，我梦中的身影。我知道自己的任务就是不加质疑地追随它，但是要做到并非易事，我每天都在与自己作对。我时常想，也许是我疯了？也许我与旁人不一样？然而只要投入一点勤奋与努力，我便也能尽数做到旁人能做到的事情，我能阅读柏拉图，能解三角函数，能分析化学式。唯独有件事我做不到：把深藏在我心底的目标挖掘出来，并像旁人那样摆在自己面前。旁人的目标一目了然，他们知道自己想成为教授、法官、医生或者艺术家，知道需要多长时间才能实现这些目标，知道它们能给自己带来什么好处。而我做不到这些。也许我将来也会变成这样的人，但我怎么可能预知呢？也许我会找寻多年，依然一事无成、目标不清。也许我会实现一个目标，但那是个邪恶、危险、可怕的目标。

我毕生所求不过是遵照自己的内心而生活。为什么会这样难？

我多次尝试画出梦中那个象征爱的强大形象，但从未成功过。如果成功，我打算把这幅画寄给德米安。他在哪里？我不知道。我只知道他与我之间有着某种纽带。我什么时候会再次见到他呢？

爱慕贝亚特丽切的那几个月里的安详平和已消失殆尽。我曾以为自己终于抵达一座内心岛屿，获得了平静。但事实是一旦我适应了某个状态，满足于某个梦境，它就会迅速地衰败、褪色。哀叹追忆皆是无用功！这时的我仿佛被火焰炙烤着，渴望得不到满足，心中满是紧张的期待，时常令我理智尽失，几近癫狂。梦中那个形象时常无比清晰地出现在我面前，比我眼前的双手还要清晰。我与它交谈，对着它哭泣，咒骂它。我唤它为母亲，跪在它面前涕泪交加；我称它为情人，感受它成熟而圆满的亲吻；我斥它为魔鬼和娼妓，吸血鬼和杀人凶手。它引诱我进入最温柔的春梦，体验最狂野的荒淫行为，世上没有比它更美好精致的事物，也没有比它更邪恶低贱的事物。那年的整个冬天，我的内心都处在难以用言语描述的风暴之中。我早已习惯了孤独，它并不使我感到压抑。我有德米安、有雀鹰、有梦中那个庞大的形象——我的宿命与爱人——为伴，这足以让我安于生活，因为这一切的前景都指向广袤、辽远之地，都指向阿布拉克萨斯。然而这些梦境与思绪都不听从我的指挥，我无法召唤其中任何一个，也无法随心所欲地为它们涂上色彩。它们向我走来，裹挟着我，我受到它们的支配，我的生活由它们操纵。

诚然，表面看来我安然无恙。我不怕与人接触，我的同学们对此很清楚，并隐隐对我抱有敬意，这时常令我忍俊不禁。只要我愿意，就能看穿他们当中大部分人的心思，偶尔运用这个本领时总会让人大为震惊。但我很少这样做，甚至可以说从不这样做，而总是沉浸在自己的世界里。我热切地盼望着活出一段属于自己的人生，把自己的一部分奉献给世界，与之建立某种关系，与之纠缠。有时我在夜晚漫步在街头，由于心中烦躁，往往直到午夜才回家，我总觉得就在此时此刻我一定会遇见我的爱人，她会在下一个街角，或在下一个窗口呼唤我。有时这一切令我痛苦得难以忍受，甚至做好了结束自己生命的准备。

由于一个"巧合"，我在那段时间找到了一个特殊的避风港。但所谓的"巧合"并不存在。如果一个人迫切地需要某种东西，并且找到了这个东西，并不是巧合把这样东西带给他的，而是他自己，是他的渴望和需求指引他找到的。

我在整座城市里漫步时，曾有两三次听见郊外的一座小教堂传出管风琴的乐声，但没有停下脚步聆听。再次经过时我又听见了琴声，认出那是巴赫的乐曲。我走到门口，发现门是关着的，由于街上几乎空无一人，我索性在教堂墙角的石礅上坐下，立起大衣的衣领，欣赏起乐曲。那架管风琴听起来并不大，但是工艺上乘，演奏技艺不落俗套，带有独特的、充满个人特质的表现力，蕴藏着演奏者的意志力与恒心，仿佛祈祷时的心声。我感到演奏者知道这乐声中隐藏着宝藏，他正竭尽全力地追求、寻找这笔宝藏。我对音乐的演奏技巧了解不多，但从童年时代起我就本能地理解这种抒发心志的表达方式，对其中蕴藏的情感了然于胸。

弹琴的人接着演奏了几首现代乐曲，可能是雷格的作品。教堂里几乎漆黑一片，只有一缕微弱的光线照进附近的窗口。我等到乐声结束，又踱步徘徊了一阵，看见管风琴手走出了教堂。那是个年轻人，比我年长些，身材结实矮小，他快步走开，步伐强劲有力，却似乎带着些许不情愿。

自那以后我常在傍晚时分在教堂门外流连，时而坐着，时而踱步。有一次我发现大门开着，便在长凳上坐了半小时，瑟瑟发抖却满心喜悦，管风琴手在楼上借着昏暗的煤气灯光演奏。透过他演奏的音乐，我听见的不仅是他自己，他演奏的乐曲彼此之间都有关联,有一种隐秘的纽带。他演奏的音乐都蕴含着虔诚之心,但不是教堂里的信徒和牧师的那种虔诚之心,而是中世纪的那些朝圣者与乞丐毫无保留献给世界的虔诚,超越了任何表白。他勤恳地演奏着巴赫之前的作曲家们的作品和古代意大利作曲家的作品。所有乐曲都在表达音乐家灵魂中的情感:渴望——渴望以最深切的方式体会世界又断然与之分离,焦灼地倾听自己黑暗的灵魂,对奉献的沉醉以及对奇妙事物深深的好奇。

有一次,我在管风琴手离开教堂后偷偷跟在后面,看见他走进城郊偏远处的一家小酒馆。我忍不住也跟着走了进去。这是我第一次清楚地看见他。他坐在小房间角落的酒桌旁,头戴一顶黑色毡帽,面前摆着一杯酒。他的面容正是我想象中的样子,丑陋中带着野性,带着探寻与固执,执拗而意志坚定,嘴巴却很柔和,带着孩子气。他的男子气概与力量集中在眼睛与额头,脸的下半部分则柔和稚嫩,不受约束且带着些许柔弱的气质,下巴显得优柔寡断,像个孩子,与额头和目光形成鲜明的对比。那双棕色的眼睛使我倍感亲切,眼神里满是孤傲与敌意。

我一言不发地在他对面坐下,酒馆里再没有其他人。他瞪了我一眼,似乎想以此把我赶走。然而我一动不动,坚定地注视着他,直到他不耐烦地嘟囔:"你死盯着我干什么?有事吗?"

"没事，"我说，"只是我从你这里收获了很多。"

他皱起眉头。

"这么说你是音乐爱好者？我觉得盲目喜欢音乐叫人反胃。"

我没有被他的话吓退。

"我经常在教堂外听你演奏，"我说道，"顺便说一句，我并无意打扰你。我以为自己或许能从你这里找寻到一些不同寻常的东西，尽管我也不清楚自己究竟在找什么。不过你不必理会我！我只要在教堂里听你弹琴就够了。"

"我都是把门锁上的。"

"前些天你忘了锁门，我就在里面坐下了。不然我都是站在外面或者坐在路边听。"

"是吗？下次你可以进来，里面暖和些。只要敲门就可以。不过你得用力敲门才行，不要在我弹琴的时候敲。现在说吧——你想说什么来着？你很年轻，应该是中学生或者大学生吧。你学的是音乐吗？"

"不是。我喜欢听音乐，但只喜欢你弹奏的那种，绝对音乐[1]，让听众感到撼天动地的力量的音乐。我非常喜欢音乐，我猜这是因为音乐几乎不受道德的约束。其他一切都要讲道德，而我在寻找无关乎道德的东西。我一直受道德约束之苦。我表达得不清楚。——你知道吗？这世上应该

---

[1] 没有明确标题的纯音乐。——编者注

有一个既是上帝又是魔鬼的神。我听说曾经有过一个这样的神。"

乐手把宽大的毡帽往后推了推，甩开垂在他宽阔前额的黑发，从桌子另一边专注地打量着我，把脸凑近我。

他紧张地轻声问："你说的那个神叫什么名字？"

"遗憾的是我对他几乎一无所知，只知道他的名字。叫作阿布拉克萨斯。"

乐手警惕地环顾四周，似乎担心有人偷听。然后他凑近我低声说道："我猜到了。你究竟是谁？"

"我只是文理中学的一名学生。"

"你怎么会知道阿布拉克萨斯？"

"偶然知道的。"

他猛地一拍桌子，杯里的葡萄酒洒了出来。

"偶然！年轻人，你少放——少胡说！阿布拉克萨斯可不是能偶然知道的，你记住。我倒是可以告诉你更多关于他的事情。我对他略知一二。"

他沉默了一阵，把椅子往后挪了挪。我满怀期待地望着他，他却做了个鬼脸。

"这里不方便！改天再说——这个你拿着！"

他的外套还穿在身上没有脱下，他伸手在口袋里掏了掏，拿出几颗烤栗子丢给我。

我没说话，接过栗子吃掉了，吃得心满意足。

"话说,"过了一会儿他又压低声音问道,"你是怎么知道——他的?"

我毫不犹豫地告诉了他。

"有段时间我孤身一人,不知所措,"我讲道,"这时我想起了一位故交,他见识广博。我画了一幅画,是一只鸟从地球仪里飞出来,我把那幅画寄给了他。过了段时间,就在我对此不抱任何希望的时候,一张纸条莫名来到了我手里,上面写着:'鸟儿奋力破壳而出。蛋壳即世界。若要出生,必先摧毁一个世界。鸟飞向神。神的名字叫阿布拉克萨斯。'"

他没有回答,我们剥着栗子,边吃边喝酒。

"我们再来一杯?"他问。

"不用了,谢谢。我不喜欢喝酒。"

他笑笑,显得有些失望。

"随你吧!我跟你不一样。我还要在这里待一会儿。你走吧!"

再次与他见面,是听完管风琴后我随他一起离开,他不怎么健谈。他带我走上一条老巷子,走进一幢古老气派的大宅子,上楼来到一个宽敞的房间。房间阴暗而破败,除了一架钢琴外再没有任何与音乐相关的东西。大书柜和写字台倒是为房间增添了一丝学者气。

"你有好多书啊!"我赞赏地说。

"有些是我父亲书房里的书，我和他同住——没错，年轻人，我还跟父母一起住，但我不能介绍你跟他们认识。在这个家里没人关心我跟什么人来往。想必你也知道，我是个不成器的儿子。我父亲是个非常体面的人物，是这座城市有名的牧师和传道者。而我——你很快就会知道——是他那个辜负了才华和前途的儿子，离经叛道，甚至变得有些疯疯癫癫。我曾经是个神学学生，却在临近国考的时候离开了这个古板的专业。尽管如此，我依然在通过自学钻研这门学科。我至今依然对人们造出来的各种神明非常感兴趣。除此以外我现在也是个乐手，而且看样子不久就会获得一个管风琴师的小职位。到那时，我就又回归教会了。"

我沿着书脊逐一看过去，借着台灯微弱的光亮，我看见了希腊语、拉丁语和希伯来语的书籍。与此同时，我的新朋友趴在墙边暗处的地上，不知在忙些什么。

"你来，"过了一会儿他召唤我，"我们来练习一下哲学思考，换句话说就是闭上嘴，趴着思考。"

他趴在壁炉前面，划着一根火柴伸进壁炉，点燃了里面的纸和柴火。火苗蔓得很高，他小心翼翼地拨弄着柴火，不时添进新的木柴。我也挨着他在那块破旧的地毯上趴下。他凝视着炉火，我也被火焰所吸引，我们在摇曳的炉火前趴了大约一个小时，沉默不语地望着炉火燃烧翻腾，坍塌消减，闪烁颤抖，最终归于沉寂，变成红热的木炭沉在炉膛底部。

"对火的崇拜并非人类最愚蠢的发明。"他自言自语地嘟囔过一句。除此以外我们谁都没说过话。我目光凝滞地盯着火焰,沉浸在梦境与寂静之中,辨认着烟雾中的身影,灰烬中的图像。中途我猛然惊醒了一下,原来是同伴往炭火中扔了一小块树脂,一束纤细的火苗跃然而起,我在其中看见了那只长着黄色雀鹰头的鸟。在逐渐熄灭的残烬中,金色的炽热线条交汇成网,呈现出字母与图像,记忆中的面孔、动物、植物、蠕虫和蛇一一浮现。我如梦初醒,望向同伴,他正用拳头撑着下巴,专注而狂热地盯着灰烬。

"我该走了。"我轻声说道。

"好的,你走吧。再会!"

他没起身。由于灯已经灭了,我只好在鬼屋般的老房子里摸索着前行,颇费了一番功夫才走出幽暗的房间、走廊和楼梯。来到街上,我停下脚步抬头望着那幢老宅。房子里没有亮着灯火的窗户。门外的煤气灯照亮了一块小小的黄铜门牌。

上面写着:"皮斯托留斯,主任牧师。"

直到回到家里,吃过晚饭,独自坐在我的小房间里时,我才意识到自己从皮斯托留斯那里既没有了解到阿布拉克萨斯,也没有学到别的东西。我们说过的话甚至不超过十个词。然而我对这次拜访非常满足。他还答应下次见面会为我演奏一首古老的管风琴曲目，是布克斯特胡德的一段帕萨卡利亚舞曲，非常细腻动人。

不知不觉中，管风琴师皮斯托留斯给我上了第一课，就在他隐士住的一般的小房间里，我们一起趴在壁炉前的地板上的时候。凝视炉火对我裨益颇多，它强化并确认了某种我始终拥有却从未真正留意过的偏好——这一点渐渐变得明晰起来。

自童年起，我就有种偏好——我喜欢看自然界中的各种奇异形态，不是观察，而是沉浸在它们自身的魅力与混乱的深层表达之中。已经木化的修长树根、石头上的彩色条纹、漂浮在水面上的油斑、玻璃上的裂缝——所有这些东西对我都有着极大的吸引力，特别是水与火、烟雾、云朵、尘埃以及我闭上眼睛时看见的那些难以捉摸的旋转的彩色斑点。在第一次拜访皮斯托留斯之后的几天里，这些记忆重新浮现。我发现，自那以后我更加强烈地感受到了某种力量与喜悦，对自我的感受也有所增强，而这仅仅是因为我长时间凝视着燃烧的炉火。这个行为竟然令人如此愉悦而充实，实在奇妙！

在通往真正人生目标的道路上，至今为止对我有过帮助的几次经历之后，又多了一种新的经历：观察诸如此类的形态，沉浸在非理性的、奇异怪诞的自然形态中，我们的内心会产生一种感觉，仿佛我们的内心与创造出这些形态的意志融为一体。随即我们会想把这些形态看作源自自己的奇思妙想，是我们自己的创造。我们会看见自身与自然之间的界限在动摇，在消融，并体验到一种莫名的情绪：不知自己视网膜上的图像究竟来自外界投射还是源自内心。这种练习最能让我们意识到自己多么富有创造力，我们的心灵始终在参与对世界的持续创造。我们与自然之间存在着不可分割的神性，即使外部世界消失，我们当中也有人能够重建它，因为山峦与河流、树木与叶片、根须与花朵，自然界的一切形态都已在我们内心预先成形，源自心灵，心灵的本质即永恒。我们并不了解其本质，却往往通过爱与创造力的形式感知一二。

直到多年以后我才在一本书中读到能够验证这种观察的说法，那是达·芬奇的一本著作，他在其中提到观察一堵被许多人吐过唾沫的墙是多么美好而发人深省。面对那堵潮湿的墙上的斑点时，他的感受与皮斯托留斯和我在炉火前的感受是相同的。

再次相聚时，管风琴手对我做了解释。

"我们总是把自我的界限划定得太窄了！我们总认为只有那些个体化的、独特的东西才算是自我。然而我们每个人的构成都来自整个世界。我们体内蕴藏着进化演变的族谱，可以回溯至鱼类，甚至更早，所有曾经存在于人类内心的事物都蕴藏在我们的内心。所有曾经存在的神祇与魔鬼,无论来自希腊人、中国人还是祖鲁人,都以机会、愿望、出路的方式存在于我们内心。即使人类灭绝,只剩下一个没有接受过任何教育,只略有些才智的孩子,这个孩子依然能重新发现一切事物的发展历程,重新创造出神祇、魔鬼、天堂、约束和禁忌、《新约》和《旧约》,一切都将得以重造。"

"既然这么说,"我反驳道,"那个人的价值又如何体现呢?既然我们的内心已经包罗万象,我们为什么还要有所追求呢?"

"等等!"皮斯托留斯激动地大声说道,"被动地承载整个世界,与知道自己内心承载着整个世界,其中的区别可大着呢!一个疯子也许能让人联想到柏拉图的学说,一个笃信摩拉维亚教派的学徒也许能通过思考创造性地得出诺斯底教派与袄教神话之间的深层联系。但他们对自身潜质一无所知!只要不知情,他就与一棵树、一块石头无异,最多能与动物相提并论。然而当这种认识的火花开始闪现时,他便成了人。你该不会认为,仅仅因为能直立行走、怀胎九月,街上所有两条腿走路的生物就都是人吧?想必你也看得出,有多少人无异于鱼羊,无异于昆虫刺猬,无异于蚂蚁蜜蜂!诚然,每个人都具备成人的可能性,但只有他意识到这种可能,甚至学着有意识地掌控这种可能性时，这种可能才真正属于他。"

我们的谈话大抵如此。它们很少带给我全新的、完全出乎意料的想法，但所有谈话，哪怕其中最平淡的对话，都在轻柔而持续地敲击我内心的某一个点，所有这些谈话都在帮助我塑造自我，帮我褪去旧的自我，破除蛋壳。每次谈话过后，我的头都昂得更高一些，更自由一些，直到我内心的那只黄鸟从破碎的世界蛋壳中探出它猛禽般美丽的头。

我们也时常向彼此讲述自己的梦境。皮斯托留斯知道该如何阐释梦境。我还记得一个非常奇妙的例子，我做过一个梦，在那个梦中我会飞，但这种飞行只不过是我被一股我控制不了的巨大力量抛向空中。飞翔的感觉虽然令人神往，但它随即会被恐惧感取代，因为我发现自己被身不由己地抛到了惊人的高度。这时我发现了一种脱险的办法，那就是我可以通过屏住呼吸和调节呼吸的力度来控制升降。

对此，皮斯托留斯说："使你飞起来的那股力量，是人类的一种了不起的能力，其实人人都有。这种感觉与世间种种力量的根源紧密相关，但它很快就会使人心生畏惧！这非常危险！正因如此，大多数人宁愿放弃飞翔而循规蹈矩地走在路上。但你不是这种人，有胆识的年轻人就应该这样。你发现了一个奇妙的现象，并且能渐渐掌控这种力量——在推动你飞翔的强大力量之外还有一股更微弱的个人的力量,它来自一个器官,一个控制器!而它至关重要。如果没有这个器官,人们就会身不由己地飞向高空,就像疯子那样——他们对这种力量的领悟比走在路上的普通人更深刻,但他们缺乏控制这种力量的诀窍或者控制器,因此他们会坠入无底深渊。但是你,辛克莱,你做到了!而且,恐怕你还不知道自己是怎样做到的吧?你利用的是一个全新的器官,一个呼吸调节器官。想必现在你也发现了,究其根本,你的灵魂所包含的'个性化'内容并不多。这个呼吸调节器官并不是它发明的!它甚至不是新鲜事物!它已经存在了上千年,你只是借用了它。它其实就是鱼类的平衡器官——鱼鳔。而且在现实当中,如今依然还存在一些奇特而保守的鱼类,它们的鱼鳔也算是一种形式的肺,在特定情况下真的可以用于呼吸。换句话说,它和你在梦中用作飞行器官的肺完全一样!"

他甚至给我带来过一本动物学的书,把那些古老的鱼类的名字和图片指给我看。伴着一阵奇特的忐忑,某种来自演化进程早期阶段的功能在我体内变得活跃起来。

雅各与天使搏斗

我从古怪乐手皮斯托留斯那里学到的有关阿布拉克萨斯的知识，无法一言以蔽之。然而我从他那里学到的最重要的东西是在通往自我的道路上迈出的一步。那时我大约十八岁，是个特立独行的年轻人，在许多方面都堪称少年老成，然而在其他许多方面却非常迟钝无助。把自己与旁人相比时，我时常感到自豪，甚至自命不凡，但沮丧自卑的感觉也同样常有。我时常觉得自己是个天才，也时常觉得自己是半个疯子。我无法融入同龄人的欢乐和生活，也常常因为责备和忧愁而备受煎熬。我仿佛彻底与旁人隔绝，孤单绝望，仿佛生活对我关闭了大门。

皮斯托留斯自己就是个十足的怪人，他教会了我不气馁，自重自持。他总能在我的言语、梦境、幻想和思绪中找到有价值的东西，并且总是认真对待、认真讨论这些东西。是他为我树立了榜样。

"你曾告诉我,"他说道,"你喜欢音乐,是因为它不受道德的约束。我对此不加评判。但你自己也不该成为道德卫士!你不该拿自己与别人相比,如果大自然让你变成一只蝙蝠,你就不该执着于变成鸵鸟。有时你觉得自己与人格格不入,懊恼自己选择了与多数人不同的道路。你必须学会忘记这些。看看火焰,看看云朵,当灵感来临,当你内心的声音开始说话时,顺应它的呼唤,而不要急着质疑它是否符合你的老师、父亲或者某个亲爱的神灵的意志!那样会毁掉你的。你会走上平庸的道路,变成一块化石。亲爱的辛克莱,我们的神叫作阿布拉克萨斯,他是神,也是魔鬼,他同时包含了光明与黑暗的世界。你的任何思想、任何梦境,阿布拉克萨斯都不会反对。永远不要忘记这一点。不过一旦你变得无可指摘、泯然众人,他就会弃你而去,去寻找新的容器来酝酿他的思想。"

在我所有的梦当中,那个黑暗的情欲之梦最为持久。我一而再再而三地陷入这个梦境,从雕刻着鸟儿图案的纹章下经过,走进我家的老房子,想要抱住母亲,拥进怀里的却是那个高大的、亦男亦女的女子,我既畏惧她,又对她抱有炽热的渴望。而这个梦,我从未向友人说起过。对他敞开心扉时,我总是把这部分保留下来。这是我内心的角落、我的秘密、我的庇护所。

每当感到沮丧时,我总会求皮斯托留斯为我演奏布克斯特胡德的帕萨卡利亚舞曲。坐在入夜时分昏暗的教堂里，我沉浸在这奇异而真挚、醉人而发人深省的音乐中。它总能让我身心舒畅，鼓励我听从自己内心的声音。

有时，虽然管风琴声已经消散，我们依然会在教堂里再坐一会儿，望着微弱的暮色从尖拱顶的高窗照进来，消失在幽暗中。

"说来也怪，"皮斯托留斯说，"我曾经研究神学，差点儿成为牧师。但那只是我犯的一个形式上的错误。成为牧师真的是我的使命，也是我的人生目标。但我选了条简单的路，在还没了解到阿布拉克萨斯的时候就把自己奉献给耶和华。罢了，每种信仰都是美好的。信仰事关心灵，领受基督教圣餐也好，去麦加朝圣也罢，都是一码事。"

"那你其实还有机会成为牧师的。"我说道。

"不会，辛克莱，不可能。那样我就得撒谎了。我们宗教的施行方式几乎是非宗教性质的。它假装自己是理智的产物。若实在迫不得已，天主教牧师我还可以当，但是新教牧师——不可能！我认识的少数几名真正的信徒——我确实认识这样的人——他们喜欢咬文嚼字，面对那样的人，有些话是不能说出口的。我不能说耶稣对于我来说不是一个人，而是一个英雄形象、一个神话，是人类在永恒之墙上绘制出的一个庞大的身影。而对于其他人，那些为了听一番口齿伶俐的说辞，为了完成任务、为了不怠慢神灵而走进教堂的人,我又该对他们说些什么呢?劝他们笃信?然而这并不是我所追求的。牧师要做的并不是劝人改宗,他们只想生活在与自己志同道合的信徒中间,承载并宣扬人们用于创造神灵的那种感觉。"

他稍作停顿,然后继续说道:"至于我们新的信仰,我们为它选择了阿布拉克萨斯这个名字,亲爱的朋友,这很好。它是我们拥有的最美好的东西。但它还是个婴儿!它还没有生出翅膀。唉,孤独的信仰不算是真正的信仰。它必须广为人知,必须有祭礼与狂欢,有庆典与秘密……"

他沉思了许久。

"人们不能独自,或者在最小范围内举办神秘仪式吗?"我有些迟疑地问。

"当然可以,"他点点头,"我早就开始举行这样的仪式了。我独自举办过一些祭礼,倘若被人发现,只怕我要被关进牢里几年。但我知道,这还不是正确的方式。"

他忽然在我肩头一拍,把我吓了一跳。"小伙子,"他恳切地说,"你肯定也有自己的秘密。我知道,有些梦你一定不愿意告诉我。我并不想知道这些梦,但我想告诉你:去实现这些梦,演绎它们,为它们建造祭坛!这还不完美,但总算是个办法。至于我们——你、我,还有其他几个人——能否改变世界,还需拭目以待。但在我们内心深处,我们必须日复一日地改变世界,否则我们将一事无成。

记住这一点！辛克莱，你十八岁正年轻，却不去找风尘女子，你一定对情欲有梦想，有渴望。也许这些梦让你害怕。不要害怕它们！它们是你拥有过的最好的东西！你大可以相信我。我在你这个年纪时强迫自己摒弃了这些梦，因此错过了许多。人不该这样。一旦对阿布拉克萨斯有所了解，就不应该再这样。对于内心深处的渴望，我们既不应该害怕，也不应该将它们视为禁忌。"

我惊讶地反驳道："但是人不能随心所欲地办事！比方说不能因为讨厌一个人，就把他杀死。"

他向我凑近些。

"在特定情况下，这也是可以的。只不过这在大多数情况下都是错误的。我的意思并不是要你不加节制地去做任何你想做的事情，不是的。我的意思是你不应该压制，或者在道德层面评判这些想法，从而让这些原本符合情理的想法变得有害。与其把自己或他人钉上十字架，不如喝上一杯葡萄酒，思考它们的象征性。即使不这样做，人们依然可以带着尊重与爱去面对内心的冲动和所谓的诱惑。然后，它们就会展示其中的意义，而它们都有各自的意义。——辛克莱，下一次你头脑中涌现出或疯狂或罪恶的行为，下一次你想到杀人或者某些大不敬的事情，那么请你花些时间思考一下，这其实是阿布拉克萨斯借由你的内心所幻想出来的。你想杀的人从来都不是某某先生，他只是表象。当我们憎恨一个人的时候，我们憎恨的其实是他的某些方面或者形象所反映出的存在于我们内心的一部分。不存在于我们内心的东西根本不会使我们激动。"

皮斯托留斯从未说过如此触动我内心深处的话。我不知该如何作答。不过最令我震撼、惊奇的是，多年来我一直把德米安曾对我说的话记在心里，而皮斯托留斯的这番话竟然与之产生了共鸣。他们素不相识，却对我说了同样的话。

"我们看见的事物，"皮斯托留斯轻声说道，"正是我们内心的事物。除了存在于我们内心的现实，世上并不存在其他现实。正是出于这个原因，许多人的生活并不真实，因为他们把外界的影像当作现实，而不允许自己的内心世界开口。这样的生活也有可能是幸福的。但是一旦了解了另一种情况，就再也无法安于庸人的道路。辛克莱，庸人的道路是轻松的，而我们的道路很艰难。——但我们依然要走下去。"

在那之后我等过他两次，他都没有赴约，几天后我在深夜的街头见到了他。他孤身一人顶着寒风走过街角，脚步踉跄，喝得烂醉。我不忍心叫他。他从我身边走过，没有看见我。他直视前方，眼神炽热而寂寞，仿佛在追随某种来自未知黑暗的召唤。我跟着他走过一条街，他仿佛被一根无形的线牵引着，脚步狂热而迷茫，如同一个幽灵。我悲伤地返回住处，思绪再次回到了那些未实现的梦境。

"他就是这样在心中改变世界的!"我这样想,同时又意识到自己的想法是种低级的道德评判。我对他的梦又了解多少呢?也许他醉醺醺走过的道路反而比我战战兢兢走过的道路更稳当。

某天课间休息时,我注意到一个我从未留意过的同学很想接近我。他是个瘦弱的小个子,看起来身体虚弱,长着稀疏的金红色头发,眼神和举止都有些古怪。一天晚上我回家时,他正在巷子里等我,看着我从他身边经过,便跟在我身后,直到在我们的房子大门口停下脚步。

"你找我有事吗?"我问。

"我只是想跟你谈一谈,"他羞涩地说,"麻烦你借一步说话。"

我跟着他走,感觉到他内心深处翻涌着激动与期待。他的手直发抖。

"你是灵媒吗?"他突然毫无铺垫地问。

"不是,克瑙尔,"我不禁笑了,"根本不是。你怎么会这么想呢?"

"那你研究神智学吗?"

"也不。"

"哎,别这么守口如瓶嘛!我能感觉到你身上有些特殊的气质。我从你的眼神里看得出来。我真的相信你与幽灵有接触。我不是出于好奇才问的,辛克莱,不是这样!我自己也是个探求者,而且非常孤独,你明白吗?"

"那你就说出来嘛!"我鼓励道,"虽然我对幽灵一无所知,但我生活在自己的梦里,想必你感受到的正是这一点。其他人也生活在梦中,但不是在他们自己的梦中,这就是我们的区别所在。"

"是啊,也许正是这样,"他低声说,"关键在于你生活在什么样的梦里。——你听说过白魔法吗?"

我没听说过,只好否认。

"白魔法就是学习如何控制自我。学会这个就可以长生不老,还能施展法术。你难道从未做过这样的练习吗?"

我好奇地问都有哪些练习,他起初含糊其词,直到我转身要走时,他才开始讲述。

"比方说,当我想入睡或者集中精力时,就会做这样一种练习。我会想象某样东西,比如一个词或者一个名字,或者一个几何图形。我尽最大可能全神贯注地在心里想着它,试图在我的脑海中看到它,直到感觉到它确实存在于我的脑海中。然后,我会把想象引到喉咙,到其他地方,直到我完全被充满。到那时,我已经变得极其坚定,任何事物都无法打扰我。"

我大致明白他的意思。但我能感觉到他心里还有别的事情,因为他看起来异常激动、焦躁。于是我鼓励他提问,他很快就说出了心中的真正想法。

"你也在禁欲吗？"他焦虑地问我。

"你是指哪方面？性生活方面吗？"

"是的。我已经禁欲两年了，自从我知道这些教义就开始了。在那之前我曾有过不道德的行为，你知道的。——这么说，你从未和女人在一起过？"

"没有，"我说，"我还没遇见合适的人。"

"那如果你遇见了你认为合适的人，你会和她睡觉吗？"

"会啊，当然会。如果她不反对的话。"我带些讽刺地说。

"唉，那你就走错路了！只有完全禁欲，才能培养出内在的力量。我已经坚持了两年多。两年零一个多月！这太难了！有时我几乎要坚持不住了。"

"听我说，克瑙尔，我认为禁欲并不至于那样至关重要。"

"我知道，"他反驳道，"所有人都这么说。但我万万没想到你也会这么说。人若想走上高尚的精神之路，就必须保持纯洁，这是无可争辩的！"

"好，那你就这样做吧！但我不明白，为什么能压抑住性欲的人就比其他人更加'纯洁'。还是你能抑制自己所有与性有关的想法和梦？"

他绝望地看着我。

"不能，根本不能！天啊，可是我必须这样做。有时我在夜里做的梦连我自己都不敢细想！可怕至极，你明白我的意思吗?"

我想起了皮斯托留斯对我说的话。尽管我认为他说的话很有道理,却无法将它转述给其他人,我无法给出自己没有亲身体验的建议,何况我自己也不打算照做。我沉默了,感到很愧疚,有人向我寻求建议,我却无法帮助他。

"我所有办法都试过了!"克瑙尔在我身边哀叹道,"一切可能的办法我都用过,冷水澡、冰雪、跳操、跑步,可是全都没用。每天夜里我都会从那些不该出现的梦中醒来。最可怕的是,我在精神上学到的一切也在渐渐丧失。我几乎再也无法集中精力,无法入睡,常常整夜醒着。我实在坚持不住了。如果我最终无法在这场抗争中胜出,如果我屈服了,再次变得不纯洁,那我就比那些从未抗争过的人更不道德。你明白吗?"

我点点头,却不知该说些什么。他已经开始使我厌倦了,我不由得惊讶,面对他显而易见的困境和绝望我竟然没有太深的触动。我心里想的只是:我实在帮不上你。

"所以你真的完全没办法吗?"他最终疲惫而悲伤地说道,"一丁点儿办法都没有吗?一定有办法的!你是怎么做到的?"

"我实在没什么能告诉你的,克瑙尔。在这方面没人能帮得上忙。也没有人帮过我。你只能自己思考,按照你的本性行事。没有别的办法。如果你连自我都找不到,我想你也找不到幽灵。"

这位小个子年轻人突然露出失望的神情,沉默地盯着我看。接着,他的眼神忽然被憎恶点亮,他面容扭曲,愤怒地大喊起来:"好啊,你真是个圣人!你肯定也做过不光彩的事,我知道!你装得清高,实际上你和我、和所有人一样!就是头猪,跟我一样的猪。我们都是猪!"

我抛下他走了。他跟在我身后迈出两三步,然后停下脚步,转身跑开了。我对他既同情又憎恶,不禁感到有些恶心。这种感觉挥之不去,直到我回到家,走进自己的小房间,取出几幅画挂在周围,满怀渴望地全身心沉浸在梦境中才好些。关于老宅大门和纹章的梦境立刻浮现,还有母亲和那个陌生的女人,这一次她的面容清晰无比,我当晚便开始绘制她的肖像。

我在恍惚中偶尔抽空画上一会儿,几天后,这幅画完成了,我在夜晚把它挂在墙上,把台灯挪到画像前,站在画像对面,仿佛面对一个我必须与之抗争到底的幽灵。这是一张脸,与我此前画的我的朋友德米安的脸相似,也有几分像我自己。一只眼睛明显高于另一只,画中人的目光落在我身上,深沉地凝视着我,充满宿命感。

我站在它面前,内心的紧张使我胸口发冷。我询问它,指责它,爱抚它,向它祈祷。我唤它为母亲,称它为爱人,斥它为娼妓,叫它阿布拉克萨斯。其间,我不时想起皮斯托留斯——抑或是德米安?——说过的话。我不记得这些话是什么时候说的,但它们再次在我耳畔响起,说的是雅各与上帝的天使之间的那场搏斗,以及"我不会放开你的,除非你祝福我"。

在灯光的映照下,画中的那张脸似乎在不断发生变化。它时而明亮耀眼,时而黑暗阴郁,苍白的眼睑时而紧闭着遮住死去的双眼,时而睁开发射出炽烈的目光,它亦女亦男,是少女,是幼童,是动物,模糊成一片,又变得庞大而清晰。最终我受到强烈的内心感召,闭上双眼,那幅肖像在我的内心,无比强大、有力。我想跪倒在它面前,但它已彻底融入我的内心,无法与我分离,它似乎已然变成了我。

我突然听见一种阴暗、沉重的轰鸣声,仿佛早春的雷声,一种不可名状的全新感觉令我战栗不已,既恐惧又兴奋。星星在我眼前闪烁又熄灭,无数记忆在我头脑中涌现,回溯至最早的、被我遗忘的童年。甚至前世,乃至生命存在的最早期阶段都向我奔涌而来。这些记忆似乎把我此生所有秘密都重温了一遍,它们既不属于昨天也不属于今天,它们奔涌向前,映射出未来,将我从今天抽离,塑造成新的生命形态。这些形态异常明亮刺眼,然而过后我却无法清晰地回忆起其中任何一个。

夜里,我从沉睡中醒来,发现自己依然穿着白天的衣服，横躺在床上。我点亮了灯，隐约感到必须回忆起某些重要的事，却已经记不清几个小时前发生的事情。灯亮了，记忆逐渐恢复。我四下寻找那幅画，它已不再挂在墙上，也不在桌子上。这时我依稀想起把它烧了。抑或那只是一个梦，我梦见自己让它在手中烧掉，并吃掉了灰烬？

一种巨大的、不安的躁动驱使着我。我戴上帽子出门，走过房子和街巷，仿佛被某种力量强迫着快步走过街道和广场，仿佛被风暴裹挟。来到朋友的教堂外，我在黑暗中聆听、反复地寻找，却不清楚究竟在找什么，只是受黑暗的力量驱使着。我走过城郊，那里有几家妓院，此时还亮着几盏灯。再往外走，是新建的建筑群和成堆的砖瓦，其中一部分被灰色的冰雪覆盖。我在莫名的驱使下宛如梦游者穿越这片城市荒漠，忽然想起了父亲生活的那座城市里的一座新建筑，我的霸凌者克罗默曾把我带到那里，第一次跟我算账。眼前灰暗的夜色中有座类似的建筑，黑暗的门洞向我张开，吸引着我。我试图躲避，却绊倒在沙土和瓦砾上；那股力量变得更强，我不得不走了进去。

我在木板和碎砖烂瓦间踉跄前行，走进了这座荒芜的房子，空气浑浊湿冷，带着石头的气息。地上有一堆灰白色的沙子，其他地方则一片漆黑。

突然，一个惊讶的声音唤住了我："看在上帝的分儿上，辛克莱，你怎么会到这儿来？"

在我身边的黑暗中，一个身影幽灵般从地上站起，是个矮小而瘦弱的男生，我惊魂未定，认出那是我的同学克瑙尔。

"你怎么会到这儿来呢？"他问道，激动得仿佛发了疯，"你是怎么找到我的？"

我一头雾水。

"我不是来找你的。"我昏昏沉沉地说道，每说一个字都无比吃力，我的嘴唇似乎被冻住了，僵硬而麻木。

他怔怔地看着我。

"不是找我的？"

"不是。有种力量把我吸引到这里。你召唤我了吗？你一定是召唤了我。你在这里干什么？已经这么晚了。"

他用瘦弱的手臂紧紧地抱住我。

"是啊，这么晚了。天很快就要亮了。哦，辛克莱，你没有忘记我！你能原谅我吗？"

"原谅什么？"

"唉，那天我实在太过分了！"

直到这时我才想起我们之间的对话。那好像是四五天前的事？感觉像是上辈子的事情。但现在我突然记起了一切。不仅记得我们之间发生的事，也明白了我为什么会来到这里，以及克瑙尔打算在这里做什么。

"克瑙尔，这么说你是想自杀？"

寒冷和恐惧使他浑身颤抖。

"是的，我是想过这样做。但我不知道自己是否有这样的勇气。我想等到天亮再说。"

我拉着他来到室外。灰暗的天空映出黎明的第一缕曙光，显得清冷、百无聊赖。

我挽着他的手臂走了一段路，然后不由自主地说："现在你回家去，不要对旁人说起这件事！你走上了错误的道路，错的！我们也不像你说的那样，全都是猪。我们是人。是我们创造了神灵，并与之搏斗，而他们会赐福与我们。"

我们沉默地继续往前走，渐行渐远直到分开。我回到家时天色已经大亮。

在St.城的那段岁月里，我最美好的经历莫过于和皮斯托留斯共度的时光，无论在管风琴旁还是在壁炉前。我们一起读了一篇关于阿布拉克萨斯的希腊文献，他为我朗诵了一些吠陀[1]的译文，并教我诵念神圣的"唵"。然而我内心世界的提升并不是由于这些知识，反倒可能恰恰相反。令我欣慰的是我的内心正在进步，我对自己的梦想、思想和感知力越发自信，对蕴藏在自己内心的力量的了解也与日俱增。

---

1 "吠陀"（Veda）的本意为知识、启示。吠陀文献是吠陀教最重要的教典，广义上的吠陀文献包括四部吠陀本集、《梵书》、《森林书》和《奥义书》。——译者注

皮斯托留斯与我之间的默契是全方位的。只要我把思绪强烈地集中在他身上，就能确定他会来见我，或者会回应我。我可以像对德米安那样向他提出任何问题，而他本人甚至不必在场：我只需要在头脑中清晰地想象他的形象，并把我的问题通过强烈的思绪传给他。所有投入到问题中的精力都会以答案的形式返回我心里。然而我心中呼唤的那个人既不是想象中的皮斯托留斯也不是德米安，而是出现在我梦境中并被我画下来的那个雌雄难辨的形象。现在它不仅存在于我的梦境，也不再是纸上的画像，而是存在于我的内心，成了理想形象与自我提升的象征。

有件事既奇怪又有几分滑稽，那就是我与自杀未遂的克瑙尔之间的关系。自从我那天夜里受到感召去救下他之后，他便像个忠诚的仆人或猎犬，努力想把他的生命与我联系起来，盲目地对我亦步亦趋。他总是带着最古怪的问题和心愿来找我，他想看见幽灵，想学习卡巴拉[1]，并且无论我怎样向他保证我对这些东西一无所知，他都不肯相信。他坚持认为我无所不能。然而奇怪的是，他带着稀奇古怪的蠢问题来找我的时候，往往正是我心中有个打不开的心结的时候，他的古怪念头和请求往往会击中关键词，为我

---

[1] 卡巴拉（Kabbala）是一种与犹太教的哲学观点有关的思想流派，用来解释永恒的造物主与凡人和有限的宇宙之间的关系。——译者注

带来启示和解决办法。他总令我不胜其烦,也总被我毫不客气地赶走,但我隐约感到:他是某种未知的力量派到我身边来的,我赠予他的,总会加倍地返还到我自己心中,他也是我的一位向导,或者一条道路。他还带给我许多奇书和手稿,想从中寻求救赎,这些东西教给我的见识远比我当时意识到的更多。

后来,这位克瑙尔在不知不觉间淡出了我的人生道路。他与我之间不需要争吵便渐渐断了联系。皮斯托留斯则不同。在St.城的学业临近尾声时,我与这位朋友之间发生了一件怪事。

即使最和善的人,这辈子也难免会违逆一次孝道与感恩的美德。每个人都必须跨出这一步,脱离父权与师长的权威,只是大多数人在对孤独的艰辛有所体会后,都很难忍受这种孤独,不久便会再次屈服。我并没有通过激烈的抗争来与父母和他们的世界,也就是我美好童年时期的"光明"世界分离,这种分离发生得很缓慢,几乎在不知不觉间,我们变得疏远而陌生。这令我十分遗憾,每当回到故乡探亲时,我总是很痛苦。但这种痛苦没有深入内心,我尚能承受。

然而对于那些我们不是出于习惯,而是自发地喜爱和尊敬的人——比如最真心交往的同学和朋友——当我们忽然意识到内心的湍流要把我们从喜爱的人身边带走时,那个时刻是极为苦涩、可怕的。对朋友和师长的每一次拒绝都带着毒刺，刺向我们的内心，每一次反抗都反弹回来，精准地打在自己的脸上。自认为正直的人也会被打上"背信弃义"和"忘恩负义"的标签，嘘声与烙印挥之不去、无法磨灭。惊惶之中，受惊的心灵躲进道德纯净的童年峡谷，不敢相信人生竟然必须经历这样的分离，这样的纽带竟然必须被切断。

随着时间的推移，我内心逐渐萌生了一种反感，不愿再心悦诚服地把我的朋友皮斯托留斯视为自己的引路人。在我青年时代最重要的几个月里，与我为伴的是他的友谊、建议、安慰和陪伴。上帝通过他向我传话。我的梦境通过他的叙述回到了我身边，得到澄清与解释。他给我勇气去做真实的自己。——然而现在，我渐渐感到自己对他产生了抵触。我在他的话语中听到了太多的说教，我感觉他只理解部分的我。

我们之间没有争吵，没有难看的场面，没有决裂，没有争长论短。我只是对他说了一句话——其实是句没有恶意的话，但正是在那一刻，存在于我们之间的幻象四分五裂，变成了五彩的碎片。

这种感觉已经隐约压抑了我一段时间，它变得明晰起来是在一个星期天，在他那间古老的书房里。我们趴在火炉前的地板上，他在谈论神秘主义和其他宗教形式，他正在研究这些东西，反思它们，并思索它们的前景。而在我看来这一切更像是奇门异术，不是生活中至关重要的东西。他的话语在我听来像掉书袋，像在废墟间徒劳地翻找逝去的世界。那一刻我突然对他的治学方式，对他这种对神秘主义的崇拜和四处拼凑来的信仰形式充满了厌恶。

"皮斯托留斯，"我突然说道，语气中的恶意连我自己都感到惊讶、恐惧，"再给我讲一个梦吧，一个真正的梦，你在夜里做过的梦。你现在讲的这些东西实在是太——太老掉牙了！"

他从没听见过我这样说话，就连我自己也在那一瞬间感到羞愧与惊恐。我意识到我射向他的那支箭正中他的心灵，而且这支箭来自他自己的武器库——他偶尔会用半是讽刺的语气自责，这些话语此刻被我恶意地尖锐化，然后抛回给他。

他即刻听出了我的意思，陷入了沉默。我惴惴不安地看着他，他的脸色苍白得可怕。

经过一段漫长而沉重的缄默，他往炉火里添了新的木柴，平静地说："你说得很对，辛克莱，你是个聪明的小伙子。我不会再拿这些老掉牙的东西来烦你了。"

他的语气非常平静，但我还是听得出他内心的痛楚。我干的这是什么混账事！

我的泪水几乎要夺眶而出，我想真诚地向他解释，请求他的原谅，向他保证我的爱和发自心底的感激。感人的话语浮现在我的脑海——然而我却说不出口。我就那样趴着，望着火焰沉默不语。他也一言不发，我们就这样趴着，看着火焰逐渐暗淡、熄灭。每一次火焰噼啪作响，我都感到某种美好而真挚的东西被燃成灰烬，消散在空中，再也无法追回。

"恐怕你误会我了。"我终于窘迫地开了口，声音非常生涩、嘶哑。这些毫无意义的蠢话机械地从我嘴里蹦出来，仿佛在念报纸上刊登的小说。

"我完全明白你的意思，"皮斯托留斯轻声说道，"你说得很对，"他停顿了一下，然后缓缓地接着说道，"某种程度而言，任何人都有权利驳斥另一个人，你说得很对。"

不，不，我的内心在呐喊，我错了！——然而我什么都说不出口。我知道，我用一个不起眼的词指出了他的根本弱点，戳中了他的困境与痛处。我触碰到的是连他自己都心存疑虑的东西。他的理想已经"老掉牙"了，他是个回溯过去的探求者，一个浪漫主义者。这一刻我突然深刻地体会到皮斯托留斯对于我的意义，以及他给予我的东西，然而他却无法给予自己同样的东西。他引导我走上了一条路，而这条路就连他——我的引路人也无法踏足，我们只能渐行渐远。

天知道这句话是怎么冒出来的！我对他根本没有恶意，

也从未料到这句话会引发一场灾难。直到话说出口的那一刻,我都不清楚自己要说什么,我只是顺口说的一句有些调侃意味、有些刻薄的玩笑话,却成了命运的转折点。我漫不经心的一次小小的莽撞言行,在他心中却成了一次审判。

唉,我当时多么希望他大发雷霆,为自己辩护,对我大喊大叫!然而他并没有那样做,这一切必须由我在自己内心深处独自完成。如果他没往心里去,或许还会笑出声。然而他笑不出来,这让我真正看清了自己对他的伤害有多深。

皮斯托留斯平静地接受了我这个鲁莽又忘恩负义的后生的言语攻击,并将我的话视为宿命的一部分,这使我憎恶自己,将这一轻率的行为放大了无数倍。我出手时以为自己攻击的是一个强大且善战的对手,而对方却是个安静、逆来顺受的人,毫无反击之力,只默默地承受了我的攻击。

我们在渐渐熄灭的炉火前趴了很长时间。每一个炽热的形状,每根化为灰烬的弯曲柴火都让我想起那些幸福、美好、充实的时光,对皮斯托留斯的愧疚感越来越沉重。我终于再也无法忍受,站起身走开了。我在他房门外站了许久,在幽暗的楼梯上站了许久,在屋外徘徊了许久,等待着他,期盼着他出来追上我。然后我离开了,在城区和市郊、在公园和树林游荡了几个小时,直到天黑。那是我第一次感受到自己额头上带着该隐的印记。

我逐渐开始反思。我的情绪完全偏向于自责，为皮斯托留斯辩护，最终却总是得出相反的结论。我无数次想要收回自己鲁莽的话语，为它后悔不已，但那句话毕竟是事实。直到现在我才真正理解皮斯托留斯，理解他的整个梦想。他梦想成为一名牧师，宣扬新的宗教，为提升自我、爱与敬神提出新的形式，树立新的象征。但这不是他的强项，亦非他的使命。他过于沉湎于过去，对过去的事物过于了解，他具备太多有关古埃及、古印度、密特拉教和阿布拉克萨斯的知识。他的爱被束缚在世人已知的事物上，尽管在内心深处他也明白新的宗教必须是全新的、与众不同的，必须从新鲜的土壤中萌芽，而无法从收藏品和图书馆中汲取。也许他的使命就是帮助他人找到自我，正像他对我做的那样。至于给予人们前所未闻的启发，向他们介绍新的神灵，这并非他的使命。

这时，我头脑中突然燃起一个烈焰般灼热的想法：每个人都有一个"使命"，但没人能自主选择、改写、任意实行这个使命。追求新的神灵是错误的，想要给予世界新鲜事物是彻底错误的！觉醒的人只有一个最、最、最要紧的责任，那就是寻找自我，坚定自己的内心，摸索前行的道路，无论它通向何方。这个念头深深地震撼了我，这也正是我从这件事上得到的收获。我时常憧憬未来的图景，幻想着自己可能成为的角色，也许是诗人，也许是先知，或者画家，或者别的什么角色。这一切其实都无关紧要。我存在的意义不是为了写诗、布道或者作画，我也好，其他人也罢，都不是为了这些事而生。这些都是附带的身份。每个人真正的职责只有一个：回归自我。他最终想成为诗人还是疯子、先知还是罪犯，都无关紧要，归根结底这些都是次要的。他的使命是找到自己的宿命，并且全然地、完整地投入其中，而不是随随便便度过一生。其他一切都是片面的，是在尝试逃避，是归复庸人的理想，是随波逐流，是在畏惧自己的内心世界。我眼前浮现出一幅可怕而神圣的全新图景，我曾上百次预感到它，也许已经多次表达过类似的想法，但直到现在才对它有所体会。我是自然的一次尝试，一次对未知的尝试，也许会通向新的事物，也许会通向虚无。让这种尝试从我生命的最深处萌发，让它通过我来实现其意愿，并将其转换为我的意志，这便是我的使命。再无其他！

我已品尝过许多种孤独的滋味。此时我隐约感知到世间还有更深的孤独，并且是一种无法逃避的孤独。

我没有尝试与皮斯托留斯和解。我们依然以朋友相称，但我们之间的关系已经发生了改变。我们只谈论过这件事一次，或者应该说只有他谈论过一次。他说："我曾经梦想成为一名牧师，这你是知道的。我非常想成为我们时常设想的新生宗教的牧师，但我永远无法实现这个梦想。长久以来我对此都心知肚明，但内心始终没有承认。也许我会以其他方式做与牧师相关的工作，弹管风琴也好，其他方式也罢。但围绕在我身边的事物必须是我视为美丽、神圣的东西，管风琴乐曲、宗教仪式、符号和神话，我需要这些东西，离不开这些东西——这是我的弱点所在。辛克莱，有时我也知道自己不该有这样的愿望，这是奢望，也是弱点。更伟大、更正确的做法是完全听从宿命的安排而不做任何要求。然而我做不到，这是我唯一做不到的事情。也许有一天你能够做到。小伙子，这很难，是世上唯一真正困难的事情。我经常梦见这些却做不到，这使我感到恐惧：我做不到赤裸裸地、孤独地存在于世间，我像一条可怜巴巴、身体孱弱的狗，需要温暖和食物，并且偶尔希望有同类与自己做伴。如果一个人别无所求，只想追寻自己的命运，那么他将不再有同伴，他将彻底孤身一人，围绕在他周围的只有寒冷的宇宙。你知道的，耶稣在客西马尼园便是这样的情景。有些殉道者甘愿被钉在十字架上，但他们依然不能算英雄人物，没有获得解脱，他们依然向往自己熟悉和习惯的事物，他们也有榜样，有理想。只想追寻命运的人是没有榜样与理想的，没有爱，没有慰藉！而且这是他们的必经之路。你我这样的人虽然孤独，但我们毕竟有彼此做伴，我们有种共同的、隐秘的满足感，觉得自己与众不同，我们是叛逆者，追求的并非俗物。然而如果一个人执意要走这条路,那么就连这个想法他也必须摒弃。他不能抱着成为革命者、榜样或者殉道者这样的想法。这是难以想象的——"

没错,这难以想象,但依然可以存在于梦想中,可以接近,可以感知。有几次,我处于非常平静的状态时依稀体会到了这一点。我观照内心,直视命运的图景,而命运双眼圆睁,与我四目相对。那双眼睛或充满智慧,或写满癫狂,或散发着爱意或者深重的恶意,都是一回事。对于这些,人不能选择,不能渴望。人只能渴望自我,渴望实现自己的命运。皮斯托留斯作为我的引路人,正是带领我向这个方向前进了一段路。

那段日子里我像盲人一样四处游荡,风暴在我内心咆哮,每一步都危机重重。我能看见的只有前方的黑暗深渊,过往的所有道路都通向其中,万劫不复。在内心深处,我看见一位引路人的形象,与德米安有几分相似,眼中映着我的宿命。

我在纸上写下:"一位引路人离开了我。我彻底陷入黑暗。我无法独自前行。帮帮我!"

我想把这张纸寄给德米安。然而每次想寄出时它看起来都显得愚蠢,毫无意义,于是我索性作罢。但我背下了这段简短的祷告词,并时常在心中默念。它时刻伴随着我。我渐渐开始明白祷告意味着什么。

我的中学时代结束了。父亲为我安排了一场毕业旅行，之后我就要去上大学了。至于选择哪个院系，我并不清楚。我获准先读一个学期的哲学再做决定。其实即使就读其他专业，我的满意程度都是一样的。

夏娃夫人

毕业后的假期里，我去过一次马克斯·德米安和他母亲多年前居住过的房子。花园里有位老妇人在散步，我与她攀谈起来，得知她是这房子的主人。我问起德米安一家，她还记得他们，但不清楚他们现在住在何处。她发现我对这家人感兴趣，便带我进了房子，找出一本皮封面相册，给我看了一张德米安母亲的照片。我已经记不清她的相貌。然而看见那张小照片的那一刻，我的心跳仿佛停止了——那正是我梦中的形象！就是她，那位高大、带些男性气质的女性身影，与她的儿子有些相似，气质中有母性，有威严，也蕴藏着深沉的情欲，美丽而诱人，美丽而不可接近，是魔鬼亦是慈母，是宿命亦是爱人。这便是她！

得知我梦中的形象竟然真实存在于世间，一种狂野的惊奇席卷了我的心！世间竟有这样一位女子，容貌全然是我命中注定的样子！她在哪儿？在哪儿？——而且她竟然是德米安的母亲。

不久之后我便踏上了旅途。那真是一段奇异的旅行！我马不停蹄地从一个目的地赶往下一个目的地，追随着自己的念头，不停地寻找那名女子。有些日子里，遇见的许多人都令我想起她，联想到她，都与她相似。这些身影带领我穿过陌生城市的街巷，走过火车站，走进火车车厢，仿佛错综复杂的梦境。还有些日子里，我意识到自己的寻找是多么徒劳，索性无所事事地坐在公园里、酒店的花园里、等候室里，反观自己的内心，试图让内心深处的图景活跃起来，但它却总是腼腆又难以捉摸。我日夜难眠，只在坐着火车穿越未知的风景时才能短暂打个盹儿。有一次，在苏黎世，有个行为放荡的美丽女人一直跟着我。我几乎看也没看她，只把她当作空气，继续往前走。我宁愿即刻死去，也不愿在其他女人身上浪费一刻的工夫。

我感到命运正牵引着我，成功近在咫尺而我却无力实现它，这令我焦躁得快要发疯。有一次，在某个火车站，我记得是因斯布鲁克站，我透过一列刚刚驶离的列车车窗看见了一个令我联想到她的身影，之后连续几天我都闷闷不乐。某天夜里的梦中，那个身影突然再次浮现，我醒来时意识到自己的追寻毫无意义，感到愧疚又无趣，索性返回了家乡。

几个星期以后，我在H大学注册入学。学校的一切都令我失望。我报读的哲学史课程跟同学们的行为一样空洞而机械。所有人都像是同一个模子刻出来的,行为千篇一律,年轻的脸上带着热切的喜悦,看上去也空洞而虚假!但我自由了,整天的时间都属于我自己,我住在城外一座寂静而美丽的老旧建筑里,桌上放着几本尼采的书。我就这样与尼采相伴,感受他孤独的灵魂,感受命运无可避免地驱使着他,体会着他的痛苦。得知曾经有人如此坚定地走着属于自己的道路,这令我感到欣慰。

某个夜晚,我顶着秋风在城市里漫步,听见酒馆里飘出兄弟会的歌声,敞开的窗户里涌出云团似的烟雾,雄厚的歌声滔滔不绝,响亮而整齐,却毫无生气,千人一面地死板。

我站在街角听着,两家酒馆里飘出年轻人循规蹈矩的喧闹声,融入夜色。人人都在团结一心,人人都在拉帮结派,人人都在背弃宿命的召唤,藏身于温暖的人群。

两个男人缓步从我身后走过。我听见了他们对话的只言片语。

"这不正像是非洲村庄里的青年聚会地吗?"其中一个人说,"一切都吻合,就连文身也正流行。你瞧,这便是欧洲的年轻一代。"

那声音在我听来惊人地熟悉——我认得这个声音。我跟在他们身后走进幽暗的小巷。其中一个是个日本人,个子不高，举止从容，路灯的光映亮了他泛黄的脸，我看见他笑盈盈的。

这时另一个人开了口。

"其实，在你们日本也没多大区别。不随波逐流的人无论在哪里都很少见。这里也有这样的人存在。"

每一个字都敲击着我的心，令我惊喜又紧张。我听出了说话人的声音。是德米安。

在这个秋风瑟瑟的夜晚，我跟在他和那个日本人身后走过幽暗的小巷，听着他们的交谈，享受着德米安的声音语调。那声音依然如故，蕴藏着昔日美好的自信与平静，吸引着我。此刻一切都好。我找到了他。

在城郊一条街道的尽头，那位日本人向他道别后打开了一扇房门。德米安则原路折了回来，我在路中间停下脚步，等待着他。我的心扑通直跳，望着他向我的方向走来，他身姿挺拔矫健，身穿一件棕色雨衣，胳膊上挂着一支细细的手杖。他迈着稳健的脚步来到我面前，摘下了帽子，那张熟悉的白皙面孔面对着我，嘴角坚毅，宽阔的额头仿佛映出独特的光亮。

"德米安！"我唤道。

他向我伸出手来。

"原来你在这儿啊，辛克莱！我一直等着你呢。"

"你知道我在这里吗？"

"并不确切地知道,但我确实希望如此。直到今天晚上我才见到你,你倒是一直跟着我们。"

"这么说你一眼就认出我了?"

"那当然。你的容貌虽然有所改变,但你的印记依然在。"

"印记?什么印记?"

"我们过去把它叫作该隐的印记,不知你还记不记得。这是我们的印记。你一直都有,正是因为这个我才与你成为朋友。不过现在你的印记变得更醒目了。"

"我并不知道这些。又或许我其实知道。德米安,我曾画过一幅你的画像,然后吃惊地发现它竟然也有些像我。难道这就是你说的印记吗?"

"正是它。现在你来了,正好!我母亲一定会很高兴的。"

我十分吃惊。

"你母亲?她也在这里吗?她并不认识我啊。"

"哦,她听说过你。即使我不告诉她你是谁,她也会认出你的。我很久没有你的消息了。"

"哦,我经常想给你写信,但又觉得这样不行。最近一段时间我总感觉自己很快就能找到你了。我每天都在期待见到你。"

他挽起我的胳膊与我并肩而行。平静的气息由他身上散发出来,又被我吸收。我们很快又像从前那样谈天说地,回忆上学的时光、坚信礼预备课,以及假期里那次不愉快的碰面——只有我们之间最早、最紧密的纽带,有关弗朗茨·克罗默的事情,我们谁都没有说起。

不知怎么回事,我们的谈话渐渐转向了古怪而阴沉的话题。我们接着德米安与那位日本人之前的谈话说了下去,从大学生活谈起,后来又转向其他话题,这些话题之间看似不相关,然而德米安的话语将它们紧密地联系了起来。

他谈到了欧洲的精神,以及这个时代的特征。他说人们无处不在聚集,在拉帮结派,但这种团结当中并没有自由与爱。从大学兄弟会到合唱团,再到国家,这些团体都是出于焦虑、恐惧和困窘而被迫形成的,其内部都已经腐朽陈旧,濒临崩溃。

"真正的团体,"德米安说,"其实是种美好的东西。但我们现在随处可见的并不是真正的团体。真正的新团体应该源自个体之间的相互了解,并且能暂时地给世界带来改变。现在的团体只不过是一群人的结合。人们聚集在一起,是因为他们害怕彼此——贵族、工人、学者都只为自己考虑!人们为什么会害怕?只有在内心不统一时人才会害怕。他们害怕是因为他们从未真正认识自己。这样的团体是对自己内心的未知事物感到恐惧的人组成的!他们都预感到自己遵循的生活准则已不再适用,他们遵循的是古老的准则,宗教也好道德也罢,都不再适合我们如今需要的东西。一百多年来,欧洲只顾着研究建造工厂!人们知道需要多少克火药才能杀死一个人,却不知道如何向神祈祷,甚至不知道如何快乐地度过一个小时。看看大学生去的那些酒馆!看看有钱人去的享乐场所!没救了!亲爱的辛克莱,这些地方好不了。这些满心恐惧的人聚集在一起,内心充满恐惧和恶意,彼此互不信任。他们所拥护的理想已经不再理想,然而若有人胆敢树立新的理想,他们便会用石头把那人砸死。我有种预感,冲突已经无可避免。它们一定会到来,相信我,它们很快就会到来!当然,这些冲突不可能'改善'世界。无论是工人打死工厂主,还是俄国与德国开战,结局都只是掌权者的更替。但这并非徒劳。它将揭示当今世界流行的理想多么没有价值,它会清除古旧的神灵。以这个世界现在的状态来看,它其实想要死亡,想要毁灭,并且终将如此。"

"那我们会怎样呢?"我问道。

"我们?哦,也许我们会跟世界一起毁灭。我们这样的人也是会死的,只是我们不会就这样完结。我们留下的东西或我们当中的幸存者会把未来的意志凝聚起来。人类的意志将得以显现——很长一段时间里,我们所在的欧洲用技术与科学的喧嚣掩盖了它。到那时世界将看见,人类的意志与如今的团体、国家、民族、协会与教会的意志从来都是两码事,毫不相关。恰恰相反,自然对于人类的期许写在每一个个体的内心,如今写在你我的内心,曾经写在耶稣的内心、尼采的内心。这是唯一重要的思潮——尽管它可能每天都呈现出不同的样子。在当代的种种团体崩溃后,这种思潮将登堂入室。"

天色已晚,我们在河边的一座花园外停下了脚步。

"我们住在这里,"德米安说,"尽快来找我们吧!我们一直盼着见你呢。"

夜色渐凉,我心情愉悦地向家里走去。不时有归来的学生走过街头,踉踉跄跄,大呼小叫。他们那种荒唐的欢乐与我孤独的生活形成鲜明的对比,有时令我怅然若失,有时又不屑一顾。然而我从未有过今天这样的感受,内心平静,充满隐秘的力量,感到这些事物与我无关,这个世界对我来说多么遥远,几乎缥缈。我还记得家乡的一些公务员,都是些体面的老绅士,抓住自己学生时代泡在酒馆里的回忆不放,仿佛那是来自失乐园的记忆,像诗人和其他浪漫主义者怀念童年一样怀念逝去的"自由"。到处都有这样的人。他们追寻早已过去的"自由"与"幸福",唯恐想起自身的责任与脚下的道路。酗酒狂欢几年之后,他们便会寻个栖身之地,摇身变成正义凛然的国家公仆。诚然,我们的世界是腐朽的,但是与其他上百种行为比起来,大学生的蠢行还不算最糟糕的。

待我回到偏僻的住所,准备上床睡觉时,所有这些想法都已烟消云散,我头脑里只有这一天当中最值得期待的事情。只要我愿意，我明天就能见到德米安的母亲。大学生若想泡在酒馆里，若想在脸上文身，就随他们去吧！这世界甘于腐朽，期待着终结——与我何干！我唯一期待的是命运以一种新的形象出现在我面前。

　　我沉沉睡去，第二天很晚才醒来。新的一天在我眼中仿佛一个喜庆的节日，自童年时代的圣诞节以来我再没有经历过这样的日子。我内心焦躁，却没有丝毫畏惧。我感到一个对我极为重要的日子即将到来，我观察到，也感受到身边的世界发生了改变，充满期待、关联与喜悦。就连淅淅沥沥的秋雨也显得美好静谧，仿佛庄严又喜庆的音乐。外在世界第一次与我的内心完美契合——这便是心灵的节日，在这一刻，生活才是值得的。街上的房屋、橱窗、面孔都不会干扰我，一切都是它们原本的样子，却不再像往日那样空洞，而是对自然充满期待，怀着敬畏之心做好了面对命运的准备。童年时我在圣诞节、复活节之类的重大节日的早晨看见的正是这样的世界。我已然忘记了这个世界竟能如此美丽，而习惯于沉浸在自己的内心，接受了自己已经丧失了对外界的感知力，认为随着童年的消逝，世界的缤纷色彩也会无可避免地消逝；认为在一定程度上，人必须放弃这种仁慈的光辉才能换取灵魂的自由与成熟。而现在，我欣喜地看到这一切只是被掩盖、被遮蔽了，尽管已经获得自由，放弃了童年的快乐，我依然可以看到世界的光辉,体验到孩童眼中那震撼内心的世界。

我终于再次来到昨晚与马克斯·德米安告别的那座郊区花园。一座小房子隐藏在高大、灰暗的树木后面,色彩明亮而温馨。高大的玻璃墙背后立着一丛高高的花卉,透过闪亮的窗户可以看到房间里的深色墙壁,上面挂着画作和书架。房门直接通向一间温暖的小门厅,一名上了年纪的女佣身穿黑衣,系着白色围裙,沉默地带我进屋,帮我脱下了外套。

她留下我在厅里等待。我环顾四周,仿佛立刻置身于我的梦境之中。深色木墙上,一扇门的正上方挂着一幅熟悉的画作,嵌在黑色画框里用玻璃覆盖,正是我画的那只长着金黄色雀鹰头,正从世界的蛋壳里奋力挣脱的鸟儿。我深受震撼,一动不动地站在原地——我的内心喜悦又痛楚,曾经做过、经历过的一切仿佛都在此刻回到我身边,成了圆满的答案。刹那间,我内心掠过无数个场景:故乡的老宅子与拱顶石上的纹章;描绘那个图案的少年德米安;少年时代的我因为冤家克罗默的邪恶势力而满心恐惧;青年时的我静静坐在宿舍桌旁,描画着那只象征着我内心渴望的鸟儿,心灵被困在自己编织的迷网中——在这一刻,所有这些经历都在我心中回响,被我接受、回应、认可。

我的眼睛湿润了,怔怔地望着自己的画,在心中品读它。这时我的目光慢慢下落:在那幅雀鹰画像的正下方,敞开的房门里站着一个穿深色连衣裙的高大的女人。正是她。

我一个字也说不出。那个美丽而庄严的女子的面容与她的儿子一样，无关时间与年龄，充满生命力与意志力，她笑盈盈地望着我，目光中带着圆满。她的问候象征着归宿。我沉默地向她伸出双手，她用那双温暖而有力的手紧紧地握住了我。

"你就是辛克莱吧。我一眼就认出了你。欢迎！"

她的声音低沉而温暖，在我听来犹如甘甜的美酒。我望着她平静的面庞，那双深邃的黑眼睛，那鲜活而成熟的嘴唇，以及那光洁而高贵的额头，上面带着那个印记。

"我真是太高兴了！"我说着吻了她的手，"我感觉自己漂泊一生，此刻终于回到了家。"

她慈母般对我笑。

"家是永远无法抵达的地方，"她柔和地说道，"不过，当我们与志同道合的人相遇时，那一刻整个世界仿佛都是我们的家乡。"

她说的恰好是我在追寻她的路上所感受到的。她的声音和言辞都与她的儿子非常相似，却又全然不同。她的一切都显得更成熟、更温暖、更自然。然而，正如从前的马克斯从未给人留下孩子气的印象一样，她也完全不像一位有着成年儿子的母亲，面容和头发笼罩着年轻而甜美的气息,紧致的金色皮肤没有一丝皱纹,嘴唇红润而富有生机。面前的她比梦中更加庄严高贵,站在她身边我便感受到爱的幸福,她的目光令我心满意足。

这便是命运向我展示的全新形象,不再严厉,不再令人感到孤独,而是成熟、欢愉的!我没有做出任何决定,也没有立下任何誓言——我已经达成了一个目标,抵达了一处高地,从这里继续前行,前途广阔而壮丽,通往使命必达的国度。前行的道路有幸福的树荫掩映,充满喜悦的花园带来凉爽的气息。只要知道这个世界上有这样一位女性,只要能聆听她的声音,感受她的存在,无论未来如何,我都感到无比幸福。无论她成为我的母亲、恋人还是女神,只要她在,只要我的道路与她的道路毗邻!

她指指我画的那只雀鹰。

"你送给马克斯这幅画,他别提多开心了,"她若有所思地说,"我也一样。我们一直在盼着你,这幅画寄来的时候,我们就知道,你在向我们赶来的路上了。辛克莱,在你还小的时候,有一天我儿子从学校回来,对我说:有个男生的额头上有那个印记,我必须与他成为朋友!那个男生就是你。这些年你过得很不容易,但我们始终对你抱有信念。有一次你假期回家,与马克斯重逢,那时你大约十六岁。马克斯把那次相遇告诉了我——"

我忍不住打断她:"哦,他竟然把那次见面告诉你了!

那是我最痛苦的一段时光！"

"没错，马克斯对我说：辛克莱现在正面临最艰难的阶段。他正再次尝试隐没在集体之中，甚至成了酒馆的常客。但是他不会成功的。他的印记虽然被遮盖了，但它依然在暗中烧灼着他——是这样吗？"

"哦，没错，正是这样。后来我遇见了贝亚特丽切，再后来又有一位引路人来到我身边。他的名字叫皮斯托留斯。直到那时我才明白，为什么我的少年时光与马克斯有如此紧密的联系，为什么我无法与他断开联系。亲爱的女士——亲爱的母亲，那时的我时常感到必须结束自己的生命。难道每个人的道路都如此艰难吗？"

她的手拂过我的头发，如空气般轻盈。

"降生总是艰难的。你知道的，鸟儿必得经历一番努力，才能破壳而出。你回想一下，问问自己：这条路真的那么艰难吗？这一路上只有艰难吗？难道它不美好吗？你知道其他更美好、更容易的道路吗？"

我摇了摇头。

"确实很艰难，"我仿佛半睡半醒，迷蒙地说，"直到那个梦境出现。"

她点点头，用洞察人心的目光望着我。

"没错，人必须找到自己的梦，这样道路才会变得轻松。但是世上没有永恒的梦境，每一个梦都会被新的梦取代,人不能只抓住一个梦不放。"

我深感震惊。这是她发出的警示吗?这是在拒绝我吗?然而无论如何,我已经做好准备追随她的指引,而不去追问目的地。

"我不知道我的梦会持续多久,"我说,"我希望它是永恒的。在这只鸟的画像下,我的宿命接纳了我,像母亲,又像爱人。我不属于任何人,只属于我的宿命。"

"如果这个梦是你的宿命,那么你就应该忠于它。"她恳切地赞同道。

悲伤蓦然涌上心头,我无比渴望在这充满魔力的时刻死去。泪水在我的内心无可抑制地翻涌,将我淹没——我有多久没哭过了啊!我猛地转过身,走向窗前,模糊的视线越过窗边的盆栽望向远方。

她的声音从我身后传来,平静而又充满柔情,仿佛一只斟满葡萄酒的杯子。

"辛克莱,你还是个孩子!命运是偏爱你的。只要你忠于它,总有一天它会完全属于你,就像你在梦中预见的那样。"

我平复了心情,转过身面对她。她向我伸出手。

"我有几位朋友,"她笑盈盈地说,"不多,只有几位非常亲近的朋友,他们叫我夏娃夫人。如果你愿意,你也可以这样叫我。"

她带我到大门口,打开门,向花园指了指:"马克斯在外面。"

我站在高大的树下，如梦方醒，深受震撼，我从未有过如此清醒又如此梦幻的经历，不确定刚刚自己究竟经历了什么。雨滴轻轻地从树枝上滴落。我缓步走进花园，花园沿着河岸延伸出很远。终于，我看见了德米安。他站在一座开放式的小亭子里，打着赤膊，正对着一个悬挂起来的沙袋练习拳击。

我吃惊地停下了脚步。德米安看起来十分健美，宽阔的胸膛，结实又充满男子气概的头颅，双臂抬起，紧绷的肌肉强健有力，从腰胯、肩膀和关节处发力，动作像流动的泉水般流畅。

"德米安！"我唤道，"你在忙什么呢？"

他畅然一笑。

"我在练武呢。我答应跟那个日本人来一场摔跤比赛。那家伙像猫一样敏捷，头脑当然也同样机灵。不过他赢不了我。他曾经占过我的上风，这次我必得扳回一局。"

他穿上衬衫和外套。

"你见过我母亲了？"他问。

"见过了，德米安，你母亲真是个了不起的人！夏娃夫人！这个名字太适合她了，她正像是万物的母亲。"

他若有所思地望着我。

"你已经知道她的名字了？那你应该为此感到自豪，小伙子！你是第一个她初次见面就告知了这个名字的人。"

自那天以后我经常出入那座房子，是儿子，是兄弟，也是一个坠入爱河的人。每当跨进大门，甚至只是从远处望见花园里高大的树木时，便足以令我的内心富足而幸福。大门之外是"现实世界"，有街道、房屋、人群与制度、图书馆与教堂——大门之内是友爱与灵魂，是童话与梦境的栖息地。然而我们并非与世隔绝，在我们的思想与谈话中，我们就生活在这个世界当中，只是在另一个层面上。把我们与大多数人隔开的不是边界，而是看待世界的方式。我们的任务是在这个世界中创建一座小岛，或者树立一个榜样，总之要提出生活的另一种可能。我这个久尝孤独之味的人逐渐认识到了人与人之间可能存在的团结，这种团结只有体验过彻底的孤独的人才能领会。我不再渴望加入那些热闹的宴席、欢乐的聚会，见到旁人欢聚一堂，我也不再羡慕或是怀念。我渐渐了解了拥有"印记"的人的秘密。

在世人眼中，我们这些被标记的人也许是古怪、疯狂甚至危险分子。实际上我们是觉醒者，或者正在觉醒的人，我们追求的是更加清醒的意识，其他人的追求和幸福的来源则是将自己的观念、理想、责任、生活方式与快乐越发紧密地与群体绑定在一起。那也是一种努力，也是力量的象征，也是伟大的。但是在我们这些被标记的人看来，我们代表着自然的意志，代表着自然对新的、独立的和未来的事物的意愿，而其他人则在践行一种固执的意志。对他们来说，人性——他们与我们同样热爱人性——已经是完善的，需要的是维持与保护。而在我们看来，人性是遥远的未来，是我们所有人前行的目标，无人知晓它的具体面目，关于它的法则尚无迹可寻。

除了夏娃夫人、马克斯和我，我们的圈子里还有其他一些性格各异的探求者，我们之间的关系有远有近。他们走着独特的道路，为自己设定了独特的目标，并坚持独特的观点与责任。这些人当中有占星术士和卡巴拉主义者，也有托尔斯泰伯爵的追随者以及各种各样敏感、害羞、脆弱的人，信仰新生教派的人，修习印度教的人，素食主义者，等等。在精神层面，我们与这些形形色色的人并没有多少共同点，只是每个人都尊重他人内心深处的隐秘梦想。还有一些人与我们的距离更近些，他们钻研的是过去的人类对神明与理想的追求，他们的研究对象时常令我想起我的朋友皮斯托留斯的研究。这些人经常带着书籍过来，为我们翻译古代语言写成的文本，向我们展示古代的符号和描绘各种仪式的图像，让我们明白，迄今为止人类拥有的所有理想都源自梦境与无意识的内心，人类正是在这些梦境中探索着有关自身未来的预示。就这样，我们遍历古代世界中彼此纠缠的神明，神奇又千变万化，直至基督教的曙光初现。我们对信仰虔诚的孤独感有所体会，也了解各个民族之间的宗教变迁。通过收集到的一切信息，我们对自己所处时代和当代欧洲提出批判。欧洲苦心极力为人类创造出强大的新式武器，却最终陷入了深切的、骇人听闻的精神荒漠。它虽然胜过了整个世界，却失去了灵魂。

这个圈子里也有一些抱有特定希望、信仰救世说的人。有试图把佛教传向欧洲的佛教徒，也有托尔斯泰的追随者，以及其他信奉者。我们这些更小圈子里的人聆听这些教义，但并不信奉，而只将其看作一种象征。我们这些带着印记的人并不关心未来的形态。在我们看来，每一种信仰、每一种救世说在诞生之初就注定是死的、无用的。我们唯一的责任与宿命是每个人都要完全成为他自己，完全顺应自然的种子在自己内心的萌芽，这样，无论未来如何变化，我们都已经做好准备迎接它。

无论是否言明，我们所有人都心照不宣地感受到新时代的诞生与当今世界的崩溃已近在咫尺。有时德米安对我说："未来会发生什么难以预料。欧洲的灵魂就像一头受到束缚已久的野兽。当它重获自由时，它最初的反应不可能是柔和的。但只要灵魂真正的需求——长久以来被谎言掩盖、麻痹的需求——能重见天日，那么走过的弯路就是值得的。那将是我们的时刻，人们将需要我们，不是作为领导者或者新的立法者——我们不是为见证新法则的确立而活——而是作为志愿者，作为做好准备跟随命运的指引、听从命运的召唤的人。你且看吧，当理想受到威胁时，人们愿意去做原本不可思议的事情。然而当新的理想，全新的、有些危险甚至令人不安的成长的冲动来敲门时，却无人在场。只有少数几个人在场，并跟从它，那便是我们。我们正是为此而被打上了印记，就像该隐那样，注定要引起人们的恐惧与仇恨，驱赶着当时的人们从狭隘的田园生活走向暗藏危机的广阔天地。所有对人性的发展进程产生过影响的人，他们之所以有能力、有影响力做到这些，无一例外是因为他们做好了迎接命运的准备。这种说法适用于摩西和佛陀，也适用于拿破仑和俾斯麦。他们效力于哪种潮流，受到来自哪一极的力量的支配，并不取决于他们的选择。如果俾斯麦理解并赞同社会民主主义者，他或许会成为一个明智的人，但那样他就不会是顺应宿命之人。这也同样适用于拿破仑、恺撒、罗耀拉等！我们应该从生物学和演化论的角度去看待这件事！当地壳运动迫使水生动物走向陆地、陆地生物走进水中时，只有那些做好准备迎接命运的生物才能完成这项全新的、前所未闻的任务，并通过顺应变化来挽救自己的物种。至于这些生物此前在各自的族群中究竟是守旧的老古板，还是倡导革新的异类，我们并不清楚。我们只知道它们准备好了，因此能够拯救、延续它们这个物种。正是出于这个原因，我们也应该做好准备，待命而行。"

谈这些话时，夏娃夫人通常在场，但她本人并不会这样发言。对于我们每个表达自己思想的人，她更像是一位倾听者、一种回响，充满信任与理解，所有思想仿佛都源自她，并最终回归于她。坐在她身边，偶尔听到她的声音，感受那种萦绕在她周围的成熟和心智，令我无比幸福。

每当我内心发生任何变化时，无论是困惑还是创意，她总能立刻察觉到。我总觉得自己在梦中所见的景象仿佛都是她给我的启示。我经常向她讲述这些梦，而她总能自然而然地理解它们，清楚地体会它们，于她而言它们没有任何怪异之处。有段时间，我的梦境仿佛是白天谈话的延续。我梦见整个世界动荡不安，而我，无论是孤身一人还是与德米安为伴，总在紧张地等待着某种宏大的宿命。这个宿命蒙着面纱，却不知为何带有夏娃夫人的面貌特征——被她选中，或被她拒绝，这便是命运。

有时她笑着对我说："辛克莱，你的梦还不完整，你忘记了最重要的部分——"然后我便会想起来，并且想不通自己怎么会忘记。

有时我会感到不满，饱受情欲的折磨。我觉得再也无法忍受她在身边，却无法拥入怀中的痛苦。对此她也能立刻觉察。有一次我连续几天没有登门，再来的时候心烦意乱，她把我拉到一旁，对我说："你不该沉迷于自己不相信的愿望。我知道你的愿望。你应该要么放弃这些愿望，要么完全坚定地去渴望。如果有一天你学会了这样对待自己的愿望,并且内心笃信它会实现,那么它就会实现。然而你现在一边在渴望,一边在懊恼,同时心中还畏惧不安。你必须克服这些情绪。我来给你讲个故事吧。"

然后她给我讲了一个年轻人的故事,这位年轻人爱上了一颗星星。他站在海边,伸出双手,向那颗星星祈祷。他梦想着那颗星星,所有的思绪都围绕着它。然而他知道,或者说他以为自己知道,一颗星星是不可能被人类拥入怀中的。他认为自己的宿命就是无望地爱着那颗星星,并根据这个想法构建自己的生活,生命中充满了放弃和无声的、忠诚的痛苦,这种痛苦能够改善他,净化他。他所有的梦都与那颗星星有关。有一次,他又在夜晚来到海边,站在高高的悬崖上凝视着那颗星星,对它的爱慕在他内心燃烧。在渴望之情达到顶峰的那一刻,他向着星星纵身一跃。然而在起跳的一刹那他心中闪过一个念头:这是根本不可能的!于是他摔在沙滩上,粉身碎骨。他不懂得该如何去爱。如果在跳跃的那一刻他心中有足够的力量,坚定不移地相信自己的愿望会实现,那么他本可以飞向天空,与星星合而为一。

"爱无须乞求,"她说,"也不应该有所要求。爱需要的是充足的内在力量。只有到那个时候,爱才不会被人吸引,而是会吸引他人。辛克莱,现在你的爱被我吸引,如果有一天它能够吸引我,我自然会来。我不会将自己拱手送出,我希望自己是被爱征服的。"

还有一次,她给我讲了另一个故事。说的是一个男人陷入了无望的爱恋,完全与世隔绝,封闭在自己的灵魂深处,感受自己为了爱情燃烧殆尽。整个世界在他眼中消失,他看不到蓝天和绿树,听不见潺潺的溪水,竖琴的旋律在他耳中不复存在,一切都归于沉寂,他变得贫困潦倒,生活凄苦。然而他的爱与日俱增,他宁愿死去,宁愿沉沦也不愿放弃对那位美丽女子的爱。有一天,他感到内心的爱火点燃了他心中一切事物,变得强大,焕发出吸引力。那位美丽的女子被他的爱所征服,她来了。男人张开双臂,准备将她拥入怀中。然而当那位女子站在他面前时,却全然变了样,男人惊讶地感受到、看到自己吸引来的不仅仅是那位女子,而是他整个失去的世界。世界站在他面前,被他的爱所征服,天空、森林和溪水都焕发出新的色彩,鲜活而生动地向他走来,属于他,诉说着他熟悉的话语。他赢得的不仅仅是女伴。整个世界归于他心中,天空中的每一颗星星都在他心中闪耀,在他的灵魂中闪着欢愉的光亮——他爱过,并在其中找到了自我。然而大多数人的爱都是为了迷失自我。

对夏娃夫人的爱仿佛成了我生命中的唯一内容。然而她似乎每天看起来都不尽相同。有时我确信无疑地感觉到吸引我的并不是她这个人，而是她在我内心的意象，这个意象在努力引领我走向更深层次的自我探寻。我经常从她口中听到一些话语，仿佛是我的潜意识在回答那些在我心中燃烧、令我思虑已久的疑问。还有些时刻，我在她身边，感官的欲望烧灼着我，使我忍不住去亲吻她触碰过的物件。渐渐地，感性与非感性的爱慕，现实与象征开始重叠。有时我在自己的房间里想念着她，内心平静，充满温情，仿佛感到她的手被我握在手中，她的嘴唇触碰着我的嘴唇。或者我与她在一起时，注视她的脸，与她交谈，听见她的声音，却不确定她究竟是真实存在，还是只是梦中的形象。我逐渐领略到如何才能拥有一份永远不朽的爱。读书时，我有时会获得新的感悟，那种感觉就像夏娃夫人给我的一个吻。她摩挲着我的头发，给我一个成熟、芬芳而温暖的微笑，让我拥有和自己内心取得进步时一样的感觉。一切对我重要的、命中注定的事物都可能化身为她的形象。她能变幻成我的任何一个思绪，我的思绪也可以变幻成她的模样。

对于圣诞假期回到父母家的事，我原本感到害怕，因为两个星期不能与夏娃夫人见面在我看来无疑是种折磨。但实际上我并没有受到折磨，反而感到十分美好，我待在家里全心全意地想念着她。回到H城后的前两天我特意没有去她家，只为了享受这种安全感和独立感，而不受制于她的实际存在。我还做了些梦，在梦里我和她以充满象征意味的全新方式彼此结合。她是一片汪洋，而我是一条河流，奔流向她的怀抱。她是一颗星星，而我也变成一颗星星向她靠近，我们相遇，感受到彼此的引力，紧紧相依，围绕着彼此永恒地旋转，幸福的旋律久久回荡。

再次拜访她时，我把这个梦告诉了她。

"这个梦很美，"她平静地说，"把它变为现实吧！"

我永远无法忘记那年初春的一天。我走进大厅，一扇窗户敞开着，和煦的春风裹挟着风信子浓郁的芬芳充满了整个房间。房间里没人，我便走上楼梯，来到马克斯·德米安的书房。我轻轻敲了敲门，然后像往常一样，没等里面的人回应便走了进去。

房间很暗，窗帘全都拉着。一扇通往小储藏室的门正开着，马克斯在那里布置了一间化学实验室。春日里明亮的白色阳光穿过乌云，从门口透进来，洒在室内。我以为房间里没人，便随手拉开一扇窗帘。

这时我才看见马克斯·德米安坐在紧靠窗户的一张小凳子上，被窗帘遮住，他身体蜷缩着，显得古怪异常。一种感觉闪电般席卷了我全身：我曾经见过这样的情景！他的手臂平静地垂下，双手放在膝头，脸微微前倾，双眼睁着却死气沉沉没有光彩，毫无生气的瞳眸反映着刺眼的小光点，仿佛光照在玻璃上的反射。苍白的脸庞沉浸于内心，面无表情，只有种骇人的僵硬感，仿佛悬挂在神庙门口的远古时代的兽面石雕。他似乎没有呼吸。

记忆向我袭来——就是这个样子，我曾在多年前还是个小孩子的时候见过一次。他的眼睛凝视内心，双手毫无生机地并排放着，一只苍蝇从他脸上爬过。而那时，大约是六年前，他看起来已经像现在这样古老，这样无关于时间，如今他脸上的细纹没有丝毫改变。

恐惧感涌上心头，我轻手轻脚地走出房间，下了楼梯。在大厅里，我遇到了夏娃夫人。她看上去苍白而疲惫，我从未见过她这个样子。一道阴影掠过窗外，耀眼的白色阳光突然消失了。

"我刚才见到了马克斯，"我压低声音急切地说，"出了什么事吗？他在睡觉，又像是陷入了某种沉思的状态，我不知道是怎么回事。我以前也见过他这样。"

"你没有叫醒他吧？"她急切地问道。

"没有。他没听见我进屋。我赶快出来了。夏娃夫人，请告诉我他究竟是怎么了？"

她用手背抹了抹额头。

"别担心，辛克莱，他不会有事的。他只是退回到了自己的内心。这个状态不会持续很长时间的。"

她起身走向花园，但外面正开始下雨。我隐约觉得自己不应该跟上去，便在门厅里来回踱步，闻着风信子那醉人的香气，望着大门上方挂的那幅我画的鸟。这天早上整座房子里充斥着某种古怪的阴影，我的呼吸焦躁压抑。这究竟是什么？到底发生了什么事？

伊娃夫人很快便回来了，雨滴挂在她黑色的头发上。她坐在安乐椅上，疲倦笼罩着她。我走到她身边，俯身亲吻了她头发上的雨滴。她的眼睛明亮而平静，但我尝到那些雨滴带着眼泪的味道。

"要我去看看他吗？"我低声问。

她轻轻笑了笑。

"别像个小孩子一样，辛克莱！"她大声劝诫道，仿佛在打破自己内心的某种魔咒，"你先走吧，晚些时候再来。我现在不能和你说话。"

于是我走了，大步流星地离开那幢房子，离开城区，向山上走去。细细的斜雨迎面而来，乌云沉沉地悬在低空，仿佛在害怕什么。低处几乎没有风，高处却在酝酿着一场风暴。惨白刺眼的阳光数次从铁灰色的云层中闪现。

突然，一朵松散的黄色云朵被风吹过天空，撞上了那堵灰色的屏障。几秒钟的工夫，风把黄色和乌蓝色的云朵塑造成了一个图像——一只巨大的鸟，它从乌蓝色的混沌中挣脱，拍打着宽大的翅膀飞向天空，消失了。接着，风暴的声音传入了我的耳朵，雨水混着冰雹猛烈地拍了下来。一声短促、突然而惊人的雷鸣在被风吹打的山林上空炸响，紧接着一束阳光穿透了乌云，在不远处的山上，比褐色的森林更高处，那苍白虚幻的雪显得光亮耀眼。

几小时后，当我浑身湿透、疲惫不堪地回到他家时，德米安亲自为我打开了家门。

他带我上楼来到他的房间，实验室里点着一盏煤气灯，纸张散落四处，看来他刚才在工作。

"坐吧，"他邀请道，"你一定累了，外面天气很糟，看样子你刚才在外面待了好一会儿。茶马上就来。"

"今天有些不寻常，"我迟疑着开了口，"不仅仅是那点儿雷雨的事情。"

他探询地看着我。

"你看到什么了吗？"

"是的。我在云朵中清晰地看到了一个画面。"

"是什么画面？"

"是一只鸟。"

"是雀鹰，对吗？你梦中的那只鸟？"

"没错，正是我的那只雀鹰。它是黄色的，巨大无比，飞向了乌蓝色的天空。"

德米安深深地叹了口气。

这时有人敲门。上了年纪的女佣送来了茶。

"喝些茶吧，辛克莱。——我猜你不是偶然看见那只鸟的吧？"

"偶然？人能偶然看到这种东西吗？"

"好吧，不能。其中必定有隐藏意义。你知道是什么吗？"

"不知道。我只感觉这意味着某种震动，是命运中的一步。我觉得这将关乎我们所有人。"

他激动地来回踱步。

"命运中的一步！"他大声说道，"昨晚我做了同样的梦，我母亲昨天也有类似的预感——我梦见自己沿着梯子爬上了一棵树干或是塔顶。登顶之后我俯瞰整个大地，那是一片广阔的平原，平原上的城市和村庄都在燃烧。我现在还不能完全解释清楚，因为我还没有完全理解这是怎么回事。"

"你认为这个梦与你有关吗？"我问。

"与我有关？当然了。没人会做与自己无关的梦。但你说得对，这不仅仅关乎我一个人。我几乎总能很好地辨别哪些是暗示自己内心变化的梦，哪些是罕见的、暗示整个世界命运的梦。我很少做这种梦，而且我从没做过预知未来，并且最终实现了的梦。对梦的解读总是充满不确定性。但是有一点我敢确定，那就是这个梦不仅与我有关。它与我之前做过的一些梦也有关，是它们的延续。辛克莱，这些梦就是我预感的来源，正如我曾经告诉你的那样。我们都知道这个世界已经腐朽不堪，但这还不足以预言它的毁灭或其他类似的事情。然而最近几年，我的梦变得越来越清晰，越来越强烈。我推断出，或者换句话说，我感觉到旧世界的崩塌在逐渐向我们靠近。起初只是些缥缈、遥远的预感，但它们逐渐变得越发清晰、越发强烈。我现在唯一确定的是一件宏大而可怕的事情即将发生，而且它将与我有关。辛克莱，我们将会经历我们曾经谈论过的一切！这个世界正寻求新生，但它同时散发着死亡的气息。不经历死亡，新的事物就不会诞生——这件事比我想象的要可怕得多。"

我惊恐地盯着他。

"你能不能把你的梦的其余部分告诉我呢？"我羞怯地请求道。

他摇了摇头。

"不行。"

这时门开了，夏娃夫人走了进来。

"原来你们在一起啊！孩子们，你们不会是在难过吧？"

她看上去精神焕发，一扫先前的疲惫。德米安对她笑笑，她向我们走来，就像母亲走向受到惊吓的孩子。

"我们并不难过，母亲，只是对这些新的预兆感到困惑。不过这不重要。该来的事总会突然到来，到那时我们自然会得知我们应该知道的事情。"

但我感觉很不舒服。当我与他们道过别，独自走过门厅时，我发现风信子的香气已经枯萎、淡薄，甚至带着死亡的气息。一层阴霾笼罩了我们。

结局的开端

我向父母争取到了留在H城度过夏季学期的机会。我们不再待在屋子里,几乎总是待在河边的花园里。那个日本人后来输掉了摔跤比赛,离开了,托尔斯泰的追随者也不在了。德米安养了一匹马,每天花很长的时间骑马。我常常与他的母亲独处。

有时我不禁对自己的生活之宁静感到惊讶。长久以来我已经习惯了独处、避世,与心中的痛苦艰难地斗争,因此在H城的这几个月对我来说就像住在一座梦幻岛上。我过上了舒适美妙的生活,围绕在身边的尽是美好、愉快的事物与情感。我隐约意识到,这正是我们所设想那个全新的、更高级的社会的前奏。这种幸福又时常被深深的忧伤笼罩,因为我很清楚这种状态不会长久。我命中注定不会安于惬意与满足,我需要痛苦与求索。我感到终有一天,我会从这些充满爱意的美丽图景中醒来,再次独自面对其他人所构成的冰冷世界。在那里,等待我的只有孤独或奋斗,那里不存在平静,也不存在志同道合的生活。

于是我越发地依恋夏娃夫人,在她身边流连不去,庆幸自己的生命中还有这般美好、静谧的存在。

几个星期的夏日时光如白驹过隙,学期已接近尾声。离别的日子很快就要到来,我不愿去想,也干脆不去想这件事,而是像一只留恋于盛开的花朵的蝴蝶,紧紧抓住这美好的时光不肯放手。这是我生命中最幸福的时刻,我的人生第一次变得圆满,这个团体接纳了我。接下来会发生什么呢?我将再次与困境斗争,忍受思念的折磨,做梦并独处。

有一天,这种预感忽然强烈地向我袭来,我对夏娃夫人的爱慕突然燃烧得无比炽热。天啊,不久以后我将再也无法见到她,再也听不到她那坚定、柔和的脚步声在房子里回响,再也看不到她放在我桌上的鲜花!我得到了什么呢?我只是沉迷于梦境和安逸,而没有真正赢得她,没有为她而奋斗,将她紧密地永远拥入怀中!我回想起她曾对我说过的每一句关于真爱的话语,数百句温柔的告诫,数百次轻声的诱惑,甚至可能是承诺——我为之做了什么?什么都没做!我什么都没做!

我站在房间中央,集中全部意志力想着夏娃。我试图汇聚心灵的全部力量,让她感应到我的爱,将她吸引到我的身边。她一定会来，她将渴望我的拥抱，而我将贪婪地亲吻她成熟而充满爱意的嘴唇。

我身体紧绷地站在原地，直到手指和脚趾都变得冰冷。我感觉到体内的力量逐渐用尽。有片刻的工夫，某种东西在我体内收缩凝聚，一种明亮而冷冽的感觉。我瞬间感到自己心中仿佛带着一块水晶，我明白，那便是我的自我。这股寒意蔓延到了我的胸口。

待我从这种可怕的紧张感中缓过神来，我感到某种东西正在靠近。虽然筋疲力尽，但我已经做好准备，期待夏娃炙热而迷醉地走进房间。

就在这时，门外的长街上响起了马蹄声，声音越来越近，突然戛然而止。我冲向窗前。德米安正从马背上跳下。我立刻跑了下去。

"出什么事了，德米安？你母亲没事吧？"

他没有理会我的话。他的脸色极度苍白，汗水顺着额头两侧流过脸颊。他把那匹跑得浑身炽热的马拴在花园的围栏上，挽起我的胳膊，带我沿街走去。

"你已经知道些什么吗？"

我什么都不知道。

德米安握紧我的胳膊，转过脸望着我，目光阴郁，带着同情与某种异常的神色。

"没错，小伙子，开始了。你知道我们与俄国之间的紧张局势——"

"什么？战争爆发了？我一直不敢相信这种事。"

尽管周围没人，他依然压低了声音。

"还没正式宣战，但是战争已经来临。相信我。自上次以后我又见到过三次新的征兆，只是没再跟你提起过。因此要来的不是什么世界末日、地震或者革命，而是战争。至于战争的后果之严重，你不久便会看到！人们会为此无比兴奋，即使在现在，每个人已经迫不及待地想要动手了。他们的生活是如此乏味。但是，辛克莱，你会看到这仅仅是个开端。即将到来的可能会是一场大规模战争，非常之大。但即便如此，这也只是个开端。新的事物即将来临，而对于那些依附于旧事物的人来说，这将会非常可怕。你打算怎么办呢？"

我大为震惊，这番话在我听来依然陌生，难以置信。

"我不知道——你呢？"

他耸了耸肩。

"一旦动员开始，我就应召参军。我是少尉。"

"你？我从没听你提起过。"

"没错，这是我从众伪装的一部分。你知道的，我向来不喜欢引人注意，可是为了与众人打成一片，我有时反而做得过犹不及。估计再过八天，我就会在战场上了——"

"天哪——"

"好了小伙子,别太伤感。尽管我并不愿意指挥别人向活生生的人开火,但这是次要的。现在我们每个人都会被卷入这个巨轮当中。你也一样,肯定会被征召入伍的。"

"那你的母亲呢,德米安?"

直到这时,我才想起十五分钟前的事。片刻之间,世界已然天翻地覆!我刚刚还在汇聚全部的力量去召唤最美好的画面,而现在,命运突然戴上一副骇人的恐怖面具出现在我面前。

"我母亲?哦,我们不必为她担心。她很安全,比当今世上的任何人都更安全——你真的这么爱她吗?"

"德米安,你知道了?"

他开怀地笑了,笑声很是轻松。

"小伙子!我当然知道。凡是称呼我母亲夏娃夫人的人,没有一个不爱她的。对了,今天是怎么回事?你召唤过她或者我,对吗?"

"是的,我发出了召唤——我召唤了夏娃夫人。"

"她感应到了。她突然让我出门,说我必须去找你。我刚刚把关于俄国的消息告诉了她。"

我们转身往回走,没再多说什么。他解开缰绳,翻身上了马。

回到楼上的房间里,我才感到自己有多么疲惫。这既是由于德米安带来的消息,也是由于之前那股强烈的紧张情绪。但夏娃夫人感受到了我的召唤！我用心绪触及了她。若不是此刻的特殊情况，她本会亲自来见我的——这一切多么奇妙，又多么美好！现在战争即将到来。我们时常谈论的那些事情现在即将发生。德米安已经预见了许多事。多么神奇，如今世界的洪流不再从我们身旁流过，而是突然在我们心中穿过。冒险与狂野的命运在召唤我们，世界想要发生改变，它需要我们的那个时刻已经，或者即将到来。德米安说得对，我们不该为此而伤感。说来也怪，我曾以为"命运"是种无比孤独的东西，现在竟然要与这么多人、与整个世界一同经历它。也好！

我已经准备好了。那天晚上，我走过城里的街巷，每一处角落都躁动不安。到处都酝酿着同一个词："战争"！

我来到夏娃夫人家，在花园的小屋里与他们共进晚餐。我是唯一的客人。谁都没有提起打仗的事。直到天色已晚，我即将离开的时候，夏娃夫人说道："亲爱的辛克莱，今天你召唤了我。想必你也明白我为什么没有亲自赶来。但是请不要忘记：现在你已经掌握了这种召唤的力量，无论什么时候，若你需要带有印记的人，就再次这样召唤他们吧！"

她站起身，走进了花园的暮色中。这位神秘的女士穿行在沉默的树木之间，身材挺拔，举止庄严。在她头顶上方，无数星星闪烁着微弱而温柔的光亮。

我的故事即将结束。事态发展十分迅速。不久战争便爆发了，德米安穿上了银灰色的军装，看起来很陌生，他离开家去了战场。我把他的母亲送回了家。不久后便轮到我向她告别了。她吻了一下我的嘴唇，把我拥在她怀中片刻，她那双大眼睛近在咫尺，目光灼灼地注视着我。

所有人似乎都变得亲如手足，谈论着祖国与荣誉。然而实际上他们谈论的是命运，在某一个时刻，每个人都直视了命运摘下面纱后的面孔。年轻人走出军营，登上火车，我在他们许多人的脸上都看到了一个印记——不是我们的那个印记，而是一个美丽而庄重的印记，象征着爱与死亡。萍水相逢的人上来拥抱我，我明白他们的心意，也乐于回应他们。他们这样做的时候处于一种痴醉的状态，虽然不是出于命运的意愿，但这种痴醉依然是神圣的。他们都曾短暂地、震撼地与命运四目相对，并因此受到触动。

我来到前线时，已经快入冬了。

尽管开枪带来了感官上的刺激，但起初我对于一切都感到失望。过去我经常思考为什么极少有人能为理想而活。现在我明白了，许多人，甚至所有人都能为了理想而死。只是这个理想不能是个人的、自由的或者自主选择的，它必须是集体的理想、被继承的理想。

随着时间的推移，我逐渐意识到自己低估了人类。尽管军队的职责和共同的危险让人们变得千篇一律，我还是目睹了许多人——生者也好死者也罢——庄严地奔赴命运的意志。许多人的目光都坚定而遥远，带着些痴迷，不仅仅在战斗的时候，而是始终如此。这目光无关乎具体的对象，而代表着他们对那恐怖的庞然大物全身心的奉献。无论他们信仰什么，有怎样的观念，他们都做好了准备，是可用的资源，未来正是由这些人构建的。世界越是顽固地执着于战争和英雄主义，执着于荣誉和其他陈腐的理想，人性的声音就越显得遥远而不现实。但这些都只是表面现象，正如战争的外在意图和政治目标也都是表面问题。某种新的事物正在更深的层次上酝酿，类似于一种全新的人性。之所以这样认为，是因为我目睹了许多人——其中一些就在我身边死去——他们深刻地领悟到仇恨与愤怒、杀戮与毁灭并不真正与其对象有关。这些行为的对象与目的一样，只是偶然的。这些原始的情绪，哪怕是最野蛮的情绪也不针对任何特定的对象，它们造成的血腥后果只源自内心，是灵魂四分五裂的表现。这灵魂渴望疯狂、杀戮、毁灭和死亡，以此重获新生。一只巨大的鸟正在从蛋壳中挣脱，蛋壳即世界，而世界必将被摧毁。

在一个初春的夜晚，我在我们占据的一座农场外站岗。懒洋洋的春风时而吹过，云朵成群结队地飘过佛兰德地区高高的天空，云层背后隐约透出一抹月色。我整天都心绪不宁，被某种忧虑所困扰。此刻我站在漆黑的哨位上，深情地回想起过去的生活场景,想到了夏娃夫人,想到了德米安。我靠着一棵杨树凝视着风云变幻的天空,忽明忽暗的暮色渐渐汇聚成生动的大幅图景。我感到自己的脉搏变得出奇地微弱,皮肤对风雨麻木迟钝,觉醒的火花在内心闪烁,我感到一位引路人就在我身边。

云层中显现出一座庞大的城市,成千上万的人从城中涌出,蜂拥般走向广袤的原野。在他们中间有一个健美的女神形象,发丝间缀满闪烁的星辰,身躯如山峦般高大,长着夏娃夫人的容貌。人群涌向她,消失在她的身体里,仿佛掉进一个巨大的洞穴,不见了踪影。女神蹲伏在地上,额头上的印记闪闪发亮。她似乎被梦境支配,闭上了眼睛,巨大的面庞因痛苦而扭曲。突然,她爆发出尖叫,成千上万颗璀璨的星辰从她的额头喷涌而出,在漆黑的天幕中划出壮丽的弧线和半圆。

其中一颗星星带着尖锐的呼啸声直冲我而来,仿佛在寻找我。——这时它轰然炸裂,化作千万道火花,我被抛向空中又摔回地面,伴着雷鸣般的声响,世界在我头顶崩塌。

人们在离白杨树不远的地方找到了我,身体被泥土覆盖,遍体鳞伤。

我躺在一座地窖里,头顶炮声隆隆。我躺在一辆车上,颠簸着越过空旷的田野。大多数时候我都在昏睡,或意识不清。但我睡得越深,就越强烈地感受到某种力量的拉扯,我在追随一股控制着我的力量。

我躺在一座马厩的稻草堆上，四周一片黑暗，有人踩到了我的手。我的内心想继续前行，强烈地拉扯着我。于是我又躺在一辆车上，后来又躺在担架或是梯子上，我越发强烈地感受到某个未知地点的召唤，我心中只有一个渴望，就是到那个地方去。

我终于抵达了目的地。那是在夜晚，我清醒无比，刚刚还强烈地感受到那股力量的召唤与驱使。此刻我躺在一间大厅的地铺上，我知道自己已经抵达了召唤我的地方。我环顾四周，发现相邻的床垫上也躺着一个人，那人起身望向我。他的额头上带着印记。是马克斯·德米安。

我说不出话，而他似乎也不能或不愿意开口，只是望着我。他身边的墙上挂着一盏灯，灯影映在他脸上。他对我微笑。

他凝视着我，仿佛永无尽头。慢慢地，他的脸向我靠近，几乎要触碰到我。

"辛克莱！"他轻声说。

我用眼神示意我明白他的意思。

他又笑了，几乎带着一丝同情。

"你这孩子！"他笑盈盈地说。

他的嘴唇离我非常近。他轻声说了下去。

"你还记得弗朗茨·克罗默吗？"他问。

我对他眨眨眼,也微笑了起来。

"小辛克莱,听我说!我该走了。也许将来你会再次需要我,为了对付克罗默或者其他原因。当你再次召唤我时,我不会再这样莽撞地骑马或者乘火车赶来了。你必须倾听自己内心深处的声音,你会发现我就在你心里。明白了吗?——对了,还有一件事!夏娃夫人说,如果有一天你过得不好,她让我给你一个吻,这是她托我带给你的……辛克莱,闭上眼睛!"

我顺从地闭上眼睛,感到唇上轻轻落下一个吻,我的嘴唇上还留着点血,而且似乎永远不会干涸。之后我便睡着了。

第二天早上我被人叫醒,他们要给我包扎伤口。当我终于完全清醒过来时,立刻转身望向身旁的床垫。上面躺着一个我从未见过的陌生人。

包扎的时候很疼。自那以来经历的一切都使我感到痛苦。但有时我会找到那枚钥匙,潜入内心深处。在那里,命运的形象在黑暗的镜子中沉睡,我只需俯身望向那黑暗的镜面,就能看到自己的形象,那形象现在与他完全一样——他,我的朋友,我的引路人。